中國古典文學基本叢書

孟浩然詩集校注

〔唐〕孟浩然 撰
李景白 校注

中華書局

圖書在版編目(CIP)數據

孟浩然詩集校注/(唐)孟浩然撰;李景白校注. —
北京:中華書局,2018.6(2023.7 重印)
(中國古典文學基本叢書)
ISBN 978-7-101-13220-5

Ⅰ.孟… Ⅱ.①孟…②李… Ⅲ.唐詩-注釋
Ⅳ.I222.742

中國版本圖書館 CIP 數據核字(2018)第 087694 號

責任編輯:李若彬
責任印製:管 斌

中國古典文學基本叢書
孟浩然詩集校注
〔唐〕孟浩然 撰
李景白 校注
*
中華書局出版發行
(北京市豐臺區太平橋西里 38 號 100073)
http://www.zhbc.com.cn
E-mail:zhbc@zhbc.com.cn
三河市宏盛印務有限公司印刷
*
850×1168 毫米 1/32・16⅜印張・2 插頁・335 千字
2018 年 6 月第 1 版 2023 年 7 月第 2 次印刷
印數:6001-7000 册 定價:65.00 元

ISBN 978-7-101-13220-5

前言

孟浩然，唐襄州襄陽（今湖北襄樊市）人，生於武則天永昌元年（六八九），卒於玄宗開元二十八年（七四〇）。他於兩《唐書》有傳，但均極簡略，對其一生難以詳知，兹據其全部詩作，揣摩詩意，加以排比，可以約略知其行蹤。他的一生，大致可以分爲四個時期：

（一）青壯年隱居與漫遊時期（開元十六年以前）

他幼年自然是居住在自己的園廬裏，以後才到鹿門山隱居，這從《登鹿門山懷古》、《夜歸鹿門歌》兩首詩可以看得出來。他隱居的過程，實際也是準備應舉的過程，他在《書懷貽京邑同好》中説：「晝夜常自強，詞翰頗亦工。」可見他在襄陽隱居時，努力讀書寫作，而達到詞賦工麗，這正是應舉的必要條件。

與此同時，也曾到各地漫遊，他的《望洞庭湖上張丞相》、《彭蠡湖中望廬山》等詩，就是漫遊長江時的作品。他也曾到湘贛一帶遊覽，《湘中旅泊寄閣九司户防》、《夜渡湘水》等詩，即爲遊覽三湘時的作品。《下灨石》、《九日於龍沙寄劉大昚虚》則爲遊贛時的作品。漫遊可以增長見識，陶冶美感，從而提高寫作水平，所以它也是跟應舉有着一定關係的。

他在青壯年時期，雖然到各地漫遊，但在襄陽的時間更多，與襄陽地方官吏之間，也不免有送往迎來酬酢之事，這從約作於開元八年左右的《送賈昇主簿之荆府》、《和賈主簿昇九日登峴山》等詩中可以看出。

他隱居鹿門山時，也常回他的故園，有時也參加一些輕微勞動，如其《田園作》，就是作於他三十歲時。他在《採樵作》詩中寫了他上山採樵的情形，也可證明。

總之，孟浩然在四十歲以前，主要在襄陽隱居，讀書寫作，準備應舉。除了偶然參加一點輕微勞動外，還曾到長江各地漫遊。

（二）赴京應舉時期（開元十六年至十七年）

《舊唐書》説他「年四十，來遊京師，應進士不第，還襄陽」。他四十歲，正當開元十六年，赴京時，正是冬季，有《赴京途中遇雪》詩。開元十七年春季，考試落第。這是出乎他的意料的，因爲他「晝夜常自强」，而且「少年弄文墨，屬意在章句」（《南歸阻雪》），勤奮讀書努力寫作，在當時詩壇上，也頗有好評。爲此他十分憤懣、怨懟，索寞無聊，寫下了《歲暮歸南山》、《留别王維》諸詩。到這年秋季，秋雨連綿，使人更加惆悵，《秦中苦雨思歸贈袁左丞賀侍郎》即作於此時。到了冬天，他在百無聊賴中回歸襄陽。其《南歸阻雪》、《唐城館中早發寄楊使君》、《夕次蔡陽館》諸詩，均作於南歸途中。此外，《題終南翠微寺空上人房》、《題長安主人壁》、《登總持寺浮屠》、《送袁太祝尉豫章》、《都下送辛大之鄂》諸詩，蓋亦作於長安應舉時期，都反映了他的生活情況和思想實際。回到襄陽以後，又作了《京還贈張淮》一詩。

（三）漫遊吴越時期（開元十八年至二十一年）

孟浩然於開元十七年冬季還鄉之後，小住數月，心情逐漸平静，但落第的不豫，還是無法排解，遂於十八年又經洛陽轉赴吴越遊覽，追尋山水之樂，以散心中鬱悶。「山水尋吴越，風塵厭洛京。扁舟泛湖海，長揖謝公卿」（《自洛之越》），正反映了他這種心情；而「且樂杯中酒，誰論世上名」，表面上是對仕進已經淡漠，其實是落第後的自嘲之辭。

他自洛陽沿汴水東行，經亳州，轉入淮水，進入漕渠，直抵揚子津，有《適越留别譙縣張主簿申屠少府》、《問舟子》、《宿楊子津寄潤州長山劉隱士》、《楊子津望京口》諸詩。然後渡過長江，沿官河抵達杭州，寫下《與杭州薛司户登樟亭驛》、《與顔錢塘登樟亭望潮作》、《將適天台留别臨安李主簿》諸詩。他離開杭州，並未直趨越州，而是溯浙江西上，遊覽浙江景物，然後轉赴天台。《初下浙江舟中口號》、《早發漁浦潭》、《經七里灘》、《宿桐廬江寄廣陵舊遊》、《宿建德江》、《舟中晚望》諸詩，反映了他在這段途中的情形。其《尋天台山》、《宿天台桐柏觀》、《寄天台道士》則是遊覽天台山時的作品。他在天台山遊覽之後，西北行赴越州，先到剡縣，有《臘月八日於剡縣石城寺禮佛》詩。自剡縣沿上虞江（今曹娥江）赴越州，行抵曹娥埭，轉入鏡湖，有《濟江問舟人》詩，其時約已開元十八年年末。

他在越州遊覽了各地名勝，《耶溪泛舟》、《雲門寺西六七里聞符公蘭若最幽與薛八同往》、《遊雲門寺寄越府包户曹徐起居》、《與崔二十一遊鏡湖寄包賀二公》、《大禹寺義公禪》、《同曹三御史泛湖歸越》、《越中逢天台太一子》、《東陂遇雨率爾貽謝南池》等詩，都是開元十九年春季到秋季這段時間在越州的作品。

他在越州住了八九個月，約在開元十九年秋季，特意赴樂城（今浙江樂清縣）去看望他的同鄉好友樂城尉張子容。他從海路先到永嘉，適其時張子容也來到永嘉，在上浦館相會，盤桓數日，二人同回樂城度歲。到開元二十年，孟浩然再經永嘉返越州，張子容又送至永嘉。《歲暮海上作》、《宿永嘉江寄山陰崔國輔少府》、《永嘉上浦館逢張八子容》、《歲除夜會樂城張少府宅》、《除夜樂城逢張少府作》、《初年樂城館中臥疾懷歸》、《永嘉別張子容》諸詩，正表明了這一段經歷。

孟浩然回到越州，張子容又有長安之行，二人於越州又相會，孟有《越中送張少府歸秦中》詩。從他《久滯越中贈謝南池會稽賀少府》的「未能忘魏闕，空此滯秦稽。兩見夏雲起，再聞春鳥啼」句，可以看出他在越州一帶逗留了兩三個年頭。

隨後他從越州出發，溯長江、經廣陵、潯陽，然後轉入漢水還襄陽。沿途寫了《廣陵別薛八》、《晚泊潯陽望香爐峰》、《自潯陽泛舟經明海》、《歸至郢中》、《仲夏歸漢南園寄京邑舊遊》諸詩。他回到襄陽，大概已是開元二十一年了。

（四）晚年隱居時期（開元二十一年至二十八年）

他從吴越歸來之後，漸入老境，除入蜀作短時漫遊外，都在襄陽隱居。這期間張子容休沐還鄉，二人飲宴唱和，詩作不少。遊蜀之作有《入峽寄弟》、《途中遇晴》、《行至漢川作》諸詩。與張子容有《奉先張明府休沐還鄉海亭宴集》、《同張明府碧溪贈答》、《秋登張明府海亭》、《寒夜張明府宅宴》、《同盧明府餞張郎中除義王府司馬海園作》、《送張郎中還京》諸詩。與此同時，韓朝宗曾邀他去面見皇帝，遭到他的拒絶。《韓大使東齋會岳上人諸學士》、《送韓使君除洪州都督》、《和于判官登萬山亭因贈洪府都督韓公》諸詩，就作於此時。

開元二十五年，張九齡貶荆州長史，署孟浩然爲從事。他曾跟隨張九齡各地巡視，或祭祀山川，或遊覽從獵，與之唱和，有《從張丞相遊紀南城獵戲贈裴迪張參軍》、《陪張丞相祠紫蓋山途經玉泉寺》、《陪張丞相登嵩陽樓》、《陪張丞相自松滋江東泊渚宫》、《和張丞相春朝對雪》諸詩。約在開元二十六年，他辭去從事。可見這時他對仕進已經興趣不大，再没有青壯年時期那種氣概了。

開元二十八年，他的好友王昌齡來到襄陽，飲宴甚歡，當時孟浩然「疾疹發背，且愈」，由於食魚，病復發作，「終於冶城南園，年五十有二」。《送王昌齡之嶺南》，蓋其最後之作。

孟浩然終生布衣，與隱逸結下了不解之緣。因此，無論史學家、文學家談到孟浩然都强調他的隱士身份，這自然是無可厚非的。然而這當中有兩種偏向：第一是把他看成渾身静穆、始終如一、完全純粹的隱士。這可以李白爲代表。其實孟浩然的隱逸，各時期是有不同特色的。在青壯年時期，他的隱逸與讀書寫作、準備應舉密切結合。由於他對應舉具有一定的自信，這時他的隱逸帶有樂觀的、奮發向上情緒。他這段時期的作品，大體都具有一種愉快而開朗的傾向。

到了長安應舉時期，情況起了變化。根據他的寫作水平與當時的聲望，考取一名進士應該是不成問題的，然而却意外地落第了。這使他憤懣、怨懟，甚至對當今皇帝流露出不滿，還不免有一些恥辱的心情。如果説他青壯年時期的隱逸是主動的，而又帶有一些浪漫主義色彩的話，那麽他這時期的隱逸却帶有被動和不得不如此的因素。他這時期的作品，具有憤懣不平、怨懟之氣，甚至某種内疚的傾向。

隨着時間的推移，憤懣、怨懟的心情逐漸平静，然而鬱悶不豫的情緒，一時還難於疏解，於是有三年的吴越之遊，以尋求山水之樂。他這時的作品，既多寫山水之美，却又經常地流露出隱逸之情，在這個時期裏，他的隱逸是伴隨着山水之樂的。與此同時，他也並未完全忘情仕進，在越中他不止一次地表明了「未能忘魏闕」的想法。這裏我認爲除了表明他並未忘情於仕進外，還有一點值得我們深思：青壯年時期，準備應舉，爲什麽没有這種話語，而在遊越時期反而再三地如此表白？我以爲這是由於應舉落第，一時氣憤，詩作之中，表現出決絶，甚至對皇帝有不滿情緒。時光不斷流逝，心情逐漸平静，也感到有點無味甚至過分，因而才有這種一再表白。他這一時期的詩作，大多具有平静、淡泊，甚至帶有一點開朗的傾向。

遊越歸來之後，漸入老境，已進入晚年時期，這時他的隱逸與過去幾個時期又有所不同。過去的隱逸，儘管結合着各種不同情緒，從而各具特色，然而糾纏着仕進，却是共同的。而這一時期，他已不再考慮仕進，所以韓朝宗邀他赴京，面見皇帝，也遭到他的拒絶。可見，這時他的隱逸倒是比較純粹的。

第二個偏向是强調他隱逸與仕進之間的矛盾。最早提出這個問題的，大概是聞一多先生，以後有些文學史便沿用了這個觀點。但我以爲他的隱逸雖然在相當長的時期，伴隨着仕進，可是並不矛盾，因爲孟浩然的隱逸是以儒家思想爲基礎的。儒家雖然積極求仕，然而也是講隱逸的。孔子就説過：「隱居以求其志，行義以達其道。」（《論語・季氏》）「天下有道則見（現），無道則隱。」（《論語・泰伯》），「用之則行，舍之則藏。」（《論語・述而》）都表明了儒家是根據不同情況來處理「隱」與「仕」的關係，兩者是和諧統一的，而不是矛盾的。

孟浩然的詩，今存二百六十餘首。就其思想内容看，所反映的生活面，是比較狹窄的。但也有一定的進步意義。

首先，他雖然隱逸，但有着積極用世、報效國家的壯志。他的詩裏，不止一次地提到「鴻鵠志」、「壯圖」、「壯志」。他的「壯志」究竟是什麽呢？如果按《秦中感秋寄遠上人》的「黄金燃桂盡，壯志逐年衰」看，「壯志」當然指的是功名仕進。但是我們也必須看到，「功名仕進」是手段而不是目的，有的人追求功名仕進是爲了光宗耀祖，有的人則是爲了發財致富，有的人則是爲掌握權力，欺壓百姓，有的人則是爲了濟世安民，致國家於富强等等。那麽孟浩然追求功名仕進的目的又何在呢？這在他自己的作品裏，表現得不那麽明顯，不像李白要求自己「濟蒼生」，「安社稷」，「使寰區大定，海縣清一」；也不像杜甫「窮年憂黎元，嘆息腸内熱」、「致君堯舜上，再使風俗淳」那樣明確。但從他的詩歌中，互相印證，還是能看出他的「壯志」、「壯圖」、「鴻鵠志」的基本内涵。

他在《仲夏歸漢南園寄京邑舊遊》中説：「余復何爲者，栖栖徒問津。中年廢丘壑，上國旅風塵。忠欲事明主，孝思侍老親。」這是他遊越歸來之後，回憶進京應舉的本意，表明了他「忠欲事明主」的思想。古人把「君」看成是「國」之象徵，「忠君」即所以「爲國」，他的「魏闕心恒在」、「未能忘魏闕」都具有同樣的含意。

再從他所推崇的人物看。他在詩中一再提到屈原，「三湘弔屈平」，「弔屈痛沉湘」，他憑弔屈原，崇拜屈原，表明了他也有愛國愛民的心迹。再從他歌頌爲國從軍的戰士看，他的《送陳七赴西軍》詩説：「君負鴻鵠志，蹉跎書劍年。一聞邊烽動，萬里忽争先。余亦赴京國，何當獻凱還。」他認爲陳七在國家有事時，争先從軍，是「鴻鵠志」，並與自已赴京應舉互相比附，在他看來，文武雖爲兩途，但爲國却是一致的。他在《送告八從軍》詩中又進一步説：「男兒一片氣，何必五車書。好勇方過我，才多便起余。……正待功名遂，從君繼兩疏。」認爲只要能爲國做點事，不一定非要讀很多的書，把爲國家做貢獻放在首要地位，並且還表示願與告八一起功成身退。他還有直接表示憂民思想的詩，如《田家元日》：「我年已强仕，無禄尚憂農。」從這些詩作中互相印證，可以看出，孟浩然的「壯志」，實際上包含了爲國爲民的思想。

其次，他對自己懷才不遇，表示了悲憤；對政治上的黑暗，表示了不滿。他這種思想開始於應舉落第之後。他入仕無門，憤怨地發出了「北闕休上書」的呼聲，甚至指責玄宗李隆基「棄」掉了他。他逐漸悟出了一個道理：埋没人才，不單純由於皇帝的「不明」，更重要的還由於官僚制度與官場的黑暗。他在《秦中苦雨思歸贈袁左丞賀侍郎》詩中説：「豈直昏墊苦，亦爲權勢沉。」這詩作於落第之後的幾個月，心情的苦惱，固然與「苦雨」有關，但更大的苦惱，却在於「權勢沉」。如果説「權勢」二字，在這首詩裏還有些朦朧，那麽在《留别王維》詩裏就十分明確了。他説：「當路誰相假？知音世所稀。」在《田園作》詩裏，更進一步地説：「鄉曲無知己，朝端乏親故。誰能爲揚雄，一薦《甘泉賦》。」在《送丁大鳳進士舉》也説：「惜無金張援，十上空歸來。」總之，他清楚地認識到他的落第主要由於朝中無人，没有高親貴友的援引所致。他憤怒抨擊當時的社會是「世途皆自媚，流俗寡相知」（《晚春卧疾寄張八子容》）。他又借道士雲公的口指責當時的社會是「物情趨勢利」（《山中逢道士雲公》）。他對當時官場的混濁，社會的黑暗，是帶有憤懣之情的。

他對懷才不遇的人，表現出深刻的同情。他在《晚春卧疾寄張八子容》中説：「賈誼才空逸，安仁鬢欲絲。遥情每東注，奔晷復西馳。常恐填溝壑，無由振羽儀。」張子容是他最要好的朋友，他對好友傾吐心中積愫，感情是十分真摯的。他以賈誼自比，賈誼雖有才能而無法施展，自己又何嘗不是有着類似的遭遇！時光流逝，年齡漸老，常有無所作爲而悄然没去的恐懼。但看來這似乎又無法避免，便只好歸之於「命」了。他在《洛中訪袁拾遺不遇》中説：「洛陽訪才子，江嶺作流人。」用潘岳《西征賦》「賈生洛陽之才子」典，以袁拾遺暗比賈誼，表明了對袁的推崇，而袁的懷才不遇，引起了孟浩然深刻的同情。宋劉辰翁評此詩爲「便不着字，亦自深怨」，是很有見地的。

第三，他歌頌重然諾的俠義精神和不同流合污的高尚品格。司馬遷是推崇俠義精神的，故於《史記》中專爲游俠立傳。序文云：「今游俠，其行雖不軌於正義，然其言必信，其行必果，已諾必誠，不愛其軀，赴士之阨困，既已存亡死生矣，而不矜其能，羞伐其德，蓋亦有足多者焉。」司馬遷這話講得相當全面，既指出游俠的缺點，又熱情洋溢地歌頌了他們的可欽佩的一面。孟浩然對於這種俠義精神是表示欣賞和贊揚的。他在《醉後贈馬四》詩中説：「四海重然諾，吾嘗聞白眉。秦城游俠客，相得半酣時。」其《送朱大入秦》詩云：「游人五陵去，寶劍直千金。分手脱相贈，平生一片心。」看來馬四、朱大都是游俠一類的人物，他歌頌了他們「其言必信」、「已諾必誠」的性格，又以饋贈寶劍的行動，表明了對俠義之士的傾心。

他的詩中有一篇《贈蕭少府》，贊揚蕭少府做官能够出汙泥而不染，能够不與世俗同流合污，説他「處腴能不潤，居劇體常閑」；稱贊他堅決鏟除奸詐，使得世風、吏風都有所改變，「去詐人無謟，除邪吏息奸」；贊揚他的心地純潔，有如「明月在澄灣」。對蕭少府的贊揚，實際上是贊揚了高尚的品德與純潔的心靈。

第四，他寫了大量的山水詩和一些田園詩，這在他全部詩中佔有最大的比重，也最能代表孟詩的風格，歷來稱孟浩然爲山水田園詩人，就是根據這種情況説的。

在山水詩中，他雖然流露出一些消極情緒，然而主要的還在於歌頌祖國大自然山河優美的景色以及田園的樸質風光，給讀者以美的享受，質樸的熏陶；反映了唐代部分中小地主階級知識分子的生活情趣和他們的理想與追求。我們無妨以《彭蠡湖中望廬山》爲例：

太虚生月暈，舟子知天風。挂席候明發，渺漫平湖中。中流見匡阜，勢壓九江雄。黯黮凝黛色，峥嶸當曙空。香爐初上日，瀑布噴成虹。久欲追尚子，況兹懷遠公。……寄言巖棲者，畢趣當來同。

這首詩固然有消極隱逸思想，然而所描寫的山河優美壯麗，予人以深刻的印象。讀這首詩的人一般説來是不大注意那點隱逸思想的，而對於廬山、彭蠡湖的色澤美、雄壯美則會不期而然地產生濃厚的興趣，從而對祖國山河產生熱愛的感情。

他的田園詩的數量大大少於山水詩，其最著名者，有《過故人莊》，詩中稱「田家」爲「故人」，故人相「邀」我即「至」，而最後兩句，大有不邀自來之勢，這一切都説明作者與田家的親密無間，與勞動人民能建立這種質樸而純真的感情，是頗爲難得的。

此外，從《南山下與老圃期種瓜》可看出他是與「老圃作鄰家」，並且還和老圃一道種瓜。其《東陂遇雨率爾貽謝南池》云：「余意在耕鑿，問君田事宜。」表明了他是很注意農事的。其《田家元日》云：「桑野就耕父，荷鋤隨牧童。」《採樵作》云：「採樵入深山，山深樹重疊。……長歌負輕策，平野望烟歸。」這都説明他參加過輕微勞動，他與勞動人民感情的融合，便是以此爲基礎的。

唐玄宗是「盛世明主」，但也是「衰世昏君」，所以孟浩然生活的時代是一個由盛轉衰的時代。在「政治清明」的背後，隱藏着黑暗與危機，在「社會升平」的背後，隱藏着不平與混亂。孟詩對這種現實是有所反映的，對一部分地主階級知識分子的理想與追求，也是有所反映的。但是我們也應看到，孟浩然生活比較簡單，除了四十歲進京應舉外，基本上過的是隱居與漫游的生活，所接觸的人物也不多，主要的是官吏，少數的是道士、和尚與農民，一句話，生活面比較狹窄。這反映到他的詩裏，便是内容不够豐富。宋代的蘇軾批評孟浩然的詩是「韻高而才短，如造内法酒手，而無材料耳」（《後山詩話》引）。蘇軾所謂「才」，不知指的是「才學」、「才情」抑或是「才華」，根據「韻高」看，似乎指的不是「才情」與「才華」，再從後面的「材料」看，似乎指的是「才學」。古代文人强調讀書，把「書」看成爲創作的源泉，他所謂「才短」，可能就是指的這方面。清施閏章的評語，可作注脚。他說：「坡公謂浩然詩韻高才短，嫌其少料。評孟良是，然坡詩正患多料耳。坡胸中萬卷書，下筆無半點塵，爲詩何獨不然？」（《蠖齋詩話·詩用故典》）他稱坡公「多料」是因他胸中有「萬卷書」，可見蘇軾批評孟浩然「才短」、「無材料」是指孟浩然讀書少。這裏嚴羽的話還可以作爲佐證。他說：「孟襄陽學力下韓退之遠甚，而其詩獨出退之之上者，一味妙悟而已。」他認爲孟浩然詩之所以高於韓退之的原因，是在於「妙悟」。嚴羽以禪喻詩，他的見解是否準確，姑不置論，但他所說的「學力」，與蘇軾所說的「才」、「材料」，當爲一意，亦即讀書之謂。但是我們說，如果「才」、「材料」指思想内容、生活内容，那倒是更爲合適的。

下面我們再看一下孟詩的藝術風格。

孟浩然的詩，在唐代頗有好評（見附録），這些評論，大都是從藝術角度出發的，足見唐代評論家跟我們今天在評詩的標準上是有所不同的。明確地説，唐人評詩重在藝術，而我們今天則偏重思想。思想是應該重視的，但是在極「左」思潮的影響下，把思想性强調到「唯一」的地步，從而取消了藝術性，那就不對了。我們知道詩歌是藝術，詩人作詩，體現了詩人對於美的追求，創造出優美的意境，豐富人們美的生活情趣，只要這些詩篇不是鼓吹反動思想，那就應該從美學的角度上予以肯定。

如前所述，孟浩然的作品中山水詩佔有最大的比重，這自然跟他的生活經歷密切相關。他在各個不同時期裏，漫遊是他生活的重要内容，名勝古蹟，古刹道觀，無不盡情游覽。就是在襄陽隱居時，萬山、峴山、望楚山以及漢江、北澗、峴潭都是他經常登臨的處所。他對山水有着濃厚的興趣，在各種場合，他似乎都不會忘記山水。他在《聽鄭五愔彈琴》詩中説：「余意在山水，聞之諧夙心。」於《經七里灘》詩中説：「爲多山水樂，頻作泛舟行。」在《夜登孔伯昭南樓時沈太清朱昇在座》詩中説：「山水會稽郡，詩書孔氏門。」在《登望楚山最高頂》詩中説：「山水觀形勝，襄陽美會稽。」在《和張明府登鹿門山》詩中又説：「絃歌既多暇，山水思彌清。」在《自洛之越》詩中還説：「山水尋吴越，風塵厭洛京。」總之，他似乎把山水看成了須臾不能或離的東西，快樂時以此作爲歡愉的輔助，失意時以此作爲精神的補償。他在山水中尋找他所需要的營養，根據他自己特殊的審美情趣，挖掘山水中美的内涵。

大自然之美，是因時因地而不同的，時有四季晨昏，地有四方遠近，各具特色。孟浩然對大自然的美，有着廣泛的興趣，大自然多姿多態的景色，幾乎都能反映在他的詩作中。其《晚春臥疾寄張八子容》云：

南陌春將晚，北窗猶臥病。林園久不遊，草木一何盛。狹徑花將盡，閒庭竹掃淨。翠羽戲蘭苕，赬鱗動荷柄。

寫晚春林園景色如畫，草木茂盛，花將落盡，這都是静景；而翠鳥在蘭苕上嬉戲，金魚在水中漫游，觸動了荷柄，則是動景。不僅色彩美麗，而且有一種自然界的生氣。其《秋宵月下有懷》云：

秋空明月懸，光彩露霑濕。驚鵲棲未定，飛螢卷簾入。庭槐寒影疎，鄰杵夜聲急。佳期曠何許！望望空佇立。

明月露珠，驚鵲飛螢，庭槐寒影，鄰杵夜聲，把這些具有秋季特徵的事物，集中起來，從而突現出秋宵景象，表現出一種幽雅的美。其《南歸阻雪》詩云：

曠野莽茫茫，鄉山在何處？孤烟村際起，歸雁天邊去。積雪覆平皋，飢鷹捉寒兔。

這是作者在開元十七年回襄陽途中所作的詩，時值隆冬，正逢大雪。作者通過細膩的觀察，捕捉具有典型性的景物，刻畫入微，雪景如畫，表現出一種潔凈的美。寫傍晚則稱「群壑倏已暝」（《宿業師山房待丁公不至》）；寫清晨則稱「山明翠微淺」（《登鹿門山懷古》）；寫長江則稱「大江分九派，淼漫成水鄉」（《自潯陽泛舟經明海》）；寫北澗則稱「津無蛟龍患，日夕常安流」（《與黄侍御北津泛舟》）。描寫景物，都能曲盡其妙，表明了作者對於大自然的美有多方面的興趣：他不僅喜愛静態美，而且喜愛動態美；他不僅喜愛色彩美，而且喜歡雅淡美等等。

但是我們也應該看到，他在廣泛愛好中，也有其獨特的愛好，即特别喜愛清幽的美。他似乎對「清」有特殊的興趣，他的詩篇裏出現最多的詞，似乎就是「清」。他稱風爲「清風」，稱水爲「清溪」、「清泉」、「清波」、「清流」、「清川」；白天則稱「清晝」；夜間則稱爲「清夜」；早晨則稱「清曉」、「清旦」；思則稱「清思」；興則稱「清興」，如此等等，不一而足。他在詩的境界上，特别喜愛創造清的境界，成爲他詩歌的特有的藝術風格。他在秘省賦詩時，唱出了「微雲淡河漢，疎雨滴梧桐」的名句，參與賦詩的人都「嗟其清絶」，這倒是抓住了孟詩的風格特點。杜甫也稱贊他「清詩句句盡堪傳」，也是强調一個「清」字。

清與幽是緊密相連的，孟浩然在愛「清」的同時，也特别喜愛「幽」，這個「幽」字，在他的詩篇中也是出現很多的一個詞。他有一首詩叫作《雲門寺西六七里聞符公蘭若最幽與薛八同往》。

當他聽到「符公蘭若最幽」時，便「與薛八同往」，可見他的目的在於「尋幽」。其《本闍黎新亭作》亦云：「傍險山查立，尋幽石逕迴。」他對山往往稱「幽山」，對人則常稱「幽人」，對欣賞則稱「幽賞」，對興會則稱「幽興」等等。不難看出，他的審美情趣，在於追求一種「清幽」的境界。

過去評論家都承認孟浩然「清」的藝術風格，除前所舉的杜甫的評論外，高棅則稱之爲「清雅」（《唐詩品彙·總序》）、「清遠」（《唐詩品彙·五言律詩敘目》）。胡震亨《唐音癸籤》引徐獻忠語云：「襄陽氣象清遠。」胡應麟亦稱孟詩爲「清空閒遠」、「清空雅淡」（《詩藪·內編》卷四），又稱孟詩「清而曠」。總之，對孟詩「清」的特點，都無異辭，而對其「幽」則多未提及。據我所知，似乎只有翁方綱稱其詩有「清空幽冷，如月中聞磬，石上聽泉」（《石洲詩話》卷一），提出「幽」的特點。將「幽」與「冷」相連，我以爲不甚妥帖，然而究竟把「幽」提了出來，還是難得的。

孟浩然對大自然的景物，特別注意選取那種清而幽的景象，創造出一系列清而幽的境界，如：

時見歸村人，平沙渡頭歇。天邊樹若薺，江畔舟如月。（《秋登萬山寄張五》）

散髮乘夕涼，開軒臥閒敞。荷風送香氣，竹露滴清響。（《夏日南亭懷辛大》）

夕陽度西嶺，群壑倏已暝。松月生夜涼，風泉滿清聽。（《宿業師山房待丁公不至》）

移舟泊烟渚，日暮客愁新。野曠天低樹，江清月近人。（《宿建德江》）

山暝聞猿愁，滄江急夜流。風鳴兩岸葉，月照一孤舟。（《宿桐廬江寄廣陵舊遊》）

以上數例，很能代表孟詩的特色。例一是作者在萬山上所見到的景物，遠望天邊，樹矮如薺；

近看江畔，舟形如月，一片静謐景象。但作者也看到了人的活動，他們只是「平沙渡頭歇」，一點也不喧譁，絲毫也没有破壞這幽静的氣氛。如果説這首詩由於作者使用了比喻手法，其清幽還不够突出，不够典型，那麽例二便十分清楚了。詩人散髮乘涼，倚窗而卧，心情閑適。這時他嗅到了一陣微風吹來的荷花香氣，聽到了竹葉上露水下滴的響聲。荷花的香氣，是輕淡的，然而可以嗅到；竹葉上露珠的下滴聲，是細微的，然而可以聽到，這個境界可謂清極，幽極！皮日休謂「謝朓之詩句，精者有『露濕寒塘草，月映清淮流』，先生則有『荷風送香氣，竹露滴清響』，此與古人争勝於毫釐也。」（《郢州孟亭記》）兩人詩句，風格頗爲近似，可謂知言。例三與例二在藝術風格上是極相類的。詩人寫時間的發展，景物的變化，日落西山，山谷晦暗，明月東上。這時詩人捕捉到的景物是「松月」、「風泉」，月光透過松枝，照射下來，好像更加深了夜間的涼爽；風聲吟吟，泉流潺潺，清越之聲，更增加了夜間的寂静。施補華在評論杜甫時説：「《奉先寺》詩，『陰壑生虚籟，月林散清影』，清幽何減孟公『松月生夜涼，風泉滿清聽』之句？」（《峴傭説詩》四）他認爲孟浩然「松月」二句詩是「清幽」，確實抓住了這兩句詩的特點。這不禁使我們想起了王維的「明月松間照，清泉石上流」（《山居秋暝》），無怪王、孟合稱，二人藝術風格確有極端近似之處。例四是詩人在吴越之游期間，溯浙江而上，宿於建德所作。時已黄昏，曠野茫茫，一望無際，似乎遠處的天空比近處的樹木還要低。夜幕已降，明月高懸在天空，江水清明如鏡，明月映入清水之中，水中之月與天空之月，交相輝映，真不知何者爲天空之月，何者爲水中之月。月在水中，人在舟中，的確是月與人「近」。這種情趣，似出奇想，然而却又是實實在在的景色。曠野無邊，水清月明，萬籟俱寂，這種境界，可謂清幽之至。胡應麟稱之爲「神品」（《詩藪·内編》卷六），潘德輿稱之爲「奇作」（《養一齋詩話》卷一），並非過譽。例五與例四大致作於同時。作者夜宿桐廬江，除了聽到猿啼外，又聽到風吹樹葉的鳴聲。這種風不是微風而是急風，水流是急流而不是細流，所以發出的聲音不是「風泉滿清聽」，而是「風鳴兩岸葉」。颯颯之聲（當時正是秋季），不絶於耳，似乎不够寂静，然而明月高懸，照在滄江之上，唯有一葉孤舟，那風聲不僅不感到喧鬧，反而更令人感到清幽。這不禁使我們想起了「蟬噪林逾静，鳥鳴山更幽」（王籍《入若耶溪》）的詩句，看似矛盾，實更深刻。

我認爲「清幽」是孟浩然詩歌藝術風格上的主要特徵，這自然與詩人審美情趣密切相關，而這種審美情趣，又和他的生活、思想密切聯繫着。他一生大部時間是在隱逸中度過的，隱逸生活所追求的生活境界與藝術境界就是清幽。他的《夜歸鹿門歌》，既能代表他的生活情趣，也能代表他的藝術情趣。在那黄昏時節，詩人乘舟回歸鹿門山，這時的景況是：「鹿門月照開煙樹，忽到龐公棲隱處。巖扉松徑長寂寥，惟有幽人夜來去。」景物清幽，人亦清幽，人景渾然合一，生活境界與藝術境界，似乎界限也不大分明了。胡應麟認爲「孟詩淡而不幽，時雜流麗」

（《詩藪·内編》卷四）。孟詩雜以「流麗」的詩是有的，但爲數不多，不能算作孟詩的主要特徵；特别是完全否定孟詩之「幽」的主張，恐怕是很不妥當的。

孟詩在藝術風格上另一個特色是「清淡」，這個特色也早已爲人們所發現，胡應麟稱孟詩爲「淡」、「簡淡」、「清空雅淡」（《詩藪·内編》卷四、卷五）。淡的内涵，比較抽象，似難掌握。我以爲就人的品格講，所謂淡，即指淡泊；倘就審美情趣講，所謂淡，即指雅淡，也就是不艷麗。劉辰翁在比較韋應物與孟浩然二人的風格時説：「其（按：指韋應物）詩如深山採藥，飲泉坐石，日宴忘歸。孟浩然如訪梅問柳，偏入幽寺。二人趣意相似，然入處不同。韋詩潤者如石；孟詩如雪，雖淡無彩色，不免有輕盈之意。」（《孟浩然詩集》跋語）劉辰翁這裏是把「淡」與「彩色」對稱的。李東陽在比較王維與孟浩然時説：「唐詩李杜之外，王摩詰、孟浩然足稱大家。王詩豐縟而不華靡，孟却專心古淡，而悠遠深厚，自無寒儉枯瘠之病。由此言之，則孟爲尤勝。」李東陽這裏是用「古淡」與「豐縟」對稱的。

孟浩然寫生活，大體是那些淡泊的生活，如《早發漁浦潭》的「東旭早光芒，渚禽已驚聒。臥聞漁浦口，橈聲暗相撥」；《宿永嘉江寄山陰崔國輔少府》的「我行窮水國，君使入京華。相去日千里，孤帆天一涯。臥聞海潮至，起視江月斜」；《遊精思觀迴王白雲在後》的「出谷未停午，至家已夕曛。迴瞻下山路，但見牛羊羣。樵子暗相失，草蟲寒不聞。衡門猶未掩，佇立待夫君」。都是用樸素的語言，敘述恬淡的生活，使讀者感到是那麼清淡，所以聞一多先生認爲，《遊精思觀迴王白雲在後》一詩「淡到令你疑心到底有詩没有」（《唐詩雜論・孟浩然》）的地步。

他寫自然景物很少是設色敷彩、濃妝艷抹的，大都是以素淡出之。除以上所舉詩外，再如《萬山潭》：「垂釣坐磐石，水清心益閒。魚行潭樹下，猿挂島藤間。遊女昔解佩，傳聞於此山。求之不可得，沿月棹歌還。」從這首詩可以看出，詩人的心情是清淡的，景物的描寫也是清淡的，無怪聞一多先生認爲，這詩是「淡到看不見詩了，才是真正孟浩然的詩，不，説是孟浩然的詩，倒不如説是詩的孟浩然更爲準確」（同上）。

總之，「清幽」、「清淡」是孟詩的藝術特色。特别是「清幽」，在孟詩中佔有主要地位，孟詩的名句，大都屬於這個方面，而且他所創造的清幽境界，最具有藝術魅力，最能感人。當然「清淡」的詩篇也有一些，但不及「清幽」者突出。

歷代評論家對孟詩的藝術特色，評論不少，然其用詞則頗不一致，除「清幽」、「清淡」之外，有的人稱之爲「清雅」（高棅《唐詩品彙》總序、郎廷槐《師友詩傳録》六）；有的人稱之爲「清遠」（胡震亨《唐音癸籤》卷五引徐獻忠語，《唐詩品彙》五言律詩敘目）；有的人又稱之爲「清空雅淡」，「清空閒遠」，「清而曠」，（胡應麟《詩藪・内編》卷四），有的人又稱之爲「清空自在，淡然有餘」（施閏章《蠖齋詩話・孟詩》）。這些詞語，都比較抽象，它的外延與内涵，都不是那麼清晰，因此每個評論家在理解和使用它時也有所不同。而同一評論家在評論孟詩同一風格時，也常會出現不同的詞語。例如：高棅既稱孟詩爲「清雅」，又稱之爲「清遠」，在他的心目中，「清雅」與「清遠」似乎没有多大區别；徐獻忠既稱之爲「清遠」，又稱之爲「閒澹」，在他的心目中，「清遠」與「閒澹」似乎又是一致的；胡應麟既稱之爲「清空閒遠」，又稱之爲「清空雅淡」，在他的心目中，這兩個評語的意義，似乎也没有多大的分别。對孟詩藝術風格的衆多評論中，用語儘管不同，而其含義基本上是一致的，可以説大體不出「清幽」、「清淡」的範圍。

孟詩在藝術風格上的第三個特點是「雄渾」、「壯逸」。孟詩固然以清幽雅淡見長，然亦偶有雄渾之作，《吟譜》云：「孟浩然詩祖建安，宗淵明，沖澹中有壯逸之氣。」（胡震亨《唐音癸籤》引）這裏談到孟詩的淵源，其看法是否準確，故置不論，而其評語則是有道理的。所謂「沖淡」，實即指其清幽雅淡，「壯逸之氣」，即指其「雄渾開闊」。其雄渾之詩最膾炙人口者莫如《望洞庭湖上張丞相》「八月湖水平，涵虚混太清。氣蒸雲夢澤，波動岳陽城」（原作「動」，後人改「撼」，詳見本詩校注）。劉辰翁認爲此詩「起得渾渾稱題，而氣概横絶」。胡應麟則以爲「氣蒸雲夢澤，波撼岳陽城」是浩然的「壯語」（見《詩藪·内編》卷四）。沈德潛則認爲「起法高渾，三四渾闊，足與題稱」（《唐詩别裁》）。曾季貍云：「老杜有《岳陽樓》詩，浩然亦有。浩然雖不及老杜，然『氣蒸雲夢澤，波撼岳陽城』，亦自雄壯。」（《艇齋詩話》）評論家大多數是肯定這首詩的，而且一致認爲氣勢雄壯。

這首詩所寫的景象是開闊的，雄偉的。八月秋汛，湖水爲滿，天水相接，混而爲一；水氣蒸發，霧氣籠罩了雲夢澤廣大地區；洞庭湖水，波濤洶湧，似乎在動摇着岳陽城。境界高闊，氣勢雄渾。《孟集》中像這種風格的詩，的確不多，但也還有幾首。例如《彭蠡湖中望廬山》：

太虚生月暈，舟子知天風。挂席候明發，渺漫平湖中。中流見匡阜，勢壓九江雄。黯黮凝黛色，峥嶸當曙空。香爐初上日，瀑布噴成虹。

這首詩描繪出大自然的廣闊圖景，氣勢磅礴，格調雄渾。遼闊無邊的太空，懸掛着一輪暈月，景色微帶朦朧，預示着天風將要來臨。在渺漫的湖水中，遥望廬山，廬山巍峨高峻，似乎有意壓住長江滔滔江流的雄偉氣勢。潘德輿認爲，這首詩「精力雄健，俯視一切，正不可徒以清言目之」（《養一齋詩話》）。這個評語是有道理的，它的確不是那種「清幽」、「清淡」的風格，而是「雄渾」、「壯逸」的。

此外還有兩首觀潮詩，均作於吴越之游行抵杭州時。一首是《與顔錢塘登樟亭望潮作》：

百里聞雷震，鳴絃暫輟彈。府中連騎出，江上待潮觀。照日秋雲迥，浮天渤澥寬。驚濤來似雲，一坐凜生寒。

另一首是《與杭州薛司户登樟亭驛》：

水樓一登眺，半出青林高。帟幕英僚敞，芳筵下客叨。山藏伯禹穴，城壓伍胥濤。今日觀溟漲，垂綸學釣鼇。

這兩首詩評論家大都没有談及，據我所知，只有第二首劉辰翁評曰：「與《洞庭》詩稱壯，實過之。」他認爲這首詩的雄壯，超過了《望洞庭湖上張丞相》，這是很有眼光的。不過第一首似更雄渾。詩中用枚乘《七發》「疾雷聞百里」句意，百里之外，已聞濤聲，則波濤之高，可想而知。日照天空，秋雲寥遠，天海相連，又似天浮海上，境界之開闊、雄偉，似乎還超過了「氣蒸雲夢澤」，「涵虚混太清」，遺憾的是却没有引起評論家的注意。

孟詩在藝術風格上第四個特點是「平易」、「質樸」而「自然」。在此以前的三個特點，都是從詩人所創造的境界以及詩人的審美情趣這個角度提出來的。如果從詩人對語言的使用和藝術構思的角度看，則能顯示出孟詩平易、質樸而自然的風格。劉辰翁評孟詩云：「浩然詩高處，不刻畫，只似乘興。」（《孟浩然詩集》跋語）正指出了孟浩然詩這方面的特點。

人事有代謝，往來成古今。江山留勝迹，我輩復登臨。（《與諸子登峴山》）

這四句詩，没有難懂的字眼，也没有什麽典故，所以讀來易於理解。然而細想起來，又包含着一定的哲理。大至朝代更替，小至一家興衰，一個人由少而壯，由壯而老，由老而死：「人事」不停地變化着，在不停的「代謝」中。寒來暑往，春去秋來，時光不停地流逝着，從而形成了「古今」。這幾句詩，不僅字句平易，道理也平易，似乎每個人都能感到。但是感到的東西，未必就是深刻理解的東西，因此往往難以道出。孟浩然却一語道破，使得讀者大有「骨鯁在喉，一吐爲快」的感覺。只覺得它暢快，自然而深刻，够得上是深入淺出，平易近人，自然流暢。沈德潛謂孟詩「語淡而味終不薄」（《唐詩别裁》），是有道理的。孟詩的平易自然還表現在景物的描寫上，如：

八月湖水平，涵虚混太清。氣蒸雲夢澤，波動岳陽城。（《望洞庭湖上張丞相》）

二月湖水清，家家春鳥鳴。林花掃更落，徑草踏還生。（《晚春》）

這些詩句，除「涵虚混太清」略爲生疏外，也没什麽難懂的句子，景物是常見的，都是寫湖水，一首用「平」，一首用「清」，都是常用詞，也不難理解。以常用詞寫常見景，却極有表現力。八月正是汛期，江河猛漲，洞庭湖有湘、沅諸水的灌注，有長江的倒灌，湖水爲滿，與岸相平，天水相接，波濤洶湧，這個「平」字，顯示出湖水之大，也正是以下諸句的依據。二月正是枯水季節，湖（這個湖可能是襄陽附近的小湖）水自然不會太大，而且春季的水，碧藍澄清，絶不像汛季之混濁，「清」字正表現春日湖水的景色。「清」、「平」二字，正見出平易而自然。如果説二詩後面的語句還不够「質樸」的話，那麽無妨再舉數例：

木落雁南度，北風江上寒。我家襄水曲，遥隔楚雲端。（《早寒江上有懷》）

北固臨京口，夷山近海濱。江風白浪起，愁殺渡頭人。（《楊子津望京口》）

前首寫秋景，木葉漸脱，北雁南飛，這些景物最具有秋季特徵，詩人抓住了這個典型景象，集中描繪，使讀者頗有身臨秋境之感。北風呼嘯，又在江邊，自然更爲寒冷，這就把「江上早寒」刻畫入微，而在這種環境裏，遠方游子當然最易引起思鄉之念。作者描寫這個景物，語言平易質樸，既無生詞，亦無僻典，淡淡寫來，却能引人入勝。後首寫詩人站在長江北岸，眺望長江的景象。映入眼簾的，首先是北固山和夷山，俯視江中，白浪洶湧，波浪成了白色，足見波浪之高峻，水勢之湍急。字句十分好懂，質樸像白話，然而却很有表現力，很能牽動作者的心弦。此詩寫於作者赴吴越時期，他行抵揚子津，是要過長江的，所以他對「江風白浪」特別敏感。「愁殺渡頭人」，多麽通俗，多麽自然！簡直平淡之極，質樸之至，然而讀來却感到真摯深厚。這個抒情的句子，就是以上面景物描寫爲基礎的，兩相映襯，既顯景真，亦顯情真。皮日休所謂「遇景入詠，不拘奇抉異，令齷齪束人口者，涵涵然有干霄之興，若公輸氏當巧而不巧者也」（《郢州孟亭記》），倒是抓住了孟浩然在景物描寫上的一個主要特點。孟浩然的山水詩大都具有這種平易、質樸而自然的風格，不再詳舉。

他又善於用平易、質樸而自然的語言描寫他生活的各個方面，他多次漫遊，寫了不少在旅行中心情感受的詩。例如：

挂席幾千里，名山都未逢。泊舟潯陽郭，始見香爐峰。嘗讀遠公傳，永懷塵外蹤。東林精舍近，日暮空聞鐘。（《晚泊潯陽望香爐峰》）

歷代評論家對此詩都很贊賞，有的稱爲「自然高遠」（吕本中《童蒙詩訓》）；有的稱之爲「色相俱空，政如羚羊挂角，無跡可求，畫家所謂逸品」（《帶經堂詩話・入神類》），這些評論都是根據後四句，就詩的意境上講的。依我看來，這首詩意境上是有些高遠空靈的味道，這是來源於佛家的塵外之想，但這點塵外之想，並不足取，如果從意境來説，似乎還不及上面所講的那些清幽之詩。我以爲本詩高明之處主要在於它的平易自然，無雕琢造作的痕迹。施補華注意到它「全首不對」、「妙極自然」（《峴傭説詩》一〇），沈德潛認爲這首詩，「通體俱散」，「興到成詩，人力無與」（《説詩晬語》卷上）。這些評論倒是比較符合實際的。

他寫春眠初醒的感受，也是平易而自然的：

春眠不覺曉，處處聞啼鳥。夜來風雨聲，花落知多少。（《春曉》）

這首小詩，寫清晨初醒一刹那的感受，從藝術構思上看是很平淡的，誰没有春眠初醒的經歷呢？香甜的春睡，一覺醒來，聽到了鳥啼，啼聲並非來自一處，而是「處處」。鳥啼之聲，充滿寰宇，這就能把讀者帶進無比廣闊的大自然，使讀者去體味大自然春日早晨的無限生機。而詩人又想到昨夜風雨，春花必然受到摧殘，不免又産生一絲惋惜的味道。詩作雖短，感觸頗深，劉辰翁評爲：「風流閑美，正不在多。」道出了部分道理。這首詩平易自然的風格是很突出的，既無雕琢之痕，亦無造作之態，平鋪直敘，似擺家常，信爲佳作。衆多選本，大多選有此詩，不爲無故。

應邀吃飯，本是人之常情，孟浩然這種詩作，也顯露其平易自然的風格，如：

故人具雞黍，邀我至田家。緑樹村邊合，青山郭外斜。開筵面場圃，把酒話桑麻。待到重陽日，還來就菊花。（《過故人莊》）

順敘寫來，事情經過極爲清晰，表現出作者與農民間質樸的感情。而語言平淡，正與質樸的感情恰相合拍。更突出了孟詩那種平易、質樸而自然的風格。方回評此詩「句句自然，無刻畫之迹」（《瀛奎律髓》）；冒春榮認爲「詩以自然爲上，工巧次之」，並認爲孟浩然《過故人莊》是「不事工巧極自然者」（《葚原説詩》卷一），兩家評論都是頗爲中肯的。

孟浩然爲詩，佇興而作，語出自然，不事雕琢，從而形成其平易、質樸而自然的風格，本來是值得稱贊的。然而王士禎以爲孟詩「未能免俗」（《漁洋詩話》卷上五二）；葉燮以爲「孟浩然諸體，似乎澹遠，然無縹渺幽深思致，如畫家寫意，墨色都無。蘇軾謂『浩然韻高而才短，如造内法酒手，而無材料』，誠爲知言。後人胸無才思，易於衝口而出，孟開其端也」。王士禎的所謂「俗」，蓋即指其平易、質樸而言的，這個評論，不免偏頗。而葉燮的「後人胸無才思，易於衝口而出，孟開其端」的説法，我們則更未能苟同。孟詩平易、質樸而自然，絶非「衝口而出」者，那是經過詩人仔細深入的觀察，而以平淡出之，正所謂「寄至味於平淡」（劉大勤《師友詩傳續録》一五），絶非淺俗可比。試問：「天邊樹若薺，江畔舟如月」；「荷風送香氣，竹露滴清響」；「松月生夜涼，風泉滿清聽」；「野曠天低樹，江清月近人」；「風鳴兩岸葉，月照一孤舟」；「莫愁歸路暝，招月伴人還」；「人事有代謝，往來成古今」……這些詩句「俗」乎？「衝口而出」者乎？倘若不是對自然、社會有深入的觀察，倘若不是對美有執着的追求，倘若不是對美有深入的體會，如何能創造出如此優美的境界，如何能寫出如此清幽的詩篇？我看王士源稱其

「匠心獨妙」(《孟浩然詩集序》),陶翰稱其「匠思幽妙」(《送孟大入蜀序》),王世貞稱其「造思極苦,既成乃得超然之致」(《藝苑卮言》卷四),倒還有些見識的。朱承爵稱「孟浩然眉毛盡落,皆苦吟之驗」(《存餘堂詩話》),雖係傳聞,亦非無稽。至於葉燮「衝口而出」的指責,他的學生薛雪就很不以爲然,他在《一瓢詩話》五八就指出:「前輩論詩,往往有作踐古人處。……『後人胸無才思,易於衝口而出,孟開其端也。』此是過信眉山之説,作踐襄陽語也。假如『氣蒸雲夢澤,波撼岳陽城』,亦衝口而出者所能道哉?」這是薛雪直接駁斥他老師葉燮的。兩相比較,顯然是薛雪的意見更符合孟浩然的實際。

總而言之,孟詩在反映社會生活上,不够深刻,所涉及的生活面也比較狹窄,但在思想上有一定的進步意義,也是無法否認的。至於孟詩的藝術成就,那是比較突出的。他以山水田園、漫遊隱逸爲詩歌的基本内容,在美的追求上有獨特的情趣,創造出清幽雅淡的境界,能給予讀者以幽美的享受,在美的陶冶中,不期然地産生悠然神遠的情趣,對於讀者美好情操的培養,是頗爲有益的。加以他那平易、質樸而自然的詩風,可謂别具一格。這就爲盛唐時代衆花競艷的百花園裏,增添一種幽香淡雅的花卉,在有唐一代,孟浩然正是這一流派的開創者。

本書校勘以明刊本爲底本,這是由於《四部叢刊》據此影印,《四部備要》據此排印,因而這個本子最爲通行的緣故。

《孟浩然詩集》最早的本子當然是唐本，那是天寶四載，王士源將搜集到的孟詩，彙編成册的。天寶九載，韋滔見到時，已經是「書寫不一，紙墨薄弱」，因此他重新繕寫，增其條目，並送上秘府保存。這是《孟集》最早的本子，然而這個本子早已亡佚了。

宋代的本子當不止一種，但我們今天所能見到的只有蜀刻本一種。這個本子收詩二百一十首，而王士源《序》稱收詩二百一十八首，與《序》相差八首。宋晁公武《郡齋讀書志》云：「孟浩然詩一卷……，所著詩二百一十首，宜城處士王士源序次爲三卷，今併爲一，又有天寶中韋縚（滔）序。」晁氏所見，當爲唐本，與宋蜀刻本基本相同，可見宋蜀刻本是最接近唐本的一個本子。這是我在校勘中最重要的依據之一。

明代本子較多，除以上所説的明刊本外，又選用了明活字本和汲古閣本。明活字本歷來爲版本家所珍視；而汲古閣本是毛晉根據宋本、元劉須溪評本、明弘治關中刻本校勘而成的一個新的本子（他雖然在《後記》中説「悉依宋刻」，「不敢臆改」，然而實際上改動還是不少的）。這個本子的校勘記，記録了宋、元、明各本的不同，這對我的校勘極爲有益，而對讀者亦有參考價值，以是大都採用。此外藻翰齋本也是一個比較好的本子，但未能借到，縮微膠卷只拍攝了開端極小部分，所以無法充分利用。儘管如此，對於我的校勘工作也是有幫助的。

清代本子則還用了碧琳瑯館重刊本。這個本子是以明淩濛初本爲底本而重刊的，朱墨二色套印，保存了宋劉辰翁、明李夢陽評語。

《全唐詩》雖然成書於清康熙年間，然而它是根據明胡震亨的《唐音統籤》和清季振宜的《唐詩》校補而成的，經過幾代人的校補，一般説來較爲平實，具有重要的參考價值。可惜其校勘記只注「一作某」，而未注明某本。所以對《全唐詩》的校勘記採用較少。

《文苑英華》這部總集，成書於宋太平興國年間，時間更早於宋蜀刻本。該書著録孟詩九十餘首，將及宋本《孟集》之半，特别是周必大等人的校勘記，從中我們可以看出周氏所據宋本與宋蜀刻本之異同。此書及其校勘記也是我校勘時的重要依據之一。

較早的選本，如唐殷璠的《河嶽英靈集》、芮挺章的《國秀集》、韋莊的《又玄集》、韋縠的《才調集》，宋王安石的《唐百家詩選》、蔡正孫的《詩林廣記》，元方回的《瀛奎律髓》及明初高棅的《唐詩品彙》等選本，均選有孟詩。由其時代較早，頗足珍貴，故都予以充分利用。

詩篇的排列，當然以編年爲最好，但對孟的多數詩篇，一時尚難於判斷寫作年代，故仍依明刊本編排。

本書「附録」部分，包括歷代評論、孟浩然傳記及唐本原序諸内容。歷代對孟詩的評論頗多，難以全録，僅選録一部分。選録的標準是：具有代表性者；意見不同，針鋒相對者；用比較法説明其風格之異同者；從文學發展角度説明其流變者等等。至於所列各條，乃隨讀隨記，前後次序，則未遑按時排列。孟浩然傳記見於《舊唐書》、《新唐書》及《唐才子傳》，照録原文，以資參考。唐本王士源序，明活字本、汲古閣本與底本同，但與宋蜀刻本、明藻翰齋本出入較多，而宋本與藻翰齋本又不盡相同。今用此二本校勘，擇要録出異文。至於韋滔重序，明活字本、汲古閣本俱不載，仍用宋本、藻翰齋本略加校勘，以備讀者參考。

本書寫作過程中，曾經受到徐永年、林昭德諸同志的關心與鼓勵，其中特别是徐永年同志，幫助我解決了不少實際問題，並爲本書題寫書名；蔡忠民同志對本書初稿提出不少寶貴意見，改正了一些錯誤，特此一併致謝！

本書寫作，始於一九八〇年，因本職工作繁忙，只能利用業餘時間，自開始搜集資料至全部脱稿，共用了六個年頭，時間不可謂不長；但真正用於本書的時間，又不可謂不短。加以本人年事已高，反應遲鈍，學識粗疏，常感力不從心，缺點錯誤，在所難免。尚望專家學者，提出批評，以匡不逮。

一九八六年九月李景白於西南師範大學

凡例

一、本書校勘，用書較多，爲節約篇幅，全用省稱。宋蜀刻本簡稱宋本（但在引用周必大或毛晉校勘記時，該校勘記所引宋本與蜀刻本有差異時，始用全稱），明活字本簡稱明活本，汲古閣本簡稱汲本，清碧琳瑯館重刊本簡稱清本，《文苑英華》簡稱《英華》，《唐百家詩選》簡稱《詩選》，《詩林廣記》簡稱《詩林》，《瀛奎律髓》簡稱《律髓》，《河嶽英靈集》簡稱《英靈集》； 其不便省稱者，則仍用全名。

二、本書校勘中對於異文的處理，以力求符合詩意爲原則。 爲了使讀者了解各本情況，一般將所據各本的異同，依次列出，讀者亦可從中判斷校者的校改是否恰當，以期共同研討。

三、對於都能講通的異文，一般選用較古之本，以求古本之真。

四、異體字均改爲通行繁體，某字首次出現時加以説明，以下從略。

五、他人之作，有混入《孟集》者，由於底本及其他各種版本亦多收録，故仍予以保留，但在注釋中加以説明。 有的詩有人疑非孟作，但未取得一致意見，而各本又均收録，對於這類詩作亦予保留，亦在注釋中加以説明。

六、本書校、注合一，先校後注，不另立校勘記。

七、對於詩中的難詞、典故、史實、人名、地名以及前人詩文等盡可能追本求源，注明出處。重出者一般只注見某首某注，惟對取義不同者，另作補充。但對字句一般不作串講。

八、過去對於某詩有評語者，選輯一部分，附於該詩之後，注明出處。清碧琳瑯館重刊本《孟浩然詩集》原有宋劉辰翁、明李夢陽評語，本書選擇録用，不再注出處。

目録

孟浩然詩集校注卷第一

五言古詩

孟浩然詩集校注卷第二

七言古詩

五言排律

孟浩然詩集校注卷第三

五言律詩

孟浩然詩集校注卷第四

五言律詩

七言律詩

五言絶句

七言絶句

補遺

附録

傳記

序

孟浩然詩集校注卷第一

五言古詩

尋香山湛上人〔一〕

朝游訪名山，山遠在空翠〔二〕。氛氳亘百里〔三〕，日入行始至。谷口聞鐘聲，林端識香氣〔四〕。杖策尋故人〔五〕，解鞍暫停騎〔六〕。石門殊豁險〔七〕，篁逕轉森邃〔八〕。法侶欣相逢〔九〕，清談曉不寐。平生慕真隱，累日探靈異〔一〇〕。野老朝入田〔一一〕，山僧暮歸寺〔一二〕。松泉多逸響〔一三〕，苔壁饒古意。願言投此山〔一四〕，身世兩相棄〔一五〕。

〔一〕題目：明活本、清本、《全唐詩》同。宋本、《英華》、汲本「湛」作「堪」。《孟集》中尚有《還山貽湛法師》一詩，「湛上人」當即「湛法師」，「堪」蓋形近而誤。上人：對僧人之尊稱，言其德行至上。《摩訶般若經》：「一心行阿耨菩提多羅三藐三菩提，心不散亂，是名上人。」《世説新語·文學》：「殷中軍讀小品。」劉孝標注引《語林》：「且己所不解，上人未必能通。」這是王羲之尊稱支道林的話。本詩「湛上人」疑即僧湛然。參看《還山貽湛法師》注〔一〕。

〔二〕在：宋本、明活本、汲本、《全唐詩》等，同。《英華》作「若」，非。空翠：天空高遠處呈翠色，故稱高空爲空翠。

〔三〕氛氲：宋本、明活本、汲本、《全唐詩》、《品彙》同。《英華》作「氣氲」，非。山間雲氣彌漫之貌，稱氛氲。《文選·謝惠連〈雪賦〉》：「其爲狀也，散漫交錯，氛氲蕭索。」李善注：「氛氲，盛貌。」

〔四〕谷口二句：宋本在「苔壁饒古意」句之後。根據詩意看，作者是早晨出遊，先遠望山景，然後行至山下，接着便聽見鐘聲，嗅到香氣，以後見到湛上人，與湛上人清談。用的是順敘寫法，放在與湛上人會面之後，便不甚合理，顯得層次混亂。當係傳抄中的錯亂。鐘：汲本、清本、《全唐詩》同。宋本、《英華》、明活本作「鍾」。按：《説文》：「鍾，酒器也。」「鐘，樂鐘也。」可見二字意義有别。中古往往混用，而近代又常根據其本義區别使用。宋、明刻本均作「鍾」（毛晉已是明末清初人，故汲本已改作「鐘」）。清本及《全唐詩》則均作「鐘」，正反映了這種變化。今依通行體。下同。

〔五〕杖策：「杖」通「仗」，意猶持。《書·牧誓》：「王左杖黄鉞。」策，馬鞭。《禮記·曲禮》：「君車將駕，則僕執策立於馬前。」杖策，意即執鞭。

〔六〕騎（jì）：帶有鞍轡的馬。《戰國策·趙策二》：「趙地方二千里，帶甲數十萬，車千乘，騎萬匹。」

〔七〕豁險：原作「壑險」。宋本、汲本作「豁陰」。明活本、《英華》、《全唐詩》作「豁險」，據改。《文選：左思《蜀都賦》：「峻岨塍埒長城，豁險吞若巨防。」劉逵注：「豁，深貌也。」

〔八〕篁：竹。《説文》：「篁，竹田也。」因稱竹爲篁。逕：汲本、《全唐詩》、《英華》同。宋本、明活本作「徑」，意同。《玉篇》：「逕，路徑也。」森：汲本、明活本、《全唐詩》、《英華》同。宋本作「深」。邃：《説文》：「邃，深遠也。」

〔九〕法侶：同奉佛法，故曰法侶。猶言同道。

〔一〇〕探靈異：《英華》同。宋本、汲本作「求靈異」。明活本、清本、《全唐詩》作「探奇異」。《品彙》作「探多異」。

〔一一〕入田：《英華》、明活本、《品彙》、清本、《全唐詩》同。宋本、汲本作「入雲」。野老指農夫，則以「入田」爲佳。

〔一二〕暮：宋本、明代各本及《全唐詩》同。《英華》作「慕」，蓋音同形近而誤。

〔一三〕逸：原作「清」。宋本、汲本、清本、《全唐詩》作「逸」，據改。

〔一四〕願：猶每。《詩·邶風·二子乘舟》：「願言思子，中心養養。」毛傳：「願，每也。」言：語助詞。

〔一五〕兩：宋本、明活本、汲本、《全唐詩》同。《英華》作「永」，誤。棄：原作「弃」。「弃」，古文「棄」字，見《説文》。今改通行體。

劉辰翁曰：幽致正在里許。

張謙宜《絸齋詩談》卷五：《尋香山湛上人》真味性靈在字句外，古詩正派。

雲門寺西六七里聞符公蘭若最幽與薛八同往〔一〕

謂余獨迷方〔二〕，逢子亦在野。結交指松柏〔三〕，問法尋蘭若。小溪劣容舟〔四〕，怪石屢驚馬〔五〕。所居最幽絶，所住皆静者〔六〕。密篠夾路傍，清泉流舍下〔七〕。上人亦何聞〔八〕，塵念俱已捨〔九〕。四禪合真如〔一〇〕，一切是虚假。願承甘露潤〔一一〕，喜得惠風灑〔一二〕。依止此山門〔一三〕，誰能效丘也〔一四〕。

〔一〕題目：明活本、《全唐詩》同。《英華》「往」作「造」。宋本作「雲門蘭若與友人同遊」。汲本依宋本，但改「遊」爲「往」。雲門寺：《嘉慶重修一統志》（以下簡稱清一統志）·浙江·紹興府》：「雲門寺在會稽縣雲門山，晉王獻之居此。義熙三年，有五色祥雲見，安帝詔建寺，號雲門。」符公：未詳。薛八：《孟集》中尚有《夜泊牛渚趁薛八船不及》、《廣陵别薛八》二詩，則薛八當係浩然好友，未詳其名。蘭若：梵語稱僧人居處爲阿蘭若，簡稱蘭若。○本詩當作於滯居越州期間，約在開元十九年前後。

〔二〕獨：《英華》、明活本、汲本、《全唐詩》、清本同。宋本作「游」。

〔三〕柏：宋、明、清各本作「栢」。《全唐詩》作「柏」。「栢」同「柏」。《説文》收「柏」而不收「栢」；《玉篇》收「栢」而不收「柏」。《正字通》則稱「栢」爲「柏」之俗字。今改用通行體。指松柏：

喻友情之深，有如松柏之長生及其不畏嚴寒的性格。

〔四〕劣：僅。《宋書·劉懷慎傳》：「德願善御車，嘗立兩柱，使其中劣通車軸，乃於百餘步上振轡長驅，未至數尺，打牛奔從柱間直過。」「劣容舟」，即僅能容舟，言小溪之狹窄。

〔五〕怪石：汲本、《全唐詩》同。《英華》、明活本、清本作「恠石」，「恠」爲「怪」之俗字，見《玉篇》，歷代典籍均通用。宋本作「石怪」。

〔六〕所住：明活本、汲本、《全唐詩》同。宋本作「所佳」，《英華》作「所往」，當因形近而誤。「所住」指在這「幽絶」之處所住之人。

〔七〕密篠二句：宋本作「雲簇（誤作蔟）興座隅，天空落階下」。《英華》則作「密篠夾路傍，清泉流舍下」。此後明、清各本，用「雲簇」句者則下注：「一作密篠夾路傍，清泉流舍下」；用「密篠」句者則下注：「一作雲簇興座隅，天空落階下」，均異文兩存。篠（xiǎo）：小竹。

〔八〕聞：原作「閑」，《全唐詩》作「閒」。《英華》作「問」。宋本作「聞」。今從宋本。

〔九〕塵念：佛家稱人世間的現實爲塵世，塵念即塵世之念。俱：宋本、明活本、汲本同。《英華》、《全唐詩》作「都」。

〔一〇〕四禪：佛家參禪入定的四種境界。《新譯》：「四静慮，謂色界初禪天至四禪天四種禪定也。人於欲界中修習禪定時，忽覺身心凝然，偏身毛孔，氣息徐徐出入，入無積聚，出無分散，是爲初禪天定；然此禪定之中，尚有覺觀之相，更攝心在定，覺觀即滅，乃發静定之喜，是爲二禪天定；然以喜心涌動，定力尚不堅固，因攝心諦觀，喜心即謝，於是泯然入定，綿綿之樂，從内以發，是爲三禪天定；然樂能擾心，猶未徹底清淨，更加功不已，出入息斷，絶諸妄想，正念堅固，是爲四禪天定。」真如：佛家對永久不變之真理稱真如。《唯識論》：「真謂真實，顯非虚妄；如謂如常，表無變易。謂此真實於一切法，常如其性，故曰真如。」

〔二〕承：承受，承接。甘露：甘美的雨露。《老子》三十二章：「天地相合，以降甘露。」

〔三〕喜：《英華》、汲本、清本、《全唐詩》同。宋本作「憙」。《説文》：「喜，樂也。」又：「憙，説（悦）也。」段玉裁注：「憙與嗜義同，與喜樂義異，淺人不能分别，認爲一字，喜行而憙廢矣。」根據本義當以「喜」爲是。惠風：猶和風。王羲之《蘭亭集序》：「是日也，天朗氣清，惠風和暢。」洒：宋本、《全唐詩》同。《英華》、明活本、汲本、清本作「灑」。《説文》：「洒，滌也。古人以爲灑埽字。」又：「灑，汛也。」《禮記・内則》：「灑掃室堂及庭。」陸德明釋文：「灑，本又作洒。」可見二字經典中已長期通用。

〔三〕依止句：《英華》、明活本、汲本、清本、《全唐詩》同。宋本作「依此托山門」，非。《周禮・春官・肆師》：「祭兵於山川，亦如之。」鄭玄注：「山川，蓋軍之所依止。」可見「依止」二字，漢已連用。依止，即依傍，棲止之意。杜甫亦有「依止老宿亦未晚，富貴功名焉足圖」之句。山門：佛寺的大門。這裏用山門以代佛寺。依止山門乃皈依佛門之意。

〔四〕誰能句：宋本作「誰知効丘也」。《英華》作「誰願教丘也」。「效」、「効」通，《玉篇》：「効，俗效字。」「能」、「願」以「能」爲佳。「知」，於詩意不合，非。「教」，誤。丘：孔丘，周遊列國，積極從政。既已依止山門，自當不能效法孔丘的追求仕進。

劉辰翁曰：末句也字似散語，亦奇。

宿天台桐柏觀〔一〕

海行信風帆〔二〕，夕宿逗雲島。緬尋滄洲趣〔三〕，近愛赤城好〔四〕。捫蘿亦踐苔，輟棹恣探討〔五〕。息陰憩桐柏〔六〕，採秀弄芝草〔七〕。鶴唳清露垂〔八〕，雞鳴信潮早〔九〕。願言解纓絡〔一〇〕，從此去煩惱〔一一〕。高步陵四明〔一二〕，玄蹤得二老〔一三〕。紛吾遠游意〔一四〕，樂彼長生道〔一五〕。日夕望三山〔一六〕，雲濤空浩浩。

〔一〕題目：宋、明各本同。《品彙》、清本無「天台」二字，蓋來自元本。天台：天台山，唐屬台州，在今浙江天台縣北，山勢高大，西南接括蒼、雁蕩諸山，西接四明山，蜿蜒東海之濱，爲佛教勝地之一。陶弘景《真誥》：「山有八重，四面如一，當斗牛之分，上應台宿，故曰天台。」《清一統志·浙江·台州府》：「顧愷之《啓蒙記》注：天台山去天不遠，路經楢溪，水深險清冷，前有石橋，徑不盈尺，長數十丈，下臨絶澗，惟忘其身，然後能濟。濟者梯巖壁，援蘿葛，度得平路，見天台山鬱然奇秀，列雙嶺於青霄。上有瓊樓玉闕天堂碧林醴泉，仙物畢具也。」桐柏觀：《清一統志・浙江・台州府》：「桐柏觀在天台縣西北桐柏山上，唐景雲二年（七一一）爲司馬承禎建。」〇此詩當作於游越期間，抵天台山之後，約在開元十八年。

〔二〕海行：宋本、汲本、清本、《全唐詩》、《英華》同。明活本作「海汎」。《品彙》作「海泛」。

〔三〕滄洲趣：指隱逸生活。濱水之地曰滄洲，古人常用以指隱士的居處。《文選・謝朓〈之宣城出新林浦向版橋〉》：「既懽懷禄情，復協滄洲趣。」

〔四〕赤城：明活本、汲本、清本、《全唐詩》、《品彙》同。宋本作「赤松」。赤城山在浙江省天台縣北六里，登天台山必經此山。孔靈符《會稽記》：「赤城山，土色皆赤，狀似雲霞，望之如雉堞。」參見《題終南翠微寺空上人房》注〔三〕。

〔五〕棹：宋本、明活本、汲本《品彙》同。《英華》作「掉」，清本作「啅」，誤。《全唐詩》作「櫂」，與「棹」同。《説文・木部新附》：「櫂，所以進船也。或從卓。」輟棹，即停止劃船之意。探：宋本、汲本、《全唐詩》同。《英華》、明活本、清本、《品彙》作「窮」。據浩然用詞習慣，寫尋幽訪勝喜用「探」，如《尋香山湛上人》之「累日探靈異」，《初春漢中漾舟》之「探翫無厭足」，以及《登鹿門山懷古》之「探討意未窮」等，故當以「探」爲是。探討，即尋訪探究之意。

〔六〕憩（qì）：宋本、明活本、《品彙》作「憇」。「憩」、「憇」同，見《集韻》。《爾雅・釋詁》：「憇，息也。」桐柏：指桐柏觀。

〔七〕採：宋本、《英華》及明、清各本均作「采」。二字同，見《集韻》。弄：原作「尋」。明活本、汲本、《品彙》、《全唐詩》同。宋本、《英華》作「弄」。今從宋本。芝草：芝本菌類植物，古人視爲神草，故有靈芝之稱。《説文》：「芝，神草也。」按：《樂府詩集》卷五十八有《採芝操》，郭茂倩注云：「《琴集》曰：『《採芝操》，四皓所作也。』《古今樂録》曰：『南山四皓隱居，高祖聘之，四皓不甘，仰天歎而作歌。』」則「採秀弄芝草」表明了作者對隱居的追求。

〔八〕鶴唳：宋本作「鸖唳」。「鶴」、「鸖」二字同。《正字通》：「鸖同鶴。」「唳」當爲「唳」之訛。鶴唳，鶴鳴。《論衡·變動》：「夜及半而鶴唳，晨將旦而雞鳴。」

〔九〕雞：或作「鷄」。《説文》：「籀文雞從鳥。」信潮：早潮按時而至，故曰信潮。以上二句不僅借「鶴唳」、「雞鳴」以表示時間，而且也反映了餐霞飲露的生活。

〔一〇〕纓絡：原作「纓紱」。明、清各本同。宋本作「纓路」，《英華》作「纓絡」。「路」當爲「絡」之誤，今從《英華》。按：《説文》：「纓，冠系也。」段玉裁注：「冠系，可以系冠者也。系者係也，以二組系於冠，卷結頤下，是謂纓。」紱：印綬。《漢書·匈奴傳》：「授單于印紱。」顔師古注：「紱者，印之組也。」纓紱連用，借指官位。浩然考試不第，未曾授官，無須解纓紱。「纓絡」，本爲珠玉串成的飾物，引申爲世俗的纏繞與束縛。結合作者情況，當以「纓絡」爲是。《文選·孫綽〈遊天台山賦序〉》：「方解纓絡，永託兹嶺，不任吟想之至，聊奮藻以散懷。」亦可證。願：思念。《詩·衛風·伯兮》：「願言思伯。」鄭玄箋：「願，念也。」

〔一一〕去：《英華》及明、清各本同。宋本作「無」，亦通。

〔一二〕陵四明：原作「陵四壁」。明、清各本同。宋本、《全唐詩》作「陵四明」。今從宋本。《英華》作「凌四明」。「陵」、「凌」通。《史記·秦始皇本紀》：「陵水經地。」張守節正義：「陵作凌，猶歷也。」四明山：爲天台山餘脈。《清一統志·浙江·寧波府》：「四明山在府西南一百五十里，爲郡之鎮山。《唐六典》：『江南道名山曰四明山，山高一萬八千丈，周迴二百十里。』樂史《太平寰宇記》：『山在明州西八十里，四角各生一種木，皆不雜，山頂有池，池有三重石臺。道書以爲第九洞天，名丹山赤水之天。』《舊志》：『山由天台山發脈，向東北一百三十里，湧爲二百八十峰，周圍八百餘里，綿亘府之奉化、慈谿、鄞縣，紹興之餘姚、上虞、嵊縣，台州之寧海諸境。上有方石，四面如窗，中通日月星宿之光，故曰四明。』」

〔一三〕蹤：宋、明、清各本同。《英華》作「縱」。二字通。《漢書·蕭何傳》：「夫獵，追殺獸者狗也，而發縱指示獸處者人也。」《史記·蕭相國世家》作「發蹤」。二老：原作「三老」，明、清各本同。蓋來自《英華》，非。據宋本正。孫綽《遊天台山賦》：「追羲農之絶軌，躡二老之玄蹤。」李善注云：「二老，老子、老萊子也。」本詩正用其意。

〔一四〕紛：猶喜。《方言》十：「紛怡，喜也。湘潭之間曰紛怡，或曰巸已。」按：單用紛亦應爲喜意。

〔一五〕樂彼：原作「學此」，汲本同。《品彙》、《全唐詩》、清本作「學彼」。宋本、明活本作「樂彼」。今從宋本。

〔一六〕三山：亦稱三壺，傳説中的海上三神山。王嘉《拾遺記》卷一：「三壺，則海中三山也。一曰方壺，則方丈也；二曰蓬壺，則蓬萊也；三曰瀛壺，則瀛洲也。形如壺器。」

題終南翠微寺空上人房〔一〕

翠微終南裏，雨後宜返照。閉關久沈冥〔二〕，杖策一登眺〔三〕。遂造幽人室〔四〕，始知静者妙〔五〕。儒道雖異門〔六〕，雲林頗同調〔七〕。兩心喜相得〔八〕，畢景共談笑〔九〕。暝還高窗眠〔一〇〕，時見遠山燒〔一一〕。緬懷赤城標〔一二〕，更憶臨海嶠〔一三〕。風泉有清音〔一四〕，何必蘇門嘯〔一五〕。

〔一〕題目：原作「宿終南翠微寺」。宋、明、清各本及《品彙》作「題終南翠微寺空上人房」。今從宋本。《詩選》「終南」作「中山」，非。終南：秦嶺横亘於陝西南部，東至河南，西至甘肅，東西八百餘里。其間有鳥鼠、朱圉、太白、終南、太華諸山。我國古籍中所謂終南，有時是泛指秦嶺，有時是專指秦嶺中的終南山一段。本詩即係後者。據《元和郡縣志》所載，關内道的長安、萬年、鄠縣、郿縣以南的秦嶺均稱終南山。翠微寺：《元和郡縣志·關内道·京兆府》：「太和宮在縣（長安）南五十五里終南山太和谷，武德八年造，貞觀十年廢。二十一年以時熱，公卿重請修築，於是使將作大匠閻立德繕理焉，改爲翠微宮，今廢爲寺。」○此詩當作於長安應舉期間。

〔二〕沈冥：隱晦而泯滅無迹之貌。《揚子法言·明問》：「蜀莊沈冥。」汪榮寶義疏：「蜀人姓莊名遵，字君平。沈冥猶玄寂泯然無迹之貌，是故成、哀不得而利之，王莽不得而害也。」

〔三〕杖：本訓手杖。用作動詞，則訓扶、持。策：竹名，引申爲杖。

〔四〕幽人：幽居隱遁之人，此指翠微寺的高僧空上人，未詳其名。

〔五〕静者：義同「幽人」。

〔六〕儒道：儒，儒家，浩然以儒者自許。道，此指佛家。儒家與佛家思想體系完全不同，故稱「異門」。

〔七〕雲林：指山林。儒者隱居，僧人修道，均在山林而避鬧市，他們思想體系、觀點主張雖然不同，然而喜愛幽静的山林，却是一致的，故稱「同調」。

〔八〕喜相得：《詩選》、《品彙》、明活本同。宋本作「相憙得」。汲本、《全唐詩》作「相喜得」。「憙」「喜」二字，見前《雲門寺西六七里聞符公蘭若最幽與薛八同往》注〔三〕。

〔九〕畢景句：景，日光。畢景，日光完畢，意爲天晚。言共相談笑，不覺天晚。這與上句「兩心喜相得」緊密相關。

〔一〇〕暝：原作「瞑」，宋本同。《詩選》、明活本作「暝」。汲本、清本作「瞑」。按：《説文》：「瞑，翕目也。」又：「冥，幽也。」「暝」同「冥」，見《集韻》。《玉篇》：「暝，夜也。」本詩「暝還」當爲夜還之意，非翕目而還也。「瞑」乃譌字。今從《詩選》。窗：《詩選》、汲本同。宋本作「窓」，明活本作「窻」。《品彙》、清本作「牕」，均同「窗」。眠：宋本作「昏」，誤。

〔一一〕燒（shào）：《詩選》及明、清各本同。宋本作「曉」，當形近而誤。野火曰燒，見《古今韻會舉要》。此處蓋用「燒」以表現色赤。

〔二〕赤城標：明、清各本同。宋本作「赤城摽」，誤。《文選・孫綽〈遊天台山賦〉》：「赤城霞起而建標，瀑布飛流以界道。」李善注：「支遁《天台山銘》序曰：『往天台當由赤城山爲道徑。』孔靈符《會稽記》曰：『赤城山，土色皆赤，狀似雲霞。』建標，立物以爲表識也。」

〔三〕臨海嶠：唐代台州治所在臨海，即今浙江省臨海縣。尖而高的山叫嶠。《爾雅・釋山》：「（山）鋭而高，嶠。」郭璞注：「言鐵峻。」郝懿行義疏：「《釋名》云：『山鋭而高曰嶠。』」謝靈運有《登臨海嶠初發疆中》詩。

〔四〕清音：宋本作「清聽」。

〔五〕蘇門嘯：嘯，嘬口出聲，類似今日打口哨。魏晉名士常用嘯以抒情，成爲一時風氣。《晉書・阮籍傳》：「阮籍嘗於蘇門山遇孫登，與商略終古及棲神道氣之術，登皆不應，籍因長嘯而退。至半嶺，聞有聲若鸞鳳之音，響乎巖谷，乃登之嘯也。」

劉辰翁曰：不必刻深，懷抱如洗。

初春漢中漾舟〔一〕

漾舟逗何處〔二〕？神女漢皋曲〔三〕。雪罷冰復開，春潭千丈緑〔四〕。輕舟恣來往，探翫無厭足〔五〕。波影摇妓釵，沙光逐人目〔六〕。傾杯魚鳥醉，聯句鶯花續〔七〕。良會難再逢，日入須秉燭〔八〕。

〔一〕題目：「初春」原作「春初」。宋本、汲本、清本、《全唐詩》作「初春」，據改。《品彙》、清本無「初春」二字。根據詩的内容看，以有爲是。

〔二〕漾舟句：原作「羊公峴山下」，明活本、《全唐詩》同，並於句下注云：「一云漾舟逗何處」。宋本、汲本、清本、《品彙》作「漾舟逗何處」。今從宋本。逗：猶止。《説文》：「逗，止也。」

〔三〕神女句：《元和郡縣志·山南道·襄州》：「萬山一名漢皋山，在縣（襄陽）西十一里。」《清一統志·湖北·襄陽府》：「萬山在襄陽縣西北十里，一名方山，一名蔓山，一名漢皋山。」《韓詩外傳》鄭交甫將南適楚，遵彼漢皋臺下，乃遇二女，佩兩珠，大如荆雞之卵。《父老傳》云：『交甫所見玉女遊處，北山之下曲隈是也。』」

〔四〕緑：《品彙》、明、清各本同。宋本作「渌」。

〔五〕輕舟二句：宋本、汲本無。《品彙》、清本「來往」作「往來」。《品彙》、《全唐詩》「翫」作「玩」。恣：《説文》：「恣，縱也。」意猶「任意」。翫（wán）：猶「戲」，與「玩」義通。《荀子·禮論》：「介則翫。」楊倞注：「翫，戲狎也。」

〔六〕波影二句：《品彙》、明活本、《全唐詩》同。汲本亦同，但二句在「聯句鶯花續」之後。宋本在「得句煙花續」之後，且「妓」作「伎」，「逐」作「動」。

〔七〕聯句句：《品彙》及明、清各本同。宋本作「得句煙花續」。鶯啼花開是春天具有代表性的景物，故以「鶯花」爲是。劉長卿《送朱山人歸别業》：「閭里相逢少，鶯花共寂寥。」既然説「續」，自以「聯句」爲是。

〔八〕良會二句：宋本、汲本無。秉燭：指夜遊。《古詩十九首》：「晝短苦夜長，何不秉燭遊。」劉辰翁曰：此雖清事，微近俗意，知此可以語此。

宿業師山房待丁公不至〔一〕

夕陽度西嶺，群壑倏已暝〔二〕。松月生夜涼〔三〕，風泉滿清聽〔四〕。樵人歸欲盡，煙鳥棲初定〔五〕。之子期宿來〔六〕，孤琴候蘿逕〔七〕。

〔一〕題目：「業師」原作「來公」，蓋來自《英華》。宋本、《詩選》、明活本、汲本、清本、《全唐詩》俱作「業師」，據改。「丁公」，《英華》、《全唐詩》作「丁大」。《詩選》、《詩林》作「丁鳳進士」。丁公：即丁大鳳。《孟集》有《送丁大鳳進士赴舉》一詩，知爲浩然好友，行大名鳳。生平不詳。（編者按：底本題目實作「宿來公山房期丁大不至」，此處題目同宋蜀刻本。）

〔二〕倏已暝：《説文》：「倏，走也。」段玉裁注：「引申爲凡忽然之稱。」暝：黑暗。宋本作「暝」，汲本作「瞑」，誤。參看《題終南翠微寺空上人房》注〔一〇〕。

〔三〕夜涼：宋本、《詩選》、《詩林》及明、清各本同。《英華》作「涼意」。

〔四〕清聽：清，清越；聲音入耳爲聽。

〔五〕煙鳥：宋本、《詩選》、《詩林》及明、清各本同。《英華》作「磴鳥」，難通，以「煙鳥」爲是。煙鳥，暮煙中的鳥。用樵人還家、煙鳥歸巢，刻畫黄昏景色。「棲」，宋本、《英華》作「栖」。《玉篇》：「棲，同栖，鳥棲也。」

〔六〕之子：猶此子，指丁大。《詩·周南·桃夭》：「之子于歸，宜其室家。」朱熹注：「之子，是子也。此指嫁者而言也。」此外，《周南·漢廣》、《召南·鵲巢》、《豳風·東山》均有「之子于歸」的話，都是指女子，本詩却指男子。期：約會、約定。《説文》：「期，會也。」《詩·鄘風·桑中》：「期我乎桑中，要我乎上宫。」毛傳：「桑中、上宫，所期之地。」宿來：宋本、《詩選》及明、清各本同。《英華》作「未來」。《詩林》作「不來」。宿，《説文》：「止也。」《玉篇》：「宿，夜止也。」

〔七〕孤琴句：明、清各本同。宋本「逕」作「徑」，通。《英華》作「孤宿候蘿徑」。《詩選》、《詩林》作「攜琴候蘿徑」。蘿，女蘿，亦稱松蘿。《廣雅·釋草》：「女蘿，松蘿也。」爲地衣門松蘿科植物，體直立或懸垂，常大批懸垂於高山針葉林枝幹間，或生於石上。可作藥用。《楚辭·屈原〈九歌·山鬼〉》：「若有人兮山之阿，被薜荔兮帶女蘿。」「候蘿逕」，表明期待之殷、感情之厚。

劉辰翁曰：景物滿眼，而清淡之趣更自浮動，非寂寞者。

沈德潛《唐詩别裁》卷一：山水清音，悠然自遠。末二句見不至意。

施補華《峴傭説詩》四〇：《奉先寺》詩，「陰壑生虚籟，月林散清影」，清幽何減孟公「松月生夜涼，風泉滿清聽」之句，可見此等語少陵不屑作，非不能作也。

賀裳《載酒園詩話》卷一：孟襄陽《宿業師山房待丁大不至》曰：「夕陽度西嶺，羣壑倏已暝。松月生夜涼，風泉滿清聽。樵人歸欲盡，煙鳥棲初定。之子期宿來，孤琴候蘿逕。」鍾云：「此『盡』字不如『稀』字妙。」《採樵作》曰：「採樵入深山，山深樹重疊。橋崩臥槎擁，路險垂籐接。日落伴將稀，山風拂羅衣。長歌負輕策，平望野煙歸。」鍾云：「觀此『稀』字，遠勝『樵人歸欲盡』『盡』字矣。」余意「日落」與「已暝」，亦微分早暮。「日落伴將稀」，是樵子漸去，見己亦當歸。「樵人歸欲盡」，是行人已絶，丁猶不至，有「搔首踟躕」之意，故抱琴候之。自是各寫所觸，何必同？

張謙宜《絸齋詩談》卷五：《宿來公山房期丁大不至》，不做作清態，正是天真爛漫。

王壽昌《小清華園詩談》卷下：唐人佳句，有可以照耀古今，膾炙人口者。如陳拾遺之「古木生雲際，歸帆出霧中」，玄宗皇帝之「春來津樹合，月落戍樓空」，張子容之「草迎金埒馬，花待玉樓人」，孟襄陽之「松月生夜涼，風泉滿清聽」，「荷花送香氣，竹露滴清響」，「微雲淡河漢，疎雨滴梧桐」。……此等句當與日星河嶽同垂不朽。

耶溪泛舟〔一〕

落景餘清暉〔二〕，輕橈弄溪渚〔三〕。泓澄愛水物〔四〕，臨泛何容與〔五〕。白首垂釣翁，新粧浣沙女〔六〕。看看未相識〔七〕，脉脉不得語〔八〕。

〔一〕耶溪：即若耶溪。《清一統志·浙江·紹興府》：「若耶溪在會稽縣南二十里若耶山下，北流入鏡湖。」地當今浙江紹興以南，但鏡湖今已乾涸。○此詩當作於游越期間。

〔二〕景：日光。落景，猶落日。《文選·張載〈七哀詩〉》：「朱光馳北陸，浮景忽西沈。」李善注：「《説文》曰：『景，日光也。』」按：今本《説文》作「景，光也。」清暉：《品彙》同。宋本、明活本、汲本、清本、《全唐詩》作「清輝」。「暉」、「輝」音同義通。

〔三〕輕橈：明活本、清本、《全唐詩》同。宋本、《品彙》、汲本作「輕棹」。「橈」、「棹」均訓船槳。《淮南子·主術訓》：「夫七尺之橈而制船之左右者，以水爲資。」《文選·謝靈運〈登臨海嶠初發彊中〉》：「隱汀絶望舟，鶩棹逐驚流。」

〔四〕泓澄：宋、明、清各本俱作「澄明」，意同。水深而清。《文選·左思〈吴都賦〉》：「泓澄奫潫，澒溶沆瀁，莫測其深。」李善注：「《説文》曰：『泓，下深大也。』澄，湛也。奫潫，迴復之貌。皆水深廣闊也。」梁簡文帝詩：「雜色崑崙水，泓澄龍首渠。」

〔五〕容與：閒散舒適之貌。《漢書·禮樂志》：「澹容與，獻嘉觴。」

〔六〕浣沙女：即浣紗女。若耶溪別名浣紗溪，溪旁有浣紗石，相傳西施浣紗於此。《清一統志》：「浣紗石在若耶溪側，是西施浣紗之所。」此係泛指。

〔七〕看看句：原作「相看未相識。」宋本作「看看未相識」。明活本、清本、《全唐詩》作「相看似相識」。《品彙》、汲本作「看看似相識」。今從宋本。

〔八〕脉脉：《文選·古詩十九首》：「盈盈一水間，脉脉不得語。」李善注：「《爾雅》曰：『脉，相視也。』郭璞曰：『脉脉謂相視貌也。』」後世常用脉脉表示含情未吐之貌。

李夢陽曰：「『白首垂釣翁』以下，終是兩截，格亦不同。

彭蠡湖中望廬山〔一〕

太虛生月暈〔二〕，舟子知天風〔三〕。挂席候明發〔四〕，渺漫平湖中〔五〕。中流見匡阜〔六〕，勢壓九江雄〔七〕。黯黮凝黛色〔八〕，峥嵘當曙空〔九〕。香爐初上日〔一〇〕，瀑布噴成虹〔一一〕。久欲追尚子〔一二〕，況茲懷遠公〔一三〕。我來限于役〔一四〕，未暇息微躬〔一五〕。淮海途將半〔一六〕，星霜歲欲窮〔一七〕。寄言巖棲者〔一八〕，畢趣當來同〔一九〕。

〔一〕題目：宋、明、清各本同。據毛晉校勘記（以下簡稱毛校記），元本無「彭蠡」二字。彭蠡湖：《元和郡縣志·江南西道·江州》：「彭蠡湖在縣（都昌）西六十里，與潯陽縣分湖爲界。」《清一統志·江西·南康府》：「彭蠡湖在星子縣東南及都昌縣西一里，即鄱陽湖。南接南昌，東抵饒州府界，由都昌縣之南西兩面，歷星子縣東，又西北入九江府湖口縣，注於大江。在星子縣南者名曰落星湖，因落星而名也。在縣東南及南昌界者名宫亭湖，在都昌縣西南者曰揚瀾湖。又北曰左蠡湖。其大湖又有東鄱、西鄱之别。」廬山：《元和郡縣志·江南西道·江州》：「廬山在縣（潯陽）東三十二里，本名障山，周環五百餘里。」《清一統志·江西·九江府》：「廬山在德化縣南二十五里，與南康府接界。張僧鑒《潯陽記》：『山高二千三百六十丈，周二百五十里，其山九叠，川亦九派。』釋惠遠《廬山記》：『山在江州尋陽南，南濱宫亭湖，北對九江。九江之南爲小江山，去小江三十里，左挾彭蠡，右傍通川，引三江之流而據其會，大嶺凡有七重，圓基周迴，垂五百里。』」按：德化縣清時爲九江府治，即今九江市。○此詩當作於壯年漫游時期。

〔二〕太虚：古人稱天爲太虚。《文選·孫綽〈遊天台山賦〉》：「太虚遼廓而無閡。」李善注：「太虚謂天也。」月暈：月四周有雲氣環繞稱月暈。庾信詩：「星芒一丈焰，月暈七重輪。」李白《横江詞》：「月暈天風霧不開。」古諺語云：「月暈而風，礎潤而雨。」

〔三〕舟子：原作「舟中」。宋本、汲本、清本、《全唐詩》作「舟子」，據改。明活本作「丹子」，顯係「舟子」之誤。舟子，船夫。《詩·邶風·匏有苦葉》：「招招舟子。」毛傳：「舟子，舟人主濟渡者。」

〔四〕挂席：猶揚帆。《文選·木華〈海賦〉》：「維長綃，挂帆席。」李善注：「綃，今之帆綱也，以長木爲之，所以挂帆也。劉熙《釋名》曰：『隨風張幔曰帆。』或以席爲之，故曰帆席也。」《文選·謝靈運〈遊赤石進帆海〉》：「揚帆采石華，挂席拾海月。」李善注：「揚帆，挂席，其義一也。」明發：猶黎明。《詩·小雅·小宛》：「明發不寐，有懷二人。」朱熹注：「明發，謂將旦而光明開發也。」

〔五〕渺漫：宋本、汲本同。清本、《全唐詩》作「眇漫」。明活本作「眇望」，非。按：「渺漫」爲雙聲聯綿詞，亦可寫作「眇漫」，意爲煙波曠遠之貌。《宋書·夷蠻傳·扶南國》：「四海流通，萬國交會，長江眇漫，清淨深廣，有生咸資。」

〔六〕匡阜：明活本、清本、《全唐詩》同。宋本作「遥島」，非。匡阜，乃廬山之別名。《清一統志·江西·南康府》：「廬山……古名南障山，一名匡山，總名匡廬。」又《江西·九江府》：「《豫章舊志》曰：『廬俗字君孝，本姓匡，父東野王共吴芮佐漢定天下，漢封俗於鄡陽，曰越廬君。俗兄弟七人，皆好道術，遂寓精於洞庭之山，故世謂之廬山。』又按周景式曰：『匡俗字子孝，本東里子，出周武王時，生而神靈，屢逃徵聘，廬於此山。俗後仙化，空廬猶存，故山取名焉。』斯耳傳之談，非實證也。」

〔七〕九江：長江水系的九條江水，在彭蠡湖以北一段長江上。《書·禹貢》：「九江孔殷。」孔安國傳：「江於此州（荆州）界分爲九道。」孔穎達疏：「《傳》以江是此水大名，九江謂大江分爲九，猶大河分爲九河。故言江於此州之界，分爲九道。」鄭玄以爲九江各有其源，下流合於大江。其中孔説最爲流行。《漢書·地理志》應劭注、顔師古注均采是説。文學作品中如郭璞《江賦》「流九派乎潯陽」，孟詩《自潯陽泛舟經明海》「大江分九派」，本詩以及毛澤東《菩薩蠻·黄鶴樓》「茫茫九派流中國」，均用是説。《元和郡縣志·江南西道·江州》：「《禹貢》荆州云：『九江孔殷。』今州西北二十五里九江是也。」《清一統志·江西·九江府》：「潯陽江在府城北，亦名九江，即大江也。」壓：極狀廬山之高大雄偉。鮑照《登大雷岸與妹書》：「西南望廬山，又特驚異。基壓江潮，峰與辰漢相接。」

〔八〕黯(àn)黮(dǎn)：明活本同。宋本、汲本、《全唐詩》等作「黤黕」。按：黯黮爲叠韻聯綿詞，亦可寫作「黤黕」。玄應《一切經音義》卷十七引《蒼頡篇》：「黤黮，深黑不明也。」則又可寫作「黤黮」。《楚辭·九歎·遠遊》：「望舊邦之黯黮兮，時溷濁其猶未央。」王逸注：「黯黮，不明貌也。」凝黛色：明活本同。宋本、汲本、《全唐詩》等作「容霽色」。詩中寫天將明未明時遠望廬山景象，山呈黑色。黛爲黑色顔料，古代婦女用以畫眉。《楚辭·大招》：「粉白黛黑。」王逸注：「黛畫眉深黑而光澤。」用黛色狀廬山之黑，使得廬山黑影，並無恐怖氣氛，而帶有喜愛意味，這和全詩的感情是一致的。

〔九〕峥嶸：《後漢書·班固傳》：「金石峥嶸。」李賢注：「峥嶸，高峻也。」《文選·孫綽〈遊天台山賦〉》：「披荒榛之蒙籠，陟峭崿之峥嶸。」李善注：「《文字集略》曰：『崿，崖也。』《字林》曰：

『峥嵘，山高貌。』」曙空：宋本、汲本同。明活本、清本、《全唐詩》作「曉空」，意同。

〔一〇〕香爐：廬山北峰名香爐峰，其形圓聳，氣藹若煙，因而得名。《藝文類聚·山部》引釋慧遠《廬山記》曰：「東南有香爐山，孤峰秀起，游氣籠其上，則氤氲若烟水。」

〔一一〕瀑布：原作「瀑水」。宋本作「曝布」，「曝」蓋「瀑」之誤。汲本、清本、《全唐詩》作「瀑布」，據改。《太平御覽·地部》六引慧遠《廬山記》曰：「廬山南有石門似雙闕，壁立千餘仞，而瀑布流焉。」又《地部》三十六引周景式《廬山記》曰：「泉在黄龍南數里，即瀑布水也，土人謂之泉潮。其水出山腹，挂流三四百丈，飛湍於林峰表出，望之若懸索。」《清一統志·江西·南康府》：「瀑布泉在星子縣廬山開先寺西。……在東北者曰馬尾水，在西南者則自坡頂下注雙劍峰背邃壑中，匯爲大龍潭。繞出雙劍之東。下注大壑，懸數十百丈，循崖東北逝，與馬尾水合流，出兩山峽中，下注石潭，石碧而削，水練而飛，潭紺而淵，爲開先佳境。」成虹：宋、明各本及《全唐詩》同。清本作「長虹」，蓋來自元本。按：此句與上句爲對偶句，應以「成虹」爲是。

〔一二〕尚子：明、清各本及《全唐詩》同。宋本作「向子」。《後漢書·逸民傳》：「向長字子平，河内朝歌人也。隱居不仕，性尚中和，好通《老》、《易》。……建武中，男女娶嫁既畢，敕斷家事勿相關，當如我死也。於是遂肆意，與同好北海禽慶俱遊五嶽名山，竟不知所終。」李賢注：「《高士傳》『向』字作『尚』。」高步瀛曰：「《文選·稽叔夜〈與山巨源絶交書〉》及注引《英雄記》均作『尚』，可見今本《高士傳》之作『向』乃後人妄改。」(《唐宋詩舉要》)

〔一三〕遠公：即僧人慧遠。慧皎《高僧傳》卷六：「釋慧遠本姓賈氏，雁門樓煩人也。欲往羅浮山，及届潯陽，見廬峰清静，足以息心，始住龍泉精舍。於時沙門慧永，居於西林，與遠同門舊好，遂要遠同止。刺史桓伊乃爲遠復於山東立房殿，即東林是也。」《清一統志·江西，九江府》：「東林寺在德化縣南廬山麓，晉慧遠創建。」

〔一四〕限：宋、明各本及《全唐詩》同。清本作「恨」，蓋來自元本，因形近而誤。于役：《詩·王風·君子于役》：「君子于役，不知其期。」鄭玄箋：「君子往行役，不知其反期。」古人行役指服兵役或勞役，後世也指離家遠遊。

〔一五〕微躬：微，自謙之辭。躬，指自身。

〔一六〕淮海：《書·禹貢》：「淮海惟揚州。」孔安國傳：「北據淮，南距海。」則淮海當指長江下游淮河以南廣大地區。又因治所在揚州，故後人也用以代揚州。這是孟浩然赴長江下游（或即揚州）遊歷，途經彭蠡時詩。孟氏自故鄉去揚州至此只走了一半路程，故曰「途將半」。

〔一七〕星霜：星宿，一年循環周轉一次；霜，每年因時而降。故古人常用「星霜」代表一年。張九齡《與弟遊家園》：「星霜屢爾别，蘭麝爲誰幽。」

〔一八〕巖：原作「嵓」，明活本、清本、《全唐詩》作「巖」，二字同，見《正字通》。隱士多棲止於山林，故稱巖棲者。《文選·嵇康〈與山巨源絶交書〉》：「故堯舜之君世，許由之巖棲，子房之佐漢，接輿之行歌，其揆一也。」

〔一九〕畢趣句：「趣」爲「趨」之或字，見《集韻》。言趨赴淮海遊歷完畢，歸來即與高士同隱。高步瀛以爲「畢疑當作異，形近而誤」（見《唐宋詩舉要》）。似不好解。

潘德輿《養一齋詩話》卷八：嚴滄浪云：「孟襄陽學力下韓退之遠甚，而其詩獨出退之之上者，一味妙悟故也。」然則盛唐惟孟襄陽乃可以一味妙悟目之。然襄陽詩如：「……太虛生月暈，舟子知天風。挂席候明發，渺漫平湖中。中流見匡阜，勢壓九江雄。香爐初上日，瀑布噴成虹。」精力渾健，俯視一切，正不可徒以清言目之。則謂襄陽詩都屬悟到，不關學力，亦微誤耳。

登鹿門山懷古〔一〕

清曉因興來〔二〕，乘流越江峴〔三〕。沙禽近初識〔四〕，浦樹遥莫辨〔五〕。漸到鹿門山〔六〕，山明翠微淺〔七〕。巖潭多屈曲〔八〕，舟檝屢迴轉〔九〕。昔聞龐德公〔一〇〕，採藥遂不返。金澗養芝术〔一一〕，石牀臥苔蘚〔一二〕。紛吾感耆舊〔一三〕，結纜事攀踐〔一四〕。隱迹今尚存〔一五〕，高風邈已遠〔一六〕。白雲何時去〔一七〕，丹桂空偃蹇〔一八〕。探討意未窮〔一九〕，迴艇夕陽晚〔二〇〕。

〔一〕題目：《詩選》、明活本同。宋本、《品彙》、汲本、清本作「題鹿門山」。鹿門山：在今湖北省襄樊市東南。《清一統志·湖北·襄陽府》：「鹿門山在襄陽縣東南三十里。《襄陽記》：『鹿門山舊名蘇嶺山，建武中，襄陽侯習郁立神祠於山，刻二石鹿，夾神道口，俗因謂之鹿門廟，遂以廟名山也。』」〇此詩蓋作於少年時，尚未在鹿門隱居。

〔二〕清曉：猶今言清早。杜甫《奉酬李都督表丈早春作》：「力疾坐清曉，來時悲早春。」

〔三〕江峴：漢江沿岸的峴山。《元和郡縣志·山南道·襄州》：「峴山在縣（襄陽）東南九里，山東臨漢水，古今大路。羊祜鎮襄陽，與鄒潤甫共登此山，後人立碑，謂之墮淚碑。」

〔四〕沙禽：沙上之禽，指水鳥。初：原作「方」，《品彙》、明活本、《全唐詩》同。宋本、《詩選》、汲本作「初」。從詩意看，以「方」爲佳，蓋出自明人改動。

〔五〕浦樹：《詩·大雅·常武》：「率彼淮浦。」毛傳：「浦，水涯也。」浦樹，水濱之樹。

〔六〕漸到：宋本、明活本同。《品彙》、清本、《全唐詩》作「漸至」，意同。

〔七〕翠微：山間雲氣青翠之色。《爾雅·釋山》：「山脊，岡。未及上，翠微。」郝懿行義疏：「翠微者，《初學記》引舊注云：『一説山氣青縹色曰翠微。』劉逵《蜀都賦》注：『翠微，山氣之輕縹也。』義本《爾雅》。蓋未及山頂，孱顔之間，蔥鬱葐蒀，望之谸谸青翠，氣如微也。」

〔八〕巖潭：猶山水。

〔九〕檝：宋本、《詩選》、《全唐詩》同。《品彙》、明活本、清本作「楫」。檝同楫，見《類篇》。楫，船槳。《釋名·釋船》：「楫，捷也。撥水使舟捷疾也。」《書·説命》：「若濟巨川，用汝作舟楫。」迴：《詩選》作「回」。《洪武正韻》：「迴與回同。」

〔一〇〕昔聞句：明、清各本同。宋本作「昔門龐德公」，「門」當爲「聞」之誤。龐德公，東漢襄陽隱士。

《襄陽耆舊記》：「（龐德公）居峴山之南，未嘗入城府，躬耕田里，夫婦相敬如賓，琴書自娱。睹其貌者，肅如也。荆州牧劉表數延請，不能屈，乃自往候之。……諸葛孔明每至公家，獨拜公於牀下，公殊不令止。司馬德操嘗造公，值公渡沔，祀先人墓。德操逕入堂上，呼德公妻子，使作黍。……德操少德公十歲，以兄事之，呼作龐德公也；人乃謂是德公名，非也。後攜其妻子登鹿門山，托言採藥，因不知所在。」

〔一二〕金澗句：《詩選》、《品彙》、清本同。宋本、汲本、《全唐詩》「養」作「餌」。從意義上看以「養」字爲是。澗：山澗，前加「金」字，帶有神異、尊重之意。王昌齡《留别武陵袁丞》：「桃花遺古岸，金澗流春水。」芝术：泛指藥草。芝，古人把它看成神草，故有靈芝之稱。《爾雅·釋草》：「术，山薊。」郝懿行義疏：「《本草》云：『术，一名山薊，一名山薑，一名山連。』」今中藥中有白术、蒼术，即此。本句意爲山澗中還生養着許多藥草。

〔一三〕石牀：《詩選》作「石床」。《玉篇》：「床，俗牀字。」指龐德公隱居時常常偃卧、休息的平石。

〔一三〕紛：盛貌，表示感觸複雜。耆舊：指年高有德而又孚衆望之人，這裏指龐德公。

〔一四〕纜：原作「攬」，據宋本改。《玉篇》：「纜，繫舟索。」結纜，意指停船。攀踐：指攀登鹿門山。

〔一五〕隱迹：指龐德公隱遁的遺迹。

〔一六〕高風：高尚的風範。《文選·夏侯湛〈東方朔畫贊〉》：「覩先生之縣邑，想先生之高風。」邈：渺茫、悠遠。《楚辭·九章·懷沙》：「湯禹久遠兮，邈而不可慕。」

〔一七〕白雲：陶弘景《答詔問山中何所有》：「山中何所有，嶺上多白雲。只可自怡悦，不堪持贈君。」

〔一八〕丹桂：桂樹之一種，以皮赤而得名。偃蹇：高貌。《楚辭·離騷》：「望瑶臺之偃蹇兮，見有娀之佚女。」王逸注：「偃蹇，高貌。」以上二句，既是景物的寫實，也是龐德公隱迹的象徵。

〔一九〕探討：遊歷山水，探求幽勝。意：宋、明、清各本同。《詩選》作「竟」，非。

〔二〇〕艇：原作「艫」，明、清各本及《品彙》同。宋本及《全唐詩》作「艇」，今從宋本。

李夢陽曰：此首佳，思致鬱密。

題明禪師西山蘭若〔一〕

西山多奇狀，秀出倚前楹〔二〕。停午收彩翠〔三〕，夕陽照分明。吾師住其下〔四〕，禪坐證無生〔五〕。結廬就嵌窟〔六〕，翦竹通逕行〔七〕。談空對樵叟〔八〕，授法與山精〔九〕。日暮方辭去，田園歸冶城〔一〇〕。

〔一〕題目：「題」原作「遊」，明活本、清本、《全唐詩》同。宋本、汲本作「題」。今從宋本。據毛校記元本作「明禪師蘭若」。明禪師：禪師爲對僧人的尊稱，「明」爲其法名。生平未詳。西山：不詳。從「日暮方辭去，田園歸冶城」兩句看，當距孟浩然的住宅不遠，蓋襄陽境内小山。

〔二〕倚：原作「傍」。宋本、汲本、清本、《全唐詩》作「倚」，據改。「西山」二句下原注「一云西山饒石林，磋翠疑削成」。楹：房柱。《説文》：「楹，柱也。」後世往往用楹代房舍。

〔三〕停午：正午。《水經注・江水》：「自三峽七百里中，兩岸連山，略無闕處，重巖疊嶂，隱天蔽日，自非停午夜分，不見曦月。」彩翠：本指顔色，這裏用顔色以代霞霧。言時至正午，霞收霧散。

〔四〕住：明活本、清本、《全唐詩》同。宋本、汲本作「位」。

〔五〕禪坐：參禪打坐。證：原作「説」。宋本、汲本、清本、《全唐詩》作「證」，據改。無生：《莊子・至樂》：「察其始而本無生，非徒無生也，而本無形。」佛教傳入中國，亦利用道家「無生」一詞，以表示佛家不生不滅的境界。

〔六〕結廬：陶淵明《飲酒》：「結廬在人境，而無車馬喧。」嵌窟：猶深洞。《説文・新附》：「嵌，山深貌。」言就山巖深洞修建房屋。

〔七〕翦竹句：明活本、汲本、清本同。宋本作「翦芀通往行」。《全唐詩》作「翦苕通往行」。「芀」、「苕」通。《爾雅・釋草》：「蔈、莠，荼。猋、藨，芀。」邢昺疏：「此辨苕、荼之别名也。蔈也，莠也，其别名荼，即苕也。苕又一名猋，又名藨。」可見《全唐詩》與宋本同。按：苕爲葦花，生於水濱，於詩意不合。翦竹目的在於形成小徑。故以「翦竹通逕行」爲是。

〔八〕空：佛家對超越現實世界的境界稱爲空。《大乘義章》：「空者，理之别目，絶衆相，故名爲空。」佛家正是追求這種空的境界。「談空」即講説佛法之意。

〔九〕山精：古代傳説中的山間奇怪動物。《淮南子·氾論訓》：「山出梟陽。」高誘注：「梟陽，山精也。人形長大，面黑色，身有毛，足反踵，見人而笑。」《抱朴子·登涉》：「抱朴子曰：山中山精之形，如小兒而獨足，走（足）向後，喜來犯人。人入山若夜聞人（其）音聲大（笑）語，其名曰蚑。知而呼之，即不敢犯人也。一名熱内（超空），亦可兼呼之。又有山精，如鼓赤色，亦一足，其名曰暉（揮）。又或如人，長九尺（寸），衣裘戴笠，名曰金累。（又）或如龍而五色赤角，名曰飛飛。見之皆以名呼之，即不敢爲害也。」（括號内均爲《太平御覽》所引之異文）

〔一〇〕冶城：王士源《孟浩然集序》：「開元二十八年，王昌齡遊襄陽，時浩然疾疹發背。且愈，相得歡甚，浪情宴謔，食鮮疾動，終於冶城南園，年五十有二。」據此則冶城南園爲浩然故居。陳貽焮以爲即澗南園，良是。

李鄴嗣《慰弘禪師集天竺語詩序》：即如唐人妙詩，若《遊明禪師西山蘭若》詩，此亦孟襄陽之禪也。而不得耑謂之詩。（見《杲堂文鈔》卷二）

聽鄭五愔彈琴〔一〕

阮籍推名飲〔二〕，清風坐竹林〔三〕。半酣下衫袖，拂拭龍脣琴〔四〕。一杯彈一曲，不覺夕陽沈。余意在山水，聞之諧夙心〔五〕。

〔一〕題目：宋本、明活本、汲本、《全唐詩》同。《品彙》、清本作「聽鄭五愔琴」。鄭五愔：未詳。岑仲勉《唐人行第録》云：「《全詩》三函孟浩然《聽鄭五愔彈琴》，愔字文靖，見《紀事》一一，或是此人。」查《唐詩紀事》卷十一載：「愔字文靖，年十七，進士擢第。神龍（唐中宗年號）中爲中書舍人，與崔日用、趙履温、李愧等托武三思，權熏炙中外。天下語曰：『崔、冉、鄭，亂時政。』或曰：初附來俊臣，俊臣誅，附易之；易之誅，托韋庶人。後附譙王，卒被戮。」從這段記載可以看出鄭愔是一個阿附權貴、品行不端的人。這和本詩所歌頌的「阮籍推名飲，清風坐竹林」的性格，大相徑庭，當非一人。○此詩當作於壯年時期，時已自鹿門歸園廬。

〔二〕阮籍：宋本「籍」作「藉」，非。阮籍字嗣宗，三國魏尉氏人。博覽羣書，尤好老莊。嗜酒，能嘯，善彈琴，每以沈醉遠禍。聞步兵厨營人善釀，有貯酒三百斛，乃求爲步兵校尉，後世稱爲阮步兵本此。籍頗遺棄禮法，嘗曰：「禮豈爲我設耶！」籍又能爲青白眼，見俚俗之士，以白眼對之。常率意命駕，途窮輒痛哭而返。詩作有《詠懷》八十二首，頗著名。

〔三〕坐竹林：《品彙》、明活本、汲本同。宋本、清本、《全唐詩》作「滿竹林」。《世説新語·任誕》：「陳留阮籍，譙國嵇康，河内山濤，三人皆相比，康年少亞之。預此契者，沛國劉伶，陳留阮咸，河内向秀，琅邪王戎，七人常集於竹林之下，肆意酣暢，故世謂之竹林七賢。」據此，當以「坐竹林」爲是。

〔四〕龍脣琴：宋本、汲本、《全唐詩》同。《品彙》、明活本「脣」作「唇」。《説文》：「脣，口耑也。」

「唇，驚也。」實爲兩字。後二字通用，見《集韻》。古人稱琴的發音部位曰龍唇。聶崇義《三禮圖》：「琴唇名龍唇，足名鳳足。」陳暘《樂書·琴制》：「琴底有鳳足，用黄楊木表其足，色本黄也。……龍唇者，聲所由出也。」故後人亦用「龍唇」以代琴。《古琴疏》：「荀季和（淑）有琴曰龍唇，一日大風雨失去。三年後復大風雨，有黑龍飛入李膺堂中。膺諦視識之，曰此荀季和舊物也，登即送還。」以上兩句言放下衫袖，拂拭龍唇，蓋開始彈琴的景況。

〔五〕余意二句：「余意」，宋、明、清各本同。據毛校記元本作「餘意」，於詩意不合，非。《列子·湯問》：「伯牙善鼓琴，鍾子期善聽。伯牙鼓琴，志在高山，鍾子期曰：『善哉！峨峨乎若泰山。』志在流水，曰：『善哉！洋洋乎若江河。』伯牙所念，鍾子期必得之。」孟浩然爲隱士，所以説「余意在山水」，聽了鄭五愔意在山水的琴音，正與自己的夙心相諧和。

劉辰翁曰：樸而不俚，風韻尚存。

李夢陽曰：在此公口出，雖淺亦自佳，效之則不可。

李東陽《麓堂詩話》：古詩與律不同體，必各用其體，乃爲合格。然律猶可間出古意，古不可涉律。古涉律調，如謝靈運「池塘生春草，紅藥當階翻」（按應爲「園柳變鳴禽」），雖一時傳誦，固已移於流俗而不自覺。若孟浩然「一杯還一曲，不覺夕陽沉」，杜子美「獨樹花發自分明，春渚日落夢相牽」，李太白「鸚鵡西飛隴山去，芳洲之樹何青青」，崔顥「黄鶴一去不復返，白雲千載空悠悠」，乃律間出古，要自不厭也。

疾愈過龍泉寺精舍呈易業二公〔一〕

停午聞山鐘〔二〕，起行散愁疾〔三〕。尋林採芝去〔四〕，轉谷松翠密〔五〕。傍見精舍開〔六〕，長廊飯僧畢〔七〕。石渠流雪水〔八〕，金子耀霜橘〔九〕。竹房思舊遊〔一〇〕，過憩終永日〔一一〕。入洞窺石髓〔一二〕，傍崖採蜂蜜〔一三〕。日暮辭遠公〔一四〕，虎溪相送出〔一五〕。

〔一〕題目：「二公」原作「二上人」。明活本無「寺」字，「二公」亦作「二上人」。宋本、清本無「寺」字。《品彙》作「疾愈過龍泉精舍」。《英華》、汲本、《全唐詩》作「疾愈過龍泉寺精舍呈易業二公」。今從《英華》。龍泉寺：未詳。據《清一統志》所載，龍泉寺在全國不下十餘處，但似均非浩然行踪所及，玩詩意此龍泉寺似距浩然居處不遠。易業二公：未詳。

〔二〕停午：正午。亦作「亭午」。

〔三〕散愁疾：《英華》、《品彙》、《全唐詩》同。宋本作「送愁疾」。明活本作「散愁寂」。

〔四〕芝：本爲菌類植物，古人視爲神草。詳《登鹿門山懷古》注〔十二〕。浩然疾初愈，故於樹林中尋找芝草，以備治病。

〔五〕轉谷：《英華》、明活本、《全唐詩》同。宋本、《品彙》、汲本作「谷轉」。轉谷，意爲轉過山谷。松翠：原作「松蘿」，《品彙》、明活本、汲本同。宋本、《英華》、《全唐詩》作「松翠」。今從宋本。

〔六〕傍：宋本、《英華》、《全唐詩》同。明活本、汲本、清本、《品彙》作「旁」，通。精舍：僧人居處曰精舍。《晉書·孝武帝紀》：「帝初奉佛法，立精舍於殿内，引諸沙門以居之。」《世説新語·棲逸》：「康僧淵在豫章，去郭數十里立精舍，旁連嶺，帶長川，芳林列於軒庭，清流激於堂宇。」

〔七〕飯僧：明、清各本及《品彙》同。宋本「飯」作「飰」。《玉篇》：「飰，俗飯字。」「飯僧」猶「齋僧」，即設食以供僧人。

〔八〕渠：宋、明、清各本同。《英華》作「梁」，非。

〔九〕子：宋、明、清各本同。《英華》作「烏」，周必大校記云：「集作子，又作烏。」按：「金子耀霜橘」，言霜橘金黄，有如金子，耀人眼目。「金烏耀霜橘」，言日光照耀霜橘，光彩奪目。崔湜《唐都尉山池》：「金子懸湘柚，珠房坼海榴。」孟康《詠日》：「金烏升曉氣，玉檻漾晨曦」。故「金子」、「金烏」二者均通。「烏」當爲「烏」之誤。

〔一〇〕竹房：竹林中的房屋，僧人或隱士所居。這裏指龍泉寺精舍。宋之問《遊法華寺》：「苔澗深不測，竹房閒且清。」舊遊：指易、業二公。

〔一一〕永日：消磨整天。《詩·唐風·山有樞》：「子有酒食，何不日鼓瑟？且以喜樂，且以永日。」

〔一二〕石髓：即鐘乳石。古人傳説，認爲服之可以長生。陳藏器曰：「石髓生臨海華蓋山石窟，土人采取澄淘如泥，作丸如彈子，有白有黄者彌佳。」李時珍曰：「按《列仙傳》言，邛疏煮石髓服，即鐘乳也。」（以上引文均見《本草綱目》）浩然病初愈，故亦注意石髓。

〔三〕傍崖：宋、明各本及《品彙》同。清本作「傍岸」，誤。

〔四〕日暮：宋、明、清各本同。《英華》、《品彙》作「日暝」。遠公：即慧遠，詳見《彭蠡湖中望廬山》注〔一三〕。這裏借指易業二公。

〔五〕虎溪：在江西九江廬山東林寺前。晉時慧遠法師居東林寺，送客不過溪，過溪虎輒鳴。《廬山記》：「慧遠居東林寺，送客不過溪。一日，與陶淵明、道士陸静修共過溪，不覺踰之，虎輒號鳴，三人大笑而别。」這裏借此故實，言相送之遠。

劉辰翁曰：此豈待賦，賦之乃佳。

湘中旅泊寄閻九司户防〔一〕

桂水通百越〔二〕，扁舟期曉發〔三〕。荆雲蔽三巴〔四〕，夕望不見家。襄王夢行雨〔五〕，才子謫長沙〔六〕。長沙饒瘴癘〔七〕，胡爲苦留滯〔八〕。久别思款顔〔九〕，承歡懷接袂〔一〇〕。接袂杳無由，徒增旅泊愁〔一一〕。清猿不可聽，沿月下湘流〔一二〕。

〔一〕題目：原作「襄陽旅泊寄閻九司户」。宋本、汲本作「湖中旅泊寄閻防」。清本作「泊湖寄閻防」。《全唐詩》作「湖中旅泊寄閻九司户防」。《詩選》作「湘中旅泊寄閻九司户防」。《唐詩紀事·閻防》引孟浩然此詩作《湘中旅泊寄（閻）防》，均無「襄陽」字樣。再從詩的内容看，并非

「襄陽」附近的情況，而爲三湘一帶的情況。且浩然不能稱「襄陽」爲「旅泊」。末句「沿月下湘流」亦與「襄陽」矛盾。可見「襄陽」顯係誤文。而「湖中」爲「湘中」之誤。今從《詩選》。閻防：《唐才子傳》：「閻防，河中人，開元二十二年李琚榜及第。顔真卿甚敬愛之，欲薦於朝，不屈。爲人好古博雅，詩語真素，魂清魄爽，放曠山水。高情獨詣於終南山豐德寺，結茆茨讀書，百丈溪是其隱處。題詩云：『浪蹟棄人世，還山自幽獨。始傍巢由蹤，吾其獲心曲。』又云：『養閑度人世，達命知止足。不學魯國儒，俟時勞伐輻。』後信命不務進取，以此自終。」○此詩當作於壯年漫游時期。

〔二〕桂水：在今湖南南部，唐代屬郴州。《清一統志·湖南·桂陽直隸州》：「桂水源出藍山縣南，東北流經嘉禾縣，又東北入州界，合舂水入湘。《漢書·地理志》桂陽注引應劭曰：『桂水所出，東北入湘。』《水經注》：『桂水出桂陽北界山，山壁高聳，三面特峻，石泉懸注瀑布而下，北逕南平縣而東北，流届鍾亭，右會鍾水，通爲桂水也。』」百越：《唐詩紀事》作「百粤」，同。《文獻通考·輿地考·古南越》：「自嶺而南，當唐虞三代爲蠻夷之國，是百越之地也。」注：「自交趾至會稽七八千里，百越雜處，各有種姓。」《四庫全書·百越先賢志提要》：「南方之國越爲大，自勾踐六世孫無疆爲楚所敗，諸子散處海上，其著者：東越無諸，都東冶，至漳泉，故閩越也；東海五摇，都永嘉，故甌越也；自湘灕而南，故西越也；牂柯西下邕、雍、綏、建，故駱越也。統而言之，謂之百越。」據此則百越之範圍甚廣，包有我國東南部直到越南北部一帶地方。

本詩所言，大抵指嶺南一帶。

〔三〕曉發：明、清各本同。宋本作「晚發」，非。

〔四〕荆雲：原作「荆門」。宋本、《詩選》、明活本、《全唐詩》等作「荆雲」，據改。蔽：《詩選》及明、清各本同。宋本作「閉」，誤。三巴：即巴郡、巴東、巴西之合稱。《華陽國志·巴》：「建安六年（劉）璋乃改永寧爲巴郡，以固陵爲巴東，安漢爲巴西，是爲三巴。」盧僎《南望樓》：「去國三巴遠，登樓萬里春。傷心江上客，不是故鄉人。」本詩蓋用三巴以泛指川東鄂西一帶，包括襄陽，所以下句説「夕望不見家」。

〔五〕襄王句：宋玉《高唐賦》序：「昔者，楚襄王與宋玉遊於雲夢之臺，望高唐之觀。其上獨有雲氣，崪兮直上，忽兮改容。須臾之間，變化無窮。王問玉曰：『此何氣也？』玉對曰：『所謂朝雲者也。』王曰：『何謂朝雲？』玉曰：『昔者先王嘗遊高唐，怠而晝寢，夢見一婦人，曰：妾巫山之女也，爲高唐之客，聞君遊高唐，願薦枕席。王因而幸之。去而辭曰：妾在巫山之陽，高丘之阻，旦爲朝雲，暮爲行雨，朝朝暮暮，陽臺之下。』旦朝視之，如言，故爲立廟，號曰朝雲。」

〔六〕才子句：閻防時謫居長沙，至於他謫居長沙的情況，則未詳。《唐詩紀事》卷二十六：「防在開元天寶間有文稱，岑參、孟浩然、韋蘇州有贈章，然不知得罪謫長沙之故也。」又，漢賈誼稱才子，遭大臣之忌，出爲長沙王太傅。本句亦有用賈誼比閻防之意。

〔七〕瘴癘：《詩選》、明、清各本同。宋本作「瘴厲」。厲通癘。《左傳·襄公三十一年》：「盜賊公行，而夭厲不戒。」瘴癘，濕熱地區山林間流行的一種傳染病。杜甫《夢李白》之一：「江南瘴癘地，逐客無消息。」

〔八〕苦留滯：《詩選》、清本、《全唐詩》同。宋本、明活本作「久留滯」。

〔九〕款顔：晤面暢談。

〔一〇〕承歡：博取歡心。《楚辭·九章·哀郢》：「外承歡之汋約兮，諶荏弱而難持。」袂：《玉篇》：「袂，袖也。」衣袖相接，意爲親切相見。

〔一一〕旅泊：宋本作「旅泊」，非。形近而誤。《易·旅卦》孔穎達疏：「旅者客寄之名，羈旅之稱，失其本居而寄他方，謂之爲旅。」泊：《集韻》：「泊，止也，舟附岸曰泊。」則「旅泊」意爲羈旅他鄉而又水行者。指作者離鄉背井，沿湘江遊歷。

〔一二〕下：《詩選》及明、清各本同。宋本作「上」，誤。施閏章《蠖齋詩話·月詩》：浩然「沿月棹歌還」、「招月伴人還」、「沿月下湘流」、「江清月近人」，並妙於言月。

大堤行寄萬七〔一〕

大堤行樂處〔二〕，車馬相馳突〔三〕。歲歲春草生，踏青二三月〔四〕。王孫挾珠彈〔五〕，遊女矜羅襪〔六〕。攜手今莫同，江花爲誰發〔七〕？

〔一〕題目：《品彙》及明、清各本同。宋本「萬」作「黄」，疑誤。《樂府詩集》作《大堤行》。大堤：樂府名，又稱《襄陽樂》、《襄陽曲》、《雍州曲》等。《樂府詩集》卷四八《襄陽樂》題解：「《古今樂録》曰：『《襄陽樂》者，宋隨王誕之所作也。誕始爲襄陽郡，元嘉二十六年仍爲雍州刺史，夜聞諸女歌謡，因而作之，所以歌和中有襄陽來夜樂之語也。』舊舞十六人，梁八人。又有《大堤曲》，亦出於此。簡文帝雍州十曲，有《大堤》、《南湖》、《北渚》等曲。」《襄陽樂》其一：「朝發襄陽城，暮至大堤宿。大堤諸女兒，花豔驚郎目。」李白《大堤曲》：「漢水臨襄陽，花開大堤暖。佳期大堤下，淚向南雲滿。春風復無情，吹我夢魂亂。不見眼中人，天長音信斷。」萬七：不詳。岑仲勉《唐人行第録》：「《全詩》三函孟浩然《大堤行寄萬七》。按萬姓當日與文人唱和者，韓翃、盧綸有萬巨；嚴維有萬經；戴叔倫有《寄萬德躬故居》，又《送萬户曹之任揚州便歸舊隱》。此外《廣記》四七〇引《宣室志》，天寶涇陽令萬莊退居瓜洲。此萬七屬何人，殊難揣度。」據詩意，或爲浩然同鄉好友。

〔二〕大堤：當即襄陽城外不遠的沿江大堤。因《大堤曲》，亦可指江邊歌樂聲。

〔三〕馳突：奔馳衝撞。《三國志·魏志·武帝紀》：「吕布出兵戰，先以騎犯青州兵，青州兵奔，太祖陣亂，馳突火出，墜馬，燒左手掌。」李白《登梅岡》：「羣峰如逐鹿，奔走相馳突。」此言車馬之多。

〔四〕踏青：古人春日郊遊，名曰踏青。踏青日期因時因地而有所不同，有的在二月二日，有的在三月三日，後世多在清明。二三月：《品彙》及明、清各本同。宋本作「三兩日」，誤。

〔五〕王孫句：古代稱貴族子弟爲王孫。《戰國策・楚策四》：「黄雀因是以，俯噣白粒，仰棲茂樹，鼓翅奮翼，自以爲無患，與人無争也。不知夫公子王孫左挾彈，右攝丸，將加己乎十仞之上。」後亦泛指男子。

〔六〕游女句：張柬之《大堤曲》：「南國多佳人，莫若大堤女。玉牀翠羽帳，寶袜蓮花炬。」足見襄陽女子之嬌豔。矜：愛惜。《爾雅・釋訓》：「矜憐，撫掩之也。」郝懿行義疏：「《説文》：『憮，愛也。』撫掩，當作憮俺。《方言》云：『憮俺，憐愛也。』」《小爾雅》：「矜，惜也。」羅襪：古代婦女以羅製襪，故名。以上數句寫大堤春遊的景象。

〔七〕江花：梁簡文帝《采蓮曲》：「桂檝蘭橈浮碧水，江花玉面兩相似。」白居易《憶江南》：「日出江花紅勝火，春來江水緑如藍。」

還山貽湛法師〔一〕

幼聞無生理〔二〕，常欲觀此身〔三〕。心迹罕兼遂〔四〕，崎嶇多在塵〔五〕。晚途歸舊壑〔六〕，偶與支公鄰〔七〕。喜得林下契〔八〕，共推席上珍〔九〕。念兹泛苦海〔一〇〕，方便示迷津〔一一〕。導以微妙法〔一二〕，結爲清浄因〔一三〕。煩惱業頓捨〔一四〕，山林情轉殷〔一五〕。朝來問疑義〔一六〕，夕話得清真〔一七〕。墨妙稱古絶〔一八〕，詞華驚世人〔一九〕。禪房閉虚静〔二〇〕，花藥連冬春〔二一〕。平石藉琴硯〔二二〕，落泉洒衣巾。欲知明滅意〔二三〕，朝夕海鷗馴。

〔一〕題目：「貽」原作「贈」。宋本、汲本、清本、《全唐詩》作「貽」。今依宋本。湛法師：疑即僧湛然。陳思《寶刻叢編》卷三引《復齋碑録》：「唐裴觀德政碑，唐賈昇撰，僧湛然分書。開元八年立在峴山。」而本詩中有「墨妙稱古絶」之句，可知湛法師精於書法。（編者按：「法」原作「禪」，宋本、《全唐詩》作「法」。）

〔二〕無生：佛教認爲世間萬物無生無滅。這裏用「無生理」以代佛教教義。

〔三〕此身：指自己之身。

〔四〕心迹句：明、清各本同。宋本「遂」作「逐」，蓋形近而誤。心迹：心謂心意，迹謂事迹。全句謂心與事很難兩者都如意。

〔五〕崎嶇：宋本、汲本、清本、《全唐詩》同。明活本作「嶇崎」。塵：塵世。言道路與人事的崎嶇皆因在塵世。

〔六〕舊壑：隱士所居，常稱丘壑。浩然稱自己舊日隱處爲舊壑。這裏似乎是指鹿門山。

〔七〕支公：晉僧人支遁，善清言，當時頗負盛名，尊稱支公。後世又以支公泛稱高僧。這裏借指湛法師。參看《題榮二山池》注〔三〕。

〔八〕林下：隱士多居山林，故以林下稱隱逸之所。慧皎《高僧傳・竺僧朗》：「朗常蔬食布衣，志就人外，……與隱士張忠爲林下之契，每共遊處。」本詩借指湛法師與自己爲林下之契友。

〔九〕席上珍：《禮記·儒行》：「儒有席上之珍以待聘。」用席上珍寶美玉以比喻人的美好才德。

〔一〇〕苦海：佛家語。佛家認爲人生在世，苦痛無邊無際，有如大海，故稱苦海。

〔一一〕迷津：佛家語。佛家認爲人在欲、色、無色三界及六道輪迴中，往往迷失方向，需賴慈航濟渡。津，渡口。以上「喜得林下契，共推席上珍。念兹泛苦海，方便示迷津」四句，宋本無。

〔一二〕微妙法：精微奥妙之法。《無量壽經》：「普爲十方説微妙法。」

〔一三〕清淨：佛家語。佛家稱遠離惡行與煩惱的境界爲清淨。《俱舍論》：「遠離一切惡行煩惱垢，故名爲清淨。」因，因緣。以上「導以微妙法，結爲清淨因」二句，清本無。據毛校記，元本亦無此二句。

〔一四〕煩惱：佛家稱身心爲貪欲所困惑而産生的精神狀態爲煩惱。《景德傳燈録·寶誌〈大乘讚〉》：「但無一切希求，煩惱自然消落。」業：梵語「羯磨」的意譯。佛教認爲在六道中生死輪迴是業決定的。業包括行動、語言、思想意識三方面，稱身業、口業、意業。

〔一五〕山林：明、清各本同。宋本作「山杖」，非。

〔一六〕疑義：詩文或佛理中難於理解的地方。陶淵明《移居》：「奇文共欣賞，疑義相與析。」此指佛理。

〔一七〕清真：清潔純真，意猶真理。這裏指佛理真諦。

〔一八〕墨妙：精妙的書法。張説《故吏部侍郎元公碑銘》：「麟閣書仙，鳳池墨妙。」古絶：明、清各本同。宋本作「今絶」。

〔一九〕詞華：宋本、汲本、清本作「辭華」，通。詞華，指詩文的文采。杜甫《贈比部蕭郎中十兄》：「詞華傾後輩，風雅藹孤騫。」

〔二〇〕禪房：明、清各本同。宋本作「竹房」。禪房，僧人所居。楊衒之《洛陽伽藍記・景林寺》：「寺西有園，多饒奇果，春鳥秋蟬，鳴聲相續。中有禪房一所，内置祇洹精舍。」竹房亦僧人或隱士所居。

〔二一〕花藥句：僧人養花種藥，一年不斷。

〔二二〕藉：宋本、汲本、《全唐詩》同。明活本、清本作「籍」，非。藉，本爲坐臥其上之意，這裏用於琴硯，當爲陳列之意。

〔二三〕明滅意：宋本同。明活本作「意冥滅」。清本作「意明滅」。《全唐詩》作「冥滅意」。

李夢陽曰：墨妙以下，便不稱，雖李杜其古詩亦皆前密而後散。

秋登萬山寄張五〔一〕

北山白雲裏，隱者自怡悦〔二〕。相望試登高〔三〕，心隨雁飛滅〔四〕。愁因薄暮起，興是清秋發〔五〕。時見歸村人，平沙渡頭歇〔六〕。天邊樹若薺〔七〕，江畔舟如月〔八〕。何當載酒來〔九〕，

共醉重陽節〔一〇〕。

〔一〕題目：《英華》同。《詩選》亦作「萬山」。宋本、明活本、汲本、清本、《全唐詩》「萬山」作「蘭山」。按：《清一統志·四川·敘州府》載：「石門山在慶符縣以南，下瞰石門江，其林薄中多蘭，一名蘭山。」孟浩然雖也來過四川，行踪未及這帶地方。而萬山在襄陽附近，當以萬山爲是。萬山：《清一統志·湖北·襄陽府》：「萬山在襄陽縣西北十里，一名方山，一名蔓山，一名漢皋山。」張五：《詩選》作「張五儃」。《全唐詩》題下注云：「一作九月九日峴山寄張子容。一作秋登萬山寄張文儃」。根據詩的内容看，雖然比較符合張子容的關係，但張子容爲張八，八與五形音均相去甚遠，不易寫錯。唐代又有張諲，永嘉人，初隱少室山下，後應舉，官至刑部員外郎。善草隸，兼畫山水，與李頎友善，事王維爲兄，皆爲詩酒丹青之契。王維與張諲唱和之詩甚多，稱其爲張五。岑仲勉疑「文儃」爲張諲之字。但《孟集》中尚有《尋張五》一詩，詩云：「聞就龐公隱，移居近洞湖。」則知張五隱居於襄陽附近。而張諲則初隱於少室山，辭官以後，也是「歸故山偃仰，不復來人間矣」（見《唐才子傳》），并未來襄陽隱居。故張諲亦似不合。張五究係何人，不如闕疑以待考。

〔二〕北山二句：萬山在襄陽之北，故稱北山。二句暗用陶弘景《答詔問山中何所有賦詩以答》詩意。該詩云：「山中何所有，嶺上多白雲。只可自怡悦，不堪持贈君。」

〔三〕試：原作「始」，明活本、清本、《品彙》同。宋本、《英華》、《詩選》、汲本、《全唐詩》作「試」。今從宋本。「始」，蓋出自明人之改動。登高：九月九日登高，爲古人風習。吴筠《續齊諧記》：「汝南桓景隨費長房遊學，長房謂之曰：『汝南九月九日當有大災厄，急令家人縫囊盛茱萸繫臂上，登山飲菊花酒，此禍可消。』景如言，舉家登山。夕還，見雞犬一時暴死。長房聞之曰：『此可代也。』今世人九日登高飲酒，婦人帶茱萸囊，蓋始於此。」古人風習往往與神話傳説相附會，不足爲訓。但也可見此種風習來源甚早。

〔四〕心隨句：《英華》、明活本、清本同。宋本、汲本作「心飛逐鳥滅」。《品彙》作「心隨飛雁滅」。蓋來自元本。《詩選》作「心隨鳥飛滅」。時當秋季，正北雁南飛之時，雁更切合詩意。

〔五〕清秋：《英華》、《品彙》、明活本、清本、《全唐詩》同。宋本、汲本作「清境」。從詩意看以「清秋」爲佳。

〔六〕平沙：《英華》、《品彙》、明活本、清本同。宋本、《全唐詩》作「沙行」。

〔七〕薺：菜名。莖高數寸，以至尺餘。其嫩莖葉可供食用。《詩·邶風·谷風》：「誰謂荼苦，其甘如薺。」言天邊之樹，極爲遥遠，看來矮小，有如薺菜。

〔八〕舟：原作「洲」。宋本同。《英華》、明活本、汲本、清本、《全唐詩》作「舟」，據改。按薛道衡《敬酬楊僕射山齋獨坐》有「遥原樹若薺，遠水舟如葉」之句，孟詩蓋從之變化而來，以「舟」爲是。且時當重陽前不久，新月初懸，故言舟如月也。

〔九〕何當：猶何妨。載酒：《漢書·揚雄傳》：「家素貧，耆酒，人希至其門。時有好事者載酒肴從游學。」此指攜酒同游。

〔一〇〕重陽節：曹丕《九日與鍾繇書》：「歲往月來，忽復九月九日。九爲陽數，而日月並應，俗嘉其名，以爲宜於長久，故以享宴高會。」杜甫《九日》：「重陽獨酌杯中酒，抱病起登江上臺。」舊時以陰曆九月九日爲重九節，因九爲陽數，故亦謂之重陽節。

劉辰翁曰：朴而不厭。又曰：其俚至此。

李夢陽曰：愁因薄暮起二句，不可言朴。

楊慎《升庵詩話》卷十三：《羅浮山記》云：「望平地樹如薺」，自是俊語。梁戴暠詩「長安樹如薺」，用其語也。後人翻之益工，薛道衡詩：「遥原樹若薺，遠水舟如葉。」孟浩然「天邊樹若薺，江畔洲如月。」

登江中孤嶼贈白雲先生王迥〔一〕

悠悠清江水，水落沙嶼出。回潭石下深〔二〕，緑篠岸傍密〔三〕。鮫人潛不見〔四〕，漁父歌自逸〔五〕。憶與君别時，泛舟如昨日。夕陽開晚照〔六〕，中坐興非一〔七〕。南望鹿門山〔八〕，歸來恨如失〔九〕。

〔一〕題目：明活本、汲本、《全唐詩》同。宋本「贈」作「話」。《詩選》作「登江中孤嶼貽王山人迥」。

「贈」、「貽」意同，「話」誤。江：指漢江。孤嶼，江中小洲，應在峴山附近。白雲先生王迥：王迥號白雲先生，行九，隱居鹿門山，爲浩然好友。《孟集》中有關王迥之詩頗多。如《鸚鵡洲送王九之江左》、《白雲先生王迥見訪》、《春中喜王九相尋》、《同王九題就師山房》、《贈王九》、《上巳日洛中寄王九迥》等。從這些詩中可以看出浩然和他的關係是相當密切的，也可以知道他是一個隱士，曾往遊江南。○此詩疑壯年隱於園廬時所作。

〔二〕回潭：當指峴山附近漢江裏的一個深潭，潭中水流回旋。

〔三〕綠篠：翠綠的細竹。謝靈運《過始寧墅》：「白雲抱幽石，綠篠媚清漣。」岸傍：《詩選》及明、清各本同。宋本作「岸邊」。

〔四〕鮫人：神話傳説中海底怪人。張華《博物志》卷九：「南海外有鮫人，水居如魚，不廢耕績，其眼能泣珠。」曹植《七啓》：「然後采菱華，擢水蘋，弄珠蜯，戲鮫人。」

〔五〕歌自逸：《詩選》及明、清各本同。宋本作「自歌逸」。

〔六〕開晚照：《詩選》、汲本同。宋本作「門返照」。明活本、清本、《全唐詩》作「開返照」。「門」當係「開」之誤。宋孝武帝《七夕》：「白日傾晚照，弦月升初光。」

〔七〕中坐句：中，意爲此中、此地；興，興會、興致；言當日興致勃勃，不一而足。

〔八〕鹿門山：在襄陽城南三十里。詳《登鹿門山懷古》注〔一〕。

〔九〕如失：原作「相失」。宋本、汲本、《全唐詩》作「如失」，據改。言望見鹿門山，更加思念好友，心中若有所失。

李夢陽曰：同此一題，若誦「秋水共澄鮮」之句，則孟詩爲奴僕矣。（按：謝靈運《登江中孤嶼》詩有「雲日相輝映，空水共澄鮮」之句。但謝靈運所遊爲永嘉江，孟浩然所遊者則爲漢江。）

晚春臥疾寄張八子容〔一〕

南陌春將晚〔二〕，北窗猶臥病〔三〕。林園久不遊，草木一何盛〔四〕。狹徑花將盡〔五〕，閒庭竹掃淨〔六〕。翠羽戲蘭苕〔七〕，頳鱗動荷柄〔八〕。念我平生好〔九〕，江鄉遠從政〔一〇〕。雲山阻夢思，衾枕勞歌詠。歌詠復何爲〔一一〕，同心恨別離〔一二〕。世途皆自媚〔一三〕，流俗寡相知。賈誼才空逸〔一四〕，安仁鬢欲絲〔一五〕。遥情每東注〔一六〕，奔晷復西馳〔一七〕。常恐填溝壑〔一八〕，無由振羽儀〔一九〕。窮通若有命〔二〇〕，欲向論中推〔二一〕。

〔一〕題目：宋本、汲本、清本、《全唐詩》作「晚春臥病寄張八」。明活本「疾」作「病」。張八子容：張子容，行八，爲浩然好友。《孟集》中與子容唱和之詩甚多，不備舉。辛文房《唐才子傳》：「子容，襄陽人。開元元年，常無名榜進士，仕爲樂城令。初與孟浩然同隱鹿門山，爲死生交，詩篇唱答頗多。後值亂離，流寓江表。……後竟棄官歸舊業。有詩集。興趣高遠，略去凡近。當時哲匠，咸稱道焉。」○此詩疑作於壯年、張子容任樂城縣尉時期。

〔二〕南陌：《玉篇》：「陌，阡陌。」按：《史記・秦本紀》：「開阡陌。」司馬貞索隱引《風俗通義》：「南北曰阡，東西曰陌；河東以東西爲阡，南北曰陌。」故陌爲田間小路，因亦泛指田野。梁武帝《河中之水》：「河中之水向東流，洛陽女兒名莫愁。莫愁十三能織綺，十四採桑南陌頭。」本詩實指田野，亦即指浩然的田園。

〔三〕北窗：《晉書・陶潛傳》：「高臥北窗，自謂羲皇上人。」

〔四〕草木：明活本、汲本、清本、《全唐詩》同。宋本作「果木」。

〔五〕將盡：宋本、汲本同。明活本、清本、《全唐詩》作「障迷」。

〔六〕浄：宋、明、清各本同。據毛校記元本作「盡」。依詩意以「浄」爲佳，「盡」蓋聲近而誤。言風吹竹梢，竹梢摇動，其矮者有如掃地，因而地浄，極言閒庭之閒，非常幽静。

〔七〕翠羽句：翠羽，指翡翠鳥。羽毛有藍、緑、赤、棕等色，但藍緑最爲突出。蘭：蘭草，《説文》：「蘭，香草也。」《楚辭・離騷》：「紉秋蘭以爲佩。」王逸注：「蘭，香草也。」苕（tiáo）：《爾雅・釋草》：「苕，陵苕。黄華蔈，白華茇。」按：苕一名紫葳，即凌霄花。言翠鳥戲於蘭草凌霄之間。

〔八〕赬（chēng）鱗：《爾雅・釋器》：「再染謂之赬。」郭璞注：「赬，染赤。」《廣韻》：「赬，赤色，俗作赪。」鯉魚色赤，故以赬鱗代鯉魚。

〔九〕平生好：平生好友，指張子容。

〔一〇〕江鄉：猶言水鄉。杜甫《送大理封主簿五郎親事不合却赴通州》：「餘寒折花卉，恨別滿江鄉。」本詩江鄉，蓋指温州樂城。

〔一一〕歌：兩處原皆作「感」。明代各本同。宋本、清代各本兩處俱作「歌」。今從宋本。《詩·關雎序》：「詩者志之所之也。」孔穎達疏：「言作詩者所以舒心志憤懣而卒成於歌詠，故《虞書》謂之詩言志也。包管萬慮，其名曰心。感物而動，乃呼爲志。志之所適，萬物感焉。」衾枕：被子、枕頭均爲臥具，正扣題目的「臥疾」。

〔一二〕同心：《易·繫辭》：「二人同心，其利斷金；同心之言，其臭如蘭。」因用「同心」以代好友。

〔一三〕世途句：自媚：媚，喜愛。《飲馬長城窟行》：「入門各自媚，誰肯相爲言。」言世上都是自己愛自己，自己爲自己鼓吹，不肯替別人説話。

〔一四〕賈誼句：賈誼，漢河南洛陽人，年十八，即以誦詩書、屬文章聞名郡中。河南守吴公聞其才，召至門下。文帝召以爲博士，時年僅二十餘歲，一年中超遷至大中大夫。後文帝擬任爲公卿，但因絳灌等人中傷，遂出爲長沙王太傅。誼既失志，遂經湘水，爲賦以弔屈原。後又任爲梁懷王太傅，以梁懷王墜馬死，自傷爲傅無狀，哭泣年餘亦死。時年三十三。這裏用賈誼以比張子容，作者以爲張子容博學多才，然而頗不得意，貶居樂城尉。

〔一五〕絲：明、清各本同。宋本作「垂」，非。安仁：晉潘岳字安仁，美姿容，有文才。泰始中，武帝躬耕藉田，岳作賦美其事，才名冠世。出爲河陽令，累遷給事黄門侍郎。與石崇友善，諂事賈謐。

後孫秀誣以謀反，被誅。其所作《秋興賦》序云：「晉十有四年，余春秋三十有二，始見二毛。」所謂二毛即「鬢欲絲」之意。這裏借用這個典故以喻自己年事漸老而功名未就。

〔一六〕遥情：遥遠之情。作者在襄州，張子容在温州，相距遥遠。盧照鄰《樂府雜詩序》：「少卿長別，起高唱于河梁；平子多愁，寄遥情于隴阪。」

〔一七〕奔晷(guǐ)：《説文》：「晷，日景也。」奔晷西馳，日景自東向西奔馳，意爲時光流逝。

〔一八〕填溝壑：身體填入溝壑，指死後無人葬埋。《左傳·昭公十三年》：「小人老而無子，知擠於溝壑矣。」《戰國策·秦策四》：「顧及未填溝壑而託之。」

〔一九〕羽儀：猶羽翼。嵇康《兄秀才公穆入軍贈詩》之一：「抗首漱朝露，晞陽振羽儀。」孟詩用鳥的舉翼高飛比喻仕途得意，做官升遷。

〔二〇〕窮通：窮，阻塞；通，通達。往往用以代表命運的好壞，仕途的順利與坎坷等等。

〔二一〕欲向句：論：指劉芳《窮通論》。《魏書·劉芳傳》：「芳雖處窮窘之中，而業尚貞固，聰敏過人，篤志墳典。晝則傭書，以自資給，夜則讀誦，終夕不寢，至有易衣併日之弊，而澹然自守，不汲汲於榮利，不戚戚於賤貧，乃著《窮通論》以自慰焉。」言想向《窮通論》中去推究推究。

劉辰翁曰：其語甚痛，其意甚淺。

書懷貽京邑同好〔一〕

惟先自鄒魯〔二〕，家世重儒風〔三〕。詩禮襲遺訓〔四〕，趨庭霑末躬〔五〕。晝夜常自强〔六〕，詞翰頗亦工〔七〕。三十既成立〔八〕，吁嗟命不通〔九〕。慈親向羸老〔一〇〕，喜懼在深衷〔一一〕。甘脆朝不足〔一二〕，簞瓢夕屢空〔一三〕。執鞭慕夫子〔一四〕，捧檄懷毛公〔一五〕。感激遂彈冠〔一六〕，安能守固窮〔一七〕。當塗訴知己〔一八〕，投刺匪求蒙〔一九〕。秦楚邈離異〔二〇〕，翻飛何日同〔二一〕！

〔一〕題目：「同好」原作「故人」。宋本、《英華》、汲本、清本、《全唐詩》作「同好」。今從宋本。京邑：指首都長安。○此詩當作於三十歲時。

〔二〕鄒魯：鄒和魯，均周代諸侯國名。鄒，當今山東鄒縣；魯，當今山東曲阜。孟子鄒人，孔子魯人。先世來自鄒魯，暗示自己爲孔孟之後。

〔三〕儒風：指孔子之道。孟子發揮孔子思想，爲儒家傳人，浩然姓孟氏，應爲孟子後人，故稱家世重儒風。

〔四〕詩禮：儒家以《詩》、《書》、《禮》、《樂》、《易》、《春秋》六經教授弟子，學詩習禮便成爲儒家的主要科目。

〔五〕趨庭句：「霑」原作「紹」。宋本、《英華》、汲本、清本、《全唐詩》作「霑」，據改。趨庭：即「趨而過庭」之省語，《論語·季氏》：「鯉趨而過庭。」劉寶楠正義：「趨而過庭者，禮。臣行過君前，子行過父前，皆當徐趨，所以爲敬也。」霑：《説文》：「霑，雨霂也。」即濕潤之意。末躬：躬，自身，末躬，含有謙虛之意。

〔六〕常自强：宋本作「恒自强」，意同。《易·乾》：「象曰：天行健，君子以自强不息。」

〔七〕詞翰：原作「詞賦」，明活本、汲本同。宋本、《英華》、《全唐詩》作「詞翰」。今從宋本。泛指詩文等辭章之學。

〔八〕三十句：《論語·爲政》：「子曰：吾十有五而志於學，三十而立，四十而不惑……」本句即用此典，表明自己三十歲時，品德學業均有所成就。

〔九〕吁嗟：原作「嗟吁」，明代各本同。宋本、《英華》作「吁嗟」。今從宋本。

〔一〇〕向：宋、明各本及《全唐詩》同。清本作「尚」。「向」乃趨向、逐漸之意，符合詩意，以「向」爲是。「尚」，形近而誤。

〔一一〕喜懼句：《論語·里仁》：「子曰：父母之年，不可不知也，一則以喜，一則以懼。」朱熹注：「知，猶記憶也。知父母之年，則既喜其壽，又懼其衰。」内心深處惦念着慈母的衰老，心存恐懼。

〔一二〕甘脆：代表美好的食物。《戰國策·韓策二》：「仲子固進，而聶政謝曰：臣有老母，家貧客游，以爲狗屠，可旦夕得甘脆以養親。」

〔一三〕簞瓢句：簞，竹製盛飯器；瓢，用葫蘆製成的盛水、酒器。《論語·雍也》：「子曰：賢哉回也！一簞食(sì)，一瓢飲，在陋巷，人不堪其憂，回也不改其樂。賢哉回也！」言簞瓢之内，食物常缺。

〔一四〕執鞭句：執鞭，卑賤之役。夫子，孔子。《論語·述而》：「富而可求也，雖執鞭之士，吾亦爲之。」意思是説如能求得財富，就是卑賤的事也可以做。本句襲用其意。

〔一五〕捧檄句：檄，指徵召的文書。懷與慕爲互文。毛公，毛義。《後漢書·劉趙淳于江劉周趙列傳》：「廬江毛義少節，家貧，以孝行稱。南陽張奉慕其名，往候之。坐定而府檄適至，以義爲守令，義奉檄而入，喜動顔色。奉者志尚士也，心賤之，自恨來，固辭而去。及義母死，去官行服。數辟公府，爲縣令，進退必以禮。後舉賢良，公車徵，遂不至。張奉嘆曰：賢者固不可測。往日之喜，乃爲親屈也。斯蓋所謂『家貧親老，不擇官而仕』者也。」意思是説懷慕毛義爲母求仕。

〔一六〕感激：感動、激發之意。諸葛亮《出師表》：「由是感激，遂許先帝以驅馳。」彈冠：整理帽子，彈去灰塵，比喻將要出來做官。《漢書·王吉傳》：「吉與貢禹爲友，世稱『王陽（王吉字子陽）在位，貢公彈冠』，言其取舍同也。」顔師古注：「彈冠者，且入仕也。」孟浩然亦因知己在位，也願出仕。

〔一七〕固窮：安於窮困。《論語·衛靈公》：「子曰：君子固窮，小人窮斯濫矣。」

〔一八〕當塗：猶當道、當路。指身居要職。

〔一九〕投刺：刺，名刺、名帖、名片。舊時拜訪别人特别是高官，必先投刺。匪：同非。《詩·衛風·木瓜》：「投我以木瓜，報之以瓊琚。匪報也，永以爲好也。」鄭玄箋：「匪，非也。」求蒙：《易·蒙》：「匪我求童蒙，童蒙求我。」孔穎達疏：「蒙者，微昧闇弱之名。」又云：「匪我求童蒙，童蒙求我者，物既闇弱而意願亨通……闇者求明，明者不諮於闇。」孟浩然借用此語，表明自己不求那些不知己的人。

〔二〇〕秦楚：唐都長安在京畿道，當古秦國地，扣題目的「京邑」。作者在襄陽，爲古楚國地。邈：《説文》：「邈，遠也。」言二人相距遥遠。

〔二一〕翻飛：翻飛比喻仕途順利，猶如鳥的展翅高飛。

遊雲門寺寄越府包户曹徐起居〔一〕

我行適諸越，夢寐懷所歡〔二〕。久負獨往願，今來恣遊盤〔三〕。台嶺踐蹬石〔四〕，耶溪泝林湍〔五〕。捨舟入香界〔六〕，登閣憩旃檀〔七〕。晴山秦望近〔八〕，春水鏡湖寬〔九〕。遠懷佇應接〔一〇〕，卑位徒勞安。白雲日夕滯〔一一〕，滄海去來觀〔一二〕。故國眇天末〔一三〕，良朋在朝端〔一四〕。遲爾同携手，何時方挂冠〔一五〕？

〔一〕題目：明活本同。《全唐詩》「雲門寺」作「雲門山」。宋本、汲本作「龍門寺」，誤。按：雲門寺在會稽雲門山，詩中所涉及地址，全在越中會稽，故以雲門寺爲是。參看《雲門寺西六七里聞符公蘭若最幽與薛八同往》注〔一〕。越府：指越州。治所在會稽，即今浙江紹興。包户曹徐起居：户曹、起居俱官名。二人生平不詳。○此詩約作於開元十九年游越期間。

〔二〕所歡：指包、徐二君。

〔三〕遊盤：即遊樂之意，亦可寫作盤遊。《書·五子之歌》：「乃盤遊無度。」

〔四〕嶝：宋本、汲本同。明活本、清本、《全唐詩》作「磴」。二字通用，見《集韻》。嶝，登山小路。《玉篇》：「嶝，小坂也。」沈約《從軍行》：「雲縈九折嶝，風卷萬里波。」《水經注·汾水》：「石磴縈行，若羊腸焉。」

〔五〕耶溪：即若耶溪，在會稽之南。詳《耶溪泛舟》注〔一〕。泝：《爾雅·釋水》：「逆流而上曰泝洄，順流而下曰泝游。」以後只稱逆流爲泝。《左傳·文公十年》：「楚子西沿漢泝江。」杜預注：「沿順流，泝逆流。」林湍：林間急流。

〔六〕香界：佛家稱佛地爲衆香國，樓閣園囿皆香，香氣周流十方無量世界。後世因亦泛稱佛寺爲香界。

〔七〕旃檀：梵語旃檀那的略稱，意即檀香木。慧琳《一切經音義》二七：「旃檀那，謂牛頭旃檀等，赤即紫檀之類，白謂白檀之屬。」這裏指佛閣建築。

〔八〕晴：宋、明各本及《全唐詩》同。清本作「青」。秦望：秦望山。在今浙江杭州市西南。《清一統志·浙江·杭州府》：「秦望山在錢塘縣西南十二里，陳顧野王《輿地志》：秦始皇東遊，登此山瞻望，欲渡會稽，故名。」

〔九〕鏡湖：又名鑑湖，當今浙江紹興市以南。其初本通潮汐，東漢永和五年（一四〇）會稽太守馬臻始環湖築塘瀦水。《元和郡縣志·江南東道·越州》:「越州鏡湖,在會稽山陰兩縣界,周迴三百一十里,都灌田九千頃。」宋熙寧以後,湖水逐漸乾涸。

〔一〇〕懷:原作「行」。宋本、明活本、汲本、《全唐詩》作「懷」,據改。

〔一一〕日夕滯:原作「去久滯」。宋、明、清各本俱作「日夕滯」,據改。

〔一二〕去來:原作「竭來」,誤。明活本、汲本、清本、《全唐詩》作「去來」,據改。宋本作「去還」。

〔一三〕眇:遠。《楚辭·哀郢》:「眇不知其所蹠。」王逸注:「眇猶遠也。」

〔一四〕朝端:朝中首席,往往指宰相一類高級官吏。

〔一五〕挂冠:《後漢書·逸民傳》:「逢萌字子康,北海都昌人也。……時王莽殺其子宇,萌謂友人曰:『三綱絶矣!不去,禍將及人。』即解冠挂東都城門,歸,將家屬浮海,客於遼東。」後因以挂冠作辭官代語。

示孟郊〔一〕

蔓草蔽極野〔二〕,蘭芝結孤根〔三〕。衆音何其繁,伯牙獨不喧。當時高深意,舉世無能分。鍾期一見知,山水千秋聞〔四〕。爾其保静節〔五〕,薄俗徒云云。

〔一〕孟郊:字東野,爲中唐著名詩人。生於唐玄宗天寶十載(七五一),卒於唐憲宗元和九年(八一四），而孟浩然生於唐武后永昌元年（六八九），卒於唐玄宗開元二十八年（七四〇），是孟浩然死時，孟郊尚未出生，所以歷來對這首詩頗有懷疑與争論。嚴羽《滄浪詩話·考證》：孟浩然有《贈孟郊》一首。按東野乃貞元、元和間人，而浩然終於開元二十八年，時代懸遠，其詩亦不似浩然，必誤入。馬星翼《東泉詩話》：孟浩然集中有《贈孟郊》一首，當别一孟郊，非東野也。《滄浪詩話》譏其不似浩然，疑後人誤入之，亦泥。按：此詩宋本不載，是值得懷疑的。

〔二〕蔓草：蔓生之草。古人常用以比喻惡人惡事。《左傳·隱公元年》：「蔓草猶不可除，况君之寵弟乎？」

〔三〕蘭芝：蘭爲香草。芝，古人以爲神草。二者常用以代美好事物及品德高尚之人。結孤根：與「蔽極野」相對，言惡者極多，美者孤獨。

〔四〕衆音六句：伯牙：俞伯牙；鍾期：鍾子期，均春秋時人。《吕氏春秋·本味》：「伯牙鼓琴，鍾子期聽之。方鼓琴而志在太山，鍾子期曰：『善哉乎鼓琴，巍巍乎若太山。』少選之間，而志在流水，鍾子期又曰：『善哉乎鼓琴，湯湯乎若流水。』鍾子期死，伯牙破琴、絶絃，終身不復鼓琴，以爲世無足復爲鼓琴者。」這裏是説，噪音極多，美音却極少，而像鍾子期那樣的知音，更是難得的。所以「高山流水」成爲千古有名的故事。

〔五〕静節：美好的節操。

山中逢道士雲公〔一〕

春餘草木繁，耕種滿田園。酌酒聊自勸，農夫安與言。忽聞荆山子〔二〕，時出桃花源〔三〕。採樵過北谷，賣藥來西村。村烟日云夕〔四〕，榛路有歸客〔五〕。杖策前相逢〔六〕，依然是疇昔〔七〕。邂逅歡覯止〔八〕，殷勤敍離隔〔九〕。謂余搏扶桑〔一〇〕，輕舉振六翮〔一一〕。奈何偶昌運，獨見遺草澤〔一二〕。既笑接輿狂〔一三〕，仍憐孔丘厄〔一四〕。物情趨勢利〔一五〕，吾道貴閒寂〔一六〕。偃息西山下〔一七〕，門庭罕人跡。何時還清溪，從爾煉丹液〔一八〕。

〔一〕題目：明、清各本同。據毛校記元本無「雲公」二字。此詩宋本不載。雲公：未詳。○此詩似應舉失敗後口吻，若然，則當在長安應舉之後。

〔二〕荆山子：荆山在今湖北南漳縣西北。《左傳·昭公四年》：「荆山，九州之險也。」《元和郡縣志·山南道·襄州》：「荆山在縣（南漳）西北八十里，三面絶險，惟東南一隅，纔通人徑。」荆山子即指隱於荆山的道士雲公。

〔三〕桃花源：晉陶淵明有《桃花源詩并序》，蓋根據民間傳説加工寫成。沈德潛在《古詩源》中認爲是「此羲皇之想也，必辨其有無，殊爲多事」，是頗有見地的。這裏借指爲隱士所居。

〔四〕村烟：村落上空籠罩的煙氣，黄昏時最爲顯著。

〔五〕榛路：灌木叢生的路。

〔六〕杖策：杖本爲名詞，這裏用作動詞。杖策即柱杖、扶杖之意。陸雲《逸民歌》：「杖短策而往兮，乃枕石而漱流。」

〔七〕疇昔：過去、往日。《左傳·宣公二年》：「華元殺羊食(sì)士，其御羊斟不與。及戰，曰：『疇昔之羊，子爲政；今日之事，我爲政。』」

〔八〕邂逅：不期而遇。《詩·鄭風·野有蔓草》：「邂逅相遇，適我願兮。」覯：見。《詩·豳風·伐柯》：「我覯之子，籩豆有踐。」鄭玄箋：「覯，見也。」

〔九〕殷勤：感情親切。《漢書·司馬遷傳》：「夫僕與李陵，俱居門下，素非相善也，趣舍異路，未嘗銜盃酒接殷勤之歡。」

〔一〇〕搏：清本、《全唐詩》同。明活本、汲本作「轉」，非。搏，鳥以羽翼擊打曰搏。《禮記·儒行》：「鷙蟲攫搏。」孔穎達疏：「以脚取之謂之攫，以翼擊之謂之搏。」此二句乃以鳥喻人，展翅搏擊，故以「搏」字爲是。扶桑：傳説日出處有神木，名曰扶桑。《山海經·海外東經》：「湯谷上有扶桑，十日所浴。」《楚辭·離騷》：「飲余馬於咸池兮，總余轡乎扶桑。」

〔一一〕六翮(hé)：鳥之强羽。《戰國策·楚策四》：「奮其六翮而凌清風，飄遥乎高翔。」振六翮，意即振羽奮飛。兩句用鳥的奮飛，拍擊日出處的神木，以比喻人的飛黄騰達。

〔一二〕草澤：荒莽的原野。左思《詠史》：「何世無奇才，遺之在草澤。」見：猶「被」。

〔三〕接輿狂：接輿，春秋時隱士。《論語·微子》：「楚狂接輿歌而過孔子。」劉寶楠正義：「接輿楚人，故稱楚狂。」

〔四〕孔丘厄：《論語·衛靈公》：「（孔子）在陳絶糧，從者病，莫能興。」《荀子·宥坐》：「孔子南適楚，戹於陳蔡之間，七日不火食，藜羹不糂，弟子皆有飢色。」

〔五〕物情：猶世情。

〔六〕閒：原作「閑」，明活本同。汲本、清本、《全唐詩》作「閒」，據改。《説文》：「閑，闌也。」又「閒，隙也。」就其本意，乃完全不同的兩個字，但「閒」於「古閑切」外，又讀「何閒切、何艱切」，與「閑」音同，在暇、静等義中往往通用。但以閒爲正。這裏的「閒」即「暇、静」之意。用閒、寂兩字，概括道教精髓。

〔七〕偃息：安然仰臥之意。《吕氏春秋·順説》：「若夫偃息之義，則未之識也。」

〔八〕煉丹液：道教講煉丹服藥，以追求長生不老。

李夢陽曰：奈何以下其意怨。

歲暮海上作

仲尼既已没〔一〕，余亦浮于海〔二〕。昏見斗柄迴〔三〕，方知歲星改〔四〕。虚舟任所適〔五〕，垂釣非有待〔六〕。爲問乘槎人〔七〕，滄洲復何在〔八〕。

〔一〕仲尼：孔子名丘，字仲尼。已没：明活本、《品彙》同。宋本、汲本作「云没」。《英華》、《詩選》作「已殁」。《全唐詩》作「云殁」。「没」「殁」同。《玉篇》：「殁，古文没字。」〇此詩疑作於應舉失敗之後。或即作於游越期間。

〔二〕浮于海：用《論語·公冶長》「道不行，乘桴浮于海」典故，緊扣題目。孔子在「道不行」的時候，就「浮于海」，表明此詩作於孟浩然功名失意之後。

〔三〕昬見：宋、明、清各本同。《英華》作「又見」，亦通。《品彙》作「昏見」。昬與昏同。《正字通》：「昬，同昏。唐本《説文》從民省，徐本從氏省。晁補之云：『因唐諱民，改從氏。』」斗柄：指北斗七星之第五至第七星，古人以北斗星斗柄之轉運以計算月份，斗柄所指之辰謂之斗建。如正月指寅，即爲建寅之月；二月指卯，即爲建卯之月等等。《鶡冠子·環流》：「斗柄東指，天下皆春；斗柄南指，天下皆夏；斗柄西指，天下皆秋；斗柄北指，天下皆冬。」斗柄回轉，表示時間已經改變。

〔四〕方知：宋本、明活本、《品彙》、清本、《全唐詩》同。《英華》、《詩選》作「始知」，意同。歲星：即木星，古人以之紀年。《史記·天官書》：「察日月之行以揆歲星順逆。」司馬貞索隱：「《天官占》云：歲星，一曰應星，一曰經星，一曰紀星。《物理論》云：歲行一次，謂之歲星，則十二歲而一周天也。」

〔五〕虚舟：空船，因亦指輕便之船。《易·中孚》：「乘木舟虚也。」王弼注：「乘木於川，舟之虚則終已無溺也。」孔穎達疏：「以中信而濟難，若乘虚舟以涉川也。」陶淵明《五月旦作和戴主簿》：「虚舟縱逸棹，回後遂無窮。」

〔六〕垂釣句：《史記·齊太公世家》：「吕尚蓋嘗窮困，年老矣，以漁釣奸周西伯。西伯……遇太公於渭之陽，與語大悦……載與俱歸，立爲師。」後世遂用爲賢能待用的典故。

〔七〕乘槎人：《英華》、《品彙》、明活本、汲本、清本、《全唐詩》同。宋本作「乘查𡿨」。《詩選》作「乘查人」。「槎」、「查」同，見《集韻》。「𡿨」，顯係筆誤。乘槎人，神話傳説，天河與海相連，有木筏(槎)載人。《博物志》卷三：「天河與海通。近世有人居海渚者，年年八月有浮槎去來不失期。人有奇志，立飛閣於查上，多齎糧，乘槎而去。十餘日中，猶觀星月日辰，自後芒芒忽忽，亦不覺晝夜，去十餘日，奄至一處，有城郭狀，屋舍甚嚴，遥望宫中多織婦，見一丈夫牽牛渚次飲之；牽牛人乃驚問曰：『何由至此？』此人見説來意，并問：『此是何處？』答曰：『君還至蜀郡訪嚴君平則知之。』竟不上岸，因還如期。後至蜀，問君平，曰：『某年月日，有客星犯牽牛宿。』計年月，正是此人到天河時也。」

〔八〕滄洲句：宋本、《品彙》、明活本、汲本、清本同。《英華》作「滄浪復誰在」。《詩選》、《全唐詩》作「滄洲復誰在」。按：「滄浪」或指漢水，或指漢水之中小洲。浩然襄陽人，即居漢水之濱，似無提問「復何在」之必要。再者作者詩中，慣用「滄洲」，如《韓大使東齋會岳上人諸學士》：「滄洲趣不遠。」《同曹三御史泛湖歸越》：「滄洲已拂衣。」故應以「滄洲」爲是。「滄洲」本爲濱水之地，古時又常指隱士所居。阮籍《爲鄭沖勸晉王牋》：「臨滄洲而謝支伯，登箕山以揖許由。」《文選・謝朓〈之宣城出新林浦向版橋〉》：「既懽懷禄情，復協滄洲趣。」

劉辰翁曰：奇壯瀇蕩，少許自足。

越中逢天台太一子〔一〕

仙穴逢羽人〔二〕，停艫向前拜〔三〕。問余涉風水〔四〕，何處遠行邁〔五〕？登陸尋天台〔六〕，順流下吴會〔七〕。茲山夙所尚，安得聞靈怪〔八〕。上逼青天高〔九〕，俯臨滄海大〔一〇〕。雞鳴見日出，每與仙人會〔一一〕。來去赤城中〔一二〕，逍遥白雲外。莓苔異人間〔一三〕，瀑布當空界〔一四〕。福庭長不死〔一五〕，華頂舊稱最〔一六〕。永願從之遊〔一七〕，何當濟所屆。

〔一〕題目：宋、明、清各本同。據毛校記元本無「天台」二字。《全唐詩》「太一」作「太乙」。「太一」一詞，最早見於《莊子》及《楚辭》。《莊子・天地》有「主之以太一」句，成玄英疏云：「太者廣大之名，一以不二爲稱，故謂之太一也。」《楚辭・九歌》有「東皇太一」，爲楚神名。此外《漢書・郊祀志》、《淮南子》等書中均寫作「太一」。本詩「太一子」係道士法名，根據這些典籍寫法，當以「太一」爲恰。○此詩當作於遊越時期，蓋在開元十九年前後。

〔二〕逢羽人：《英華》作「逢羽人」。按「逢」爲姓氏，於本句不合，當爲「逢」之誤。羽人：《楚辭・

遠遊》：「仍羽人於丹丘兮，留不死之舊鄉。」王逸注：「《山海經》言有羽人之國，或曰，人得道生羽毛也。」洪興祖補注：「羽人，飛仙也。」後世以道士着羽衣曰羽人。這裏指太一子。

〔三〕艫：船頭，或曰船尾，這裏泛指船。

〔四〕涉風水：意猶跋涉。

〔五〕何處：明代各本及清本作「何事」。宋本、《全唐詩》作「何處」。今從宋本。遠行邁：邁亦遠行，《説文》：「邁，遠行也。」此蓋太一子對作者的訊問，問其遠行往何處也。

〔六〕天台：天台山在今浙江天台縣北。詳見《宿天台桐柏觀》注〔一〕。

〔七〕吴會：秦置會稽郡，包括今江蘇南部及浙江一帶。東漢時又在今江蘇南部及浙江北部改置吴郡，而以杭州灣以南及福建改爲會稽郡。後遂常泛稱江蘇南部及浙江爲吴會。這裏吴會指今浙江杭州灣以南地區。

〔八〕聞靈怪：宋本作「問靈恠」。《英華》亦作「問靈恠」，但在「問」下校記云：「集作聞」，可見周必大所見宋本與蜀刻本還不完全相同。明活本作「聞靈恠」。汲本、清本、《全唐詩》作「問靈怪」。「怪」字見《説文》。唐顔真卿學王羲之《東方朔贊》怪作恠，乃書法家的一種寫法，自後遂成爲「怪」之俗字。「聞」、「問」均通。

〔九〕上逼：《英華》、明活本、清本、《全唐詩》同。宋本、汲本作「上通」。從句意看，應以「逼」爲佳。

〔一〇〕俯臨：宋、明、清各本同。《英華》作「停臨」。「俯臨」與「上逼」一上一下，形成對文，順理成章。「停」當爲「俯」之訛。

〔一一〕每與句：明活本同。宋本作「每與神仙會」。《英華》作「常與仙人會」，但校記云：「集作『每與神仙會』。諸本皆重押『會』字。惟一本作『常覿仙人旆』。」可見宋本《孟集》還是相同的。不知所謂「一本」是個什麽本子，而這個本子之所以作「常覿仙人旆」，蓋在糾正「重押會字」。汲本、清本作「神仙會」。總之這是一個系統。《全唐詩》作「常覿仙人旆」，蓋來自《英華》的所謂「一本」，這是又一個系統。疑此係後人妄改，根據是「重押會字」。其實古詩對重押字是不那麽嚴格的。

〔一二〕來去：《英華》及明、清各本同。宋本、《全唐詩》作「往來」。赤城：即赤城山，在今浙江天台縣北，登天台必經此山。詳《宿天台桐柏觀》注〔一〕。

〔一三〕莓苔：宋、明、清各本同。《英華》作「苺苔」。「苺」與「莓」同，《説文》作「苺」，《爾雅》作「莓」。典籍中用莓者多，用苺者罕見。《文選·孫綽〈遊天台山賦〉》：「踐莓苔之滑石，搏壁立之翠屏。」李善注：「莓苔，即石橋之苔也。……《異苑》曰：『天台山石橋，有莓苔之險。』」

〔一四〕當空界：「當」原作「作」。《英華》同。宋本、汲本、《全唐詩》作「當」，據改。後世各本，作「當」字者，蓋來於宋本；作「作」字者，蓋來於《英華》。從詩意看，以「當」爲恰，極言瀑布之高。

〔一五〕福庭：古人稱神仙或有道者所居之地爲福庭。《文選·孫綽〈遊天台山賦〉》：「仍羽人於丹丘，尋不死之福庭。」長不死：《英華》、明活本同。宋本、汲本、清本、《全唐詩》作「長自然」。按：道教追求長生不死，且本句顯然襲用「尋不死之福庭」句意，應以「長不死」爲是。

〔一六〕華頂：宋、明、清各本同。《英華》作「勝境」。《尋天台山》有「欲尋華頂去」之句，當以「華頂」爲是。華頂，天台山最高處。

〔一七〕永願句：「之」原作「此」。《英華》作「之」，據改。明活本作「永懷從此遊」，意近。宋本作「永比從之遊」，汲本、《全唐詩》作「永此從之遊」，均未取。

自潯陽泛舟經明海〔一〕

大江分九派〔二〕，淼漫成水鄉〔三〕。舟子乘利涉〔四〕，往來至潯陽〔五〕。因之泛五湖〔六〕，流浪經三湘〔七〕。觀濤壯枚發〔八〕，吊屈痛沉湘〔九〕。魏闕心恒在〔一〇〕，金門詔不忘〔一一〕。遥憐上林雁〔一二〕，冰泮已回翔〔一三〕。

〔一〕題目：「海」下原多一「作」字。宋本、汲本、《全唐詩》無，據删。明活本「明海」作「海潮」，非。清本無「自潯陽」三字，「明海」作「湖海」，亦非。潯陽：唐代潯陽，即今江西九江。《元和郡縣志·江南道·江州》：「潯陽縣，本漢舊縣，屬廬江郡，以在潯水之陽（按州治舊在江北），故名潯陽。隋平陳改潯陽爲彭蠡縣，大業二年改爲溢城縣。武德五年，復改爲潯陽縣。」明海：指彭蠡湖。唐人往往稱湖爲海。如李白《遠别離》：「遠别離，古有皇英之二女，乃在洞庭之南，瀟湘之浦。海水直下萬里深，誰人不言此離苦。」稱洞庭湖爲「海」。《廬山謡寄盧侍御虚舟》：「廬山秀出南斗傍，屏風九疊雲錦張，影落明湖青黛光，金闕前開二峰長。」「明湖」即指彭蠡湖。根據唐人習慣，亦可稱曰「明海」。○此詩約作於開元二十年，自越還襄陽途中。

〔二〕九派：宋本、《全唐詩》作「九流」。明活本作「九泒」。汲本作「九泒」。按：「泒」，水名，見《説文》。顯係「派」之誤。「泒」即「汖」之異體，見《字彙補》。而「汖」即「流」字，見《玉篇》。從文字訓詁角度上看，《説文》：「流，水行也。」「派，别水也。」則本詩「大江分九派」，乃分支之意，當以「派」爲是。再從語言實踐上看，歷代典籍中，凡言「九流」，大都指學術流派而言，如《穀梁傳序》之「九流分而微言隱」；《爾雅序》之「誠九流之津涉」；《北史·周武帝紀》之「九流七略，異説相騰」；《蓮社高賢傳》之「九流異議皆糠粃耳」。例證頗多，不備舉。而「九派」則大都指大江的分支。如：《説苑》之「禹鑿江以通於九派」；郭璞《江賦》之「流九派乎潯陽」；鮑照《登黄鶴磯》之「九派引滄流」等等。因此應作「九派」爲是。九派，猶九支。言長江至九江一帶分爲九支。《尚書·禹貢》：「荆州，九江孔殷。」孔安國傳：「江至此州界，分爲九道。」所謂「此州」，指禹貢荆州，其地約當唐代的江南西道。可見大江至此分九派之説，來源甚早。參見《彭蠡湖中望廬山》注〔七〕。

〔三〕淼漫句：宋本、《全唐詩》「淼漫」作「淼淼」。其餘各本均作「淼漫」。意通。「成水鄉」清本作

「水成鄉」，非。淼漫，水廣闊無邊之貌。《文選·左思〈吴都賦〉》：「潰渱泮汗，滇㳽淼漫。」劉逵注：「滇㳽淼漫，山水闊遠無崖之狀。」

〔四〕利涉：《易·需》：「利涉大川，往有功也。」利涉應爲順利涉水之意，後世因稱舟爲利涉。

〔五〕至：原作「逗」。宋本、汲本、《全唐詩》作「至」。清本作「經」。明活本作「過」。今從宋本。

〔六〕五湖：五湖的説法很多，這裏應指太湖，或亦包括其附近小湖。《史記·河渠書》：「於吴則通渠三江五湖。」裴駰集解：「韋昭注曰：『五湖，湖名耳，實一湖，今太湖是也。』」又《水經注·沔水》：「南江東注於具區，謂之五湖口。五湖謂長蕩湖、太湖、射湖、貴湖、滆湖也。郭景純《江賦》曰：『注五湖以漫漭。』蓋言江水經緯五湖，而苞注太湖也。是以左丘明述《國語》曰：『越伐吴，戰於五湖』是也。又云：『范蠡滅吴，返至五湖而辭越。』斯乃太湖之兼攝通稱也。」

〔七〕經三湘：宋、明各本同。清本作「過三湘」。蓋來自元本。三湘：唐江南西道的西部（當今湖南省）有灕湘（灕水和湘水同源而分流，稱灕湘）、瀟湘（瀟水與湘水之合稱）、蒸湘（蒸水與湘水之合稱），所以稱這一帶地方爲三湘。有的又以沅湘（沅水、湘水）、瀟湘、蒸湘爲三湘者。總之是指今湖南省一帶。

〔八〕觀濤：宋、明各本及《全唐詩》同。清本作「觀潮」。枚發：枚乘《七發》曾寫「廣陵觀濤」一段。前邊説「並往觀乎廣陵之曲江」，後邊又説「弭節伍子之山」。據《浙江通志》所載，錢塘江本名浙江，又名曲江。則枚乘所寫之觀濤事，正是錢塘江。

〔九〕吊屈句：明活本、清本、《全唐詩》同。宋本、汲本「沉」作「沅」，非。屈原名平，戰國楚人。懷王時任左徒、三閭大夫。博聞强記，明於治亂。主張對内修明政治，對外聯齊抗秦。因遭讒被放，後見國政日非，乃自沉於汨羅江。這裏説「沉湘」是因汨羅爲湘水支流。由以上四句可以看出此詩作於遊覽三湘、五湖，錢塘觀濤之後。

〔一〇〕恒在：明代各本及清本作「常在」。宋本、《全唐詩》作「恒在」。今從宋本。魏闕：宫門外闕懸法之所，因以代帝王所居。《吕氏春秋·審爲》：「身在江海之上，心居乎魏闕之下。」高誘注：「魏闕，象魏也，懸教象之法，浹日而收之。魏魏高大，故曰魏闕。言身雖在江海之上，心存王室，故在天子門闕之下也。」

〔一一〕金門：漢代宫門有金馬門，省稱金門。後世多用以指代宫門。《文選·揚雄〈解嘲〉》：「與羣賢同行，歷金門、上玉堂有日矣。」應劭曰：「待詔金馬門。」由以上兩句可以看出孟浩然在遊歷當中仍然念念不忘於仕進的。

〔一二〕上林雁：《漢書·蘇武傳》：「匈奴與漢和親，漢求武等，匈奴詭言武死。後漢使復至匈奴，常惠請其守者與俱，得夜見漢使，具自陳道。教使者謂單于，言天子射上林中，得雁，足有係帛書，言武等在某澤中。使者大喜。如惠語以讓單于。單于視左右而驚，謝漢使曰：『武等實在。』」此處活用典實，以表達自己對皇帝的留戀。上林，秦苑囿名。漢武帝時又加以擴建，周圍三百餘里，地當長安、盩厔、鄠縣界。苑中畜養各種禽獸，供皇帝遊獵之用。

〔一三〕冰泮句：「已」，清本、《全唐詩》作「也」。「泮」，宋本作「判」，同音而誤。冰泮：《詩·邶風·匏有苦葉》：「士如歸妻，迨冰未泮。」毛傳：「泮，散也。」冰泮即冰融解之意。言天氣已温暖，雁又飛回上林。

早發漁浦潭〔一〕

東旭早光芒〔二〕，渚禽已驚聒〔三〕。臥聞漁浦口〔四〕，橈聲暗相撥〔五〕。日出氣象分，始知江路闊〔六〕。美人常晏起，照影弄流沫〔七〕。飲水畏驚猿，祭魚時見獺〔八〕。舟行自無悶，況值晴景豁〔九〕。

〔一〕題目：明、清各本同。宋本「浦」作「流」。當係傳寫之誤。《品彙》無「早」字；「漁」作「漢」，非。漁浦潭：通稱漁浦，在今浙江富陽縣東南。《清一統志·浙江·杭州府》：「漁浦在富陽縣東南四十里。自朱坑岡而來，七里爲前溪，下流入江（按：指浙江）。五代錢鏐拒劉漢宏水軍由漁浦出，即此。」〇此詩當作於遊越初期，約在開元十八年。

〔二〕光芒：原作「光茫」。明代各本同。據宋本正。按「芒」本義爲草端，見《説文》。引申爲光芒。《晏子春秋·内篇諫上·景公異熒惑守虚而不去》：「列舍無次，變星有芒。」這個芒，即光芒之意。本句《英華》作「晨旭光蒼茫」。從韻律上講，不甚調合；從意義上講，亦不恰當。東旭：

早晨東方初升的太陽。《説文》：「旭，日旦出貌。」本句正扣題目的「早」字。

〔三〕渚禽：各本同。《品彙》作「諸禽」，蓋形近而誤。已驚聒（guō）：各本同。惟《英華》作「似驚聒」，於詩意不合，非。聒，聲音擾亂。《楚辭·九思·疾世》：「鴝鵒鳴兮聒余。」王逸注：「多聲亂耳爲聒。」

〔四〕臥聞：意指早晨尚未起身，亦扣題目「早」字。

〔五〕橈（ráo）：船槳。《楚辭·九歌·湘君》：「蓀橈兮蘭旌。」王逸注：「橈，船小楫也。」以上四句寫了晨旭之光，渚禽之噪，接着寫自己尚未起身却已聽到船槳撥水的聲音，把早晨開船的情景刻畫入微，所以劉辰翁評曰：「别是一種清氣可人。」

〔六〕江路闊：宋、明、清各本同。惟《全唐詩》作「江湖闊」。按：作者乘舟，在浙江逆流而上，應以「江路闊」爲是。

〔七〕美人二句：寫江邊女子浣洗衣服的情景。

〔八〕驚猿兩句：「驚猿」：《英華》、《品彙》、明、清各本同。宋本作「猿驚」。時：宋、明、清各本及《品彙》同。《英華》作「常」，意同。祭魚：《禮記·月令》：「〔孟春之月〕魚上冰，獺祭魚。」按：獺俗稱水獺，生於水邊，捕魚爲食。《説文》：「獺，如小狗也，水居食魚。」獺常捕魚陳列於水邊，有如陳物而祭，稱爲祭魚，亦稱獺祭。這兩句均係倒裝，也是寫沿江景色。

〔九〕豁（huò）：《説文》：「豁，通谷也。」《六書故》：「豁，谷敞也。」俗稱開闊、敞亮爲豁亮。

劉辰翁曰：美人常晏起，著此空闊，又別超衆作以此。

李夢陽曰：此一首佳。

潘德輿《養一齋詩話》卷八：嚴滄浪云：「孟襄陽學力下韓退之遠甚，而其詩獨出退之之上者，一味妙悟故也。」然則盛唐惟孟襄陽乃可以一味妙悟目之。然襄陽詩如：「東旭早光芒，浦禽已驚聒。臥聞漁浦口，橈聲暗相撥。日出氣象分，始知江湖闊。」……精力渾健，俯視一切，正不可徒以清言目之。則謂襄陽詩都屬悟到，不關學力，亦微誤耳。

經七里灘〔一〕

余奉垂堂誡，千金非所輕〔二〕。爲多山水樂〔三〕，頻作泛舟行。五岳追尚子〔四〕，三湘吊屈平〔五〕。湖經洞庭闊〔六〕，江入新安清〔七〕。復聞嚴陵瀨〔八〕，乃在茲湍路〔九〕。疊嶂數百里〔一〇〕，沿洄非一趣〔一一〕。彩翠相氛氲〔一二〕，別流亂奔注。釣磯平可坐〔一三〕，苔磴滑難步〔一四〕。猿飲石下潭，鳥還日邊樹。觀奇恨來晚，倚棹惜將暮。揮手弄潺湲〔一五〕，從此洗塵慮〔一六〕。

〔一〕七里灘：又稱七里瀨，今稱七里瀧。在今浙江桐廬縣以南。《元和郡縣志·江南道·睦州》：「七里瀨在縣（建德）東北十里。」《太平寰宇記·江南東道·睦州》：「七里瀨即富春渚是也。」《清一統志·浙江·嚴州府》：「七里瀨一名七里灘，在桐廬縣嚴陵山西。……葉夢得《避暑録》：『七里灘，兩山聳起壁立，連亘七里，土人謂之瀧。』《舊志》：『七里灘上距嚴州四十餘里，又下數里乃至釣臺，兩山夾峙，水駛如箭。諺云：有風七里，無風七十里，言舟行難於牽挽，惟恃風爲遲速也。』」○此詩作於游越期間。

〔二〕余奉二句：垂堂誡：屋簷之下，瓦落傷人，戒人勿居危險之處。《漢書·司馬相如傳》：「故鄙諺曰：『家絫千金，坐不垂堂。』」張揖曰：「畏櫚瓦墮中人也。」王先謙補注引沈欽韓曰：「《論衡·四諱篇》：『毋承屋檐而坐，恐瓦墜擊人首也。』漢時諺語，意正如此，與張説合。」本詩一二兩句，正用漢時諺語意。

〔三〕山水樂：《論語·雍也》：「知（智）者樂水，仁者樂山。」

〔四〕岳：汲本同。宋本、明活本、清本作「嶽」。高翔麟《説文字通》：「嶽，古文作岳，今作岳。」邵瑛《説文解字羣經正字》：「今經典今古文並用。……要而言之，諸經多作嶽，而《尚書》則無不作岳者，斯豈以上古遺書爲隸古定故獨異歟？」五岳：即東岳泰山，西岳華山，南岳衡山，北岳恒山，中岳嵩山。這裏泛指名山。尚子：尚，宋本作「向」，誤。詳《彭蠡湖中望廬山》注〔一三〕。

〔五〕三湘：灕湘、瀟湘、蒸湘，泛指今湖南一帶。詳《自潯陽泛舟經明海》注〔七〕。屈平：屈原名平。因憂國憂民而沉江。詳《自潯陽泛舟經明海》注〔九〕。

〔六〕洞庭：湖名，在江南西道岳州、澧州、朗州境，當今湖南省北部。《元和郡縣志·江南道·岳州》：「洞庭湖在縣（巴陵）西南一里五十步，周迴二百六十里。湖口有一洲，名曹公洲。」

〔七〕新安：新安江在江南東道。《元和郡縣志・江南道・睦州》：「新安江自歙州黟縣界流入縣（清溪），東流入浙江。」

〔八〕嚴陵瀨：後漢嚴光（字子陵）隱居處，在今浙江桐廬縣南。《太平寰宇記・江南東道・睦州》：「嚴子陵釣臺在縣（桐廬）南大江側，壇下連七里瀨。按《東觀漢記》云：『光武與子陵有舊，及登位忘之。陵隱於孤亭山，垂釣爲業。……〔帝〕訪得之，陵不受封。』今郡有臺并壇，亦謂嚴陵瀨。」

〔九〕兹湍路：原作「此川路」，明活本同。宋本、汲本、清本、《全唐詩》作「兹湍路」。今從宋本。

〔一〇〕疊嶂：重疊的山。《水經注・江水》：「重巖疊嶂，隱天蔽日。」

〔一一〕沿洄：沿，順流而下；洄，溯流而上。李白《淮陰書懷寄王宗城》：「沿洄且不定，飄忽悵徂征。」

〔一二〕氛氳：盛貌。謝惠連《雪賦》：「其爲狀也，散漫交錯，氛氳蕭瑟。」

〔一三〕釣磯：嚴子陵釣魚處，亦稱釣臺，見本詩注〔八〕。

〔一四〕磴：石級。《玉篇》：「磴，巖磴也。」

〔一五〕潺湲：水流貌。《楚辭・九歌・湘夫人》：「荒忽兮遠望，觀流水兮潺湲。」謝靈運《過七里瀨》：「石淺水潺湲，日落山照耀。」此指流水。

〔一六〕此：原作「兹」。明活本、《全唐詩》同。宋本、汲本、清本作「此」。今從宋本。

南歸阻雪〔一〕

我行滯宛許〔二〕，日夕望京豫〔三〕。曠野莽茫茫〔四〕，鄉山在何處？孤烟村際起，歸雁天邊去。積雪覆平皋〔五〕，飢鷹捉寒兔〔六〕。少年弄文墨〔七〕，屬意在章句〔八〕。十上耻還家〔九〕，徘徊守歸路〔一〇〕。

〔一〕題目：原作「南陽北阻雪」。宋本、汲本、清本、《全唐詩》、《品彙》作「南歸阻雪」。元本、明活本作「南歸北阻雪」，不通。今從宋本。○此詩蓋作於考試失敗後還鄉途中，自洛陽南歸，行抵南陽之北，遇大雪，時在開元十七年冬季。

〔二〕宛許：各本同。《品彙》作「宛洛」，非。宛：舊縣名。秦置南陽郡，治宛，即今南陽市。許：唐許州，即今許昌市，在南陽東北。宛許，泛指南陽以北一帶地方。「滯」正扣題目之「阻雪」。

〔三〕京：京指長安，唐代通稱西京。豫：古豫州，借指洛陽。《尚書·禹貢》：「荆河維豫州。」孔安國傳：「西南至荆山，北距河水。」《爾雅·釋地》：「河南曰豫州。」郝懿行義疏：「《釋名》云：豫州，地在九州之中，京師東都所在。」唐代通稱洛陽爲東都。

〔四〕莽茫茫：《英華》、《全唐詩》同。宋本、《品彙》、明活本、清本作「莾茫茫」。《干禄字書》：「莾，俗莽字。」《干禄字書》係唐代顔元孫撰，可見唐代這種寫法已甚通行，宋本作「莾」蓋沿襲唐本而來。汲本作「犇茫茫」。犇爲奔之古文，蓋誤以莽爲奔，而又改用古文。莽，叢生的草木。茫茫，曠遠之貌。《文選·阮籍〈詠懷詩〉》之十二：「綠水揚洪波，曠野莽茫茫。」本詩正襲用此句。

〔五〕覆平皋：明、清本同。宋本作「覆平皇」。《英華》作「覆平湍」。均誤。平皋，水邊平地。《漢書·司馬相如傳》：「汩淢靸以永逝兮，注平皋之廣衍。」顏師古注：「皋，水邊地也。」

〔六〕飢鷹：原作「饑鷹」。宋本、《品彙》作「飢鷹」，據正。古代穀不收曰饑，餓曰飢。故以「飢」爲是。孤烟四句寫雪景如畫。劉辰翁評曰：「像此時景。」

〔七〕少年：宋、明、清各本同。《英華》作「妙年」，非。文墨：指寫作。《史記·蕭相國世家》：「今蕭何未嘗有汗馬之勞，徒恃文墨議論。」

〔八〕屬意：專心致意。《文選·劉琨〈答盧諶詩并書〉》：「不復屬意於文，二十餘年矣。」章句：漢代注家以分章析句來解説古書意義的著作體。如《漢書·藝文志·六藝略》中，《尚書》有歐陽大小夏侯章句，《春秋》有公羊、穀梁章句。《漢書·夏侯勝傳》：「勝非之曰：『建所謂章句小儒，破碎大道。』」這裏指章節句子，代稱詩文辭賦等文學作品。

〔九〕十上：十次上書，即多次上書之意。古人往往上書獻策以求汲引或見用。《戰國策·秦策一》：「（蘇秦）説秦王，書十上而説不行。」高誘注：「蘇秦之説不見用也。」這裏指考試落第，或真的向皇帝獻賦，也是可能的。由於考試落第，所以下文説「恥還家」。

〔一〇〕徘徊：宋、明、清各本同。《全唐詩》作「裴徊」，通。來回地走。《史記·吕太后紀》：「欲爲亂，殿門弗得入，徘徊往來。」

劉辰翁曰：曲折淒楚。

將適天台留别臨安李主簿〔一〕

枳棘君尚棲〔二〕，匏瓜吾豈繫〔三〕？念離當夏首〔四〕，漂泊指炎裔〔五〕。江海非惰遊〔六〕，田園失歸計。定山既早發〔七〕，漁浦亦宵濟〔八〕。泛泛隨波瀾，行行任艫枻〔九〕。故林日已遠，羣木坐成翳〔一〇〕。羽人在丹丘〔一一〕，吾亦從此逝。

〔一〕題目：宋本、《英華》及明、清各本同。據毛校記元本作「别李主簿」。臨安：縣名，唐屬杭州，縣治在今浙江臨安縣北。主簿：縣有主簿，掌管文書。李主簿，未詳。○本詩蓋作於開元十八年游越期間。

〔二〕枳（zhǐ）棘：棘，原作「棘」，宋、明各本同，誤。據《全唐詩》改。枳與棘均木名，《韓非子·外儲説左下》：「樹枳棘者，成而刺人。」這兩種樹木都有刺，往往用以比喻艱難險阻的環境。棲：《玉篇》：「棲，同栖，鳥棲也。」《莊子·至樂》：「夫以鳥養養鳥者，宜栖之深林。」引申爲人的停留、棲止。比喻李主簿雖然不如意，可是仍然在做官。

〔三〕 匏瓜：原作「匏瓜」，顯係手寫之訛，應依汲本、《全唐詩》作「匏瓜」。匏瓜句：匏，葫蘆之屬。《説文》：「匏，瓠也。」《論語・陽貨》：「吾豈匏瓜也哉，焉能繫而不食？」劉寶楠正義：「匏瓜以不食，得繫滯一處。」孔子這個話乃用匏瓜作比喻，表示自己求仕的急切心情。孟浩然本句即用此典以表明自己求仕的願望。

〔四〕 念離句：明代各本同。宋本作「誰念離當夏」。據毛校記另一宋本作「惟念離當夏」。「誰」蓋「惟」之訛。

〔五〕 漂泊：明、清各本同。宋本作「淡泊」，非。炎裔：泛指南方邊遠地區。

〔六〕 惰：原作「墮」，明活本、汲本、《全唐詩》作「墮」。宋本作「隳」。《英華》作「惰」。今從《英華》。惰遊，懶惰閒散，不事生産之意。《禮記・玉藻》：「垂緌五寸，惰遊之士也。」鄭玄注：「惰遊，罷（pí）民也。」

〔七〕 定山：宋本、汲本作「空山」，非。按本句與下句爲對偶句，此處當爲地名，不應爲泛指。且此兩句實用謝靈運《富春渚》詩意：「宵濟漁浦潭，旦及富春郭。定山緬雲霧，赤亭無淹薄。」黄節注引《吴郡緣海四縣記》云：「錢唐西南五十里有定山。」

〔八〕 漁浦：即漁浦潭，在浙江。詳見《早發漁浦潭》注〔一〕。

〔九〕 艫枻（qì）：《説文》：「艫，舳艫也。一曰船頭。」《洪武正韻》：「艫，船頭刺櫂處，一曰船尾。」《玉篇》：「枻，楫也。」這裏用艫枻代船。

〔一〇〕羣：原作「郡」。宋本、《英華》及以後各本均作「群（羣）」，據正。成翳：《英華》、明活本、清本、《全唐詩》同。宋本及汲本作「咸翳」，非。翳，本指帝王的車蓋。《説文》：「翳，華蓋也。」這裏泛指蓋，言樹木枝葉繁茂，已亭亭如蓋。

〔一一〕羽人句：《楚辭・遠遊》：「仍羽人於丹丘兮，留不死之舊鄉。」蔣驥注：「仍，就也。羽人，飛仙也。丹丘，晝夜長明之處，不死之鄉，仙靈所宅也。」

《王直方詩話》：山谷嘗謂余云：作詩使《史》、《漢》間全語爲有氣骨。後因讀浩然詩見「以吾一日長」、「異方之樂令人悲」及「吾亦從此逝」，方悟山谷之言。（《苕溪漁隱叢話前集》卷十五引）

適越留别譙縣張主簿申屠少府〔一〕

朝乘汴河流〔二〕，夕次譙縣界〔三〕。幸因西風吹〔四〕，得與故人會。君學梅福隱〔五〕，余隨伯鸞邁〔六〕。别後能相思，浮雲在吴會〔七〕。

〔一〕題目：《英華》、明活本、汲本、清本、《全唐詩》同。宋本無「屠」字。主簿：唐代縣置主簿，掌管文書。少府：縣尉之别稱。張屠二人不詳。○本詩當作於吴越之遊抵譙縣時，蓋開元十八年也。

〔二〕汴河流：《英華》、明活本、清本、《全唐詩》同。宋本、汲本作「汴河去」。汴河，即隋通濟渠，唐代自洛陽去長江一帶，大抵都走這條水路。

〔三〕夕次：《英華》、明活本、汲本、清本、《全唐詩》同。宋本作「返次」，誤。「夕次」與上句「朝乘」相對。軍隊駐於某處曰次。《左傳·莊公三年》：「凡師一宿爲舍，再宿爲信，過信爲次。」後亦用於泛指。譙縣：宋、明、清各本同。據毛校記，元本作「護郡」，非。譙縣，唐代爲亳州州治，即今安徽亳縣。

〔四〕幸因：《英華》、明活本、清本同。宋本、汲本、《全唐詩》作「幸值」，意通。

〔五〕梅福：漢壽春人。少學於長安，明《尚書》、《穀梁傳》，爲郡文學，補南昌尉，後棄官歸里，但常上書言事。元始中，王莽專政，乃棄妻子而去。後有人遇福於會稽，已變姓名爲吴市門卒。事詳《漢書》本傳。梅福隱指吏隱。

〔六〕余隨：《英華》、明活本、汲本同。宋本、清本作「吾從」。據毛校記，另一宋本作「余從」。伯鸞：梁鴻字伯鸞，後漢扶風平陵人。家貧而尚節介，博覽無不通，而不爲章句。與妻共隱於霸陵山中，以耕織爲業，詠《詩》、《書》，彈琴以自娱。後東出關，過京師，作《五噫之歌》，居齊魯之間。又適吴，傭於大家臯伯通家。每歸，妻爲具食，不敢於鴻前仰視，舉案齊眉。伯通察而異之，曰：「彼傭能使其妻敬之如此，非凡人也。」乃舍之於其家。鴻閉户著書十餘篇。詳《後漢書·逸民傳》。

〔七〕浮雲在：宋本、明活本、汲本、清本、《全唐詩》同。《英華》作「浮雲去」，非。周必大於「去」下校云：「集作在」。吴會：指浙江一帶。詳《越中逢天台太一子》注〔七〕。

送從弟邕下第後尋會稽〔一〕

疾風吹征帆〔二〕，倏爾向空没〔三〕。千里去俄頃〔四〕，三江坐超忽〔五〕。向來共歡娱〔六〕，日夕成楚越〔七〕。落羽更分飛〔八〕，誰能不驚骨。

〔一〕題目：「尋」原作「歸」，明活本、汲本同。《品彙》「弟」下無「邕」字。宋本、《全唐詩》作「尋」。《詩選》無「後」字，「下第」作「落第」，「歸」作「東遊」。按：「尋」乃尋幽訪勝之意，與東遊意通。又《孟集》中有《尋天台山》詩，《自洛之越》有「山水尋吴越」之句，用法與此同。且孟氏家居襄陽，到會稽乃遊覽性質，不應言歸。應以「尋」爲是，據宋本改。「落第」與「下第」意同。會稽：唐代爲越州州治，即今浙江紹興。《太平寰宇記·江南東道·越州》：「會稽縣，秦舊縣。《吴越春秋》云：『禹巡行天下，還歸大越，會計修國之道。以會稽名山，仍爲地號。』」下第：舊稱科舉不中曰下第，韋應物《送槐廣落第歸揚州》：「下第常稱屈，少年心獨輕。」

〔二〕征帆：《爾雅·釋言》：「征，行也。」征帆，遠行之船。

〔三〕倏：忽然之意。段玉裁《説文解字注》：「倏，犬走疾也。依《韻會》本訂，引伸爲凡忽然之稱。」倏爾言時間之速。這兩句寫離別時的情景，因爲有「疾風」，所以「征帆」格外走得快。「倏爾向空没」便成爲必然的結果。其實這也反映了作者惜别的心情。劉辰翁評其「發興甚苦」，是有道理的；而李夢陽的「起句亦不見苦」，則覺有意挑剔了。

〔四〕去俄頃：明活本、《詩選》、《品彙》同。宋本、汲本、《全唐詩》作「在俄頃」。「千里」言行程之遠，與上句「向空」照應，「俄頃」言時間之速，與上句「倏爾」照應。

〔五〕三江：錢塘江附近三條江水的合稱。《國語·越語上》：「三江環之。」韋昭注：「三江，吴江（按即江蘇的吴淞江）、錢唐江、浦陽江。」這裏用「三江」借指越州一帶。超忽：曠遠之貌。《文選·王巾〈頭陁寺碑文〉》：「東望平皋，千里超忽。」李善注：「《楚辭》曰：「出不入兮往不反，平原忽兮路超遠。」

〔六〕歡娱：據毛校記元本作「歡異」，誤。

〔七〕楚越：襄陽爲古楚國地，會稽爲古越國地。言旦夕隔千里，已在楚而弟在越。

〔八〕落羽：羽毛挫落，此喻科場失意。陳子昂《落第西還别魏四懔》：「轉蓬方不定，落羽自驚弦。」

送辛大不及〔一〕

送君不相見，日暮獨愁余〔二〕。江上空徘徊〔三〕，天邊迷處所。郡邑經樊鄧〔四〕，山河入嵩汝〔五〕。蒲輪去漸遥〔六〕，石徑徒延佇〔七〕。

〔一〕題目：原作「送辛大之鄂渚不及」。宋本、《英華》、汲本無「之鄂渚」三字，據删。按：《太平寰宇記·江南西道·鄂州》引《輿地志》云：「雲夢之南，是爲鄂渚。」而本詩所言樊鄧、嵩汝，均在襄陽之北。鄂渚非是。辛大：姓辛，行大，疑即辛諤，爲孟浩然同鄉好友。詳《夏日南亭懷辛大》注〔一〕。

〔二〕愁余：原作「愁緒」。宋、明、清各本同。《英華》作「愁余」，周必大校勘記云：「《楚詞》曰：『眇眇兮愁予。』余、予《唐韻》並有上聲，改作緒，非。」今據改。

〔三〕空：原作「久」。明活本、汲本同。宋本作「獨」。據毛校記，另一宋本作「亦」。《英華》作「空」。可見在宋代此字即已存在分歧。其所以如此，蓋在避免相連二句重用「獨」字，在此過程中，出現了異文。約而言之，明代各本均取「久」字，清本、《全唐詩》取「空」字。今從《英華》。

〔四〕樊鄧：宋、明、清各本同，惟《英華》作「焚鄧」，誤。樊，指樊城鎮，即今襄樊市；鄧，指鄧州，即今河南鄧縣。

〔五〕山河：原作「雲山」。宋本、《英華》、汲本、《全唐詩》作「山河」，據改。嵩汝：嵩，指嵩山；汝，指汝州，今河南臨汝縣。

〔六〕蒲輪：古時徵聘賢士所用之車。《漢書·武帝紀》：「遣使者安車蒲輪，束帛加璧，徵魯申公。」顔師古注：「以蒲裹軸，取其安也。」

〔七〕徑：原作「逕」。宋本、《英華》、《全唐詩》作「徑」，通。今從宋本。

江上別流人〔一〕

以我越鄉客〔二〕，逢君謫居者〔三〕。分飛黄鶴樓〔四〕，流落蒼梧野〔五〕。驛使乘雲去〔六〕，征帆沿溜下〔七〕。不知從此分，還袂何時把〔八〕。

〔一〕題目：明活本、汲本、清本、《全唐詩》、《詩選》同。宋本「流」作「留」，當係同音而誤。

〔二〕客：明活本、汲本、清本、《全唐詩》、《詩選》同。宋本作「里」，誤。越：猶離。《方言》六：「伆（wěn），邈，離也。楚謂之越，吴越曰伆。」越鄉客，猶離鄉之人。

〔三〕謫居者：官吏因獲罪而被降級并送至遠方的人，與流放近似，故本詩題稱「流人」。

〔四〕黄鶴樓：明活本、汲本、清本、《全唐詩》、《詩選》同。宋本作「黄鵠樓」，這是由於鄂州的黄鶴山，一名黄鵠山，推演而誤。《太平寰宇記・江南西道・鄂州・江夏縣》：「黄鶴樓在縣西二百八十步，昔費禕登仙，每乘黄鶴於此憩駕，故號爲黄鶴樓。」《清一統志・湖北・武昌府》：「黄鶴樓在江夏縣西。《元和志》：『江夏城西南角，因磯爲樓，名黄鶴樓。』」按：仙人乘鶴事，各書傳説不一。

〔五〕流落：原作「流客」。宋本、《詩選》、汲本、《全唐詩》作「流落」。清本作「流宕」。今從宋本。蒼梧：唐蒼梧縣爲梧州州治，屬嶺南道。在唐代爲邊遠地區，罪人往往流放嶺南。

〔六〕驛使：驛站傳遞文書之人。

〔七〕征帆：遠行之舟。何遜《贈諸遊舊》：「無由下征帆，獨與暮潮歸。」溜：水流。《文選·孫綽〈遊天台山賦〉》：「惠風佇芳於陽林，醴泉涌溜於陰渠。」本詩則指河中水流。

〔八〕袂（mèi）：《説文》：「袂，袖也。」把：《説文》：「把，握也。」

劉辰翁曰：他起語亦各一樣，如「北闕休上書」、「八月湖水平」，又夐異矣。

洗然弟竹亭〔一〕

吾與二三子〔二〕，平生結交深。俱懷鴻鵠志〔三〕，共有鶺鴒心〔四〕。逸氣假毫翰〔五〕，清風在竹林。遠是酒中趣〔六〕，琴上偶然音。

〔一〕題目：此首宋本、明活本俱不載。據毛校記元本亦無，故汲本收入「拾遺」中。洗然：浩然之弟。據《送洗然弟進士舉》知洗然曾赴舉，餘不詳。

〔二〕二三子：《論語·述而》：「二三子以我爲隱乎，吾無隱乎爾。吾無行而不與二三子者，是丘也。」

〔三〕鴻鵠：鳥名，即天鵝。《孟子·告子上》：「一心以爲有鴻鵠將至。」《史記·陳涉世家》：「陳涉太息曰：『嗟乎！燕雀安知鴻鵠之志哉。』」因鴻鵠飛得很高，故常用以比喻志向遠大。

〔四〕共有：汲本、清本同。《全唐詩》作「昔有」，誤。鶺鴒：鳥名，亦作「脊令」。《詩·小雅·常棣》：「脊令在原，兄弟急難。」毛傳：「脊令，雝渠也。飛則鳴，行則摇，不能自舍耳。急難，言兄弟相救於急難。」鄭玄箋：「雝渠，水鳥，而今在原，失其常處，則飛則鳴，求其類，天性也。猶兄弟之於急難。」後世因用鶺鴒（脊令）以喻兄弟。鶺鴒心，言兄弟之間感情融洽，互相愛護，互相支援。

〔五〕逸氣：清逸之氣。《晉書·王廙傳》：「（廙）旦自尋陽迅風飛帆，暮至都，倚舫樓長嘯，神氣甚逸。王導謂庾亮曰：『世將爲傷時識事。』亮曰：『正足舒其逸氣耳。』」曹丕《與吴質書》：「公幹（劉楨字）有逸氣，但未遒耳。」毫翰：毫，本義爲尖鋭之毛，因用以爲筆之代稱。陸機《文賦》：「或操觚以率爾，或含毫而邈然。」翰亦筆。劉楨《公宴詩》：「投翰長太息。」兩字連用，常用以代文辭。《南史·王弘之傳》：「弘之元嘉四年卒，顔延之欲爲作誄，書與其子曇生曰：『君家高世之善，有識歸重，豫染毫翰，所應載述。』」

〔六〕遠是：汲本、清本同。《全唐詩》作「達是」。酒中趣：酒中樂趣。酒中之趣，天寬地闊。《晉書·孟嘉傳》：「嘉好酣飲，愈多不亂。（桓）温問嘉：『酒有何好，而卿嗜之？』嘉曰：『公未得酒中趣耳。』」

夜登孔伯昭南樓時沈太清朱昇在座〔一〕

誰家無風月〔二〕，此地有琴樽〔三〕。山水會稽郡〔四〕，詩書孔氏門〔五〕。再來值秋杪〔六〕，高閣夜無喧〔七〕。華燭罷燃蠟，清絃方奏鵾〔八〕。沈生隱侯胤〔九〕，朱子買臣孫〔一〇〕。好我意不淺，登茲共話言〔一一〕。

〔一〕題目：明活本、汲本、清本、《全唐詩》同。宋本「朱昇」作「宋鼎」。據毛校記，元本無「時沈太清」等字。根據「沈生隱侯胤」句看，以有爲是。再據「朱子買臣孫」句看，「宋鼎」當爲「朱昇」之誤。孔伯昭、沈太清、朱昇生平不詳。

〔二〕風月：清風明月。代表優美的夜景。《文心雕龍·明詩》：「並憐風月，狎池苑，述恩榮，敘酣宴，慷慨以任氣，磊落以使才。」《詩品》：「王微風月，謝客山泉，皆五言之警策者也。」

〔三〕樽：原作「罇」。宋本、明活本、汲本作「樽」。清本、《全唐詩》作「尊」。按《説文》：「尊，酒器也。」徐鉉曰：「今俗以尊作尊卑之尊，別作罇，非是。」可見尊爲本字。但同時也反映出，罇在唐宋時代已甚流行，而「樽」亦見於典籍，且較通行。今從宋本。琴樽：琴爲樂器，樽爲酒器，既表現文人之風雅，亦代表文士之宴集。謝朓《和宋記室省中》：「無嘆阻琴樽，相從伊水側。」

〔四〕會稽郡：本舊郡名，這裏借指越州的會稽。詳見《送從弟邕下第後尋會稽》注〔一〕。本句言會稽山水極爲優美。

〔五〕詩書句：頌揚孔伯昭爲孔子後裔，詩禮傳家。

〔六〕秋杪：《説文》：「杪，木標末也。」木末稱杪，故秋末稱秋杪。

〔七〕夜：明活本、汲本、清本、《全唐詩》同。宋本作「閑」。據毛校記另一宋本作「閉」。「閉」當爲

「閑」之誤。根據詩題及詩的内容看，似以「夜」爲佳。

〔八〕鵾：鵾雞，琴曲名。《文選·嵇康〈琴賦〉》：「飛龍鹿鳴，鵾雞遊弦。」李善注：「古相和歌者有鵾雞曲。」

〔九〕沈生句：《全唐詩》同。宋本、汲本作「沈侯隱公胤」，誤。沈約字休文，梁武康人，篤志好學，博通羣書，善屬文，仕宋、齊、梁，纍官司徒左長史、尚書僕射、尚書令。曾封建昌縣侯，卒謚隱。此言沈太清爲沈約之後。

〔一〇〕朱子句：朱買臣，漢會稽吴人，字翁子。賣薪自給，行歌誦書，後拜會稽太守。言朱昇爲買臣之後。

〔一一〕共：明、清各本同。宋本作「同」，意通。

方回《瀛奎律髓》：又如「山水會稽郡，詩書孔氏門」，亦佳句。吾州孔氏改「會稽」二字爲「新安」，用爲桃符累年。晚輩不知爲浩然詩也。

宴包二融宅〔一〕

閒居枕清洛〔二〕，左右接大野〔三〕。門庭無雜賓，車轍多長者〔四〕。是時方盛夏〔五〕，風物自蕭灑〔六〕。五月休沐歸〔七〕，相携竹林下。開襟成歡趣，對酌不能罷〔八〕。烟暝棲鳥迷〔九〕，

〔一〕題目：原作「宴鮑二宅」，明活本同。宋本、《英華》、汲本、《全唐詩》作「宴包二融宅」。今從宋本。包二：包融行二。辛文房《唐才子傳》卷二：「融，延陵人。開元間仕歷大理司直，與參軍殷遥、孟浩然交厚，工爲詩。」

〔二〕枕：本爲以頭枕物，引申爲靠近之意。清洛：指洛水。

〔三〕大野：原作「人野」。宋、明各本同。清本及《全唐詩》作「大野」。「人野」殊爲難解。從《全唐詩》。

〔四〕車轍：車所經由之路。《莊子·人間世》：「汝不知夫螳螂乎？怒其臂以當車轍，不知其不勝任也。」此言來往於包融路上，都是長者。

〔五〕盛夏：原作「正夏」，據宋本、《英華》、汲本、《全唐詩》改。

〔六〕風物：猶言風景。陶淵明《遊斜川》詩序：「天氣澄和，風物閑美。」

〔七〕五月：宋本、汲本同。明活本、清本、《全唐詩》作「五日」。「五月」正與「盛夏」相應，當以「五月」爲是。歸：《英華》、明活本、汲本、清本、《全唐詩》同。宋本作「浴」。據毛校記，另一宋本作「初」。均非。休沐：古代官吏例假休息，稱爲休沐。五月二句，劉辰翁評曰：「實事便好。」

〔八〕對酌：原作「對酒」，宋本、《英華》、明活本、汲本、清本、《全唐詩》作「對酌」，據改。

〔九〕迷：宋本、《英華》、明活本同。據毛校記元本作「還」。棲鳥：棲止之鳥，歸巢之鳥。因天色已晚，且有煙靄，故歸巢之鳥有迷失之感。

余將歸白社〔一〇〕。

〔一〇〕白社：在洛陽之東。當今河南偃師縣。《抱朴子・雜應》：「洛陽有道士董威輦，常止白社中，了不食。陳子敘共守事之，從學道。」《晉書・董京傳》：「董京字威輦，不知何郡人也。初與隴西計吏俱至洛陽，被髮而行，逍遥吟詠，常宿白社中。時乞於市。」沈約《郊居賦》：「乍容身於白社，亦寄孥於伯通。」後世多借指隱士所居。

峴潭作〔一〕

石潭傍隈隩〔二〕，沙岸曉夤緣〔三〕。試垂竹竿釣，果得查頭鯿〔四〕。美人騁金錯〔五〕，纖手膾紅鮮〔六〕。因謝陸内史〔七〕，蓴羹何足傳〔八〕。

〔一〕題目：明活本、清本、《全唐詩》同。宋本、汲本「潭」作「山」，意通。

〔二〕隈隩：《説文》：「隈，水曲隩也。」又「隩，水隈厓也。」段玉裁注：「厓，山邊也。引申之爲水邊。」蓋隈隩乃山曲水邊之意，則石潭在峴山下彎曲之處。

〔三〕岸：明、清各本同。宋本作「榜」，非。夤緣：攀附。《文選・左思〈吴都賦〉》：「夤緣山嶽之岊，冪歷江海之流。」劉逵注：「夤緣，布籐上貌。」韓愈《古意》：「我欲求之不憚遠，青壁無路難夤緣。」

〔四〕查：宋本、汲本同。明活本、清本、《全唐詩》作「楂」，同。查頭鯿：亦稱楂頭鯿，或楂頭縮項鯿，色青，味道鮮美。葛立方《韻語陽秋》卷十六：「縮頭鯿出襄陽，以禁捕，遂以楂斷水，因謂之槎頭縮項鯿。」

〔五〕金錯：即金錯刀。《文選·張衡〈四愁詩〉》：「美人贈我金錯刀，何以報之英瓊瑶。」李善注：「謝承《後漢書》曰：『詔賜應奉金錯把刀。』」

〔六〕鱠（kuài）：宋本同。明活本、汲本、《全唐詩》作「膾」。二字通，見《干禄字書》。細切魚肉叫鱠。

〔七〕陸内史：陸機，西晉吴郡人，字士衡。曾官平原内史。善詩文。

〔八〕蓴（chún）羹：《晉書·張翰傳》：「張翰字季鷹，吴郡吴人也。……齊王冏辟爲大司馬東曹掾。……因見秋風起，乃思吴中菰菜、蓴羹、鱸魚膾，曰：『人生貴得適志，何能羈宦數千里以要名爵乎？』遂命駕而歸。」可見蓴羹乃張翰事，這裏説成陸機，蓋因機爲吴郡人而浩然誤記。蓴羹，後世一般用作思鄉的典故，這裏則用作美味之意。言槎頭鯿較蓴羹更爲鮮美也。

劉辰翁曰：其詩風味可愛如此。

齒坐呈山南諸隱〔一〕

習公有遺座〔二〕，高在白雲陲〔三〕。樵子見不識〔四〕，山僧賞自知。以余爲好事，携手一來窺。竹露閒夜滴，松風清晝吹〔五〕。從來抱微尚〔六〕，況復感前規。於此無奇策，蒼生奚以爲。

〔一〕題目：本首宋本、明活本俱不載。據毛校記元本亦無此首。汲本收入「拾遺」中。

〔二〕習公：習郁，後漢襄陽人，字文通，官侍中，於峴山南作魚池，池邊有高堤，種竹及長楸、芙蓉。晉山簡每臨此池，常醉呼曰：「此是我高陽池也。」

〔三〕白雲陲：白雲的邊際。

〔四〕見不識：汲本、清本同。《全唐詩》作「不見識」。

〔五〕竹露二句：因意境清幽，故劉辰翁評曰：「清氣如此。」

〔六〕微尚：《南史·謝弘微傳》：「弘微叔父混，風格高峻，于弘微特所敬貴，號曰微子。嘗因酣讌之餘，爲韻語以獎勸之曰：『微子基微尚，無倦由慕藺，勿輕一簣少，進德必千仞。』」謝靈運《初去郡》：「伊余秉微尚，拙訥謝浮名。」

與王昌齡宴王十一〔一〕

歸來臥青山，嘗魂在清都〔二〕。漆園有傲吏〔三〕，惠我在招呼〔四〕。書幌神仙籙〔五〕，畫屏山海圖〔六〕。酌霞復對此〔七〕，宛似入蓬壺〔八〕。

〔一〕題目：「王十一」原作「黄十一」。宋本、《英華》、汲本作「王十一」，《全唐詩》作「王道士房」。清本作「宴王道士山房」。「黄」蓋「王」之誤。今從宋本。從詩的内容看，王十一當爲道士，生平不詳。王昌齡：辛文房《唐才子傳》卷二：「王昌齡，字少伯，太原人。開元十五年李嶷榜進士，授汜水尉。又中宏辭，遷校書郎。後以不護細行，貶龍標尉。以刀火之際歸鄉里，爲刺史閭丘曉所忌而殺。後張鎬按軍河南，曉愆期，將戮之，辭以親老乞恕，鎬曰：『王昌齡之親，欲與誰養乎？』曉大慚沮。昌齡工詩，縝密而思清，時稱『詩家夫子王江寧』，蓋嘗爲江寧令。與文士王之渙、辛漸交友至深，皆出模範，其名重如此。」

〔二〕嘗魂句：明清各本作「常夢遊清都」。宋本、《英華》作「嘗魂在清都」。今從宋本。清都：道家以天帝所居之處稱清都。《列子·周穆王》：「清都紫微，鈞天廣樂，帝之所居。」張湛注：「清都紫微，天帝之所居也。」

〔三〕漆園傲吏：《史記·老莊列傳》：「莊子者，蒙人也，名周。周嘗爲蒙漆園吏。……楚威王聞莊周賢，使使厚幣迎之，許以爲相。莊周笑謂楚使者曰：『千金，重利；卿相，尊位也。子獨不見郊祭之犧牛乎？養食之數歲，衣之以文繡，以入太廟，當是之時，雖欲爲孤豚，豈可得乎？子亟去，無污我！我寧游戲污瀆之中自快，無爲有國者所羈，終身不仕，以快吾志焉。』」漆園傲吏本指莊周，此處借指王道士。看來這位道士乃由仕而隱者。

〔四〕惠我：明活本同。宋本、《英華》、汲本作「惠縣」，非。據毛校記元本作「惠好」。清本、《全唐詩》同。《詩・邶風・北風》：「惠而好我，攜手同行。」招呼：呼喚之意。《詩・小雅・鹿鳴》：「呦呦鹿鳴，食野之苹。」毛傳：「鹿得苹，呦呦然鳴而相呼，懇誠發乎中。以興嘉樂賓客，當有懇誠相招呼以成禮也。」

〔五〕籙：道教秘文。《隋書・經籍志四》：「其受道之法，初受《五千文籙》，次受《三洞籙》，次受《洞玄籙》，次受《上清籙》，籙皆素書，紀諸天曹官屬佐吏之名有多少。又有諸符，錯在其間，文章詭怪，世所不識。」

〔六〕山海圖：以《山海經》爲内容的圖畫。《山海經》大概成書於戰國，經秦漢有所增删。書中記述山川、道里、部族、物産、巫醫、祭祀、風俗等，但多雜以怪異、神話，因之爲道家所推重，收入道藏太玄部。晉郭璞爲之作注及圖贊，今圖亡而贊存。以上兩句描寫王道士居處室内景物。

〔七〕復：明活本、汲本、清本、《全唐詩》同。宋本作「後」，蓋形近而誤。霞：即流霞，仙酒名。《抱朴子・祛惑》：「（項）曼都曰：『……仙人但以流霞一盃，與我飲之，輒不飢渴。』」

〔八〕蓬壺：神話傳説中的仙山名。王嘉《拾遺記》卷一「高辛」條：「三壺則海中三山也。一曰方壺，則方丈也；二曰蓬壺，則蓬萊也；三曰瀛壺，則瀛洲也。形如壺器。」

襄陽公宅飲〔一〕

窈窕夕陽佳〔二〕，丰茸春色好〔三〕。欲覓淹留處〔四〕，無過狹斜道〔五〕。綺席卷龍鬚〔六〕，香杯浮瑪瑙〔七〕。北林積修樹〔八〕，南池生別島〔九〕。手撥金翠花，心迷玉紅草〔一〇〕。談天光六義〔一一〕，發論明三倒〔一二〕。座非陳子驚〔一三〕，門還魏公掃〔一四〕。榮辱應無間〔一五〕，歡娱當共保。

〔一〕襄陽公：後漢習郁，封襄陽公。《襄陽耆舊記》：「後漢習融，襄陽人，有德行，不仕。子郁，字文通，爲黄門侍郎，封襄陽公。」襄陽公宅，爲襄陽貴第。根據詩的内容看，參與此次飲宴者均當時名士，但未詳其人。

〔二〕陽：《英華》、明活本、汲本、清本、《全唐詩》同。宋本作「陰」，非。窈窕：《説文》：「窈，深遠也。」又「窕，深肆極也。」窈窕合爲一詞，即深遠之貌。曹植《飛龍篇》：「晨遊太山，雲霧窈窕。」曹詩用窈窕狀雲霧之深遠，本詩則用以狀夕陽光輝之深遠。

〔三〕丰茸：《英華》、汲本、《全唐詩》同。清本作「芊茸」。「芊」、「丰」同，見《集韻》。宋本作「芋茸」，「芋」當爲「芊」之誤。明活本作「丰葺」，「葺」當爲「茸」之誤。丰茸，植物丰盛茂密之貌。司馬相如《長門賦》：「羅丰茸之遊樹兮，離樓梧而相撑。」

〔四〕淹留：久留。《楚辭·離騒》：「時繽紛其變易兮，又何可以淹留？」王逸注：「言時世溷濁，善惡變易，不可以久留，宜速去也。」

〔五〕狹斜道：狹街小巷。《長安有狹斜行》：「長安有狹斜，狹斜不容車。」（《樂府詩集》卷三十五）因娼女歌妓往往居於狹街小巷，故後世常用以指娼女歌妓的居處。

〔六〕綺席：明活本、汲本、《全唐詩》同。宋本作「倚席」蓋形近而誤。綺席，綺本義爲有花紋的絲織品，引申爲美好。綺席即指美好的席。龍鬚：草名，可以織席，其席亦稱龍鬚。《初學記》二十五引《東宫舊事》：「太子有獨坐龍鬚席。」韓偓《已涼》：「八尺龍鬚方錦褥，已涼天氣未寒時。」

〔七〕杯：明活本、汲本、《全唐詩》同。宋本作「極」。《英華》作「床」。均非。此句與上句爲對偶句，上句爲「席」，此處應爲名物字。再從瑪瑙一詞看，證明杯是而床非。瑪瑙：原作「馬腦」，《全唐詩》作「碼碯」，宋本、《英華》等作「瑪瑙」。各種寫法均可，但以「瑪瑙」爲通行，今從宋本。瑪瑙，寶石名，可製器皿及裝飾品，極名貴。《廣韻》：「瑙，瑪瑙，寶石。」以上二句言室内器物之珍貴。

〔八〕修：長。《爾雅・釋宫》：「陜（狹）而修曲曰樓。」郭璞注：「修，長也。」陸德明釋文：「陜，狹。」

〔九〕別：不相連屬。《爾雅・釋山》：「小山別大山，鮮。」郭璞注：「不相連。」郝懿行義疏：「《詩・皇矣》正義引孫炎曰：『別，不相連也。』」

〔一〇〕紅：原作「芝」。宋本、《英華》、汲本、《全唐詩》作「紅」，據改。以上二句言花草之珍貴。

〔一一〕天：宋本、明活本、汲本同。《英華》、《全唐詩》作「笑」。據毛校記元本亦作「笑」。六義：指《詩經》的風、雅、頌、賦、比、興。《毛詩序》：「故詩有六義焉，一曰風，二曰賦，三曰比，四曰興，五曰雅，六曰頌。」

〔三〕三倒：《世説新語·賞譽》：「王平子邁世有儁才，少所推服，每聞衛玠言，輒嘆息絶倒。」劉孝標注：「《玠别傳》曰：『玠少有名理，善通《莊》、《老》。瑯邪王平子，高氣不羣，邁世獨傲，每聞玠之語議，至於理會之間，要妙之際，輒絶倒於坐。前後三聞，爲之三倒。時人遂曰：衛君談道，平子三倒。』」言議論深入，爲人信服。

〔三〕座非句：用漢陳遵事。陳遵，字孟公，好客。《漢書·陳遵傳》：「所到，衣冠懷之，唯恐在後。時列侯有與遵同姓字者，每至人門，曰陳孟公，坐中莫不震動。既至而非，因號其人曰陳驚坐云。」

〔四〕門還句：用魏勃事。《史記·齊悼惠世家》：「魏勃少時，欲求見齊相曹參，家貧無以自通。乃常獨早夜掃齊相舍人門外。相舍人怪之，以爲物（索隱：物，怪物。），而伺之，得勃。勃曰：『願見相君，無因，故爲子掃，欲以求見。』於是舍人見勃曹參，因以爲舍人。」

〔五〕榮辱：《英華》、明活本、汲本、清本、《全唐詩》同。宋本作「榮華」。

同張明府清鏡嘆〔一〕

妾有盤龍鏡〔二〕，清光常晝發〔三〕。自從生塵埃，有若霧中月。愁來試取照〔四〕，坐嘆生白髮。寄語邊塞人，如何久離別！

〔一〕題目：明活本、汲本、《全唐詩》、《詩選》同。《品彙》作「清鏡嘆同張明府賦」。清本作「清鏡嘆」。宋本不載。張明府：張子容。詳見《晚春臥疾寄張八子容》注〔一〕。○此詩蓋作於晚年時期。

〔二〕盤龍鏡：古人以銅爲鏡，鏤以盤龍花紋。庾信《鏡賦》：「鏤五色之盤龍，刻千年之古字。」

〔三〕晝：《詩選》、《品彙》、汲本、清本、《全唐詩》同。明活本作「書」，形近而誤。

〔四〕試：《詩選》、《品彙》、明活本、汲本、《全唐詩》同。清本作「或」。

劉辰翁曰：語更欲村，真不可廢，所謂增之太長，減之太短者。

夏日南亭懷辛大〔一〕

山光忽西落〔二〕，池月漸東上。散髮乘夕涼〔三〕，開軒臥閒敞〔四〕。荷風送香氣，竹露滴清響〔五〕。欲取鳴琴彈，恨無知音賞〔六〕。感此懷故人〔七〕，中宵勞夢想〔八〕。

〔一〕題目：宋本、《英華》、汲本、《全唐詩》同。據毛校記元本無「夏日」二字。根據詩的内容看，正寫夏日，以有爲是。明活本、清本「辛大」作「辛子」。《品彙》作「南亭懷辛子」。孟詩中有關辛大詩尚有《送辛大不及》、《都下送辛大之鄂》、《張七及辛大見訪》，均稱「辛大」，故以「辛大」爲是。南亭：當在孟浩然隱居處，但其在澗南園抑在鹿門山則未詳。辛大：《孟集》中有《西山尋辛諤》，詩中稱辛諤爲「故人」；而《孟集》中有關辛大詩共四首，從這些詩中，可以看出二人常相過從，情意深厚。本詩中亦稱辛大爲故人，故疑辛大即辛諤。

〔二〕落：宋本、汲本、《全唐詩》、《品彙》同。《英華》、明活本作「發」，非。山光：此指山邊的太陽。

〔三〕乘：宋本作「承」，同音而誤。夕：原作「夜」。宋本、《英華》、《品彙》、汲本、《全唐詩》俱作「夕」，據改。散髮：古代男子束髮於頭頂，暇時常將髮散開，以示閒適。這正與下句相應。

〔四〕軒：本指長廊之有窗者，因亦指窗。《文選·左思〈魏都賦〉》：「周軒中天。」李善注：「軒，長廊之有窗也。」阮籍《詠懷》之十五：「開軒臨四野，登高望所思。」閒敞：閒，指心情悠閒、閒散；敞，指月夜清寂深幽。《文選·張衡〈南都賦〉》：「體爽塏以閒敞，紛郁郁其難詳。」

〔五〕清響：竹露下滴的清脆聲響。

〔六〕知音：知心朋友，指辛大。《吕氏春秋·本味》：「伯牙鼓琴，鍾子期聽之。方鼓琴而志在太山，鍾子期曰：『善哉乎鼓琴，巍巍乎若太山。』少選之間而志在流水，鍾子期又曰：『善哉乎鼓琴，湯湯乎若流水。』鍾子期死，伯牙破琴絶絃，終身不復鼓琴。」《淮南子·脩務訓》：「鍾子期死，而伯牙絶絃破琴，知世莫賞也。」高誘注：「鍾，官氏；子，通稱；期，名也。達於音律。伯牙，楚人，覩世無知音若子期者，故絶絃破其琴也。」古詩：「不惜歌者苦，但傷知音稀。」

〔七〕故人：宋本、明活本、汲本、《品彙》、《全唐詩》同。《英華》作「古人」，誤。故人，猶舊友，指辛大。

〔八〕中宵：中夜。陶淵明《辛丑歲七月赴假還江陵夜行途口》：「懷役不遑寐，中宵尚孤征。」

皮日休《郢州孟亭記》：北齊美蕭慤，有「芙蓉露下落，楊柳月中疏」。先生則有「微雲淡河漢，疏雨滴梧桐」。樂府美王融「日霽沙嶼明，風動甘泉濁」。先生則有「氣蒸雲夢澤，波動岳陽城」。謝朓之詩句，精者有「露濕寒塘草，月映清淮流」。先生則有「荷風送香氣，竹露滴清響」。此與古人争勝於毫釐也。

王壽昌《小清華園詩談》卷下：唐人佳句，有可以照耀古今，膾炙人口者。如陳拾遺之「古木生雲際，歸帆出霧中」，玄宗皇帝之「春來津樹合，月落戍樓空」，張子容之「草迎金埒馬，花待玉樓人」，孟襄陽之「松月生夜涼，風泉滿清聽」，「荷風送香氣，竹露滴清響」，「微雲淡河漢，疏雨滴梧桐」，……此等句當與日星河嶽同垂不朽。

沈德潛《唐詩别裁》：荷風竹露，佳景亦佳句也。外又有「微雲淡河漢，疏雨滴梧桐」句，一時嘆爲清絶。

秋宵月下有懷〔一〕

秋空明月懸，光彩露霑濕〔二〕。驚鵲棲未定〔三〕，飛螢卷簾入〔四〕。庭槐寒影疏〔五〕，鄰杵夜聲急〔六〕。佳期曠何許〔七〕！望望空佇立。

〔一〕題目：宋、明、清各本同。《品彙》無「月下」二字。根據詩的内容，以有爲是。

〔二〕露霑：王粲《從軍》：「下船登高岸，草露霑我衣。」

〔三〕未定：原作「不定」。宋、明、清各本俱作「未定」，據改。驚鵲：鵲，鳥名，俗稱喜鵲。王勃《寒梧棲鳳賦》：「遊必有方，哂南飛之驚鵲；音能中吕，嗟入夜之啼烏。」

〔四〕螢：俗稱螢火蟲。《爾雅·釋蟲》：「螢火即炤。」郭璞注：「夜飛腹下有火。」實則由於呼吸時熒光素氧化所致。

〔五〕槐：宋本、汲本、清本、《全唐詩》同。《品彙》、明活本作「窗」。

〔六〕聲：宋本、汲本、清本、《全唐詩》同。《品彙》、明活本作「深」。杵：槌衣具。儲光羲《田家雜興》：「秋山響砧杵。」

〔七〕佳期：指與佳人相約會，亦泛指歡敘之期。《文選·謝莊〈月賦〉》：「月既没兮露欲晞，歲方晏兮無與歸。佳期可以還，微霜霑人衣。」曠：久遠。見《廣雅·釋詁》。

劉辰翁曰：亦自纖麗，與「疎雨滴梧桐」相似，謂其詩枯淡，非也。

仲夏歸漢南園寄京邑舊遊〔一〕

嘗讀高士傳〔二〕，最嘉陶徵君〔三〕。日耽田園趣〔四〕，自謂羲皇人〔五〕。余復何爲者，栖栖徒問津〔六〕。中年廢丘壑〔七〕，上國旅風塵〔八〕。忠欲事明主，孝思侍老親。歸來當炎夏〔九〕，耕稼不及春。扇枕北窗下〔一〇〕，採芝南澗濱〔一一〕。因聲謝同列〔一二〕，吾慕潁陽真〔一三〕。

〔一〕題目：「漢南園」原作「南園」。明活本作「澗園」。宋本、汲本、清本、《全唐詩》作「漢南園」。今從宋本。清本、《全唐詩》「舊遊」作「耆舊」。仲夏：盛夏。通常指夏季中間那個月，即陰曆五月。漢南園：爲浩然祖居，亦稱澗南園。〇疑此詩作於游越歸來，開元二十年五月。

〔二〕高士傳：可能指晉皇甫謐撰《高士傳》，該書收録晉以前高士行迹。南宋李石《續博物志》曰：「劉向傳列仙七十二人，皇甫謐傳高士亦七十二人。」知謐書僅七十二人。今本九十六人，蓋原書散佚，後人採摭《太平御覽》所引抄合而成。按《高士傳》中并無陶淵明。抑唐本與今本不同歟？抑高士傳爲泛稱歟？

〔三〕嘉：《爾雅·釋詁》：「嘉，美也。」推重、贊美之意。陶徵君：陶淵明隱居，詔爲著作郎，稱疾不赴，故稱陶徵君。

〔四〕日耽句：「耽」原作「躭」，爲「耽」之俗字。宋本、明活本、汲本、清本作「覩」。《全唐詩》作「耽」，以「耽」爲是。《玉篇》：「耽，樂也。」《書·無逸》：「惟耽樂之從。」孔安國傳：「過樂謂之耽。」陶淵明不爲五斗米折腰，辭官歸隱，耽樂田園生活，寫了不少有關田園情趣的詩文。

〔五〕羲皇人：陶淵明《與子儼等疏》：「少學琴書，偶愛閑静，開卷有得，便欣然忘食。見樹木交蔭，時鳥變聲，亦復歡然有喜。常言：五六月中，北窗下臥，遇涼風暫至，自謂羲皇上人。」古人崇古，認爲伏羲時，人民生活閑適，無憂無慮。

〔六〕余復二句：栖栖：遑遑不安之貌。問津：問訊渡口。《論語·憲問》：「微生畝謂孔子曰：丘何爲是栖栖者與！無乃爲佞乎？」劉寶楠正義：「《文選·答賓戲》曰：『棲棲遑遑，孔席不煖。』李善注：『棲遑，不安居之意也。』……夫子周流無已，不安其居。」又《論語·微子》：「長沮桀溺耦而耕，孔子過之，使子路問津焉。」言自己却像孔子周遊列國，以求見用一樣，栖栖遑遑，不安其居。指下文赴試事。

〔七〕丘壑：山丘、山谷，代表隱士所居。《太平御覽》七十九：「黄帝……謂榮成子曰：『吾將釣於一壑，栖於一丘。』」《世説新語·品藻》：「明帝問謝鯤：『君自謂何如庾亮？』答曰：『端委廟堂，使百官準則，臣不如亮；一丘一壑，自謂過之。』」廢丘壑，意指廢棄隱居。

〔八〕上國：《全唐詩》同。宋本、明活本、汲本、清本作「十上」。上國，指唐朝的國都長安。風塵：用以描寫旅途的辛苦，亦寓有世俗追求仕進之意。指進京赴舉事。

〔九〕當炎夏：原作「冒炎暑」。宋、明、清各本俱作「當炎夏」，據改。

〔一〇〕扇（shān）枕句：扇枕：代睡覺。句用「北窗下臥」意。表示生活閒適，隱居自如。

〔一一〕採芝：採摘芝草，亦隱士所爲。

〔一二〕同列：原作「朝列」。明活本、清本同。宋本、汲本、《全唐詩》作「同列」。今從宋本。

〔一三〕潁陽真：許由的淳真。皇甫謐《高士傳》：「許由字武仲，陽城槐里人也。爲人據義履方，邪席不坐，邪饍不食，後隱於沛澤之中，堯讓天下於許由……由於是遁耕於中岳潁水之陽，箕山之下。」

家園臥疾畢太祝曜見尋[一]

伏枕舊遊曠[二]，笙歌勞夢思[三]。平生重交結，迨此令人疑。冰室無暖氣[四]，炎雲空赫曦[五]。隙駒不暫駐[六]，日聽涼蟬悲。壯圖哀未立[七]，班白恨吾衰[八]。夫子自南楚，緬懷嵩汝期[九]。

〔一〕題目：原無「曜」字，據宋本、汲本、《全唐詩》補。明活本作「家園臥病舊遊見尋」。畢曜：生卒年里均不詳。開元中曾任太祝。天寶十三載（七五四），爲司經正字。乾元二年（七五九）任監察御史，與毛若虛、敬羽、裴昇皆以酷毒著稱，時號毛、敬、裴、畢，後獲罪流放黔中。工詩，與孟浩然、杜甫、獨孤及、錢起友善。詩作多佚。

〔二〕伏枕：指其臥疾。曠：猶疎薄。《禮記·檀弓下》：「斯子也，必多曠於禮矣夫。」孔穎達疏：「曠，猶疎薄也。」按此句與「多病故人疎」意同。

〔三〕笙歌：明活本、汲本、清本同。《全唐詩》作「笙簧」。宋本作「笙篁」，誤。

〔四〕冰室：藏冰之室。《周禮·天官·凌人》「夏，頒冰掌事。秋，刷。」鄭玄注：「刷，清也。鄭司農云：刷除冰室，當更内（納）新冰。」此句喻冬日景況。

〔五〕炎雲句：宋本、汲本、《全唐詩》同。明活本、清本「炎雲」作「火雲」。清本「空」作「失」，誤。赫曦：亦作「赫戲」，光明炎盛貌。《楚辭·離騷》：「陟升皇之赫戲兮，忽臨睨夫舊鄉。」王逸注：「赫戲，光明貌。」洪興祖補注：「戲與曦同。」《文選·潘岳〈在懷縣作〉》：「初伏起新節，隆暑方赫羲。」李善注：「《思玄賦》注曰：赫羲，盛也。」此句狀夏日景況。

〔六〕隙駒：《莊子·知北遊》：「人生天地之間，若白駒之過郤。」《釋文》：「隙，本又作郤。」喻時光流逝之速。

〔七〕哀：原作「竟」。據宋本、明活本、《全唐詩》改。汲本作「衰」，與下句意重，誤。壯圖：宏偉的謀畫。杜甫《過南嶽入洞庭湖》：「帝子留遺恨，曹公屈壯圖。」

〔八〕班白：亦作斑白、頒白。頭髮花白，喻年老。《禮·祭義》：「斑白者不以其任行乎道路。」《孟子·梁惠王上》：「頒白者不負戴於道路矣。」

〔九〕夫子二句：夫子，當指畢曜。嵩汝，當指嵩山、汝水，均在都畿道，洛陽東南，當今河南省西部。揣詩意二人曾在此會晤過。因對畢曜事迹所知甚少，未詳。待考。二句以下，宋本尚多「顧予衡茅下，兼致稟物資。脱分趨庭禮，殷勤伐木詩。脱君車前鞅，設我園中葵。斗酒須寒興，明朝難重持」八句。

田家元日

昨夜斗回北，今朝歲起東〔一〕。我年已强仕〔二〕，無禄尚憂農〔三〕。桑野就耕父〔四〕，荷鋤隨牧童。田家占氣候[五]，共説此年豐。

〔一〕昨夜兩句：斗：北斗星。北斗共計七星，其第五至第七星稱斗柄。古人以斗柄的運轉計算月份，如正月指寅，正當北方。詳見《歲暮海上作》注〔三〕。歲：歲星，即木星。兩句言星移物換，又進入正月。○此詩蓋四十歲作，開元十六年正月。

〔二〕年：明、清本各同。宋本作「來」，誤。强仕：借指四十歲。《禮記·曲禮上》：「四十曰强，而仕。」孔穎達疏：「三十九以前通曰壯，壯久則强，故四十曰强。强有二義：一則四十不惑，是智慮强；二則氣力强也。」智慮氣力既强，則可以爲仕，故後人常用强仕以代四十歲。

〔三〕尚憂農：明、清各本同。宋本作「唯尚農」，未取。禄：俸禄。《禮記·王制》：「位定然後禄之。」無禄，表明未做官。

〔四〕桑野句：原作「野老就耕去」。據宋本、汲本、《全唐詩》改。桑野：《詩·豳風·東山》：「蜎蜎者蠋，烝在桑野。」桑野，本指種桑的田野，這裏泛指田野。

〔五〕占(zhān)：占視。根據徵兆而預測，帶有占卜意味。占氣候，即根據氣候而進行預測。

晚泊潯陽望香爐峰[一]

挂席幾千里[二]，名山都未逢。泊舟潯陽郭[三]，始見香爐峰。嘗讀遠公傳[四]，永懷塵外蹤〔五〕。東林精舍近〔六〕，日暮空聞鐘〔七〕。

〔一〕題目：《品彙》、明活本同。宋本、《英華》、汲本、清本、《全唐詩》「香爐峰」作「廬山」。《詩選》作「廬峰」。按香爐峰，即廬山北峰，詳《彭蠡湖中望廬山》注〔一〇〕。○此詩當作於游越歸來途中。

〔二〕挂席：宋、明、清各本同。《英華》作「挂帆」。浩然慣用「挂席」，如「挂席候明發」、「挂席東南望」。挂席，猶揚帆。詳《彭蠡湖中望廬山》注〔四〕。

〔三〕泊舟：停船靠岸曰泊。《玉篇》：「泊，止舟也。」潯陽：唐屬江南西道，爲江州州治。即今江西九江市。詳《自潯陽泛舟經明海》注〔一〕。郭：城郭。古代築城，在内者曰城，在外者曰郭。《廣韻》：「郭，内城外郭。」後世往往城郭混用。

〔四〕遠公：晉高僧慧遠的尊稱。詳《彭蠡湖中望廬山》注〔三〕。傳：《高僧傳》中有慧遠的傳記。

〔五〕塵外：塵世之外。僧人出家，擺脱世俗，故稱塵外。

〔六〕近：宋、明、清各本同。《英華》作「在」，非。東林精舍：即東林寺。詳見《彭蠡湖中望廬山》注〔三〕。

〔七〕空：明活本、《英華》同。宋本、汲本、清本、《全唐詩》作「但」。吕本中《吕氏童蒙詩訓》：浩然詩「挂席幾千里，名山都未逢。泊舟潯陽郭，始見香爐峰」，但詳看此等語，自然高遠。

王士禛《帶經堂詩話》卷三《入神類》：襄陽詩「挂席幾千里，名山都未逢。泊舟潯陽郭，始見香爐峰。常讀遠公傳，永懷塵外蹤。東林不可見，日暮空聞鐘」，詩至此，色相俱空，政如羚羊挂角，無跡可求，畫家所謂逸品是也。

沈德潛《説詩晬語》卷上：又有通體俱散者，李太白《夜泊牛渚》、孟浩然《晚泊潯陽》、釋皎然《尋陸鴻漸》等章，興到成詩，人力無與，匪垂典則，偶存標格而已。

施補華《峴傭説詩》一〇：五言律中，有二語不對者，如「倚杖柴門外，臨風聽暮蟬」是也；有全首不對者，如「挂席幾千里」、「牛渚西江夜」是也。須一氣揮灑，妙極自然。初學人當講究對仗，不能臻此化境。

《峴傭説詩》五：五律有清空一氣，不可以鍊句鍊字求者，最爲高格。如：李太白「牛渚西江夜」、「蜀僧抱緑綺」，襄陽「挂席幾千里」……諸首，所謂羚羊挂角，無迹可求。

田同之《西圃詩説》：嚴滄浪「羚羊挂角，無迹可求」，司空表聖「不着一字，盡得風流」之説，唯李太白「牛渚西江夜」、孟襄陽「挂席幾千里」二首與沈雲卿《龍池樂章》、崔司勳《黄鶴樓》詩，足以當之，所謂逸品是也。

沈德潛《唐詩別裁》卷一：此天籟也。已近遠公精舍，而但聞鐘聲，寫望字意，悠然神遠。

萬山潭〔一〕

垂釣坐磐石〔二〕，水清心益閒〔三〕。魚行潭樹下〔四〕，猿挂島藤間〔五〕。遊女昔解佩〔六〕，傳聞於此山。求之不可得，沿月棹歌還。

〔一〕題目：明、清各本同。宋本無「萬」字，非。萬山：在襄陽西北四十里，濱漢江。詳《秋登萬山寄張五》注〔一〕。

〔二〕磐石：宋本、《品彙》、汲本、清本同。明活本、《全唐詩》作「盤石」，通。《易·漸》：「鴻漸於磐。」王弼注：「磐，石之安者。」泛指扁平而厚重穩固的大石。

〔三〕閒：閒静。《淮南子·本經訓》：「閒静而不躁。」高誘注：「閒静，言無欲也。」

〔四〕魚行：宋、明、清各本同。《英華》作「魚游」。潭樹：潭中樹影。

〔五〕猿挂句：明、清各本同。宋本「藤」作「蘿」，當以「藤」爲恰。《英華》「挂」作「吼」。據毛校記元本作「臥」。今從宋本。

〔六〕遊女：宋、明、清各本同。《英華》作「神女」。解佩：佩，亦作珮，帶上之飾物。《文選·郭璞〈江賦〉》：「感交甫之喪珮。」李善注：「《韓詩内傳》曰：『鄭交甫遵彼漢皋臺下，遇二女，與言曰：願請子之珮。二女與交甫，交甫受而懷之，超然而去。十步，循探之，即亡矣。迴顧二女，亦即亡矣。』」王士禛《帶經堂詩話》卷十三《遺蹟》上：「峴山西北十里爲萬山，萬山下有潭，杜元凱沈碑處。孟詩『神女昔解珮，傳聞於此山』，蓋解珮渚亦在其下矣。」

劉辰翁曰：蛻出風露，古始未有。又曰：古意淡韻，終不可以衆作律之，而衆作愈不可及。

沈德潛《唐詩别裁》：不必刻深，風骨自異。

施閏章《蠖齋詩話・月詩》：浩然「沿月棹歌還」、「招月伴人還」、「沿月下湘流」、「江清月近人」并妙於言月。

入峽寄弟〔一〕

吾昔與爾輩〔二〕，讀書常閉門。未嘗冒湍險〔三〕，豈顧垂堂言〔四〕？自此歷江湖，辛勤難具論〔五〕。往來行旅弊〔六〕，開鑿禹功存〔七〕。壁直千巖峻〔八〕，潨流萬壑奔〔九〕。我來凡幾宿，無夕不聞猿〔一〇〕。浦上摇歸戀〔一一〕，舟中失夢魂。淚沾明月峽〔一二〕，心斷鶺鴒原〔一三〕。離闊星難聚〔一四〕，秋深露已繁〔一五〕。因君下南楚〔一六〕，書此示鄉園〔一七〕。

〔一〕題目：明、清各本同。宋本在總目中「弟」作「謁弟」，詩前題目又作「舍弟」。按：舍弟爲謙詞，用於本題，不恰。「謁」當係「謂」之誤。若然則浩然尚有弟名謂者。備參。峽：指三峽。

○此詩蓋作於游越歸來之後，已進入晚年時期。

〔二〕爾輩：原作「汝輩」。明活本同。宋本、汲本、清本、《全唐詩》作「爾輩」。今從宋本。「爾輩」，蓋指洗然、邕等。

〔三〕未嘗：宋、明各本同。清本作「未曾」。湍險：宋、明、清各本同。據毛校記元本作「灘險」。湍，指湍急的流水。

〔四〕豈顧句：顧，顧念、理會之意。垂堂言：古諺云，千金之子，坐不垂堂。蓋懼簷瓦墜落傷人。詳見《經七里灘》注〔二〕。本句言（過去在家閉門讀書，没有經歷過危險），哪裏理會垂堂之誡呢？

〔五〕具論：意猶盡述。

〔六〕弊：疲弊，困難，艱辛。

〔七〕開鑿句：古代天下大水，洪水横流。大禹治水，開山鑿河，導水入海，天下以平。《淮南子·主術訓》：「禹決江疏河，以爲天下興利。」言大禹開鑿三峽之功，至今猶存。

〔八〕壁直句：原作「壁立千峰峻」。明活本、清本、《全唐詩》同。汲本作「壁立千巖峻」。宋本作「壁直千巖峻」。今從宋本。

〔九〕潨（cóng）：明、清各本同。宋本作「淙」，與潨同，水流聲，見《集韻》。言水流澎湃，萬壑奔騰。

〔一〇〕無夕句：《水經注·江水》：「自三峽七百里中，兩岸連山，略無闕處。重巖疊嶂，隱天蔽日，自非停午夜分，不見曦月。……每至晴初霜旦，林寒澗肅，常有高猿長嘯，屬引淒異，空谷傳響，哀囀久絶。故漁者歌曰：『巴東三峽巫峽長，猿鳴三聲淚沾裳。』」

〔一一〕搖：明、清各本同。宋本作「思」。據毛校記元本作「遥」。浦：厓岸。《説文》：「浦，水瀕也。」段玉裁注：「《大雅》『率彼淮浦』，傳曰：『浦，厓也。』」搖：搖蕩。歸戀：猶歸思。

〔一二〕明月峽：在今重慶市以東。《太平寰宇記·山南西道·渝州》：「明月峽在縣（巴縣）東北八十里。《華陽國志》云：『江州縣有明月峽，即此。』李膺《益州記》云：『廣陽州東七里，水南有遮要三槌石，石東二里至明月峽，峽首南岸，壁高四十丈，其壁有圓孔，形若滿月，因以爲名。』」

〔一三〕鶺鴒原：鶺鴒，鳥名。用《詩經》「脊令在原」典，借指兄弟間的感情。詳《洗然弟竹亭》注〔四〕。想到兄弟手足情深，不覺傷心，故曰心斷。

〔一四〕離闊：猶離别。星：散。《釋名·釋天》：「星，散也。列位布散也。」

〔一五〕已：原作「易」，宋本、汲本、清本、《全唐詩》作「已」，據改。

〔一六〕君：指所托寄詩之人。南楚：指江陵一帶（包括襄陽）。《漢書·高帝紀》「二月，羽自立爲西楚霸王。」孟康曰：「舊名江陵爲南楚，吴爲東楚，彭城爲西楚。」按：江陵在漢代爲南郡治所，襄陽亦屬南郡。本詩所謂南楚，實指襄陽。

〔一七〕示：原作「寄」。明活本同。宋本、汲本、清本、《全唐詩》作「示」。今從宋本。

宿楊子津寄潤州長山劉隱士〔一〕

所思在夢寐〔二〕，欲往大江深。日夕望京口〔三〕，煙波愁我心〔四〕。心馳茅山洞〔五〕，目極楓樹林〔六〕。不見少微星〔七〕，風霜徒夜吟〔八〕。

〔一〕題目：宋、明、清各本同，但宋本「州」誤作「洲」。據毛校記元本無「潤州長山」四字。《品彙》作「宿楊子津寄劉處士」。楊子津：「楊」亦作「揚」。古渡口名。在江都以南長江北岸，爲渡江要津。《清一統志·江蘇·揚州府》：「揚子橋在江都縣南十五里，即揚子津，自古爲江濱津要。《通鑑》隋開皇十年，楊素帥舟師自揚子津入。即此。」潤州：唐潤州屬江南東道，治所在丹徒，即今江蘇鎮江市。《太平寰宇記·江南東道·潤州》：「唐武德三年，杜伏威歸國，置潤州於丹徒縣。」長山：《清一統志·江蘇·鎮江府》：「長山在丹徒縣南二十五里，上有靈泉，下流與練湖通，溉田甚廣。」劉隱士：未詳。〇本詩蓋作於赴越途中，當在開元十八年。

〔二〕夢寐：明活本、汲本、《品彙》、清本同。宋本、《全唐詩》作「建業」，與題意不合。

〔三〕京口：《元和郡縣志·江南東道·潤州》：「孫權自吴徙治丹徒，號曰京城。後遷建業（按即今南京市），於此置京口鎮。」地在今江蘇鎮江市。

〔四〕煙波：帶有霧靄的廣闊水面。崔顥《黄鶴樓》：「日暮鄉關何處是，煙波江上使人愁。」自開端至此四句，句法自然，而格調高古，感情充沛。劉辰翁評曰：「是大家數詩。」

〔五〕茅山：原名句曲山，在潤州南部，即今江蘇句容縣以南，金壇、溧水兩縣之間。相傳漢茅盈與弟衷、固自咸陽來，得道於此，世號三茅君，因名山曰茅山。山有大茅峰，並有蓬壺、玉柱、華陽三洞。《太平寰宇記·江南東道·潤州》：「句曲山一名茅山，在縣（延陵）西南三十里。《茅君內傳》云：『山形曲折似句字，故名句曲。』」《清一統志・江蘇・江寧府》：「茅山在句容縣東南。……昔漢有咸陽三茅君得道，來學此山，故謂之茅山。」

〔六〕目極：猶遠望。《南史・蕭子顯傳》：「登高極目，臨水送歸，風動春朝，月明秋夜。」

〔七〕星：原作「隱」。宋本、汲本、《全唐詩》作「星」，據改。少微星：星名，又名處士星。《史記・天官書》：「曰少微，士大夫。」司馬貞索隱：「《天官占》云：『少微一名處士星』也。」張守節正義：「少微四星，在太微西，南北列：第一星，處士也；第二星，議士也；第三星，博士也；第四星，大夫也。占以明大黃潤，則賢士舉；不明，反是；月、五星犯守，處士憂，宰相易也。」後常用以喻處士。

〔八〕風霜句：原作「星霜勞夜吟」。明活本、清本、《全唐詩》同。宋本、汲本作「風霜徒夜吟」。《全唐詩》校勘記中也保留了「風霜徒夜吟」。今從宋本。

送丁大鳳進士舉〔一〕

吾觀《鷦鷯賦》〔二〕，君負王佐才〔三〕。惜無金張援〔四〕，十上空歸來〔五〕。棄置鄉園老，翻飛羽翼摧。故人今在位〔六〕，歧路莫遲迴〔七〕。

〔一〕題目：原作「送丁大鳳進士赴舉呈張九齡」。明活本、清本、《全唐詩》同。宋本作「送丁大鳳進士舉」。汲本「舉」上多一「赴」字。今從宋本。丁大鳳：姓丁，行大，名鳳。《孟浩然集》中有《宿業師山房待丁公不至》詩，「丁公」，《英華》、《全唐詩》作「丁大」，《詩選》作「丁鳳進士」，當即本詩之「丁大鳳」。該詩反映二人感情之深厚，知二人爲好友，但生平不詳。○本詩疑作於應舉歸來之後。

〔二〕鷦鷯賦：晉張華所作。其序云：「鷦鷯，小鳥也，生於蒿萊之間，長於藩籬之下，翔集尋常之內，而生生之理足矣。色淺體陋，不爲人用；形微處卑，物莫之害。繁滋族類，乘居匹游，翩翩然有以自樂也。」浩然借鷦鷯以自喻。

〔三〕王佐才：具有輔佐帝王的才能。《三國志·魏志·荀彧傳》：「彧年少時，南陽何顒異之，曰：『王佐才也。』」此用「王佐才」以稱贊丁鳳。

〔四〕金張：《文選·左思〈詠史詩〉》：「金張籍舊業，七葉珥漢貂。」李善注：「《漢書·金日磾〈傳〉·贊》曰：『夷狄亡國，羈虜漢庭，七葉内侍，何其盛也。』七葉，自武至平也。又，《張湯傳·贊》曰：『張氏之子孫相繼，自宣元以來爲侍中中常侍者，凡十餘人。』功臣之後，唯自金氏、張氏親近貴寵，比於外戚。」後世因以金張代權貴。按：《漢書·金日磾傳·贊》「七葉」作「七世」。《張湯傳·贊》無所引文字。

〔五〕十上：用蘇秦「書十上而説不行」的故實，借指自己考試落第，或獻賦不見用。詳見《南歸阻雪》注〔九〕。

〔六〕故人：或指張九齡、王維等。王士源《孟浩然詩集序》：「丞相范陽張九齡、侍御史京兆王維……率與浩然爲忘形之交。」

〔七〕歧：原作「岐」，明、清各本同。宋本作「歧」，據改。遲迴：遲疑，徘徊不進。《文選·鮑照〈放歌行〉》：「今君有何疾，臨路獨遲迴。」

送吴悦遊韶陽〔一〕

五色憐鳳雛〔二〕，南飛適鷓鴣〔三〕。楚人不相識，何處求椅梧〔四〕。去去日千里，茫茫天一隅。安能與斥鷃〔五〕，決起但槍榆〔六〕。

〔一〕吴悦：未詳。韶陽：疑即韶州，治所在曲江。《清一統志·廣東·韶州府》：「韶石在曲江縣北。《水經注》：『利水南流，經韶石下，其高百仞，廣圓五里，兩石對峙，大小略均，似雙闕，名韶石。』」抑以其在韶石之南，故有韶陽之稱歟？

〔二〕鳳雛：本意爲幼鳳，常用以喻人。王嘉《拾遺記》卷二：「〔周成王〕四年，旃塗國獻鳳雛，載以瑶華之車，飾以五色之玉，駕以赤象，至於京師，育於靈禽之苑，飲以瓊漿，飴以雲實。」《晉書·陸雲傳》：「幼時吴尚書廣陵閔鴻，見而奇之，曰：『此兒若非龍駒，當是鳳雛。』」這裏用以比吴悦。

〔三〕鶡鴠：鳥名。晉崔豹《古今注·鳥獸》："南山有鳥，名鶡鴠，自呼其名，常向日而飛。畏霜露，早晚希出。"

〔四〕椅梧：椅，今名山桐。梧即梧桐。《詩·鄘風·定之方中》："樹之榛栗，椅桐梓漆，爰伐琴瑟。"毛傳："椅，梓屬。"鄭玄箋："樹此六木於宫者，曰其長大，可伐以爲琴瑟。"由於椅梧可以製琴瑟，古人對之頗爲珍視。故《莊子·秋水》云："南方有鳥，其名爲鵷雛，子知之乎？夫鵷雛發於南海而飛於北海，非梧桐不止，非練實不食。"成玄英疏："鵷雛，鸞鳳之屬，亦言鳳子也。"言珍貴之鳥，必止於珍貴之木。

〔五〕斥鷃：明活本、汲本、清本、《全唐詩》同。宋本作"尺鷃"。"尺鷃"、"斥鴳"，小鳥名。《莊子·逍遥遊》："斥鴳笑之曰：『我騰躍而上，不過數仞而下，翱翔蓬蒿之間，此亦飛之至也。』"陸德明釋文："斥本亦作尺，鴳亦作鷃。"《淮南子·精神訓》："鳳皇不能與之儷，而況斥鷃乎？"

〔六〕決起句：槍榆：宋本、明活本、汲本、《全唐詩》同。清本作"搶榆"。《莊子·逍遥遊》："我決起而飛，槍榆枋。"王先謙集解："李云：決，疾貌。""支云：槍，突也。李云：猶集也。榆、枋，二木名。"按：郭慶藩集釋本"槍"作"搶"。言小鳥疾飛，不過集於榆枋之上。

送陳七赴西軍〔一〕

吾觀非常者〔二〕，碌碌在目前〔三〕。君負鴻鵠志〔四〕，蹉跎書劍年〔五〕。一聞邊烽動〔六〕，萬里忽争先。余亦赴京國〔七〕，何當獻凱還〔八〕。

〔一〕題目：明活本、《全唐詩》同。汲本、清本無「西」字。此詩宋本不載。陳七：未詳。此詩蓋作於赴京應舉之前，當在開元十六年。

〔二〕非常者：異乎尋常之人。《史記·司馬相如傳》：「蓋世必有非常之人，然後有非常之事；有非常之事，然後有非常之功。」

〔三〕碌碌：庸庸碌碌，無所作爲。二句言非常之人在没有遇到機會的時候，看來往往是庸庸碌碌的。

〔四〕鴻鵠志：鴻鵠，天鵝。鴻鵠志，志向遠大。詳見《洗然弟竹亭》注〔三〕。

〔五〕蹉跎：《説文》：「蹉，蹉跎失時也。」蹉跎即時光流逝，虚度年華之意。《晉書·周處傳》：「欲自修而年已蹉跎。」書劍年：指少年時代。《史記·項羽本紀》：「項籍少時，學書不成，去；學劍，又不成。」

〔六〕邊烽：邊疆烽火。代表戰争。開元年間對西域的戰争頗多。根據本詩下句「余亦赴京國」看，當在浩然赴長安之前不久。《資治通鑑·開元十六年》：「春，正月，壬寅，安西副大都護趙頤貞敗吐蕃于曲子城。」又，「秋，七月，吐蕃大將悉末朗寇瓜州，都督張守珪擊走之。乙巳，河西節度使蕭嵩、隴右節度使張忠亮大破吐蕃於渴波谷；忠亮追之，拔其大莫門城，擒獲甚衆，焚其駱駝橋而還。」按：浩然是在開元十六年冬季赴長安的，故疑邊烽動指的是這兩次戰争。

〔七〕京國：明活本、汲本、《全唐詩》同。清本作「京闕」，意同。指首都長安。

〔八〕何當：猶合當。獻凱還：語意雙關。

劉辰翁：起得別。又：一箇一樣語，可觀。

李夢陽：是盛唐詩。

田園作〔一〕

弊廬隔塵喧〔二〕，惟先養恬素〔三〕。卜鄰近三徑〔四〕，植果盈千樹〔五〕。粵余任推遷〔六〕，三十猶未遇〔七〕。書劍時將晚〔八〕，丘園日已暮〔九〕。晨興自多懷〔一〇〕，晝坐常寡悟。沖天羨鴻鵠〔一一〕，争食羞雞鶩〔一二〕。望斷金馬門〔一三〕，勞歌採樵路〔一四〕。鄉曲無知己〔一五〕，朝端乏親故〔一六〕。誰能爲揚雄〔一七〕，一薦《甘泉賦》〔一八〕。

〔一〕題目：原作「田家作」。明代各本及清本同。宋本、《全唐詩》作「田園作」。今從宋本。○此詩作於三十歲時，即開元六年。

〔二〕弊廬：浩然自稱其家屋，其《歲暮歸南山》云：「北闕休上書，南山歸弊廬。」蓋同用陶淵明《移居》詩意，該詩云：「弊廬何必廣，取足蔽牀席。」塵喧：塵世的喧鬧。

〔三〕恬素：恬淡與樸素純潔。

〔四〕近三徑：原作「勞三逕」。明活本、清本同。汲本作「勞三徙」。宋本、《全唐詩》作「近三徑」。今從宋本。三徑：西漢末，王莽專政，兖州刺史蔣詡辭官歸隱，於院中開闢三徑。晉趙岐《三輔決録》：「蔣詡字元卿，舍中竹下開三徑，唯求仲、羊仲從之遊。」後世往往用三徑以代隱士所居。陶淵明《歸去來兮辭》：「三徑就荒，松菊猶存。」

〔五〕千：明、清各本同。宋本作「十」，非。千樹，用三國吴丹陽太守李衡事。《三國志·吴志·孫休傳》：「遣衡還郡，勿令自疑。」裴松之注引《襄陽記》：「（李）衡每欲治家，妻輒不聽，後密遣客十人於武陵龍陽汜洲上作宅，種甘橘千株。臨死，敕兒曰：『汝母惡我治家，故窮如是。然吾州里有千頭木奴，不責汝衣食，歲上一匹絹，亦可足用耳。』……吴末，衡甘橘成，歲得絹數千匹，家道殷足。」

〔六〕粤：助詞，用於句首。推遷：時間的推移變遷。陶淵明《榮木》序：「日月推遷，已復九夏。」

〔七〕三十句：《論語·爲政》：「三十而立。」何晏集解：「有所成也。」孔子以三十即應有所成就。浩然言年已三十，而功名仕進尚無所成，故言未遇。

〔八〕書劍：原作「書枕」。明清各本同。宋本、《全唐詩》作「書劍」。今從宋本。

〔九〕已：原作「空」，明活本、清本同。據宋本、《全唐詩》改。丘園：丘墟與園圃。《易·賁》：「賁于丘園。」孔穎達疏：「丘謂丘墟，園謂園圃，唯草木所生，是質素之所。」後世多用以指隱居之所。

〔一〇〕自：明、清各本同。宋本作「日」。興：起來。《詩·衛風·氓》：「夙興夜寐，靡有朝矣。」

〔一一〕沖天句：此係倒裝句法，意爲羨沖天之鴻鵠。鴻鵠：天鵝。喻志向遠大之人。詳見《洗然弟竹亭》注〔三〕。

〔一二〕争食句：亦倒裝句法。雞鶩：雞鴨。喻凡庸之人。《楚辭·卜居》：「寧與黄鵠比翼乎？將與雞鶩争食乎？」

〔一三〕金馬門：漢代宫門名，因以代宫殿。詳見《自潯陽泛舟經明海》注〔一〕。這句顯示出期望仕進之甚。

〔一四〕勞歌：勞動之歌。《公羊傳·宣公十五年》：「什一行而頌聲作矣。」何休注：「飢者歌其食，勞者歌其事。」

〔一五〕鄉曲：猶鄉里。司馬遷《報任少卿書》：「僕少負不羈之行，長無鄉曲之譽。」

〔一六〕朝端：朝廷上首要的重臣。《宋書·王弘傳》：「臣弘忝承人乏，位副朝端。」

〔一七〕揚雄：字子雲，蜀郡成都人。生於漢宣帝甘露元年，卒於新莽天鳳五年。雄少好學，年四十餘，自蜀來遊京師，大司馬王音召爲門下吏，薦雄待詔。侍從成帝祭祀、游獵，奏《甘泉》、《河東》、《羽獵》、《長楊》四賦，晚年又仿《論語》作《法言》，仿《易經》作《太玄》。

〔一八〕一薦句：《甘泉賦·序》：「孝成帝時，客有薦雄文似相如者，上方郊祀甘泉泰畤，汾陰后土，以求繼嗣，召雄待詔承明之庭。正月，從上甘泉還，奏《甘泉賦》以風。」以上四句，浩然抱怨朝中缺乏親朋故舊，因之無人推薦。表明了他追求仕進的心情是十分强烈的。

從張丞相遊紀南城獵戲贈裴迪張參軍〔一〕

從禽非吾樂〔二〕，不好雲夢田〔三〕。歲暮登城望〔四〕，偏令鄉思懸〔五〕。公卿有幾幾〔六〕，車騎何翩翩〔七〕。世禄金張貴〔八〕，官曹幕府連〔九〕。順時行殺氣〔一〇〕，飛刃争割鮮〔一一〕。十里届賓館〔一二〕，徵聲匝妓筵〔一三〕。高標迴落日〔一四〕，平楚散芳煙〔一五〕。何意狂歌客，從公亦在旃〔一六〕。

〔一〕題目：明活本同。宋本、汲本、《全唐詩》「紀南城」作「南紀城」，非。宋本「迪」作「迥」，形近而誤。清本作「從張丞相獵贈裴迪」。張丞相：張九齡，字子壽，曲江人。景龍初，進士及第。開元二十一年（七三三）拜中書侍郎，同中書門下平章事。二十二年遷中書令。後帝任用李林甫、牛仙客，九齡以爲不可，帝不悦，二十四年，以尚書右丞相罷政事。後以周子諒事，左遷荆州大都督府長史。卒謚文獻。著有《曲江集》。事詳新、舊《唐書》本傳。紀南城：在今湖北省江陵縣北。《清一統志·湖北·荆州府》：「紀南城在江陵縣北，楚文王以後所都，一名郢城。《水經注》：『江陵西北有紀南城，楚文王自丹陽徙此，班固言楚之郢都也。』《括地志》：『紀南故城在荆州江陵縣北五十里。』《名勝志》：『紀南城以在紀山之南而得名。』」裴迪：關中人，生卒年代不詳，其在世時間約在唐玄宗開元天寶間。初與王維、崔興宗居終南山，同唱和，天寶年間曾爲蜀州刺史，與杜甫、李頎友善，嘗爲尚書省郎。張參軍：不詳。○本詩作於張九齡任荆州長史時期，浩然晚年約當開元二十五年冬。

〔二〕從禽：打獵時追逐禽獸曰從禽。《易·屯》：「象曰，即鹿無虞以從禽也，君子舍之，往吝窮也。」孔穎達疏：「即鹿無虞以從禽者，言即鹿當有虞官，即有鹿也。若無虞官以從逐於禽，亦不可得也。」《三國志·魏志·高堂隆傳》：「若逸于遊田，晨出昏歸，以一日從禽之娱，而忘無垠之釁，愚竊惑之。」

〔三〕雲夢：古澤藪名。跨大江南北，當今湖北南部及湖南北部一帶地方。《爾雅·釋地》：「楚有雲夢。」郝懿行義疏：「《漢志》，華容雲夢澤在南荆州藪。司馬相如《子虛賦》云：『楚有七澤，一曰雲夢。雲夢者，方九百里。』是雲夢實一藪也。經傳或分言之，省文從便耳。《左氏昭三年傳》：『王以田江南之夢。』杜預注：『楚之雲夢，跨江南北。』是則夢亦雲也。《定四年傳》：『楚子涉睢濟江，入於雲中。』杜注：『入雲夢澤中。』是則雲亦夢也。《楚辭·招魂》篇云：『與王趨夢兮課後先。』王逸注：『夢，澤中也，楚人名澤中爲夢中。』然則夢中猶雲中矣。《淮南·墬形》篇云：『南方曰大夢。』高誘注：『夢，雲夢也。』」田：田獵。《易·恒》：「田無禽。」孔穎達疏：「田者，田獵也。」《詩·鄭風·叔于田》：「叔于田，巷無居人。」毛傳：「叔，大叔段也。田取禽也。」

〔四〕歲暮句：原作「歲晏臨城望」。今從宋、明、清各本改。

〔五〕偏令：原作「只令」。據宋、明、清各本改。

〔六〕公卿句：原作「參卿有數子」。據宋本、汲本、清本、《全唐詩》改。公卿：三公九卿，後世泛指高級官吏。《論語·子罕》：「出則事公卿。」幾幾：疑爲几几。《詩·豳風·狼跋》：「公孫碩膚，赤舃几几。」

〔七〕車騎：原作「聯騎」。據宋本、汲本、清本、《全唐詩》改。車騎，成隊的車馬。《禮記·曲禮上》：「前有車騎，則載飛鴻。」翩翩：本指鳥飛輕疾之貌，這裏借指車馬衆多。

〔八〕金張：金，金日磾及其後人。張，張湯及其後人。數世高官，因以代權貴。詳見《送丁大鳳進士舉》注〔四〕。

〔九〕連：宋本、明活本、汲本、清本同。《全唐詩》作「賢」。幕府：軍旅無固定住所，以帳幕爲府署，故稱幕府。後地方長官亦有幕府，其中官吏司文書事宜。此指隨從甚衆。以上四句狀田獵隊伍之盛。

〔一〇〕順時：原作「歲時」。宋本、明活本、汲本、清本、《全唐詩》作「順時」，據改。順時，順應時令。《國語·周語下》：「上不象天，而下不儀地，中不和民，而方不順時不共神祇，而蔑棄五則。」韋昭注：「方，四方也。(不順時)謂逆四時之令也。」殺氣：肅殺之氣。《禮記·月令》：「孟秋之月，殺氣浸盛，陽氣日衰。」全句言順時行獵。《周禮·夏官·大司馬》：「中冬，教大閱，……

遂以狩田。」賈公彦疏：「教戰訖，入防田獵之事，故云遂以狩田。」《左傳・隱公五年》：「故春蒐、夏苗、秋獮、冬狩。」

〔一一〕鮮：新殺的禽獸。《書・益稷》：「暨益奏庶鮮食。」孔安國傳：「鳥獸新殺曰鮮。」本詩則指新獵獲的禽獸。

〔一二〕屆：至。《書・大禹謨》：「惟德動天，無遠弗屆。」孔穎達疏：「有德能動上天，苟能修德，無有遠而不至。」

〔一三〕徵（zhǐ）：明活本、汲本、《全唐詩》同。宋本、清本作「微」。徵，五聲之一。《爾雅・釋樂》：「徵謂之迭。」郝懿行義疏：「宫、商、角、徵、羽者，五聲也。……徵者，祉也，事也。其聲抑揚遞續，其音如事之續而爲迭。」這裏泛指悠揚的樂聲。

〔一四〕高標：立木爲表記，其上端部分曰標。後凡高聳之物如山峰、佛塔之類，皆可稱高標。迴落日：《楚辭・離騷》：「吾令羲和弭節兮。」王逸注：「羲和，日御也。」洪興祖補注：「《山海經》：『東南海外，有羲和之國，有女子名羲和，是生十日，常浴日於甘淵。』……虞世南引《淮南子》云：『爰止羲和，爰息六螭，是謂懸車。』注云：『日乘車駕以六龍，羲和御之，日至此而薄於虞淵。羲和至此而迴。』」李白《蜀道難》：「上有六龍迴日之高標。」

〔一五〕散：原作「壓」。宋本、汲本、《全唐詩》作「散」，據改。平楚：楚爲叢木，登高遠望，見樹梢齊平，故曰平楚。《文選・謝朓〈郡内登望〉》：「寒城一以眺，平楚正蒼然。」李善注：「《毛詩》

曰：『翹翹錯薪，言刈其楚。』《説文》曰：『楚，叢木也。』」以上二句寫野外景色。劉辰翁評曰：「遠景自然。」良是。

〔一六〕旃：赤色曲柄旗，用以招致大夫。《左傳·昭公二十年》：「昔我先君之田也，旃以招大夫。」孔穎達疏：「周禮，孤卿建旃，大夫尊，故麾旃以招之也。」這裏則指招致衆官吏。

登望楚山最高頂〔一〕

山水觀形勝〔二〕，襄陽美會稽〔三〕。最高惟望楚，曾未一攀躋〔四〕。石壁疑削成，衆山比全低。晴明試登陟〔五〕，目極無端倪〔六〕。雲夢掌中小〔七〕，武陵花處迷〔八〕。暝還歸騎下，蘿月映深溪〔九〕。

〔一〕題目：宋、明、清各本同。據毛校記元本無「最高頂」三字。根據詩的内容看，以有爲是。望楚山：《太平寰宇記·山南東道·襄州》：「望楚山在縣南三里。鮑至《南雍州記》：『凡三名，一名馬鞍山，又名筬山。宋元嘉中，武陵王駿爲刺史，屢登陟焉，因其舊名，以望見鄢城，改爲望楚山。』」《清一統志·湖北·襄陽府》：「楚山在襄陽西南八里，一名馬鞍山，一名望楚山。《寰宇記》：『宋元嘉中，武陵王駿爲刺史，屢登陟焉，以望見鄢城，改爲望楚山。』」

〔二〕形勝：優美的風景，多指河山之壯美。《南史·劉善明傳》：「高帝召謂曰：『淮南近畿，國之形勝，非親賢不居，卿與我臥理之。』」梁棟《鳳凰臺》：「城郭是非秋雨外，江山形勝暮潮來。」

〔三〕襄陽句：會稽即今浙江紹興，以風景優美著稱。有會稽山、秦望山、鏡湖、若耶溪諸名勝。浩然《夜登孔伯昭南樓時沈太清朱昇在座》有「山水會稽郡，詩書孔氏門」之句，可參看。言襄陽山水之優美，過於會稽。

〔四〕攀躋：猶攀登。《説文》：「躋，登也。」

〔五〕陟：《爾雅·釋詁》：「陟，陞也。」《説文》：「陟，登也。」

〔六〕目極：盡力遠望。端倪：意猶邊際。《莊子·大宗師》：「反覆終始，不知端倪。」郭慶藩疏：「端，緒也。倪，畔也。」

〔七〕雲夢：古澤藪名。詳《從張丞相遊紀南城獵戲贈裴迪張參軍》注〔三〕。

〔八〕武陵句：唐武陵即今湖南常德市。晉陶淵明所寫的《桃花源記》即假托武陵。該記云：「晉太元中，武陵人捕魚爲業。緣溪行，忘路之遠近。忽逢桃花林。夾岸數百步，中無雜樹，芳草鮮美，落英繽紛。……太守即遣人隨其往，尋向所誌，遂迷，不復得路。」本句即用此故實，故言花處迷。按：望楚山雖然高峻，亦不能望見武陵，蓋出于詩人想象，藉以誇張山之高峻而已。

〔九〕映：原作「在」。明活本、汲本同。宋本、清本《全唐詩》作「映」。今從宋本。蘿月：透過藤蘿的月光。

採樵作〔一〕

採樵入深山，山深樹重疊〔二〕。橋崩臥查擁〔三〕，路險垂藤接。日落伴將稀，山風拂薜衣〔四〕。長歌負輕策〔五〕，平野望烟歸〔六〕。

〔一〕題目：明、清各本同。宋本作「樵采作」，意同。

〔二〕樹：原作「水」。宋本、汲本、《全唐詩》作「樹」，較佳，據改。

〔三〕崩：毁壞，坍塌。《玉篇》：「崩，毁也。」查：《品彙》同。宋、明、清各本作「槎」。意同。水中浮木。見《廣韻》。

〔四〕薜衣：薜荔之衣，借爲隱士的衣服。《楚辭·九歌·山鬼》：「若有人兮山之阿，被薜荔兮帶女蘿。」王逸注：「言山鬼仿佛若人，見於山之阿，被薜荔之衣，以菟絲爲帶也。」

〔五〕策：木細枝。《方言》二：「木細枝謂之杪。燕之北鄙朝鮮洌水之間謂之策。」言浩然入山樵木，日落時背負細柴，唱着歌歸來。

〔六〕平野：平曠的原野。梁簡文帝《智蒨法師墓志銘》：「鬱鬱翠微，遼遼平野。」

沈德潛《唐詩別裁》：橋崩十字，寫出奇險之狀。

賀裳《載酒園詩話·詩歸》：孟襄陽《宿業師山房待丁大不至》曰：「夕陽度西嶺，羣壑倏已暝。松月生夜涼，風泉滿清聽。樵人歸欲盡，煙鳥棲初定。之子期宿來，孤琴候蘿逕。」鍾云：「此盡字不如用稀字妙。」《採樵作》曰：「採樵入深山，山深樹重疊。橋崩臥槎擁，路險垂藤接。日落伴將稀，山風拂蘿衣。長歌負輕策，平野望煙歸。」鍾云：「觀此稀字，遠勝『樵人歸欲盡』盡字矣。」余意「日落」與「已暝」亦微有早暮，「日落伴將稀」，是樵子漸去，見己亦當歸。「樵人歸欲盡」，是行人已絶，丁猶不至，有「搔首踟躕」之意，故抱琴候之。自是各寫所觸，何必同？

早梅〔一〕

園中有早梅，年例犯寒開〔二〕。少婦争攀折〔三〕，將歸插鏡臺〔四〕。猶言看不足，更欲剪刀裁。

〔一〕題目：明、清各本同。此首宋本不載。

〔二〕例：照例。犯寒：與冒寒意近。沈約《之永康江》：「山光浮水至，春色犯寒來。」

〔三〕争：明活本、汲本同。清本、《全唐詩》作「曾」。似以争字爲佳，更能表現少婦喜愛之情。

〔四〕將：猶持。《荀子・成相》：「吏謹將之無鈹滑」王先謙集解：「將，持也。」

劉辰翁曰：語欲其野，直以意勝，亦有情致。

澗南園即事貽皎上人〔一〕

弊廬在郭外〔二〕，素産唯田園〔三〕。左右林野曠，不聞朝市喧〔四〕。釣竿垂北澗〔五〕，樵唱入南軒〔六〕。書取幽棲事〔七〕，將尋静者論〔八〕。

〔一〕題目：汲本同。宋本、明活本、清本、《全唐詩》脱「園」字。澗南園：浩然祖居，在襄陽城南，以在北澗之南，故稱澗南園，孟詩中有時亦稱漢南園。即事：意爲眼前事物，常用作詩題。皎上人：上人爲對僧道之尊稱。皎上人生平不詳。○疑此詩作於自鹿門山歸自家園廬時，蓋二十四五歲時。

〔二〕弊廬：浩然園廬。詳《田園作》注〔二〕。郭：指襄陽城郭。

〔三〕素産：原作「素業」。宋本、明活本、汲本、清本、《全唐詩》作「素産」。今從宋本。

〔四〕朝市：明、清各本作「城市」。宋本、《全唐詩》作「朝市」。今從宋本。朝市，早晨的集市，《周禮·地官·司市》：「朝市，朝時而市，商賈爲主。」

〔五〕北澗：澗南園北面的一條小溪。

〔六〕南軒：疑指南亭，或亦泛指。

〔七〕書：宋本、明活本、清本、《全唐詩》同。汲本作「晝」，誤。幽棲：猶隱居。《文選·謝靈運〈鄰里相送方山〉》：「資此永幽棲，送伊年歲别。」李善注：「郭璞《山海經》注曰：『山居曰棲。』」

〔八〕將：原作「還」。據宋本、明活本、清本、《全唐詩》改。論：宋本、汲本、《全唐詩》同。明活本、清本作「言」。静者：指皎上人。

白雲先生王迥見訪〔一〕

閒歸日無事〔二〕，雲臥晝不起〔三〕。有客款柴扉〔四〕，自云巢居子〔五〕。居閒好芝朮〔六〕，採藥來城市。家在鹿門山〔七〕，常遊澗澤水〔八〕。手持白羽扇，脚步青芒履。聞道鶴書徵〔九〕，臨流還洗耳〔一〇〕。

〔一〕題目：原作「王迥見尋」，明活本、清本同。宋本、汲本、《全唐詩》作「白雲先生王迥見訪」。今從宋本。王迥：行九，號白雲先生，爲浩然好友。詳見《登江中孤嶼贈白雲先生王迥》注〔一〕。

○此詩可見浩然隱居自家園廬，已不隱鹿門山。

〔二〕閒歸：原作「歸閒」，明活本同。宋本、汲本、《全唐詩》作「閒歸」。今從宋本。

〔三〕雲臥：杜甫《遊龍門奉先寺》：「天闕象緯逼，雲臥衣裳冷。」浦起龍云：「雲臥正形容宿處之高迥。」本詩中意猶高臥。

〔四〕款：叩。《廣雅·釋言》：「款，叩也。」《史記·商君傳》：「款關請見。」裴駰集解引韋昭曰：「款，叩也。」柴扉：以柴爲門，表示貧寒。王維《送别》：「山中相送罷，日暮掩柴扉。」

〔五〕巢居子：蓋係王迥别號。

〔六〕芝术：原作「花木」，明活本同。宋本、清本、《全唐詩》作「芝术」。芝术爲藥用植物，詳《登鹿門山懷古》注〔三〕，與下句採藥正合。

〔七〕鹿門山：在今襄樊市東南。詳見《登鹿門山懷古》注〔一〕。

〔八〕澗澤：指北澗，在浩然家居澗南園之北。

〔九〕鶴書：又名鶴頭書，爲書體之名。古代徵辟賢士的詔書，俱用此體。孔德璋《北山移文》：「及其鳴騶入谷，鶴書赴隴，形馳魂散，志變神動。」

〔一〇〕洗耳：皇甫謐《高士傳》卷上：「許由……由是遁耕於中岳潁水之陽，箕山之下，終身無經天下色。堯又召爲九州長，由不欲聞之，洗耳於潁水濱。」後世因用以表示隱士不願做官，甚至不願聽徵辟做官的話。

與黄侍御北津泛舟〔一〕

津無蛟龍患〔二〕，日夕常安流〔三〕。本欲避驄馬〔四〕，何知同鷁舟〔五〕。豈伊今日幸〔六〕，曾是昔年遊。莫奏琴中鶴〔七〕，且隨波上鷗〔八〕。堤緣九里郭，山面百城樓。自顧躬耕者〔九〕，才非管樂儔〔一〇〕。聞君薦草澤〔一一〕，從此泛滄洲〔一二〕。

〔一〕題目：宋、明各本及《全唐詩》同。清本作「與黄侍御泛北津」。黄侍御：侍御乃侍御史的省稱，司審訊案件、糾彈百官等事。黄侍御其人不詳。北津：即北澗，在浩然故居澗南園的北面。

〔二〕蛟龍：蛟爲古代傳説中一種水生動物。《説文》：「蛟，龍之屬也。」所以蛟與龍往往連稱。古人迷信，以爲蛟龍能發洪水，北津爲小溪，故言「津無蛟龍患」。

〔三〕日夕：明、清各本同。宋本作「日久」，形近而誤。

〔四〕驄馬：青白雜毛之馬。見《説文》。《後漢書·桓典傳》：「是時宦官秉權，典執政無所回避。嘗乘驄馬，京師畏憚，爲之語曰：『行行且止，避驄馬御史。』」本詩用驄馬以代御史一類的高官，指黄侍御。

〔五〕知：明活本、清本同。宋本、汲本、《全唐詩》作「如」，語氣不合。鷁舟：鷁本鳥名，古人往往畫鷁鳥於船頭，故稱船爲鷁舟。《漢書·司馬相如傳》：「浮文鷁。」顔師古注：「鷁，水鳥也，畫其象於船頭。」《晉書·張協傳》：「乘鷁舟兮爲水嬉，臨芳洲兮拔靈芝。」

〔六〕豈伊：宋、明、清各本同。據毛校記元本作「豈依」。

〔七〕琴中鶴：琴曲有十二操，其第九曰《别鶴操》。

〔八〕鷗：水鳥名。既善於飛翔，亦善於游水。因其翺翔水面，生活悠閒，故常借代隱逸。

〔九〕躬耕者：作者自指。

〔一〇〕管樂：管，管仲，春秋時齊國政治家；樂，樂毅，戰國燕之名將。後世常用管樂以指治國安邦的才能之士。高適《奉酬睢陽李太守》：「未能方管樂，翻欲慕巢由。」儔：匹，敵。

〔一二〕草澤：意猶荒野。蓋黄侍御薦己，故自稱荒野之人。

〔一三〕滄：明活本、清本、《全唐詩》同。宋本、汲本作「芳」，非。根據全詩意義，當以「滄」爲是。滄洲，本指濱水之地，借指隱者所居。詳見《歲暮海上作》注〔八〕。此係表明心迹，婉謝黄侍御舉薦之意。

題長安主人壁〔一〕

久廢南山田〔二〕，叨陪東閣賢〔三〕。欲隨平子去〔四〕，猶未獻《甘泉》〔五〕。枕席琴書滿〔六〕，褰帷遠岫連〔七〕。我來如昨日，庭樹忽鳴蟬。促織驚寒女〔八〕，秋風感長年〔九〕。授衣當九月〔一〇〕，無褐竟誰憐〔一一〕。

〔一〕題目：宋、明、清各本同。長安主人：赴京應舉時，在長安借住房子的主人。題壁：壁上題詩，以作紀念。○浩然於開元十六年（七二八）赴京應舉，十七年春季考試落第。從詩的內容看，當作於開元十七年九月。

〔二〕南山：蓋即峴山，因在襄陽之南，故稱。浩然家居澗南園，即在峴山旁。他落第後，曾賦《歲暮歸南山》詩云：「北闕休上書，南山歸弊廬。」可見他的「弊廬」即在南山。他的《南山下與老圃期種瓜》詩云：「樵牧南山近，林閭北郭賒。先人留素業，老圃作鄰家。」也可以看出他家距離南山很近。而他先人所留下的「素業」，也就是南山田。

〔三〕叨陪：原作「謬陪」。宋、明、清各本俱作「叨陪」，據改。叨，謙詞。陳子昂《爲副大總管蘇將軍謝罪表》：「臣妄以庸才，謬叨重任。」東閤：宋本、汲本同。明活本、清本、《全唐詩》作「東閣」。「閤」、「閣」，通。東閤本爲賓客出入的小門，因指款待賓客的處所。《漢書・公孫弘傳》：「時上方興功業，婁舉賢良。弘……數年至宰相，封侯，開東閤以延賢人，與參謀議。」顔師古注：「閤者，小門也。東向開之。避當庭門而引賓客，以别於掾史官屬也。」「東閤賢」當指在長安交遊的那些做官人，如張九齡、王維等人。句意謙虚，但也流露出不平之氣。

〔四〕平子：張衡字平子，東漢南陽西鄂（今河南南陽市以北）人。長於辭賦，因天下承平日久，自王公以下，莫不踰侈，衡乃擬班固《兩都賦》作《二京賦》，以資諷諫。和帝時爲侍中，其時宦官專政，衡欲言政事，爲宦官所讒蔽，仕不得志，乃作《歸田賦》，表明了歸隱田園、彈琴讀書、追求物外的心志。浩然落第之後，心灰意冷，也有意歸隱田園，故曰「欲隨平子去」。

〔五〕甘泉：指揚雄所作的《甘泉賦》。揚雄及獻《甘泉賦》事詳《田園作》注〔一七〕及注〔一八〕。唐代確有獻賦求仕的制度。《資治通鑑・唐則天后垂拱二年》：「正月，戊申，太后命鑄銅爲匭，置之朝堂，以受天下疏銘：其東曰『延恩』，獻賦頌，求仕進者投之；南曰『招諫』，言朝政得失者投之；西曰『伸冤』，有冤抑者投之；北曰『通玄』，言天象災變及軍機秘計者投之。」專設一匭，以收賦頌，可見獻賦，已非個别現象。杜甫即由獻《三大禮賦》而授右衛率府胄曹（見元稹《唐故檢校工部員外郎杜君墓係銘》）。可見唐代獻賦也是一條仕進之路。孟浩然之想獻賦可能是確有此心的。

〔六〕枕席：明活本、汲本、清本同。宋本作「枕藉」。《全唐詩》作「枕籍」。應以「枕席」爲是，言枕席之上，琴書擺滿，從室内景物刻畫出作者的儒雅。

〔七〕褰：揭起，掀起。《詩·鄭風·褰裳》：「子惠思我，褰裳涉溱。」帷：帳幕。《玉篇》：「帷，帳也，幕也。」岫：山。《爾雅·釋山》：「山有穴曰岫。」亦泛指山。本句詩意爲：掀起帳幕，可以看到遠山相連。寫室外遠景，表現人物情趣。

〔八〕促織句：促織即蟋蟀。《爾雅·釋蟲》：「蟋蟀，蛬（gǒng）。」郭璞注：「今促織也。」陸德明釋文：「蛬，音拱。」孔穎達疏：「蟋蟀，一名蛬，今促織也。……里語云『趨織（按即促織）鳴，懶婦驚』，是也。」孔疏所引里語，是諷刺懶婦不早備寒衣，聽到蟋蟀鳴聲，知天將寒，因而着急，故驚也。本詩並無諷刺寒女意，不過用以表示促織鳴與天氣寒之關係，啓下流光如逝之意。

〔九〕感：明、清各本同。宋本作「思」。

〔一〇〕授衣句：明、清各本同。宋本「月」作「日」，誤。此句直用《詩經》原意。《詩·豳風·七月》：「七月流火，九月授衣。」朱熹注：「九月霜降始寒，而蠶績之功亦成，故授人以衣，使御寒也。」

〔一一〕無褐句：此句亦襲用《詩經》而加以變化。《詩·豳風·七月》：「無衣無褐，何以卒歲！」陳奂傳疏：「箋云：『褐，毛布也。』《孟子·滕文公》：『許子衣褐。』趙注云：『以毳織之，若今之馬衣者也。或曰，褐枲衣也。一曰粗布衣也。』」具體講法，雖有差異，但指最粗鄙的衣料則是共同的。《詩經》原意是指奴隸生活貧苦，既無衣服，又無粗鄙衣料，怎樣過冬呵！孟浩然化用此意，言時已九月，又無粗鄙衣料（也包括無衣），表明落第後生活貧苦，無人資助，故曰「竟誰憐」。結出欲求功名而場屋失意的不平之氣，以及又想歸南山又想再試的矛盾心情。

庭橘〔一〕

明發覽群物〔二〕，萬木何陰森〔三〕。凝霜漸漸水〔四〕，庭橘似懸金。女伴争攀摘，摘窺礙葉深〔五〕。並生憐共蔕〔六〕，相示感同心。骨刺紅羅被〔七〕，香粘翠羽簪〔八〕。擎來玉盤裏，全勝在幽林。

〔一〕題目：明、清各本同。此詩宋本不載。

〔二〕明發：黎明。《詩·小雅·小宛》：「明發不寐，有懷二人。」朱熹注：「明發謂將旦而光明開發也。」羣物：猶萬物。

〔三〕陰森：幽暗之貌。

〔四〕漸漸（chán chán）：明活本、汲本、《全唐詩》同。清本作「漸□」，並注明「原缺」。漸漸，流下之貌。《楚辭·九嘆·遠逝》：「腸紛紜以繚轉兮，涕漸漸其若屑。」王逸注：「漸漸，泣流貌也。」洪興祖補注：「漸，側銜切。」本詩則泛指流下之貌。

〔五〕摘窺：明活本、汲本、《全唐詩》同。清本作「□窺」，並注明「原缺」。葉深：葉茂密。

〔六〕憐：愛。蔕：明活本、清本同。《全唐詩》作「蒂」，同。花果與莖枝相連處。《説文》：「蔕，瓜當也。」共蔕，猶並蒂。並蒂花果，往往用以比喻情侣。故下句稱「相示感同心」。

〔七〕被：明活本、汲本、《全唐詩》同。清本作「帔」，同。見《集韻》。被，衣名，見《六書故》。骨：指橘樹枝及刺。

〔八〕翠羽簪：婦女首飾。

賀裳《載酒園詩話·豔詩》：孟浩然素心士也。其《庭橘》詩云：「並生憐共蔕，相示感同心」，一何婉昵！至若「照水空自愛，折花將遺誰」，真有生香真色之妙，覺老杜「香霧雲鬟」、「清揮玉臂」，未免太宫樣矣。

孟浩然詩集校注卷第二

七言古詩

夜歸鹿門歌〔一〕

山寺鳴鐘晝已昏，漁梁渡頭争渡喧〔二〕。人隨沙路向江村〔三〕，余亦乘舟歸鹿門。鹿門月照開煙樹〔四〕，忽到龐公棲隱處〔五〕。巖扉松徑長寂寥〔六〕，惟有幽人夜來去〔七〕。

〔一〕題目：明活本、汲本、清本、《英靈集》、《詩選》同。宋本作「夜歸鹿門寺」。《全唐詩》作「夜歸鹿門山歌」。《詩林》作「夜歸鹿門寺歌」。鹿門：鹿門山在今襄樊市東南。詳《登鹿門山懷古》注〔一〕。〇此詩蓋作於隱鹿門時期，約在二十歲後。

〔二〕争渡喧：宋、明、清各本同。《英華》作「争喧喧」。漁梁：《水經注·沔水》：「沔水中有魚梁洲，龐德公所居。士元居漢之陰，在南白沙，世故謂其地爲白沙曲矣。司馬德操宅洲之陽。」據此則「漁梁」當即魚梁洲。

〔三〕沙路：原作「沙岸」。《英華》作「沙道」。宋本、汲本、《全唐詩》、《英靈集》、《詩選》作「沙路」，據改。

〔四〕開煙樹：宋、明、清各本及《詩林》同。《英靈集》作「煙中樹」。

〔五〕忽到：宋、明、清各本及《英靈集》同。《英華》作「忽辨」。龐公：即龐德公。詳《登鹿門山懷古》注〔一〇〕。

〔六〕巖扉松徑：明、清各本及《英靈集》同。宋本作「樵徑非遥」。《英華》作「巖扉草徑」。巖扉：巖，石窟。《楚辭・東方朔〈哀命〉》：「處玄舍之幽門兮，穴巖石而窟伏。」王逸注：「巖，穴也。言己修德不用，欲伏巖穴之中以自隱藏也。」巖扉，石窟之門。松徑：松林中之路。盧照鄰《酬楊比部員外暮宿琴堂》：「桃園迷漢姓，松徑有秦官。」巖扉松徑泛指隱士所居之處。

〔七〕夜來去：原作「自來去」。宋本、汲本、《全唐詩》及《英靈集》作「夜來去」，據改。幽人：隱逸之士。當係作者自指。

胡仔《苕溪漁隱叢話・後集》卷九：苕溪漁隱曰：「浩然《夜歸鹿門歌》云：『山寺鳴鐘晝已昏，漁梁渡頭争渡喧。人隨沙岸向江村，余亦乘舟歸鹿門。』不若岑參《巴南舟中即事》詩：『渡口欲黄昏，歸人争渡喧。』岑詩語簡而意盡，優於孟也。」

吴幵《優古堂詩話》：岑參《巴南舟中夜事》詩云：「渡口欲黄昏，歸人争渡喧。」蓋用孟浩然詩耳。孟浩然有《夜歸鹿門寺歌》云：「山寺鳴鐘晝已昏，漁梁渡頭争渡喧。」

張謙宜《絸齋詩談》卷五：《夜歸鹿門歌》，句句下韻，緊調也，脈却舒徐。

施補華《峴傭説詩》一〇二：孟公邊幅太窘，然如《夜歸鹿門》一首，清幽絶妙。才力小者，學步此種，參之李東川派，亦可名家。

和盧明府送鄭十三還京兼寄之什〔一〕

昔時風景登臨地〔二〕，今日衣冠送别筵〔三〕。醉坐自傾彭澤酒〔四〕，思歸長望白雲天。洞庭一葉驚秋早〔五〕，濩落空嗟滯江島〔六〕。寄語朝廷當世人，何時重見長安道？

〔一〕題目：「之」下原少一「什」字，據宋本、汲本、清本、《全唐詩》補。盧明府：指盧象。《唐才子傳》卷二：「象字緯卿，汶水人，鴻之姪也。攜家來居江東最久。仕爲校書郎，左拾遺、膳部員外郎。授安禄山僞官，貶永州司户參軍。後爲主客員外郎。有詩名，譽充秘閣，雅而不素，有大體，得國士之風。」這個傳記，略而不詳。既未談其生卒，亦未言其任縣令事。概由其曾做僞官，爲人所輕，事迹多湮没歟？《孟集》中有關盧象詩作尚有《陪盧明府泛舟迴峴山作》、《盧明府九日峴山宴袁使君張郎中崔員外》、《同盧明府餞張郎中除義王府司馬海園作》等篇，可以看出盧象曾爲襄陽縣令，與張子容、孟浩然時相唱和。鄭十三：未詳。〇按此詩末句云：「何時重見長安道？」可見本詩作於長安赴舉之後。而浩然於長安歸來，不久即有吴越之遊。再結合以上有關盧明府諸詩看，則此詩當作於吴越歸來之後，當在開元二十一年以後，浩然晚年時期。

〔二〕昔時句：據浩然有關盧象詩作，盧象常在峴山宴集遊覽，疑「風景登臨地」即指峴山。

〔三〕衣冠：古代士大夫服裝的泛稱，因以指做官人及有地位的人士。

〔四〕醉坐：原作「閑臥」。宋本、汲本、清本、《全唐詩》作「醉坐」，據改。彭澤酒：陶淵明喜飲酒，曾爲彭澤令，故稱。

〔五〕洞庭句：《淮南子·説山訓》：「以小明大，見一葉落，而知歲之將暮。」唐佚名詩：「山僧不解數甲子，一葉落知天下秋。」

〔六〕濩落：明、清各本同。宋本作「漠落」，非。濩落，零落無聊之意。韋應物《郡齋贈王卿》：「濩落人皆笑，幽獨逾歲賒。」

送王七尉松滋得陽臺雲〔一〕

君不見，巫山神女作行雲〔二〕，霏紅沓翠曉氛氲〔三〕。嬋娟流入楚王夢〔四〕，倏忽還隨零雨分〔五〕。空中飛去復飛來〔六〕，朝朝暮暮下陽臺。愁君此去爲仙尉〔七〕，便逐行雲去不迴。

〔一〕王七：名不詳。松滋：唐代松滋屬荆州，當今湖北省松滋縣北，在長江沿岸。

〔二〕巫山句：據宋玉《高唐賦》序，楚王游高唐，夢巫山神女，自稱旦爲朝雲，暮爲行雨。詳《湘中旅泊寄閻九司户防》注〔五〕。

〔三〕霏紅：明活本、清本、《全唐詩》同。宋本、汲本作「霏虹」。《英華》作「虹霓」。謝朓《詠薔薇》：「發萼初攢紫，餘采尚霏紅。」氛氲：盛貌。《文選·謝惠連〈雪賦〉》：「其爲狀也，散漫交錯，氛氲蕭索。」李善注引王逸《楚辭》注曰：「氛氲，盛貌。」

〔四〕楚王：明、清各本及《英華》作「襄王」。宋本、《全唐詩》作「楚王」。《高唐賦》所言爲「先王」，當以「楚王」爲是，故從宋本。嬋娟：色態美好。張衡《西京賦》：「嚼清商而却轉，增嬋娟以此豸。」

〔五〕倏忽：宋本、汲本、清本、《全唐詩》同。明活本作「條忽」，顯係「倏忽」之誤。《英華》作「覺後」。零雨：細雨，斷續不止之雨。《詩·豳風·東山》：「我來自東，零雨其濛。」孔穎達疏：「道上乃遇零落之雨，其濛濛然。」

〔六〕空中飛去：宋、明、清各本同。《英華》作「空中曉去」。

〔七〕此去：宋、明、清各本同。《英華》作「此處」。仙尉：王七赴松滋爲縣尉，去巫山不遠，故稱「仙尉」。詩中全用神女朝雲典故耳。

施閏章《蠖齋詩話·詩讖》：「有官真似水，無夢不還家」，予寄懷同年侯藍山句也。侯竟卒於官，友人以爲詩讖；然此故（固）未嘗言其不還也。浩然《送王七尉松滋》：「愁君此去爲仙尉，便逐行雲去不迴。」老杜送鄭虔：「便與先生應永訣，九重泉路盡交期。」更不復忌諱，何也？

鸚鵡洲送王九之江左〔一〕

昔登江上黄鶴樓〔二〕，遥愛江中鸚鵡洲〔三〕。洲勢逶迤繞碧流〔四〕，鴛鴦鸂鶒滿灘頭〔五〕。灘頭日落沙磧長，金沙耀耀動飈光〔六〕。舟人牽錦纜〔七〕，浣女結羅裳。月明全見蘆花白，風起遥聞杜若香〔八〕，君行采采莫相忘〔九〕。

〔一〕題目：「之」原作「遊」。明活本、汲本、清本同。宋本《全唐詩》作「之」。今從宋本。王九：即王迥，號白雲先生，爲浩然好友。詳《登江中孤嶼贈白雲先生王迥》注〔一〕。

〔二〕黄鶴樓：故址在今武漢市。《太平寰宇記·江南西道·鄂州》：「黄鶴樓在縣（江夏）西二百八十步。昔費禕登仙，每乘黄鶴於此憩駕，故號黄鶴樓。」《清一統志·湖北·武昌府》：「黄鶴樓在江夏縣西。《元和志》：『江夏城西南角，因磯爲樓，名黄鶴樓。』」按：仙人乘鶴事，各書傳説不一。

〔三〕鸚鵡洲：在湖北漢陽西南大江中。《太平寰宇記·江南西道·鄂州》：「鸚鵡洲在大江東（按當爲中），縣（江夏）西南二里，西過此洲，從北頭七十步，大江中流與漢陽縣分界。《後漢書》云：『黄祖爲江夏太守，時黄祖長子射，大會賓客，有獻鸚鵡於此洲，故爲名。』」《清一統志·湖北·武昌府》：「鸚鵡洲在江夏縣西南二里。《水經注》：『江之右岸，當鸚鵡洲南，有浦口，江水右迤，謂之驛渚。三月之末，水下通樊口水。』《寰宇記》：『鸚鵡洲在大江中，與漢陽縣分界。後漢黄祖爲江夏太守，祖長子射，大會賓客，有獻鸚鵡於此洲，故名。』」

〔四〕繞：明活本、清本、《全唐詩》同。汲本作「環」，與「繞」意同。宋本作「還」，當係「環」之誤。逶迤：或作「逶蛇」，曲折宛轉，彎曲不斷。《淮南子·泰族訓》：「河以逶蛇故能遠，山以陵遲故能高。」《後漢書·邊讓傳》：「振華袂以逶迤，若遊龍之登雲。」

〔五〕灘頭：原作「沙頭」。宋本、清本、《全唐詩》俱作「灘頭」，據改。鸂鶒：水鳥名，略大於鴛鴦而色多紫，雌雄偶游，故亦名紫鴛鴦。

〔六〕灘頭二句：明活本、汲本、清本同。宋本僅作「灘頭沙磧長燿燿」，下缺七字，顯係有脱誤。汲本「燿燿」之下，毛校記云「宋刻燿燿」，可見毛晉所見宋本二句爲「灘頭日落沙磧長，金沙燿燿動飈光」，與《全唐詩》同。

〔七〕錦纜：珍貴的船纜。《釋名·釋采錦》：「錦，金也。作之用功重，其價如金，故其制字從帛與金也。」

〔八〕杜若：香草名，又名杜衡、山薑。《楚辭·九歌·湘君》：「采芳洲兮杜若，將以遺兮下女。」

〔九〕采采：明、清各本同。宋本作「來來」，非。采采，猶言事事。《書·皋陶謨》：「亦言其人有德，乃言曰載采采。」孔安國傳：「載，行；采，事也。稱其人有德，必言其所行某事某事以爲驗。」按《史記·夏本紀》云：「皋陶曰：『然，於！亦行有九德，亦言其有德。』乃言曰：『始事事。』」可見「采采」即事事之意。

劉辰翁曰：好語。又：古調。

李夢陽曰：傷於輕。

賀裳《載酒園詩話又編·孟浩然》：筆力强弱，實由性生，不復可强，智者善藏其短耳。如孟襄陽寫景、敘事、述情，無一不妙，令讀者躁心欲平。但瑰奇磊落，實所不足，故不甚作七言，專精五字。如《鸚鵡洲送王九之江左》曰：「月明全見蘆花白，風起遥聞杜若香，君行采采莫相忘。」全似《浣溪紗》風調也。

高陽池送朱二〔一〕

當昔襄陽雄盛時〔二〕，山公常醉習家池〔三〕。池邊釣女自相隨〔四〕，粧成照影競來窺〔五〕。紅波淡淡芙蓉發〔六〕，緑岸毵毵楊柳垂〔七〕。一朝物變人亦非，四面荒涼人徑稀〔八〕。意氣豪華何處去〔九〕，空餘草露濕征衣〔一〇〕。此地朝來餞行者，翻向此中牧征馬。征馬分飛日漸斜〔一一〕，見此空爲人所嗟。殷勤爲訪桃源路〔一二〕，予亦歸來松子家〔一三〕。

〔一〕題目：明、清各本同。宋本「二」作「一」，恐誤。高陽池：《太平寰宇記·山南東道·襄州》：「高陽池在縣（襄陽）東南十五里，晉山簡字季倫鎮襄陽，每臨此池，未嘗不大醉而歸。時人爲之歌曰：『山公出何許，往至高陽池。日夕倒載歸，酩酊無所知。時時能騎馬，倒着白接羅。舉鞭問葛彊，何如并州兒？』」《寰宇記》的這段記載來自劉義慶《世説新語·任誕》。按：高陽池即習家池。見本詩注〔三〕。朱二：名未詳。

〔二〕當：明、清各本同。宋本作「嘗」，蓋形近而誤。雄：宋本、明活本、清本、《全唐詩》同。汲本作「全」。

〔三〕常：明、清各本同。宋本作「恒」。山公：即山簡。習家池：《清一統志·湖北·襄陽府》：「習家池在襄陽縣南。《水經注》：『習郁依范蠡養魚法作大陂，陂長六十步，廣四十步，池中起釣臺，池北亭郁墓所在也。其水下入沔。』《晉書·山簡傳》：『簡鎮襄陽，諸習氏荆土豪族，有佳園池，簡每出遊嬉，多之池上，置酒輒醉，名之曰高陽池。』《元和志》：『習郁池在襄陽南十四里。』《寰宇記》：『縣南有習家魚池，池中釣臺尚在。』」

〔四〕自：宋本、汲本同。明活本作「目」，蓋「自」之誤。清本、《全唐詩》作「日」。

〔五〕競：明、清各本同。宋本作「竟」，蓋同音而誤。

〔六〕紅：原作「澄」，明活本、清本、《全唐詩》同。宋本、汲本作「紅」。今從宋本。

〔七〕毿毿：明、清各本同。宋本作「毵毵」，蓋同音而誤。《玉篇》：「毿，毛長貌。」毿毿，本指毛髮細長，引申爲枝葉細長之貌。

〔八〕人徑：原作「人住」，明活本同。宋本、汲本作「人徑」。今從宋本。

〔九〕去：原作「在」。明活本、清本、《全唐詩》同。宋本、汲本作「去」。今從宋本。意氣：猶氣概。意氣豪華正應首句之「雄盛」。

〔一〇〕征衣：原作「羅衣」，明活本、清本、《全唐詩》同。宋本、汲本作「征衣」。今從宋本。

〔一一〕日漸斜：宋、明各本及《全唐詩》同。清本作「漸日斜」，非。

〔一二〕桃源路：用陶淵明《桃花源記》典，詳《登望楚山最高頂》注〔八〕。

〔一三〕松子：即赤松子，傳説中的仙人。晉干寶《搜神記》卷一：「赤松子者，神農時雨師也，服冰玉散，以教神農，能入火不燒。至崑崙山，常入西王母石室中，隨風雨上下。炎帝少女追之，亦得仙，俱去。」

李夢陽曰：不是長篇手。

五言排律

西山尋辛諤〔一〕

漾舟尋水便〔二〕，因訪故人居〔三〕。落日清川裏〔四〕，誰言獨羨魚〔五〕？石潭窺洞徹〔六〕，沙岸歷紆餘〔七〕。竹嶼見垂釣，茅齋聞讀書。款言忘景夕〔八〕，清興屬涼初〔九〕。回也一瓢飲，賢哉常晏如〔一〇〕。

〔一〕西山：蓋澗南園以西之小山。見《題明禪師西山蘭若》注〔一〕。辛諤：疑即辛大。見《夏日南亭懷辛大》注〔一〕。

〔二〕尋：原作「乘」。宋本、汲本、《全唐詩》、《品彙》作「尋」，據改。尋，猶就。《漢書·郊祀志》：「上始巡幸郡縣，寖尋於泰山矣。」顔師古注：「尋，就也。」尋水便，就水之便也。

〔三〕故人：指辛諤。

〔四〕落日句：清江之上，加上落日餘暉，景色十分美麗。

〔五〕羨魚：《漢書·董仲舒傳》：「古人有言曰：『臨淵羨魚，不如退而結網。』」本詩只取「臨淵羨魚」之意。言不僅羨魚，還要欣賞美麗景色。

〔六〕石潭句：言石潭之水，清澈見底。

〔七〕餘：宋、明各本及《品彙》同。《全唐詩》作「徐」。紆餘：形容山水地勢的曲折延伸。《史記·司馬相如傳》：「酆鄗潦潏，紆餘委蛇，經營乎其内。」

〔八〕款言：《説文》：「款，意有所欲也。」引申爲懇摯、親切。款言即親切的交談。景：《説文》：「景，光也。」這裏指日光。

〔九〕清興：清雅的興致。屬（zhǔ）：《説文》：「屬，連也。」涼初：時近薄暮，天漸涼爽。

〔一〇〕回也二句：顔回，春秋魯人，孔子弟子。安貧，見稱於孔子。《論語·雍也》：「子曰：『賢哉回也！一簞食，一瓢飲，在陋巷，人不堪其憂，回也不改其樂，賢哉回也！』」這裏借用來稱贊辛諤能安貧樂道。

劉辰翁曰：其爲詩必實説。又：自言其趣，言頗簡淡。

冬至後過吴張二子檀溪别業〔一〕

卜築因自然〔二〕，檀溪不更穿〔三〕。園廬二友接〔四〕，水竹數家連〔五〕。直取南山對，非關選地偏〔六〕。草堂時偃曝〔七〕，蘭枻日周旋〔八〕。外事情都遠〔九〕，中流性所便〔一〇〕。閒垂太公釣〔一一〕，興發子猷船〔一二〕。余亦幽棲者，經過竊慕焉。梅花殘臘月〔一三〕，柳色半春天。鳥泊隨陽雁〔一四〕，魚藏縮項鯿〔一五〕。停杯問山簡，何似習池邊〔一六〕？

〔一〕題目：宋、明、清各本同。《品彙》無「冬至後」三字。吴張二子：二人當係浩然好友，名不詳。檀溪：《元和郡縣志·山南東道·襄州》：「檀溪在縣（襄陽）西南。」《太平寰宇記·山南東道·襄州》：「檀溪即梁高祖沈竹木於此溪中，先主乘的盧躍過之所也。」别業：猶别墅。《文選·石崇〈思歸引序〉》：「晚節更樂放逸，篤好林藪，遂肥遁於河陽别業。」

〔二〕因：原作「依」。明活本、汲本、清本、《品彙》同。宋本、《全唐詩》、《英華》作「因」。今從宋本。

〔三〕不更穿：宋本、明活本、清本、《全唐詩》、《英華》、《品彙》同。汲本作「更不穿」。穿，鑿通之意。

〔四〕園廬：原作「園林」。明、清本同。宋本、《英華》、《全唐詩》作「園廬」，據改。二友：宋、明、清各本同。《品彙》作「三友」，誤。

〔五〕水竹：宋、明各本及《全唐詩》、《英華》、《品彙》同。清本作「水木」。

〔六〕直取二句：直取：《英華》、明活本、清本、《品彙》同。宋本、汲本、《全唐詩》作「直與」。按：《英華》凡與宋本不同者均有校記，注明「集作某」，而「直取」之下無校記，可見校者所見宋本與今見宋蜀刻本不同，亦作「直取」，此其一。再從下句「非關選地偏」看，吴、張二子，修築別業是經過一番選擇的。選擇檀溪並非單純由其僻静，而是取其與南山相對，以「取」字爲順，此其二。南山：蓋即峴山。詳《題長安主人壁》注〔二〕。又，直取二句之下，原多「卜鄰依孟母，共井讓王宣。曾是歌三樂，仍聞詠五篇」四句，宋本、汲本、清本、《英華》、《品彙》俱無，據删。

〔七〕偃曝：偃臥曝背。《文選·王僧達〈答顔延年〉》：「寒榮共偃曝，春醖時獻斟。」李善注：「《桓子新論》曰：『余與揚子雲奏事，坐白虎殿廊廡下，以寒故，背日曝焉。』」

〔八〕蘭枻：明、清各本及《品彙》同。宋本作「蘭栧」。「枻」、「栧」同，見《玉篇》。《英華》作「欄棹」，誤。蘭枻，《楚辭·九歌·湘君》：「桂櫂兮蘭枻，斲冰兮積雪。」王逸注：「櫂，楫也。枻，船旁板也。」洪興祖補注：「蘭，取其香也。楫謂之枻。」總之，枻，或訓船板，或訓船楫，均爲船之一部分，用以代船。周旋：運轉之意。《左傳·僖公十四年》：「進退不可，周旋不能。」

〔九〕遠：宋、明、清各本同。《英華》作「遣」。外事：猶言世事。《西京雜記》二：「司馬相如爲《上林》、《子虚》賦，意思蕭散，不復與外事相關。」

〔一〇〕中流：指河水。便（pián）：安適。《廣雅·釋詁一》：「便，安也。」

〔一一〕太公釣：「釣」原作「欽」，誤。太公即吕尚，本姓姜氏，從其封姓，故曰吕尚。周文王求賢，遇吕尚垂釣於渭水之濱，與語大悦，曰：「吾太公望子久矣。」因號曰太公望。立爲師，武王尊爲尚父，佐武王滅紂，有天下。

〔一二〕興：興致。子猷船：王徽之，字子猷，晉會稽人。《世説新語·任誕》：「王子猷居山陰，夜大雪，眠覺，開室命酌酒，四望皎然，因起仿偟，詠左思《招隱》詩。忽憶戴安道，時戴在剡，即便夜乘小船就之。經宿方至，造門不前而返。人問其故，王曰：『吾本乘興而行，興盡而返，何必見戴？』」

〔一三〕殘：宋、明、清各本及《品彙》同。《英華》作「初」。月：原作「日」。明活本同。宋本、汲本、《全唐詩》、《英華》作「月」，據改。

〔一四〕隨陽雁：古人稱候鳥爲隨陽鳥，雁爲候鳥，故曰隨陽雁。《書·禹貢》：「陽鳥攸居。」孔安國傳：「隨陽之鳥，鴻雁之屬。」杜甫《同諸公登慈恩寺塔》：「君看隨陽雁，各有稻粱謀。」

〔一五〕縮項鯿：即槎頭鯿。詳《峴潭作》注〔四〕。

〔一六〕停杯兩句：山簡字季倫，晉河内懷人。永嘉中，累遷至左僕射，尋爲鎮南將軍，鎮襄陽，常遊習家池。詳《高陽池送朱二》注〔一〕。

李夢陽曰：興味可掬。

楊慎《升庵詩話》卷十一：孟浩然：「草堂時偃曝，蘭枻日周旋。」偃曝，謂偃臥曝背也。用《文選》王僧達「寒榮共偃曝」之句。今刻孟詩不知其出處，改作「掩曝」可笑。而謬者猶曰時刻，必去注釋，從容咀嚼，真味自長。此近日强作解事小兒之通弊也。蓋頤中有物，乃可言咀嚼而出真味，若空腸作雷鳴，而强爲戛齒之狀，但垂饞涎耳，真味何由出哉？

陪張丞相自松滋江東泊渚宮〔一〕

放溜下松滋〔二〕，登舟命檝師〔三〕。詎忘經濟日〔四〕，不憚沍寒時〔五〕。洗幘豈獨古〔六〕，濯纓良在兹〔七〕。政成人自理〔八〕，機息鳥無疑〔九〕。雲物吟孤嶼〔一〇〕，江山辨四維〔一一〕。晚來風稍急〔一二〕，冬至日行遲。獵響驚雲夢〔一三〕，漁歌激楚辭〔一四〕。渚宮何處是〔一五〕，川暝欲安之〔一六〕。

〔一〕題目：明活本、清本、《全唐詩》同。《詩選》「松滋江」後多「入舟」二字。宋本、汲本作「陪張丞相登當陽城樓」，與詩内容不合，非。按：《孟集》另有「陪張丞相登當陽城樓」一詩。蓋與此詩題目錯亂。張丞相指張九齡，時左遷荆州大都督府長史。詳見《從張丞相遊紀南城獵戲贈裴迪張參軍》注〔一〕。○本詩約作於開元二十五年，浩然晚年時期。

〔二〕放溜：使舟順流自行。梁元帝《早發龍巢》：「征人喜放溜，曉發晨陽隈。」（見《文苑英華》卷二八九）松滋：荆州屬縣，在長江南岸。見《送王七尉松滋得陽臺雲》注〔一〕。

〔三〕檝師：或作「楫師」，同。意爲船工。左思《吴都賦》：「篙工楫師，選自閩禺。」

〔四〕詎：原作「寧」。明代各本同。宋本、《詩選》、《品彙》、《全唐詩》作「詎」，據改。經濟：古人對「經邦濟世」、「經世濟民」稱爲經濟。這裏指張九齡爲丞相時，管理國政。張九齡《驪山下逍遥公舊居遊集》：「雖然經濟日，無忘幽棲時。」這裏化用其意。

〔五〕沍（hù）寒：天寒結冰，閉塞不流之貌。《左傳·昭公四年》：「其藏冰也，深山窮谷，固陰沍寒，於是乎取之。」杜預注：「沍，閉也。」本詩用「沍寒」以喻張之貶謫。

〔六〕幘：包頭巾。古代爲民間服飾，至西漢末年，上下通行。洗幘，後漢揚州刺史巴祇，幘壞，水洗敷墨。

〔七〕濯纓：洗濯冠纓。《楚辭·漁父》：「漁父莞爾而笑，鼓枻而去。歌曰：『滄浪之水清兮，可以濯吾纓。滄浪之水濁兮，可以濯吾足。』」後世多用以比喻操守高潔。《孟子·離婁》亦引此歌。

〔八〕政成句：《説文》：「成，就也。」理，即「治」，因避高宗李治諱，故用「理」。言政治清明，人民安居樂業。

〔九〕機：指捕捉鳥獸的機械。停止使用機，鳥便不再驚恐疑慮。言政治清，就連禽鳥也悠然自得。

〔一〇〕物：宋、明、清各本同。《詩選》作「氣」。吟：宋本、明活本、汲本同。清本、《全唐詩》作「凝」。《詩選》作「霾」。雲物：猶景物、景色。《圖繪寶鑑》：「霍元鎮寫山水雲物，殊有標致。」劉長卿《送崔處士先適越》：「山陰好雲物，此去又春風。」

〔一一〕山：宋、明、清各本同。《詩選》作「天」。辨：原作「辯」，明活本同。宋本、汲本、《全唐詩》、清本作「辨」，據改。四維：四角。東南西北爲四方，四方之角曰四維。《宋書·武帝紀》：「四維是荷，萬邦攸賴。」唐彦謙《中秋夜玩月》：「只留皎月當層漢，並送浮雲出四維。」

〔一二〕急：原作「緊」，明活本同。宋本、汲本、《全唐詩》作「急」，據改。

〔一三〕獵：宋、明、清各本同。《全唐詩》作「臘」，非。獵，指冬狩；雲夢，即雲夢澤。詳《從張丞相遊紀南城獵戲贈裴迪張參軍》注〔三〕及注〔一〇〕。

〔一四〕漁歌：漁父之歌。既是泛指，亦是特指；既是寫實，也是想象，回照「滄浪之歌」。劉辰翁評此句云：「激字有生意。」

〔一五〕渚宫：春秋時楚國的别宫，故址在今湖北江陵城内。《左傳·文公十年》：「〔子西〕沿漢泝江，將入郢，王在渚宫，下，見之。」

〔一六〕之：明活本、清本、《全唐詩》同。宋本作「抵」。《詩選》、汲本作「坻」。按：「抵」，《切韻》殘卷在紙韻，諸氏切，釋爲「抵掌」。「坻」，亦在紙韻，諸氏切，釋爲隴坂（見《十韻彙編》）。《廣韻》同。無論從聲律上看，從意義上看，「抵」、「坻」都是不恰當的。《集韻》「坻」字雖有「止」

義，於詩意可通，但又在紙韻，於詩律不合。「坻」亦可讀平聲，在脂韻，《切韻》殘卷佚此字。考《廣韻》脂韻有「坻」字，直疑切，但釋義爲「小渚」，在本詩中難通。「抵」、「坻」俱非。

劉辰翁曰：工處渾然，不似深思者。又：極有雅致，非思索所及。

李夢陽曰：此首不渾成，如「機息鳥無疑」等，傷於細碎。

胡震亨《唐音癸籤》卷二十一：孟浩然《陪張始興泛江》：「洗幘豈獨古，濯纓良在兹」，幘壞，水洗敷墨，雖良刺史（後漢揚州刺史巴祇）事，然用以喚「濯纓」作對，亦大費紐合矣。孟不善用實，乃爾。

陪盧明府泛舟迴作〔一〕

百里行春返〔二〕，清流逸興多〔三〕。鷁舟隨鳥泊〔四〕，江火共星羅〔五〕。已救田家旱，仍醫俗化訛〔六〕。文章推後輩，風雅激頹波〔七〕。高岸迷陵谷，新聲滿棹歌。猶憐不才子〔八〕，白首未登科。

〔一〕題目：原作「陪盧明府泛舟迴峴山作」，明活本同。宋本、汲本、《全唐詩》、清本俱無「峴山」二字。今從宋本。據毛校記元本無「作」字。盧明府：即盧象，時爲襄陽縣令，故稱明府，詳《和盧明府送鄭十三還京兼寄之什》注〔一〕。○本詩約作於開元二十一年以後，浩然晚年時期。

〔二〕行春：漢制，太守於春季巡視所轄州縣，以勸農桑，稱爲行春。《後漢書·鄭弘傳》：「弘少爲鄉嗇夫，太守第五倫行春，見而深奇之，召署督郵，舉孝廉。」李賢等注：「太守常以春行所屬縣，勸人農桑。」唐代仍有遺風，盧象爲地方官，故有行春之事。

〔三〕逸興：幽雅的興致。王勃《滕王閣序》：「遥吟俯暢，逸興遄飛。」

〔四〕鳥泊：原作「雁泊」。清本、《全唐詩》作「雁没」。據毛校記元本亦作「雁没」。宋本、汲本作「鳥泊」，據改。鷁舟：鷁本鳥名，古人常畫鷁鳥於船頭，故稱船爲鷁舟。詳《與黄侍御北津泛舟》注〔五〕。

〔五〕江火：江中船上燈火，與「漁火」意近。星羅：羅，如星之羅列。寫江中晚景如畫。劉辰翁評曰：「下句（指本句）勝。」但李夢陽却很欣賞上句，他説：「他妙在鷁、雁，何云下句勝。」總之，這兩句所創造的意境是頗爲優美的。

〔六〕醫：原作「憂」。明活本、清本同。汲本作「移」。宋本、《全唐詩》作「醫」。今從宋本。俗化：明、清各本同。宋本作「里化」。俗化，風俗教化的省文。《漢書·宣帝紀》：「舉賢良方正以親萬姓，歷載臻兹，然而俗化闕焉。」訛：不正。

〔七〕風雅：本指《詩經》中的國風和大、小雅。古代文人把風雅不僅看成詩歌創作的典範，而更重視它的教化功能。《關雎·詩序》云：「風，風也，教也。風以動之，教以化之。」又云：「上以風化下，下以風刺上，主文而譎諫，言之者無罪，聞之者足戒，故曰風。」又云：「雅者，正也。言王政之所由廢興也。政有小大，故有小雅焉，有大雅焉。」頹波：衰頹的風尚。韋應物《廣陵遇孟九雲卿》：「高文激頹波，四海靡不傳。」

〔八〕不才子：原作「不調者」。宋本、汲本、《全唐詩》、清本作「不才子」，據改。不才子，浩然自謂。

陪張丞相祠紫蓋山途經玉泉寺〔一〕

望秩宣王命〔二〕，齋心待漏行〔三〕。青襟列胄子〔四〕，從事有參卿〔五〕。五馬尋歸路〔六〕，雙林指化城〔七〕。聞鐘度門近〔八〕，照膽玉泉清〔九〕。皂蓋依松憩〔一〇〕，緇徒擁錫迎〔一一〕。天宮上兜率〔一二〕，沙界豁迷明〔一三〕。欲就終焉志，先聞智者名〔一四〕。人隨逝水沒〔一五〕，山逐覆舟傾〔一六〕。想像若在眼，周流空復情。謝公還欲臥，誰與濟蒼生〔一七〕？

〔一〕題目：「寺」原作「詩」，據宋本、汲本、《全唐詩》改。宋本「途」作「述」，蓋形近而誤。清本「祠」作「祀」。《英華》「祠」作「禮」，「泉」下多「諸」字。張丞相：指張九齡，時遷荆州大都督府長史。詳《從張丞相遊紀南城獵戲贈裴迪張參軍》注〔一〕。紫蓋山：在今湖北當陽縣南。《清一統志·湖北·荆門州》：「紫蓋山在當陽縣南五十里。《荆州記》：紫蓋山有名金，每雲晦日，輒見金牛出食，光照一山，即金之精耳。《唐書·地理志》：當陽有南紫蓋山北紫蓋山。《寰宇記》：南北紫蓋山在縣南八十里，南者與覆船山相接，二山頂上，方而四垂，若織蓋狀，林石皆紺色，上有丹井，緑水出山下，甘碧異於常派。」玉泉寺：在今湖北當陽縣西。今地仍用此名。《清一統志·湖北·荆門州》：「玉泉山在當陽西三十里，本名覆舟山，亦名堆藍山。唐《李白集》：荆州玉泉寺，近清溪諸山，山洞有乳窟，玉泉交流其中，水邊茗草羅生，枝葉如碧玉。《名勝志》：玉泉山，初名覆船山，自智顗居之，始易爲玉泉。《縣志》：山下有玉泉寺，東有顯列山，又里許，有智者洞，洞左有寒亭舊址，亦名翠寒山。山中有獸，狀如鹿，上下陵谷如飛，每鳴於澗谷則雨，鳴於岡阜則高軒過。驗之不爽。」按：陳貽焮以爲張九齡是祭祀紫蓋山以後，回當陽途中繞道遊玉泉寺的。因爲紫蓋山在縣南五十里，玉泉山在縣西三十里，從縣城往紫蓋山當不經過玉泉。來時是奉王命率「參卿」、「胄子」專程祭祀紫蓋山的，不會繞道先遊玉泉寺。此説良是。〇本詩約作於開元二十五年，浩然晚年時期。

〔二〕望秩：按照封建的等級（如：公侯伯子男）望祭山川名曰望秩。《書·舜典》：「歲二月，東巡守，至於岱宗，柴，望秩于山川。」孔安國傳：「東岳諸侯竟内名山大川，如其秩次望祭之。謂五岳牲禮視三公，四瀆視諸侯，其餘視伯子男。」

〔三〕齋心：祭祀前的清心寡欲，稱曰齋心。《列子·黄帝》：「減厨膳，退而閒居大庭之館，齋心服形。」張湛注：「心無欲則形自服矣。」待漏：古代以銅壺滴漏計時。早晨準備上朝或準備參加各種儀典，均稱待漏。

〔四〕青：明、清各本及《英華》同。宋本作「春」，蓋草書形近而誤。青襟，亦作「青衿」，《詩·鄭風・子衿》：「青青子衿，悠悠我心。」毛傳：「青衿，青領也，學子之所服。」後世因稱士子爲青衿。胄子：宋、明、清各本同。明活本作「胃子」，誤。古代帝王貴族的長子可以入國學稱曰胄子。《書・舜典》：「帝曰：夔，命汝典樂，教胄子。」孔安國傳：「胄，長也。謂元子以下至鄉大夫子弟。」陸德明釋文：「王云：胄子，國子也。」

〔五〕從事：《後漢書・百官志》：「司隸校尉……并領一州，從事史十二人。本注曰：都官從事，主察舉百官犯法者；功曹從事，主州選署及衆事；别駕從事，校尉行部則奉引，録衆事；簿曹從事，主財穀簿書；其有軍事，則置兵曹從事，主兵事。」後世因對地方長官的佐吏，泛稱曰從事。參卿：對參軍、參謀的敬稱。以上兩句言隨從的人爲士子和佐吏。

〔六〕五馬：古樂府《日出東南隅》：「使君從南來，五馬立踟躕。」漢太守出則御五馬，故後世以五馬代太守。這裏借指張九齡。

〔七〕雙林：佛經中稱釋迦牟尼佛逝世於拘師那國阿利羅拔提河邊娑羅雙樹間，雙樹亦稱雙林。後因以指僧人寂滅之所。化城：佛家稱一時幻化的城郭，後世因稱佛寺爲化城。王維《登辨覺寺》：「竹逕從初地，蓮峰出化城。」

〔八〕度：宋、明、清各本同。《英華》作「鹿」，誤。

〔九〕照膽：清澈之意。王季友《鑒止水賦》：「因見底之清，成照膽之朗。」李白《陶家亭子》：「池開照膽鏡，林吐破顔花。」

〔一〇〕松：原作「林」。宋本、汲本、清本、《全唐詩》作「松」，據改。皂蓋：黑色的車蓋，漢制郡太守乘皂蓋車。《後漢書·輿服志》：「中二千石，二千石皆皂蓋。」這裏借指張九齡。

〔一一〕緇徒：僧人衣緇衣，故稱僧衆爲緇徒。錫：僧人禪杖亦稱錫杖，省稱曰錫。《文選·王巾〈頭陁寺碑文〉》：「宗法師行絜珪璧，擁錫來迎。」

〔一二〕天宫：宋、明、清各本同。《英華》作「天堂」，誤。上：原作「近」。宋本、汲本、《全唐詩》、《英華》作「上」，據改。兜率：佛教用語。欲界六天中的第四天，稱曰兜率天。

〔一三〕沙界：即佛家所謂恒河沙數三千大千世界。《文選·王巾〈頭陁寺碑文〉》：「演勿照之明，而鑒窮沙界；導亡機之權，而功濟塵劫。」李善注：「《金剛般若經》曰：『諸恒河所有沙數佛世界，如是，寧爲多不。』」

〔一四〕先聞：原作「恭聞」。明活本、清本、《全唐詩》同。宋本、汲本作「先聞」，語氣較優，據改。《英華》此句作「雖謀計未成」。

〔一五〕人隨句：原作「人隨逝水嘆」，明活本同。宋本、汲本作「人隨遊水歿」。清本作「人隨逝波没」。《全唐詩》、《英華》作「人隨逝水没」。「逝」字下無校記，可見校者所見宋本亦作「逝」，「遊」乃誤字。「没」、「歿」同，見《玉篇》。人，當指智顗。逝水即玉泉之水。

〔一六〕山逐句：「山」原作「波」，明活本、《全唐詩》同。宋本作「止欲覆舡傾」。汲本作「止欲覆舟傾」。清本作「山逐覆舟傾」。《英華》作「山逐覆船傾」。「船」下周必大校記云：「一作舟」。

今從《英華》及校記，作「山逐覆舟傾」。宋本、汲本之「止」，蓋「山」之誤。覆舟當即覆舟山。

〔一七〕謝公二句：謝公指謝安。謝安字安石，晉陽夏（今河南太康）人。初辟司徒府，除左著作郎，並以疾辭。與王羲之及高陽許詢、桑門支遁遊處，出則漁弋山水，入則言詠屬文，無處世意。嘗往臨安山中，坐石室，臨濬谷，悠然嘆曰：「此去伯夷何遠！」及其弟萬廢黜，安始有仕進意。征西大將軍桓温請爲司馬，將發新亭，朝士咸送，中丞高崧曰：「卿累違旨，高臥東山，諸人每相與言，安石不肯出，將如蒼生何！」晉孝武帝時，安進中書監，録尚書事。後苻堅南侵，軍抵淮淝，京師震動。安運籌幃幄，以鎮定處之，取得淝水之戰的勝利。這兩句即用張九齡以比謝安，看來當時張九齡有退隱意。

臘月八日於剡縣石城寺禮佛〔一〕

石壁開金像，香山繞鐵圍〔二〕。下生彌勒見〔三〕，回向一心歸〔四〕。竹柏禪庭古〔五〕，樓臺世界稀。夕嵐增氣色〔六〕，餘照發光輝。講席邀談柄〔七〕，泉堂施浴衣〔八〕。願承功德水〔九〕，從此濯塵機。

〔一〕題目：「佛」原作「拜」，明活本、《全唐詩》同。宋本、汲本、清本作「佛」。今從宋本。《英華》「剡」作「郯」，非。宋本「臘」作「臈」，同，見《集韻》。剡（shàn）縣：即今浙江嵊縣。唐屬江南東道越州。《元和郡縣志·江南東道·越州》：「剡縣，漢舊縣，故城在今縣理西南一十二里。吴賀高爲令，移理今所。隋末陷於李子通。武德中，以縣爲嵊州，六年廢州，縣依舊。」石城寺：地志不載。剡縣有石城山，石城寺當在此山。《太平御覽》卷六五五引《洛陽伽藍記》曰：「竺曇猷敦煌人，少苦行習禪定，遊江左，止剡之石城山，乞食坐禪，後有神見形，詣猷曰：『師威德既重，來止此山，弟子輒推室以相奉。』」這可能就是石城寺的起源。又陳貽焮據《嘉泰會稽志》：「南明山在（新昌）縣南五里，一名石城，一名隱岳。初晉僧曇光栖迹於此，自號隱巖。支道林昔葬此山下。……梁天監中建安王始造彌勒石佛像，劉勰撰碑，其文存焉」，認爲「新昌縣，五代置，唐屬剡縣，故説『剡縣石城寺』」（見《孟浩然事迹考辨》）。此説可參看。○此詩當作於遊越期間，約在開元十八年冬。

〔二〕繞：《英華》、明活本同。宋本、汲本、《全唐詩》作「倚」。香山：佛經中有香山，在雪山之北，雪山又稱須彌山。鐵圍：山名。佛經稱四洲中心爲須彌山，山外别有八山。須彌山下有大海，其邊八山，八山外有鹹海，圍繞此海者即鐵圍山。此二句用佛經傳説寫石城山、寺的形勢。

〔三〕彌勒：佛名。姓彌勒，名阿義多。見《彌勒下生成佛經》。

〔四〕回向：明活本、清本、《全唐詩》同。宋本、汲本、《英華》作「迴向」，同。回向，佛家語，意謂回轉趨向，佛家有「回向佛果」之語，即回轉自己所修之功德，趨向佛果之意。

〔五〕竹柏：宋、明、清各本同。《英華》作「松竹」。

〔六〕嵐：山中霧氣。謝靈運《晚出西射堂》：「曉霜楓葉丹，夕曛嵐氣陰。」

〔七〕講席：僧人講法之所。談柄：魏晉時清談，手執麈尾；僧人講經，或執如意。無論麈尾或如意，均持其柄，因有談柄之名。

〔八〕泉堂：一般稱浴堂，佛寺中多有之，爲沐浴之用。

〔九〕願承：明、清各本及《英華》同。宋本作「願從」。毛晉在「願承」之下無校語，可見毛氏所見宋本亦作「願承」。功德水：佛經中稱須彌山下有八功德水，簡稱功德水。

同獨孤使君東齋作〔一〕

郎官舊華省〔二〕，天子命分憂。襄土歲頻旱，隨車雨再流。雲陰自南楚〔三〕，河潤及東周〔四〕。廨宇宜新霽〔五〕，田家賀有秋。竹間殘照入，池上夕陽浮。寄謝東陽守〔六〕，何如八詠樓〔七〕！

〔一〕獨孤使君：指獨孤册，爲浩然好友。王士源《孟浩然集序》：「丞相范陽張九齡……河南獨孤册，率與浩然爲忘形之交。」按：明刊本作「策」，誤。歐陽棐《集古録目》卷三：「《唐獨孤册遺愛頌》，江夏太守李邕撰，蘭陵蕭誠書。册字伯謀，河南人，嘗爲襄州刺史。此碑襄人所立也。」因其曾爲刺史，故稱使君。

〔二〕郎官：《新唐書・宰相世系表》：「册，户部郎中。」由於獨孤册曾任户部郎中，故稱郎官。

〔三〕南楚：《史記·貨殖列傳》：「衡山、九江、江南、豫章、長沙，是南楚也。」據此則今湖南東部及江西北部一帶地方，古稱南楚。本詩泛指楚地。

〔四〕東周：東周都於洛陽，這裏泛指河南一帶。

〔五〕廨宇：官舍，官署。《南史·蔡凝傳》：「及將之郡，更令左右修中書廨宇。」

〔六〕東陽守：東陽郡治所在今金華，南齊時沈約曾爲東陽郡太守，有政績。

〔七〕八詠樓：南齊東陽太守沈約於隆昌元年（四九四）在元暢樓爲《八詠詩》，時稱絶唱，後人因改元暢樓爲八詠樓。《八詠詩》之《登臺望秋月》、《會圃臨春風》二首，徐陵選入《玉臺新詠》。後人喜其文辭優美，又將其餘六首附於卷末。這裏蓋用沈約比獨孤册，用八詠樓以比東齋。

峴山送朱大去非遊巴東〔一〕

峴山南郭外〔二〕，送别每登臨。沙岸江村近，松門山寺深。一言余有贈，三峽爾將尋〔三〕。祖席宜城酒〔四〕，征途雲夢林〔五〕。蹉跎遊子意〔六〕，眷戀故人心。去矣勿淹滯，巴東猿夜吟〔七〕。

〔一〕題目：「朱大去非」，《英華》作「朱大」，《品彙》、明活本作「朱去非」，宋本、清本、《全唐詩》作「張去非」。《孟集》中尚有《送朱大入秦》一詩，陶翰有《送朱大出關》一詩，疑「張去非」誤。朱大去非：其人不詳。明活本、《品彙》無「峴山」二字。

〔二〕峴山：在襄陽南九里，一名峴首山。參看《登鹿門山懷古》注〔三〕。

〔三〕爾將尋：原作「爾相尋」。宋、明、清各本及《英華》作「爾將尋」，據改。汲本作「再將尋」。因去巴東，必經三峽，故言將尋。

〔四〕祖席：古人出行，必先祭祀，稱爲祖。後引申爲餞行之意。祖席即送別的筵席。韓愈《祖席》：「祖席洛橋邊，親交共黯然。」宜城酒：宜城漢代屬南郡。《太平寰宇記·山南東道·襄州》：「宜城故城，漢縣，在今縣（宜城）南，其地出美酒。」《周禮·天官·酒正》：「一曰泛齊。」鄭玄注：「泛者成而滓浮，泛泛然如今宜成醪矣。」按：宜成即宜城，在今湖北宜城縣境。由鄭玄注，可知宜城酒在漢代已經有名。

〔五〕林：原作「材」，四部備要本作「村」，皆誤。宋本、明活本、汲本、清本及《英華》、《品彙》作「林」，據改。雲夢：即雲夢澤。詳《從張丞相遊紀南城獵戲贈裴迪張參軍》注〔三〕。

〔六〕蹉跎：虚度年華。《説文》：「蹉，蹉跎，失時也。」阮籍《詠懷詩八十二首》之五：「娱樂未終極，白日忽蹉跎。」

〔七〕巴東猿夜吟：《水經注·江水》：「每至晴初霜旦，林寒澗肅，常有高猿長嘯，屬引淒異，空谷傳響，哀囀久絶。故漁者歌曰：『巴東三峽巫峽長，猿鳴三聲淚沾裳。』」

李夢陽曰：情思宛然慨然。

宴張記室宅〔一〕

甲第金張館〔二〕，門庭軒騎多〔三〕。家封漢陽郡〔四〕，文會楚材過〔五〕。曲島浮觴酌〔六〕，前山入詠歌。妓堂花映發〔七〕，書閣柳逶迤〔八〕。玉指調箏柱〔九〕，金泥飾舞羅〔一〇〕。寧知書劍者〔一一〕，歲月獨蹉跎〔一二〕。

〔一〕記室：《後漢書·百官志一》：「記室令史主上章表報書記。」後漢時太傅、太尉、司徒等都設有記室令史，掌管章表書記文檄等事宜，歷代因之，元後始廢，通稱記室。張記室，名不詳。

〔二〕甲第：古代豪門、貴族、高官的宅第。《史記·孝武紀》：「賜列侯甲第、僮千人。」金張：指漢代的金日磾家和張湯家。金日磾及其後人自武帝至平帝七世爲内侍，張湯及其後世自宣帝以來爲侍中、中常侍者十餘人。因之後世以金張代世族大家。《文選·應璩〈與從弟君苗君胄書〉》：「且官無金張之援，遊無子孟（霍光）之資，而圖富貴之榮，望殊異之寵，是隴西之遊，越人之射耳。」

〔三〕軒：明活本、汲本、清本、《英華》同。宋本、《全唐詩》作「車」。根據上句「金張館」看，應以「軒」爲恰。軒，古代大夫以上的乘車，曲輈，有藩圍。《説文》：「軒，曲輈藩車。」徐鍇繫傳：「載物則直輈。軒，大夫以上車也。」段玉裁注：「曲輈而有藩蔽之車也。」後世泛稱貴族所乘之車曰軒。多：宋、明各本同。清本、《英華》作「過」。

〔四〕漢陽郡：《後漢書·郡國志》有漢陽郡，轄十三城，屬涼州。地當今甘肅東南部一帶。

〔五〕文會：《論語·顔淵》：「君子以文會友。」後世因稱文酒之會爲文會。蕭統《錦帶書十二啓太簇正月》：「昔時文會，長思風月之交。」楚材：楚國的人才。《左傳·襄公二十六年》：「雖有楚材，晉實用之。」過（guō）：清本、《英華》作「多」。《廣韻》：「過，古禾切，經也。」

〔六〕曲島句：王羲之《蘭亭集序》：「引以爲流觴曲水，列坐其次。」本句襲用其意。言在曲水中浮杯飲酒。

〔七〕妓堂：泛指遊樂之所。

〔八〕逶迤：從容自得之貌。

〔九〕箏：古絃樂器之一種。庾信《春賦》：「更炙笙簧，還移箏柱。」徐彦伯《芳樹》：「曉月憐箏柱，春風憶鏡臺。」

〔一〇〕金泥：以金爲細粉成泥而飾物，使器物或織品金碧輝煌。

〔一一〕寧知：原作「誰知」。宋、明、清各本作「寧知」，據改。書劍者：宋、明各本同。清本作「書劍客」。書劍者，指文武俱全之人，作者自詡。

〔一二〕歲月：原作「年歲」。宋本、《英華》、《全唐詩》作「歲月」，據改。

登龍興寺閣〔一〕

閣道乘空出〔二〕，披軒遠目開〔三〕。逶迤見江勢，客至屢緣迴。兹郡何填委〔四〕，遥山復幾哉。蒼蒼皆草木，處處盡樓臺。驟雨一陽散，行舟四海來。鳥歸餘興遠〔五〕，周覽更徘徊。

〔一〕龍興寺：蘇頲《陝州龍興寺碑》云：「因制天下州，盡置大唐龍興寺。」可見唐代各州大都有龍興寺。李華有《揚州龍興寺經律和尚碑》一文，知揚州亦有龍興寺。根據詩的内容看，疑爲揚州龍興寺。本詩宋本不載。

〔二〕閣道：樓閣之間以木架空的通道。《史記·秦始皇本紀》：「(阿房宫)周馳爲閣道，自殿下直抵南山。」

〔三〕軒：明活本、汲本、《全唐詩》同。清本作「軒」，誤。軒，本義爲大夫以上乘車，其車廂前面的頂較高，引申爲樓閣的檐。參看《宴張記室宅》注〔三〕。遠目：《全唐詩》、清本同。明活本、汲本作「遠日」。

〔四〕填委：紛集。《文選·劉楨〈雜詩〉》：「職事相填委，文墨紛消散。」

〔五〕遠：原作「滿」。汲本、清本、《全唐詩》作「遠」，比較符合詩意，據改。

劉辰翁曰：能賦。

李夢陽曰：能賦信然。（按：此評語乃針對「蒼蒼皆草木，處處盡樓臺。驟雨一陽散，行舟四海來」四句而發。）

登總持寺浮屠〔一〕

半空躋寶塔〔二〕，時望盡京華〔三〕。竹遶渭川遍，山連上苑斜〔四〕。四郊開帝宅〔五〕，千陌逗人家〔六〕。累劫從初地〔七〕，爲童憶聚沙〔八〕。一窺功德見〔九〕，彌益道心加〔一〇〕。坐覺諸天近〔一一〕，空香逐落花〔一二〕。

〔一〕總持寺：明活本、汲本、《全唐詩》同。清本無「寺」字。宋本作「揔持」。《品彙》作「摠持寺」。揔，摠俗字。總持寺，在長安西南。《清一統志·陝西·西安府》：「莊嚴寺在長安縣西南十二里，俗名木塔寺。《長安志》：永陽坊半以東爲大莊嚴寺。隋初置爲禪定寺，建木浮圖，高三百尺。唐武德中，改爲莊嚴寺。大中六年，又改爲聖壽寺。坊半以西爲大總持寺，隋大業三年立。」浮屠：亦作「浮圖」，爲梵語「佛陀」的譯音，本意爲佛。《後漢書·楚王英傳》：「晚節更喜黄老，學爲浮屠齋戒祭祀。」李賢注引袁宏《漢紀》：「浮屠，佛也。西域天竺國有佛道焉。佛者，漢言覺也，將以覺悟羣生也。」但後世常將「浮屠」誤用作「塔」。本詩即爲塔意。○本詩當作於開元十六七年間（疑作於長安應舉時期，若然則當在開元十七年）。

〔二〕躋：登。《説文》：「躋，登也。……《商書》曰：予顛躋。」《易·震》：「躋于九陵。」孔穎達疏：「躋，升也。」

〔三〕時：原作「晴」，明活本、清本、《全唐詩》、《品彙》同。宋本、汲本作「時」。今從宋本。京華：意即京師。因京師爲政治、文化的中心，人才薈萃，故稱京華。這裏指長安。《文選·郭璞〈遊仙詩〉》：「京華遊俠窟，山林隱遁棲。」

〔四〕上苑：供帝王遊賞、狩獵的園林曰上苑。庾肩吾《九日侍宴樂遊園應令詩》：「獻壽重陽節，迴鑾上苑中。」

〔五〕郊：原作「門」，明活本、清本、《全唐詩》、《品彙》同。宋本、汲本作「郊」。今從宋本。

〔六〕千陌：明、清各本同，宋本作「行陌」，非。千陌也作「阡陌」、「仟佰」。《管子·四時》：「修封疆，正仟佰。」《漢書·召信臣傳》：「躬勸耕農，出入阡陌。」逗：原作「俯」，明、清各本同。宋本作「逗」。今從宋本。逗，曲行，見《集韻》。言田間小路彎曲通向人家。

〔七〕初地：佛家語。十地之第一地，即歡喜地。佛家認爲地乃生功德之義，其級有十，故稱十地。其第一地爲初地，即歡喜地。見《華嚴經·十地品》。王維《登辨覺寺》：「竹徑從初地，蓮峰出化城。」

〔八〕爲童句：襲用佛經意。《法華經·方便品》：「乃至童子戲，聚沙爲佛塔。」佛家因稱兒童時代爲聚沙之年。

〔九〕功德：佛家對誦經、念佛、齋戒、參拜、布施財物、修寺建廟等一切善事，統稱爲功德。

〔一〇〕道心：悟佛道之心。王建《題東華館》：「白髮道心熱，黄衣仙骨輕。」李端《寄廬山真上人》：「月明潭色澄空性，夜静猿聲證道心。」按：以上四句，宋本無。《品彙》有「累劫」二句。但無「一窺」二句。未詳孰是。

〔一一〕諸天：佛家語。李白《答族姪僧中孚贈玉泉仙人掌茶》：「朝坐有餘興，長吟播諸天。」王琦注：「佛書言：三界共有三十二天，自四天王天至非有想非無想天，總謂之諸天。」

〔一二〕空香：庾信《道士步虚詞》：「靈駕千尋上，空香萬里聞。」倪璠注云：「《武帝内傳》曰：『王母與上元夫人同乘而去，人馬龍虎道從音樂如初，而時雲彩鬱勃，盡爲香氣，極望西南，良久乃絶。』」逐：明、清各本及《品彙》作「送」。宋本作「逐」。今從宋本。

劉辰翁曰：盛麗高曠，佛地幻語無不具。

與崔二十一遊鏡湖寄包賀二公〔一〕

試覽鏡湖物〔二〕，中流見底清〔三〕。不知鱸魚味〔四〕，但識鷗鳥情〔五〕。帆得樵風送〔六〕，春逢穀雨晴。將探夏禹穴〔七〕，稍背越王城〔八〕。府掾有包子〔九〕，文章推賀生。滄浪醉後唱〔一〇〕，因子寄同聲〔一一〕。

〔一〕題目：明、清各本同。《英華》「二公」作「二子」。宋本「鏡湖」作「鏡湘」，「包賀二公」作「句賀」。「湘」當爲「湖」之誤；「句」當爲「包」之誤。崔二十一：名未詳。孟詩除本首外，尚有《夏日與崔二十一同集衛明府席》一詩，陶翰有《送崔二十一之上都序》一文，陶翰又有《送孟大〔六〕入蜀序》，則這位崔二十一當爲孟陶友好。包賀二公：未詳。○本詩當作於遊越期間，約在開元十九年前後。

〔二〕物：宋、明各本及《英華》同。清本作「水」。

〔三〕見：明活本、汲本、清本、《英華》同。宋本、《全唐詩》作「到」。

〔四〕鱸魚：宋、明、清各本同。《英華》作「蓴鱸」。鱸魚，爲魚中美味，其産於松江者尤佳。

〔五〕但識句：但識：宋、明、清各本同。《英華》作「但見」。《列子·黄帝》：「海上之人有好漚鳥者，每旦之海上，從漚鳥游，漚鳥之至者百住而不止。其父曰：『吾聞漚鳥皆從汝游，汝取來吾翫之。』明日之海上，漚鳥舞而不下也。」後世遂借以喻純樸真誠的相處和超脱塵俗的隱逸生活。

〔六〕樵風：《後漢書·鄭弘傳》：「鄭弘字巨君，會稽山陰人也。」李賢注：「孔靈符《會稽記》曰：『射的山南有白鶴山，此鶴爲仙人取箭。漢太尉鄭弘嘗采薪，得一遺箭，頃有人覓，弘還之。問何所欲，弘識其神人也，曰：常患若邪溪載薪爲難，願旦南風，暮北風。後果然。故若邪溪風至今猶然，呼爲鄭公風也。』」後世因稱順風曰樵風。

〔七〕將探：明活本、清本、《全唐詩》及《英華》同。宋本、汲本作「特尋」。《英華》「將探」之下無校記，可見校者所見宋本亦作「將探」，與今宋蜀刻本不同。夏禹穴：在今浙江紹興市會稽山上，傳説爲夏禹葬地。《史記·太史公自序》：「二十而南遊江淮上會稽，探禹穴。」裴駰集解：「張晏曰：『禹巡狩至會稽而崩，因葬焉，上有孔穴。民間云，禹入此穴。』」張守節正義：「《吳越春秋》云：『山中又有一穴，深不見底，謂之禹穴。』史遷云：『上會稽，探禹穴』，即此穴也。」

〔八〕越王城：《清一統志·浙江·紹興府》：「越王城在會稽縣東南會稽山上。《左傳·哀公元年》：吳入越，越子以甲楯五千保於會稽。《舊志》秦縣治此。」

〔九〕府掾：原作「府椽」。宋本作「守椽」，俱誤。明、清各本作「府掾」，據改。掾，副官屬吏的通稱，《玉篇》：「掾，公府掾史也。」

〔一〇〕滄浪：指《滄浪歌》，詳見《陪張丞相自松滋江東泊渚宫》注〔七〕。後：宋本、明、清各本及《英華》同。但《英華》「後」下校記云「集作從」，可見另一宋本作「從」。

〔一一〕子：明活本、汲本、清本及《英華》同。宋本、《全唐詩》作「此」。子，指崔二十一。同聲：《易·乾》：「同聲相應，同氣相求。」孔穎達疏：「同聲相應者，若彈宫而宫應，彈角而角動是也。」本指音樂上的共鳴，引申爲志趣相合，這裏指包、賀二公。

本闍黎新亭作〔一〕

八解禪林秀〔二〕，三明給苑才〔三〕。地偏香界遠〔四〕，心静水亭開。傍險山查立，尋幽石逕迴。瑞花長自下，靈藥豈須栽〔五〕。碧網交紅樹，清泉盡緑苔。戲魚聞法聚，閒鳥誦經來〔六〕。棄象玄應悟〔七〕，忘言理必該〔八〕。静中何所得，吟詠也徒哉。

〔一〕本：明活本同。《全唐詩》、清本、《品彙》作「來」。未詳孰是。闍（shé）黎：梵語，亦作「闍梨」、「阿闍梨」、「阿祇梨」、「阿遮梨」，僧徒之師。梵語本意爲軌範，謂其能糾正弟子的品德，使符佛家的要求。

〔二〕八解：佛家語，内在修養謂之禪定。禪定可以解脱人世間的束縛，共有八種，故稱八解。沈約《内典序》：「駕四禪之眇眇，汎八解之悠悠。」庾信《和同泰寺浮圖》：「庶聞八解樂，方遣六塵情。」

〔三〕三明：佛家語。佛家稱宿命明、天眼明、漏盡明爲三明。知自身他身宿世之生死相曰宿命明；知自身他身未來世之生死相曰天眼明；知現在之苦相，斷一切煩惱之智曰漏盡明。

〔四〕香界：佛家稱佛地有衆香國，其間樓閣園囿皆香，香氣周流十方無量世界，謂之香界。沈佺期《紹隆寺》：「香界縈北渚，花龕隱南巒。」

〔五〕靈藥：明活本、汲本、《全唐詩》、《品彙》同。清本作「靈臺」，誤。

〔六〕戲魚二句：王僧儒《春日寄鄉友》：「戲魚兩相顧，遊鳥半藏雲。」這裏化用其意，言水中之魚，天空之鳥，也都受到佛法的感召。法聚：佛教徒聚會講經稱曰法聚。

〔七〕棄象句：象爲表象之意，玄爲玄理之意。言棄去表象而玄理即得到徹悟。

〔八〕忘言：心領神會，無須用語言表達。《莊子·外物》：「筌者所以在魚，得魚而忘筌；蹄者所以在兔，得兔而忘蹄；言者所以在意，得意而忘言。」成玄英疏：「此合諭也。意，妙理也，夫得魚兔，本因筌蹄，而筌蹄實異魚兔。亦由玄理假於言説，言説實非玄理。魚兔得而筌蹄忘，玄理明而名言絶。」該：兼備。《廣韻》：「該，備也，咸也，兼也。」揚雄《太玄》：「萬物該兼。」

長安早春〔一〕

闗戍惟東井〔二〕，城池起北辰〔三〕。咸歌太平日，共樂建寅春〔四〕。雪盡青山樹〔五〕，冰開黑水濱〔六〕。草迎金埒馬〔七〕，花伴玉樓人。鴻漸看無數〔八〕，鶯歌聽欲頻。何當桂枝擢〔九〕，歸及柳條新〔一〇〕。

〔一〕題目：宋、明、清各本同。《英華》作張子容詩。《全唐詩》孟、張二集兩收。清人王壽昌《小清華園詩話》卷下引此詩亦作張子容詩，究爲誰作，存疑。此詩倘爲孟作，則當作於開元十七年正月。

〔二〕闗戍：宋、明、清各本同。《英華》作「開國」。東井：原作「東漢」。據毛校記元本作「東漢」。宋本、清本、《全唐詩》、《英華》作「東井」，是。東井，星名，即井宿，爲二十八宿之一。《詩·小雅·大東》「惟南有箕」，孔穎達疏：「鄭（玄）稱參旁有玉井，則井星在參東，故稱東井。」《漢書・高帝紀》：「元年冬十月，五星聚于東井。」顏師古注：「應劭曰：『東井秦之分野，五星所聚，其下當有聖人以義取天下。』」

〔三〕城池：明、清各本及《英華》同。宋本作「西城」，非。北辰：星名，即北極星。《爾雅・釋天》：「北極謂之北辰。」以其常在北方，地位不移，故人尊之。《論語・爲政》：「譬如北辰，居其所而衆星共（拱）之。」以上二句極言長安形勢，上應天宿。

〔四〕建寅：我國古代按北斗星斗柄在一年中移動的位置，分爲十二辰。建子爲十一月，建丑爲十二月，建寅爲正月。

〔五〕青山樹：宋、明、清各本同。汲本作「春山樹」。《英華》作「黄山樹」。

〔六〕黑水：黑水之名，最早見《禹貢》，説法不一。一説即怒江上游，一説即今瀾滄江。今甘肅省亦有黑水，黑龍江亦有黑水之稱。這些都與長安距離甚遠。故李夢陽對此句亦提出異議，認爲「黑水亦遠」。則此句當爲泛指，言河冰初開，水呈碧色，故言黑水。

〔七〕金埒（liè）：埒，本指馬射場四周的圍牆，因亦指馬射場。《世説新語・汰侈》：「王武子（王濟）被責，移第北邙下。于時，人多地貴，濟好馬射，買地作埒，編錢匝地，竟埒，時人號曰金溝。」劉孝標注：「溝一作埒。」庾信《謝滕王賚馬啓》：「張敞畫眉之暇，直走章臺；王濟飲酒之歡，馬驅金埒。」

〔八〕鴻漸：《易・漸》：「鴻漸于干。」孔穎達疏：「鴻，水鳥也。干，水涯也。漸進之道，自下升高，故取譬鴻飛自下而上也。初之始進，未得禄位，上無應援，體又窮下，若鴻之進于河之干，不得安寧也。故曰鴻漸于干也。」後世多用爲仕進之意，本詩語意雙關。

〔九〕桂枝擢：明活本、汲本、清本、《英華》同。宋本、《全唐詩》作「遂榮擢」。桂枝擢，即科舉中式。《晉書·郤詵傳》：「武帝於東堂會送，問詵曰：『卿自以爲何如？』詵對曰：『臣舉賢良對策，爲天下第一，猶桂林之一枝，昆山之片玉。』帝笑。」後世遂以折桂、擢桂稱科舉及第。

〔一〇〕歸：宋、明、清各本同。《英華》作「還」。

秦中苦雨思歸贈袁左丞賀侍郎〔一〕

爲學三十載〔二〕，閉門江漢陰〔三〕。明敭逢聖代〔四〕，羈旅屬秋霖〔五〕。豈直昏墊苦〔六〕，亦爲權勢沉〔七〕。二毛催白髮，百鎰罄黄金〔八〕。淚憶峴山墮〔九〕，愁懷襄水深〔一〇〕。謝公積憤懣〔一一〕，莊舄空謡吟〔一二〕。躍馬非吾事〔一三〕，狎鷗真我心〔一四〕。寄言當路者，去矣北山岑〔一五〕。

〔一〕題目：明活本、汲本、《全唐詩》同。清本無「賀侍郎」三字。宋本作「答秦中苦雨思歸而袁左丞賀侍郎」，「而」字不通，誤。《英華》作「答秦中苦雨思歸贈袁中丞賀侍御」。袁左丞賀侍郎：未詳。○本詩作於居長安應舉時期，當開元十七年秋。

〔二〕爲：明活本、清本、《英華》同。宋本、汲本、《全唐詩》作「苦」。

〔三〕江漢陰：指襄陽。水南曰陰，襄陽在漢江之南，故稱江漢陰。

〔四〕明數句：明活本、《英華》同。清本「逢」作「遭」。宋本、《全唐詩》作「用賢遭聖日」。汲本作「明賢遭聖日」。《英華》「明敭逢」下校記云：「集作明賢遭」，可見周必大等所見宋本作「明賢遭聖代」。「用」蓋形近而誤。據孟浩然的情況看，當以「明敭」爲恰。明敭：亦作「明揚」，選舉、選拔之意。《梁書·庾詵傳》：「明敭振滯，爲政所先；旌賢求士，夢佇斯急。」

〔五〕屬：注。《儀禮·士昏禮》：「酌玄酒，三屬于尊。」鄭玄注：「屬，注也。」這裏表示雨大，如水之下注。

〔六〕豈：宋、明、清各本同。《英華》作「匪」。昏墊：迷惘、陷溺。《書·益稷》：「洪水滔天，浩浩懷山襄陵，下民昏墊。」孔安國傳：「言天下民昏瞀墊溺，皆困水災。」此句應題目之「苦雨」。

〔七〕權勢：宋本、明活本、汲本、《全唐詩》、《英華》同。據毛校記元本作「豪勢」。清本亦作「豪勢」。意通。

〔八〕鎰：古以二十兩或二十四兩爲鎰。《國語·晉語二》：「黄金四十鎰。」韋昭注：「二十兩爲鎰。」《孟子·公孫丑下》：「饋七十鎰而受。」趙岐注：「古者以一鎰爲一金，一金爲二十四兩也。」百鎰言錢多，本句言旅居長安日久，金錢用盡。

〔九〕墮：宋、明、清各本同。《英華》作「墜」。峴山：在今湖北襄樊市東南。詳《登鹿門山懷古》

注〔三〕。句法倒裝，意爲憶峴山而淚墮。

〔一〇〕襄水：原作「湘水」，宋、明、清各本同。《英華》作「襄水」，「襄」下無校記，可見周必大所據宋本亦作「襄水」。今從《英華》。「湘水」雖亦可講通，但究不若「襄水」更符合浩然實際也。

〔一一〕謝公句：謝公，指謝靈運，謝玄之孫。少好學，博覽羣書，文章之美，江左莫逮。襲封康樂公。宋代晉後，起爲散騎常侍，轉太子左衛率。自謂才能宜參權要，既不見知，常懷憤懣。

〔一二〕莊舄句：莊舄：明活本、清本、《全唐詩》、《英華》同。宋本、汲本作「履舄」。《英華》「莊舄」之下無校記，可見周必大等所見宋本亦作「莊舄」。莊舄，戰國時越人，仕於楚，病中思越而吟越聲。《史記·陳軫傳》：「陳軫適至秦，惠王曰：『子去寡人之楚，亦思寡人不？』陳軫對曰：『王聞夫越人莊舄乎？』王曰：『不聞。』曰：『越人莊舄仕楚執珪，有頃而病，楚王曰：舄故越之鄙細人也，今仕楚執珪，貴富矣，亦思越不？中謝（索隱：謂侍御之官）對曰：凡人之思故，在其病也，彼思越則越聲，不思越則楚聲。使人往聽之，猶尚越聲也。今臣雖棄逐之楚，豈能無秦聲哉！』」用此典表示思鄉。

〔一三〕躍馬：騎馬馳騁，常用以比喻富貴得志。《史記·蔡澤列傳》：「蔡澤笑謝而去，謂其御者曰：『吾持粱刺齒肥，躍馬疾驅，懷黄金之印，結紫綬於要，揖讓人主之前，食肉富貴，四十三年足矣。』」本詩即指做官。

〔一四〕真：明活本、清本、《英華》同。宋本、汲本、《全唐詩》作「宜」。查《英華》「真」字下無校記，可見周必大等所見宋本亦作「真」。「真」、「宜」俱通。狎鷗：親近鷗鳥，此借指隱逸生活，詳《與崔二十一遊鏡湖寄包賀二公》注〔五〕。

〔五〕北山：宋、明、清各本同。《英華》作「此山」，上文並未言山，「此山」無據，非是。北山蓋指萬山，其《秋登萬山寄張五》云：「北山白雲裏，隱者自怡悅。」

陪張丞相登荆城樓因寄薊州張使君及浪泊戍主劉家〔一〕

薊門天北畔〔二〕，銅柱日南端〔三〕。出守聲彌遠，投荒法未寬〔四〕。側身聊倚望，攜手莫同懽。白璧無瑕玷，青松有歲寒〔五〕。府中丞相閣，江上使君灘〔六〕。興盡迴舟去，方知行路難〔七〕。

〔一〕題目：「荆城樓」原作「荆州城樓」，「薊州」原作「蘇臺」。明活本同。宋本、汲本「薊州」作「荆州」，無「及浪泊戍主劉家」七字。清本「荆城樓」亦作「荆州城樓」，無「薊州」和「及浪泊戍主劉家」等字。今依《全唐詩》。張丞相：指張九齡，詳《從張丞相紀南城獵戲贈裴迪張參軍》注〔一〕。薊州：秦漢爲漁陽郡，唐開元十八年分幽州之漁陽、三河、玉田三縣地置薊州，治所漁陽，當今河北薊縣。浪泊：地名，唐屬嶺南道安南都護府。《後漢書·馬援傳》：「拜援伏波將軍，以扶樂侯劉隆爲副，督樓船將軍段志等南擊交阯。……十八年春，軍至浪泊上，與賊戰，破之。」○本詩約作於開元二十五六年間，浩然晚年時期。

〔二〕薊門：宋本作「荆州」，誤。薊門，亦稱薊丘，在唐代幽州治所薊縣（即今北京市）城外。這裏蓋泛指幽州、薊州一帶，因在中國北部，故稱「天北畔」，正扣題目之薊州。

〔三〕銅柱：馬援征交趾時所立，約在今越南榮市以南。《後漢書·馬援傳》：「援將樓船大小二千餘艘，戰士二萬餘人，進擊九真賊徵側餘黨都羊等，自無功至居風，斬獲五千餘人，嶠南悉平。」李賢注引《廣州記》曰：「援到交阯，立銅柱，爲漢之極界也。」因其在唐朝之南界，故稱「南端」。此句扣題目之浪泊。

〔四〕投荒：宋本作「收荒」，誤。貶謫流放於荒遠之地曰投荒。獨孤及《爲明州獨孤使君祭員郎中文》：「公負讜投荒，予亦左衽異域。」以上二句，上句蓋指薊州張使君，下句蓋指戍主劉家。

〔五〕青松句：《論語·子罕》：「歲寒然後知松柏之後彫也。」

〔六〕使君灘：《水經注·江水》：「又東徑羊腸虎臂灘。楊亮爲益州，至此舟覆，懲其波瀾，蜀人至今猶名之爲使君灘。」據此則使君灘本在四川，這裏借用。

〔七〕行路難：明活本、清本、《全唐詩》同。宋本、汲本作「玆路難」。樂府歌辭有《行路難》。《樂府詩集·雜曲歌辭·行路難》題解：「《樂府解題》曰：『《行路難》，備言世路艱難及離別悲傷之意。』」這裏是借用。

荊門上張丞相〔一〕

共理分荊國〔二〕，招賢愧楚材〔三〕。《召南》風更闡〔四〕，丞相閣還開。覿止欣眉睫〔五〕，沉淪拔草萊〔六〕。坐登徐孺榻〔七〕，頻接李膺杯〔八〕。始慰蟬鳴柳〔九〕，俄看雪間梅。四時年籥盡〔一〇〕，千里客程催。日下瞻歸翼〔一一〕，沙邊厭曝鰓〔一二〕。佇聞宣室召〔一三〕，星象列三台〔一四〕。

〔一〕張丞相：指張九齡。詳《從張丞相遊紀南城獵戲贈裴迪張參軍》注〔一〕。○此詩作於晚年時期，約在開元二十六年。

〔二〕荊國：指荊州。開元二十五年（七三七）四月，張九齡貶爲荊州大都督府長史。

〔三〕楚材：宋、明、清各本同。《全唐詩》作「不材」。招賢：《舊唐書·孟浩然傳》：「張九齡鎮荊州，署爲從事。」招賢蓋指此事。楚材：楚國的人材。愧：表示自謙。

〔四〕召南：本《詩經》十五國風之一，這裏實指《召南·甘棠》。毛傳云：「《甘棠》，美召伯也。召伯之教，明於南國。」孔穎達疏：「武王之時，召公爲西伯，行政於南土，決訟於小棠之下，其教著明於南國，愛結於民心，故作是詩以美之。」這裏借美召伯之詩以美張九齡。

〔五〕覿止：覿，遇見。止，語辭。《詩·召南·草蟲》：「亦既覿止，我心則降。」毛傳：「止，辭也。」

覯，遇。」

〔六〕草萊：本指雜草、荒野之田，這裏借作未出仕之人。拔：提拔，選拔。

〔七〕徐孺榻：《後漢書·徐穉傳》：「徐穉字孺子，豫章南昌人也。家貧，常自耕稼，非其力不食。恭儉義讓，所居服其德。屢辟公府，不起。時陳蕃爲太守，以禮請署功曹，穉不免之，既謁而退。蕃在郡不接賓客，唯穉來特設一榻，去則縣（懸）之。」徐孺即徐孺子，因詩體字數限制，故省。

〔八〕李膺杯：《後漢書·李膺傳》：「是時朝庭日亂，綱紀頹阤，膺獨持風裁，以聲名自高。士有被其容接者，名爲登龍門。」接李膺杯，即受李膺容接之意。陳蕃、李膺俱東漢名臣，這裏用以比張九齡的禮賢下士，尊重人才。

〔九〕蟬鳴柳：明、清各本同。宋本作「蟬鳴稻」。

〔一〇〕年籥：明活本、清本、《全唐詩》同。宋本、汲本作「云籥」，非。年籥，記時牌，因以表示時間。《説文》：「籥，書僮竹笘也。」段玉裁注：「笘下曰：潁川人名小兒所書寫爲笘。按笘謂之籥，亦謂之觚，蓋以白墡染之可拭去再書者。」猶如我們今天的臨時記事牌。年籥，用以記年。

〔一一〕歸翼：意猶歸鳥。白居易《感秋寄遠》：「燕影動歸翼，蕙香銷故叢。」此時作者已有歸鄉之意。

〔一二〕曝鰓：《藝文類聚》九六引《三秦記》：「河津，一名龍門，大魚集龍門下數千，不得上，上者爲龍，不上者（下有脱文），故云曝鰓龍門。」因用曝鰓以喻人之困頓。《南史·何敬容傳》：「曝鰓之魚，不念杯酌之水。」

〔三〕宣室：漢未央宫有宣室殿。《史記·賈生列傳》：「後歲餘，賈生徵見。孝文帝方受釐，坐宣室，上因感鬼神事，而問鬼神之本。」

〔四〕列三台：原作「復中台」，宋本作「列三台」，據改。三台，星名。古人往往用天文以象人事。《晉書·天文志》：「三台六星，兩兩而居，起文昌，列抵太微。一曰天柱，三公之位也，在人曰三公，在天曰三台，主開德宣符也。西近文昌二星曰上台，爲司命，主壽；次二星曰中台，爲司中，主宗室；東二星曰下台，爲司禄，主兵，所以昭德塞違也。」張九齡《故刑部李尚書挽歌詞》之二：「宿昔三台踐，榮華駟馬歸。」以上二句，有祝願張九齡再度執政之意。

和宋大使北樓新亭〔一〕

返耕意未遂，日夕登城隅。誰謂山林近〔二〕，坐爲符竹拘〔三〕。麗譙非改作〔四〕，軒檻是新圖〔五〕。遠水自嶓冢〔六〕，長雲吞具區〔七〕。願隨江燕賀〔八〕，羞逐府寮趨〔九〕。欲識狂歌者〔一〇〕，丘園一豎儒〔一一〕。

〔一〕題目：「大使」原作「太史」。明、清各本同。《英華》作「和宋大使北樓新亭」。宋本「新」下誤奪一「亭」字。今從《英華》。大使：唐初特派巡視各地的使節稱大使，後節度使有節度大使之稱。這裏蓋指高級地方長官。宋大使，未詳。

〔二〕誰謂：宋、明、清各本同。《全唐詩》、《英華》作「誰道」。

〔三〕坐爲：明活本、清本、《全唐詩》、《英華》同。宋本、汲本作「半爲」。符竹：漢代朝廷對郡守傳達命令用符，符多爲竹製，因之後世常用符竹以代郡守或刺史。張九齡《巡屬縣道中》：「短才濫符竹，弱歲起柴荆。」

〔四〕麗譙：《漢書·陳勝傳》：「（勝、廣）攻陳，陳守令皆不在，獨守丞與戰譙門中。」顔師古注：「譙門，謂門上爲高樓以望者耳。樓一名譙，故謂美麗之樓爲麗譙。」這裏指北樓新亭。

〔五〕軒檻：樓房前面的欄杆。王粲《登樓賦》：「憑軒檻以遥望兮，向北風而開襟。」

〔六〕嶓冢：山名，在山南西道梁州興州境，當今陝西寧强縣，爲漢水之源。《清一統志·陝西·漢中府》：「嶓冢山在寧羌州北。《禹貢》：『岷嶓既藝。』又『導嶓冢，至于荆山。』《水經注》：『《漢中記》曰：嶓冢以東，水皆東流，嶓冢以西，水皆西流，即其地勢源流所歸，故俗以嶓冢爲分水嶺。』《魏書·地形志》：華陽郡嶓冢縣有嶓冢山，漢水出焉。』《元和志》：『嶓冢山在金牛縣東二十八里。』」

〔七〕具區：湖名，即今太湖。《爾雅·釋地》：「吴越之間有具區。」郭璞注：「今吴縣南太湖。」

〔八〕願隨：明活本、清本、《英華》、《全唐詩》同。宋本、汲本作「願爲」。江燕：宋本、明活本、汲本、《英華》、《全唐詩》同。據毛校記元刻本作「江鷁」。清本蓋依元本。儲光羲《京口題崇上人山亭》：「嗷嗷海鴻聲，軒軒江燕翼。」劉禹錫《望夫山》：「江燕不能傳遠信，野花空解妒愁顏。」

〔九〕 差逐：宋、明各本及《全唐詩》、《英華》同。清本作「差逐」，非。府寮：宋、明、清各本及《英華》同。《全唐詩》寮作「僚」，通。

〔一〇〕 狂歌者：明活本、《全唐詩》、《英華》同。宋本、汲本、清本作「狂歌客」。

〔一一〕 丘園：即丘墟與園圃。《易·賁》：「賁于丘園。」孔穎達疏：「丘謂丘墟，園謂園圃。唯草本所生，是質素之處，非華美之所。」後世多用以指隱逸之所。豎儒：豎本義爲僮僕，帶有鄙賤之意。《史記·留侯世家》：「漢王輟食吐哺，駡曰：『豎儒，幾敗而公事！』」此乃自謙之辭。

夜泊宣城界〔一〕

西塞沿江島，南陵問驛樓〔二〕。湖平津濟闊〔三〕，風止客帆收。去去懷前浦〔四〕，茫茫泛夕流。石逢羅刹礙〔五〕，山泊敬亭幽〔六〕。火識梅根冶〔七〕，煙迷楊葉洲。離家復水宿〔八〕，相伴賴沙鷗〔九〕。

〔一〕 題目：宋本、明活本、汲本、《全唐詩》、《詩選》同。清本、《品彙》無「夜」字，據毛校記元本亦無「夜」字，則清本、《品彙》蓋來自元本。《英華》作「旅行欲泊宣州界」。宣城：《元和郡縣志·

江南西道·宣州》：「宣城縣本漢宛陵縣，屬丹陽郡。後漢順帝置，至晉屬宣城郡，隋自宛陵移於今理。」即今安徽宣城縣。唐代常用宣城以指宣州。

〔二〕南陵：唐南陵縣屬江南西道宣州，即今安徽南陵縣。《元和郡縣志·江南西道·宣州》：「南陵縣本漢春穀縣地，梁於此置南陵縣，仍於縣理置南陵郡。隋平陳，廢郡，縣屬宣州。」驛樓：驛站上供人歇宿的樓房。杜甫《通泉驛》：「驛樓衰柳側，縣郭輕煙畔。」

〔三〕湖平：原作「潮平」，明活本、汲本同。《英華》、《詩選》、《品彙》、《全唐詩》、清本作「湖平」，據改。宋本作「平湖」，根據下句「風止」看，蓋二字倒置。津濟：《新唐書·百官志一》：「水部郎中、員外郎各一人，掌津濟、船艫、渠梁、堤堰、溝洫、漁捕、運漕、碾磑之事。」則津濟與津渡意同。

〔四〕前浦：明、清各本及《英華》、《詩選》、《品彙》同。宋本作「前事」。

〔五〕羅刹：佛經中惡鬼之通稱，因以指凶惡可畏。這裏指石之狀。

〔六〕敬亭：山名，在宣城城外。《元和郡縣志·江南西道·宣州》：「敬亭山，州北十二里，即謝朓賦詩之所。」《清一統志·安徽·寧國府》：「敬亭山在宣城縣北，一名昭亭山。《隋書·地理志》：『宣城有敬亭山。』……《舊志》：『一名查山，高數百丈，東臨宛句二水，南府城闉，千巖萬壑，爲近郭名勝。』」

〔七〕火識：原作「火熾」，明活本、清本、《英華》、《詩選》、《品彙》同。宋本、汲本、《全唐詩》作「火識」，與下句「煙迷」對，改從宋本。梅根冶：亦稱梅根監，即今安徽梅埂。《元和郡縣志·江南西道·宣州》：「梅根監在縣（南陵）西一百三十五里。梅根監並宛陵監每歲共鑄錢五萬貫。」《讀史方輿紀要·池州府·貴池縣》：「梅根監，府東五十里，亦名梅根冶。自六朝以來，皆鼓鑄於此。」

〔八〕離家：宋、明、清各本、《英華》、《詩選》、《品彙》同。惟汲本作「誰家」，非。

〔九〕沙鷗：宋、明、清各本及《詩選》、《品彙》同，惟《英華》作「江鷗」。以上二句，極言旅行孤寂。

劉辰翁曰：不必某處、某人，景外語、語外意，平生往往失之。

奉先張明府休沐還鄉海亭宴集探得階字〔一〕

自君理畿甸〔二〕，余亦經江淮〔三〕。萬里音書斷〔四〕，數年雲雨乖〔五〕。歸來休澣日〔六〕，始得賞心諧。朱紱恩雖重〔七〕，滄洲趣每懷〔八〕。樹低新舞閣〔九〕，山對舊書齋〔一〇〕。何以發秋興〔一一〕，陰蟲鳴夜階〔一二〕。

〔一〕題目：原無「探得階字」四字，明活本同。據宋本、汲本、《全唐詩》、《英華》補。清本無「奉先」及「探得階字」，又「海亭宴集」作「宴海亭」。奉先：縣名，唐屬京畿道京兆府，當今陝西蒲城縣。張明府：張子容時爲奉先縣令，故稱明府。參看《晚春臥疾寄張八子容》注〔一〕。休沐：

休息沐浴，猶今之休假，古代官吏有休沐之制。○此詩作於吴越歸來之後的一二年間，約在開元二十三年前後。

〔二〕畿甸：古稱天子所領之地曰畿，王畿外圍千里之内曰甸服。後世因泛指國都附近地區曰畿甸。奉先縣在長安附近，故稱畿甸。

〔三〕江淮：泛指吴越。孟浩然遊歷吴越之時，曾於永嘉上浦館與張子容會面，後，在那裏住了一段時間。二人離别之後張入京，即爲奉先縣令。孟即溯江回襄陽，故稱「經江淮」。

〔四〕音書：原作「音信」，汲本同。宋本、《英華》作「音書」。今從宋本。明活本、清本、《全唐詩》作「書信」，意同。

〔五〕雲雨：本用以比喻恩澤，這裏比喻感情、交往。

〔六〕休澣：意同休沐。

〔七〕朱紱：明、清各本及《全唐詩》同。《英華》作「朱綬」。宋本作「先綬」。《英華》「綬」下校記云：「集作綬」，可見周必大等所見宋本作「朱綬」。「先」乃「朱」之誤，「綬」乃「紱（綬）」之誤。朱紱，繫珮玉或印章的絲帶。《文選·曹植〈求自試表〉》：「是以上慚玄冕，俯愧朱紱。」李善注：「諸侯佩山玄玉而朱組綬。《蒼頡篇》曰：『紱，綬也。』」這裏朱紱借指做官。恩：原作「心」，宋、明、清各本及《英華》俱作「恩」，據改。

〔八〕滄洲：濱水之地曰滄洲，常用以指隱士所居。詳《歲暮海上作》注〔八〕。

〔九〕新舞閣：張子容做官以後在故鄉所建的舞閣，故稱新舞閣，疑即海亭。

〔一〇〕舊書齋：張子容曾隱居襄陽城南之白鶴巖，舊書齋蓋指其過去的書房。

〔一一〕秋興：原作「佳興」。宋、明、清各本及《英華》俱作「秋興」，據改。

〔一二〕陰蟲：蟋蟀。《文選·顏延年〈夏夜呈從兄散騎車長沙〉》：「夜蟬當夏急，陰蟲先秋聞。」

同張明府碧溪贈答〔一〕

別業聞新製〔二〕，同聲應者多〔三〕。還看碧溪答，不羨綠珠歌〔四〕。自有陽臺女〔五〕，朝朝拾翠過〔六〕。綺筵鋪錦繡〔七〕，妝牖閉藤蘿〔八〕。秋滿休閒日〔九〕，春餘景氣和〔一〇〕。仙鳧能作伴〔一一〕，羅襪共淩波〔一二〕。曲島尋花藥〔一三〕，迴潭折芰荷。更憐斜日照，紅粉艷青娥〔一四〕。

〔一〕題目：明、清各本同。宋本無「贈」字。據毛校記元刻亦無「贈」字。張明府：即奉先縣令張子容。詳前詩注〔一〕及《晚春臥疾寄張八子容》注〔一〕。溪：原作「谿」，明代各本同。宋本、清本、《全唐詩》俱作「溪」。今從宋本。○此詩蓋作於開元二十三年前後，與前詩同一時期。

〔二〕別業：古稱別墅爲別業。《文選·石崇〈思歸引序〉》：「晚節更樂放逸，篤好林藪，遂肥遁於河陽別業。……尋覽樂篇，有《思歸引》，倘古人之情，有同於今，故制此曲。此曲有絃無歌，今爲作歌辭，以述余懷。」二句正用其事。張子容新建舞閣，經常在這裏作樂唱歌。新製：指新製的歌曲。

〔三〕應：原作「和」，汲本、《全唐詩》同。宋本、明活本、清本作「應」。今從宋本。

〔四〕緑珠：晉石崇的歌妓，善吹笛。《世説新語·仇隙》：「孫秀既恨石崇不與緑珠。」劉孝標注：「干寶《晉紀》曰：『石崇有妓人緑珠，美而工笛。』」

〔五〕陽臺女：即巫山神女。詳《送王七尉松滋得陽臺雲》注〔二〕。

〔六〕拾翠：婦女拾取翠鳥羽毛以爲首飾。曹植《洛神賦》：「或采明珠，或拾翠羽。」紀少瑜《遊建興苑》：「踟蹰憐拾翠，顧步惜遺簪。」（見《初學記》卷二四）

〔七〕綺筵：原作「舞庭」。明活本作「舞筵」。宋本、汲本、清本作「綺筵」，據改。本句言筵席裝飾富麗。

〔八〕牖：宋、明、清各本同，惟明活本作「牗」，誤。藤：明、清各本同。宋本作「滕」，非。本句寫環境優美。

〔九〕秋滿：宋本、明活本、汲本同。清本、《全唐詩》作「秩滿」。據毛校記元本亦作「秩滿」。兩者相較，似以秩滿爲佳，或係後人所改。

〔一〇〕景氣：原作「景色」，明活本、清本同。宋本、汲本、《全唐詩》作「景氣」，據改。

〔一一〕仙鳧：傳説後漢葉縣令王喬每乘雙鳧入都，故稱仙鳧。《後漢書·王喬傳》：「王喬者，河東人也。顯宗世，爲葉令。喬有神術，每月朔望，常自縣詣臺朝。帝怪其來數，而不見車騎，密令太史伺望之。言其臨至，輒有雙鳧從東南飛來。於是候鳧至，舉羅張之，但得一隻舃焉。」因王喬爲縣令，後世多用於縣令。

〔二〕羅襪句：羅襪，用羅製成之襪。凌波，在水上行走。《文選·曹植〈洛神賦〉》：「體迅飛鳧，飄忽若神。凌波微步，羅襪生塵。」李善注：「凌波而襪生塵，言神人異也。」本指洛神之體態、行動、服飾，本詩借指舞妓。

〔三〕曲島：原作「別島」。明活本、清本同。宋本、汲本、《全唐詩》作「曲島」，據改。

〔四〕青娥：少女。江淹《水上神女賦》：「青娥羞豔，素女慙光。」

贈蕭少府〔一〕

上德如流水〔二〕，安仁道若山〔三〕。聞君秉高節〔四〕，而得奉清顏〔五〕。鴻漸昇台羽〔六〕，牛刀列下班〔七〕。處腴能不潤，居劇體常閒。去詐人無諂〔八〕，除邪吏息姦。欲知清與潔，明月在澄灣〔九〕。

〔一〕少府：縣尉之別稱。蕭少府，其人未詳。

〔二〕如流水：宋、明、清各本同。《英華》作「流如水」，非。《道德經》八章：「上善若水，水善利萬物而不爭。」上德：最高的道德。《道德經》三十八章：「上德不德，是以有德。」本詩言有最高道德的人就像水一樣，雖然滋潤了萬物，但並不贊許自己的功勞。

〔三〕安仁：《論語·里仁》：「仁者安仁，知者利仁。」包曰：「惟性仁者自然體之，故謂安仁。」以上兩句是對蕭少府的稱贊。

〔四〕高節：高尚的節操。《莊子·讓王》：「高節戾行，獨樂其志，不事於世。」

〔五〕而得：明活本、汲本、清本、《英華》同。宋本作「爲得」。清顏：顏，容顏；清，敬辭。《梁書·孔休源傳》：「不期忽覯清顏，頓祛鄙吝，觀天披霧，驗之今日。」

〔六〕鴻漸：《易·漸》：「鴻漸于干。」孔穎達疏：「鴻，水鳥也；干，水涯也。漸進之道，自下升高，故取譬鴻飛，自下而上也。」後世因用爲仕進之喻。台羽：宋、明、清各本及《英華》同。《全唐詩》作「儀羽」。「台」、「儀」音同，可通。《易·漸》：「鴻漸于陸，其羽可以爲儀。」

〔七〕牛刀：割牛之刀，借喻大材。《論語·陽貨》：「子之武城，聞絃歌之聲，夫子莞爾而笑曰：『割雞焉用牛刀！』」下班：明、清各本及《英華》同。宋本作「上班」，非。下班，指官職低下。蕭某爲縣尉，故稱。

〔八〕許：宋、明、清各本及《全唐詩》同。《英華》作「許」，誤。諂：原作「謟」，宋、明各本同，誤。清本、《全唐詩》作「諂」，據改。

〔九〕在：宋、明各本及《英華》同。清本、《全唐詩》作「照」。二字均通，從詩的意境上講，「照」字較佳，或係後人所改。此句乃比喻之辭，言其至清至潔。

施閏章《蠖齋詩話·詩用而字》:「結廬在人境,而無車馬喧」,陶公偶然入妙;次之「孰是都不營,而以求自安」,便下一格。……浩然「聞君重高節,而得奉清歡」,稍覺索然。

同王九題就師山房〔一〕

晚憩支公寺〔二〕,故人逢右軍〔三〕。軒窗避炎暑〔四〕,翰墨動新文〔五〕。竹閉窗裏日〔六〕,雨隨堦下雲。周遊清陰遍〔七〕,吟卧夕陽曛。江静棹歌歇〔八〕,溪深樵語聞。歸途未忍去,攜手戀清芬〔九〕。

〔一〕王九:王迥,行九,號白雲先生,爲浩然好友。詳《登江中孤嶼贈白雲先生王迥》注〔一〕。

〔二〕支公:指晉僧支遁。後世「支公」成爲對僧人的尊稱,這裏即用以尊稱就師。參看《還山貽湛法師》注〔七〕。寺:明、清各本作「室」。宋本作「房」,於韻律不合。《英華》作「寺」。今從《英華》。

〔三〕右軍:王羲之(三〇三—三六一),晉瑯琊臨沂人,官右軍將軍,故習稱王右軍。工書法,臨池學書,池水爲之變黑。書法冠古今,世稱書聖。能詩善賦,尤工散文。因就師擅書,故以王羲之借喻。

〔四〕軒窗:明活本、清本、《全唐詩》、《英華》同。宋本、汲本作「軒空」。

〔五〕翰墨：筆墨。《文選·張衡〈歸田賦〉》：「揮翰墨以奮藻，陳三王之軌模。」新文：明活本、清本、《全唐詩》、《英華》同。宋本、汲本作「斯文」，今從《英華》。新文，新的作品。《南史·謝方明傳附惠連傳》：「靈運見其新文，每曰：『張華重生，不能易也。』」此指新的書法作品。

〔六〕竹閉句：宋本、汲本、《英華》同。明活本、清本、《全唐詩》作「竹蔽簷前日」。句下原注「一作竹蔽簷前日」。據周必大等校勘記云：「集作竹蔽簷前日」，可見周必大等所見宋本與蜀刻不同。

〔七〕周遊：原作「同遊」，明活本、汲本、清本同。《全唐詩》、《英華》作「周遊」。今從《英華》。宋本作「周旋」，「旋」蓋「遊」之誤。

〔八〕静：明清各本、《全唐詩》及《英華》同。宋本作「浄」。棹歌：宋、明、清各本及《全唐詩》同。《英華》作「榜歌」。

〔九〕清芬：喻品德高潔。《文選·陸機〈文賦〉》：「詠世德之駿烈，誦先人之清芬。」這裏用以喻就師之品德。

上張吏部〔一〕

公門世緒昌〔二〕，才子冠裴王〔三〕。出自平津邸〔四〕，還爲吏部郎〔五〕。神仙餘氣色〔六〕，列宿炳輝光〔七〕。夜直南宫静〔八〕，朝趨北禁長〔九〕。時人窺水鏡〔一〇〕，明主賜衣裳。翰苑飛鸚鵷，天池待鳳凰〔一二〕。

〔一〕張吏部：當即張均。本詩亦載《盧象集》，題名《贈張均員外》，故應爲張均。此詩究爲盧象作抑孟浩然作，因證據不足，闕疑。

〔二〕公門：公署之門，泛稱公門，猶後世之稱衙門。張均爲張説長子，初任太子通事舍人，遷主爵郎中，開元十七年任中書舍人。父亡，襲封燕國公。所以説「世緒昌」。

〔三〕裴王：王、謝、裴諸姓爲六朝時代望族大姓，出了不少政治家、文學家。

〔四〕出自：原作「自出」，據宋本改。平津邸：漢公孫弘爲丞相封平津侯，於是起客館、開東閣以延賢人。因以平津館或平津邸作爲高官納賢之典故。《文選·陸厥〈奉答内兄希叔〉》：「出入平津邸，一見孟嘗尊。」

〔五〕郎：唐代各部尚書之下有侍郎、郎中一類官職。

〔六〕餘：多，饒。《説文》：「餘，饒也。」氣色：宋本、明活本、汲本同。清本作「氣象」。

〔七〕列宿：猶衆星。《史記·天官書》：「天則有列宿，地則有州域。」炳：原作「動」，明活本、清本同。宋本、汲本作「炳」，據改。炳，光明，用作動詞，意猶發（光）。《説文》：「炳，明也。」以上二句，用比喻手法，形容張吏部的儀表風神。劉辰翁評此二語曰：「其形容人物語如此，不覺其俗，彌見其高。」

〔八〕夜直句：明、清各本同。宋本作「夜入南宮近」。南宮：本星宿之名，漢用以比擬尚書省。《後漢書・鄭弘傳》：「建初初，爲尚書令。……弘前後所陳有補益王政者，皆著之南宮，以爲故事。」

〔九〕趨：明、清各本同。宋本作「遊」，誤。北禁：古人稱宮殿爲禁，因其坐北向南，故稱北禁。宋之問《秋蓮賦》：「西城祕掖，北禁仙流，見白露之先降，悲紅蕖之已秋。」

〔一〇〕水鏡：水鏡二物，清澈明淨，借指清明之人。《晉書・樂廣傳》：「（尚書令衛瓘）命諸子造（樂廣）焉，曰：『此人之水鏡，見之瑩然，若披雲霧而覩青天也。』」

〔一一〕天池：寓言中的海。《莊子・逍遥游》：「是鳥也，海運則將徙於南冥，南冥者，天池也。」以上兩句乃比喻之辭，用鳥以喻人。

和于判官登萬山亭因贈洪府都督韓公〔一〕

韓公美襄土〔二〕，日賞城西岑〔三〕。結構意不淺〔四〕，巖潭趣轉深〔五〕。皇華一動詠〔六〕，荆國幾謡吟〔七〕。舊徑蘭勿翦，新堤柳欲陰。砌傍餘恠石，沙上有閒禽。自牧豫章郡〔八〕，空瞻楓樹林。因聲寄流水，善聽在知音〔九〕。耆舊眇不接〔一〇〕，崔徐無處尋〔一一〕。物情多貴遠，賢俊豈無今〔一二〕。遲爾長江暮，澄清一洗心。

〔一〕于判官：宋本、汲本、清本、《全唐詩》作「張判官」。明活本作「趙判官」。未詳孰是。洪府都督韓公：汲本、《全唐詩》同。宋本作「洪府都曹韓」。明活本、清本作「韓都督」。參看《送韓使君除洪州都督》注〔一〕。萬山：在襄陽西北。詳《秋登萬山寄張五》注〔一〕。○本詩當作於開元二十四五年間，浩然晚年期間。

〔二〕韓公：韓朝宗，京兆長安人，初歷左拾遺，累遷荆州長史。開元二十二年，初置十道採訪使，朝宗以襄州刺史兼山南東道。坐所任吏擅賦役，貶洪州刺史。天寶初，召爲京兆尹。朝宗喜提拔後進，故李白書云：「生不願封萬户侯，但願一識韓荆州。」人仰慕如此。開元末，海内無事，訛言兵當興，衣冠潛爲避世計，朝宗亦廬終南山，爲人所發，玄宗怒，貶吴興別駕，卒。美襄士：明活本、清本同。宋本、汲本、《全唐詩》作「是襄士」，難解，未從。美，贊美，喜愛。

〔三〕岑：小而高的山叫岑。《説文》：「岑，山小而高。」城西岑，指萬山。

〔四〕結構：明活本、清本同。宋本、汲本、《全唐詩》作「結搆」，「構」、「搆」古常通用。《文選·左思〈招隱〉》：「巖穴無結構，丘中有鳴琴。」李善注：「結構，謂交結構架也。」江總《棲霞寺碑》：「披拂蓁梗，結構茅茨。」徐陵《山齋》：「竹徑蒙蘢巧，茅齋結搆新。」本詩「結構」疑指萬山亭。

〔五〕轉：宋本、汲本、《全唐詩》同。明活本、清本作「亦」。據毛校記元本亦作「亦」。

〔六〕皇華：《詩·小雅·皇皇者華》序：「皇皇者華，君遣使臣也。送之禮樂，言遠而光華也。」後世遂用「皇華」以代遣使，這裏借指韓朝宗從京師來爲地方官。

〔七〕荆國：山南東道一帶古爲荆楚之地，故稱。幾：宋、明各本及《全唐詩》同。清本作「盛」。據毛校記元本亦作「盛」。幾，微細。《説文》：「幾，微也。」謡：原作「謳」，明活本同。汲本、清本、《全唐詩》作「謡」。宋本作「遥」，蓋爲「謡」之誤。謡，徒歌。《詩·魏風·園有桃》：「心之憂矣，我歌且謡。」毛傳：「曲合樂曰歌，徒歌曰謡。」

〔八〕牧：統治。《逸周書·命訓》：「古之明王，奉此六者以牧萬民，民用而不失。」據上古傳説，當時諸侯之長稱牧。西漢全國分爲十三部（州），每州設刺史一人主持一州之事。後刺史權力增大，遂改置州牧，其位僅次於九卿。魏晉後又改州牧爲刺史，但習慣上仍稱刺史爲牧。本詩用作動詞。豫章郡：隋豫章郡，唐改洪州，治豫章，即今江西省南昌市。本句指韓朝宗貶洪州刺史事。

〔九〕因聲二句：用俞伯牙撫琴鍾子期聽琴故事。詳《夏日南亭懷辛大》注〔六〕。這裏表明二人友情之深。

〔一〇〕耆舊：年老的舊好。《漢書·蕭望之傳附蕭育傳》：「上以育耆舊名臣，乃以三公使車，載育入殿中受策。」

〔一一〕崔徐：崔州平、徐庶。《三國志·蜀志·諸葛亮傳》：「惟博陵崔州平、潁川徐庶元直與亮友善，謂爲信然。」這裏「崔徐」以代好友。

〔一二〕無今：原作「遥今」。宋、明、清各本及《全唐詩》俱作「無今」，據改。

下灨石〔一〕

灨石三百里，沿洄千嶂間。沸聲常浩浩〔二〕，洊勢亦潺潺〔三〕。跳沫魚龍沸，垂藤猿狖攀〔四〕。榜人苦奔峭〔五〕，而我忘險艱。放溜情彌愜〔六〕，登艫目自閒。暝帆何處宿〔七〕？遥指落星灣〔八〕。

〔一〕灨石：明活本、汲本、清本、《全唐詩》均同。宋本作「贑石」。贑江亦稱灨。灨石指贑江贑縣（南康郡治所）至吉安的一段。《陳書·高祖紀》：「南康灨石，舊有二十四灘，灘多巨石，行旅者以爲難。」李肇《國史補》卷下：「蜀之三峽，河之三門，南越之惡谿，南康之灨石，皆險絶之所。」浩然蓋沿贑江而下行也。〇此詩當作於壯年漫游時期。

〔二〕浩浩：宋本、明活本同。汲本、清本、《全唐詩》作「活活」。《書·堯典》：「湯湯洪水方割，蕩蕩懷山襄陵，浩浩滔天。」言水流盛大。

〔三〕洊：明、清各本同。宋本作「洧」，蓋形近而誤。洊，水再至。《易·坎》：「水洊至。」

〔四〕狖：猿類。《楚辭·九歌·山鬼》：「雷震震兮雨冥冥，猿啾啾兮狖夜鳴。」洪興祖補注：「狖，似猿。」

〔五〕榜人：汲本、《全唐詩》同。宋本、明活本、清本作「傍人」，誤。榜人，舟子，船工。《文選·司馬相如《子虚賦》：「榜人歌，聲流喝。」郭璞注：「張揖曰：『榜，船也。』《月令》曰：『命榜人。』榜人，船長也，主唱聲而歌者也。」本句與下句寫出了勞動人民跟地主階級知識分子不同的思想感情。

〔六〕放溜：使舟順水自行。梁元帝《早發龍巢》：「征人喜放溜，曉發晨陽隈。」（見《文苑英華》）彌愜：原作「彌遠」，汲本同。明活本、清本、《全唐詩》作「彌愜」，據毛校記元本亦作「彌愜」，據改。宋本作「深愜」，據毛校記另一宋本作「没愜」，可見宋本即有異文，未從。

〔七〕暝帆：明、清各本及《全唐詩》同。宋本作「□維」，當有訛誤。宿：原作「泊」。明活本、汲本、清本同。宋本、《全唐詩》作「宿」。看來「泊」字係後人所改，改得較好，但仍從宋本。

〔八〕落星灣：在今星子縣以東鄱陽湖一帶水面。《水經注·廬江水》：「湖（彭蠡）中有落星石，周迴百餘步，高五丈，上生竹木。《傳》曰：有星墜此，因以名焉。」《明一統志》：「（落星湖）在彭蠡湖西北，陳王僧辯破侯景於落星灣，宋孟太后過落星寺覆舟，皆此。」《清一統志》：「（鄱陽）湖中有小山，相傳爲墜星所化。」自贛縣至落星灣，約近千里，一日未必能達，不過形容舟行之速而已。王貽上《漁洋詩話》以爲落星灣在南康府。浩然此行，乃沿贛江順水下行，自贛縣北行至吉安一段，即贛石十八灘，與詩所寫的水流急湍艱險情況，恰相符合。

王貽上《漁洋詩話》卷上九七：孟浩然《下贛石》詩：「暝帆何處泊？遥指落星灣。」落星在南康府，去贛亦千餘里。順流乘風，即非一日可達。古人詩，只取興會超妙，不似後人章句，但作記里鼓也。

趙執信《談龍録》一四：阮翁後著《池北偶談》，内一條云：「詩家惟論興會，道里遠近，不必盡合。如孟詩『暝帆何處泊？遥指落星灣』，落星灣在南康」云云，蓋譖解前語也。噫！受言實難，夫遥指云者，不必此夕果泊也，豈可爲潯陽解乎？

施閏章《蠖齋詩話·詩用而字》：「結廬在人境，而無車馬喧」，陶公偶然入妙；次之「孰是都不營，而以求自安」，便下一格。劉繪「别離不可再，而我更重之」，孟浩然「榜人苦奔峭，而我忘險艱」，二語差不覺。

行至漢川作〔一〕

異縣非吾土〔二〕，連山盡緑篁〔三〕。平田出郭少，盤壠入雲長〔四〕。萬壑歸於漢〔五〕，千峰劃彼蒼〔六〕。猿聲亂楚峽〔七〕，人語帶巴鄉。石上攢椒樹〔八〕，藤間綴蜜房〔九〕。雪餘春未暖，嵐解晝初陽〔一〇〕。征馬疲登頓〔一一〕，歸帆愛渺茫。坐欣沿溜下，信宿見維桑〔一二〕。

〔一〕題目：明活本、《英華》同。宋本、汲本作「行出竹東山望漢川」。清本、《全唐詩》作「行出東山望漢川」。據毛校記元本作「行東山出瀟川」，誤。宋本之「竹」字，當爲衍文。漢川：漢水，襄陽在漢水沿岸，因亦指故鄉。○此詩當作於晚年時期。

〔二〕異縣非：《英華》、明活本、清本、《全唐詩》同。宋本、汲本作「異日分」，非。《英華》「異縣非」下無校語，可見周必大等所見宋本與蜀刻不同。異縣，蓋指蜀中。孟詩有《入峽寄弟》一首，根據該詩寫到三峽、明月峽，他最少到過川東一帶。陶翰又有《送孟大（按當爲六）入蜀序》一文（見《全唐文》卷三三四），亦證明其曾遊蜀中。非吾土：王粲《登樓賦》：「雖信美而非吾土兮。」

〔三〕篁：竹。《説文》：「篁，竹田也。」《楚辭・九歌・山鬼》：「余處幽篁兮，終不見天。」王逸注：「或曰：『幽篁，竹林也。』」五臣注：「幽，深也。篁，竹叢也。」

〔四〕盤壠：《英華》同。明活本、汲本、清本、《全唐詩》作「盤隴」，通。宋本作「盤坂」。盤壠，彎曲的田埂，指梯田。層層梯田，沿山而上，故稱「入雲長」。

〔五〕漢：原作「海」，明活本、清本同。宋本、汲本、《全唐詩》、《英華》作「漢」，據改。

〔六〕彼蒼：《詩・秦風・黄鳥》：「彼蒼者天。」後世因用「彼蒼」以代天。

〔七〕楚峽：蓋指西陵峽。

〔八〕攢：聚集。《文選・張衡〈西京賦〉》：「攢珍寶之玩好。」薛綜注：「攢，聚也。」

〔九〕綴：原作「養」，明活本、《英華》同。宋本、汲本、清本、《全唐詩》作「綴」，據改。綴，繫，懸挂。《楚辭・九嘆・遠遊》：「綴鬼谷於北辰。」

〔一〇〕嵐：山氣、山風。謝靈運《晚出西射堂》：「曉霜楓葉丹，夕曛嵐氣陰。」李善注：「夏侯湛《山路吟》曰：『道逶迤兮嵐氣清。』《埤蒼》曰：『嵐，山風也。』」

〔二〕登頓：上下行止。謝靈運《過始寧墅》：「山行窮登頓，水涉盡洄沿。」

〔三〕信宿：住宿兩夜。《左傳·莊公三年》：「凡師一宿爲舍，再宿爲信，過信爲次。」杜預注：「信者，住經再宿，得先信問也。」維桑：宋本、汲本、清本、《全唐詩》同。明活本作「扶桑」，《英華》作「浮桑」，俱誤。維桑，借指故鄉。《詩·小雅·小弁》：「維桑與梓，必恭敬止。」毛傳：「父之所樹，己尚不敢不恭敬。」朱熹注：「言桑梓父母所植，尚且必加恭敬，況父母至尊至親，宜莫不瞻依也。」後世因以桑梓、維桑代故鄉。

劉辰翁曰：有樸有工，工處不失其樸。

胡震亨《唐音癸籤》卷十一：孟浩然「萬壑歸於漢，千峰劃彼蒼」，杜子美「餘力浮於海，端憂問彼蒼」，對法正同。

久滯越中贈謝南池會稽賀少府〔一〕

陳平無産業〔二〕，尼父倦東西〔三〕。負郭昔云翳〔四〕，問津今亦迷〔五〕。未能忘魏闕〔六〕，空此滯秦稽〔七〕。兩見夏雲起〔八〕，再聞春鳥啼。懷仙梅福市〔九〕，訪舊若耶溪〔一〇〕。聖主賢爲寶，君何隱遁棲〔一一〕！

〔一〕越中：宋本、汲本、《全唐詩》同。明活本、清本作「洛中」，據毛校記元本亦作「洛中」，誤。詩中所言地名均在越州，故以「越中」爲是。贈：宋、明、清各本及《全唐詩》俱作「貽」，意同。謝南池：明、清各本及《全唐詩》同。宋本作「謝甫池」，蓋形近而誤。作者尚有《東陂遇雨率爾貽謝南池》一詩，似在越州結識的友人，生平不詳。會稽賀少府：明、清各本及《全唐詩》同。宋本誤奪「會」字。據毛校記元刻無「賀少府」三字。賀少府，會稽縣尉，生平不詳。○此詩約作於開元二十年夏游越期間。

〔二〕陳平句：《史記·陳丞相世家》：「陳丞相平者，陽武户牖鄉人也。少時家貧，好讀書。」以其家貧，故稱「無産業」。

〔三〕尼父句：孔子名丘字仲尼，故稱尼父。周遊列國，不得見用，故稱「倦東西」。

〔四〕負郭：背負城郭。《史記·陳丞相世家》：「（張）負隨平至其家，家乃負郭窮巷。」司馬貞索隱：「高誘注《戰國策》云：負背郭居也。」古代城牆之下，多爲偏僻窮巷。昔云翳：清本、《全唐詩》同。宋本、汲本作「共云翳」，按此句與下句對偶，以「昔」爲是。明活本作「昔云鑿」，誤。翳，《廣韻》：「翳，隱也，蔽也。」《文選·左思〈詠史〉》：「陳平無産業，歸來翳負郭。」

〔五〕問津：津，渡口。問津，猶問路。《論語·微子》：「長沮桀溺耦而耕，孔子過之，使子路問津焉。」後世也用之於問訊學問、做官的門徑。亦迷：原作「已迷」。明活本同。宋本、汲本、清本、《全唐詩》作「亦迷」。今從宋本。

〔六〕魏闕：宮外門闕，爲懸法之所，因以代帝王所居，亦以代皇帝。詳見《自潯陽泛舟經明海》注〔一〇〕。

〔七〕秦稽：秦，指秦望山，在杭州西南。《清一統志·浙江·杭州府》：「秦望山在錢塘縣西南十二里。陳顧野王《輿地志》，秦始皇東遊，登此山瞻望，欲渡會稽，故名。」稽，指會稽山。《元和郡縣志·江南東道·越州》：「會稽山在州東南二十里。」用此二山借指越中。

〔八〕兩見：宋、明、清各本及《全唐詩》同。明活本作「四見」與下句「再聞」不相適應，誤。由這兩句，可以看出浩然在越州滯留了兩個年頭。

〔九〕梅福市：《清一統志·浙江·紹興府》：「梅市，在山陰縣西三十里，相傳以梅福得名。」參看《適越留别譙縣張主簿申屠少府》注〔五〕。

〔一〇〕若耶溪：越州以南之小河。詳《耶溪泛舟》注〔一〕。

〔一一〕君：原作「卿」。汲本、清本同。宋本、明活本、《全唐詩》作「君」。今從宋本。

送韓使君除洪州都督〔一〕

述職撫荆衡〔二〕，分符襲寵榮〔三〕。往來看擁傳〔四〕，前後賴專城〔五〕。勿翦棠猶在〔六〕，波澄水更清〔七〕。重推江漢理〔八〕，旋改豫章行〔九〕。召父多遺愛〔一〇〕，羊公有令名〔一一〕。衣冠列祖道〔一二〕，耆舊擁前程〔一三〕。峴首晨風送〔一四〕，江陵夜火迎〔一五〕。無才慙孺子，千里愧同聲〔一六〕。

〔一〕韓使君：漢代稱刺史爲使君。韓朝宗曾爲襄州刺史，故稱。參看《和于判官登萬山亭因贈洪府都督韓公》注〔二〕。洪州：原作「洪府」，宋、明、清各本及《英華》、《全唐詩》俱作「洪州」，據改。都督：明活本、《英華》同。宋本、汲本、清本、《全唐詩》作「都曹」。宋本於「都曹」之下多「韓公父嘗爲襄州使」八字。○此詩作於開元二十四年。

〔二〕述職：明、清各本及《全唐詩》同。宋本、《英華》作「述德」，非。述職，本指地方官向天子陳述職守，後又引申爲到職。《魏書·崔辯傳附崔楷傳》：「初楷將之州，人咸勸留家口，單身述職。」撫荆衡：指韓朝宗爲襄州刺史、山南東道採訪使等職務事。

〔三〕分符：古代皇帝傳達命令或調兵遣將所用的憑證曰符。一般以竹或銅製成，上刻文字，分而爲二，半存朝廷，半存在外之將帥或地方長官，兩半相合，以爲驗證，故以「分符」稱地方長官。杜甫《潭州送韋員外迢牧韶州》：「分符先令望，同舍有光輝。」寵榮：謂受到皇帝的恩寵、榮遇。

〔四〕擁傳：簇擁車馬。傳，以車傳遞曰傳，因以指車。《詩·大雅·江漢》：「經營四方，告成於王。」鄭玄箋：「克勝，則使傳遽告功於王。」陸德明釋文：「以車曰傳，以馬曰遽。」杜審言《和李大夫嗣真奉使存撫河東》：「擁傳咸翹首，稱觴競比肩。」

〔五〕專城：意爲掌管一城，多用以代州牧、刺史。《古樂府·羅敷行》：「三十侍中郎，四十專城居。」

〔六〕棠：木名，棠梨。《詩·召南·甘棠》毛序：「《甘棠》美召伯也。召伯之教，明於南國。」孔穎達疏：「武王之時，召公爲西伯，行政於南土，決訟於小棠之下，其教著明於南國，愛結於民心，故作是詩以美之。」詩云：「蔽芾甘棠，勿翦勿伐，召伯所茇。蔽芾甘棠，勿翦勿敗，召伯所憩。」蓋用此典以歌頌韓朝宗受到人們的愛戴。

〔七〕波澄：宋、明、清各本及《全唐詩》同。《英華》作「澄波」。

〔八〕重推：明活本、《全唐詩》、《英華》同。宋本、汲本作「重頒」。按《英華》「重推」之下無校語，足證周必大等人所見宋本亦作「重推」，與蜀刻不同。清本作「重符」，據毛校記元本亦作「重符」。江漢理：明活本、清本、《全唐詩》、《英華》同。宋本、汲本作「江漢治」。按《英華》「理」之後無校語，證明周必大等人所見宋本亦作「理」。按唐代一切文獻因避高宗諱，「治」均作「理」，本詩集亦不能例外，故以「理」爲是。江漢理，頌其爲襄州刺史兼山南東道採訪使時，頗有政績。

〔九〕旋改句：韓朝宗貶洪州刺史，史無明載。據《新唐書·韓朝宗傳》：「開元二十二年，初置十道採訪使，朝宗以襄州刺史兼山南東道。」由此可知，朝宗原爲襄州刺史，開元二十二年二月，又兼山南東道採訪使。又據張九齡《貶韓朝宗洪州刺史制》云：「（韓朝宗）私其所親，請以爲邑。未盈三載，已至兩遷。」前兩句是他遭貶的罪名，後兩句是他被貶的時間。自二十二年二月韓朝宗兼山南東道採訪使算起，到二十四年十一月張九齡免去宰相，恰好是「未盈三載」。言時間不長即貶洪州都督，故曰旋改。豫章：洪州治所，即今南昌市。

〔一〇〕召父：即召伯。見本詩注〔六〕。

〔一一〕羊公：晉羊祜鎮守襄陽，頗有政績。詳《與諸子登峴山》注〔五〕。

〔一二〕衣冠：本指士大夫的穿戴，因指士大夫、官紳。《漢書·陳遵傳》：「所到衣冠懷之，惟恐在後。」祖道：古人送別祭祀路神曰祖道。《漢書·劉屈氂傳》：「貳師將軍李廣利將兵出擊匈奴，丞相爲祖道，送至渭橋。」這裏指餞行時的道路。

〔一三〕耆舊：年高舊好。《晉書·石勒載記》：「勒令武鄉耆舊赴襄國，既至，勒親與鄉老齒坐歡飲，語及平生。」前程：原作「前旌」。明活本、清本、《全唐詩》同。宋本、汲本、《英華》作「前程」。今從宋本。

〔一四〕峴首：峴山，亦名峴首山，在襄陽南九里。詳《與諸子登峴山》注〔一〕。送：明、清各本及《全唐詩》、《英華》同。宋本作「接」。今從《英華》。

〔一五〕江陵：明活本、清本、《全唐詩》、《英華》同。宋本、汲本作「廣陵」，誤。按廣陵爲揚州，在長江下游，韓朝宗自襄州去洪州，不可能路經廣陵。

〔一六〕無才二句：用《後漢書》徐穉與陳蕃事，詳《荆門上張丞相》注〔七〕。韓、孟的關係與陳、徐的情況，頗有相似之處，故用陳蕃以比韓朝宗，用徐孺子以自比，但又不敢自居，故稱「無才」。韓朝宗曾薦孟浩然於皇帝，及期，浩然由於飲宴而延誤，所以感到慚愧。

盧明府九日峴山宴袁使君張郎中崔員外〔一〕

宇宙誰開闢〔二〕，江山此鬱盤〔三〕。登臨今古用〔四〕，風俗歲時觀。地理荆州分〔五〕，天涯楚塞寬〔六〕。百城今刺史〔七〕，華省舊郎官〔八〕。共美重陽節〔九〕，俱懷落帽歡〔一〇〕。酒邀彭澤載〔一一〕，琴輟武城彈〔一二〕。獻壽先浮菊〔一三〕，尋幽或藉蘭〔一四〕。烟虹鋪藻翰〔一五〕，松竹挂衣冠。叔子神如在〔一六〕，山公興未闌〔一七〕。嘗聞騎馬醉，還向習池看〔一八〕。

〔一〕題目：明活本、汲本、《全唐詩》同。宋本無「峴山」二字。清本、《品彙》作「九日峴山宴」，據毛校記元本亦作「九日峴山宴」。盧明府：盧象，時爲襄陽縣令，故稱明府。詳《和盧明府送鄭十三還京兼寄之什》注〔一〕。峴山：在襄陽南九里。詳《與諸子登峴山》注〔一〕。使君：州刺史之代詞。袁使君，其人未詳。張郎中：即浩然好友張子容，張休沐還鄉之後升郎中。詳《同盧明府餞張郎中除義王府司馬海園作》注〔一〕。崔員外：其人未詳。○此詩約作於開元二十三四年間，浩然晚年時期。

〔二〕宇宙：猶天地。《莊子・讓王》：「余立於宇宙之中，冬日衣皮毛，夏日衣葛絺。春耕種，形足以勞動；秋收斂，身足以休息。日出而作，日入而息，逍遥於天地之間。」

〔三〕鬱盤：彎曲延伸之貌。《畫斷》：「王維嘗畫輞川圖，山谷鬱盤，雲水飛動。」徐悱《古意酬到長史溉登瑯琊城》：「此江稱豁險，茲山復鬱盤。」

〔四〕今古：宋本、汲本、清本、《全唐詩》同。明活本、《品彙》作「千古」。

〔五〕地理：古人稱山河土地之形勢曰地理。《易·繫辭上》：「仰以觀于天文，俯以察于地理。」分：界。《淮南子·本經訓》：「各守其分。」高誘注：「分猶界也。」

〔六〕楚塞：明、清各本及《全唐詩》、《品彙》同。宋本作「楚客」，非。楚塞，楚地的邊界。江淹《望荆山》：「奉義至江漢，始知楚塞長。」

〔七〕百城：古稱各地的地方官曰百城。《梁書·樂藹傳》：「（子法才）爲招遠將軍、建康令，不受俸秩。比去任，將至百金，縣曹啓輸臺庫。高祖嘉其清節，曰：『居職若斯，可以爲百城表矣。』」本詩百城或以指袁使君。

〔八〕華省句：《舊唐書·職官志》：「（秘書省）置校書郎八人，正九品上。」唐代文人擢第後，多任此職，然後分發縣主簿、縣尉等低級官吏。盧象、張子容曾任校書郎，故稱華省舊郎官。

〔九〕重陽節：陰曆九月九日。詳《秋登萬山寄張五》注〔一〇〕。

〔一〇〕落帽歡：《晉書·孟嘉傳》：「（嘉）後爲征西桓温參軍，温甚重之。九月九日，温燕龍山，僚佐畢集。時佐吏並爲戎服，有風至，吹嘉帽墮落，嘉不之覺。温使左右勿言，欲觀其舉止。嘉良久如厠，温令取還之，命孫盛作文嘲嘉，著嘉坐處，嘉還見，即答之，其文甚美。」後世因稱重陽登臨之樂曰「落帽歡」。

〔一一〕酒邀句：用陶淵明故實，以言飲酒之多。陶淵明曾爲彭澤令，在縣公田，悉令種秫，曰：「令吾常醉於酒足矣。」後以不願爲五斗米折腰而辭官。江州刺史王弘欲識之，不見。後弘命淵明故人龐通之齎酒於半道候之，便共飲酌。顏延之日造淵明飲酒，每往必酣飲致醉。延之臨去留二萬錢，淵明悉遣送酒家，稍就取酒。其好酒如此。

〔一二〕武城彈：《論語·陽貨》：「子之武城，聞絃歌之聲，夫子莞爾而笑曰：『割雞焉用牛刀！』子游對曰：『昔者偃也聞諸夫子曰：君子學道則愛人，小人學道則易使也。』子曰：『二三子，偃之言是也，前言戲之耳。』」孔子主張以禮樂治民，這裏用以比喻盧明府遵循孔子之道治裏。後世又多用「絃歌」以代縣令或縣令的政務。

〔一三〕先：宋、明、清各本及《全唐詩》同。《品彙》作「光」，誤。浮菊：據《西京雜記》載，古人以菊花雜黍米釀酒，至次年九月九日始熟，稱菊花酒。《荊楚歲時記》：「九月九日……佩茱萸，食餌，飲菊花酒，云令人長壽。」

〔一四〕藉蘭：明、清各本同。宋本作「坐蘭」，通。

〔一五〕藻翰：明活本、清本、《全唐詩》同。《品彙》作「蕖翰」，蕖，訛。宋本、汲本作「藻麗」。要與下句「衣冠」相對，當以「藻翰」爲是。藻翰，多采的羽毛。《文選·潘岳〈射雉賦〉》：「摛朱冠之艶赫，敷藻翰之陪鰓。」李善注：「藻翰，翰有華藻也。」

〔一六〕叔子：晉羊祜字。詳《與諸子登峴山》注〔五〕。在：宋、明、清各本同。《品彙》作「玉」，非。

《論語・八佾》：「祭神如神在。」

〔一七〕山公：指山簡。參看《高陽池送朱二》注〔三〕。《晉書・山簡傳》：「永嘉三年，出爲征南將軍，都督荆湘交廣四州諸軍事、假節，鎮襄陽。……簡優游卒歲，唯酒是耽。諸習氏，荆土豪族，有佳園池，簡每出嬉游，多之池上，置酒輒醉，名之曰高陽池。時有童兒歌曰：『山公出何許，往至高陽池。』」未闌：明活本、《全唐詩》同。宋本、汲本、《品彙》作「欲闌」。「未闌」似更符合詩意。

〔一八〕嘗聞兩句：參前注。

宴崔明府宅夜觀妓〔一〕

畫堂觀妙妓〔二〕，長夜正留賓。燭吐蓮花艷，粧成桃李春。髻鬟低舞席，衫袖掩歌脣。汗濕偏宜粉，羅輕詎着身。調移箏柱促〔三〕，歡會酒杯頻〔四〕。儻使曹王見，應嫌洛浦神〔五〕。

〔一〕題目：明活本、汲本、《全唐詩》同。清本無「夜」字。此詩宋本不載。崔明府：未詳。《孟集》中尚有《崔明府宅夜觀妓》一首，題目和詩意，與本首基本相同，或係同日作。

〔二〕畫堂：《漢書・成帝紀》：「孝成皇帝，元帝太子也。母曰王皇后，元帝在太子宫生甲觀畫堂，爲世嫡皇孫。」應劭曰：「甲觀在太子宫甲地，主用乳生也。畫堂畫九子母。」如淳曰：「甲觀，觀名。畫堂，堂名。《三輔黄圖》云：太子宫有甲觀。」師古曰：「甲者，甲乙丙丁之次也。《元后傳》言見於丙殿，此其例也。……畫堂，但畫飾耳，豈必九子母乎？霍光止畫室中，是則宫殿中通有綵畫之堂室。」足見畫堂本爲漢代宫中殿堂之名，因有畫飾，故名畫堂。後世泛稱彩飾華麗之廳堂。

〔三〕筝：樂器名，形如瑟。《急就篇》三：「竽瑟空侯琴筑筝。」顔師古注：「筝，亦小瑟類也，本十二絃，今則十三。」筝柱，即筝上繞絃之柱，柱絃鬆緊，可以定音調高低。

〔四〕頻：明活本、汲本、《全唐詩》同。清本作「傾」，不合韻，非。

〔五〕儻使二句：曹王：指曹植，曹操之子，封陳王，死後謚思，世稱陳思王。這裏稱曹王，蓋用其姓。其所作《洛神賦》云：「覩一麗人……其形也，翩若驚鴻，婉若游龍，榮曜秋菊，華茂春松。髣髴兮若輕雲之蔽月，飄颻兮若流風之迴雪。遠而望之，皎若太陽升朝霞；迫而察之，灼若芙蕖出渌波。穠纖得衷，修短合度，肩若削成，腰如束素，延頸秀項，皓質呈露，芳澤無加，鉛華弗御。雲髻峨峨，修眉聯娟，丹脣外朗，皓齒内鮮，明眸善睞，靨輔承權。瓌姿艷逸，儀静體閑，柔情綽態，媚於語言。」洛神如此之美，但較之此妓，仍覺遜色，故云：「儻使曹王見，應嫌洛浦神。」

韓大使東齋會岳上人諸學士〔一〕

郡守虚陳榻〔二〕，林間召楚材〔三〕。山川祈雨畢，雲物喜晴開〔四〕。抗禮尊縫掖〔五〕，臨流揖渡杯〔六〕。徒攀朱仲李〔七〕，更薦和羹梅〔八〕。翰墨緣情製，高深以意裁。滄洲趣不遠〔九〕，何必問蓬萊〔一〇〕。

〔一〕韓大使：原作「韓大侯」。宋、明、清各本及《全唐詩》作「韓大使」，據改。韓大使疑爲韓朝宗。唐制特派巡視各地使節稱大使，其後節度使也稱大使。韓朝宗爲山南東道採訪使，故可借用「大使」之名。岳上人：宋、明、清各本及《全唐詩》同。據毛校記元本無此三字。上人，對僧人之尊稱，其人不詳。○倘大使爲朝宗，則此詩當作於開元二十二三年間，浩然晚年時期。

〔二〕郡守句：東漢陳蕃爲豫章太守，在郡不迎接賓客，惟徐穉來特設一榻，穉去則懸之，以示不接待他人。詳《送韓使君除洪州都督》注〔一六〕。用此典故借指韓朝宗對自己的禮遇。

〔三〕林間：明、清各本及《全唐詩》同。宋本作「林閑」，形近而誤。楚材：浩然襄陽人，故自稱楚材。因隱居未仕，故稱「林間」。此疑指韓朝宗薦浩然於朝事。

〔四〕雲物：《全唐詩》同。宋本、明活本、汲本、清本作「品物」，不恰。雲物，雲氣之色。《周禮・春官・保章氏》：「以五雲之物辨吉凶。」鄭玄注：「物，色也。視日旁雲氣之色降下也。」

〔五〕抗禮：明、清各本及《全唐詩》同。宋本作「枕禮」，蓋形近而誤。抗禮，行對等之禮。《史記・荆軻列傳》：「舉坐客皆驚，下與抗禮，以爲上客。」縫掖：也作「逢掖」。古代儒生的服裝，寬袖單衣，因亦作儒生之代稱。《後漢書・王符傳》：「時人爲之語曰：『徒見二千石，不如一縫掖。』」李賢注：「《禮記・儒行》：『孔子曰：丘少居魯，衣逢掖之衣。』鄭玄注曰：『逢猶大也。

大掖之衣，大袂單衣也。』」本詩蓋用以指「諸學士」。

〔六〕臨流：宋本、汲本、《全唐詩》同。明活本、清本作「臨池」。據毛校記元本亦作「臨池」。渡杯：僧人杯渡，晉宋間人。傳言其常乘杯渡河。故常用「渡杯」以指高僧，這裏蓋指岳上人。蘇味道《和武三思於中天寺尋復禮上人之作》：「企躅瞻飛蓋，攀游想渡杯。」

〔七〕朱仲李：朱仲栽培的李樹。《文選・潘岳〈閑居賦〉》：「周文弱枝之棗，房陵朱仲之李。」李善注：「王逸《荔枝賦》：『房陵縹李。』」按：《四庫提要》、《述異記》下云：「今考李善《閒居賦》注下引《荆州記》曰：『房陵縣有朱仲者，家有縹李，代所希有。』」與上引胡刻本不同。

〔八〕更：明清各本作「誰」。宋本作「更」。今從宋本。和羹梅：《書・說命下》：「若作和羹，爾惟鹽梅。」孔安國傳：「鹽鹹梅酸，羹須鹽醋以和之。」鹽醋適當，不鹹不酸，故謂和羹。後世多用以比喻君臣和協。

〔九〕滄洲：濱水之地，借指隱士所居、隱逸生活。詳《歲暮海上作》注〔八〕。

〔一〇〕蓬萊：亦名蓬壺，傳說中的神山名。詳《與王昌齡宴王十一》注〔八〕。

初年樂城館中臥疾懷歸〔一〕

異縣天隅僻〔二〕，孤帆海畔過。往來鄉信斷，留滯客情多。臘月聞雷震〔三〕，東風感歲和。蟄蟲驚户穴〔四〕，巢鵲眄庭柯〔五〕。徒對芳樽酒，其如伏枕何！歸來理舟楫〔六〕，江海正無波。

〔一〕題目：宋本、汲本、《全唐詩》「歸」後多一「作」字。明活本「疾」作「病」。清本全題作「臥疾懷歸」。樂城：唐樂城縣屬江南東道温州，在永嘉東北濱海處，即今浙江省樂清縣。《清一統志·浙江·温州府》：「樂清縣在府（温州府）東北八十里。……漢回浦縣地，後漢永寧縣地，晉寧康三年析置樂城縣，屬永嘉郡，宋齊以後因之。隋廢，唐武德五年復置樂城縣。……五代梁時，吴越改曰樂清。」又「三高亭在樂清縣治西塔山之半，俗呼半山亭，以晉王羲之、宋謝靈運、唐孟浩然三人嘗遊此，故名。」〇此詩約作於開元二十年初游越期間。

〔二〕異縣句：言其距離故鄉甚遠，故云。

〔三〕臘：明活本、汲本、《全唐詩》同。宋本、清本作「臈」。二字同，見《集韻》。

〔四〕户：宋本、汲本、清本、《全唐詩》同。明活本作「尸」，誤。某些蟲類，冬日蟄伏，其蟄居之穴，稱曰蟄户。《後漢書·馬融傳》：「翬終葵，揚關斧，刊重冰，撥蟄户，測潛鱗，踵介旅。」本句言由於雷震及氣候温和，蟄蟲出穴。

〔五〕眄：原作「眄」，宋本同。《全唐詩》作「眄」。明活本、汲本作「盻」。清本作「盼」。按：字書無「眄」字，當係「眄」之訛字。「盻」，《説文》：「盻，恨視也。」本句中並無「恨視」意，「盻」字非。清本又由「盻」而誤爲「盼」。《字彙》：「盻字乃盻恨之盻，今人混作盼睞之盼，非。」今從《全唐詩》。

〔六〕來：宋本、汲本同。明活本作「歟」，清本同。《全唐詩》作「嶼」，非。

上巳日澗南園期王山人陳七諸公不至〔一〕

摇艇候明發〔二〕，花源弄晚春。在山懷綺季〔三〕，臨漢憶荀陳〔四〕。上巳期三月〔五〕，浮杯興十旬〔六〕。坐歌空有待，行樂恨無隣〔七〕。日晚蘭亭北，煙開曲水濱〔八〕。浴蠶逢姹女〔九〕，採艾值幽人〔一〇〕。石壁堪題序，沙場好解神〔一一〕。羣公望不至，虚擲此芳辰〔一二〕。

〔一〕題目：宋本、汲本、清本、《全唐詩》同。明活本作「期王山人陳七不至」。澗南園：浩然祖居。詳《澗南園即事貽皎上人》注〔一〕。王山人：指王迥，爲浩然好友。詳《登江中孤嶼贈白雲先生王迥》注〔一〕。陳七：孟詩中尚有《送陳七赴西軍》一詩，名不詳。

〔二〕摇：宋本、汲本、清本、《全唐詩》同。明活本作「接」，非。明發：黎明。《詩·小雅·小宛》：「明發不寐，有懷二人。」毛傳：「明發，發夕至明。」孔穎達疏：「夜地而闇，至旦而明，明地開發，故謂之明發也。」

〔三〕綺季：即綺里季，漢代隱士。《史記·留侯世家》：「顧上有不能致者，天下有四人。」司馬貞索隱：「四人，四皓也。謂東園公、綺里季、夏黄公、角里先生。」《後漢書·周燮傳》：「吾既不能隱處巢穴，追綺季之跡，而猶顯然不遠父母之國，斯固以滑泥揚波，同其流矣。」李賢注：「綺季、東園公、夏黄公、角（《史記》索隱作角）里先生謂之四皓，隱於商山。」

〔四〕荀陳：明、清各本及《全唐詩》同。宋本作「思陳」，誤。《世説新語·品藻》：「正始中，人士比論，以五荀方五陳。荀淑方陳寔，荀靖方陳諶，荀爽方陳紀，荀彧方陳羣，荀顗方陳泰。」五荀五陳均魏代知名之士。

〔五〕上巳：陰曆三月上旬巳日。《後漢書·禮儀志上》：「是月（三月）上巳，官民皆絜於東流水上，曰洗濯祓除，去宿垢疢（chèn），爲大絜。」吴自牧《夢粱録》卷二：「三月三日上巳之辰，曲水流觴故事，起於晉時。唐朝賜宴曲江，傾都禊飲踏青，亦是此意。」據此則知晉代以後，上巳固定爲三月三日。又白樸《牆頭馬上》第一折：「今日乃三月初八日，上巳節令，洛陽王孫士女，傾城玩賞。」據此則又知有的地區仍用三月上旬巳日。三月：明、清各本及《全唐詩》同。宋本作「三日」，根據以上「上巳」各種不同情況看，當以「三月」爲恰。

〔六〕浮杯：浮於水上的酒杯，亦稱流杯。《荆楚歲時記》：「三月三日，士民并出江渚池沼間，爲流杯曲水之飲。」句：明、清各本同。宋本作「春」。

〔七〕坐歌二句：扣題目的「諸公不至」。

〔八〕日晚二句：北：宋本、汲本、清本、《全唐詩》同。明活本作「客」。煙開：原作「煙花」，明活本、汲本、清本同。宋本、《全唐詩》作「煙開」。據對偶要求看，「煙開」較佳，今從宋本。此二句蓋用王羲之《蘭亭集序》意，該文云：「歲在癸丑，暮春之初，會於會稽山陰之蘭亭，修禊事也。……引以爲流觴曲水，列坐其次。」

〔九〕浴蠶：爲育蠶選種的一種方法。《癸辛雜識》：「月值大火則浴其種。今人以鹽水沃其種，謂之腌蠶，其蠶爲上；不浴者爲火蠶，次之。」姹女：少女。《後漢書·五行志》：「河間姹女工數錢。」養蠶者一般都是婦女，故云「逢姹女」。

〔一〇〕艾：藥草。《爾雅·釋草》：「艾，冰臺。」《詩·王風·采葛》：「彼采艾兮。」毛傳：「艾，所以療疾。」隱者常採藥，故曰「採艾值幽人」。

〔一一〕好：明、清各本及《全唐詩》同。宋本作「妙」。沙場：平沙曠野。《文選·應璩〈與滿公琰書〉》：「夫漳渠西有伯陽之館，北有曠野之望，高樹翳朝雲，文禽蔽緑水，沙場夷敞，清風肅穆，是京華之樂也。」解神：原作「解紳」，明活本、清本、《全唐詩》同。宋本、汲本作「解神」。今從宋本。

〔一二〕辰：原作「晨」，汲本、《全唐詩》同。宋本、明活本作「辰」。今從宋本。

送莫氏甥兼諸昆季從韓司馬入西軍〔一〕

念爾習詩禮〔二〕，未嘗違户庭〔三〕。平生早偏露〔四〕，萬里更飄零。坐棄三冬業〔五〕，行觀八陣形〔六〕。飾裝辭故里，謀策赴邊庭。壯志吞鴻鵠〔七〕，遥心伴鶺鴒〔八〕。所從文與武〔九〕，不戰自應寧〔一〇〕。

〔一〕莫氏甥：汲本同。宋本、《英華》作「莫氏外生」。據毛校記元刻本亦作「莫氏外生」。明活本作「莫氏外甥」。清本、《全唐詩》作「莫甥」。甥，姊妹之子，亦曰外甥。《詩・大雅・韓奕》：「韓侯娶妻，汾王之甥。」毛傳：「姊妹之子爲甥。」昆季：原作「昆弟」。明活本、汲本同。宋本、《英華》作「昆季」，二者意同，爲求古本之真，今從宋本及《英華》。清本作「昆仲弟」，非是。韓司馬：明活本、汲本、《全唐詩》、《英華》同。宋本作「馬」，清本作「司馬」。《英華》「韓司馬」下無校記，可見周必大等所見宋本亦作「韓司馬」。其人未詳。

〔二〕爾：宋、明、清各本及《全唐詩》同。《英華》作「汝」，意同。

〔三〕未嘗句：嘗：宋、明各本及《英華》同。清本、《全唐詩》作「曾」。「未嘗」、「未曾」意同。違：原作「離」，明活本同。宋本、汲本、《全唐詩》、《英華》作「違」，據改。户庭：宋、明、清各本及《全唐詩》同。《英華》作「户扃」，「扃」當爲「扄」之誤。户庭，猶門庭、家門。全句意爲未曾出過遠門。《論語・里仁》：「父母在，不遠遊。遊必有方。」邢昺疏：「正義曰：『方猶常也。』父母既存，或時思欲見己，故不遠遊，遊必有常所，欲使父母呼己得即知其處也。設若告云詣甲則不得更詣乙，恐父母呼己於甲處不見則使父母憂也。」

〔四〕平生句：宋、明、清各本及《全唐詩》同。《英華》作「嚴君先早路」。偏露：父死曰偏露，亦曰孤露。

〔五〕三冬業：明活本、清本、《英華》同。宋本、汲本、《全唐詩》作「三牲養」。三冬業，指讀書學習。

《漢書·東方朔傳》：「年十三學書，三冬，文史足用。」如淳曰：「貧子冬日乃得學書，言文史之事足可用也。」王先謙補注：「三冬謂三年，猶言三春三秋耳。」

〔六〕八陣：古代戰争中所用的八種陣法。至於八陣的名目則説法不一。《太白陰經》則以天、地、風、雲爲四正門，以龍、虎、鳥、蛇爲四奇門。乾、坤、艮、巽爲闔門，坎、離、震、兑爲開門。諸葛亮則以洞當、中黄、龍騰、鳥飛、折衝、虎翼、握機、連横爲八陣。又《文選·班固〈封燕然山銘〉》：「勒以八陣，蒞以威神。」李善注引《雜兵書》曰：「八陣者，一曰方陣，二曰圓陣，三曰牝陣，四曰牡陣，五曰衝陣，六曰輪陣，七曰浮沮陣，八曰雁行陣。」這裏用「八陣形」代武事，與上句「三冬業」代文事相對。

〔七〕鴻鵠：鴻鵠即天鵝。能高飛，故以喻志向高遠。詳《洗然弟竹亭》注〔三〕。

〔八〕鶺鴒：鳥名，用以喻兄弟。詳《洗然弟竹亭》注〔四〕。

〔九〕文與武：宋、明、清各本同。《全唐詩》、《英華》作「文且武」。

〔一〇〕不戰：宋、明、清各本及《全唐詩》同。《英華》作「無戰」。不戰，《孫子·謀攻》：「是故百戰百勝，非善之善者也；不戰而屈人之兵，善之善者也。」

峴山送蕭員外之荆州〔一〕

峴山江岸曲〔二〕，郢水郭門前〔三〕。自古登臨處，非今獨黯然〔四〕。亭樓明落照〔五〕，井邑秀通川〔六〕。澗竹生幽興，林風入管絃。再飛鵬激水〔七〕，一舉鶴沖天。佇立三荆使〔八〕，看君駟馬旋〔九〕。

〔一〕題目：此詩宋本不載。明活本、《全唐詩》同。汲本無「峴山」二字。清本「之」作「使」。蕭員外：洪邁《容齋隨筆》卷八「賞魚袋」：「衡山有唐開元二十年所建南岳真君碑，衡山司馬趙頤貞撰，荆州府兵曹蕭誠書。」由此可見蕭誠曾在荆州任職。又勞格《郎官石柱題名考》記蕭誠曾任司勳員外郎。蕭員外疑即蕭誠。

〔二〕峴山：在今襄樊市東南漢水之濱。詳《登鹿門山懷古》注〔三〕。

〔三〕郢水：當指漢水。

〔四〕黯然：沮喪失意之貌。《文選·江淹〈别賦〉》：「黯然銷魂者，惟别而已矣！」

〔五〕落照：原作「落日」。明活本、汲本、清本、《全唐詩》均作「落照」，據改。

〔六〕井邑：《易·井》：「改邑不改井。」高亨注：「改邑不改井者，謂改建其邑而不改造其井也。」後世多用井邑以代城邑。《晉書·地理志》：「後漢馬援平定交部，始調立城郭，置井邑。」通川：交通便利之道路。《漢書·鼂錯傳》：「要害之處，通川之道，調立城邑，毋下千家。」或謂通川指漢水，亦通。以上二句寫登山遠望襄陽景象。

〔七〕鵬激水：《莊子·逍遥游》：「鵬之徙於南冥也，水激三千里，搏扶摇而上者九萬里。」這裏用鵬激水以喻前程之遠大。

〔八〕三荆：南北朝時有北荆州、東荆州、南荆州之稱，是爲三荆（見《資治通鑑・梁武帝中大通二年》「歷三荆」胡注）。這裏借指荆州。其所以用「三荆」，主要出于對偶需要。

〔九〕駟馬：古時顯貴乘四馬之車，因亦指顯貴。《太平御覽》卷七十三引《華陽國志》：「升遷橋在成都縣北十里，即司馬相如題橋柱曰：『不乘駟馬高車，不過此橋。』」本句用以祝頌蕭員外升遷顯貴之意。

送王昌齡之嶺南〔一〕

洞庭去遠近，楓葉早驚秋〔二〕。峴首羊公愛〔三〕，長沙賈誼愁〔四〕。土毛無縞紵〔五〕，鄉味有查頭〔六〕。已抱沉痾疾〔七〕，更貽魑魅憂〔八〕。數年同筆硯，兹夕間衾裯〔九〕。意氣今何在，相思望斗牛〔一〇〕。

〔一〕題目：明活本、清本、《全唐詩》、《英華》同。宋本、汲本作「送昌齡王君之嶺南」。據毛校記元刻本作「送王昌齡」。王昌齡：詳《與王昌齡宴王十一》注〔一〕。嶺南：唐代嶺南道大致爲今廣東、廣西及越南北部。○此詩蓋作於晚年時期，約在開元二十八年。

〔二〕洞庭二句：驚：明活本、汲本、清本、《全唐詩》、《英華》同。宋本作「經」，據毛校記元刊本亦作「經」，非。浩然《和盧明府送鄭十三還京兼寄之什》有句云：「洞庭一葉驚秋早」與此二句意同。《楚辭·九歌·湘夫人》：「嫋嫋兮秋風，洞庭波兮木葉下。」王昌齡由襄陽去嶺南，當沿漢水入長江，然後再經洞庭入湘水。時蓋秋日，故云。

〔三〕峴首羊公：峴首，即峴山，詳《登鹿門山懷古》注〔三〕。羊公，指羊祜，詳《與諸子登峴山》注〔五〕。

〔四〕賈誼：漢洛陽人，有文名，亦有治才。文帝召爲博士，超遷至太中大夫。請改正朔，易服色，制法度，興禮樂。文帝欲任爲公卿，遭絳、灌之忌，出爲長沙王太傅，渡湘水，爲賦弔屈原，蓋自況也。尋遷梁懷王太傅，疏陳政事，頗得治體。後梁懷王墜馬死，誼自傷爲傅無狀，歲餘亦死，年僅三十三，世稱賈長沙。

〔五〕土毛：原作「土風」。明活本、汲本、《英華》同。宋本、清本、《全唐詩》作「土毛」，據改。土毛，土地上所生長的五穀、桑、麻、草等物。《左傳·昭公七年》：「食土之毛，誰非君臣。」縞紵：縞爲白絹，紵爲苧麻，也指白絹和麻布所製之衣。《戰國策·齊策四》：「後宮十妃，皆衣縞紵。」言襄陽本地不生産縞紵。

〔六〕查頭：亦作「槎頭」，魚名，産於襄陽。詳《峴潭作》注〔四〕。

〔七〕沉痾：亦作「沈痼」，意爲重病、經久難醫之病。《文選·劉楨〈贈五官中郎將〉》：「余嬰沈痼疾，竄身清漳濱。」《文選·沈約〈齊故安陸昭王碑文〉》：「閏凶哀震，感絶移時，因遘沈疴，緜留氣序。」

〔八〕魑魅：《文選·張衡〈東京賦〉》：「捎魑魅，斮獝狂。」薛綜注：「魑魅，山澤之神。」《文選·孫綽《遊天台山賦》》：「始經魑魅之塗，卒踐無人之境。」李善注：「杜氏《左傳》注曰：『魑，山神；魅，怪物。』」這裏比喻人生道路的坎坷。

〔九〕間：原作「異」，汲本同。宋本、明活本、清本、《全唐詩》、《英華》作「間」。今從宋本。衾裯：《詩·召南·小星》：「抱衾與裯，寔命不猶。」毛傳：「衾，被；裯，襌被。」這裏泛指被。

〔一〇〕斗牛：二十八宿中的斗宿和牛宿。庾信《哀江南賦》：「路已分於湘漢，星猶看於斗牛。」本句正襲用此意，表明了對王昌齡的離別相思之情。

李夢陽曰：王孟略相亞，不愧同學。

孟浩然詩集校注卷第三

五言律詩

與諸子登峴山〔一〕

人事有代謝〔二〕，往來成古今。江山留勝迹，我輩復登臨。水落魚梁淺〔三〕，天寒夢澤深〔四〕。羊公碑尚在〔五〕，讀罷淚沾襟〔六〕。

〔一〕題目：宋本、汲本、清本、《全唐詩》、《品彙》同。明活本、《詩選》「山」下多一「作」字。峴山：在今襄樊市東南。詳《登鹿門山懷古》注〔三〕。

〔二〕代謝：更替變化。《淮南子·兵略訓》：「輪轉而無窮，象日月之運行，若春秋有代謝，若日月有晝夜，終而復始，明而復晦。」

〔三〕魚梁：《水經注·沔水》：「沔水中有魚梁洲，龐德公所居。」水落沙洲呈露更多，故曰淺。

〔四〕夢澤：即雲夢澤。古代澤藪，跨大江南北，當今湖北南部及湖南北部一帶地方。詳《從張丞相遊紀南城獵戲贈裴迪張參軍》注〔三〕。天氣寒冷，大澤荒涼，一眼望去，杳無邊際，故曰深。

〔五〕羊公碑：晉羊祜字叔子，鎮襄陽，頗有政績。死後襄人立碑紀念。《晉書·羊祜傳》：「祜樂山水，每風景，必造峴山，置酒言詠，終日不倦。嘗慨然嘆息，顧謂從事中郎鄒湛等曰：『自有宇宙，便有此山，由來賢達勝士，登此遠望，如我與卿者多矣！皆湮没無聞，使人悲傷！如百歲後有知，魂魄猶應登此也。』湛曰：『公德冠四海，道嗣前哲，令聞令望，必與此山俱傳。至若湛輩乃當如公言耳。』」祜卒後，「襄陽百姓於峴山祜平生游憩之所，建碑立廟，歲時饗祭焉。望其碑者莫不流涕，杜預因名爲墮淚碑」。尚在：明活本、汲本、清本、《詩選》、《品彙》同。宋本、《全唐詩》作「字在」。

〔六〕沾：明、清各本及《全唐詩》、《詩選》、《品彙》同。宋本作「霑」。沾通霑。據毛校記另一宋本刻作「凝」。

劉辰翁曰：不必苦思，自然好，苦思復不能及。又：起得高古，略無粉色而情境俱稱，悲慨形容，真峴山詩也。復有能言，亦在下風。

胡應麟《詩藪》内編卷五：仄起高古者，「故鄉杳無際，日暮且孤征」，「士有不得志，栖栖吴楚間」，「人事有代謝，往來成古今」，「樓頭廣林近，九月在南徐」，苦不多得。蓋初盛多用工偶起，中晚卑弱無足觀。

張謙宜《絸齋詩談》卷五：《與諸子登峴山》「人事有代謝，往來成古今。江山留勝迹，我輩復登臨」，流水對法，一氣滚出，遂爲最上乘。意到氣足，自然渾成，逐句摹不得。

王壽昌《小清華園詩談》卷下：發端語如「皚如山上雪，皎如雲間月」。明遠效之而爲「直如朱絲繩，清如玉壺冰」，神氣雖減而風味不減。「生年不滿百，長懷千歲憂」，太白效之而爲「處世若大夢，胡爲勞其生」，體格雖遜，而功力不遜。他如「渴不飲盗泉水，熱不息惡木陰」之排奡……「人事有代謝，往來成古今」之奥衍……皆可法也。

陳僅《竹林答問》：問，漁洋謂鍊意，或謂安頓章法，慘淡經營處耳。此語漁洋亦自覺未安，究何如爲鍊意？漁陽之言，乃鍊局之法。鍊意則是同一意，或高出一層，或翻進一層，或加以含蓄，或出以委婉，有與人不同處。即如登峴山者，胸中誰不有羊公數語，而孟浩然「人事有代謝」四句，更有人再能着筆否？此可隅反。

沈德潛《唐詩別裁》：清遠之作，不煩改苦著力。

望洞庭湖上張丞相〔一〕

八月湖水平〔二〕，涵虚混太清〔三〕。氣蒸雲夢澤〔四〕，波動岳陽城〔五〕。欲濟無舟檝〔六〕，端居耻聖明〔七〕。坐觀垂釣者〔八〕，徒有羡魚情〔九〕。

〔一〕題目：原作「臨洞庭」，明、清各本及《品彙》同。宋本作「岳陽樓」。《英華》作「望洞庭湖上張丞相」，《全唐詩》「上」作「贈」。《詩林》、《律髓》作「臨洞庭湖」。《四庫全書總目》云：「《臨洞庭》詩，舊本題下有『獻張相公』四字，見方回《瀛奎律髓》。此本（按指江蘇蔣曾瑩家藏本）亦無之，顯然爲明代重刻有所移改。」這個意見基本是正確的。今從《英華》。洞庭湖：洞庭湖在今湖南北部。《元和郡縣志·江南道·岳州》：「洞庭湖在縣（巴陵）西南一里五十步，周迴二百六十里。湖口有一洲，名曹公洲，曹公征荆州還於巴丘，遇疾燒船，嘆曰：『郭奉孝在，不使孤至此。』」張丞相：當指張説。張説字道濟，洛陽人。生於乾封二年，卒於開元十八年。永昌中，舉賢良方正第一，授太子校書郎，睿宗時拜中書令。朝廷大述作，多出其手。因與姚崇不和，罷爲相州刺史，坐累徙岳州，開元九年復爲宰相。《方輿勝覽》卷二九：「岳陽樓在郡治西南，西面洞庭，左顧君山，不知創始爲誰。唐開元四年中書令張説出守是邦，日與才士登臨賦詠，自爾名著。」則本詩當作於開元四年左右張説任岳州刺史期間，浩然壯年漫游時期。

〔二〕八月句：八月江汛，長江水漲，湖水滿溢，一望瀰漫，故稱「湖水平」。

〔三〕涵虛句：涵虛：明、清各本及《全唐詩》、《英華》、《品彙》同。宋本、《詩林》、《律髓》作「含虛」，意通。太清：天空。《文選·左思〈吴都賦〉》：「迴曜靈於太清。」劉淵林注：「太清謂天也。」言湖水浩淼，水天相接，混而爲一。

〔四〕氣蒸句：雲夢澤：當今湖北南部、湖南北部一帶長江沿岸廣大地區。詳《從張丞相遊紀南城獵戲贈裴迪張參軍》注〔三〕。言水氣蒸發，霧氣籠罩整個雲夢澤。

〔五〕動：宋本、明活本、《英華》、《詩林》、《律髓》作「動」，敦煌卷子亦作「動」，《皮子文藪·郢州孟亭記》、《英靈集》、《西清詩話》、《唐詩紀事》引此句俱作「動」。可見原作「動」，明以後各本（除明活本外）則作「撼」，蓋後人所改。此字改得好，《説文》云：「撼，摇也。」形象生動而有力，但非浩然原文。岳陽城：即今湖南岳陽市，在洞庭湖東岸。

〔六〕舟檝：《書・説命上》：「若濟巨川，用汝作舟楫。」殷高宗把賢臣傅説比作渡河之舟。本詩用此句比喻欲出仕而無人援引。

〔七〕端居：猶獨處，指隱居。耻：宋、明、清各本及《英華》、《品彙》等同。惟《詩林》作「念」。聖明：古人常用「聖明」稱頌皇帝，因以代皇帝。《抱朴子・釋滯》：「聖明御世，唯賢是寶。」聖明天子在位，則天下太平，人民安樂，亦可稱爲聖明的時代。在這時代，無所建樹，所以感到羞恥。

〔八〕坐觀：宋、明、清各本及《律髓》、《品彙》同。《英華》作「坐憐」。《詩林》作「坐看」。垂釣者：宋、明、清各本及《詩林》、《品彙》等同。《英華》作「垂釣叟」。

〔九〕徒有：明活本、汲本、清本及《英華》、《品彙》等同。宋本、《全唐詩》、《詩林》作「空有」，意同。羨魚情：《漢書・董仲舒傳》：「古人有言曰：『臨淵羨魚，不如退而結網。』」《淮南子・説林訓》：「臨河羨魚，不如歸家織網。」常言作喻，言外之意是希望張丞相援引，不要使自己出仕的願望落空。仕進的要求，是非常强烈的。故劉辰翁評云：「託興可傷。」

劉辰翁曰：起得渾渾稱題，而氣概横絶，朴不可易。「端居」感興深厚。

曾季貍《艇齋詩話》：老杜有《岳陽樓》詩，浩然亦有。浩然雖不及老杜，然「氣蒸雲夢澤，波撼岳陽城」，亦自雄壯。

陳師道《後山詩話》：黄魯直謂白樂天云「笙歌歸院落，燈火下樓臺」，不如杜子美云「落花遊絲白日静，鳴鳩乳燕青春深」也。孟浩然云「氣蒸雲夢澤，波撼岳陽城」，不如九僧云「雲中下蔡邑，林際春申君」也。

楊慎《升庵詩話》卷二：五言律起句最難，六朝人稱謝朓工於發端，如「大江流日夜，客心悲未央」，雄壓千古矣。唐人多以對偶起，雖森嚴，而乏高古。宋周伯弜選唐三體詩取起句之工者二：「酒渴愛江清，餘酣漱晚汀」，又「江天清更愁，風柳入江樓」是也。語誠工，而氣衰颯。余愛柳惲「汀洲采白蘋，日落江南春」；吴均「咸陽春草芳，秦帝捲衣裳」，又「春從何處來，拂水復驚梅」；梁元帝「山高巫峽長，垂柳復垂楊」；唐蘇頲「北風吹早雁，日日渡河飛」；張柬之「淮南有小山，嬴女隱其間」；王維「風勁角弓鳴，將軍獵渭城」；杜子美「將軍膽氣雄，臂懸兩角弓」；孟浩然「八月湖水平，涵虚混太清」。雖律也而含有古意。皆起句之妙，可以爲法，何必效晚唐哉？伯弜之見，誠小兒也。

胡震亨《唐音癸籤》卷四引皎然語：詩惟情格並高，可稱上品。其雖有事，非用事者，若論其功，合入上格，至有三字物名之句，仗語而成，用功殊少。如孟浩然云：「氣蒸雲夢澤，波撼岳陽城。」自天地二氣初分，即有此六字，假孟生之才，加其四字，何功可伐，即欲索入上流耶？彼情格極高，則不可屈若稍下，吾請降之於高等之外，以懲彼濫。又宫闕之句，或壯觀可嘉，雖有功而情少，謂無含蓄之意也。宜入直用事中，不入上格，無作用故也。

胡震亨《唐音癸籤》卷五引陸放翁語：浩然四十字詩，後四句率覺氣索，如《岳陽樓》、《歲暮歸南山》之類。

王夫之《薑齋詩話》卷下一六：「親朋無一字，老病有孤舟」自然是岳陽樓詩。嘗試設身作杜陵，憑軒遠望觀，則心目中二語居然出現，此亦情中景也。孟浩然以「舟楫」、「垂釣」鈎鎖合題，則自全無干涉。

又卷下二〇：《樂記》云：「凡音之起，從人心生也。」固當以穆耳協心爲音律之凖。「一三五不論，二四六分明」之説，不可恃爲典要。「昔聞洞庭水」，聞、庭二字俱平，正爾振起。若「今上岳陽樓」易第三字爲平聲，云「今上巴陵樓」，則語蹇而戾於聽矣。「八月湖水平」，月、水二字皆仄，自可；若「涵虚混太清」易作「混虚涵太清」，爲泥磬土鼓而已。……足見凡言法者，皆非法也。釋氏有言：「法尚應捨，何況非法？」藝文家知此，思過半矣。

胡應麟《詩藪》内編卷四：「氣蒸雲夢澤，波撼岳陽城」，浩然壯語也，杜「吴楚東南坼，乾坤日夜浮」，氣象過之。

又内編卷五：唐五言律起句之妙者：「獨有宦遊人，偏驚物候新」、「春氣滿林香，春遊不可忘」、「八月湖水平，涵虚混太清」……或古雅，或幽奇，或精工，或典麗，各有所長，不必如七言也。

潘德輿《養一齋詩話》卷七：黄魯直謂樂天「笙歌歸院落，燈火下樓臺」，不如子美「落花游絲白日静，鳴鳩乳燕青春深」，誠然。然謂襄陽「氣蒸雲夢澤，波撼岳陽城」，不如九僧「雲間下蔡邑，林際春申君」，則語意茫昧，令人百思不能得也。

王士禛《帶經堂詩話·推較類》六：山谷云：「『氣蒸雲夢澤，波撼岳陽城』，不如『雲中下蔡邑，林際春申君』；『疎影横斜水清淺，暗香浮動月黄昏』，不如『雪後園林才半樹，水邊籬落忽横枝』。」此論最有神解。《後山詩話别記》云：「魯直謂『笙歌歸院落，燈火下樓臺』，不如『落花游絲白日静，鳴鳩乳燕青春深』；『氣蒸雲夢澤』云云，不如『光涵太虚室，波動岳陽樓』。」此語大減。上二聯雅俗判然，不需秤量。下一聯孟句雄渾天成；若「光涵太虚室」，是何等語！必記者之誤，非黄論也。

何世璂《然鐙記聞》七：爲詩須有章法、句法、字法。章法有數首之章法，有一首之章法。總是起結血脈要通；否則痿痺不仁，且近攢湊也。句法杜老最妙。句法要錬，然不可如王覺斯之錬字，反覺俗氣可厭。如：「氣蒸雲夢澤，波撼岳陽城。」「蒸」字、「撼」字，何等響，何等確，何等警拔也！（以上是王士禛口述，由何世璂記録整理。）

沈德潛曰：起法高渾，三四渾闊，足與題稱。讀此詩知襄陽非甘於隱遁者。語云，臨湖羡魚，不如退而結網。意外望張公之接引也。（《唐詩别裁》卷九）

黄子雲《野鴻詩的》九四：襄陽得天真之趣，器識惜局於狹隘，可小知而不可大受。《洞庭》一詩，是其别調。

毛先舒《詩辨坻》卷三，襄陽《洞庭》之篇，皆稱絶唱，至欲取壓唐律卷。予謂起句平平，三四雄，而「蒸」、「撼」語勢太矜，句無餘力；「欲濟無舟楫」二語，感懷已盡。更增結語，居然蛇足，無復深味。又上截過壯，下截不稱。世目同賞，予不敢謂之然也。

又：襄陽五言律體無他長，只清蒼醞藉，遂自名家，佳什亦多。《洞庭》一章，反見索露。古人以此作孟公身價，良不解也。

張謙宜《絸齋詩談》卷五：《臨洞庭》，楊戢夏先生嘗使予辨少陵、襄陽二詩高下，猝不能對。先生曰：「只念便知，孟自是分兩輕。」退而思之，杜詩用力匀，故通身重；孟力盡於前四句，後面趁不起，故一邊輕耳。即當句論，「吴楚東南坼，乾坤日夜浮」，包羅亦大。

余成教《石園詩話》卷一：孟襄陽《臨洞庭上張丞相》云：「八月湖水平，涵虚混太清。」《晚春》云，「二月湖水清，家家春鳥鳴。」同一起法，而前較渾。

王壽昌《小清華園詩談》卷上：何謂渾然？曰：「上山採蘼蕪」及「憶梅下西洲」是也。近體則杜員外之「獨有宦遊人，偏驚物候新。雲霞出海曙，梅柳渡江春。淑氣催黄鳥，晴光轉緑蘋。忽聞歌古調，歸思欲沾巾。」（《和晉陵陸丞早春遊望》）……孟山人之「八月湖水平，涵虚混太清。氣蒸雲夢澤，波撼岳陽城。欲濟無舟楫，端居恥聖明。坐觀垂釣者，徒有羨魚情。」（《臨洞庭上

張丞相》）

方回《瀛奎律髓》：予登岳陽樓，此詩（按指《望洞庭湖上張丞相》）大書左序毬門壁間，右書杜詩，後人自不敢復題也。劉長卿有句云：「疊浪浮元氣，中流没太陽。」世不甚傳，他可知也。

謝榛《四溟詩話》卷二：詩有簡而妙者，若劉楨「仰視白日光，皎皎高且懸」，不如傅玄「日月光太清」。……劉猛「可恥垂拱時，老作在家女」，不如浩然「端居恥聖明」。

蔡正孫《詩林廣記》引《西清詩話》云：洞庭，天下壯觀。騷人墨客，題者衆矣。終未若「氣蒸雲夢澤，波動岳陽城」氣象雄張，曠然如在目前。

晚春〔一〕

二月湖水清，家家春鳥鳴。林花掃更落，徑草踏還生〔二〕。酒伴來相命，開樽共解醒〔三〕。當杯已入手，歌妓莫停聲。

〔一〕題目：宋、明、清各本及《品彙》同。《全唐詩》及《詩選》作「春中喜王九相尋」。

〔二〕踏：明、清各本及《品彙》同。《詩選》作「蹋」，與「踏」同。《説文》：「蹋，踐也。」段玉裁注：「俗作踏。」宋本作「蹈」，《説文》：「蹈，踐也。」則與「踏」意同。

〔三〕醒：明、清各本及《詩選》、《品彙》同。宋本作「酲」，誤。《説文》：「酲，病酒也。」《詩・小雅・

節南山》：「憂心如酲。」毛傳：「病酒曰酲。」《世説新語·任誕》：「劉伶病酒渴甚，從婦求酒。婦捐酒毁器，涕泣諫曰：『君飲太過，非攝生之道，必宜斷之。』伶曰：『甚善，我不能自禁，唯當祝鬼神自誓斷之耳，便可具酒肉。』婦曰：『敬聞命。』供酒肉於神前，請伶祝誓。伶跪而祝曰：『天生劉伶，以酒爲名，一飲一斛，五斗解酲。婦人之言，慎不可聽。』」根據這些材料，可以證明應爲「酲」。

劉辰翁曰：亦自豪宕，結語情屬不淺。

王世貞《藝苑卮言》卷四：孟襄陽「欲尋芳草去，惜與故人違」，「林花掃更落，徑草踏還生」，韋左司「身多疾病思田里，邑有流亡愧俸錢」，雖格調非正，而語意亦佳。于鱗乃深惡之，未敢從也。

謝榛《四溟詩話》卷四：劉孝綽妹詩「落花掃更合，叢蘭摘復生」，孟浩然「林花掃更合（按當爲「落」），徑草踏還生」，此聯豈出自劉歟？二作清麗，各有優劣。

張謙宜《絸齋詩談》卷五：《晚春》「二月湖水清，家家春鳥鳴」，起法從容。

賀裳《載酒園詩話又編·孟浩然》：孟詩有極平熟之句當戒者，如「天涯一望斷人腸」，「當杯已入手，歌妓莫停聲」，淺人讀之，則爲以水濟水。

余成教《石園詩話》卷一：孟襄陽《臨洞庭上張丞相》云：「八月湖水平，涵虚混太清。」《晚春》云：「二月湖水清，家家春鳥鳴。」同一起法，而前較高渾。

歲暮歸南山〔一〕

北闕休上書〔二〕，南山歸弊廬〔三〕。不才明主棄，多病故人疎。白髮催年老〔四〕，青陽逼歲除〔五〕。永懷愁不寐，松月夜窗虛〔六〕。

〔一〕題目：汲本、清本、《全唐詩》、《英華》、《詩選》、《詩林》同。宋本「暮」作「晚」。《英靈集》作「歸故園作」。明活本作「歲暮歸終南山」。《律髓》、《品彙》作「歸終南山」。浩然於仕進絶望之後，歸南山，這個南山，不是終南山，而是浩然的園廬，因在襄陽城南峴山附近，故他常稱作南山。從本詩「南山歸弊廬」，可證。再從《題長安主人壁》「久廢南山田」句，也可以看出「南山田」即指其故園之田。又《南山下與老圃期種瓜》有「樵牧南山近，林閭北郭賒。先人留素業，老圃作鄰家」之句，亦可證明南山是指作者的故園而非終南山。○本詩當作於開元十七年冬長安應舉時期。

〔二〕北闕：《説文》：「闕，門觀也。」徐鍇《繫傳》：「爲二臺於門外，作樓觀於上，上員下方。」古代皇帝宫殿大門之外，左右各置一臺，上有樓觀，稱爲闕。通稱皇帝的居處爲北闕，也作皇帝的代稱。「北闕休上書」，是他對皇帝不重視人才的憤激之辭。

〔三〕弊廬：破舊的房屋。陶淵明《移居》：「弊廬何必廣，取足蔽牀席。」

〔四〕年老：宋、明、清各本及《英靈集》、《詩選》、《詩林》、《律髓》、《品彙》同。《英華》作「年去」。

〔五〕青陽：《爾雅・釋天》：「春爲青陽。」郭璞注：「氣清而温陽。」郝懿行義疏：「《説文》云：『青，東方色也。陽，高明也。』」則青指天的顔色，陽指温和的天氣。四時更替，冬去春來，舊歲的除去，似由於新春的逼迫，故言「逼歲除」。

〔六〕窗：明、清各本及唐、宋、明各選本同。宋本作「堂」，《英華》「窗」下無校記，可見周必大所見宋本亦作「窗」。當以「窗」爲是。

劉辰翁曰：他人有此起，無此結，每見短氣，其亦最得意之詩，最失意之日，故爲明主誦之。

王定保《唐摭言》卷一一：襄陽詩人孟浩然，開元中頗爲王右丞所知。句有「微雲淡河漢，疏雨滴梧桐」者，右丞吟之，常擊節不已。維待詔金鑾殿，一日，召之商較風雅，忽遇上幸維所，浩然錯愕伏牀下，維不敢隱，因之奏聞。上欣然曰：「朕素聞其人。」因得詔見。上曰：「卿將得詩來耶？」浩然奏曰：「臣偶不賫所業。」上即命吟。浩然奉詔，拜舞念詩曰：「北闕休上書，南山歸臥廬。不才明主棄，多病故人疎。」上聞之憮然曰：「朕未嘗棄人，自是卿不求進，奈何有此作！」因命放歸南山，終身不仕。

計有功《唐詩紀事》卷二十三：明皇以張説之薦召浩然，令誦所作，乃誦「北闕休上書，南山歸弊廬。不才明主棄，多病故人疎。白髮催年老，青陽逼歲除。永懷愁不寐，松月夜窗虚。」帝曰：「卿不求朕，豈朕棄卿？何不言『氣蒸雲夢澤，波動岳陽城』？」因是故棄。

魏泰《臨漢隱居詩話》：孟浩然入翰苑訪王維，適明皇駕至，浩然倉皇伏匿，維不敢隱而奏知。

明皇曰：「吾聞此人久矣。」詔使進所業，浩然誦：「北闕休上書，南山歸弊廬。不才明主棄，多病故人疎。」明皇曰：「我未嘗棄卿，卿不求仕，何誣之甚也？」因命放歸襄陽。世傳如此，而《摭言》諸書，載之猶詳。且浩然布衣，闌入宮禁，又犯行在所，而止於放歸，明皇寬假之亦至矣，烏在一棄字而議罪乎！

葛立方《韻語陽秋》卷十八：開元天寶之際，孟浩然詩名籍甚，一遊長安，王維傾蓋延譽，然官卒不顯，何哉？或謂維見其勝己，不肯薦於天子，故浩然別維詩云：「當路誰相假，知音世所希。」史載維私約浩然於苑，而遇明皇，遂伏於牀下，明皇見之，使誦其所爲詩，至有「不才明主棄」之句，明皇云：「卿不求仕，朕未嘗棄卿。」因放還。使維誠有薦賢之心，當於此時力薦其美，以解明皇之愠，乃爾嘿嘿。或者之論，蓋有自也。厥後雖寵鳳林之墓，繪孟亭之像，何所補哉？

瞿佑《歸田詩話》卷上：王維攜孟浩然在翰林，適駕至，得見，命誦所爲詩，有「北闕休上書，南山歸故廬。不才明主棄，多病故人疎」之句，怒曰：「卿自棄朕，朕何曾棄卿？」即放還山。惟太白召見沉香亭，應制作《清平調》詞三首，頗見優寵，然僅得待詔翰林而已。及在禁中與貴妃宴樂，妃衣褪微露乳，以手捫之曰：「軟柔新剥雞頭肉。」禄山在傍接對云：「滑膩如凝塞上酥。」帝續之曰：「信是胡兒只識酥。」不怒而反以爲笑。謬戾如此，天下安得不亂？

胡震亨《唐音癸籤》卷二十五：孟襄陽伴直，從牀底出見明皇，有諸乎？果爾，不逮坦率宋五遠矣。令人主一見，意頓盡，何待誦詩始決也。

周容《春酒堂詩話》：唐玄宗見青蓮「飛燕新妝」詩而能不怒，見襄陽「不才明主棄」句而怒之，此所以爲命也夫！

又：襄陽《歸南山》詩，全章淺率，不待吟諷；不特誦之帝前，見野人唐突，只就詩論詩，殊違雅致，無足録也。後人翻緣勿遇之故，不忍遺棄，亦襄陽不幸中之幸矣。

張謙宜《絸齋詩談》卷五：《歲暮歸南山》，絶不怒張，渾如鐵鑄。「北闕休上書」，喚起法。「不才明主棄」，極得意句，却是蹭蹬之由，令人浩歎！ 詳文意，本是謙詞，絶非怨望，明皇不收，尚是皮相詩人。「永懷愁不寐，松月夜窗虚」，惟不寐才覺月窗虚，虚者無人相賞也。

何文焕《歷代詩話考索》：王右丞私邀孟浩然於苑中，明皇微特不之罪，反使誦詩，千載奇逢。至詩句忤旨，乃其命也。葛常之謂右丞不於此時力解明皇之愠，爲忌其勝己，故不肯薦。請問「不才明主棄」句如何解？ 此等論言，真以小人之心，度君子之腹。

沈德潛曰：此浩然不第歸來作也。時帝幸王維寓，浩然見帝，帝命賦平日詩，浩然即誦此篇。帝曰：「卿不求仕，朕何嘗棄卿？」遂放還。時不誦《臨洞庭》而誦《歸終南》，命實爲之！ 浩然亦有不能自主者耶？

按：以上這些詩話，對本詩評論不多，大都記録浩然遇明皇事。這個傳説，是值得懷疑的。

胡震亨《唐音癸籤》卷五引陸放翁語：浩然四十字詩，後四句率覺氣索，如《岳陽樓》、《歲暮歸南山》之類。

王夫之《薑齋詩話》卷下：唯孟浩然「氣蒸雲夢澤」，不知「雲土夢作乂」，夢本音蒙。「青陽逼歲除」，不知「日月其除」，除本音住。浩然山人之雄長，時有秀句；而飄逸味短，不得與高、岑、王、儲齒。

顧嗣立《寒廳詩話》一一：已蒼先生嘗誦孟襄陽詩「不才明主棄，多病故人疏」云：一生失意之詩，千古得意之句。

梅道士水亭〔一〕

傲吏非凡吏〔二〕，名流即道流〔三〕。隱居不可見，高論莫能酬〔四〕。水接仙源近，山藏鬼谷幽〔五〕。再來迷處所〔六〕，花下問漁舟。

〔一〕梅道士：《孟集》中尚有《尋梅道士》、《宴梅道士山房》諸詩，當係浩然友好。其人生平不詳。

〔二〕傲吏：指莊周。詳《與王昌齡宴王十一》注〔三〕。

〔三〕名流：猶名士，著名人士。魏晉以後，常用此語以品評人物。《世説新語・品藻》：「孫興公、許玄度皆一時名流。」道流：儲光羲《題辛道士房》：「全神不言命，所向道家流。」

〔四〕酬：應對，答對。

〔五〕鬼谷：山谷名，傳説中高士鬼谷子所居之處。《元和郡縣志・河南道》：「鬼谷在縣（告城）北五里，即六國時鬼谷先生所居也。」《太平寰宇記・關西道・耀州》：「清谷水，在縣（三原）西北雲陽縣界流入，一名鬼谷，昔蘇、張師事鬼谷先生學，即此谷也。」按：唐告城縣在今河南登封縣東南，清水谷則在陝西三原縣西，兩説不同。據《史記》，蘇秦洛陽人，張儀魏人，二人遊學似不應至秦地，疑《元和郡縣志》所記近是。本句蓋用鬼谷以比喻梅道士居處的幽静。

〔六〕再來句：陶淵明《桃花源記》：「既出，得其船，便扶向路，處處誌之。及郡下，詣太守，説如此。太守即遣人隨其往，尋向所誌，遂迷，不復得路。」這裏用桃花源以比梅道士的居處，表明其地之幽静深遠，人迹罕至。

閒園懷蘇子

林園雖少事，幽獨自多違〔一〕。向夕開簾坐，庭陰落影微〔二〕。鳥過煙樹宿〔三〕，螢傍水軒飛〔四〕。感念同懷子，京華去不歸〔五〕。

〔一〕違：《説文》：「違，離也。」《詩·邶風·谷風》：「行道遲遲，中心有違。」毛傳：「違，離也。」

〔二〕落影：原作「葉落」，明活本、汲本同。《品彙》作「落葉」。宋本作「落影」，清本、《全唐詩》作「落景」，同。今從宋本。《周禮·地官·大司徒》：「以土圭之法，測土深，正日景。」陸德明釋文：「景本或作影。」梁簡文帝《馬槊譜序》：「春亭落影，秋皋晚静，嚴霜盡降，密雲初晴。」唐太宗《感舊賦》：「對落影之蒼茫，聽寒風之蕭瑟。」

〔三〕鳥過：原作「烏從」，明活本、汲本、《品彙》同。宋本、《全唐詩》作「鳥過」。今從宋本。

〔四〕軒：殿堂前檐下的平臺，或帶檻長廊。軒臨水，故曰水軒。

〔五〕京華：京師爲人才文物薈萃之地，故稱曰京華。《文選·郭璞〈遊仙詩〉》：「京華遊俠窟，山林隱遁棲。」

劉辰翁曰：一種情緒。

方回《瀛奎律髓》：郊野之作，「釣竿垂北澗，樵唱入南軒」，「先人留素業，老圃作鄰家」，「鳥過烟樹宿，螢傍水軒飛」皆佳。

賀裳《載酒園詩話又編·賈島》：閬仙五字詩實爲清絶，如「空巢霜葉落，疏牖水螢穿」，即孟襄陽「鳥過煙樹宿，螢傍水軒飛」，不能遠過。

張謙宜《絸齋詩談》：《閒園懷蘇子》，一二是懷字意，三四正是懷人時節，五六又是懷人景物，一氣趕下，末乃點出懷字，句法最妙。

留別王維〔一〕

寂寂竟何待〔二〕，朝朝空自歸。欲尋芳草去〔三〕，惜與故人違〔四〕。當路誰相假〔五〕？知音世所稀〔六〕！祇應守索寞〔七〕，還掩故園扉。

〔一〕題目：清本、《品彙》同。宋本、汲本、《英華》作「留别王侍御」。《全唐詩》作「留别王侍御維」。明活本作「留别王侍郎維」。按：王維於開元末年始任殿中侍御史，此詩作於開元十七年長安應舉時期，不可能稱侍御，則「侍御」二字，當係後人所加。又王維未任侍郎職，故明活本亦誤。王維：字摩詰，祖籍太原，後遷居蒲州。開元九年舉進士，任大樂丞，因伶人舞黄獅子事，貶濟州司倉參軍。張九齡執政，擢右拾遺。遷監察御史。開元末年任殿中侍御史。四十歲後開始過着半官半隱的生活。天寶十五載，安禄山兵入長安，王維曾受僞職。肅宗回京，貶爲太子中允，累遷太子中庶子、中書舍人，官至尚書右丞，世稱王右丞。詩作兼善衆體，尤工五律、五絶，與孟浩然齊名，同爲盛唐田園山水詩派代表。又爲繪畫大師，蘇軾稱其「詩中有畫，畫中有詩」。

〔二〕何待：宋本、汲本、清本、《全唐詩》、《英華》、《品彙》同。明活本作「何事」。本句言落第後寂寞無聊。

〔三〕芳草：本意爲香草，但在詩歌中往往用以比喻高尚的品德、高尚的理想。《離騷》：「何所獨無芳草兮，爾何懷乎故宇？」又：「蘭芷變而不芳兮，荃蕙化而爲茅。何昔日之芳草兮，今直爲此蕭艾也。」王逸序文：「《離騷》之文，依《詩》取興，引類譬喻，故善鳥香草以配忠貞。」本詩則用以比喻高尚的理想——隱逸。

〔四〕惜與句：本句表明了浩然對王維的友情。

〔五〕當路：身居要職掌握政權的人。《孟子·公孫丑上》：「夫子當路於齊。」朱熹注：「當路，居要地也。」葛立方謂指王維（見《歲暮歸南山》詩後評語），於情理不合，非是。假：借。《儀禮·少牢·饋食禮》：「假爾大筮有常。」鄭玄注：「假，借也。」引申爲幫助之意。

〔六〕知音：用俞伯牙撫琴，鍾子期知音故事，比喻知心朋友。詳《夏日南亭懷辛大》注〔六〕。

〔七〕索寞：原作「寂寞」，明活本、汲本、清本同。宋本、《全唐詩》、《英華》作「索寞」。據毛校記元本亦作「索寞」。今從宋本。

劉辰翁曰：箇中人，箇中語，看着便不同。又：末意更悲。

武陵泛舟〔一〕

武陵川路狹，前棹入花林。莫測幽源裏，仙家信幾深〔二〕。水迴青嶂合〔三〕，雲渡緑谿陰。坐聽閒猿嘯〔四〕，彌清塵外心〔五〕。

〔一〕題目：唐朗州治武陵，即今湖南省常德市。地臨沅江，本詩蓋泝沅江泛舟遊覽之作。此詩宋本不載。○此詩當作於壯年漫游時期。

〔二〕武陵四句：幽源：明活本、清本、《全唐詩》、《品彙》同。汲本作「幽景」，不恰。四句蓋用陶淵明《桃花源記》典。該文云：「晉太元中，武陵人捕魚爲業，緣溪行，忘路之遠近。忽逢桃花林。

夾岸數百步，中無雜樹，芳草鮮美，落英繽紛。漁人甚異之。復前行，欲窮其林。林盡水源，便得一山，山有小口，髣髴若有光。便舍船從口入，初極狹，纔通人。復行數十步，豁然開朗，土地平曠，屋舍儼然，有良田美池桑竹之屬。」花林，即指桃花林；幽源，即指桃花源。這本是陶淵明虛擬的一個理想世界，故本詩云：「仙家信幾深。」

〔三〕青嶂：高險如屏之山曰嶂，青嶂猶青山。

〔四〕閒猿：明活本、清本、《全唐詩》、《品彙》同。汲本作「猿啼」。

〔五〕彌清：明活本、清本、《全唐詩》、《品彙》同。汲本作「彌深」。塵外：猶世外。《文選·張衡〈思玄賦〉》：「遊塵外而瞥天兮，據冥翳而哀鳴。」《晉書·謝安傳論》：「文靖始居塵外，高謝人間，嘯詠山林，浮泛江海。」

同曹三御史泛湖歸越〔一〕

秋入詩人意〔二〕，巴歌和者稀〔三〕。泛湖同逸旅〔四〕，吟會是思歸〔五〕。白簡徒推薦〔六〕，滄洲已拂衣〔七〕。杳冥雲海去〔八〕，誰不羨鴻飛。

〔一〕題目：「史」下原多一「行」字。明、清各本及《全唐詩》同。宋本無，今從宋本。曹三御史：未詳。○本詩約作於開元十九年游越期間。

〔二〕意：原作「興」，明活本、清本同。宋本、汲本、《全唐詩》作「意」。今從宋本。

〔三〕巴歌：即「下里巴人」。《文選·宋玉〈對楚王問〉》：「客有歌於郢中者，其始曰《下里》、《巴人》，國人屬而和者數千人；其爲《陽阿》、《薤露》，國中屬而和者數百人；其爲《陽春》、《白雪》，國中屬而和者不過數十人；引商刻羽，雜以流徵，國中屬而和者，不過數人而已。是其曲彌高，其和彌寡。」浩然襄陽人，爲古楚地，故用「巴歌」以代自己所作詩歌。今遠離故鄉，來至越州，自己心情常不爲人所理解，所以説「和者稀」。

〔四〕逸旅：原作「旅泊」，明活本、清本同。宋本、汲本、《全唐詩》作「逸旅」。今從宋本。

〔五〕思歸：原作「歸思」，明、清各本同。宋本、《全唐詩》作「思歸」。今從宋本。

〔六〕白簡：御史有所彈劾奏議，用白簡（古時書寫用竹木簡，故稱。後世用紙，仍用此名）。《晉書·傅玄傳》：「每有奏劾，或值日暮，捧白簡，整簪帶，竦踊不寐，坐而待旦。于是貴游懾伏，臺閣生風。」宋之問《和姚給事寓直》：「寵就黄扉日，威回白簡霜。」劉長卿《哭張員外繼》：「白簡曾連拜，滄洲每共思。」看來這位曹三御史推薦過孟浩然。或以爲此語誤用。施閏章《蠖齋詩話·白簡》：「今人言彈劾則曰白簡從事。晉傅玄性急，每有奏劾，或值日莫，捧白簡，坐以待旦，竦踊不寐，臺閣生風。晉本又云，白簡，簡略狀。《南史·任昉傳》注。然用作推薦語，便以爲誤。孟詩《同曹三御史泛湖》有『白簡徒推薦，滄江久拂衣』。」

〔七〕滄洲：本爲濱水之地，常借指隱士所居。詳《歲暮海上作》注〔八〕。本句言有歸隱之意。

〔八〕雲海：宋本、明活本、清本同。汲本、《全唐詩》作「雲外」。

遊景空寺蘭若〔一〕

龍象經行處〔二〕，山腰度石關。屢迷青嶂合，時愛緑蘿閒〔三〕。宴息花林下，高談竹嶼間。寥寥隔塵事，疑是入雞山〔四〕。

〔一〕題目：明活本、《全唐詩》同。汲本無「寺」字。清本、《品彙》作「遊景光寺」，據毛校記元本亦作「遊景光寺」。此詩宋本不載。按：張説有《遊襄州景空寺題融上人蘭若》一詩，則襄州有景空寺，寺的住持爲融上人。浩然有關融上人蘭若詩計有三首，從這些詩看來，融上人蘭若距離浩然居處不遠。則當以景空寺爲是，該寺當在襄州。蘭若：梵文阿蘭若的略稱。意爲寂静處，因指僧人居處曰蘭若，也泛指佛寺。

〔二〕龍象：佛家語。水行龍力最大，陸行象力最大，故用龍象以喻佛力之大。《維摩經》：「菩薩勢力，譬如龍象。」後世常用龍象以代高僧。李白《贈宣州靈源寺仲濬公》：「此中積龍象，獨許濬公殊。」

〔三〕屢迷二句：高峻如屏之山曰嶂。二句言山路迴轉幽深，使人難識，緑蘿生長其間，又使人感到優美。

〔四〕雞山：神話傳説中的山名。這裏借指仙山。《山海經・南山經》：「灌湘之山……又東五百里曰雞山，其上多金，其下多丹雘。」

劉辰翁曰：屢字又好。山行路盡，乃知此語有趣。

陪張丞相登(嵩)〔當〕陽樓〔一〕

獨步人何在〔二〕，(嵩)〔當〕陽有故樓。歲寒問耆舊〔三〕，行縣擁諸侯〔四〕。林莽北彌望〔五〕，沮漳東會流〔六〕。客中遇知己，無復越鄉憂〔七〕。

〔一〕嵩陽：宋、明、清各本同。陳貽焮先生以爲係當陽之誤，良是。一、嵩陽縣爲隋代置，屬河南郡。唐時改爲登封縣，屬都畿道。張丞相當爲張九齡，而張九齡並未在這裏做過地方官，他既然没有做過這一帶的地方官，何以會到這裏「行縣」呢？張九齡於開元二十五年四月貶荆州都督府長史，當陽正是荆州屬縣，巡視當陽，正是他的職責。二、詩中有「沮漳東會流」之句，沮漳二水，正在當陽的東南方會合。則當陽正與詩意合，而嵩陽則無法解釋。三、《文選・王粲〈登樓賦〉》：「登兹樓以四望兮，聊暇日以銷憂。覽斯宇之所處兮，實顯敞而寡仇。挾清漳之通浦兮，倚曲沮之長洲。」本詩「林莽」等句，實襲用其意。據李善注引盛弘之《荆州記》云：「當陽縣城樓，王仲宣登之而作賦。」根據以上理由，則「嵩陽」實應爲「當陽」。○此詩當作於開元二十五年，浩然晚年時期。

〔二〕獨步：明、清各本同。據毛校記元本作「獨走」，非。曹植《與楊德祖書》：「昔仲宣獨步於漢南，孔璋鷹揚於河朔。」仲宣，王粲字。獨步人指王粲。

〔三〕問：原作「間」，宋本、明活本、汲本、清本、《全唐詩》作「問」，據改。耆舊：宋本、汲本、清本、《全唐詩》同。明活本作「著舊」，誤。耆舊，故老。

〔四〕行縣：巡視各縣。

〔五〕林莽：原作「泱莽」，明活本、清本作「泱莽」。莽俗莽字，見《干祿字書》。宋本、汲本、《全唐詩》作「林莽」。「林莽」正與下句「沮漳」相對。今從宋本。彌望：猶遠望。《文選·張衡〈西京賦〉》：「前開唐中，彌望廣潒。」薛綜注：「彌，遠也。」

〔六〕沮漳：二水名，在今湖北境，源於荆山，南流在當陽縣東南會合後，再南流，注入長江。《文選·王粲〈登樓賦〉》：「挾清漳之通浦兮，倚曲沮之長洲。」李善注：「《山海經》曰：『荆山漳水出焉，而東南注入於睢。』《漢書·地理志》曰：『漢中房陵東山，沮水所出，至郢入江。』睢與沮同。」按漢代漢中郡房陵縣，即今湖北省房縣。東山當即荆山餘脈。

〔七〕越鄉憂：明活本、汲本、清本、《全唐詩》同。宋本作「越鄉愁」。張九齡《候使登石頭驛樓作》：「自守陳蕃榻，嘗登王粲樓。徒然騁目處，豈是獲心遊。向跡雖愚谷，求名異盜丘。息陰芳木所，空復越鄉憂。」

劉辰翁曰：句意渾厚，非小丈夫嘴爪比。

與顏錢塘登樟亭望潮作〔一〕

百里聞雷震〔二〕，鳴絃暫輟彈〔三〕。府中連騎出〔四〕，江上待潮觀。照日秋雲迴〔五〕，浮天渤澥寬〔六〕。驚濤來似雪〔七〕，一坐凜生寒。

〔一〕樟亭：明活本、清本同。汲本、《全唐詩》作「樟樓」。宋本作「障樓」。應作「樟」。翟灝《湖山便覽》引《輿地志》謂，樟亭驛在錢塘舊治南五里，今廢。顏錢塘：指錢塘縣令顏某，未詳其名。唐代常以地名稱其行政長官。望潮：錢塘江兩岸有龕、赭二山，南北對峙如門。潮汐受二山之束，水流湍急，有如萬馬奔騰，而八月望日，水勢更加洶湧，極爲壯觀。○此詩蓋作於開元十八年秋游越期間。

〔二〕聞雷：原作「雷聲」，明活本、清本同。宋本、汲本、《全唐詩》作「聞雷」。今從宋本。《文選·枚乘〈七發〉》：「疾雷聞百里。」

〔三〕鳴絃句：《吕氏春秋·察賢》：「宓子賤治單父，彈鳴琴，身不下堂，而單父治。巫馬期以星出，以星入，日夜不居，以身親之，而單父亦治。巫馬期問其故於宓子。宓子曰：『我之謂任人，子之謂任力，任力者故勞，任人者故逸。』宓子則君子矣。」後世因用「鳴絃」（鳴琴）歌頌地方官的簡政而治。此句言顏錢塘縣令暫時停止政務。

〔四〕連騎：宋、明各本及《全唐詩》同。清本作「還騎」，句意不合，誤。

〔五〕秋雲：明、清各本及《全唐詩》同。宋本作「秋空」。迥：原作「逈」。宋、明各本俱同。清本、《全唐詩》作「迥」。「逈」，字書不載，蓋「迥」之俗字。《玉篇》：「迥，遠也。」

〔六〕浮天：明、清各本及《全唐詩》同。宋本作「浮雲」。渤澥：指東海。《初學記》卷六：「按東海之別有渤澥，故東海共稱渤海。」

〔七〕鷺濤：原作「鷲濤」，明、清各本及《全唐詩》同。宋本作「鷺濤」，今從宋本。《文選·枚乘〈七發〉》：「其始起也，洪淋淋焉，若白鷺之下翔。」駱賓王《夏日遊德州贈高四》：「鷺濤開碧海。」

大禹寺義公禪〔一〕

義公習禪處〔二〕，結構依空林〔三〕。户外一峰秀，堦前羣壑深〔四〕。夕陽照雨足〔五〕，空翠落庭陰〔六〕。看取蓮花净，應知不染心〔七〕。

〔一〕題目：汲本同。明活本「禪」下多「房」字。宋本作「題大禹義公房」。清本、《品彙》作「題義公禪房」。據毛校記元本亦同。《全唐詩》作「題大禹寺義公禪房」。大禹寺：《太平寰宇記·江南東道·越州》：「大禹廟在縣南二十里。」《清一統志·浙江·紹興府》：「大禹廟在山陰縣塗山南麓。宋元以來皆祀禹於此，明改祀於會稽山陵。」義公：爲大禹寺僧人，生平不詳。禪：禪房之略稱。○此詩約作於開元十九年游越期間。

〔二〕禪處：原作「禪寂」。明活本、清本、《品彙》同。宋本、汲本、《全唐詩》作「禪處」。從句意及題目看，以「禪處」爲佳，今從宋本。

〔三〕結構：原作「結宇」，明活本、清本、《品彙》同。宋本、汲本、《全唐詩》作「結構」。今從宋本。結構，修建房屋，結連構架。《抱朴子·勖學》：「文梓干雲而不可名臺榭者，未加班輸之結構也。」空林：謝靈運《過瞿溪山僧》：「清霄颺浮煙，空林響法鼓。」

〔四〕羣壑：原作「衆壑」，明活本、清本、《品彙》同。宋本、汲本、《全唐詩》作「羣壑」。今從宋本。

〔五〕照：原作「連」，明活本、清本、《全唐詩》、《品彙》同。宋本、汲本作「照」。這裏寫雨後照射的情景，以照爲佳，今從宋本。雨足：猶雨脚。杜甫《茅屋爲秋風所破歌》：「床頭屋漏無乾處，雨脚如麻未斷絶。」

〔六〕空翠：雨後山林如洗，那種透明的緑色稱爲空翠。本句言庭院樹陰間，也呈現青翠色。謝靈運《過白岸亭》：「空翠難强名，漁釣易爲曲。」

〔七〕看取二句：應知：原作「方知」，明活本、清本、《品彙》同。宋本、汲本、《全唐詩》作「應知」，今從宋本。蓮花：具有出淤泥而不染的性格，佛家更把它比作佛眼，所謂菩薩「目如廣大青蓮花葉」（見《法華妙音品》）。又稱佛國爲蓮界，稱佛座爲蓮座或蓮臺等等。義公能選擇這樣幽美的地方修建禪房，可見他的心胸如此清高，如此地一塵不染。

張謙宜《絸齋詩談》卷五：《題大禹寺義公禪房》「夕陽連雨足，空翠落庭陰」，惟其連雨足，是以空翠欲落，形對待而意側注。

王壽昌《小清華園詩談》卷上：何謂秀？曰：如郭景純（璞）之「翡翠戲蘭苕，容色更相鮮。緑蘿結高林，蒙蘢蓋一山。中有冥寂士，静嘯撫清絃。放情淩霄外，嚼蕊挹飛泉。赤松臨上游，駕鴻乘紫煙。左挹浮丘袂，右拍洪崖肩。借問蜉蝣輩，寧知龜鶴年」（《遊仙》）。近體如孟襄陽之「義公習禪寂，結宇依空林。户外一峰秀，階前衆壑深。夕陽連雨足，空翠落庭陰。看取蓮花浄，方知不染心」（《題義公禪房》）。

尋白鶴巖張子容隱居〔一〕

白鶴青巖半〔二〕，幽人有隱居〔三〕。 堦庭空水石，林壑罷樵漁〔四〕。 歲月青松老，風霜苦竹疎〔五〕。 覩兹懷舊業，迴策返吾廬〔六〕。

〔一〕題目：明活本、《全唐詩》同。清本無「白鶴巖」三字。宋本、汲本「隱居」作「顔處士」。據毛校記元本作「尋張子顔隱居」。《英華》作「尋白鶴巖張子膺隱處士」。按張子顔、張子膺顯係張子容之誤。白鶴巖：《清一統志·湖北·襄陽府》：「白馬山在襄陽縣南十里，一名白鶴山。」

疑即白鶴巖。《唐才子傳》謂張子容與孟浩然同隱鹿門山，當係蓋然之辭。

〔二〕半：原作「畔」，宋、明、清各本及《全唐詩》、《英華》俱作「半」，據改。

〔三〕隱：宋、明、清各本及《全唐詩》同。《英華》作「舊」。

〔四〕林壑：明、清各本及《全唐詩》、《英華》同。宋本作「井壑」，與「罷樵漁」不合，非是。

〔五〕疎：宋、明、清各本及《全唐詩》同。《英華》作「餘」，當以「疎」爲是。以上四句寫張子容舊日隱居處的蕭瑟景象。

〔六〕迴策：原作「携策」，明活本同。宋本、汲本、清本、《全唐詩》俱作「迴策」。《英華》作「杖策」。今從宋本。《晉書·王湛傳》：「因騎此馬。姿容既妙，迴策如縈，善騎者無以過之。」

九日得新字〔一〕

初九未成旬〔二〕，重陽即此晨〔三〕。登高聞古事〔四〕，載酒訪幽人。落帽恣歡飲〔五〕，授衣同試新〔六〕。茱萸正可佩〔七〕，折取寄情親。

〔一〕題目：原作「九日」，明代各本同。宋本、清本、《全唐詩》作「九日得新字」。今從宋本。

〔二〕初九：原作「九日」，明、清各本同。宋本、《全唐詩》作「初九」。據毛校記元本亦作「初九」。今從宋本。

〔三〕重陽：陰曆九月九日爲重陽節。詳《秋登萬山寄張五》注〔一〇〕。晨：明活本、汲本、《全唐詩》同。宋本、清本作「辰」，通。

〔四〕聞：原作「尋」，明活本同。宋本、汲本、清本、《全唐詩》作「聞」，今從宋本。古：原作「故」。明活本、汲本、清本同。宋本、《全唐詩》作「古」，今從宋本。

〔五〕落帽：重陽登臨之樂曰落帽歡。詳《盧明府九日峴山宴袁使君張郎中崔員外》注〔一〇〕。

〔六〕授衣：古人九月置備冬衣稱授衣。詳《題長安主人壁》注〔一〇〕。

〔七〕茱萸：植物名。因有濃烈香氣，古人以爲佩茱萸可以避邪。《續齊諧記》：「汝南桓景，從費長房遊學。長房謂之曰：『九月九日，汝南當有大災厄，急令家人縫囊盛茱萸，繫臂上，登山飲菊花酒，此禍可消。』景如言，登山，夕還，見雞犬牛羊一時暴死。長房聞之曰：『此可代也。』」王維《九日》：「遥知兄弟登高處，遍插茱萸少一人。」

李夢陽曰：亦淺。

除夜樂城逢張少府作〔一〕

雲海訪甌閩〔二〕，風濤泊島濱〔三〕。何知歲除夜〔四〕，得見故鄉親。余是乘桴客〔五〕，君爲失路人〔六〕。平生復能幾，一別十餘春。

〔一〕題目：原作「除夜樂城張少府宅」，明活本同。宋本作「除夜樂城逢張少府作」。汲本、《全唐詩》少一「作」字。清本作「除夜樂城逢張子容」。以上四本，基本相同。《英華》作「歲除夜來張少府宅」。張子容有《除夜樂城逢孟浩然》當與此詩作於同時，題意亦與宋本合，今從宋本。樂城：唐縣名，屬温州，即今浙江樂清縣。時張子容爲樂城縣尉，故稱少府。〇此詩約作於開元十九年除夕游越期間。

〔二〕訪：明活本、《英華》同。宋本、汲本、清本、《全唐詩》作「泛」。甌閩：甌指今浙江温州一帶地區，漢代爲東甌王轄地，因而得名。閩本爲種族名稱，因居於福建一帶，故稱福建爲閩。

〔三〕風濤：《英華》同。宋本、明活本、汲本、清本、《全唐詩》作「風潮」。島：明、清各本及《全唐詩》、《英華》同。宋本作「鳥」，顯係誤書。

〔四〕何知：原作「如何」，明活本、汲本同。宋本、清本、《全唐詩》、《英華》作「何知」，據改。

〔五〕余：宋、明各本及《全唐詩》、《英華》同。清本作「予」，據毛校記元本作「子」，當爲「予」之誤。乘桴客：原作「乘槎客」。明、清各本及《全唐詩》同。宋本、《英華》作「乘桴客」。據此可知最早的本子是作「桴」，元明以後才改成「槎」，今從宋本。乘桴，《論語·公冶長》：「子曰：道不行乘桴浮於海。」後世因用「乘桴」表示隱逸、避世。此時浩然科舉失敗又遠走他鄉，心灰意冷，無意仕進，故稱自己爲乘桴客。

〔六〕君：宋、明各本及《全唐詩》、《英華》同。清本作「予」，據毛校記元本亦作「予」，非。失路人：

根據浩然當時心情看，張子容進入仕途是一個錯誤，而且被貶於遠方，故稱失路人。《唐詩紀事》：「子容乃先天二年進士第，曾爲樂城尉，與浩然友善。《貶樂城尉日作》云：『竄謫邊窮海，川原近惡溪。有時聞虎嘯，無夜不猿啼。地暖花常發，巖高日易低。故鄉可憶處，遥指斗牛西。』」

舟中晚望〔一〕

挂席東南望〔二〕，青山水國遥〔三〕。舳艫争利涉〔四〕，來往接風潮〔五〕。問我今何去〔六〕，天台訪石橋〔七〕。坐看霞色晚〔八〕，疑是赤城標〔九〕。

〔一〕題目：宋本、明活本、汲本同。清本、《全唐詩》、《品彙》「晚」作「曉」。○本詩約作於開元十八年。

〔二〕挂席：猶揚帆。詳《彭蠡湖中望廬山》注〔四〕。

〔三〕水國：猶水鄉。凡江河縱横之地，常稱水國。這裏指越州一帶。顔延之《登巴陵城樓》：「水國周地險，河山信重複。」

〔四〕舳艫：船尾曰舳，船頭曰艫。這裏泛指船。《漢書·武帝紀》：「舳艫千里，薄樅陽而出。」李斐曰：「舳，船後持柂處也。艫，船前頭刺櫂處也。言其船多，前後相銜，千里不絶也。」利涉：渡河。《易·需》：「利涉大川，往有功也。」」

〔五〕接風潮：原作「任風潮」，明活本、清本、《品彙》同。宋本、汲本、《全唐詩》作「接風潮」。宋嚴羽《滄浪詩話》引此詩，亦作「接風潮」。今從宋本。

〔六〕去：原作「適」，明活本、清本、《品彙》同。宋本、汲本、《全唐詩》作「去」。今從宋本。

〔七〕天台：即天台山。詳《宿天台桐柏觀》注〔一〕。石橋：天台山赤城山的一個險要處所。石梁高架於兩崖之間，下臨深澗。《文選·孫綽〈遊天台山賦〉》：「踐莓苔之滑石，搏壁立之翠屏。」李善注：「莓苔，即石橋之苔也。翠屏，石橋之上，石壁之名也。《異苑》曰：『天台山石橋有莓苔之險。』孔靈符《會稽記》曰：『赤城山上有石橋。』」

〔八〕霞色晚：明活本、汲本、《品彙》同。宋本作「煙霞晚」，兩句蓋化用《遊天台山賦》「赤城霞起以建標」句意，應爲「霞色」。《滄浪詩話》引此詩即作「霞色晚」，可證。清本、《全唐詩》作「霞色曉」。當以「霞色晚」爲是。按：霞乃天空及雲層所出現的光彩，既可見於早晨，亦可見於傍晚。是以「晚」、「曉」二字，都合情理，這便是出現異文的根本原因。加以二字同爲上聲，從格律上看，也都工穩。是以長期以來，各本不同。但宋本作「晚」，題目爲「晚望」；元本則改爲「曉」，於是題目也必須改爲「曉望」（據毛校記）。而高棅的《唐詩品彙》題目作「曉望」，而詩中却又作「霞色晚」，出現了矛盾現象。高棅生於元至正十年（一三五〇），卒於永樂二十一年（一四二三），《品彙》編成於洪武二十六年（一三九三），本詩題目採用元本，而詩中却又保留了宋本的「晚」字，當然這是一個疏忽，但從中可以看出元人的改動。

〔九〕赤城標：明、清各本同。宋本「標」作「摽」，當係筆誤。赤城山襯以霞色，成爲特有的表識。這裏即指赤城山。《文選·孫綽〈遊天台山賦〉》：「赤城霞起而建標。」詳《題終南翠微寺空上人房》注〔三〕。

嚴羽《滄浪詩話·詩體》：有律詩徹首尾不對者，盛唐諸公有此體，如孟浩然詩：「挂席東南望，青山水國遥。舳艫争利涉，來往接風潮。問我今何適，天台訪石橋。坐看霞色晚，疑是赤城標。」

胡應麟《詩藪》内編卷五：結句之妙者：「玉關殊未入，少婦莫長嗟」，「今朝風日好，宜入未央遊」，……「坐看霞色起，疑是赤城標」。

冒春榮《葚原詩説》卷一：有兩句中字法參差相對者，謂之犄角對。「舳艫争利涉，來往任風潮」，「舳艫」與「風潮」對，「利涉」與「來往」對，是也。

陳僅《竹林答問》：盛唐人古律有兩種：其一，純乎律調而通體不對者，如太白「牛渚西江夜」、孟浩然「挂席東南望」是也。其一，爲變律調而通體有對有不對者，如崔國輔「松雨時復滴」、岑參「昨日山有信」是也。

遊精思觀迴王白雲在後〔一〕

出谷未停午〔二〕，至家已夕曛〔三〕。迴瞻下山路〔四〕，但見牛羊羣。樵子暗相失，草蟲寒不聞。衡門猶未掩〔五〕，佇立待夫君〔六〕。

〔一〕題目：宋、明、清各本及《全唐詩》同。《英華》無「迴」字。《詩選》作「遊精思觀迴王山人在後」。《品彙》作「遊精思觀迴王白雲山人在後」。據毛校記元本作「遊精觀貽王先生」。王白雲行九，爲浩然好友。《孟集》中有關其詩作頗多。如《登江中孤嶼贈白雲先生王迥》、《鸚鵡洲送王九之江左》、《同王九題就師山房》、《贈王九》、《上巳日洛中寄王九迥》、《上巳日澗南園期王山人陳七諸公不至》，元本徑稱王先生，不合浩然習慣。精思觀：從詩意看當在襄州境內，距離浩然居處不過半日路程。

〔二〕停午：亦作亭午，即正午。《水經注·江水》：「自非停午夜分，不見曦月。」《文選·孫綽〈遊天台山賦〉》：「爾乃羲和亭午，遊氣高褰。」

〔三〕至家句：明活本、《詩選》、《品彙》同。《英華》作「到家已夕曛」。宋本、汲本、清本作「至家日已曛」。《全唐詩》作「到家日已曛」。曛：落日餘光曰曛。夕曛，指黄昏。《文選·謝靈運〈晚出西射堂〉》：「曉霜楓葉丹，夕曛嵐氣陰。」李善注：「《楚辭曰：『與曛黄而爲期。』王逸曰：『黄昏時也。』」

〔四〕下山路：原作「山下路」，明活本、清本、《品彙》同。宋本、汲本、《英華》作「下山路」。今從宋本。

〔五〕衡門：簡陋之門。《詩·陳風·衡門》：「衡門之下，可以棲遲。」毛傳：「衡門，横木爲門，言淺陋也。」

〔六〕待：明活本、汲本、清本、《英華》、《詩選》、《品彙》同。宋本、《全唐詩》作「望」。夫君：沈德潛《説詩晬語》卷下：「《九歌》『思夫君兮太息』，指雲中君也。『思夫君兮未來』，指湘夫人也。孟浩然『衡門猶未掩，佇立望夫君』，指王白雲也。夫讀同扶音，猶『之子』之稱，非婦人目其所天之謂。」

王士禛《帶經堂詩話·微喻類·八》：嚴滄浪以禪喻詩，余深契其説，而五言尤爲近之。如王、裴輞川絶句，字字入禪。他如「雨中山果落，燈下草蟲鳴」，「明月松間照，清泉石上流」，以及太白「却下水精簾，玲瓏望秋月」，常建「松際露微月，清光猶爲君」，浩然「樵子暗相失，草蟲寒不聞」，劉眘虚「時有落花至，遠隨流水香」，妙諦微言，與世尊拈花，迦葉微笑，等無差别。通其解者，可語上乘。

與杭州薛司户登樟亭驛〔一〕

水樓一登眺〔二〕，半出青林高。帟幕英僚敞〔三〕，芳筵下客叨〔四〕。山藏伯禹穴〔五〕，城壓伍胥濤〔六〕。今日觀溟漲〔七〕，垂綸學釣鼇〔八〕。

〔一〕薛司户：唐代各州設司户參軍，掌管户籍等事宜。薛司户，其人不詳。樟亭驛：明活本作「樟亭驛樓」。汲本、《全唐詩》作「樟亭樓作」。清本作「樟亭樓」。據毛校記元本亦作「樟亭樓」。宋本、《英華》作「梓亭樓作」。據此則知宋代各本是作「梓亭樓」的，元代的本子才改爲「樟亭樓」。改動甚恰，因爲錢塘附近只有「樟亭」而無「梓亭」，符合地理實際。這同《與顔錢塘登樟亭望潮作》一詩也相合，蓋二詩作於同時，約開元十八年秋游越期間。

〔二〕眺：宋本、汲本、《全唐詩》、《英華》同。明活本、清本作「望」。

〔三〕帟(yì)幕：明、清各本及《全唐詩》同。宋本作「弈幕」，《英華》作「奕幕」。按：「弈」本義爲圍棋，「奕」本義爲大，俱非。《廣雅》：「帟，帳也。」《釋名·釋牀帳》：「小幕曰帟，張在人上，帟帟然也。」《周禮·天官·幕人》：「幕人掌帷幕幄帟綬之事。」鄭玄注：「鄭司農云：『帟，平帳也。』玄謂：帟，王在幕，若幄中坐上承塵。幄、帟，皆以繒爲之。」帟幕，泛指帳幕。僚：清本、《全唐詩》同。宋本、明活本、汲本、《英華》作「寮」，通。英僚，對衆官的敬稱。敞：原作「散」。清本同。宋明各本、《全唐詩》、《英華》作「敞」。今從宋本。

〔四〕下客：浩然自謙之辭。

〔五〕伯禹穴：禹父鯀爲崇伯，故禹亦稱伯禹。伯禹穴即禹穴，詳《與崔二十一遊鏡湖寄包賀二公》注〔七〕。

〔六〕伍胥濤：《吴越春秋·夫差内傳》：「吴王聞子胥之怨恨也，乃使人賜屬鏤之劍。……子胥把劍，仰天嘆曰：『自我死後，後世必以我爲忠，上配夏殷之世，亦得與龍逄、比干爲友。』遂伏劍而死。吴王乃取子胥尸，盛以鴟夷之器，投之於江中。言曰：『胥，汝一死之後，何能有知！』即斷其頭，置高樓上，謂之曰：『日月炙汝肉，飄風飄汝眼，炎光燒汝骨，魚鼈食汝肉。汝骨變形灰，有何所見？』乃棄其軀投之江中。子胥因隨流揚波，依潮來往，蕩激崩岸。」後世故稱錢塘江潮曰「伍胥濤」。

〔七〕溟漲：海。《文選·謝靈運〈遊赤石進帆海〉》：「溟漲無端倪，虚舟有超越。」李周翰注：「溟、漲皆海也。」

〔八〕學：原作「欲」，明活本、清本同。宋本、汲本、《全唐詩》、《英華》作「學」，據改。釣鼇：《列子·湯問》：「渤海之東，不知幾億萬里，有大壑焉。……其中有五山焉，一曰岱輿，二曰員嶠，三曰方壺，四曰瀛洲，五曰蓬萊。……而五山之根，無連著，常隨潮波上下往還，不得蹔峙焉。仙聖毒之，訴之於帝，帝恐流於西極，失羣聖之居，乃命禺彊使巨鼇十五舉首而戴之。迭爲三番，六萬歲一交焉，五山始峙。而龍伯之國，有大人，舉足不盈數步而暨五山之所，一釣而連六鼇，合負而趣歸其國，灼其骨以數焉。於是岱輿、員嶠二山，流北極，沈於大海。」後世常用「釣鼇」比喻志向遠大或氣宇豪邁。

劉辰翁曰：與《洞庭》詩稱壯，實過之。

尋天台山〔一〕

吾友太一子〔二〕，餐霞臥赤城〔三〕。欲尋華頂去〔四〕，不憚惡溪名〔五〕。歇馬憑雲宿〔六〕，揚帆截海行。高高翠微裏〔七〕，遥見石梁横〔八〕。

〔一〕題目：「山」下原多一「作」字。宋、明、清各本及《全唐詩》、《品彙》均無，據删。天台山：在今浙江天台縣北。詳《宿天台桐柏觀》注〔一〕。〇本詩當作於開元十八年游越期間。

〔二〕友：宋本、汲本、《全唐詩》同。明活本、清本、《品彙》作「愛」，據毛校記元本亦作「愛」。太一子：亦作太乙子，天台山道士，生平未詳。參看《越中逢天台太一子》注〔一〕。

〔三〕餐：或作「湌」，俗又譌作「飡」。《説文》：「餐，湌，或从水。」邵英《羣經正字》：「《詩·伐檀》『不素餐兮』，足利本作『湌』。餐、湌，一字也，俗更有作『飡』者。」餐霞：道家以爲餐霞飲露可以成仙。赤城：赤城山在今浙江天台縣北，登天台必經此山。詳《宿天台桐柏觀》注〔四〕。

〔四〕華頂：天台山最高峰。

〔五〕惡溪：今稱好溪，在浙江省。源出縉雲縣東北，南流經麗水注入大溪。《太平寰宇記·江南東道·處州》：「惡溪出麗水縣東北大甕山，西南一百一十五里至括州城下。」《新唐書·地理志》：「麗水縣東十里有惡溪，多水怪。宣宗時刺史段成式有善政，水怪潛去，民謂之好溪。」言浩然不憚「惡溪」之名，仍然前往。結合下句看，此次遊天台，還赴海上遊覽，正與《宿天台桐柏觀》

「海行信風帆」相合。

〔六〕憑雲：明、清各本及《全唐詩》、《品彙》同。宋本作「憑君」，非。本句言其高峻。

〔七〕翠微：山間帶有青翠之色的雲氣。《爾雅·釋山》：「未及上，翠微。」郝懿行義疏：「翠微者，《初學記》引舊注云：『一説山氣青縹色曰翠微。』劉逵《蜀都賦》注：『翠微，山氣之輕縹也。』義本《爾雅》。蓋未及山頂，孱顔之間，蔥鬱葐蒀，望之谸谸青翠，氣如微也。」

〔八〕石梁：明活本、清本、《全唐詩》、《品彙》同。宋本、汲本作「石橋」，一地二名。沈德潛《唐詩别裁》：「《一統志》謂石梁廣不盈尺，長數十丈，下臨絶澗。予遊其地，長三丈許，僧與行人，每經行焉。」

李夢陽曰：此首勝樟亭樓詩，劉却不許，不可曉。華頂、惡溪，極有照應。「揚帆截海行」，更雄。

宿立公房〔一〕

支遁初求道〔二〕，深公笑買山〔三〕。何如石巖趣〔四〕，自入户庭間。苔澗春泉滿，蘿軒夜月閒。能令許玄度〔五〕，吟臥不知還。

〔一〕本詩宋本不載。

〔二〕支遁：晉陳留人（或謂河東林慮人），字道林，本姓關，二十五歲出家。參閲《還山貽湛法師》注〔七〕。

〔三〕深公：《世説新語·排調》：「支道林因人就深公買印山。深公答曰：『未聞巢由買山而隱。』」劉孝標注：「《逸士傳》曰：『巢父者，堯時隱人，山居不營世利，年老，以樹爲巢而寢其上，故號巢父。』《高逸沙門傳》曰：『遁得深公之言，慙恧而已。』」

〔四〕何如：汲本、《全唐詩》同。明活本、清本、《品彙》作「如何」。

〔五〕許玄度：許詢，字玄度，東晉時人，生卒年不詳。幼聰慧，後司徒府召爲掾屬，不就。曾與王羲之遍遊諸郡名山。有才藻，工詩文，與孫綽同爲東晉著名玄言詩人，在當時影響甚大。《世説新語·文學》：「簡文稱許掾（按：即許詢）云：『玄度五言詩，可謂妙絶時人。』」劉孝標注：「《續晉陽秋》曰：『詢有才藻，善屬文，自司馬相如、王褒、揚雄諸賢，世尚賦頌，皆體則詩騷，傍綜百家之言。及至建安，而詩章大盛。逮乎西朝之末，潘陸之徒，雖時有質文，而宗歸不異也。正始中，王弼、何晏，好莊老玄勝之談，而世遂貴焉。至過江，佛理尤盛，故郭璞五言，始會合道家之言而韻之。詢及太原孫綽，轉相祖尚，又加以三世之辭，而詩騷之體盡矣。詢、綽並爲一時文宗，自此，作者悉體之。』」言其地清幽，能令許詢流連忘返。

尋陳逸人故居〔一〕

人事一朝盡，荒蕪三徑休〔二〕。始聞漳浦臥〔三〕，奄作岱宗遊〔四〕。池水猶含墨〔五〕，風雲已落秋〔六〕。今宵泉壑裏，何處覓藏舟〔七〕？

〔一〕陳逸人：原作「滕逸人」，宋、明、清各本及《全唐詩》俱作「陳逸人」，據改。陳逸人，未詳。

〔二〕三徑：西漢末，王莽專政，兖州刺史蔣詡辭官歸隱，於院中開三徑。後多用以代隱士所居。詳《田園作》注〔四〕。這裏用指陳逸人故居。

〔三〕漳浦：唐江南東道漳州有漳浦縣。《新唐書·地理志》：「漳州漳浦郡，垂拱二年析福州西南境置，以南有漳水爲名，并置漳浦、懷恩二縣。初治漳浦，開元四年，徙治李澳川，縣三：龍溪、龍巖、漳浦。」

〔四〕岱宗：即泰山。《書·舜典》：「歲二月，東巡守，至於岱宗。」陸德明釋文：「岱音代，泰山也。」杜甫《望岱》：「岱宗夫如何，齊魯青未了。」

〔五〕池水句：古代書法家洗硯之處呼曰墨池。傳説之古蹟甚多，如浙江紹興、江西臨川均有王羲之洗硯之墨池；河南陜州有張芝洗硯的墨池。本句蓋用此以表明陳逸人離開這個故居，爲時不久，故言「猶含墨」。看來這位逸人，也是喜歡書法的。

〔六〕風雲：原作「山雲」，明、清各本同。宋本、《全唐詩》作「風雲」。今從宋本。

〔七〕今宵兩句：「今宵」原作「今朝」，明活本、汲本、清本同。宋本《全唐詩》作「今宵」。此句意出《莊子》，該文爲「夜半」，故應從宋本作「今宵」。《莊子·大宗師》：「夫藏舟於壑，藏山於澤，謂之固矣。然而夜半有力者負之而走，昧者不知也。」郭象注：「夫無力之力，莫大於變化者也。故乃揭天地以趨新，負山岳以舍故。故不暫停，忽已涉新，則天地萬物，無時而不移也。世皆新矣，而自以爲故；舟日易矣，而視之若舊；山日更矣，而視之若前。今交一臂而失之，皆在冥中去矣，故向者之我，非復今我也。我與今俱往，豈常守故哉？而世莫之覺，横謂今之所遇，可係而在，豈不昧哉？」莊子這段話在於説明一切俱在變化中，本詩則以表示人事無常，人已死而物難覓。

姚開府山池〔一〕

主人新邸第〔二〕，相國舊池臺〔三〕。館是招賢闢〔四〕，樓因教舞開。軒車人已散〔五〕，簫管鳳初來〔六〕。今日龍門下〔七〕，誰知文舉才。

〔一〕開府：開府本開建府署、辟置官吏之意，唐代有開府儀同三司，爲文散官之最高級。姚開府，《舊唐書·玄宗紀》：「（開元四年）十二月，兵部尚書兼紫微令梁國公姚崇爲開府儀同三司。」據此，則姚開府蓋爲姚崇。本詩宋本不載。

〔二〕邸第：王侯府第。後亦泛指貴族府第。沈佺期《龍池樂章》：「邸第樓臺多氣色，君王鳧雁有光輝。」

〔三〕相國：漢代有相國之稱，地位與丞相等。唐代往往用爲丞相之通稱，實無此官。姚崇曾爲宰相，故稱相國。

〔四〕招賢：招求賢者。《戰國策·燕策一》：「燕昭王收破燕後，即位，卑身厚幣以招賢者。」

〔五〕軒車：古代大夫以上所乘之車，後泛指貴族之車。詳《宴張記室宅》注〔三〕。

〔六〕簫管句：簫管指管樂器。《列仙傳》：「蕭史者，秦穆公時人，善吹簫，能致孔雀、白鶴。穆公女弄玉好之，公妻焉。乃教弄玉作鳳臺，一旦，夫妻同隨鳳飛去。」言音樂之美，可引鳳來。

〔七〕龍門：汲本、《全唐詩》同。明活本、清本作「龍山」。龍門，即河津，魚跳過者成龍，以喻人之升騰。參看《荆門上張丞相》注〔三〕。

過陳大水亭〔一〕

水亭涼氣多〔二〕，閒棹晚來過。澗影見藤竹〔三〕，潭香聞芰荷〔四〕。野童扶醉舞，山鳥助酣歌〔五〕。幽賞未云遍〔六〕，煙光奈夕何〔七〕。

〔一〕題目：原作「夏日浮舟過滕逸人別業」，明活本、清本、《品彙》「滕」作「陳」，據毛校記元本亦作「陳」。宋本、汲本作「張」。《國秀集》作「過陳大水亭」，《全唐詩》作「夏日浮舟過陳大水亭」，二者基本相同。今從《國秀集》。陳大：未詳。

〔二〕亭：明、清各本及《全唐詩》、《國秀集》、《品彙》同。宋本作「高」，蓋形近而誤。

〔三〕藤竹：明活本、清本、《國秀集》、《品彙》同。宋本、汲本、《全唐詩》作「松竹」。

〔四〕芰荷：《楚辭·宋玉〈招魂〉》：「芙蓉始發，雜芰荷些。」王逸注：「芰，菱也。言池水之中，有芙蓉始發其華，芰菱雜錯羅列而生，俱茂盛也。」張九齡《東湖臨泛餞王司馬》：「聊乘風日好，來泛芰荷香。」

〔五〕山鳥：明活本、清本、《全唐詩》、《國秀集》、《品彙》同。宋本、汲本作「山妓」。當以「山鳥」爲是。助：原作「笑」。宋本、明活本、汲本、《品彙》同。清本、《全唐詩》、《國秀集》作「助」。今從《國秀集》。

〔六〕未：明、清各本及《全唐詩》、《國秀集》、《品彙》同。宋本作「天」，誤。

〔七〕煙光：宋、明、清各本及《品彙》同。《國秀集》作「煙花」。奈：明、清各本及《全唐詩》、《國秀集》、《品彙》同。宋本作「郰」。按：「郰」即「那」，見《正字通》。「那」，諾何切，即「奈何」之合音。《左傳·宣公二年》：「牛則有皮，犀兕尚多，棄甲則那？」那爲奈何之意，再加「何」字，陷於重複，當以「奈」爲是。

夏日辨玉法師茅齋

夏日茅齋裏，無風坐亦涼。竹林新笋穊〔一〕，籐架引梢長〔二〕。燕覓巢窠處，蜂來造蜜房。物華皆可玩〔三〕，花蘂四時芳〔四〕。

〔一〕新笋：明活本、汲本、清本、《全唐詩》作「深筍」。概：明活本、汲本、《全唐詩》同。清本作「穊」。概，稠密。《説文》：「概，稠也。」《史記·齊悼惠王世家》：「深耕穊種，立苗欲疏。」

〔二〕梢：原作「稍」，汲本、清本同。明活本、《全唐詩》作「梢」，是，據改。

〔三〕物華：美麗的自然景色。《宋書·謝靈運傳》：「怨物華之推驛，慨舟壑之遞遷。」玩：原作「翫」，汲本同。明活本、清本、《全唐詩》作「玩」。翫通玩。玩，古在換韻，讀去聲。《文選·張衡〈東京賦〉》：「作洛之制，我則未暇，是以西匠營宫，目翫阿房。」

〔四〕花蘂：明活本、汲本同。清本、《全唐詩》作「花蕊」。蘂同蕊，見《集韻》。花蕊，花。《洛陽伽藍記》：「景樂寺，太傅清河文獻王懌所立也。……堂廡周環，曲房連接，輕條拂户，花蘂被庭。」

與張折衝遊耆闍寺〔一〕

釋子彌天秀〔二〕，將軍武庫才〔三〕。横行塞北盡〔四〕，獨步漢南來。貝葉傳金口〔五〕，山樓作賦開〔六〕。因君振嘉藻，江楚氣雄哉。

〔一〕張折衝：唐代各州有折衝府，置折衝都尉。張折衝，未詳其人。耆闍寺：未詳。查地志載耆闍寺有二：一在陝西鳳翔，該寺建於唐乾寧四年，當非是。一在南京，又與本詩「漢南」不合。

〔二〕釋子：僧徒出家，捨棄本姓，服從釋迦，故稱僧徒爲釋子。彌天：意猶滿天，極言其廣大。《晉書·習鑿齒傳》：「時有桑門釋道安，……與習鑿齒初相見。道安曰：『彌天釋道安。』鑿齒曰：『四海習鑿齒。』時人以爲佳對。」顧況《尋僧》：「彌天釋子本高情，往往山中獨自行。」

〔三〕武庫才：「才」：宋本、汲本、《全唐詩》同。明活本、清本作「材」。據毛校記元本亦作「材」，通。漢代置武庫以儲備武器，後亦稱人富有才識、干練多能曰武庫或武庫才。《晉書·裴頠傳》：「御史中丞周弼見而嘆曰：『頠若武庫，五兵縱橫，一時之傑也。』」這裏指張折衝。

〔四〕行：明、清各本及《全唐詩》同。宋本作「門」，蓋因草書形近而誤。從本句可以看出，這位張折衝曾在塞北作戰。

〔五〕貝葉：貝多羅樹，亦稱菩提樹，其葉可以書寫經文，亦稱貝葉書，因成爲佛經之泛稱。庾信《善聖寺碑》：「溽露低枝，蕩真文於貝葉。」金口：喻佛言珍貴如金。《廣弘明集》卷二二隋煬帝《寶臺經藏願文》：「前佛後佛，諒同金口。」

〔六〕山樓：原作「山樓」，明活本同。宋本、汲本、清本、《全唐詩》作「山樓」。今從宋本。

與白明府遊江〔一〕

故人來自遠，邑宰復初臨。執手恨爲別，同舟無異心。沿洄洲渚趣〔二〕，演漾絃歌音〔三〕。誰爲躬耕者〔四〕，年年梁甫吟〔五〕。

〔一〕白明府：唐人稱縣令曰明府。白明府，其人不詳。根據詩的内容、語氣似爲襄陽縣令，則「江」當爲漢江。

〔二〕沿洄：順流而下曰沿，逆流而上曰洄。李白《淮陰書懷寄王宗城》：「沿洄且不定，飄忽悵徂征。」本句寫遊江。

〔三〕演漾：明活本、汲本、清本、《全唐詩》同。宋本作「衍漾」。此俱爲雙聲聯綿詞，二者音近意通。水流動蕩漾貌，這裏借指音樂悠揚。阮籍《詠懷詩》：「汎汎乘輕舟，演漾惟所望。」顔延之《車駕幸京口三月三日侍遊曲阿後湖作》：「藐盼覯青崖，衍漾觀緑疇。」絃歌：亦作弦歌。《論語·陽貨》：「子之武城，聞弦歌之聲。」孔穎達疏：「子之武城，子游爲武城宰，意欲以禮樂化導於民，故弦歌。」後世常用「絃歌」以代邑宰或代邑宰的從政。本詩中語意雙關。

〔四〕爲：原作「識」，明活本、清本、《全唐詩》同。宋本、汲本作「爲」。今從宋本。

〔五〕梁甫吟：亦名梁父吟，樂府楚曲調名。《樂府詩集》卷四一「梁甫吟」解題云：「按：梁甫，山名，在泰山下。梁甫吟蓋言人死葬此山，亦葬歌也。」《三國志·蜀志·諸葛亮傳》：「亮躬耕隴畝，好爲梁父吟。」

遊精思題觀主山房〔一〕

誤入花源裏，初憐竹逕深。方知仙子宅，未有世人尋〔二〕。舞鶴過閒砌〔三〕，飛猿嘯密林。

漸通玄妙理〔四〕，深得坐忘心〔五〕。

〔一〕題目：明活本、《全唐詩》同。汲本無「觀主」二字。清本無「題觀主」三字。《品彙》作「遊精思觀題山房」。精思：觀名，當在襄陽附近。參看《遊精思觀迴王白雲在後》注〔一〕。此詩宋本不載。

〔二〕誤入四句：借用陶淵明《桃花源記》故實。詳《武陵泛舟》注〔二〕。四句極言精思觀環境之幽深。

〔三〕過閒砌：明活本、清本、《全唐詩》、《品彙》同。汲本作「閒過砌」。舞鶴二句，極言精思觀的幽靜。

〔四〕玄妙理：本指幽深微妙的道理。《淮南子·覽冥訓》：「夫物類之相應，玄妙深微，知不能論，辯不能解。」本詩則指道教教義。

〔五〕坐忘心：指道家所追求的物我兩忘的精神狀態。《莊子·大宗師》：「（顏回）曰：『回坐忘矣。』仲尼蹵然曰：『何謂坐忘？』顏回曰：『墮肢體，黜聰明，離形去知，同於大通，此謂坐忘。』」

尋梅道士張逸人〔一〕

彭澤先生柳〔二〕，山陰道士鵝〔三〕。我來從所好〔四〕，停策夏雲多〔五〕。重以觀魚樂〔六〕，因之鼓枻歌〔七〕。崔徐跡未朽，千載揖清波〔八〕。

〔一〕題目：原作「尋梅道士」，清本、《全唐詩》同。據毛校記元本亦作「尋梅道士」。明活本、《英華》作「尋梅道士張山人」。宋本、汲本作「尋梅道士張逸人」。今從宋本。梅道士、張逸人均不詳。

〔二〕彭澤句：晉陶淵明曾爲彭澤令，故稱彭澤先生。蕭統《陶淵明傳》：「淵明少有高趣，博學善屬文，穎脱不羣，任真自得。嘗著《五柳先生傳》以自況，時人謂之實録。」

〔三〕山陰句：《晉書·王羲之傳》：「性喜鵝，……山陰有一道士，養好鵝，羲之往觀焉，意甚悦，固求市之。道士云：『爲寫《道德經》，當舉羣相贈耳。』羲之欣然寫畢，籠鵝而歸，甚以爲樂。」二句言淵明喜柳，羲之喜鵝，各有所好，以喻梅道士張逸人。

〔四〕所：明活本、清本、《全唐詩》、《英華》同。宋本、汲本作「此」。

〔五〕夏雲：汲本、《英華》同。宋本、《全唐詩》作「漢陰」。明活本、清本作「夏陰」。

〔六〕觀：明活本、汲本、清本、《全唐詩》、《英華》同。宋本作「窺」。觀魚樂：《莊子·秋水》：「莊子與惠子游於濠梁之上。莊子曰：『鯈魚出游從容，是魚之樂也。』惠子曰：『子非魚，安知魚之樂？』莊子曰：『子非我，安知我不知魚之樂？』惠子曰：『我非子，固不知子矣；子固非魚也，子不知魚之樂，全矣。』莊子曰：『請循其本。子曰汝安知魚樂云者，既已知吾知之而問我，我知之濠上也。』」此指逍遥世外，縱情山水。

〔七〕鼓枻：摇動船槳。《楚辭·漁父》：「漁父莞爾而笑，鼓枻而去。」孫登《登樓賦》：「牧豎吟嘯於行陌，舟人鼓枻而揚歌。」鼓枻歌，猶言笑傲江湖。

〔八〕崔徐兩句：崔徐，崔州平與徐庶。《三國志·蜀志·諸葛亮傳》：「（亮）每自比於管仲、樂毅，時人莫之許也。惟博陵崔州平、潁川徐庶元直與亮友善，謂爲信然。」揖：宋、明各本及《全唐詩》、《英華》同。清本作「挹」。

楊慎《升庵詩話》卷三：王右丞詩：「暢以沙際鶴，兼之雲外山。」孟浩然云：「重以觀魚樂，因之鼓枻歌。」雖用助語辭而無頭巾氣。宋人黄陳輩效之，如：「且然聊爾耳，得也自知之。」又如：「命也豈終否，時乎不暫留。」豈止學步邯鄲，效顰西子，乃是醜婦生瘡，雪上再霜也。

陪姚使君題惠上人房〔一〕

帶雪梅初暖，含煙柳尚青。來窺童子偈〔二〕，得聽法王經〔三〕。會理知無我〔四〕，觀空厭有形〔五〕。迷心應覺悟，客思不遑寧〔六〕。

〔一〕題目：原多「得青字」三字。宋、明、清各本及《全唐詩》、《英華》、《律髓》無。據删。據毛校記元本作「題惠上人房」。使君：刺史之通稱，上人乃僧人的尊稱。姚使君、惠上人均不詳。

〔二〕童子：梵語究摩邏，爲八歲以上未冠者。又經中稱菩薩亦爲童子，因菩薩爲如來之王子故也。

這裏當指後者。偈：梵語偈佗，簡稱曰偈，爲佛經中的頌詞。

〔三〕法王經：佛教徒尊稱釋迦牟尼爲法王，法王經即佛經之意。《無量壽經》下：「佛爲法王，尊超衆聖，普爲一切天人之師。」

〔四〕會：領悟之意。如《韓非子·解老》：「其智深則其會遠。」理：宋、明、清各本及《全唐詩》、《英華》同。《律髓》作「裹」，誤。理，猶道。《廣雅·釋詁》：「理，道也。」《淮南子·原道訓》：「是故一之理。」高誘注：「理，道也。」這裏指佛教之道。知無我：宋、明各本及《全唐詩》、《英華》、《律髓》同。清本作「無知我」，誤。無我，佛教的根本思想之一，它否定世界上有物質實在自體，這也是佛教徒追求的最高思想境界。

〔五〕空：佛教重要思想之一，它認爲一切事物本身並不具有常住不變的個體，也不是獨立存在的實體，故稱爲空。

〔六〕不：明活本、清本、《英華》同。宋本、汲本、《全唐詩》、《律髓》作「未」。

方回《瀛奎律髓》卷四七：浩然于佛法，亦深有所得。此篇五六語明白無礙。張丞相《經玉泉長韻》云：「聞鐘（鹿）〔度〕門近，照膽玉泉清。」尤佳。

方回《瀛奎律髓》紀昀評：清妥之篇，别無藴味，非孟公之極筆。

晚春永上人南亭〔一〕

給園支遁隱〔二〕，虛寂養身和〔三〕。春晚羣木秀，關關黄鳥歌〔四〕。林棲居士竹〔五〕，池養右軍鵝〔六〕。炎月北窗下〔七〕，清風期再過。

〔一〕題目：「永」原作「遠」，明活本、《全唐詩》同。宋本、汲本作「永」。《英華》作「詠」，蓋同音而誤。今從宋本。據毛校記元本全題作「題遠上人窗」。據此可知，「遠」乃元人所改。永上人：其人不詳。

〔二〕給園：佛家園林給孤獨園之略稱，爲佛説法之地。《金剛般若波羅密經》：「一時佛在舍衛國祇樹給孤獨園。」支遁：晉高僧。詳《還山貽湛法師》注〔七〕及《題榮二山池》注〔三〕。

〔三〕身和：原作「閒和」，明活本、清本同。宋本、汲本、《全唐詩》、《英華》作「身和」。據改。

〔四〕關關：宋、明、清各本及《英華》同。《全唐詩》作「間關」。關關，鳥和鳴聲。《詩·周南·關雎》：「關關雎鳩，在河之洲。」毛傳：「關關，和聲也。」後人改爲「間關」，蓋根據詩的格律，因上句爲「春晚」，並非叠字。不知浩然爲詩，在對偶上並不那樣嚴格，常順其自然。

〔五〕居士：明活本、清本、《全唐詩》、《英華》同。宋本、汲本作「良士」。居士，梵語「迦羅越」的義譯，指奉佛之人。《維摩詰所説經·方便品》：「若在居士，居士中尊，斷其貪著。」

〔六〕右軍鵝：晉王羲之官至右軍將軍，故稱王右軍。平生喜鵝。參看《尋梅道士張逸人》注〔三〕。

〔七〕炎月：原作「花月」，宋本、明活本、汲本、《全唐詩》、《英華》作「炎月」。今從宋本。清本作「炎日」，據毛校記元本亦作「炎日」，可見「炎日」是出自元人的改動，「花月」是出自明人的改動。

人日登南陽驛門亭子懷漢川諸友〔一〕

朝來登陟處〔二〕，不似艷陽時〔三〕。異縣殊風物〔四〕，羈懷多所思〔五〕。剪花驚歲早〔六〕，看柳訝春遲。未有南飛雁，裁書欲寄誰〔七〕？

〔一〕題目：明活本、汲本、《全唐詩》同。清本「驛」下無「門」字。據毛校記元本作「登驛門亭懷漢川諸友」。此詩宋本不載。南陽：唐南陽縣屬鄧州，即今南陽市。漢川：本指漢水，襄陽在漢水沿岸，浩然稱漢川常借指襄陽故鄉。

〔二〕陟：明活本、清本、《全唐詩》同。汲本作「涉」，誤。按「陟」與「登」爲同義連言，登陟正符合題目及詩意。

〔三〕艷陽：春日陽光明媚。《文選·鮑照〈學劉公幹體〉》：「兹辰自爲美，當避艷陽年。艷陽桃李節，皎潔不成妍。」

〔四〕風物：陶淵明《遊斜川詩序》：「天氣澄和，風物閑美。」

〔五〕羈：原作「覊」，明活本、清本作「覊」。汲本、《全唐詩》作「羈」。「覊」、「覊」乃「羈」之俗字，見《篇海》。

〔六〕剪花：《荆楚歲時記》：「正月七日爲人日，以七種菜爲羹。剪綵爲人，或鏤金箔爲人，以貼屏風，亦戴之頭鬢。又造華勝以相遺，登高賦詩。」

〔七〕未有二句：書：汲本、《全唐詩》同。明活本、清本作「衣」，非。《漢書・蘇武傳》：「匈奴與漢和親。漢求武等，匈奴詭言武死。後漢使復至匈奴，常惠請其守者與俱，得夜見漢使，具自陳道。教使者謂單于，言于子射上林中，得雁，足有係帛書，言武等在某澤中。使者大喜，如惠語以讓單于。單于視左右而驚，謝漢使曰：『武等實在。』」大雁傳書，成爲典實。因無南飛雁，所以才説「裁書欲寄誰」，因以表達對漢川諸友的深沉思念。

劉辰翁曰：其（指「剪花」二句）嫩膩如此。

李夢陽曰：剪花二句，終傷氣。

遊鳳林寺西嶺〔一〕

共喜年華好〔二〕，來遊水石間〔三〕。烟容開遠樹，春色滿幽山。壺酒朋情洽，琴歌野興閒。莫愁歸路暝，招月伴人還。

〔一〕鳳林寺：《清一統志・湖北・襄陽府》：「鳳林寺在襄陽縣東南十里。《名勝志》：鳳凰山舊有梁武帝寺，宋之問使過襄陽，登鳳林山閣，有詩，即此處也。」此詩宋本不載。

〔二〕年華：年歲、時光。庾信《竹枝賦》：「潘岳秋興，嵇生倦遊，桓譚不樂，吴質長愁，並皆年華未暮，容貌先秋。」

〔三〕水石：明活本、《全唐詩》同。汲本、清本作「石水」。施閏章《蠖齋詩話·月詩》：浩然「沿月棹歌還」、「招月伴人還」、「沿月下湘流」、「江清月近人」，並妙於言月。右丞「松際露微月，清光猶爲君」，老杜「簾捲還照客，倚杖更隨人」，説出性情；「江月去人止數尺」尤趣，不容更着一語。

陪獨孤使君（同）〔册〕與蕭員外（證）〔誠〕登萬山亭〔一〕

萬山青嶂曲〔二〕，千騎使君遊。神女鳴環佩〔三〕，仙郎接獻酬。遍觀雲夢野〔四〕，自愛江城樓。何必東南守，空傳沈隱侯〔五〕。

〔一〕題目：汲本、《全唐詩》同。明活本少一「證」字。此詩宋本、清本俱不載。按此題當有錯字。張仲炘總纂《湖北通志》卷九七引《金石存疑考》：「考《孟浩然集》有《陪獨孤使君同與蕭員外證登萬山亭》詩，『同』字疑『册』字之訛文，而『蕭員外證』，其即『誠』歟？」查《容齋隨筆》卷八《賞魚袋》：「衡山有唐開元二十年所建南岳真君碑，荆府兵曹蕭誠書。」從這個碑可知蕭誠曾爲荆州兵曹參軍。又查歐陽棐《集古録目》知襄州刺史獨孤册離襄州以後，襄人爲其立「獨孤册遺愛頌碑」亦爲蕭誠所書，從這裏不難看出獨孤册與蕭誠之間的關係。又據岑仲勉《郎官石柱題名新考訂》，蕭誠爲玄宗朝司勳員外郎，故本詩稱蕭員外。根據以上材料，則「同」當爲

「册」之訛，「證」當爲「誠」之訛。參看《同獨孤使君東齋作》注〔一〕。

〔二〕萬山：在襄陽西北十里。詳《秋登萬山寄張五》注〔一〕。

〔三〕神女句：因襄陽傍漢水，故以鄭交甫在漢皋臺下，遇二神女解佩相贈事喻。詳《萬山潭》注〔六〕。

〔四〕雲夢：古澤藪名。詳《從張丞相遊紀南城獵戲贈裴迪張參軍》注〔三〕。

〔五〕沈隱侯：沈約字休文，吴興武康（今浙江德清）人。歷仕宋、齊、梁三朝。有文名，與謝朓、王融等人合稱「竟陵八友」。入梁，以功封建昌縣侯，官至尚書令，卒謚隱。曾在東陽太守任上作《八咏詩》，後人因詩改元暢樓爲八咏樓，傳爲佳話，參《同獨孤使君東齋作》注〔七〕。此二句借言家鄉山水亭臺之美，以示隱逸之志。

贈道士參寥〔一〕

蜀琴久不弄〔二〕，玉匣細塵生〔三〕。絲脆絃將斷，金徽色尚榮〔四〕。知音徒自惜〔五〕，聾俗本相輕〔六〕。不遇鍾期聽〔七〕，誰知鸞鳳聲。

〔一〕道士參寥：「寥」原作「廖」，明活本同。汲本、《全唐詩》作「寥」，據改。參寥，其人不詳。李白有《贈參寥子》詩，王琦注：「參寥子，當時逸士，其姓名無考，蓋取《莊子》之説以爲號也。」疑道士參寥即參寥子。若然，則參寥當居襄陽。李白詩云：「白鶴飛天書，南荆訪高士。五雲在峴山，果得參寥子。」

〔二〕蜀琴：據傳説蜀地産邏迯檀，其木温潤如玉，光耀可鑒，用以製造樂器，聲音洪亮優美。鮑照《翫月城西門廨中》：「蜀琴抽白雪，郢曲發陽春。」錢振倫注：「相如工琴而處蜀，故曰蜀琴。」可備一説。

〔三〕玉匣句：珍貴之琴用玉匣儲之，因久不彈，故玉匣生塵。

〔四〕金徽：《正字通》：「琴節曰徽。」即彈琴時撫抑之處。珍貴之琴，徽用金、玉、象牙等物，故曰金徽。《玉臺新詠》梁元帝《詠秋夜》：「金徽調玉軫，兹夜撫離鴻。」

〔五〕知音：了解音律，喻知心好友。詳《夏日南亭懷辛大》注〔六〕。

〔六〕聾俗：耳聾則不能欣賞音樂，喻愚昧無知的世俗。《文選·趙至〈與嵇茂齊書〉》：「奏韶舞於聾俗，固難以取貴矣。」劉良注：「聾俗，耳病之人不貴音也。」

〔七〕鍾期：即鍾子期。詳《夏日南亭懷辛大》注〔六〕。

京還贈張淮〔一〕

拂衣何處去〔二〕，高枕南山南〔三〕。欲徇五斗禄〔四〕，其如七不堪〔五〕！早朝非晚起〔六〕，束帶異抽簪〔七〕。因向智者説，遊魚思舊潭〔八〕。

〔一〕張淮：原作「張維」。明活本、清本、《全唐詩》同。宋本、汲本作「張淮」。今從宋本。○此詩作於長安歸來之後，約在開元十七八年間。

〔二〕拂衣：《後漢書·楊彪傳》：「孔融魯國男子，明日便當拂衣而去，不復朝矣。」本爲提起衣服之意，後亦引申爲隱居，謝靈運《述祖德》：「高揖七州外，拂衣五湖裏。」何處去：原作「去何處」，清本同。明活本作「志何去」。宋本、汲本、《全唐詩》作「何處去」。今從宋本。

〔三〕南山：浩然故居附近之峴山。詳《題長安主人壁》注〔二〕。

〔四〕徇：宋本、《全唐詩》同。明活本、汲本、清本作「狥」，乃「徇」之俗字，見《字彙》。徇，追求。《一切經音義》卷二十一引《倉頡篇》：「徇，求也。」《史記·伯夷列傳》：「貪夫徇財。」五斗禄：蕭統《陶淵明傳》：「以爲彭澤令。……會郡督郵至，縣吏請曰：『應束帶見之。』淵明嘆曰：『我豈能爲五斗米折腰，向鄉里小兒！』即日解綬去。」

〔五〕七不堪：魏嵇康反對司馬氏，山濤推薦嵇康爲官，嵇康因致書山濤（即《與山巨源絶交書》），縷述自己才能不堪爲官者七條，後世遂以「七不堪」作爲才能不堪爲官的典故。

〔六〕晚起：原作「晏起」，明活本、汲本、清本同。宋本、《全唐詩》作「晚起」。今從宋本。

〔七〕束帶：古人束緊衣帶、整飾衣冠，表示恭謹，乃做官人覲見上司必有的儀表。《論語·公冶長》：「子曰：赤也，束帶立於朝，可使與賓客言也。」抽簪：宋本、汲本、清本、《全唐詩》同。明活本作「抽篸」，篸同簪，見《集韻》。抽簪，古人做官者均用簪以貫串冠髮，抽簪，喻棄官。《文選·

張協《詠史》：「抽簪解朝衣，散髮歸海隅。」李善注：「鍾會《遺榮賦》曰：『散髮抽簪，永絶一丘。』《倉頡篇》曰：『簪，笄也，所以持冠也。』」

〔八〕遊魚句：陶淵明《歸園田居》：「羈鳥戀舊林，池魚思故淵。」

題李十四莊兼贈綦毋校書〔一〕

聞君息陰地，東郭柳林間〔二〕。左右瀍澗水〔三〕，門庭緱氏山〔四〕。抱琴來取醉〔五〕，垂釣坐乘閒。歸客莫相待，尋源殊未還〔六〕。

〔一〕莊：原作「荘」，宋本同。明活本、清本、《全唐詩》、《英華》作「莊」，荘爲莊之俗字，見《唐韻》。李十四：其人未詳。綦毋校書：綦毋潛，荆南人。開元十四年（七二六）進士及第，授宜壽縣尉，後入朝爲集賢院待制，遷右拾遺，又曾爲校書郎，終著作郎。後挂官歸隱，王維有詩送之。其詩工於描繪幽寂山林景色，多方外之情，爲盛唐田園山水詩派作者之一。

〔二〕柳林：宋、明各本及《全唐詩》、《英華》同。清本作「楊柳」。據毛校記元本亦作「楊柳」。

〔三〕瀍：在洛陽之北，源出洛陽北之穀城山。《水經注·瀍水》：「瀍水出河南穀城縣北山。東南流注於穀。」按：穀水今稱澗水。澗：在洛陽西北。《水經注·澗水》：「澗水出新安縣南白石山。孔安國曰：澗水出澠池山，今新安縣西北，有一水北出澠池界，東南流，逕新安縣而東南流入於穀水。」按：新安與澠池爲鄰縣，兩處記載，略有出入。

〔四〕緱氏山：在今河南偃師縣南。《元和郡縣志·河南道·河南府》：「緱氏山在縣（緱氏）東南二十九里。王子晉得仙處。」

〔五〕抱琴句：李白《山中對酌》：「我醉欲眠君且去，明朝有意抱琴來。」

〔六〕尋源：原作「緣源」，明活本同。《英華》作「緣原」。宋本、清本、《全唐詩》作「尋源」。《英華》周必大等校記云：「集作尋源。」今從宋本。

寄趙正字〔一〕

正字芸香閣〔二〕，幽人竹素園〔三〕。經過宛如昨〔四〕，歸臥寂無喧。高鳥能擇木〔五〕，羝羊漫觸藩〔六〕。物情今已見，從此欲無言〔七〕。

〔一〕趙正字：明活本、汲本、《全唐詩》同。宋本、《英華》無「趙」字。根據唐人稱謂習慣，官名之前，多有姓氏，宋本、《英華》或有遺漏，今暫從明、清各本。正字，官名，掌管校讎典籍，刊正文章，屬秘書省，官階次於校書郎。趙正字，未詳其人。

〔二〕芸香閣：秘書省藏書樓。陳子昂《高府君墓誌》：「其祖欽仁，檢校秘書郎，持三寸筆，終入芸香之閣。」

〔三〕竹素：原作「竹葉」，明活本同。宋本、汲本、《全唐詩》、《英華》作「竹素」，據改。竹素，意猶竹帛。《文選·張協〈雜詩〉》：「遊思竹素園，寄辭翰墨林。」李善注：「《風俗通》曰：『劉向爲孝成皇帝典校書籍，皆先書竹，爲易刊定，可繕寫者以上素也。今東觀書竹素也。』」本句正用此典。

〔四〕經過句：宋本、《英華》本句在「幽人竹素園」之前。明、清各本及《全唐詩》俱在此後。根據詩的格律，宋本、《英華》當爲錯簡，今從明、清各本。

〔五〕高鳥句：高貴之鳥，擇木而棲。喻高士生活道路，自有選擇。《莊子·秋水》：「南方有鳥，其名爲鵷雛，子知之乎？夫鵷雛發於南海，而飛於北海，非梧桐不止，非練實不食，非醴泉不飲。」本句即用其意。

〔六〕羝羊句：漫：明活本、汲本、《全唐詩》同。宋本作「謾」，同音而誤。《英華》作「屢」。《易·大壯》：「羝羊觸藩，羸其角。」孔穎達疏：「羝羊，羖羊也。藩，藩籬也。羸，拘纍纏繞也。」高亨《周易古經今注》：「纍其角，即繫其角，作羸借字耳。羝羊觸藩，若繫其角而縻之，則無藩破之患，凡繫羊者多繫其角也。」後多用以喻仕途不順。

〔七〕從此：宋本、汲本、清本、《全唐詩》同。明活本、《英華》作「徒自」。欲無言：原作「願忘言」，汲本、清本、《全唐詩》同。宋本、明活本、《英華》作「欲無言」。據毛校記元本作「願無言」。可見宋元時代俱作「無言」，明以後才改爲「忘言」。今從宋本。

秋登張明府海亭〔一〕

海亭秋日望，委曲見江山。染翰聊題壁〔二〕，傾壺一破顔〔三〕。歌逢彭澤令〔四〕，歸賞故園間〔五〕。余亦將琴史〔六〕，棲遲共取閒〔七〕。

〔一〕題目：宋、明各本及《全唐詩》、《英華》同。清本無「秋」字。據毛校記元本亦無「秋」字。張明府海亭：奉先縣令張子容在舊隱處建新舞閣，名曰海亭。詳《奉先張明府休沐還鄉海亭宴集》有關各注。○此詩約作於開元二十三年，浩然晚年時期。

〔二〕聊題壁：明、清各本及《全唐詩》同。宋本、《英華》「聊」作「臥」，誤。

〔三〕破顔：原作「解顔」，明清各本、《全唐詩》同。宋本、《英華》作「破顔」。今從宋本。

〔四〕歌逢：原作「歡逢」，明活本同。宋本、汲本、《全唐詩》、《英華》作「歌逢」。今從宋本。彭澤令：陶淵明曾爲彭澤令。這裏借指奉先令張子容。

〔五〕歸賞句：張子容曾隱居襄陽白鶴巖，今又重臨故地，並在故地新建海亭，故稱歸賞故園間。

〔六〕琴史：猶琴書。古代知識分子最重琴、書，認爲不可須臾或離。

〔七〕棲遲：《詩·陳風·衡門》：「衡門之下，可以棲遲。」毛傳：「棲遲，游息也。」孟浩然攜帶琴書，與張子容共游息於海亭之上。

題融公蘭若〔一〕

精舍買金開〔二〕，流泉遶砌迴。芰荷薰講席〔三〕，松柏映香臺〔四〕。法雨晴飛去〔五〕，天花晝下來〔六〕。談玄殊未已〔七〕，歸騎夕陽催。

〔一〕融公：宋、明、清各本及《全唐詩》、《律髓》、《品彙》同。《英華》作「容山主」。《孟集》中尚有《過故融公蘭若》、《過融上人蘭若》二詩，融上人當即融公，故以「融」爲是。按：《英靈集》選浩然前詩題作《過景空寺故融公蘭若》，也可以證明當爲「融」字。同時知融公當爲景空寺僧。

〔二〕精舍：寺院。《世説新語·棲逸》：「康僧淵在豫章，去郭數十里立精舍，旁連嶺，帶長川，芳林列於軒庭，清流激於堂宇。」開：宋、明、清各本、《全唐詩》及《律髓》、《品彙》同。《英華》作「地」。

〔三〕芰荷：芰爲菱，荷爲蓮，以其清香潔浄爲古人所愛。釋家亦尊愛蓮花，故佛國稱蓮界，佛座稱蓮座。

〔四〕映：明、清各本、《全唐詩》及《律髓》、《品彙》同。宋本作「暎」，同映，見《集韻》。《英華》作「繞」。香臺：佛殿之别稱。盧照鄰《遊昌化山精舍》：「寶地乘峰出，香臺接漢高。」

〔五〕法雨：佛家認爲佛法無邊，如天雨之降臨，普及於世間萬物。《廣弘明集·謝靈運〈慧遠法師誄〉》：「仰弘如來，宣揚法雨。」飛去：明、清各本、《全唐詩》及《英華》、《律髓》、《品彙》同。

宋本作「霏去」，非。

〔六〕天花：亦作「天華」。佛教謂佛説法則天花亂墜。《高僧傳》：「梁僧法雲講次，天花散墜。」梁簡文帝《與廣信侯述聽講事書》：「法水晨流，天花夜落。」

〔七〕談玄句：宋、明、清各本及《全唐詩》、《律髓》、《品彙》同。《英華》作「一乘談未了」。方回《瀛奎律髓》紀昀評：語雖平近，尚有初唐意味。

九日於龍沙寄劉大昚虛〔一〕

龍沙豫章北〔二〕，九日挂帆過〔三〕。風俗因時見，湖山發興多。客中誰送酒〔四〕，棹裏自成歌〔五〕。歌竟乘流去〔六〕，滔滔任夕波。

〔一〕題目：此詩題目各本極不統一。原作「九日龍沙寄劉大」。明活本、汲本「寄」上多一「作」字。清本、《全唐詩》「寄」上多一「作」字，「大」下多「昚虛」二字。宋本作「九日於龍沙作寄劉」，顯然有漏字。《英華》作「九日龍沙作寄劉丈」，顯然有誤字。《唐詩紀事》引作「九日於龍沙寄劉大昚虛」。今從《唐詩紀事》。劉大昚虛：崧山人。開元十一年進士及第，任洛陽尉，遷夏縣令。仕途不得意，故《明皇雜録》言其「雖有文章盛名」，而「流落不偶」。其詩多寫山水隱居，與孟浩然、王昌齡、高適等友善。龍沙：《水經注·贛水》：「贛水又北逕龍沙西，沙甚潔白，高峻而陁有龍形，連亘五里中，舊俗九月九日升高處也。」《太平寰宇記·江南西道·洪州》：「龍沙在州北七里一帶，江沙甚白而高峻。左右居人，時見龍跡。按雷次宗《豫章記》云：『北有龍沙，堆阜逶迤，潔白高峻而似龍形，連亘五六里。舊俗九月九日登高之處。』」○此詩當作於壯年漫游時期。

〔二〕豫章：即今江西南昌市。南朝置豫章郡，隋平陳，罷郡爲洪州，煬帝時廢州又爲豫章郡，唐武德中，又改置洪州，治所在豫章。

〔三〕挂帆：猶挂席、揚帆。詳《彭蠡湖中望廬山》注〔四〕。

〔四〕客中句：蕭統《陶淵明傳》：「嘗九月九日出宅邊菊叢中坐久之，滿手把菊。忽值（江州刺史王）弘送酒至，即便就酌，醉而歸。」洪州之北，即爲江州，蓋因地而化用此典，以説明客中冷落。

〔五〕棹裏句：張志和《漁父歌》：「青草湖中月正圓，巴陵漁父棹歌還。」

〔六〕歌竟句：宋、明、清各本及《唐詩紀事》同。《英華》作「竟自乘流去」。

劉辰翁曰：自要寫得似，不似即與别人寫得何異？

李夢陽曰：歌字相接是轉調法。

洞庭湖寄閻九〔一〕

洞庭秋正闊，余欲泛歸船。莫辨荆吴地〔二〕，唯餘水共天。渺瀰江樹没〔三〕，合沓海湖連〔四〕。

遲爾爲舟檝，相將濟巨川〔五〕。

〔一〕洞庭湖：在今湖南北部，詳《望洞庭湖上張丞相》注〔一〕。閻九：即閻防。詳《湘中旅泊寄閻九司户防》注〔一〕。○此詩蓋作於壯年漫游時期，約在開元四至六年。

〔二〕辨：汲本、清本、《全唐詩》同。明活本作「辯」，非。

〔三〕渺瀰：《全唐詩》同。明活本「瀰」作「瀰」，同。汲本、清本作「渺茫」。渺瀰，曠遠之貌。《文選·木華〈海賦〉》：「沖瀜沆瀁，渺瀰湠漫。」李善注：「渺瀰湠漫，曠遠之貌。」江樹：謝朓《之宣城郡出新林浦向板橋》：「天際識歸舟，雲中辨江樹。」

〔四〕合沓：汲本、清本、《全唐詩》同。明活本「沓」誤作「沓」。合沓，重疊紛雜之貌。《文選·謝朓〈敬亭山〉》：「兹山亘百里，合沓與雲齊。」李善注：「賈誼《早〔旱〕雲賦》曰：『遂積聚而合沓，相紛薄而慷慨。』應劭《漢書注》曰：『沓，合也。』」海湖連：明活本、汲本、清本同。《全唐詩》「湖」作「潮」。以上四句極寫江湖水漲，天水相連景象，氣勢亦頗雄偉。

〔五〕遲爾二句：《書·説命上》：「若濟巨川，用汝（按指傅説）作舟楫。」本喻君臣協和，此處用以表達欲同閻九同泛江湖的思想感情。

和李侍御渡松滋江〔一〕

南紀西江闊〔二〕，皇華御史雄〔三〕。截流寧假楫，挂席自生風〔四〕。寮寀争攀鷁〔五〕，魚龍亦避驄〔六〕。坐聞白雪唱〔七〕，翻入棹歌中〔八〕。

〔一〕題目：明活本、《英華》同。汲本、清本、《全唐詩》作「秋日陪李侍御渡松滋江」。此詩宋本不載。侍御：侍御史之省稱。李侍御，其人不詳。松滋江：松滋附近的長江稱松滋江。

〔二〕南紀：泛指南方荆楚一帶。《詩・小雅・四月》：「滔滔江漢，南國之紀。」鄭玄箋：「江也，漢也，南國之大水，經紀衆川，使不壅滯；喻吴楚之君，能長理旁側之國，使得其所。」後因稱南方爲南紀。《新唐書・天文志》：「自岷山、嶓冢，負地絡之陽，東及太華，連商山、熊耳、外方、桐柏，自上洛南逾江漢，攜武當、荆山，至於衡陽，乃東循嶺徼，達東甌、閩中，是謂南紀。」

〔三〕皇華：本意爲出使，這裏有巡視地方之意。詳見《和于判官登萬山亭因贈洪府都督韓公》注〔六〕。

〔四〕挂席：猶揚帆。詳《彭蠡湖中望廬山》注〔四〕。

〔五〕寮寀：官。《爾雅・釋詁》：「寀、寮，官也。」陸機《晉平西將軍孝侯周處碑》：「汪洋廷闕之傍，昂藏寮寀之上。」鷁：鷁舟之省稱。詳《與黄侍御北津泛舟》注〔五〕。

〔六〕驄：驄馬，青白雜毛之馬。詳《與黄侍御北津泛舟》注〔四〕。

〔七〕聞：《英華》同。明、清各本及《全唐詩》俱作「聽」。白雪：即陽春白雪。《文選・宋玉〈對楚王問〉》：「其爲《陽春》、《白雪》，國中屬而和者不過數十人。」《文選・陸機〈文賦〉》：「綴下里於白雪。」李善注：「宋玉《笛賦》曰：『師曠爲白雪之曲。』《淮南子》曰：『師曠奏白雪而神禽下降。』白雪，五十絃瑟樂曲名。」

〔八〕翻：明、清各本及《全唐詩》同。《英華》作「翲」，同翻，見《説文·羽部新附》。本詩末尾四句，對李侍御頗多歌頌，是以劉辰翁評曰：「頌德語。」

王壽昌《小清華園詩談》卷下：然亦有雖似無害而實不可援以爲例者，如……孟山人「魚龍亦避驄」，岑嘉州「爲官好欲慵」，韋蘇州「浦樹遠含滋」之韻脚；……如此之類，不可枚舉，要皆不可爲訓者爾。

秦中感秋寄遠上人〔一〕

一丘常欲臥〔二〕，三徑苦無資〔三〕。北土非吾願〔四〕，東林懷我師〔五〕。黄金燃桂盡〔六〕，壯志逐年衰。日夕涼風至〔七〕，聞蟬但益悲。

〔一〕題目：原無「遠」字，明活本同。《品彙》無「感秋」二字。據毛校記元本亦無。宋本、汲本、清本、《全唐詩》、《英華》作「秦中感秋寄遠上人」。今從宋本。秦中：《漢書·婁敬傳》：「秦中新破。」顔師古注：「秦中謂關中，故秦地也。」按即今陝西省一帶，本詩當指長安。遠上人：上人乃對僧人之尊稱，詳《尋香山湛上人》注〔一〕。「遠」爲僧人之名。○此詩蓋作於開元十七年秋長安應舉時期。

〔二〕一丘：常與「一壑」連用。丘指山，壑指谷，用以代表隱者的居處，也用爲隱遁之代稱。《太平御覽》卷七九：「（黄帝）謂容成子曰：『吾將釣於一壑，棲於一丘。』」《世説新語・品藻》：「明帝問謝鯤：『君自謂何如庾亮？』答曰：『端委廟堂，使百官準則，臣不如亮；一丘一壑，自謂過之。』」

〔三〕三徑：《文選・陶淵明〈歸去來〉》：「三徑就荒，松菊猶存。」李善注：「《三輔決録》曰：『蔣詡，字元卿。舍中三徑，唯羊仲、求仲從之遊，皆挫廉逃名不出。』」後世因常用三徑以指家園或隱者居處。

〔四〕北土：宋本、清本、《全唐詩》、《品彙》同。明活本、汲本作「北上」；《英華》作「北山」，俱非。北土，指秦中。本句表明了對仕途的絶望。

〔五〕東林：東林寺在廬山麓，晉僧人慧遠創建。詳《彭蠡湖中望廬山》注〔三〕。

〔六〕黄金句：《戰國策・楚策三》：「（蘇秦）對曰：『楚國之食貴於玉，薪貴於桂，謁者難得見如鬼，王難得見如天帝。今臣食玉炊桂，因鬼見帝。』王曰：『先生就舍，寡人聞命矣。』」燃桂本指柴，本詩以代生活所需。全句言旅況貧苦。

〔七〕日夕：宋、明、清各本及《全唐詩》、《品彙》同。《英華》作「旦夕」。

劉辰翁曰：吾評孟浩然詩，非不經思，只是吐出。

李夢陽曰：黄金燃桂盡，終傷氣。結句好。

愛州李少府見贈〔一〕

養疾衡簷下〔二〕，由來浩氣真〔三〕。五行將禁火〔四〕，十步任尋春〔五〕。致敬維桑梓〔六〕，邀歡即主人〔七〕。迴看後凋色，青翠有松筠〔八〕。

〔一〕題目：原作「重酬李少府見贈」，明活本、《全唐詩》同。汲本、清本少一「重」字。宋本作「愛州李少府見贈」，今從宋本。愛州：唐愛州屬安南都護府，即今越南清化。李少府：唐人對縣尉稱少府，李少府，未詳。

〔二〕衡簷：原作「衡茆」，明活本、清本同。宋本、汲本、《全唐詩》作「衡簷」。今從宋本。

〔三〕浩氣：浩然之氣，正大剛直之氣。《孟子·公孫丑上》：「我善養吾浩然之氣。」

〔四〕禁火：周制，仲春禁火。《太平御覽》卷三十引《古今藝術圖》云：「按《周禮·司烜氏》：『仲春以木鐸脩火禁於國中。』注云：『爲季春將出火也。』今寒食準節氣是仲春之末，清明是三月之初，然則禁火，蓋周之舊制。」

〔五〕任：原作「想」，汲本同。宋本、明活本、清本、《全唐詩》作「任」。今從宋本。以上二句，劉辰翁評曰：似方外語。

〔六〕桑梓：古人多於宅邊種植桑樹與梓樹，因用桑梓以喻故鄉。《詩·小雅·小弁》：「惟桑與梓，必恭敬止。」

〔七〕主人：原作「故人」，宋、明、清各本及《全唐詩》俱作「主人」，據改。

〔八〕迴看二句：迴：原作「還」，明活本、清本同。宋本、汲本作「迴」。《全唐詩》作「回」。今從宋本。松：《論語·子罕》：「歲寒然後知松柏之後凋也。」筠：竹。

宿永嘉江寄山陰崔國輔少府〔一〕

我行窮水國，君使入京華〔二〕。相去日千里，孤帆天一涯〔三〕。臥聞海潮至，起視江月斜。借問同舟客，何時到永嘉？

〔一〕永嘉江：即今浙江省的甌江，流經永嘉入海，故稱永嘉江。永嘉縣唐初屬括州，上元二年（六七五）改置温州，治所在永嘉，即今浙江温州市。崔國輔：生卒年不詳，當開元、天寶間在世。《唐才子傳》：「國輔，山陰人，開元十四年嚴迪榜進士。與儲光羲、綦毋潛同時舉縣令，累遷集賢直學士、禮部郎中。天寶間坐是王鉷近親，貶竟陵司馬。有文及詩，婉孌清楚，深宜諷詠。樂府短章，古人有不能過也。」傳中未言其爲縣尉事，但本詩稱其少府，王昌齡亦有《同從弟銷南齋玩月憶山陰崔少府》，可見其曾任縣尉無疑。再據唐制，進士及第，一般都是先授縣尉，亦是佐證。故疑《唐才子傳》所言「舉縣令」，或是以後的事，或是「尉」誤爲「令」。譚優學先生這個推測是合理的。山陰：《舊唐書·地理志》：「山陰，垂拱二年（六八六）分會稽縣置。」〇此詩作於游越赴永嘉途中，約在開元十九年。

〔二〕京華：即京師。詳《閒園懷蘇子》注〔五〕。

〔三〕相去二句：浩然來永嘉，崔國輔赴長安，二人相去日遠。《古詩十九首》：「相去萬餘里，各在天一涯。」

劉辰翁：不必思索，皆有。

李夢陽：佳。

上巳日洛中寄王九迥〔一〕

卜洛成周地〔二〕，浮杯上巳筵〔三〕。鬭雞寒食下〔四〕，走馬射堂前〔五〕。垂柳金堤合，平沙翠幕連〔六〕。不知王逸少〔七〕，何處會羣賢。

〔一〕題目：「九」前原多「十」字。汲本作「上巳日洛中寄王九迥」。宋本「王九迥」作「黄九」。明活本、《全唐詩》、《品彙》「巳」後少一「日」字。清本無「上巳日」三字。據宋、明各本及本詩詩意，以有爲佳。《詩選》、《律髓》「王九迥」作「王山人迥」。按：王迥爲浩然好友，《孟集》中有關王迥的詩頗多，有的稱白雲先生，有的稱王山人，而稱王九者最多，計有《鸚鵡洲送王九之江左》、《同王九題就師山房》、《贈王九》等。故宋本之「黄」，顯係音近而誤。而作「十九」，顯係衍一「十」字。上巳日：三月上旬巳日，晉以後多以三月三日爲上巳。詳《上巳日澗南園期王山人陳七諸公不至》注〔五〕。

〔二〕卜洛句：《書・洛誥》：「召公既相宅，周公往營成周，使來告卜，作《洛誥》。」孔安國傳：「召公先相宅，卜之，周公自後至，經營作之，遣使以所卜吉兆告成王。」後因以經營都城曰卜洛。這裏卜洛成周即指洛陽。

〔三〕浮杯：明清各本、《全唐詩》及《詩選》、《律髓》、《品彙》同。宋本作「浮桮」，誤。浮杯，浮於水上的酒杯。王羲之於上巳日蘭亭宴集，流觴曲水，流觴即浮杯。參看《上巳日澗南園期王山人陳七諸公不至》注〔六〕。

〔四〕鬬雞句：《荆楚歲時記》有「寒食鬬雞爲戲」的記載。至於寒食節的日期，則説法不一。《荆楚歲時記》：「去冬節一百五日，即有疾風甚雨，謂之寒食，禁火三日。」注：「據曆合在清明前二日，亦有去冬至一百六日者。」（注者傳爲隋杜公瞻）《樂府詩集》卷六四《鬬雞篇》序云：「《鄴都故事》曰：『魏明帝大和中，築鬬雞臺。趙王石虎亦以芥羽漆砂，鬬雞於此。故曹植詩云「鬬雞東郊道，走馬長楸間」是也。』」

〔五〕射堂：射箭之所。庾信《春賦》：「拂塵看馬埒，分朋入射堂。」

〔六〕翠幕：古人上巳日於水邊張幕宴遊。潘尼《三月三日洛水作》：「朱軒蔭蘭皋，翠幕映洛湄。」

〔七〕不知句：王羲之字逸少。此極言洛陽景物之美，遊覽之盛，可以超過王羲之在山陰的蘭亭宴集。同時，又巧妙地借指王九。

李夢陽曰：盛唐人皆如此作。

方回《瀛奎律髓》：浩然作此詩時，其體未甚刻畫，但細看亦自用工。第二句下「浮杯」字便着題，「平沙翠幕連」一句，看似未見工，久之乃見，祓禊而游者甚盛也。尾句用逸少事，所寄之人，適又姓王，切矣。

聞裴侍御朏自襄州司户除豫州司户因以投寄〔一〕

故人荆河掾〔二〕，尚有柏臺威〔三〕。移職自樊衍〔四〕，芳聲聞帝畿〔五〕。昔余臥林巷〔六〕，載酒過柴扉〔七〕。松菊無時賞〔八〕，鄉園欲懶歸〔九〕。

〔一〕題目：明活本、汲本、《全唐詩》同。清本「裴」下無「侍御」二字，「因」下無「以投」二字。據毛校記元本無「侍御」、「自」、「以投」五字。宋本上卷題作「聞裴朏司户除豫州司户因以投贈」，但詩文與各本全異，亦與題目不合，當係錯簡。又下卷題作「聞裴侍御朏自襄州司户除豫州以投寄」，當有脱文。裴朏：爲浩然好友。王士源《孟浩然集序》：「丞相范陽張九齡、侍御史京兆王維、尚書侍郎河東裴朏……率與浩然爲忘形之交。」裴朏曾見於郎官石柱，岑仲勉《郎官石柱題名新考訂》一九：「據《會要》七十四，天寶二年初禮中裴朏以考判不當貶官。《北目》開元二十九年《尚書祠部員外郎裴慎誌》稱，族叔朏撰。」襄州：唐襄州屬山南東道，治所襄陽，即今湖北襄樊市。豫州：唐豫州屬河南道，治所汝陽，即今河南汝南。司户：唐制，州設司户參軍，掌民户事宜。

〔二〕荆河：原作「荆府」，明活本、《全唐詩》同。汲本、清本作「荆河」，宋本作「經河」，顯係同音而誤。荆河，指豫州。《書·禹貢》：「荆河維豫州。」

〔三〕柏臺：御史臺之别稱。《漢書·朱柏傳》：「御史府中列柏樹，常有野鳥數千，棲宿其上，晨去暮來。」後因稱御史臺曰柏臺。唐代行政機構，最高稱省，其次稱寺、監，惟御史臺仍稱臺，與省並稱，以示其職權之高。裴朏曾爲侍御史，屬御史臺，故稱「柏臺威」。

〔四〕樊衍：原作「樊沔」，明活本、清本同。宋本、汲本、《全唐詩》作「樊衍」。今從宋本。樊，指襄樊；衍，平美之地，見《左傳·襄公二十五年》「井衍沃」注及疏。樊沔，樊指襄樊，沔指沔水，亦通。

〔五〕帝畿：京城附近地區，亦用以代京師。這裏指長安。《文選·班固〈西都賦〉》：「是故横被六合，三成帝畿。」

〔六〕昔余：宋、明、清各本及《全唐詩》同。據毛校記元本作「共子」。

〔七〕過柴扉：原作「訪柴扉」，明活本、清本同。汲本作「過荆扉」。宋本、《全唐詩》作「過柴扉」。今從宋本。

〔八〕時：原作「君」，明活本、汲本同。宋本、清本、《全唐詩》作「時」。今從宋本。

〔九〕欲懶歸：原作「懶欲歸」，明活本、汲本、清本同。宋本、《全唐詩》作「欲懶歸」。今從宋本。據毛校記元本作「懶欲飛」，誤。

江上寄山陰崔國輔少府〔一〕

春堤楊柳發，憶與故人期〔二〕。草木本無意〔三〕，榮枯自有時〔四〕。山陰定遠近，江上日相思。不及蘭亭會〔五〕，空吟祓禊詩〔六〕。

〔一〕題目：明活本同。汲本、《全唐詩》「國輔少府」作「少府國輔」。據毛校記元本無「國輔」二字。清本同元本。宋本題作「聞裴朏司户除豫州司户因以投贈」，與内容不合，當爲錯簡。山陰崔國輔：詳《宿永嘉江寄山陰崔國輔少府》注〔一〕。

〔二〕期：約會。《説文》：「期，會也。」段玉裁注：「會者合也。期者要約之意，所以爲會合也。」《詩·鄘風·桑中》：「期我乎桑中，要我乎上宫。」

〔三〕意：明活本、清本、《全唐詩》同。宋本、汲本作「性」。

〔四〕榮枯：原作「枯榮」，宋、明、清各本及《全唐詩》俱作「榮枯」，據改。

〔五〕蘭亭會：宋、明、清各本同。據毛校記元本「會」作「事」。蘭亭會，王羲之《蘭亭集序》：「永和九年，歲在癸丑，暮春之初，會於會稽山陰之蘭亭，修禊事也。」

〔六〕祓禊：古代民俗，三月上巳日到水濱洗濯，洗去宿垢，稱祓禊。應劭《風俗通》：「按周禮，女巫掌歲時以祓除疾病。禊者潔也，故於水上盥潔之也。」《韓詩》：「三月桃花水之時，鄭國之俗，三月上巳，於溱洧兩水之上，執蘭招魂續魄，拂除不祥。」（以上見《藝文類聚》卷四《歲時部中·三月三日》）《後漢書·禮儀志上》：「是月（三月）上巳，官民皆絜於東流水上，曰洗濯祓除，去宿垢疢，爲大絜。」

送洗然弟進士舉〔一〕

獻策金門去〔二〕，承歡彩服違〔三〕。以吾一日長，念爾聚星稀。昏定須温席〔四〕，寒多未授衣〔五〕。桂枝如已擢〔六〕，早逐雁南飛。

〔一〕題目：明、清各本及《全唐詩》同。宋本題作「寄弟聲」，而總目則爲「寄弟馨」。據毛校記元本作「寄弟」。從内容看確是送弟赴舉之辭，但所送之弟，則未詳孰是，暫依明、清各本。

〔二〕獻策句：漢代宫中金馬門，省稱金門，後世多借指宫門。當時應詔來者都待詔公車，惟才能優異者特命待詔金馬門。唐代進士舉要考試對策，與應詔相類，故用以喻進士舉。

〔三〕承歡句：古代傳説中有老萊子者，年七十，着五彩衣，跌仆臥地，爲小兒啼，以悦父母。見《初學記》十七《孝子傳》。據《説文》：「違，離也。」以其赴舉，故離開父母。

〔四〕昏定句：舊時子女侍奉父母，晚上要爲父母安設牀被，稱爲昏定。冬日天寒，故爲之温席。

《禮記·曲禮上》："凡爲人子之禮，冬温而夏清，昏定而晨省。"鄭玄注："定，安其牀衽也。省，問其安否何如。"陸德明釋文："清，冰冷也。"

〔五〕授衣：制備寒衣。詳《題長安主人壁》注〔一〇〕。

〔六〕桂枝句：桂枝：《晉書·郤詵傳》："臣舉賢良對策，爲天下第一，猶桂林之一枝，崑山之片玉。"故後世稱登科爲折桂。已擢：明、清各本及《全唐詩》同。宋本作"可擢"。當以"已擢"爲是。擢，選拔，《方言》："自關而東，或曰拔，或曰擢。"引申爲考中之意。

夜泊廬江聞故人在東林寺以詩寄之〔一〕

江路經廬阜〔二〕，松門入虎溪〔三〕。聞君尋寂樂，清夜宿招提〔四〕。石鏡山精怯〔五〕，禪枝怖鴿棲〔六〕。一燈如悟道，爲照客心迷〔七〕。

〔一〕廬江：《水經注·廬江水》："廬江水出三天子都，北過彭澤縣西，北入於江。"東林寺：明活本同。宋本、汲本、清本、《全唐詩》作"東寺"。東林寺，在廬山麓，僧人慧遠所創建。詳《彭蠡湖中望廬山》注〔三〕。

〔二〕廬阜：亦稱匡阜，即廬山。詳《彭蠡湖中望廬山》注〔六〕。

〔三〕松門：見本詩注〔五〕。虎溪：在東林寺前，慧遠送客不過溪，過溪虎輒鳴。詳《疾愈過龍泉寺精舍呈易業二公》注〔一五〕。

〔四〕招提：梵語「拓提」之誤。《涅槃經》「招提僧坊」，慧琳《一切經音義》：「招提僧坊，此云四方僧坊也。」據此則「招提」爲「四方」之意，「招提僧」即四方僧，四方僧住處稱「招提僧坊」。《翻譯名義集》：「後魏太武始光二年，造伽藍，創立招提之名。」此後「招提」遂成爲寺院之别名。

〔五〕石鏡：《水經注·廬江水》：「（廬）山東有石鏡，照水之所出。有一圓石，懸崖明淨，照見人形，晨光初散，則延曜入石，豪細必察，故名石鏡焉。」謝靈運《入彭蠡湖口》：「攀崖照石鏡，牽葉入松門。」李善注：「張僧鑒《潯陽記》曰：『石鏡山東，有一圓石，懸崖明淨，照人見形。』顧野王《輿地志》曰：『自入湖三百三十里，窮於松門，東西四十里，青松偏於兩岸。』」山精：古代傳説中山間的奇怪動物。詳《題明禪師西山蘭若》注〔九〕。

〔六〕枝：原作「林」，明活本同。宋本、汲本、《全唐詩》作「枝」。今從宋本。怖鴿：據《涅槃經》二十八、《大智度論》十一載，有一鴿爲鷹所逐，恐怖殊甚，佛以自己身影遮蔽鴿身，始獲安然。梁簡文帝《謝賜錢啓》：「方使怖鴿獲安，窮魚永樂。」（見《藝文類聚》卷六六）。

〔七〕一燈二句：佛家往往以燈喻法，言佛法如燈，可以照亮衆人道路，使脱迷津。

賀貽孫《詩筏》：看盛唐人詩，當從其氣格渾老、神韻生動處賞之，字句之奇，特其餘耳。如王維「鵲乳先春草，鶯啼過落花」，孟浩然「石鏡山精怯，禪枝怖鴿棲」，……此等語皆晚唐人所極意刻畫者。然出王、孟、張、岑手，即是盛唐詩；若出晚唐人手，即是晚唐人詩。蓋盛唐人一字一句之奇，皆從全首元氣中苞孕而出，全首渾老生動，故雖有奇句，不礙自然。若晚唐氣卑格弱，神韻又促，即取盛唐人語入其集中，但見鑿痕，無復前人渾老生動之妙矣。

宿桐廬江寄廣陵舊遊〔一〕

山暝聞猿愁〔二〕，滄江急夜流〔三〕。風鳴兩岸葉，月照一孤舟。建德非吾土〔四〕，維揚憶舊遊〔五〕。還將兩行淚〔六〕，遥寄海西頭〔七〕。

〔一〕桐廬江：明、清各本及《全唐詩》、《品彙》同。宋本作「廬江」。按：詩言「建德非吾土」，而建德在桐廬江沿岸，可見應爲桐廬江，宋本脱一「桐」字。浙江源出歙州，東流至建德與蘭溪會，北流經桐廬，稱桐廬江，亦稱桐江。《元和郡縣志·江南道·睦州》：「桐廬江，源出杭州於潛縣界天目山，南流至（桐廬）縣東一里入浙江。」廣陵：唐揚州，治所在江都，漢代屬廣陵國，故習稱廣陵。即今江蘇省揚州市。○此詩約作於開元十八年秋游越期間。

〔二〕聞：原作「聽」，明、清各本同。宋本、《全唐詩》作「聞」。今從宋本。

〔三〕滄江：暗緑之色的江水。杜甫《秋興八首》之五：「一臥滄江驚歲晚，幾回青鎖點朝班。」

〔四〕建德：唐睦州州治，地濱桐廬江，當今浙江梅城縣。吾土：王粲《登樓賦》：「雖信美而非吾土兮。」

〔五〕維揚：揚州的别稱。《尚書·禹貢》：「淮海惟揚州。」惟一作維。《梁溪漫志》：「古今稱揚州爲惟揚，蓋取淮海惟揚州之語，今則易惟作維矣。」

〔六〕兩：原作「數」，汲本同。宋本、明活本、清本、《全唐詩》、《品彙》作「兩」。今從宋本。

〔七〕海西頭：指揚州。古代揚州，地域遼闊，直抵大海。揚州地處大海之西，故稱海西頭。隋煬帝《泛龍舟》：「借問龍舟在何處，淮南江北海西頭。」

劉辰翁曰：「一孤舟」似病，天趣自得。

南還舟中寄袁太祝〔一〕

沿泝非便習〔二〕，風波厭苦辛。忽聞遷谷鳥，來報武陵春〔三〕。嶺北迴征棹〔四〕，巴東問故人〔五〕。桃源何處是，遊子正迷津〔六〕。

〔一〕袁太祝：《周禮·春官》有太祝，掌祝辭祈禱之事。秦漢設太祝令、丞，歷代沿置。袁太祝，其人不詳。

〔二〕沿泝：宋本、汲本、清本、《全唐詩》同。明活本「泝」作「沂」，形近而誤。《左傳·文公十年》：「（楚子西）沿漢泝江。」杜預注：「沿順流，泝逆流。」便習：猶熟習。《後漢書·孔奮傳》：「郡多氐人，便習山谷。」

〔三〕忽聞二句：遷谷鳥：《詩・小雅・伐木》：「出自幽谷，遷于喬木。」毛傳：「幽，深；喬，高也。」鄭玄箋：「遷，徙也。謂鄉時之鳥，出從深谷，今移處高木。」遷谷鳥，即幽谷之鳥，遷于喬木以喻仕途上的升遷。武陵：「武」原作「五」，宋本、汲本、《全唐詩》同。明活本、清本作「武」。據毛校記元本亦作「武」。按：《文選・西都賦》注「五陵」指漢高帝長陵、惠帝安陵、景帝陽陵、武帝茂陵、昭帝平陵。漢代將高官貴人豪富之家遷至陵墓附近居住，故詩文常用以借指豪富聚居之地。此與本詩内容無涉，參下文桃源語，應以「武陵」爲是。根據這兩句詩意揣測，可能是袁太祝貶謫嶺南（唐代官吏獲罪，多貶謫嶺南），本詩首句「沿泝非便習」，既逆流而上，旋又順流而下，這是由於先去嶺南，聽到又改貶武陵，由遠惡改爲善近，有似仕途的升遷，所以説「忽聞遷谷鳥，來報武陵春」（參看譚優學《唐詩人行年考・孟浩然行止考實》）。當然這是揣測之辭，存參待考。浩然尚有《武陵泛舟》、《宿武陵即事》等詩，或即此次來武陵所作。

〔四〕嶺：指南嶺，在江南西道南部，爲湘水上源。棹：明、清各本同。《全唐詩》作「帆」，附校勘記云「一作棹」，異文兩存。宋本作「掉」，顯係「棹」之誤。可見明、清各本來自宋本。但楊慎以爲「棹」乃後人妄改，以「帆」爲是。可備一説。「嶺北迴征棹」，言泝湘水南下，忽聞袁太祝已調任武陵，故自嶺北又沿湘水迴。

〔五〕巴東：用巴東借指故鄉，言還鄉途中訪問故人。

〔六〕桃源二句：桃源：明活本、清本、《全唐詩》同。宋本、汲本作「花源」，桃花源之省稱。何處是：宋、明各本及《全唐詩》同。清本作「在何處」，據毛校記元本亦作「在何處」。二句用晉陶淵明《桃花源記》事。

東陂遇雨率爾貽謝南池〔一〕

田家春事起，丁壯就東陂〔二〕。殷殷雷聲作〔三〕，森森雨足垂〔四〕。海虹晴始見，河柳濕初稀〔五〕。余意在耕鑿〔六〕，問君田事宜〔七〕。

〔一〕題目：宋本、汲本、《全唐詩》、《律髓》同。明活本「東陂」作「東歸」，非。清本無「率爾」二字。據毛校記元本無「東陂」、「率爾」四字。陂：山坡。《説文》：「陂，阪也。」謝南池：《孟集》尚有《久滯越中贈謝南池會稽賀少府》一詩，看來謝乃在越中結識的朋友。生平不詳。〇本詩疑作於開元十九年游越期間。

〔二〕田家二句：春事：耕種之事。《書·堯典》：「厥民析，鳥獸孳尾。」孔安國傳：「冬寒無事，並入室處；春事既起，丁壯就功。」就：宋、明、清各本及《全唐詩》同。《瀛奎律髓》作「聚」，當從宋本。

〔三〕殷殷：明、清各本及《全唐詩》、《律髓》同。宋本作「隱隱」，非。《詩·召南·殷其雷》：「殷其雷，在南山之陽。」毛傳：「殷，雷聲也。」

〔四〕森森：繁密之貌。《文選·張協〈雜詩〉之四》：「翳翳結繁雲，森森散雨足。」李善注：「蔡雍

《霖賦》曰：『瞻玄雲之晻晻，懸長雨之森森。』」

〔五〕濕初稀：原作「潤初移」，明活本、清本、《全唐詩》、《律髓》同。宋本，汲本作「濕初稀」。今從宋本。「潤初移」蓋明人所改，改得還不錯。

〔六〕耕鑿：原作「耕稼」，亦通。宋、明、清各本及《全唐詩》、《律髓》俱作「耕鑿」，今從宋本。耕鑿，本義爲耕田鑿井，語出皇甫謐《帝王世紀》，後世多用以泛指農事。王勃《秋晚入洛於畢公宅別道王宴序》：「散琴樽於北阜，喜耕鑿於東陂。」

〔七〕問君句：原作「因君問土宜」，明活本、清本、《全唐詩》、《律髓》同。宋本、汲本作「問君田事宜」。今從宋本。

劉辰翁曰：似目前而非目前。

李夢陽曰：「河柳潤初移」似晚唐句。

方回《瀛奎律髓》曰：此詩起句、末句（按：指「因君問土宜」），幽雅自然。又有句云「草得風光動，虹因雨氣成」，亦佳。

方回《瀛奎律髓》紀昀評：通體自然，不但起句、末句。又：五句天象，參以河柳（按：指「河柳潤初移」）似偏枯，然主意在一潤字，正承雨正説下耳。

行至汝墳寄盧徵君〔一〕

行乏憩余駕，依然見汝墳。洛川方罷雪，嵩嶂有殘雲〔二〕。曳曳半空裏〔三〕，明明五色分〔四〕。聊題一時興〔五〕，因寄盧徵君。

〔一〕汝墳：隋汝墳縣屬潁川郡，在襄城之南、葉縣之北，地濱溵水。唐代改屬汝州，汝墳縣廢。此詩蓋用舊名。盧徵君：即盧鴻一，隱於嵩山。因係隱士，故稱徵君。《舊唐書·盧鴻一傳》：「盧鴻一字浩然，本范陽人，徙家洛陽。少有學業，頗善籀篆楷隸，隱於嵩山。開元初，遣備禮再徵不至。」〇本詩疑作於長安應舉歸來途中。

〔二〕洛川二句：洛川：即洛水。嵩嶂：宋、明、清各本及《全唐詩》同。《英華》「嶂」作「障」，非。嵩嶂，指嵩山。此詩寫於自洛陽南歸途中，二句並非直寫所見而是寫所想。初離洛陽，仍然想及洛陽景色，嵩山在洛陽東南方，特别是盧鴻一隱於嵩山，故爾又想到嵩山。

〔三〕曳曳：長遠貌。

〔四〕明明：原作「溶溶」，明活本、汲本、清本同。宋本、《全唐詩》、《英華》作「明明」。今從宋本。

〔五〕時：原作「詩」，宋、明、清各本及《全唐詩》、《英華》俱作「時」。今從宋本。

寄天台道士〔一〕

海上求仙客〔二〕，三山望幾時〔三〕。焚香宿華頂〔四〕，裛露採靈芝〔五〕。屢蹳莓苔滑〔六〕，將尋汗漫期〔七〕。儻因松子去〔八〕，長與世人辭。

〔一〕天台：天台山，在今浙江天台縣北，爲佛教勝地之一。詳《宿天台桐柏觀》注〔一〕。○此詩蓋作於開元十八年游越期間。

〔二〕求：原作「來」，誤。宋、明、清各本及《全唐詩》、《英華》俱作「求」，據改。

〔三〕三山：亦稱三壺，傳説中海上之三神山。王嘉《拾遺記》：「海上有三山，其形如壺。方丈曰方壺，蓬萊曰蓬壺，瀛洲曰瀛壺。」

〔四〕華頂：天台山最高峰。

〔五〕裛露：宋、明各本及《全唐詩》、《英華》同。清本「裛」作「挹」。《文選·陶淵明〈雜詩〉》：「秋菊有佳色，裛露掇其英。」李善注：「《文字集略》曰：『裛，坌衣香也。』然露坌花亦謂之裛也。」靈芝：芝本菌類植物，古人視爲神草，故稱靈芝。詳《宿天台桐柏觀》注〔七〕。

〔六〕蹳：明活本、清本、《英華》同。宋本、汲本、《全唐詩》作「躡」。《英華》「蹳」下無校記，可見周必大等所見宋本亦作「蹳」。莓苔：《文選·孫綽〈遊天台山賦〉》：「蹳莓苔之滑石，搏壁立之翠屏。」李善注：「莓苔，即石橋之苔也。《異苑》曰：『天台山石橋，有莓苔之險。』」

〔七〕汗漫：《淮南子·道應訓》：「吾與汗漫期於九垓之外，吾不可以久駐。」高誘注：「汗漫，不可知之也。九垓，九天之外。」後人因將「汗漫」轉化爲仙人之别稱。

〔八〕松子：即赤松子，古代傳説中的仙人。《漢書·張良傳》：「願棄人間事，與赤松子游耳。」顔師古注：「赤松子，仙人號也。神農雨師。」

和張明府登鹿門山〔一〕

忽示登高作，能寬旅寓情。絃歌既多暇〔二〕，山水思彌清〔三〕。草得風先動〔四〕，虹因雨後成〔五〕。謬承巴俚和〔六〕，非敢應同聲〔七〕。

〔一〕張明府：即張子容。因爲奉先縣令，故稱張明府。參看《奉先張明府休沐還鄉海亭宴集》注〔一〕及《晚春臥疾寄張八子容》注〔一〕。鹿門山：明、清各本及《英華》同。宋本作「六門作」，「六」當爲「鹿」之誤。鹿門山，在今襄樊市東南。詳《登鹿門山懷古》注〔一〕。○本詩疑作於開元二十三年，浩然晚年期間。

〔二〕絃歌：亦作弦歌。語出《論語·陽貨》。本詩用「絃歌」代縣令的政務。參看《盧明府九日峴山宴袁使君張郎中崔員外》注〔三〕。

〔三〕山水思：猶詩思，指張子容的「登高作」。彌清：明活本、汲本、清本及《英華》同。宋本、《全唐詩》「彌」作「微」。

〔四〕先動：明活本、汲本、清本及《英華》同。宋本、《全唐詩》「先」作「光」。

〔五〕雨後：明活本、汲本、清本及《英華》同。宋本、《全唐詩》「後」作「氣」。

〔六〕巴俚：宋、明、清各本及《英華》同。《全唐詩》「俚」作「里」，亦通。巴，巴人。巴俚爲楚地俗曲，故稱巴俚是對自己所作詩的謙稱。參看《同曹三御史泛湖歸越》注〔三〕。

〔七〕同聲：《易・乾》：「同聲相應，同氣相求。」孔穎達疏：「同聲相應者，若彈宫而宫應，彈角而角動是也。」蓋即今所謂共鳴。這裏比喻自己詩作低俗，不敢和張詩相比。從本詩看來，蓋孟浩然外出，先寄詩給張子容，張以《登鹿門山詩》寄孟，而本詩又是對張詩的和詩。

李夢陽曰：「『草得風先動』二句，雖細不傷。」

和張二自穰縣還途中遇雪〔一〕

風吹沙海雪〔二〕，漸作柳園春〔三〕。宛轉隨香騎〔四〕，輕盈伴玉人。歌疑郢中客〔五〕，態比洛川神〔六〕。今日南歸楚，雙飛似入秦〔七〕。

〔一〕題目：張二：原作「張三」，明活本同。宋本、汲本、清本、《全唐詩》、《英華》俱作「張二」，據改。其人不詳。據毛校記元本無「自穰縣還」四字。清本亦無此四字。穰縣：唐屬鄧州，爲鄧州州治。即今河南鄧縣。○本詩疑作於應舉歸來途中。

〔二〕沙海：舊地名，穰縣一帶。楊慎《升庵詩話》卷四：「《戰國策》『暉臺之下，沙海之上』；《九域志》有沙海。孟浩然《和張三自穰縣還途中遇雪》詩：『風吹沙海雪，來作柳園春』正是梁地事。」

〔三〕漸作柳園春：「漸」原作「來」，明活本、清本、《英華》同。《英華》「柳園」作「本園」，非。宋本、汲本、《全唐詩》作「漸作柳園春」。今從宋本。

〔四〕香騎：沈佺期《幸梨園亭觀打毬應制》：「宛轉縈香騎，飄颻拂畫毬。」

〔五〕郢中客：《文選・宋玉〈對楚王問〉》：「客有歌於郢中者，其始曰《下里》、《巴人》，國人屬而和者數千人。」後因稱善歌者曰郢中客。

〔六〕洛川神：曹植《洛神賦》曾極狀洛神之妍麗。詳《宴崔明府宅夜觀妓》注〔五〕。

〔七〕雙飛：明、清各本及《全唐詩》、《英華》同。宋本「飛」作「花」。《英華》「飛」下無校記，可見周必大所見宋本亦作「飛」。似：明、清各本及《全唐詩》、《英華》同。宋本、汲本作「佀」。佀，似之本字，見《集韻》。

歲除夜會樂城張少府宅〔一〕

疇昔通家好〔二〕，相知無間然。續明催畫燭〔三〕，守歲接長筵〔四〕。舊曲梅花唱〔五〕，新正柏酒傳〔六〕。客行隨處樂，不見度年年。

〔一〕題目：明活本、《全唐詩》同。清本少一「歲」字。汲本與「除夜樂城逢張少府」詩並列，作爲一題二詩。此詩宋本不載。○本詩與《除夜樂城逢張少府作》一詩蓋作於同日。

〔二〕通家：猶世交。張子容與孟浩然同爲襄陽人，過從甚密，蓋其先亦有交游，故稱通家。《後漢書·孔融傳》：「融曰：『然。先君孔子與君先人李老君同德比義，而相師友，則融與君累世通家。』」

〔三〕晝燭：明、清各本及《全唐詩》同。據毛校記元本「晝」作「盡」，非。晝燭，彩畫之蠟。李嶠《燭》：「兔月清光隱，龍盤畫燭新。」

〔四〕守歲：除夕通宵不寐，送舊歲迎新年，謂之守歲。孟元老《東京夢華録·除夕》：「是夜（除夕）禁中爆竹山呼，聲聞於外。士庶之家，圍爐團坐，達旦不寐，謂之守歲。」蓋此風由來已久，非自宋代始也。唐太宗有《守歲》詩云：「暮景斜芳殿，年華麗綺宫。寒鈎去冬雪，暖帶入春風。階馥舒梅素，盤花卷燭紅。共歡新故歲，迎送一宵中。」（見《初學記》四「歲除」）

〔五〕梅花：即《梅花落》。《樂府詩集》卷二四《横吹曲辭》有《梅花落》。釋云：「梅花落本笛中曲也。按唐大角曲亦有《大單于》、《小單于》、《大梅花》、《小梅花》等曲，今其聲猶有存者。」又收有鮑照、吴均、陳後主及盧照鄰、沈佺期、劉方平等人之作。吴均《梅花落》云：「終冬十二月，寒風西北吹。獨有梅花落，飄蕩不依枝。……」

〔六〕柏酒：古代以柏葉浸酒，於元旦共飲，取長壽之意。宗懔《荆楚歲時記》：「正月一日，是三元之日也，春秋謂之端月。雞鳴而起，先於庭前爆竹，以辟山臊惡鬼。……長幼悉正衣冠，以次拜賀，進椒、柏酒，飲桃湯，進屠蘇酒。」

劉辰翁曰：正言似反。

自洛之越

遑遑三十載〔一〕，書劍兩無成〔二〕。山水尋吴越，風塵厭洛京〔三〕。扁舟泛湖海，長揖謝公卿〔四〕。且樂杯中酒〔五〕，誰論世上名。

〔一〕遑遑：宋、明各本及《英華》同。清本、《全唐詩》作「皇皇」，同。遑遑，急促之貌。《列子·楊朱》：「遑遑爾競一時之虚譽，規死後之餘榮。」三十：宋、明各本及《全唐詩》、《英華》、《詩選》同。據毛校記元本「三」作「二」，清本亦作「二」，非。浩然自洛之越乃在其考試落第之後，三十乃從其爲學之時算起，約計三十年耳。○本詩約作於開元十八年。

〔二〕書劍：書指讀書求仕，劍指仗劍從軍。《史記·項羽本紀》：「項籍少時，學書不成，去；學劍又不成，項梁怒之。」書劍是古代士子的兩條出路，二者無成，似乎已經前途無望。

〔三〕山水二句：尋：孟詩中的尋，一般爲探幽訪勝之意。吴越：泛指長江下游及今浙江一帶。春秋時吴國在今江蘇南部及浙江北部，越國在今浙江。風塵：喻追求仕進。洛京：唐代以長安爲京兆府，稱西京；而以洛陽爲河南府，稱東都。

〔四〕公卿：古代三公九卿爲最高官吏。《論語·子罕》：「出則事公卿。」後世以公卿泛指高官貴吏。

〔五〕杯中酒：《英華》、《詩選》同。宋、明、清各本「酒」作「物」。

李夢陽曰：何等氣魄！

歸至郢中〔一〕

遠遊經海嶠〔二〕，返棹歸山阿〔三〕。日夕見喬木，鄉園在伐柯〔四〕。愁隨江路盡，喜入郢門多〔五〕。左右看桑土〔六〕，依然即匪他〔七〕。

〔一〕題目：「中」下原多一「作」字。宋、明、清各本及《全唐詩》、《英華》均無「作」字，據刪。郢中：唐郢州，與襄州接境。沿漢水北上，途經郢州，距襄州（治所在襄陽）已經很近。遠遊來歸，至此已有故鄉之感。因此，詩中的「郢中」、「郢門」也是故鄉代語。○本詩作於吴越之遊歸來時，約在開元二十年。

〔二〕海嶠：即臨海嶠之省語。臨海爲台州州治，即今浙江臨海縣。光而高的山曰嶠。詳《題終南翠微寺空上人房》注〔三〕。

〔三〕歸山阿：宋、明、清各本及《全唐詩》同。《英華》「歸」作「歷」，「阿」作「河」，非。山阿，山曲，借指隱士所居之地。《三國志·魏志·常林傳》：「林乃避地上黨，耕種山阿。」孔稚珪《北山移文》：「尚生不存，仲氏既往，山阿寂寥，千載誰賞。」

〔四〕鄉園：明活本、《英華》同。宋本、汲本、清本、《全唐詩》作「鄉關」。在：宋、明、清各本及《全唐詩》同。《英華》作「成」，非。伐柯：《詩·豳風·伐柯》：「伐柯如何？匪斧不克。」鄭玄箋：「克，能也。伐柯之道，唯斧乃能之。」《新論》：「路側之榆，樵人採其條，匠者伐其柯，餘有尺蘖，而爲行人所折。」

〔五〕喜入：明、清各本及《全唐詩》、《英華》同。宋本「喜」作「意」，根據對偶，以「喜入」爲是。

〔六〕桑土：明、清各本及《全唐詩》、《英華》同。宋本「土」作「上」，誤。桑土，宜桑之土。《書·禹貢》：「桑土既蠶，是降丘宅土。」孔穎達疏：「（桑土，）宜桑之土，既得桑養蠶矣。洪水之時，民居丘土，於是得下丘陵居平土矣。」洪水之時，暫離桑土而赴丘陵；洪水既退，重返桑土，是桑土有故土、家園之意。

〔七〕匪他：「他」原作「佗」，明活本、宋本同。清本、《全唐詩》、《英華》作「匪他」，據改。

途中遇晴〔一〕

已失巴陵雨〔二〕，猶逢蜀坂泥〔三〕。天開斜景遍〔四〕，山出晚雲低。餘濕猶霑草，殘流尚入溪〔五〕。今宵有明月，鄉思遠悽悽〔六〕。

〔一〕題目：《全唐詩》、《詩選》、《律髓》、《品彙》同。明活本、汲本、清本作「途中晴」。○此詩蓋作於晚年游蜀歸來，約在開元二十一二年間。

〔二〕巴陵雨：明活本、清本、《全唐詩》、《詩選》、《品彙》同。汲本作「五陵雨」。《律髓》作「五陵道」。巴陵，隋代有巴陵郡，唐改岳州，州治仍爲巴陵，即今湖南省岳陽市。但觀詩的内容，與蜀坂相連，不似岳州。浩然曾入蜀，有《入峽寄弟》及《除夜》等詩，其《除夜》詩云：「迢遞三巴路，羈危萬里身。」此詩情緒與《除夜》亦有相近處，疑此詩之「巴陵」係指巴郡。隋巴郡唐改渝州，州治在巴縣。

〔三〕猶逢：明、清各本及《全唐詩》、《詩選》、《品彙》同。《律髓》「猶」作「獨」，誤。

〔四〕斜景遍：明、清各本及《全唐詩》、《詩選》、《品彙》同。《律髓》「遍」作「迥」，誤。

〔五〕溪：原作「谿」，明活本同。汲本、清本、《全唐詩》、《詩選》、《律髓》、《品彙》作「溪」，同，見《廣韻》。

〔六〕悽悽：悲傷貌。謝靈運《道路憶山中詩》：「悽悽《明月吹》，惻惻《廣陵散》。」

劉辰翁曰：不似着意，好語。

李夢陽曰：通透。

方回《瀛奎律髓》：三四壯浪，五六細潤，形容雨晴，妙甚。

方回《瀛奎律髓》紀昀評：通體細潤，以爲壯浪，非是（同上）。

沈德潛《唐詩别裁》：狀晚霽如畫。

夕次蔡陽館〔一〕

日暮馬行疾，城荒人住稀。聽歌知近楚〔二〕，投館忽如歸。魯堰田疇廣〔三〕，章陵氣色微〔四〕。明朝拜嘉慶〔五〕，須着老萊衣〔六〕。

〔一〕題目：原無「夕次」二字，明活本同。清本無「夕」字。宋本、汲本、《全唐詩》、《詩選》作「夕次蔡陽館」。與詩意正合，今從宋本。蔡陽館：隋有蔡陽縣，屬春陵郡，在郡治棗陽之西，襄陽之東，唐代廢縣。《清一統志·湖北·襄陽府》：「蔡陽故城在棗陽西南。……按：新舊《唐書·地理志》俱無蔡陽，亦不言省自何時，疑唐初省也。」據近人王榮先《棗陽縣志》載，蔡陽館在蔡陽故城，即今蔡陽鋪，在縣（棗陽）西五十五里。○本詩作於赴舉歸來途中，約在開元十七年冬。

〔二〕知：原作「疑」，明活本、汲本、清本同。宋本、《全唐詩》、《詩選》作「知」。今從宋本。

〔三〕魯堰：《廣雅·釋詁》：「魯，道也。」《文選·沈約〈三月三日率爾成篇〉》：「東出千金堰。」李善注：「《廣雅》曰：『堰，潛堰也。』謂潛築土以壅水也。」據此則魯堰泛指道路塘堰。但「魯」訓「道」，在古籍中少見用例。又《後漢書·地理志》南陽郡有魯陽，即春秋時魯縣，爲楚邑，後世改爲魯山縣。亦可講通，但與蔡陽距離甚遠。未詳孰是。

〔四〕章陵：《後漢書·城陽恭王祉傳》：「（建武）十三年，封祉嫡子平爲蔡陽侯，以奉祉祀。……初建武二年，以皇祖、皇考墓爲昌陵，置陵令守視；後改爲章陵，因以春陵爲章陵縣。」按：《後漢書·郡國志》南陽郡有章陵縣，故城在今棗陽縣南。本詩蓋用漢代舊名。

〔五〕拜嘉慶：亦作「拜家慶」。葛立方《韻語陽秋》卷十：「唐人與親别而復歸，謂之『拜家慶』。盧象詩：『上堂家慶畢，顧與親恩邇。』孟浩然詩云：『明朝拜家慶，須着老萊衣。』」

〔六〕老萊衣：古代傳説老萊子彩衣娛親。詳見《送洗然弟進士舉》注〔三〕。

他鄉七夕〔一〕

他鄉逢七夕，旅館益羈愁〔二〕。不見穿針婦〔三〕，空懷故國樓。緒風初減熱〔四〕，新月始臨秋〔五〕。誰忍窺河漢〔六〕，迢迢問斗牛〔七〕。

〔一〕七夕：陰曆七月七日之夜，相傳牛郎織女二星相會於天河之上。《荆楚歲時記》：「七月七日爲牽牛織女聚會之夜。是夕，人家婦女結綵縷穿七孔鍼，或以金銀鍮石爲鍼，陳瓜果於庭中以乞巧。」

〔二〕益：原作「亦」，宋本、明活本、汲本、《全唐詩》俱作「益」，據改。羈愁：羈旅之愁。陳子良《入蜀秋夜宿江渚》：「故鄉千里外，何以慰羈愁。」

〔三〕穿針婦：宋、明各本及《全唐詩》同。清本「針」作「鍼」，同，見《集韻》。

〔四〕緒風：《楚辭·九章·涉江》：「乘鄂渚而返顧兮，欸秋冬之緒風。」王逸注：「緒，餘也。言已登鄂渚高岸，還望楚國，嚮秋冬北風愁而長嘆，心中憂思也。」五臣云：「秋冬之風搖落。」本詩緒風實指秋風。

〔五〕臨：原作「登」，明活本同。宋本、汲本、《全唐詩》作「臨」。今從宋本。

〔六〕河漢：即銀河、天河。《文選·古詩十九首》：「皎皎河漢女。」李善注：「毛萇曰：『河漢，天河也。』」

〔七〕迢迢句：「問」原作「望」，明活本、汲本同。宋本、清本、《全唐詩》作「問」。今從宋本。迢迢：遠貌。《文選·古詩十九首》：「迢迢牽牛星。」斗牛：斗星和牛星。詳《送王昌齡之嶺南》注〔一〇〕。

夜泊牛渚趁薛八船不及〔一〕

星羅牛渚夕〔二〕，風退鷁舟遲〔三〕。浦溆常同宿〔四〕，烟波忽間之〔五〕。榜歌空裏失，船火望中疑〔六〕。明發泛潮海〔七〕，茫茫何處期。

〔一〕題目：明活本、清本、《全唐詩》同。宋本、汲本「薛八」作「錢八」。據毛校記元本作「洛八」。疑宋本、元本有誤，《孟集》尚有《雲門寺西六七里聞符公蘭若最幽與薛八同往》、《廣陵別薛八》等詩，足證薛八爲浩然好友，與本詩情緒正合。但其人不詳。

〔二〕牛渚夕：明、清各本及《全唐詩》同。宋本「夕」作「宿」。牛渚，即今安徽當塗縣之采石。《太平寰宇記·江南西道·宣州》：「牛渚山突出江中，謂之牛渚圻，山北謂之采石。對采石渡口，商旅於此取石，至都輸造石渚，故名。」

〔三〕退：原作「送」，宋本、明活本、汲本、《全唐詩》俱作「退」，據改。鷁舟：船。詳《與黄侍御北津泛舟》注〔五〕。

〔四〕浦溆：水濱。楊炯《青苔賦》：「桂舟横兮蘭枻觸，浦溆邅迴兮心斷續。」常：宋、明各本同。《全唐詩》作「嘗」。

〔五〕問：明、清各本及《全唐詩》同。宋本作「間」，蓋形近而誤。

〔六〕榜歌二句：榜歌：船工之歌。詳《下灨石》注〔五〕。船：明、清各本同。宋本作「舡」。《玉篇》：「舡，船也。」又「舡」，船之俗字，見《五音集韻》。二句寫趁船不及的情景，真切細膩。李夢陽曰：「他人決道不出。」

〔七〕明發：黎明。詳《彭蠡湖中望廬山》注〔四〕。潮海：原作「湖海」，明活本同。據毛校記元本作「滄海」，清本亦作「滄海」。宋本、汲本、《全唐詩》作「潮海」。今從宋本。

曉入南山〔一〕

瘴氣曉氛氲〔二〕，南山復水雲〔三〕。鯤飛今始見〔四〕，鳥墮舊來聞〔五〕。地接長沙近，江從汨渚分〔六〕。賈生曾吊屈〔七〕，余亦痛斯文。

〔一〕題目：明、清各本同。宋本「曉」作「晚」，與詩意不合，非。據毛校記元本作「入南山」。南山：疑爲辰州之南山。《清一統志·湖南·辰州府》：「南山，在沅陵縣南一里。《名勝志》：『一名客山，周迴十餘里，北瞰大江，有石磯高廣百尺，名曰南巖，下有箭潭，其深不測。相傳馬援投矢於潭，故名。』」○本詩疑作於壯年漫游時期。

〔二〕瘴：宋本、明活本、清本、《全唐詩》同。汲本作「漳」，非。氛氲：盛貌。《文選·謝惠連〈雪賦〉》：「其爲狀也，散漫交錯，氛氲蕭瑟。」李善注：「王逸《楚辭》注曰：『氛氲，盛貌。』」

〔三〕復：原作「没」，明活本同。宋本、汲本、《全唐詩》作「復」。今從宋本。

〔四〕鯤飛：《莊子·逍遥遊》：「北冥有魚，其名爲鯤，鯤之大不知其幾千里也。化而爲鳥，其名爲鵬，鵬之背不知其幾千里也。怒而飛，其翼若垂天之雲。是鳥也，海運則徙於南冥，南冥者，天池也。」

〔五〕鳥墮：與鳥墜意同。《論衡》中曾有南郡極熱之地，其人祝樹樹即枯，唾鳥鳥即墜的記載。岑參《招北客文》：「南方之人兮不敢過，豈止走獸踣兮飛鳥墮。」以上二句皆用典實以借指南方之地。

〔六〕泊渚：宋、明、清各本同。《全唐詩》作「汨渚」。

〔七〕賈生句：賈生指賈誼，曾作《弔屈原賦》。詳《晚春臥疾寄張八子容》注〔一四〕。

夜渡湘水〔一〕

客行貪利涉〔二〕，夜裏渡湘川〔三〕。露氣聞香杜〔四〕，歌聲識採蓮〔五〕。榜人投岸火〔六〕，漁子宿潭煙。行侶時相問〔七〕，涔陽何處邊〔八〕。

〔一〕題目：宋、明、清各本及《全唐詩》、《品彙》同。《英華》「水」作「江」。湘水：亦稱湘江，在湖南省，源出廣西北部之陽海山，北流注入洞庭湖。《水經注·湘水》：「湘水出零陵始安縣陽海山。即陽朔山也。應劭曰：『湘出零山。』蓋山之殊名也，山在始安縣北，縣，故零陵之南部也。魏咸熙二年，孫皓之甘露元年，立始安郡。湘、漓同源，分爲二水，南爲漓水，北則湘川東北流。羅君章《湘中記》曰：『湘水之出於陽朔，則觴爲之舟；至洞庭，日月若出入於其中也。』」〇本詩疑作於壯年漫游時期。

〔二〕行：明活本、《英華》、《品彙》同。宋本、汲本、清本、《全唐詩》作「舟」。利涉：順利渡河。《易·需》：「利涉大川，往有功也。」

〔三〕夜：明活本、汲本、清本、《英華》、《品彙》同。宋本、《全唐詩》作「闇」。

〔四〕香杜：明活本、《英華》同。宋本、汲本、清本、《全唐詩》、《品彙》作「芳杜」。杜，指杜若，香草名。因其氣味芳香，故稱香杜（或芳杜）。《楚辭·九歌·湘君》：「采芳洲兮杜若，將以遺兮下女。」

〔五〕採蓮：宋、明、清各本及《全唐詩》、《品彙》同。《英華》作「暗蓮」，非。《樂府詩集》卷五十引《古今樂録》：「梁天監十一年冬，武帝改西曲，制《江南上雲樂》十四曲，《江南弄》七曲：一曰《江南弄》，二曰《龍笛曲》，三曰《採蓮曲》……。」張協《七命》：「榜人奏采蓮之歌。」

〔六〕榜人：猶船工。《漢書·司馬相如傳上》：「榜人歌。」顔師古注引張揖曰：「榜，船也。《月令》云：『命榜人』，榜人，船長也，主倡聲而歌者也。」

〔七〕行侣：原作「行旅」，《英華》同。宋本、明活本、汲本、《全唐詩》、《品彙》俱作「行侣」，據改。時：宋、明、清各本及《品彙》同。《英華》作「遥」。

〔八〕涔陽：原作「潯陽」，宋、明、清各本及《品彙》同，誤。《英華》作「涔陽」，是。按潯陽在贛江下游鄱陽湖畔，與湘水無涉。陸鎣《問花樓詩話》卷一：「先廣文嘗言：『古人詩文字有疑，似不可輕改，坊刻舛累尤多，須得善本校對乃可。』因舉……孟襄陽詩『行侣時向（按：應爲相）問，涔陽何處邊』，『涔』訛『潯』，涔陽近湘水，潯陽更遼隔也。」雷壽蓀校勘記云：「『潯陽則遼隔也。』『陽』字原脱，今補正。按以上舉……孟浩然詩中誤字，見趙執信《談龍録》引閻若璩語，此句作『潯陽則遼絶矣』。」

劉辰翁：清潤自喜。

王壽昌《小清華園詩談》卷下：佳句自來難得有偶，如謝叔原（混）之「水木湛清華」，康樂之「池塘生春草」……孟襄陽之「漁子宿潭烟」……皆係興會所至，偶然而得。强欲偶之，雖費盡苦思，終不能敵，是蓋有不可力争者。

赴京途中遇雪〔一〕

迢遞秦京道〔二〕，蒼茫歲暮天〔三〕。窮陰連晦朔〔四〕，積雪滿山川〔五〕。落雁迷沙渚〔六〕，飢烏噪野田〔七〕。客愁空佇立，不見有人烟。

〔一〕題目：「京」原作「命」。宋、明各本及《全唐詩》、《詩選》、《律髓》、《品彙》俱作「京」，據改。遇：原作「逢」。宋、明、清各本及《詩選》、《律髓》、《品彙》俱作「遇」。今從宋本。○據《舊唐書·孟浩然傳》浩然四十歲進京赴考，此詩作於赴考途中，當在開元十六年冬。

〔二〕迢遞：遥遠貌。《文選·左思〈吴都賦〉》：「曠瞻迢遞。」劉淵林注：「迢遞，遠貌。」秦京道：通往長安的大道。唐首都長安，屬京畿道，古爲秦國地。

〔三〕蒼茫：曠遠迷茫之貌。李白《關山月》：「明月出天山，蒼茫雲海間。」本詩用以描寫天氣陰沉、大雪茫茫的景象。

〔四〕窮陰：言天陰之重。《説文》：「窮，極也。」晦朔：陰曆每月最後一天叫晦，初一叫朔。《後漢書·律曆志下》：「晦朔合離，斗建移辰，謂之月。」窮陰連晦朔，言自初一至月終，天總是陰沉沉的。

〔五〕滿：宋、明、清各本及《全唐詩》、《詩選》、《律髓》同。《品彙》作「遍」。

〔六〕落雁句：沙渚：宋、明、清各本及《全唐詩》、《律髓》同。《品彙》作「寒渚」。《文選·謝惠連〈泛湖歸出樓中翫月〉》：「哀鴻鳴沙渚，悲猿響山椒。」本句即化用謝詩意。沙渚，水中小沙洲。迷，則極言雪之大，大地萬物，爲雪所蒙，故雁亦迷失方向。

〔七〕飢烏句：明活本、汲本、清本及《詩選》、《律髓》同。《品彙》、《全唐詩》「飢」作「饑」。宋本作「飢鷹集野田」。按：「飢」，《説文》訓餓；「饑」，《説文》訓「穀不熟」，二字讀音亦有差異。但在宋以後，往往混用。邵瑛《説文解字羣經正字》云：「按二字俗或互用，經典尚多不誤。……然則自古有分别，故《玉篇》、《廣韻》皆與《説文》同。自《類篇》、《集韻》以飢通作饑，至《韻會》直謂字異而義同，轉以舊注飢、饑不同者爲非是。於是喜茂密者作饑，趨簡便者作飢，而古字遂亂矣。」至於「烏」、「鷹」二字，當以「烏」爲是。《埤雅·釋鳥》云：「烏又爲嘆詞者，雀見虎則鳴，烏見異則噪，故以爲烏霍。烏霍，嘆所異也。」

劉辰翁曰：決不爲小兒語求工者。

李夢陽曰：不得落雁一聯，終傷於曠。

方回《瀛奎律髓》：規模好。

宿武陵即事〔一〕

川暗夕陽盡，孤舟泊岸初。嶺猿相叫嘯，潭嶂似空虚〔二〕。就枕滅明燭〔三〕，扣船聞夜漁〔四〕。雞鳴問何處，人物是秦餘〔五〕。

〔一〕題目：明活本、清本同。宋本、汲本、《品彙》作「宿武陽川」。《全唐詩》作「宿武陽即事」。按：武陽唐屬嶺南道融州。當今廣西省融水苗族自治縣之西。孟浩然似未到這一帶地方。《孟集》雖有《題梧州陳司馬山齋》詩，但宋本不載，且一作宋之問詩，當非孟作。同時從本詩的内容看，末句「人物是秦餘」，當是用《桃花源記》典故，故以「武陵」爲是。○本詩疑作於壯年漫游時期。

〔二〕潭嶂：原作「潭影」，明活本、清本、《品彙》同。宋本、汲本、《全唐詩》作「潭嶂」。今從宋本。

〔三〕滅明燭：明活本、清本、《品彙》、《全唐詩》同。宋本作「滅明月」，汲本作「滅明月」，似有誤。

〔四〕船：明活本、汲本同。《全唐詩》、《品彙》作「舷」。宋本作「舡」，船俗字。

〔五〕是：宋、明、清各本、《全唐詩》同。《品彙》作「似」。秦餘：陶淵明《桃花源記》：「自云先世避秦時亂，率妻子邑人，來此絶境，不復出焉，遂與外人間隔。」言所見人物是秦人之後。

劉辰翁：隨意唱出，自無俗氣。

李夢陽：「似」字不佳。

同盧明府餞張郎中除義王府司馬海園作〔一〕

上國星河列〔二〕，賢王邸第開〔三〕。故人分職去〔四〕，潘令寵行來〔五〕。冠蓋趨梁苑〔六〕，江湘失楚材〔七〕。預愁軒騎動〔八〕，賓客散池臺。

〔一〕題目：《全唐詩》、《英華》、《品彙》同。明活本「除」上誤衍一「願」字。宋本「海園」作「就張瓜海」，當有誤衍。汲本「海園」作「就張園」，蓋沿宋本。清本全題作「餞張郎中除義王府司馬」。據毛校記元本作「餞王郎中于司馬園」，亦誤。盧明府：即盧象。詳《和盧明府送鄭十三還京兼寄之什》注〔一〕。張郎中：應即張子容，他在奉先縣令任內，休沐還鄉之後，升任郎中。孟詩《送張郎中還京》云：「碧溪常共賞，朱邸忽遷榮。預有相思意，聞君琴上聲。」首句即指《同張明府碧溪贈答》事，四句即指「別業聞新製，同聲應者多」。「朱邸忽遷榮」，即指其除義王府司馬事。兩相對照，可見張郎中即張明府，亦即張子容。張升任郎中事，雖史無明文，然從孟詩看，是可以肯定的。依據唐制，尚書省置郎中三十人，官階爲從五品，位尊於縣令，則其升任郎中，必在休沐還鄉之後，也是可以肯定的。義王：始名李泚，後改名李玭，爲玄宗第二十四子。開元二十一年封爲義王，開元二十三年，改名後重封義王，並開府置官屬。張子容除義王府司馬，當在此時。《舊唐書・玄宗本紀》：「(開元二十三年)秋七月，丙子，皇太子鴻改名瑛。慶王直已下十四王並改名。又封皇子玭爲義王。……其榮王琬已下，並開府置官屬。」《資治通鑑・唐玄宗開元二十四年》：「二月庚午，更皇子名：鴻曰瑛，潭曰琮，浚曰璵，洽曰琰，涓曰瑶，滉曰琬，……泚曰玭。」《考異》曰：「《舊紀》、《唐曆》：『二十三年，七月，景(疑爲丙之誤)子，皇太子、諸王皆改名。』今從《實録》。」據此則《舊唐書》與《通鑑》相差一年。同時可知「榮王琬已下」自然也包括義王玭在内。今依《資治通鑑》，則此詩當作於開元二十四年晚年時期。海園：張子容休沐還鄉，新建舞閣，名曰海亭，當即海園。

〔二〕星河列：原作「山河裂」，明活本、清本、《英華》、《品彙》同。《全唐詩》作「山河列」。宋本、汲本作「星河列」。今從宋本。謝偃《明河賦》：「氣象萬殊，緬星河而盡列；光輝一道，羅銀漢之靈長。」

〔三〕邸第：明、清各本及《全唐詩》、《英華》、《品彙》同。宋本作「甲第」。邸第，王侯府第。《史記・荆燕世家》：「臣觀諸侯王邸第百餘，皆高祖一切功臣。」邸第開，指義王玭開府置官屬事。

〔四〕分：宋、明各本及《全唐詩》、《英華》、《品彙》同。清本作「供」。分職去，指張子容即將赴任。

〔五〕潘令：潘岳曾爲河陽令，借指盧象，謂其來任襄陽令。

〔六〕冠蓋：禮帽與車蓋，爲高官貴吏之服飾及車具，遂用以指高官貴吏。梁苑：宋、明、清各本及

《全唐詩》、《品彙》同。《英華》作「梁范」，誤。梁苑，亦名梁園，在今河南開封市東南，爲漢梁孝王園囿。《清一統志·河南開封府二》：「梁園，在祥符縣城東南，一名梁苑，亦名兔園，漢梁孝王遊賞之所。唐李白有《梁園吟》。」這裏借指海園。

〔七〕江湘：明、清各本及《全唐詩》、《英華》、《品彙》同。宋本作「江山」。江湘，長江、湘水一帶，泛指山南東道及江南西道。楚材：楚地之材。《左傳·襄公二十六年》：「雖楚有材，晉實用之。」這裏借指張子容。

〔八〕預：宋本、汲本、《英華》同。明活本、清本、《全唐詩》、《品彙》作「豫」，同「預」，見《玉篇》。

劉辰翁：上句壯，又極典刑，末意更濃。

途次〔一〕

客行愁落日，鄉思重相催。況在他山外，天寒夕鳥來。雪深迷郢路〔二〕，雲暗失陽臺〔三〕。可歎悽遑子〔四〕，高歌誰爲媒〔五〕。

〔一〕題目：原作「落日望鄉」，明活本同。清本、《全唐詩》作「途次望鄉」。宋本、汲本作「途次」。今從宋本。

〔二〕郢路：唐郢州，爲襄州鄰州，治京山，即今湖北京山縣。浩然詩中往往以「郢」代故鄉。

〔三〕雲暗：宋、明、清各本及《全唐詩》同。據毛校記元本作「雨暗」，非。陽臺：隋陽臺山，唐改名小别山，屬沔州，在今湖北漢川縣境。因天陰落雪，故回顧不見陽臺山。

〔四〕悽遑：亦作悽惶，匆忙不安之貌。《抱朴子·匡時》：「悽悽惶惶，務在匡時。」梁武帝《孝思賦》：「踐霜露而悽惶。」

〔五〕高歌：原作「勞歌」，汲本同。明活本、清本作「狂歌」。宋本、《全唐詩》作「高歌」。今從宋本。媒：意猶謀。《廣雅·釋詁四》：「媒，謀也。」

永嘉上浦館逢張八子容〔一〕

逆旅相逢處，江村日暮時。衆山遥對酒，孤嶼共題詩〔二〕。廨宇鄰蛟室〔三〕，人烟接島夷〔四〕。鄉關萬餘里〔五〕，失路一相悲〔六〕。

〔一〕題目：《詩選》、《全唐詩》同。宋本「逢」作「送」，與詩意不合，誤。明活本「上浦館」誤作「浦上館」。汲本、清本無「張八」二字。《英華》「張八子容」作「張客卿」。《律髓》、《品彙》題作「永嘉浦逢張子容」。永嘉：即今浙江温州市。詳《宿永嘉江寄山陰崔國輔少府》注〔一〕。上浦館：《清一統志·浙江·温州府》：「上浦館在府（温州）城東七十里。《明一統志》：『唐孟浩然逢張子容賦詩（處）。』」張八子容：浩然好友。詳《晚春卧疾寄張八子容》注〔一〕。○本詩作於吴越之遊抵永嘉時，約在開元十九年。

〔二〕孤嶼：《清一統志·浙江·温州府》：「孤嶼山，在永嘉縣北江中，與城相對，東西兩峰，上各有塔。謝靈運詩『孤嶼媚中川』謂此。……《舊志》：昔時兩峰對峙，江流貫其中，後爲沙淤，遂相連。」《浙江通志》：「孤嶼山，《江心志》：在郡（按指温州）北江中，因名江心，東西廣三百餘丈，南北半之，距城里許。初離爲兩山，築二塔於其巔，中貫川流，爲龍潭川。中有小山，即孤嶼。」又「浩然樓，王叔杲《孤嶼記》：孤嶼江心寺，林木交蔭，殿閣輝敞。獨浩然樓峻竦洞達，坐其中滄波可吸，千峰森前。孟襄陽所詠『衆山遥對酒』是也。」

〔三〕廨宇：官舍。《説文》：「廨，公廨也。」蛟室：即鮫人室。鮫人，水居如魚。詳《登江中孤嶼贈白雲先生王迥》注〔四〕。鄰蛟室，意爲鄰近大海。

〔四〕島夷：東海島上居民，古稱島夷。《書·禹貢》：「島夷卉服。」

〔五〕闗：宋本、明活本、汲本、《英華》、《詩選》同。清本、《全唐詩》、《律髓》、《品彙》作「園」。據毛校記元本亦作「園」。

〔六〕失路：《文選·揚雄〈解嘲〉》：「當塗者升青雲，失路者委溝壑。」張子容貶樂城尉，浩然應舉落第，故稱失路相悲。

殷璠《河嶽英靈集》：浩然詩文彩䒵茸，經緯綿密，半遵雅調，全削凡體。至如「衆山遥對酒，孤嶼共題詩」，無論興象，兼復故實。

劉辰翁曰：衆山、孤嶼，且不犯時景，句句淘洗欲盡。

方回《瀛奎律髓》：永嘉得孤嶼中川之名，自謝康樂始。此詩五六俊美。

方回《瀛奎律髓》紀昀評：雍容閒雅，清而不薄，此是盛唐人身分。虚谷但賞五六，是仍以摘句之法求古人。

送張子容進士舉〔一〕

夕曛山照滅〔二〕，送客出柴門。惆悵野中別，殷勤醉後言〔三〕。茂林余偃息〔四〕，喬木爾飛翻〔五〕。無使《谷風》誚〔六〕，須令友道存。

〔一〕題目：原作「送張子容赴舉」。宋本、汲本作「送張子容進士舉」。今依宋本。明活本無「張」字，「進士」作「赴」。《全唐詩》、《英華》「進士」下多一「赴」字。《品彙》「送」下少一「張」字。○本詩疑作於玄宗先天元年，浩然少年隱居學習期間。張子容乃先天二年（開元元年）進士，赴京當在前一年。

〔二〕夕曛：黄昏時落日餘光。詳《遊精思觀迴王白雲在後》注〔三〕。

〔三〕殷勤：感情真摯懇切。司馬遷《報任少卿書》：「未嘗銜杯酒接殷勤之歡。」醉後：明、清各本及《英華》、《品彙》同。宋本作「歧路」。《全唐詩》作「岐路」。

〔四〕茂林：宋本、汲本、《全唐詩》、《英華》、《品彙》同。明活本、清本作「茂陵」。據毛校記元本亦作「茂陵」，誤。按：漢武帝陵稱茂陵，與此無涉。茂林，借指隱處。偃息：意猶安臥，借指隱遁。

〔五〕喬木句：《詩·小雅·伐木》：「伐木丁丁，鳥鳴嚶嚶。出自幽谷，遷於喬木。」本句則用以祝科舉登第。

〔六〕無使句：谷風：《詩·小雅》篇名。毛序云：「《谷風》刺幽王也。天下俗薄，朋友道絶焉。」孔穎達疏：「作《谷風》詩者，刺幽王也。以人雖父生師教，須朋友以成，然則朋友之交，乃是人行之大者。幽王之時，風俗澆薄，窮達相棄，無復恩情，使朋友之道絶焉，言天下無復有朋友之道也。……詩三章皆言朋友相棄之事。」本句即用此意，言勿因地位懸殊，友情斷絶。

劉辰翁曰：寫得濃盡。

李夢陽曰：惟朴乃古，又是一種。

送張參明經舉兼向涇州覲省〔一〕

十五綵衣年〔二〕，承歡慈母前。孝廉因歲貢〔三〕，懷橘向秦川〔四〕。四座推文舉〔五〕，中郎許仲宣〔六〕。泛舟江上別，誰不仰神仙。

〔一〕題目：「覲省」原作「省覲」。宋、明、清各本俱作「覲省」，據改。明經：唐代科舉雖有秀才、明經、進士、俊士諸科，然常科考試主要爲明經、進士二科，尤重進士科。兩科所考内容，一般説來，明經重帖經、墨義，進士重詩賦。涇州：唐涇州屬關内道，州治安定，當今甘肅涇川一帶。

〔二〕綵衣：亦作「彩衣」。着綵衣以悦父母。詳《送洗然弟進士舉》注〔三〕。

〔三〕孝廉：本爲漢代選舉科目，孝指孝子，廉指廉潔之士。漢武帝元光元年，令各郡國舉孝、廉各一人，後合稱爲孝廉。唐制各地自學有成的，可向州縣提出申請，經各州縣考試及格，由各州送尚書省參加考試。歲貢：古代諸侯郡國向中央推薦人才曰歲貢。《漢書·食貨志上》：「諸侯歲貢少學之異者於天子，學於太學，命曰造士。」

〔四〕懷橘：《三國志·吴志·陸績傳》：「績年六歲，於九江見袁術。術出橘，績懷三枚，去，拜辭墮地。術謂曰：『陸郎作賓客而懷橘乎？』績跪答曰：『欲歸遺母。』術大奇之。」後世遂以懷橘爲孝親之典。這裏指張參覲省。秦川：泛指關内，這裏指涇州。

〔五〕文舉：孔融字文舉，東漢魯國人。《後漢書·孔融傳》：「（孔融）年十三，喪父，哀悴過毁，扶而後起，州里歸孝。」「歲餘，復拜太中大夫，性寬容少忌，好士，喜誘益後進。及退閑職，賓客日盈其門。常歎曰：『座上客恒滿，尊中酒不空，吾無憂矣。』與蔡邕素善，邕卒後，有虎賁貌類於邕，融每酒酣，引與同坐，曰：『雖無老成人，且有典刑。』融聞人之善，若出諸己，言有可採，必演而成之，面告其短，而退稱所長，薦達賢士，多所獎進，知而未言，以爲己過，故海内英俊皆信服之。」這裏借指張參。

〔六〕中郎：明、清各本同。宋本作「張郎」，誤。中郎，蔡邕因官左中郎將，故稱中郎。他曾極力贊許王粲，故曰許仲宣。仲宣：王粲字仲宣，東漢山陽高平人。《三國志·魏志·王粲傳》：「獻帝西遷，粲徙長安，左中郎將蔡邕見而奇之。時邕才學顯著，貴重朝廷，常車騎填巷，賓客盈坐，聞粲在門，倒屣迎之。粲至，年既幼弱，容狀短小，一坐盡驚。邕曰：『此王公孫也，有異才，吾不如也。』」本句亦借指張參。

泝江至武昌〔一〕

家本洞湖上〔二〕，歲時歸思催。客心徒欲遠，江路苦邅迴〔三〕。殘凍因風解，新正度臘開〔四〕。行看武昌柳，髣髴映樓臺〔五〕。

〔一〕題目：「泝」原作「泝」，汲本同，誤。宋、明、清各本及《全唐詩》、《英華》作「泝」，據改。《英華》「武昌」作「武昌城」。武昌：唐代武昌屬鄂州，即今湖北鄂城縣。○此或係壯年漫游、自揚州歸來泝江至武昌之作。李白《送孟浩然之廣陵》云：「故人西辭黄鶴樓，煙花三月下揚州。」時當春季。詹瑛《李白詩文繫年》此詩繫於開元十六年以前。則浩然於入京之前，曾去過揚州一次。此蓋從揚州歸來，從「殘凍因風解，新正度臘開」看，當爲冬末春初。

〔二〕洞湖：原作「洞庭」，非。宋本、明活本、清本、《全唐詩》俱作「洞湖」，是。洞湖，地志不載，然《晚春》有「二月湖水清」之句，又《尋張五回夜園作》有「聞説龐公隱，移居近洞湖」之句，可見襄陽附近確有湖泊，名稱或有改變歟？

〔三〕江路苦：宋本及明、清各本、《全唐詩》同。《英華》作「世路共」，「共」下校記云：「集作苦」。而「世路」下無校記，可見周必大所見宋本與蜀刻不同。邅迴：屈曲難行之貌。

〔四〕新正度臘開：「正度」原作「梅變」，明活本、汲本同。清本作「梅度」。宋本、《全唐詩》、《英華》作「新正度臘開」。今從宋本。

〔五〕樓：明、清各本及《全唐詩》、《英華》同。宋本作「陽」。

唐城館中早發寄楊使君〔一〕

犯霜驅曉駕〔二〕，數里見唐城。旅館歸心逼，荒村客思盈。訪人留後信，策蹇赴前程〔三〕。欲識離魂斷，長空聽雁聲。

〔一〕唐城：指上馬縣，因屬唐州，故作者稱唐城，即今河南唐河縣。《清一統志·河南·南陽府》：「（唐縣）本漢棘陽縣地，後魏分置襄陽郡上馬縣，隋郡廢，開元十六年復置上馬縣，天寶元年改曰泌陽，屬唐州。……後廢州爲唐縣，屬南陽府。」其地當南陽去襄陽大路。楊使君：未詳。○本詩蓋作於赴舉失敗歸家途中行抵唐城時，約在開元十七年。

〔二〕驅：原作「駈」，清本同。明活本、汲本、《全唐詩》作「驅」。二字同，見《玉篇》。

〔三〕蹇：《説文》：「蹇，跛也。」《楚辭·七諫·謬諫》：「駕蹇驢而無策兮，又何路之能極？」後世往往用蹇以代跛驢駑馬。

陪柏臺友共訪聰上人禪居〔一〕

欣逢柏臺友〔二〕，共謁聰公禪。石室無人到〔三〕，繩床見虎眠〔四〕。陰崖常抱雪〔五〕，松澗爲生泉〔六〕。出處雖云異〔七〕，同懽在法筵〔八〕。

〔一〕題目：原作「陪李侍御謁聰禪上人」，或有錯簡。宋本、汲本作「陪柏臺友共訪聰上人禪居」。今從宋本。清本、《全唐詩》「柏臺友」作「李侍御」。明活本「柏臺友」作「李侍御」，「共訪」作「謁」，無「禪居」二字。柏臺：御史臺之别稱。詳《聞裴侍御朏自襄州司户除豫州司户因以投寄》注〔三〕。柏臺友蓋指李侍御，《孟集》中尚有《和李侍御渡松滋江》詩，當爲浩然友好，但其人不詳。聰上人：生平不詳。

〔二〕友：原作「舊」，明活本、汲本同。宋本、《全唐詩》作「友」。今從宋本。

〔三〕石室：泛指神仙所居。《神仙傳》：「廣成子者，古之仙人也。居崆峒之山，石室之中。」本詩用以代聰上人所居。

〔四〕繩床：僧人吃飯時跪坐的小床。義浄《南海寄歸内法傳·食坐小牀》：「西方僧衆將食之時，必須人人浄洗手足，各各别踞小牀，高可七寸，方纔一尺，籐繩織内，脚圓且輕。」虎眠：《法苑珠林》載有晉沙門竺曇猷事，言其遊赤城山時，有羣虎來前，猷爲説法，一虎獨眠，乃以如意杖打頭。本詩蓋借指聰上人佛法無邊。

〔五〕崖：明、清各本同。宋本作「風」。從詩意和對仗上看，當以「崖」爲是。

〔六〕松：宋、明各本同。《全唐詩》作「枯」。

〔七〕出處：意猶進退。《易·繫辭上》：「君子之道，或出或處。」本詩則用以指入世與出世。

〔八〕法筵：僧人説法之席。《北齊書·杜弼傳》：「四月八日，魏帝集名僧于顯陽殿，講説佛理，弼與楊愔、邢劭、魏收等並侍法筵。」

劉辰翁曰：首首不俗。繩牀眠虎，本無此理，苦語欲真。

和張丞相春朝對雪〔一〕

迎氣當春立〔二〕，承恩喜雪來。潤從河漢下，花逼艷陽開〔三〕。不覩豐年瑞，安知爕理才〔四〕。撒鹽如可擬〔五〕，願糝和羹梅〔六〕。

〔一〕張丞相：指張九齡。詳《從張丞相紀南城獵戲贈裴迪張參軍》注〔一〕。張有《立春日晨起對積雪》詩，詩云：「忽對林庭雪，瑶華處處開。今年迎氣始，昨夜伴春回。玉潤窗前竹，花繁院裏梅。東郊齋祭所，應見五神來。」（見《全唐詩》卷四八）本詩正是張詩的和詩，約作於開元二十六年春。

〔二〕迎氣：《後漢書·祭祀志中》：「迎時氣，五郊之兆。……立春之日，迎春於東郊，祭青帝句芒。」本句蓋指明時間，劉辰翁云：「謂立春日，起得奇怪。」按：此句正應張詩「今年迎氣始」句。立：明、清各本及《詩選》、《律髓》同。宋本、《全唐詩》、《英華》作「至」。《英華》「至」下校記云：「集作立」，可見周必大等所見宋本亦作「立」。

〔三〕潤從二句：正應張詩「玉潤窗前竹，花繁院裏梅」二句。下：宋本、明、清各本及《全唐詩》、《英華》、《詩選》、《律髓》同。《英華》「下」下周必大等校記云：「集作落」，可見宋本有作「落」者。

〔四〕安：明活本、清本、《詩選》、《律髓》同。宋本、汲本、《全唐詩》、《英華》作「焉」。《英華》「焉」下周必大校記云：「集作安」，可見宋本亦有作「安」者。燮理：協調。《書·周官》：「立太師、太傅、太保。兹惟三公，論道經邦，燮理陰陽。」孔安國傳：「師，天子所師法；傅，傅相天子；保，保安天子於德義者。惟此三公之任，佐王論道以經緯國事，和理陰陽。」這裏用以歌頌張九齡。

〔五〕撒：原作「散」，宋本、明活本、汲本、《英華》、《詩選》同。清本、《全唐詩》、《律髓》作「撒」。撒鹽，《世説新語·言語》：「謝太傅寒雪日内集，與兒女講論文義。俄而雪驟，公欣然曰：『白雪紛紛何所似？』兄子胡兒曰：『撒鹽空中差可擬。』兄女曰：『未若柳絮因風起。』公大笑樂。」用撒鹽喻落雪。

〔六〕願：明、清各本及《全唐詩》、《英華》、《詩選》、《律髓》同。宋本作「便」。《英華》「願」下無校記，可見周必大等所見宋本與蜀刻本不同。和羹梅：《書·説命下》：「若作和羹，爾惟鹽梅。」

孔安國傳：「鹽鹹梅醋，羹須鹹醋以和之。」作羹必須鹽梅並用，才能鹹酸適度。喻政治上必須配備有能力的人才，君臣協調，才能把政治搞好，意指張九齡爲王佐之才。

方回《瀛奎律髓》：此必爲張九齡也。善用事者，化死事爲活事。「撒鹽」本非俊語，却引爲宰相「和羹糝梅」之事則新矣。

方回《瀛奎律髓》紀昀評：襄陽詩格清逸，而合觀全集，俗淺處實不能免。漁洋深致不滿，頗駭俗聽，然實確論，世人但見選本流傳諸作耳。又云：五六二句太淺俗。

孟浩然詩集校注卷第四

五言律詩

送王宣從軍〔一〕

才有幕中士〔二〕，寧無塞上勳〔三〕？隆兵初滅虜〔四〕，王粲始從軍〔五〕。旌旆邊庭去〔六〕，山川地脉分〔七〕。平生一匕首，感激贈夫君〔八〕。

〔一〕題目：原作「送吴宣從事」，汲本、《全唐詩》同。宋本作「送王宣從軍」。據毛校記元本亦作「送王宣從軍」。明活本作「送吴宣從軍」。清本總目作「送吴宣從事」，詩前又作「送蘇六從軍」。根據詩的内容看，當爲從軍之詩，故李夢陽評曰：是從軍詩。但所送者究爲「吴宣」、「王宣」、「蘇六」，則無法肯定。然據用王仲宣一事，似以「王宣」爲恰，故題目暫依宋本。

〔二〕士：原作「畫」，明活本、清本同。宋本、汲本、《全唐詩》作「士」。今從宋本。幕：幕府之省稱。將帥出征，無固定住所，遂以幕爲府署，故曰幕府。幕府中置僚屬以參贊軍機、掌管文書。

〔三〕寧：原作「而」，明活本、清本同。宋本、汲本、《全唐詩》作「寧」。今從宋本。寧，猶豈。

〔四〕隆兵初：原作「漢兵將」，明活本、清本、《全唐詩》同。宋本、汲本作「隆兵初」。今從宋本。隆兵，盛多之兵。

〔五〕王粲：建安七子之一，字仲宣，少有異才，以博聞多識著稱，尤擅長詩賦。《三國志·魏志·王粲傳》：「初，粲與人共行，讀道邊碑，人問曰：『卿能闇誦乎？』曰：『能。』因使背而誦之，不失一字。……性善算，作算術，略盡其理。善屬文，舉筆便成，無所改定，時人常以爲宿構；然正復精意覃思，亦不能加也。著詩、賦、論、議垂六十篇。」參看《送張參明經舉兼向涇州覲省》注〔六〕。這裏借喻王宣有文才。

〔六〕旌旆：《全唐詩》同。宋、明、清各本「旆」俱作「旆」。「旆」乃「旆」之俗字，見《正字通》。旌旆，旗幟之通稱，借指軍隊。庭：原作「亭」，宋、明、清各本俱作「庭」，據改。

〔七〕地脉：脉，亦作脈。地的脈絡。《舊唐書·張説傳》：「削巒起觀，竭流漲海，俯貫地脈，仰出雲路，易山川之氣，奪農桑之土。」

〔八〕夫君：指王宣。唐人習俗，對男性朋友亦可稱夫君。

送張祥之房陵〔一〕

我家南渡頭〔二〕，慣習野人舟〔三〕。日夕弄清淺，林湍逆上流〔四〕。山河據形勝〔五〕，天地生豪酋。君意在利往〔六〕，知音期自投〔七〕。

〔一〕張祥：宋本、明活本、清本、《全唐詩》同。汲本作「張翔」。據毛校記元本亦作「張祥」，不知汲本何以改「祥」作「翔」。張祥，其人不詳。房陵：唐房陵爲房州州治，即今湖北省房縣。

〔二〕南渡頭：「頭」原作「隱」，誤。宋、明、清各本及《全唐詩》俱作「頭」。浩然家居澗南園，蓋地當北澗之南，故稱南渡頭。

〔三〕慣習句：《論語・先進》：「先進於禮樂，野人也；後進於禮樂，君子也。」劉寶楠正義：「野人者，凡民未有爵禄之稱也。」浩然經常往來於澗南園及鹿門山之間，泛舟於北澗及漢水，所以稱「慣習」。

〔四〕林湍：原作「林端」，誤。明活本、汲本、清本、《全唐詩》作「林湍」，是。宋本作「材端」，形近而誤。

〔五〕山河：明活本、汲本、《全唐詩》同。清本作「鄢陵」，據毛校記元本亦作「鄢陵」。按：唐鄢陵屬許州，與此無涉，應以「山河」爲是。宋本作「上流」。

〔六〕利往：原作「利涉」，明活本、清本同。宋本、汲本、《全唐詩》作「利往」。今從宋本。

〔七〕知音：知心好友。詳《夏日南亭懷辛大》注〔六〕。自投：原作「暗投」，宋本、汲本、清本、《全唐詩》作「自投」。據毛校記元本作「溟投」。今從宋本。

送桓子之郢成禮〔一〕

聞君馳綵騎，躞蹀指荆衡〔二〕。爲結潘楊好〔三〕，言過鄢郢城〔四〕。摽梅詩有贈〔五〕，羔鴈禮將行〔六〕。今夜神仙女，應來感夢情〔七〕。

〔一〕題目：「成」原作「城過」，明活本同。汲本、清本、《全唐詩》題作「送桓子之郢成禮」，宋本「成」作「城」，誤。桓子：未詳。郢：指郢州，在襄陽之南，州治京山。參看《歸至郢中》注〔一〕。

〔二〕躞蹀：亦作蹀躞，小步行貌。卓文君《白頭吟》：「躞蹀御溝上，溝水東西流。」荆衡：原作「南荆」，明活本、《全唐詩》同。宋本、汲本、清本作「荆衡」。今從宋本。荆衡，泛指荆州一帶。《書·禹貢》：「荆及衡陽惟荆州。」

〔三〕潘楊：晉潘岳之妻爲楊氏，後世常用「潘楊」爲聯姻之代稱。《文選·潘岳〈楊仲武誄〉》：「潘楊之穆，有自來矣。」按：潘岳之妻楊氏即仲武之姑。

〔四〕鄢：古代國名，都城在襄陽之南，即今湖北宜城。《字彙補》：「《路史·國名紀》：『鄢地有三：楚之鄢都，襄陽之宜城也。』」鄢、郢均在襄陽之南。

〔五〕摽梅：汲本、清本、《全唐詩》同。宋本、明活本「摽」作「標」，誤。指《詩·召南·摽有梅》。毛序：「《摽有梅》，男女及時也。」意爲及時而嫁娶。詩首章云：「摽有梅，其實七兮，求我庶士，迨其吉兮。」毛傳：「摽，落也。盛極則隋（duò）落者梅也，尚在樹者七。」鄭玄箋：「梅實尚餘七未落，喻始衰也。謂女二十春盛而不嫁，至夏則衰。」又云：「我，我當嫁者。庶，衆。迨，及也。求女之當嫁者之衆士，宜及其善時。善時謂年二十，雖夏未大衰。」有：原作「已」，明活本同。宋本、汲本、清本、《全唐詩》作「有」。今從宋本。

〔六〕羔鴈：鴈或作雁。小羊和大雁。《禮記・曲禮下》：「凡摯，天子鬯，諸侯圭，卿羔，大夫鴈，士雉。」羔雁本爲卿大夫會見時所執之禮品，後世則用作男女訂婚時所用之禮物。《樂府詩集》卷三十九傅玄《豔歌行有女篇》：「媒氏陳束帛，羔鴈鳴前堂。」

〔七〕今夜兩句：應來感夢情：明、清各本及《全唐詩》同。宋本作「往來夢感情」，當有錯簡。《文選・宋玉〈高唐賦〉》：「玉曰：昔者，先王嘗遊高唐，怠而晝寢，夢見一婦人，曰：妾巫山之女也。」李善注：「《襄陽耆舊傳》曰：赤帝女曰姚姬，未行而卒，葬於巫山之陽，故曰巫山之女。楚懷王遊於高唐，晝寢，夢見與神遇，自稱是巫山之女，王因幸之。遂爲置觀於巫山之南，號爲朝雲。」郢爲楚地，故用此喻桓子之郢成婚娶之禮。

早春潤州送從弟還鄉〔一〕

兄弟遊吴國〔二〕，庭闈戀楚關〔三〕。已多新歲感〔四〕，更餞白眉還〔五〕。歸泛西江水〔六〕，離筵北固山〔七〕。鄉園欲有贈，梅柳着先攀〔八〕。

〔一〕題目：「弟」前原無「從」字，汲本同。宋本、明活本、清本、《全唐詩》俱作「早春潤州送從弟還鄉」。今從宋本。據毛校記元本作「送張祥之房陵」，與詩意不合。潤州：即今江蘇鎮江市，詳《宿楊子津寄潤州長山劉隱士》注〔一〕。從弟：《孟集》有《送從弟邕下第後尋會稽》詩，疑從弟即邕。此詩疑作於自越還鄉途中，約在開元二十年春。

〔二〕吴國：古吴國當今江蘇南部、浙江北部一帶，潤州地古屬吴國。

〔三〕庭闈：《文選·束皙〈補亡詩〉》六首之一：「眷戀庭闈，心不遑安。」李善注：「庭闈，親之所居。」後世因用以指父母。楚關：古楚地，指浩然故鄉。

〔四〕感：宋、明、清各本及《全唐詩》同。據毛校記，另種宋本作「改」。

〔五〕白眉：《三國志·蜀志·馬良傳》：「馬良字季常，襄陽宜城人也。兄弟五人，並有才名，鄉里爲之諺曰：『馬氏五常，白眉最良。』良眉中有白毛，故以稱之。」後世因稱兄弟行中之傑出者曰白眉。

〔六〕西江水：自潤州歸襄陽，沿長江西上，故稱水爲西江水。

〔七〕北固山：在潤州城北。《元和郡縣志·江南東道·潤州》：「北固山，在縣（丹徒）北一里，下臨長江，其勢險固，因以爲名。……江今闊一十八里，春秋朔望有奔濤，魏文帝東征孫氏，臨江嘆曰：『固天所以限南北也。』」參看《楊子津望京口》注〔二〕。

〔八〕梅柳句：着：汲本同。《全唐詩》作「著」。「着」爲「著」之俗字。宋本、明活本、清本作「看」，蓋「着」之誤。陸凱《贈范曄詩》：「折花逢驛使，寄與隴頭人。江南無所有，聊贈一枝春。」《荆州記》：「陸凱與范曄交善，自江南寄梅花一枝，詣長安與曄，兼贈詩。」曄是江南人。後遂用折梅代對親友、故園的思念。又，梁元帝《折楊柳》：「巫山巫峽長，垂柳復垂楊。同心且同折，故人懷故鄉。山似蓮花艷，流如明月光。寒夜猿聲徹，遊子淚霑裳。」故也常用折柳代思鄉。這裏是表示對家鄉的懷念，希望春來時，相贈家鄉的梅柳。

送告八從軍〔一〕

男兒一片氣，何必五車書〔二〕。好勇方過我〔三〕，才多便起余〔四〕。運籌將入幕〔五〕，養拙就閒居〔六〕。正待功名遂，從君繼兩疏〔七〕。

〔一〕告八：明活本、清本、《全唐詩》同。汲本作「告入」。本詩宋本不載。按：《姓纂》有浩姓而無告姓，《廣韻》對於姓氏所列較詳，但「告」亦無姓義。疑「告八」有誤。「告入」，亦不可解。闕疑。

〔二〕五車書：《莊子·天下》：「惠施多方，其書五車。」後世常用「五車」或「五車書」表示讀書之多。

〔三〕好勇句：《論語·公冶長》：「子曰：『由也好勇過我，無所取材。』」本句全用孔子語，但與孔子本意，略有出入。孔子對子路之勇，是略有微辭的，而浩然本句，則無不滿意味，對其從軍是贊賞的。

〔四〕起余：《論語·八佾》：「子夏問曰：『巧笑倩兮，美目盼兮，素以爲絢兮，何謂也？』子曰：

『繪事後素。』曰：『禮後乎？』曰：『起予者商也。始可與言《詩》已矣！』」本詩借用「起余」言告八的氣概、才能，能對自己有所啓發。

〔五〕運籌：《史記·高祖本紀》：「夫運籌策帷帳之中，決勝於千里之外，吾不如子房。」帷帳，謂軍中帳幕；運籌策，亦稱運籌，運用謀略。本句贊告八。

〔六〕養拙：指隱居不仕。《文選·潘岳〈閒居賦〉》：「仰衆妙而絕思，終優遊以養拙。」本句言作者自己。

〔七〕兩疏：指漢宣帝時太子太傅疏廣及太子少傅疏受。《漢書·疏廣傳》：「在位五歲，皇太子年十二，通《論語》、《孝經》。廣謂受曰：『吾聞知足不辱，知止不殆，功遂身退，天之道也。今仕官至二千石，宦成名立，如此不去，懼有後悔，豈如父子（按：受爲廣兄子，叔姪亦有父子之分。）相隨出關，歸老故鄉，以壽命終，不亦善乎？』受叩頭曰：『從大人議。』即日父子俱移病。滿三月賜告，廣遂稱篤，上疏乞骸骨。上以其年篤老，皆許之，加賜黃金二十斤，皇太子贈以五十斤。公卿大夫故人邑子設祖道，供張東都門外，送者車數百兩，辭決而去。及道路觀者皆曰：『賢哉二大夫！』或歎息爲之下泣。」「繼兩疏」用其功成身退之意。

劉辰翁曰：起又雄渾。

送元公之鄂渚尋觀主張驂鸞〔一〕

桃花春水漲〔二〕，之子忽乘流。峴下離蛟浦〔三〕，江中問鶴樓〔四〕。贈君青竹杖，送爾白蘋洲〔五〕。應是神仙子〔六〕，相期汗漫遊〔七〕。

〔一〕題目：明活本、清本、《全唐詩》同。汲本無「張驂鸞」三字。宋本「元」作「先」，「主」作「生」，蓋形近而誤。又，無「張驂鸞」三字。元公：未詳。鄂渚：地在今湖北武昌境。《太平寰宇記·江南西道·鄂州》：「鄂渚，《輿地志》云：雲夢之南，是爲鄂渚。」《楚辭·九章·涉江》：「乘鄂渚而反顧兮，欸秋冬之緒風。」洪興祖補注：「楚子熊渠封中子紅於鄂。鄂州，武昌縣地是也。隋以鄂渚爲名。」張驂鸞：生平不詳。

〔二〕桃花水：農曆二三月桃花盛開時節，冰化雨積，江河水猛漲，稱桃花水或桃花汛。《漢書·溝洫志》：「如使不及今冬成，來春桃華水盛，必羨溢，有填淤反壤之害。」顔師古注：「蓋桃方華時，既有雨水，川谷冰泮，衆流猥集，波瀾盛長，故謂之桃華水耳。」

〔三〕峴下離：原作「峴首辭」。明活本、《全唐詩》、宋本、汲本作「峴下離」。今從宋本。峴，指峴山，在今襄樊市東南。詳《登鹿門山懷古》注〔三〕。

〔四〕中：原作「邊」，明活本同。宋本、汲本、清本、《全唐詩》作「中」，據改。問：明、清各本及《全唐詩》同。宋本作「聞」，非。鶴樓：指黄鶴樓，故址在今武漢市黄鶴磯上。詳《鸚鵡洲送王九之江左》注〔二〕。

〔五〕白蘋洲：明活本、清本、《全唐詩》同。宋本、汲本「洲」作「羞」，不僅對仗欠工，而且意亦不順。白蘋，水中的一種浮草。柳惲《江南曲》：「汀洲采白蘋，日暖江南春。」（見《玉臺新詠》）

〔六〕子：原作「輩」，明活本、清本同。宋本、汲本、《全唐詩》作「子」。今從宋本。

〔七〕相期句：明、清各本及《全唐詩》同。宋本作「相逢作漫遊」。汗漫：漫無邊際。《淮南子·俶真訓》：「甘瞑於溷澖之域，而徙倚於汗漫之宇。」參見《寄天台道士》注〔七〕。

峴亭餞房琯崔宗之〔一〕

貴賤平生隔〔二〕，軒車是日來〔三〕。青陽一覯止〔四〕，雲路豁然開〔五〕。祖道衣冠列〔六〕，分亭驛騎催。方期九日聚〔七〕，還待二星迴〔八〕。

〔一〕峴亭：原作「峴山」，明活本、清本、《全唐詩》同。宋本、汲本作「峴亭」。今從宋本。峴亭，亦稱峴山亭，在峴山之上，地當今襄樊市東南。參看《登鹿門山懷古》注〔三〕。房琯：明、清各本及《全唐詩》同。宋本作「房璋」，疑誤。房琯，唐洛陽人，字次律。少好學，隱居陸渾山中十年，召爲盧氏令。後玄宗幸蜀，拜吏部尚書。崔宗之：宋本、明活本、《全唐詩》同。汲本、清本作「崔興宗」，未詳孰是，暫依宋本。崔宗之，唐靈昌人，襲封齊國公，歷左司郎中侍御史。後謫居金陵，與李白詩酒唱和。至於二人何時、何故至襄陽，則不詳。

〔二〕貴賤：浩然布衣，房、崔俱爲官吏，故言貴賤。平生：明、清各本及《全唐詩》同。宋本作「生年」，難通。

〔三〕軒車：古代大夫以上所乘之車，曲輈有藩圍。後世用以泛指高官貴吏所乘之車。

〔四〕青陽：明、清各本及《全唐詩》同。宋本作「清陽」，非。青陽，指春天。詳《歲暮歸南山》注〔五〕。

〔五〕雲路：原作「雲霧」，明活本、清本同。宋本、汲本、《全唐詩》作「雲路」。今從宋本。雲路，猶青雲之路。鮑照《侍郎報滿辭閣疏》：「金閨雲路，從兹自遠。」

〔六〕祖道：古人送行時祭祀路神，稱曰祖道，因亦指餞行。詳《送韓使君除洪州都督》注〔三〕。衣冠：本指士大夫穿戴，借指高官貴吏。詳《送韓使君除洪州都督》注〔三〕。列：宋本、汲本、清本、《全唐詩》同。明活本作「别」，非。

〔七〕九日：即九月九日登高之會。詳《秋登萬山寄張五》注〔一〇〕。

〔八〕二星：喻房、崔二人。駱賓王《秋日餞麴録事使西州序》：「五日之趣，未淹蘭籍之娱，二星之輝，行照葱河之境。」

送王五昆季省覲〔一〕

公子戀庭闈〔二〕，勞歌涉海沂〔三〕。水乘舟楫去，親望老萊歸〔四〕。斜日催烏鳥〔五〕，清江照綵衣。平生急難意，遥仰鶺鴒飛〔六〕。

〔一〕王五：名未詳。昆季：兄弟。《論語·先進》：「人不間於其父母昆弟之言。」孔穎達疏：「昆，兄也。」《説文》：「季，少稱也。」省覲：明代各本及《全唐詩》同。清本作「覲省」，意同。宋本作「覲」，從内容看，當以「省覲」爲是。

〔二〕庭闈：原作「庭幃」，汲本同。宋本、明活本、清本、《全唐詩》作「庭闈」，據改。庭闈，庭户，父母所居，借指父母。

〔三〕勞歌涉：明、清各本及《全唐詩》同。宋本「勞」誤作「芳」，「涉」誤作「步」。汲本「勞」、「涉」下俱無校記，可見毛晉所據宋本亦作「勞」、「涉」。勞歌，送别之歌。駱賓王《送吴七遊蜀》：「勞歌徒欲奏，贈别競無言。」海沂：宋、明、清各本同。《全唐詩》作「海涯」。據毛校記元本亦作「海涯」。海沂，猶海濱。

〔四〕老萊：指老萊子。這裏借指子。詳《送洗然弟進士舉》注〔三〕。

〔五〕烏鳥：明、清各本及《全唐詩》同。宋本作「飛鳥」。汲本「烏」下無校記，可見毛晉所據宋本亦作「烏」。烏，《説文》：「烏，孝烏也。」本句用日暮歸巢以喻孝子省覲。

〔六〕平生二句：用《詩·小雅·常棣》典，言兄弟之間，感情融洽，於急難之中能相互支援。詳《洗然弟竹亭》注〔四〕。

送崔遏〔一〕

片玉來誇楚〔二〕，治中作主人〔三〕。江山增潤色〔四〕，詞賦動陽春〔五〕。别館當虚敞〔六〕，離情任吐伸〔七〕。因聲兩京舊〔八〕，誰念臥漳濱〔九〕？

〔一〕崔遏：「遏」原作「易」，明活本同。宋本、汲本、清本、《全唐詩》作「遏」。據毛校記元本作「遏」。看來宋本作「遏」，元人改爲「遏」，明又誤作「易」。崔遏，生平不詳。

〔二〕片玉：《晉書·郤詵傳》：「詵遷雍州刺史，武帝於東堂會送，問詵曰：『卿自以爲何如？』對曰：『臣舉賢良對策第一，猶桂林之一枝，崑山之片玉。』」後世因用片玉以指人才。

〔三〕治中：漢代州置治中，掌文書案卷，爲州刺史之佐吏。隋、唐改爲司馬，治中之名始廢，本詩蓋用舊名。

〔四〕增：宋、明各本及《全唐詩》同。清本作「曾」，誤。

〔五〕陽春：即陽春白雪。詳《同曹三御史泛湖歸越》注〔三〕。這裏用以喻詞賦之優美。以上四句的排列，明、清各本及《全唐詩》俱同，惟宋本此四句却在「誰念臥漳濱」之後，當係錯簡。倘依宋本，則「片玉來誇楚，治中作主人」爲第三聯，「因聲兩京舊，誰念臥漳濱」爲第二聯，根據律詩要求，均須對偶，但此兩聯均不對，足證宋本之誤。

〔六〕别館：意猶客館。庾信《哀江南賦序》：「三日哭於都亭，三年囚於别館。」

〔七〕伸：明代各本及《全唐詩》同。宋本、清本作「申」。段玉裁《説文解字注》申字條下云：「古屈伸字作詘申，其作伸者，俗字。」

〔八〕兩京：西京長安與東都洛陽。

〔九〕漳濱：建安時代曹氏父子居於鄴，地在漳水之濱，一時文學之士聚其周圍，文風極盛。庾信《哀江南賦》：「文詞高於甲觀，楷模盛於漳濱。」劉禹錫《許給事見示哭工部劉尚書因命同作》：「乞身來闕下，賜告卧漳濱。」

送盧少府使入秦〔一〕

楚關望秦國〔二〕，相去千里餘〔三〕。州縣勤王事，山河轉使車。祖筵江上列〔四〕，離恨别前書〔五〕。顧及芳年賞，嬌鶯二月初。

〔一〕題目：宋、明各本及《全唐詩》同。清本無「入」字。《英華》「秦」作「京」。盧少府：未詳。《孟集》中有關盧明府的詩作數首，知爲盧象，蓋其任襄陽縣令，但不知其任過縣尉否。

〔二〕楚關：鮑照《凌煙樓銘》：「東臨吴甸，西眺楚關。」錢振倫注：「《史記·伍子胥傳》：『太子建有子名勝，伍胥懼，乃與勝俱奔吴，到昭關。』注：『其關在江西，乃吴楚之境也。』」這裏用「楚關」借指楚地。秦國：明、清各本及《全唐詩》、《英華》同。宋本「秦」作「春」，誤。汲本「秦」下無校記，足證毛晉所據宋本亦作「秦」。秦國，關中古爲秦國地。

〔三〕千里餘：宋、明、清各本及《全唐詩》同。《英華》作「千餘里」。

〔四〕祖筵：猶祖席，送别的筵席。參看《峴山送朱大去非遊巴東》注〔四〕。列：明、清各本及《全唐詩》、《英華》同。宋本作「别」，《英華》「列」下無校記，可見周必大等所據宋本亦作「列」。

〔五〕離恨别：原作「離别恨」，明活本同。宋本、汲本、清本、《全唐詩》、《英華》作「離恨别」，據改。

送謝録事之越〔一〕

清旦江天迥〔二〕，涼風西北吹。白雲向吴會〔三〕，征帆亦相隨。想到耶溪日〔四〕，應探禹穴奇〔五〕。仙書儻相示〔六〕，余在此山陲〔七〕。

〔一〕録事：唐代於各州設録事參軍，省稱録事，掌州院庶務，糾彈諸曹延誤、違失。謝録事，其人不詳。

〔二〕迥：宋、明、清各本同。《英華》作「逈」，誤。

〔三〕吴會：泛指今江浙一帶。詳《越中逢天台太一子》注〔七〕。

〔四〕想：宋、明、清各本同。《英華》作「相」，誤。耶溪：唐越州的一條小河，當今浙江紹興市以南。詳《耶溪泛舟》注〔一〕。

〔五〕禹穴：傳説爲夏禹葬地，在今浙江紹興市以南會稽山上。詳《與崔二十一遊鏡湖寄包賀二公》注〔七〕。

〔六〕相：宋、明、清各本及《全唐詩》同。《英華》作「先」，誤。

〔七〕此：原作「北」，明、清各本同。宋本、《全唐詩》、《英華》作「此」。今從宋本。

李夢陽曰：「『白雲向吳會』二句，詩亦似之。

洛下送奚三還揚州〔一〕

水國無邊際〔二〕，舟行共使風〔三〕。羨君從此去，朝夕見鄉中。余亦離家久，南歸恨不同〔四〕。音書若有問，江上會相逢。

〔一〕洛下：宋、明各本同。清本無此二字。《全唐詩》、《英華》作「洛中」。「洛下」、「洛中」意同，均指洛陽。奚三：宋、明、清各本及《全唐詩》同。《英華》作「溪三」，非。奚三，生平不詳。○本詩疑作於游越之前。從末二句看，似浩然亦於不久赴揚州。

〔二〕水國：宋、明、清各本及《全唐詩》同。《英華》作「水閣」，非。水國，猶水鄉，這裏當指揚州一帶。

〔三〕共使風：宋、明各本及《全唐詩》同。清本、《英華》作「興便風」。

〔四〕歸：明、清各本及《全唐詩》、《英華》同。宋本作「行」。

李夢陽曰：只似説話，却妙。

張謙宜《絸齋詩談》卷五：《洛中送奚三還揚州》，一氣如話，此之謂老。

送袁十嶺南尋弟〔一〕

早聞牛渚詠〔二〕，今日鶺鴒心〔三〕。羽翼嗟零落〔四〕，悲鳴别故林。蒼梧白雲遠〔五〕，烟水洞庭深〔六〕。萬里獨飛去，南風遲爾音〔七〕。

〔一〕題目：明代各本及《全唐詩》同。清本「十」下多「三」字。宋本題作「送袁十三南尋舍弟」。《品彙》作「送袁十三尋弟」。袁十、袁十三，未詳孰是。嶺南：唐嶺南道包括今廣東、廣西、雲南東南部及越南北部一帶地方。

〔二〕牛渚詠：《晉書·袁宏傳》：「謝尚時鎮牛渚，秋夜乘月，率爾與左右微服泛江。會宏在舫中諷詠，聲既清會，辭又藻拔，遂駐聽久之，遣問焉。答云：『是袁臨汝郎誦詩。』即其詠史之作也。尚傾率有勝致，即迎升舟，與之譚論，申旦不寐。」這裏借指袁十頗有文才。

〔三〕今日：原作「今見」，明活本、《品彙》同。宋本、汲本、清本作「今日」。今從宋本。鶺鴒心：言兄弟互相愛護、互相支持。詳《洗然弟竹亭》注〔四〕。

〔四〕羽翼：鳥之羽翼猶人之左右手，這裏比喻兄弟。

〔五〕蒼梧：唐梧州，州治蒼梧，即今廣西梧州市。

〔六〕烟水：明代各本及《全唐詩》同。宋本、清本、《品彙》作「空水」。烟水，意猶煙波，水面霧靄蒼茫之貌。

〔七〕遲：希望，等待。《後漢書·章帝紀》：「朕思遲直士，側席異聞。」李賢等注：「遲，猶希望也。」

永嘉別張子容〔一〕

舊國余歸楚〔二〕，新年子北征〔三〕。挂帆愁海路〔四〕，分手戀朋情〔五〕。日夕故園意〔六〕，汀洲春草生〔七〕。何時一杯酒，重與李膺傾〔八〕。

〔一〕題目：明代各本及《全唐詩》同。清本無「永嘉」二字。宋本作「送李膺」，誤。永嘉：唐温州州治，即今温州市。詳《宿永嘉江寄山陰崔國輔少府》注〔一〕。張子容：浩然好友。詳《晚春臥疾寄張八子容》注〔一〕。○此詩蓋作於開元二十年初游越期間。

〔二〕舊國句：浩然故鄉爲古楚國地，本句言歸故鄉。

〔三〕北征：宋、明、清各本及《全唐詩》同。據毛校記元本作「賀征」。言張子容又有長安之行。

〔四〕挂帆：猶挂席，揚帆。詳《彭蠡湖中望廬山》注〔四〕。

〔五〕朋：明、清各本及《全唐詩》同。宋本作「明」，當係「朋」之誤。汲本「朋」下無校記，足證毛晉所據宋本亦作「朋」。

〔六〕夕：明、清各本作「夜」。宋本、《全唐詩》作「夕」。今從宋本。

〔七〕汀洲：水中小洲。《楚辭·九歌·湘夫人》：「搴汀洲兮杜若。」

〔八〕李膺：宋、明各本同。清本作「季膺」。《全唐詩》作「季鷹」。按：清本是以明凌濛初刻本爲底本而重刊的，「季」旁校記云：「一作李」，蓋淩刻即作「季」。但史無「季膺」其人，疑《全唐詩》結集時，又改「季膺」爲「季鷹」，遂使漢之李膺，成爲晉之張翰歟？宋本題作「送李膺」，當係誤依本詩末句而來，但也從側面證明本詩末句確爲李膺。李膺，東漢潁川襄城人，字元禮，曾任青州刺史、漁陽太守、河南尹等職，累遷至司隸校尉。膺爲人忠正亢直，深爲士林所愛戴，士有被其容接者，名爲登龍門（《後漢書·李膺傳》）。這裏用李膺以比張子容，言其爲官清正，受人愛戴。

送袁太祝尉豫章〔一〕

何幸遇休明〔二〕，觀光來上京。相逢武陵客〔三〕，獨送豫章行〔四〕。隨牒牽黄綬〔五〕，離羣會墨卿。江南佳麗地，山水舊難名。

〔一〕袁太祝：太祝，官名。袁太祝，其人不詳。參看《南還舟中寄袁太祝》注〔一〕。豫章：唐洪州州治，即今江西南昌市。○本詩疑作於開元十六七年應舉期間。

〔二〕休明：休，美好；明，明盛。《左傳·宣公三年》：「桀有昏德，鼎遷於商，載祀六百；商紂暴虐，鼎遷於周，德之休明，雖小，重也。」

〔三〕相逢：宋、明各本及《全唐詩》同。清本作「將逢」，不恰。武陵客：宋、明各本及《全唐詩》同。清本「客」作「谷」，非。武陵客，當指袁太祝，因其曾謫居武陵，故稱武陵客。參看《南還舟中寄袁太祝》注〔三〕。

〔四〕獨送：明、清各本及《全唐詩》同。宋本作「相送」，與上句「相逢」重複。

〔五〕隨牒：《漢書·匡衡傳》：「平原文學匡衡，材智有餘，經學絕倫，但以無階朝廷，故隨牒在遠方。」顏師古注：「階謂升次也。隨牒謂隨選補之恒牒，不被超擢者。」黃綬：黃色的印綬，漢代佐貳之官皆銅印黃綬。《漢書·百官公卿表》：「凡吏秩比二千石以上，皆銀印青綬。……比二百石以上，皆銅印黃綬。」

都下送辛大之鄂〔一〕

南國辛居士〔二〕，言歸舊竹林〔三〕。未逢調鼎用〔四〕，徒有濟川心。余亦忘機者〔五〕，田園在漢陰〔六〕。因君故鄉去，還寄《式微》吟〔七〕。

〔一〕題目：汲本、清本、《全唐詩》同。明活本「鄂」下多一「歸」字，當爲衍文。宋本題作「都中送辛大」。據毛校記元本作「送辛大」。辛大：爲浩然好友。詳《夏日南亭懷辛大》注〔一〕。鄂：唐鄂州，治江夏，即今武漢市（武昌）。○此詩蓋作於開元十六七年應舉期間。

〔二〕居士：道德高尚、學術優良而未做官者稱居士。《禮記·玉藻》：「居士錦帶，弟子縞帶。」鄭玄注：「居士，道藝處士也。」後世也常借指隱士。

〔三〕言歸句：宋本、汲本、清本、《全唐詩》同。明活本作「言旋歸舊林」。

〔四〕調鼎：鼎爲古人烹飪之器，調鼎，謂調味之鼎。古人調味，用鹽與梅。《書·説命下》：「若作和羹，爾惟鹽梅。」用以喻武丁、傅説君臣的和協。這裏用「調鼎」爲宰相之代稱。《舊唐書·裴度傳》：「果聞勿藥之喜，更俟調鼎之功。」

〔五〕忘機：《莊子·天地》：「有機械者，必有機事；有機事者，必有機心。」成玄英疏：「有機關之器者，必有機動之務；有機動之務者，必有機變之心。」道家認爲一個人如果有機變之心，便陷入奸滑巧詐，不能歸真返樸。所謂忘機，即忘去這種機變之心。這裏實指隱逸。

〔六〕漢陰：漢水之南，即指浩然故居漢南園。

〔七〕還：原作「遥」，《全唐詩》同。宋本、明活本、汲本、清本作「還」。今從宋本。式微：《詩·邶風·式微》序云：「式微，黎侯寓於衛，其臣勸以歸也。」黎侯爲狄人所逐，離其國而寄居於衛，衛處之以二邑，安於現狀而不思歸，故其臣賦詩以勸其歸。本詩即用此典言歸鄉之意。

張謙宜《絸齋詩談》卷五：《都下送辛大之鄂》，無字不妥當，此最難到。

送席大〔一〕

惜爾懷其寶，迷邦倦客遊〔二〕。江山歷全楚，河洛越成周〔三〕。道路疲千里，鄉園老一丘〔四〕。知君命不偶〔五〕，同病亦同憂。

〔一〕席大：不詳。本首宋本不載，據毛校記元本亦不載。

〔二〕惜爾二句：《論語·陽貨》：「（陽貨）謂孔子曰：『來，予與爾言，曰，懷其寶而迷其邦，可謂仁乎？』」馬曰：「言孔子不仕，是懷寶也。知國不治而不爲政，是迷邦也。」邢昺疏：「寶喻道德，言孔子不仕，是懷藏其道德也。知國不治而不爲政，是使迷亂其國也。仕者當拯弱興衰，使功被當世。今爾乃懷寶迷邦，可以謂之仁乎？」本詩用「懷其寶」以言席大道德高尚，學識優良。用「迷邦」以言其不仕。

〔三〕河洛：指黄河、洛水。成周：相傳成周故址在今河南洛陽東北。《清一統志·河南·河南府》：「洛陽故城在今洛陽縣東北三十里，即故成周城也。《書·序》：『召公既相宅，周公往營成周，作《洛誥》，曰：我又卜瀍水東，亦惟洛食。』即此。」這裏即指洛陽一帶。參看《上巳日洛中寄王九迥》注〔二〕。

〔四〕一丘：一丘一壑，本指隱士所居，這裏指隱士。詳《仲夏歸漢南園寄京邑舊遊》注〔七〕。

〔五〕不偶：亦作「不耦」，不順利。《漢書·霍去病傳》：「諸宿將常留落不耦。」顔師古注：「留謂遲留，落謂墜落，故不諧耦而無功也。」

送賈昪主簿之荆府〔一〕

奉使推能者，勤王不暫閒。觀風隨按察〔二〕，乘騎度荆關。送別登何處？開筵舊峴山〔三〕。征軒明日遠〔四〕，空望郢門間。

〔一〕賈昪：原作「賈昇」，清本同。明活本、汲本、《全唐詩》作賈昪。按：賈昪四見於趙魏《御史臺題名》，而勞格《唐御史臺精舍題名考》則四處均作賈昇而無賈昪其人，很明顯這是勞氏對《御史臺題名》的糾正。又《元和姓纂》卷七有水部郎中賈昇，而無賈昪，更足以證明應爲賈昇而非賈昪。又陳思《寶刻叢編》卷三著録《裴觀德政碑》，唐賈昇撰，僧湛然分書，開元八年立在峴山。由其撰寫碑文看，則賈昇當在襄州任職。又按裴觀本襄州刺史，於開元八年八月升任山南道按察使（見《册府元龜》卷一六二）。此詩當作於該年。主簿：《文獻通考》云：「古者官府皆有主簿一官，上至三公及御史府，下至九寺三監以至郡縣多置之。所職者簿書，蓋曹掾之流耳。」據此則知最初主簿乃掌管文書之官。但魏晉以後，將帥重臣亦設主簿，可見其爲通用官名。

〔二〕觀風：《禮記·王制》：「命太師陳詩以觀民風。」孔穎達疏：「太師是掌樂之官，各陳其國風之詩，以觀其政令之善惡。」後世因借「觀風」指官吏之出巡。按察：按察使之省稱。時裴觀爲山南道按察使，賈昇隨按察使出巡。

〔三〕峴山：在襄陽城南。詳《登鹿門山懷古》注〔三〕。

〔四〕征軒：遠行之車。

送王大校書〔一〕

導漾自嶓冢，東流爲漢川〔二〕。維桑君有意〔三〕，解纜我開筵〔四〕。雲雨從兹别〔五〕，林端意渺然。尺書能不恡，時望鯉魚傳〔六〕。

〔一〕王大校書：汲本、清本、《全唐詩》同。明活本無「大」字。王大校書，指王昌齡。以其曾任秘書省校書郎，故稱校書。詳《與王昌齡宴王十一》注〔一〕。

〔二〕導漾二句：漢水上源爲漾水，出嶓冢山，在今陝西寧强縣境内。《書·禹貢》：「嶓冢導漾，東流爲漢。」孔安國傳：「泉始出山爲漾水，東南流爲沔水，至漢中東流爲漢水。」

〔三〕維桑：《詩·小雅·小弁》：「維桑與梓，必恭敬止。」後世因用「桑梓」、「維桑」以代故鄉。

〔四〕解纜：《玉篇》：「纜，維舟索也。」解纜，即解開繫舟繩，意爲開船。《文選·謝靈運〈鄰里相送方山〉》：「解纜及流潮，懷舊不能發。」李善注：「《吴志》曰：『更增舸纜。』然纜，維船索也。」

〔五〕雲雨：友好。張九齡《贈京師舊寮》：「雲雨歎一别，川原勞載馳。」

〔六〕尺書二句：古樂府《飲馬長城窟行》：「客從遠方來，遺我雙鯉魚。呼兒烹鯉魚，中有尺素書。」古人寫書信，用一尺長的絹帛，故稱書信爲尺素，或尺書。又因其藏於鯉魚腹中，故又以鯉魚爲書信之代稱。言希望王昌齡時常來信。

游江西上留别富陽裴劉二少府〔一〕

西上遊江西〔二〕，臨流恨解携〔三〕。千山疊成嶂，萬水瀉爲溪〔四〕。石淺流難泝〔五〕，藤長險易躋〔六〕。誰憐問津客〔七〕，歲晏此中迷〔八〕。

〔一〕題目：原作「浙江西上留别裴劉二少府」，明活本同。宋本、汲本作「游江西上留别富陽裴劉二少府」。今從宋本。《英華》、清本誤奪一「上」字。江：指浙江。富陽：濱富春江，即今浙江富陽縣。裴劉二少府：少府乃縣尉之稱，裴劉二人不詳。○此詩當作於遊越期間，溯浙江抵富陽時，約在開元十八年。

〔二〕遊：明、清各本作「浙」。宋本、《全唐詩》、《英華》作「遊」。今從宋本。

〔三〕恨：明活本、《全唐詩》、《英華》同。宋本、汲本作「慍」。按《英華》「恨」下無校記，可見周必大等所據宋本亦作「恨」。

〔四〕水瀉：原作「鋻合」。明活本、汲本、清本、《全唐詩》、《英華》作「水瀉」。宋本作「水寫」，「寫」當爲「瀉」之誤。今從《英華》。

〔五〕石淺：宋、明各本及《全唐詩》、《英華》同。清本作「水淺」。泝：明活本、清本、《全唐詩》、《英華》同。宋本、汲本作「注」。按：《英華》「泝」下無校記，可見周必大等所據宋本亦作「泝」。

〔六〕易：明活本、清本、《全唐詩》、《英華》同。宋本、汲本作「亦」。按：《英華》「易」下無校記，可見周必大等所據宋本亦作「易」。躋：《説文》：「躋，登也。」《詩·秦風·蒹葭》：「遡洄從之，道阻且躋。」毛傳：「躋，升也。」易躋即易於攀登。

〔七〕問津客：原作「問津者」，汲本、《全唐詩》同。宋本作「問苦勞」，恐有誤。明活本、清本、《英華》作「問津客」。《英華》「客」下無校記，可見周必大等所據宋本亦作「客」，今從《英華》。問津客，問訊渡口之人。詳《久滯越中贈謝南池會稽賀少府》注〔五〕。

〔八〕歲晏：《玉篇》：「晏，晚也。」《楚辭·離騷》：「及年歲之未晏兮，時亦猶其未央。」歲晏，即年終歲尾之意。迷：明活本、清本、《全唐詩》、《英華》同。宋本、汲本作「栖」。按：《英華》「迷」下無校記，可見周必大等所據宋本亦作「迷」。

京還留別新豐諸官〔一〕

吾道昧所適〔二〕，驅車還向東。主人開舊館，留客醉新豐。樹繞温泉緑，塵遮晚日紅〔三〕。拂衣從此去〔四〕，高步躡華嵩〔五〕。

〔一〕題目：原作「京還留別新豐諸友」，《品彙》同。據毛校記元本與此同。明活本、《詩選》作「京還留別新豐諸官」。清本作「京還留別新友」。宋本、汲本、《全唐詩》、《英華》作「東京留別諸公」。根據這些情況看，此詩在宋代即有不同的標題，元、明、清各本大都採用《詩選》標題，有的則略有改變，將「官」改「友」，題意是基本相同的。汲本、《全唐詩》則採用了宋本及《英華》的標題。結合詩的内容，暫從《詩選》。新豐：唐新豐縣在長安之東，地當長安至洛陽大道上，故址在今陝西新豐鎮。可見浩然自京還鄉，是取道洛陽南歸的。按：從此詩内容看，當爲赴舉失敗之後離京東去途中所作，但據《歲暮歸南山》一詩看，作者離長安時爲冬季，而本詩有「樹繞温泉緑」之句，於時令不合。本詩寫作時間闕疑。

〔二〕昧：宋、明、清各本及《全唐詩》、《英華》、《品彙》同。《詩選》作「懵」。以「昧」爲妥。《廣雅》：「昧，冥也。」《易·屯》：「天造草昧。」孔穎達疏：「草謂草創，昧謂冥昧。」「昧所適」，頗有無所適從的意味，蓋在長安落第之後的心情。

〔三〕遮：宋、明、清各本及《全唐詩》、《英華》、《品彙》同。《詩選》作「昏」。

〔四〕拂衣：《文選·謝靈運〈述祖德〉》：「高揖七州外，拂衣五湖裏。」劉良注：「言辭七州之官，隱於五湖。」拂衣，意猶振衣，欲起行，先振衣。本詩意與謝詩相通，亦表示歸隱之意。參看《京還贈張淮》注〔二〕。

〔五〕高步：《文選·左思〈詠史詩〉》：「被褐出閶闔，高步追許由。」李善注：「許由爲堯所讓，由是退隱遁，耕於中嶽下。」躡：《説文》：「躡，蹈也。」《方言》：「躡，登也。」華嵩：華，華山，在華州華陰縣（即今陝西華陰縣）南，爲五嶽之西嶽。嵩，嵩山，在河南府登封縣（即今河南登封縣）北，爲五嶽之中嶽。高步躡華嵩，言歸隱之意。

廣陵别薛八〔一〕

士有不得志，棲棲吴楚間〔二〕。廣陵相遇罷，彭蠡泛舟還〔三〕。檣出江中樹〔四〕，波連海上山。風帆明日遠，何處更追攀？

〔一〕題目：明活本、《全唐詩》同。汲本、清本作「送友東歸」。此詩宋本不載。廣陵：唐揚州，戰國時屬楚，爲廣陵邑，東漢至晉爲廣陵郡。隋開皇九年，始改曰揚州，置總管府。大業初，府廢，立江都郡。唐武德三年復曰南兖州，九年復曰揚州。故揚州與廣陵兩個名稱，在唐代是經常混用的。薛八：浩然好友，名不詳。○此詩蓋作於自越返鄉途經揚州時，約在開元二十一年。

〔二〕棲棲：原作「悽悽」，明活本同。汲本、清本、《全唐詩》作「棲棲」，是。棲棲，不能安居之貌。《漢書·敘傳上》：「是以聖喆之治，棲棲皇皇。」顔師古注：「不安之意也。」

〔三〕彭蠡：彭蠡湖即今江西鄱陽湖。詳《彭蠡湖中望廬山》注〔一〕。

〔四〕檣：帆柱，俗呼桅杆。《文選·郭璞〈江賦〉》：「舳艫相屬，萬里連檣。」李善注：「《埤蒼》云：『檣，帆柱也。』」

劉辰翁曰：起得雄渾。起慨然爲嘆，句句好，句句别。

胡應麟《詩藪》内編卷五：仄起高古者：「故鄉杳無際，日暮且孤征」；「士有不得志，棲棲吴楚間」；「人事有代謝，往來成古今」；「樓頭廣陵近，九月在南徐」。苦不多得。蓋初、盛多用工偶起，中、晚卑弱無足觀。

臨涣裴明府席遇張十一房六〔一〕

河縣柳林邊，河橋晚泊船。文叨才子會，官喜故人連〔二〕。笑語同今夕〔三〕，輕肥異往年〔四〕。晨風理歸棹〔五〕，吴楚各依然〔六〕。

〔一〕題目：宋本、明活本、汲本、《全唐詩》同。清本作「裴明府席遇張房」，據毛校記元本與此同。《英華》作「臨涣裴贊席遇張十六」。臨涣：唐臨涣縣屬亳州，在譙縣（亳州治）之東，以地濱涣水，故名臨涣。故址在今安徽宿縣西之臨涣集。裴明府：當係臨涣縣令，據《英華》則或名裴贊。查唐代各種資料中無此人，僅《郎官石柱題名考》中有裴纘，不知是此人否。張十一、房六：或作張十六，未詳孰是。據「文叨才子會」看，張十一、房六在當時還有點文名。

〔二〕連：宋、明、清各本及《全唐詩》、《英華》同。據毛校記云：「時刻憐。」李夢陽評曰：「何用人憐？結語更索。」也是根據這種本子。當以「連」爲是。

〔三〕夕：宋、明各本及《全唐詩》、《英華》同。清本作「席」，非。

〔四〕輕肥：即輕裘肥馬，表示豪華。《論語·雍也》：「赤之適齊也，乘肥馬，衣輕裘。」

〔五〕歸棹：宋、明、清各本及《全唐詩》同。《英華》作「征棹」。

〔六〕依然：宋、明、清各本及《全唐詩》同。《英華》作「悠然」。

盧明府早秋宴張郎中海園即事得秋字〔一〕

邑有絃歌宰〔二〕，翔鸞狎野鷗〔三〕。眷言華省舊〔四〕，暫拂海池遊〔五〕。鬱島藏深竹，前溪對舞樓〔六〕。更聞書即事，雲物是新秋〔七〕。

〔一〕題目：原無「得秋字」。宋本「早」下奪一「秋」字。明活本、汲本、清本、《全唐詩》、《英華》作「盧明府早秋宴張郎中海園即事得秋字」。今從《英華》。李嘉言《古詩初探·全唐詩校讀法》：

「《全唐詩》卷六《孟浩然集》有一首《盧明府早秋宴張郎中海園即事得秋字》，下注：『一作盧象詩。』盧明府即盧象，這首詩原係盧象所作，附在《孟浩然集》内，鈔録者誤以作者名銜『盧明府』三字併入題中，遂致誤爲孟詩。卷四《盧象集》載有此詩，題上正無『盧明府』三字，是其確證。」此説良是。盧明府：即盧象。詳《和盧明府送鄭十三還京兼寄之什》注〔一〕。張郎中：即張子容，爲浩然好友。詳《同盧明府餞張郎中除義王府司馬海園作》注〔一〕。海園：張子容休沐還鄉所建。

〔二〕絃歌：頌揚縣令以禮樂治民。詳《盧明府峴山宴袁使君張郎中崔員外》注〔三〕。因張曾任縣令，本句乃盧象贊揚張子容。

〔三〕翔鸞句：狎野：明、清各本及《全唐詩》同。宋本、《英華》作「已狎」。周必大等校記云：「又作狎野」，可見宋時即有作「狎野」者，較「已狎」意順。本句用鸞鷗以喻張子容休沐還鄉事。

〔四〕眷：宋本、汲本、清本、《全唐詩》、《英華》同。明活本誤作「春」字。本句敘與張子容舊誼。

〔五〕拂：原作「滯」，汲本、明活本、清本同。宋本、《全唐詩》、《英華》作「拂」。今從宋本。

〔六〕鬱島二句：寫海園景色。參看《奉先張明府休沐還鄉海亭宴集》。

〔七〕新：宋本、汲本同。明活本作「高」。清本作「深」。《全唐詩》、《英華》作「清」。以「新」爲恰，正與題目「早秋」相應。雲物：雲氣之色。《周禮·春官·保章氏》：「以五雲之物，辨吉凶。」鄭玄注：「物，色也。」

同盧明府早秋夜宴張郎中海亭〔一〕

側聽絃歌宰〔二〕，文書游夏徒〔三〕。故園欣賞竹，爲邑幸來蘇〔四〕。華省曾聯事〔五〕，仙舟復與俱〔六〕。欲知臨泛久，荷露漸成珠。

〔一〕題目：汲本同。明活本、清本、《全唐詩》無「夜」字。據毛校記元本無「早秋夜」三字。此詩宋本不載。李嘉言《古詩初探·全唐詩校讀法》：「汲古閣《孟浩然集》題注云：宋刻收此篇（按：指《盧明府早秋宴張郎中海園即事得秋字》），元刻收前篇（指《同盧明府早秋夜宴張郎中海亭》），不知《孟集》别有《同盧明府餞張郎中除義王府司馬海園作》，即係此二篇唱和之作。宋、元二本皆誤。」此説亦是。看二首，前詩開端云：「邑有絃歌宰，翔鸞狎野鷗。」後詩云：「側聽絃歌宰，文書游夏徒。」俱用縣令互稱，自非浩然口氣。前詩三句「眷言華省舊」與後詩五句「華省曾聯事」相互配合，言華省共事，亦非浩然口氣。疑此詩爲張子容作。海亭：即海園。

〔二〕絃歌：見《盧明府峴山宴袁使君張郎中崔員外》注〔三〕。本句疑張子容歌頌盧象。

〔三〕文書：指公文案卷。《漢書·刑法志》：「文書盈於几閣，典者不能徧覩。」游夏：孔子弟子子游、子夏，這裏借指縣令的得力助手。《論語·先進》：「文學子游子夏。」

〔四〕來蘇：《書·仲虺之誥》：「徯予后，后來其蘇。」孔安國傳：「湯所往之，民皆喜曰：『待我君來，其可蘇息。』」《文選·劉琨〈勸進表〉》：「四海想中興之美，羣生懷來蘇之望。」這裏用「來蘇」以稱贊盧象。

〔五〕華省句：正與前首「眷言華省舊」相應。盧象曾任校書郎，這是史有記載的。從這裏可以看出張子容也做過校書郎一類的官職。

〔六〕仙舟：李百藥《送別》：「明日河梁上，誰與論仙舟。」

崔明府宅夜觀妓

白日既云暮，朱顔亦已酡〔一〕。畫堂初點燭〔二〕，金幌半垂羅〔三〕。長袖平陽曲〔四〕，新聲《子夜歌》〔五〕。從來慣留客，兹夕爲誰多。

〔一〕酡：《玉篇》：「酡，飲酒朱顔貌。」《楚辭·招魂》：「美人既醉，朱顔酡些。」王逸注：「朱，赤也。酡，著也。言美女飲啗醉飽，則面著赤色而鮮好也。」洪興祖補注：「酡，音馱，飲而赭色著面。」

〔二〕畫堂：泛稱有畫飾而建造考究的堂室曰畫堂。參《宴崔明府宅夜觀妓》注〔二〕。

〔三〕幌：窗簾。謝靈運《燕歌行》：「對君不樂淚沾纓，闢窗開幌弄秦筝。」金幌，用高級質料所製成的窗簾。

〔四〕平陽曲：衛子夫原爲平陽主歌女，後得武帝之幸而爲皇后。王昌齡《春城曲》：「平陽歌舞新承寵，簾外春寒賜錦袍。」本詩借指優美歌曲。

〔五〕子夜歌：《宋書·樂志一》：「《子夜歌》者，有女子名子夜，造此聲。」《樂府詩集》收有晉、宋、齊《子夜歌》四十二首。《樂府解題》曰：「後人更爲四時行樂之詞，謂之《子夜四時歌》，又有《大子夜歌》、《子夜警歌》、《子夜變歌》，皆曲之變也。」（《樂府詩集》卷四四《子夜歌》解題）

題榮二山池〔一〕

甲第開金穴〔二〕，榮期樂自多。櫪嘶支遁馬〔三〕，池養右軍鵝〔四〕。竹引攜琴入〔五〕，花邀載酒過〔六〕。山公來取醉，時唱《接籬歌》〔七〕。

〔一〕題目：原作「宴榮山人池亭」，汲本、清本、《品彙》同。明活本少一「池」字。《國秀集》、《英華》作「題榮二山池」，《全唐詩》「題」作「宴」。今從《國秀集》。本詩宋本不載。榮二：未詳。

〔二〕甲第句：原作「甲地金張宅」，疑誤。明活本、汲本、清本、《國秀集》、《英華》、《品彙》俱作「甲第開金穴」，據改。甲第：《史記·孝武本紀》：「賜列侯甲第。」裴駰集解：「《漢書音義》曰：有甲乙次第，故曰第。」後世遂用以稱高官貴吏的第宅。金穴：《後漢書·光武郭皇后紀》：「況遷大鴻臚。帝數幸其第，會公卿諸侯親家飲燕，賞賜金錢縑帛，豐盛莫比，京師號況家爲金穴。」本句極言其宅第之華貴，家室之富有。

〔三〕櫪：各本同。《英華》作「攊」，誤。支遁馬：晉高僧支遁，字道林，世尊稱支公、林公。謝安、王羲之並與結爲方外之交。哀帝曾召至洛陽在禁中講法，傾動一時。時有贈以馬者，畜之，曰：「吾愛其神駿耳。」有贈以鶴者，縱之，曰：「沖天之物，豈耳目玩哉！」這裏借指良馬。

〔四〕右軍鵝：晉王羲之性喜鵝，因曾任右軍將軍，故習稱王右軍。參看《尋梅道士張逸人》注〔三〕。

〔五〕攜：原作「秜」，汲本同。明活本、清本、《全唐詩》、《國秀集》、《英華》、《品彙》俱作「攜」，據改。

〔六〕載酒：原作「戴客」，明、清各本及《全唐詩》、《國秀集》、《英華》、《品彙》俱作「載酒」，據改。

〔七〕山公二句：山公：《全唐詩》、《國秀集》、《英華》同。明活本、汲本、清本、《品彙》作「山翁」，義通。山公，指山簡。來取：原作「時取」。明、清各本及唐、宋、明各選本俱作「來取」，據改。時唱：原作「來唱」。明、清各本及唐、宋、明各選本俱作「時唱」，據改。接籬：明活本、《英華》、《品彙》同。汲本、清本、《全唐詩》、《國秀集》作「接䍦」，通。帽名。《晉書·山簡傳》：「簡每出嬉遊，多之池上，置酒輒醉，時有童兒歌曰：『山公出何許，往至高陽池。日夕倒載歸，茗芋無所知。時時能騎馬，倒着白接䍦。』」《世説新語·任誕》：「山季倫爲荆州，時出酣暢。人爲之歌曰：『山公時一醉，徑造高陽池。日暮倒載歸，茗芋無所知。復能乘駿馬，倒着白接籬。舉手問葛彊，何如并州兒？』高陽池在襄陽，彊是其愛將，并州人也。」

趙翼《甌北詩話》卷十二「詩病」條：孟浩然《宴榮山人池亭》律詩，七句中用八人姓名。

夏日與崔二十一同集衛明府席〔一〕

言避一時暑，池亭五月開〔二〕。喜逢金馬客〔三〕，同飲玉人杯。舞鶴乘軒至〔四〕，遊魚擁釣來〔五〕。座中殊未起，簫管莫相催。

〔一〕題目：原作「夏日宴衛明府宅」，明活本同。宋本、汲本、清本、《英華》作「夏日與崔二十一同集衛明府席」。《全唐詩》「席」作「宅」。《國秀集》作「夏日宴衛明府宅遇北使」。今從宋本。崔二十一：《孟集》中尚有《與崔二十一遊鏡湖寄包賀二公》，《全唐文》陶翰有《送崔二十一之上都序》，與此或係一人，但事迹不詳。衛明府：其人不詳。

〔二〕五月：宋、明、清各本及《全唐詩》、《英華》同。《國秀集》作「五日」，誤。

〔三〕金馬客：漢代應詔來京之才能優異者，特命待詔金馬門。唐應進士舉者考試對策與此相類，故常用金馬客以代應進士舉者，這裏指崔二十一，正與陶翰《送崔二十一之上都序》相合。

〔四〕舞鶴句：《左傳·閔公二年》：「衛懿公好鶴，鶴有乘軒者。」杜預注：「軒，大夫車。」

〔五〕釣：明、清各本及《全唐詩》、《國秀集》同。宋本、《英華》作「劍」，非。

清明日宴梅道士房〔一〕

林臥愁春盡〔二〕，開軒覽物華〔三〕。忽逢青鳥使〔四〕，邀我赤松家〔五〕。丹竈初開火〔六〕，仙桃正落花〔七〕。童顔若可駐，何惜醉流霞〔八〕。

〔一〕題目：宋、明、清各本及《全唐詩》、《英華》同。《品彙》無「清明日」三字。

〔二〕臥：原作「下」，明活本同。宋本、汲本、清本、《全唐詩》、《英華》、《品彙》俱作「臥」，據改。

〔三〕開軒：宋本、汲本、《全唐詩》、《英華》同。明活本作「開帷」。清本作「搴幃」。《品彙》作「搴帷」。軒，泛指窗。杜甫《夏夜歎》：「仲夏苦夜短，開軒納微涼。」物華：盧思道《美女篇》：「京洛多妖豔，餘香愛物華。」

〔四〕青鳥使：《藝文類聚》九一引《漢武故事》：「七月七日，上（按：指漢武帝）於承華殿齋，正中，忽有一青鳥從西方來，集殿前。上問東方朔，朔曰：『此西王母欲來也。』有頃，王母至。有二青鳥如烏，俠〔夾〕侍王母旁。」《山海經·大荒西經》：「西有王母之山，……有三青鳥，赤首黑目。」郭璞注：「皆西母所使也。」後遂稱傳信的使者爲青鳥。薛道衡《御章行》：「願作王母三青鳥，飛來飛去傳消息。」

〔五〕我：宋本、明活本、汲本、《英華》同。清本、《全唐詩》、《品彙》作「入」。據毛校記元本亦作「入」。赤松：中國古代神話傳説中的仙人，相傳爲神農雨師。《漢書·張良傳》：「願棄人間事，從赤松子游耳。」顔師古注：「赤松子，仙人號也，神農時爲雨師。」

〔六〕丹竈：明活本、《全唐詩》、《英華》同。宋本、汲本、清本、《品彙》「丹」作「金」。丹竈，道士鍊丹的竈。《文選·江淹〈别賦〉》：「守丹竈而不顧，鍊金鼎而方堅。」

〔七〕仙桃：古代神話傳説西王母曾以玉盤盛仙桃給漢武帝，稱「此桃三千年一生實」。見舊題班固《漢武帝内傳》。落：原作「發」，明、清各本、《品彙》同。宋本、《全唐詩》、《英華》作「落」。今從宋本。

〔八〕流霞：神話傳説中的仙酒名。《抱朴子·祛惑》：「河東蒲坂有項曼都者，與一子入山學仙，十年而歸家。家人問其故，曼曰：『……仙人但以流霞一杯，與我飲之，輒不飢渴。』」

寒夜張明府宅宴〔一〕

瑞雪初盈尺〔二〕，寒宵始半更〔三〕。列筵邀酒伴，刻燭限詩成〔四〕。香炭金爐暖，嬌絃玉指清。醉來方欲臥，不覺曉雞鳴〔五〕。

〔一〕題目：原作「寒食宴張明府宅」，汲本同。明活本無「寒食」二字。據毛校記元本亦無「寒食」二字。宋本作「寒食張明府宅宴」。《全唐詩》、《英華》作「寒夜張明府宅宴」。《英華》題下無校記，可見周必大等所據宋本同作此題。今據詩意，從《英華》。清本作「寒夜宴張明府宅」，意同。張明府：即張子容，因其爲奉先縣令，故稱明府。詳《奉先張明府休沐還鄉海亭宴集》注〔一〕。○此詩當作於張子容休沐還鄉之後，約在開元二十三年，浩然晚年時期。

〔二〕瑞雪：張正見《玄都觀春雪》：「同雲遥暎嶺，瑞雪近浮空。」（見《文苑英華》一五五）

〔三〕寒宵：明、清各本及《全唐詩》同。宋本作「閑霄」。《英華》作「閑宵」。「霄」當爲「宵」之誤。根據詩意及題目當以「寒宵」爲是。

〔四〕刻燭：南朝齊竟陵王蕭子良，曾邀集蕭文琰、丘令楷、江洪等人，夜集賦詩，刻燭計時，四韻刻燭一寸，以爲標準，届時未完成者以失敗論。詳見《南史·王僧孺傳》。借指寒夜宴飲吟詩。

〔五〕醉來二句：原作「厭厭不覺醉，歸路曉霞生」。宋、明、清各本及《全唐詩》、《英華》俱作「醉來方欲卧，不覺曉雞鳴」。今從宋本。

和賈主簿（弁）〔昇〕九日登峴山〔一〕

楚萬重陽日〔二〕，羣公賞燕來〔三〕。共乘休沐暇〔四〕，同醉菊花杯〔五〕。逸思高秋發，歡情落景催〔六〕。國人咸寡和〔七〕，遥愧洛陽才〔八〕。

〔一〕賈主簿昇：「昇」原作「弁」，明清各本、《全唐詩》同，俱誤，詳《送賈昇主簿之荆府》注〔一〕。此詩宋本不載。峴山：在襄陽城南。詳《登鹿門山懷古》注〔三〕。○此詩作於賈昇任襄州主簿期間，約在開元八年以前。

〔二〕楚萬：楚，指楚山，又名望楚山，在襄陽西南。詳《登望楚山最高頂》注〔一〕。萬，指萬山，在襄陽西北。詳《秋登萬山寄張五》注〔一〕。重陽日：陰曆九月九日爲重陽節。古人於是日有登高之習。詳《秋登萬山寄張五》注〔一〇〕。

〔三〕燕：明活本、汲本、清本同。《全唐詩》作「讌」，通。《詩·小雅·鹿鳴》：「我有旨酒，嘉賓式燕以敖。」孔穎達疏：「我有旨美之酒，與此嘉賓用之燕飲以遨遊也。」按：《列女傳·母儀·魯季敬姜》引此詩「燕」作「讌」。

〔四〕休沐：休息沐浴。見《奉先張明府休沐還鄉海亭宴集》注〔一〕。

〔五〕菊花杯：古人以菊花雜黍米釀酒，至來年九月九日始熟，稱菊花酒。詳《盧明府九日峴山宴袁使君張郎中崔員外》注〔一三〕。

〔六〕景：日光。《文選·張載〈七哀詩〉》：「朱光馳北陸，浮景忽西沈。」李善注：「《説文》曰：『景，日光也。』」

〔七〕寡和：即曲高和寡之意。《文選·宋玉〈對楚王問〉》：「是其曲彌高，其和彌寡。」參看《同曹三御史泛湖歸越》注〔三〕。這裏借指賈主簿原詩的高超。

〔八〕洛陽才：西漢賈誼有「洛陽才子」之稱，這裏用賈誼以比賈昪。

宴張别駕新齋〔一〕

世業傳珪組〔二〕，江城佐股肱〔三〕。高齋徵學問，虚薄濫先登〔四〕。講論陪諸子，文章得舊朋。士元多賞激〔五〕，衰病恨無能。

〔一〕張別駕：唐初州刺史下設別駕，後又改稱長史，爲州刺史佐貳之官，無固定職事。張別駕，其人不詳。本詩宋本不載。

〔二〕世業：世代相傳之事業。《漢書·敘傳上》：「方今雄桀帶州城者，皆無七國世業之資。」珪組：珪爲古代帝王或諸侯所執的玉版，組爲佩印的絲帶，「傳珪組」，表明這位張別駕是世家出身。

〔三〕江城：疑指襄陽，因其沿漢江也。股肱：常用以喻君主的輔佐。《書·益稷》：「帝曰：『臣作朕股肱耳目。』」這裏言刺史之佐，指張別駕。

〔四〕薄：明活本、清本、《全唐詩》同。汲本作「簿」。

〔五〕士元：《三國志·蜀志·龐統傳》：「龐統字士元，襄陽人也。少時樸鈍，未有識者。潁川司馬徽清雅有知人鑒，統弱冠往見徽，徽采桑於樹上，坐統在樹下，共語自晝至夜。徽甚異之，稱統當爲南州士之冠冕，由是漸顯。」這裏用士元以稱譽與宴諸人。末句自稱。

李氏園臥疾〔一〕

我愛陶家趣〔二〕，園林無俗情〔三〕。春雷百卉坼〔四〕，寒食四隣清〔五〕。伏枕嗟公幹〔六〕，歸山羨子平〔七〕。年年白社客〔八〕，空滯洛陽城。

〔一〕題目：宋本、汲本、清本同。明活本、《全唐詩》「園」下多一「林」字。李氏園：《孟集》有《題李十四莊兼贈綦毋校書》一詩，詩云：「左右瀍澗水，門庭緱氏山。」則李十四莊當在洛陽一帶。本詩則云：「年年白社客，空滯洛陽城。」李氏園或即李十四莊歟？○本詩蓋作於壯年漫游時期。

〔二〕陶家趣：宋本、汲本、《全唐詩》同。明活本、清本「家」作「潛」。據毛校記元本亦作「潛」。陶淵明志趣高潔，不慕榮利。以爲州祭酒，不堪吏職，自解歸。以爲彭澤令，郡督郵至，吏白應束帶見之，淵明曰：「豈能爲五斗米折腰向鄉里小兒？」賦《歸去來》。宋代晉後，周續之入廬山，事釋慧遠；彭城劉遺民，亦遁迹匡山；淵明又不應征命，謂之潯陽三隱。參看《仲夏歸漢南園寄京邑舊遊》注〔三〕、〔四〕、〔五〕。

〔三〕園林：原作「林園」，明活本、汲本、清本同。宋本、《全唐詩》作「園林」。今從宋本。

〔四〕春雷句：坼：汲本、《全唐詩》同。宋本、明活本、清本訛作「拆」。《易·解·彖辭》：「天地解而雷雨作，雷雨作而百果草木皆甲坼。」

〔五〕寒食：陰曆清明節前一或二日爲寒食節。宗懍《荆楚歲時記》：「去冬節一百五日，即有疾風甚雨，謂之寒食，禁火三日，造餳大麥粥。」劉辰翁評曰：「寒食慘澹，更念四鄰。」

〔六〕公幹：魏劉楨字公幹，與王粲、孔融、陳琳、阮瑀、應瑒、徐幹相友善，時號建安七子。劉楨《贈五官中郎將四首之二》云：「余嬰沉痼疾，竄身清漳濱。」

〔七〕山：原作「田」，明、清各本同，蓋明人所改。宋本、《全唐詩》作「山」，是。子平：《後漢書·逸民傳》：「向長字子平，河内朝歌人也。隱居不仕，性尚中和，好通《老》、《易》。……建武中，男女娶嫁既畢，勑斷家事勿相關，當如我死也。於是遂肆意，與同好北海禽慶俱遊五嶽名山，竟不知所終。」按：李賢注云：「《高士傳》『向』字作『尚』。」應以「尚」爲是。詳《彭蠡湖中望廬山》注〔三〕。

〔八〕白社：地名，在河南洛陽東。《清一統志·河南·河南府》：「白社在洛陽縣東，《晉書》，董京至洛陽，常宿白社中。孫楚時爲著作郎，數就社中與語。《水經注》，陽渠水逕建春門，水南即馬市，北則白社故里。」

過故人莊〔一〕

故人具雞黍〔二〕，邀我至田家。緑樹村邊合，青山郭外斜〔三〕。開筵面場圃〔四〕，把酒話桑麻〔五〕。待到重陽日〔六〕，還來就菊花〔七〕。

〔一〕故人：《後漢書·嚴光傳》：「帝笑曰：『朕故人嚴子陵共卧耳。』」這裏稱農民爲故人，表示親切。

〔二〕具：置辦。《説文》：「具，共置也。」《廣韻》：「具，備也，辦也。」雞黍：指農家豐盛的飯食。

《論語・微子》：「子路從而後，遇丈人，以杖荷蓧。……止子路宿，殺雞爲黍而食之。」劉寶楠正義：「黍，禾屬而黏者。」

〔三〕郭：《廣韻》：「郭，内城外郭。」後以爲城之通稱。

〔四〕筵：宋、明、清各本及《全唐詩》、《詩選》、《律髓》同。《品彙》作「軒」。場圃：《詩・豳風・七月》：「九月築場圃。」毛傳：「春夏爲圃，秋冬爲場。」鄭玄箋：「場圃同地。自物生之時，耕治之以種菜茹，至物盡成熟，築堅以爲場。」《後漢書・仲長統傳》：「場圃築前，果園樹後。」古時「場」與「圃」是統一的，後世才分開，打穀的地方叫場，種菜的地方叫圃。

〔五〕桑麻：桑以養蠶，麻以織布，借指農事。《史記・貨殖列傳》：「齊帶山海，膏壤千里，宜桑麻。」陶淵明《歸園田居》：「相見無雜言，但道桑麻長。」

〔六〕到：宋本、汲本、《全唐詩》及《詩選》、《律髓》、《品彙》同。明活本、清本作「至」。重陽日：陰曆九月九日爲重陽節。詳《秋登萬山寄張五》注〔一〇〕。

〔七〕還來句：古人風俗，每於重陽節登高賞菊。「還來」與上句「邀我」相應，開始是被邀，重陽却要自來，表示親切。

劉辰翁曰：每以自在相淩厲。

李夢陽曰：「就」字好。

方回《瀛奎律髓》：此詩句句自然，無刻畫之迹。浩然自有「廚人具雞黍，稚子摘楊梅」，以真對假，見稱於世。如郊野之作，「釣竿垂北澗，樵唱入南軒」，「先人留素業，老圃作鄰家」，「鳥過烟樹宿，螢傍小軒飛」，皆佳。又如「山水會稽郡，詩書孔氏門」，亦佳句。吾州孔氏改「會稽」二字爲「新安」，用爲桃符累年，晚輩不知爲浩然詩也。

楊慎《升庵詩話》卷六：《孟集》有「到得重陽日，還來就菊花」之句，刻本脱一「就」字，有擬補者，或作「醉」，或作「賞」，或作「泛」，或作「對」，皆不同。後得善本，是「就」字，乃知其妙。唐詩亦有之，崔顥「玉壺清酒就君家」；李郢詩「聞説故園春稻熟，片帆歸去就鱸魚」；杜工部詩題有《秋日泛江就黄家亭子》。而古樂府馮子都詩有「就我求清酒，青絲繫玉壺。就我求珍肴，金盤鱠鯉魚」，則前人已道破矣。

冒春榮《葚原詩説》卷一：詩以自然爲上，工巧次之。工巧之至，始入自然；自然之妙，無須工巧。高廷禮列老杜於大家，不居正宗之目，此其微旨。五言如孟浩然《過故人居》、王維《終南别業》……此皆不事工巧極自然者也。又：寫景之句，以工緻爲妙品，真境爲神品，淡遠爲逸品，如「芳草平仲緑，清夜子規啼」，「明月松間照，清泉石上流」，「雨中山果落，燈下草蟲鳴」，「緑樹村邊合，青山郭外斜」……皆逸品也。

何文焕《歷代詩話考索》：好字多出經傳。升庵論孟襄陽，「待到重陽日，還來就菊花」，「就」字之妙，歷引古詩證其出處，不知「處士就閒晏」，《國語》早先之矣。

方回《瀛奎律髓》紀昀評：王、孟詩大段相近，而體格又自微别：王，清而遠；孟，清而切。

學王不成，流爲空腔；學孟不成，流爲淺語。如此詩之自然沖淡，初學遽躐等而效之，不爲滑調不止也。又：真假之對，終嫌纖巧。

途中九日懷襄陽〔一〕

去國似如昨〔二〕，倏然經杪秋〔三〕。峴山不可見〔四〕，風景令人愁。誰採籬下菊〔五〕，應閑池上樓〔六〕。宜城多美酒〔七〕，歸與葛强遊〔八〕。

〔一〕題目：宋本、明活本同。汲本、清本、《全唐詩》、《英靈集》無「途中」二字。《英華》作「重九日懷襄陽」。

〔二〕似：原作「已」，明活本、汲本、清本同。宋本、《全唐詩》、《英靈集》作「似」。《英華》作「侣」，當爲「侣」之誤。今從宋本。

〔三〕然：宋、明、清各本及《全唐詩》、《英華》同。《英靈集》作「焉」。杪秋：秋末。木末曰杪，故秋末曰杪秋。《楚辭·宋玉〈九辯〉》：「靚杪秋之遥夜兮，心繚悷而有哀。」洪興祖補注：「杪，末也。」

〔四〕峴山：在襄陽東南。詳《登鹿門山懷古》注〔三〕。不可見：宋、明、清各本及《全唐詩》同。《英靈集》、《英華》作「望不見」。

〔五〕誰採句：陶淵明《飲酒二十首》之六：「採菊東籬下，悠然見南山。」

〔六〕池上樓：謝靈運有《登池上樓》詩，李善注：「永嘉郡池上樓。」以上二句，作者以陶淵明、謝靈運自比，因自己不在故居，故無人採菊，池上樓閒。

〔七〕宜城：故城在襄州，當今湖北宜城縣南。《太平寰宇記·山南東道·襄州》：「宜城，漢縣，在今縣南，其地出美酒。」

〔八〕葛彊：晉山簡鎮襄陽，嘗與其愛將葛彊遊高陽池。詳《題榮二山池》注〔七〕。

初出關旅亭夜坐懷王大校書〔一〕

向夕槐烟起〔二〕，葱籠池館曛〔三〕。客中無偶坐，關外惜離羣〔四〕。燭至螢光滅，荷枯雨滴聞。永懷蓬閣友〔五〕，寂寞滯揚雲〔六〕。

〔一〕題目：汲本、清本、《全唐詩》同。明活本「旅」訛作「林」，蓋音近而誤。宋本無「旅亭夜坐」。根據詩意，以有爲是。據毛校記元本全題作「出關懷王大」。王大校書：即王昌齡。詳《與王昌齡宴王十一》注〔一〕。此詩疑作於開元十七年。

〔二〕槐烟：梁簡文帝《玄圃園講頌》：「風生月殿，日照槐烟。」李嶠《寒食清明日早赴玉門率成》：「槐烟乘曉散，榆火應春開。」則槐煙泛指煙氣。

〔三〕葱籠：草木青翠而繁盛之貌。《文選・郭璞〈江賦〉》：「涯灌芊萰，潛薈葱籠。」李善注：「芊萰、葱籠皆青盛貌也。」池館：池濱之館。謝朓《遊後園賦》：「惠風湛兮帷殿肅，清陰起兮池館涼。」

〔四〕關外：潼關之外，蓋浩然離開長安出關時所作。

〔五〕蓬閣：宋本、明活本、汲本同。清本、《全唐詩》作「芸閣」，亦通。蓬閣，指秘書省。蕭華《謝試秘書少監陳情表》：「已蒙殊獎，遽典雄藩，旋沐厚恩，復登蓬閣。」

〔六〕揚雲：揚雄字子雲。李夢陽曰：「揚雲，揚子雲也。古人多剪人姓名入詩。」揚雄事迹詳《田園作》注〔一七〕。

賀貽孫《詩筏》：前輩有教人煉字之法，謂如老杜「飛星過水白，落月動沙虚」，是煉第三字法，「地坼江帆隱，天清木葉聞」，是煉第五字法之類。……「天清木葉聞」與孟浩然「荷枯雨滴聞」，兩「聞」字亦真亦幻，皆以落韻自然爲奇，即作者亦不自知，何暇煉乎？

李少府與楊九再來〔一〕

弱歲早登龍〔二〕，今來喜再逢〔三〕。何如春月柳〔四〕，猶憶歲寒松。烟火臨寒食〔五〕，笙歌達曙鐘〔六〕。喧喧鬬雞道〔七〕，行樂羨朋從〔八〕。

〔一〕題目：原作「李少府與王九再來」，明活本同。宋本、汲本、清本、《全唐詩》「王九」作「楊九」。據毛校記元本無「與楊九」三字。今從宋本。李少府：《孟集》中尚有《愛州李少府見贈》一詩，其人不詳。楊九：未詳，《孟集》中除本篇外，并無與楊九有關的詩作，明人或據此改爲王九，而元人又據詩的内容删去「與楊九」歟？

〔二〕弱歲：少年。《晉書·姚泓載記論》：「景國弱歲英奇，見方孫策。」景國乃姚襄字。登龍：科舉中式稱曰登龍門，省稱登龍。封演《封氏聞見記三·貢舉》：「故當代以進士登科爲登龍門，解褐多拜清緊，十數年間，擬迹廟堂。」

〔三〕今來：原作「今朝」，宋、明、清各本俱作「今來」。據改。

〔四〕何如：宋本、汲本同。明活本、清本、《全唐詩》作「如何」。意同。

〔五〕寒食：《荆楚歲時記》：「去冬節一百五日，即有疾風甚雨，謂之寒食，禁火三日。」注：「據曆合在清明前二日，亦有去冬至一百六日者。」

〔六〕達曙：「達」原作「咽」，宋、明、清各本及《全唐詩》俱作「達」，是。「曙」，明代各本及《全唐詩》同，惟宋本作「曙」，當爲筆誤。清本作「曉」，意同。

〔七〕鬭雞道：古代豪富之家，常以鬭雞爲戲。曹植有《鬭雞篇》，《樂府詩集》卷六四引《鄴都故事》曰：「魏明帝大和中，築鬭雞臺。趙王石虎亦以芥羽漆砂，鬭雞於此。故曹植詩云『鬭雞東郊道，走馬長楸間』是也。」

〔八〕朋從：明、清各本及《全唐詩》同。宋本「朋」作「明」，誤。

尋張五回夜園作〔一〕

聞説龐公隱〔二〕，移居近洞湖〔三〕。興來林是竹，歸臥谷名愚〔四〕。挂席樵風便〔五〕，開軒琴月孤〔六〕。歲寒何用賞，霜落故園蕪〔七〕。

〔一〕題目：原作「尋張五」，明活本、汲本、清本及《全唐詩》「五」後多「回夜園作」四字。宋本多「回夜於園作」五字，「於」字當爲衍文。張五：未詳。參看《秋登萬山寄張五》注〔一〕。

〔二〕説：原作「就」，明活本、清本、《全唐詩》同。宋本、汲本作「説」。今從宋本。根據詩意，「就」字較佳，蓋後人所改。龐公：龐德公，東漢襄陽隱士。詳《登鹿門山懷古》注〔一〇〕。

〔三〕洞湖：明活本、清本、《全唐詩》同。宋本、汲本作「澗湖」，非。《孟集》有《泝江至武昌》，詩云：「家本洞湖上，歲時歸思催。」可知襄陽境内有洞湖。洞湖，地志不載，蓋在襄陽附近。參看《泝江至武昌》注〔二〕。

〔四〕谷名愚：劉向《説苑·政理》：「齊桓公出獵，逐鹿而走入山谷之中，見一老公而問之曰：『是爲何谷？』對曰：『爲愚公之谷。』」愚公谷，也作「愚谷」。後世往往借指隱居之地。《南史·隱逸傳》：「藏景窮巖，蔽名愚谷。」

〔五〕挂席：猶揚帆。詳《彭蠡湖中望廬山》注〔四〕。樵風：明、清各本及《全唐詩》同。宋本作「牕風」，誤。樵風，順風。詳《與崔二十一遊鏡湖寄包賀二公》注〔六〕。

〔六〕軒：窗。杜甫《夏夜嘆》：「開軒納微涼。」

〔七〕落：明、清各本及《全唐詩》同。宋本作「露」，蓋音近而誤。

張七及辛大見訪〔一〕

山公能飲酒〔二〕，居士好彈筝〔三〕。世外交初得〔四〕，林中契已并〔五〕。納涼風颯至，逃暑日將傾〔六〕。便就南亭裏〔七〕，餘樽惜解醒〔八〕。

〔一〕題目：汲本、清本同。明活本、《全唐詩》作「張七及辛大見尋南亭醉作」。本首宋本不載。張七：未詳。辛大：浩然好友。詳《夏日南亭懷辛大》注〔一〕。

〔二〕山公：指晉山簡，每遊高陽池，飲酒輒醉。詳《題榮二山池》注〔七〕。

〔三〕居士：道德高尚、學術優良而未做官者，有時亦借指隱士。詳《都下送辛大之鄂》注〔二〕。

〔四〕世外交：「世外」與「世俗」相對，隱士交遊，常稱爲世外之交。《晉書·許邁傳》：「永和二年，（邁）移入臨安西山……羲之造之，未嘗不彌日忘歸，相與爲世外之交。」

〔五〕林中句：山林之中，借指隱逸，言隱逸之心，已相契合。

〔六〕日：汲本、清本、《全唐詩》同。明活本作「已」，非。

〔七〕南亭：當爲浩然隱居處之小亭。參看《夏日南亭懷辛大》注〔一〕。

〔八〕解酲：解除酒病。詳《晚春》注〔三〕。

題張逸人園廬〔一〕

與君園廬並〔二〕，微尚頗亦同〔三〕。耕釣方自逸，壺觴趣不空〔四〕。門無俗士駕〔五〕，人有上皇風〔六〕。何必先賢傳，唯稱龐德公〔七〕。

〔一〕題目：「逸」原作「野」，明活本、清本、《全唐詩》同。據毛校記元本亦作「野」。《英華》作「題張逸人園廬」。宋本、汲本題作「憶張野人」。今從《英華》。

〔二〕君：宋本、汲本、清本、《全唐詩》及《英華》同。明活本作「客」。據毛校記元本亦作「客」。當以「君」爲是。

〔三〕微尚：謝靈運《初去郡》：「伊余秉微尚，拙訥謝浮名。」

〔四〕壺：宋、明、清各本及《全唐詩》同。《英華》誤作「壼」。

〔五〕俗：宋、明、清各本及《全唐詩》、《英華》同。據毛校記元本作「宿」，誤。駕：《説文》：「駕，馬在軛中。」引申爲車乘。俗士駕即俗士之車。

〔六〕上皇：伏羲爲三皇之最先者，故稱上皇。鄭玄《詩譜序》：「詩之興也，諒不於上皇之世。」孔穎達疏：「上皇謂伏羲，三皇之最先者，故謂之上皇。」古人認爲其時道德淳厚，風俗樸實。

〔七〕龐德公：東漢襄陽隱士，詳《登鹿門山懷古》注〔一〇〕。末二句言張逸人德行可比龐德公。

過景空寺故融公蘭若〔一〕

池上青蓮宇〔二〕，林間白馬泉〔三〕。故人成異物〔四〕，過憩獨潸然〔五〕。既禮新松塔〔六〕，還尋舊石筵〔七〕。平生竹如意〔八〕，猶挂草堂前〔九〕。

〔一〕題目：原無「景空寺」三字，清本同。據宋本、汲本、《全唐詩》、《英靈集》補。明活本作「過潛上人舊房」。《英華》作「悼正弘禪師」。韋莊《又玄集》作「過符公蘭若」。按：《孟集》有《雲門寺西六七里聞符公蘭若最幽與薛八同往》一詩，雲門寺在越州，而浩然與符公的關係無如此之深，《又玄集》題目有誤。景空寺：在襄州。詳《遊景空寺蘭若》注〔一〕。融公：即融上人。《孟集》中尚有《題融公蘭若》、《過融上人蘭若》二詩，而《遊景空寺蘭若》雖未標出融公，但張説有《遊襄州景空寺融上人蘭若》詩，則可知融上人實爲景空寺住持，而遊景空寺蘭若即遊融公蘭若也。參看《遊景空寺蘭若》注〔一〕。○本詩疑作於晚年時期。

〔二〕青蓮宇：青蓮，花名，梵語爲優鉢羅。佛家以青蓮花比佛眼，青蓮宇係對佛家房舍之尊稱。

〔三〕林間：宋、明、清各本及《全唐詩》、《英靈集》、《英華》同。《又玄集》作「人間」，誤。白馬泉：蓋景空寺水名。

〔四〕異物：指死人。《史記·賈生列傳》：「化爲異物兮，又何足患！」司馬貞索隱：「謂死而形化爲鬼，是爲異物也。」

〔五〕過憩：原作「過客」，明、清各本《全唐詩》同。宋本及《英靈集》、《英華》作「過憩」。今從唐宋古本。《又玄集》作「攀樹」，非。潸：宋、明、清各本及《全唐詩》、《英靈集》、《又玄集》或作「潸」、「潸」、「潸」，以「潸」爲正，餘俱「潸」之訛體。《英華》作「潛」，誤。

〔六〕新松塔：宋、明、清各本及《全唐詩》、《又玄集》、《英華》同。《英靈集》作「新墳塔」，意同。塔即塔屋，寺中安葬僧人遺骨的建築物。這裏指融公遺骨的塔屋。

〔七〕尋：宋、明、清各本及《全唐詩》、《英靈集》、《又玄集》同。《英華》作「瞻」，亦通。

〔八〕如意：僧人講經時所持的一種器物，長約三尺，一端爲柄，一端作心形或雲形。

〔九〕前：宋本、汲本、《全唐詩》、《英靈集》、《又玄集》、《英華》同。明活本、清本作「邊」。據毛校記元本亦作「邊」。

李夢陽曰：無限悲痛，皆在言外。

早寒江上有懷〔一〕

木落雁南度，北風江上寒〔二〕。我家襄水曲〔三〕，遥隔楚雲端〔四〕。鄉淚客中盡，歸帆天際看〔五〕。迷津欲有問〔六〕，平海夕漫漫〔七〕。

〔一〕題目：宋本、汲本、《全唐詩》同。明活本、《品彙》無「江上」二字。清本「有」作「旅」。芮挺章《國秀集》作「江上思歸」。今從宋本。

〔二〕木落二句：度：《全唐詩》、《國秀集》同。宋、明、清各本及《品彙》俱作「渡」，二字通，見《玉篇》。樹木葉落，北雁南飛，北風呼嘯，一片深秋景象。鮑照《登黄鶴磯》：「木落江渡塞，雁還風送秋。」

〔三〕襄水曲：「襄」原作「湘」，誤。明活本、汲本、清本、《國秀集》、《品彙》作「襄水曲」，據改。宋本、《全唐詩》作「襄水上」，亦通。漢水在襄陽一段，有襄水之稱。《清一統志·湖北·襄陽府》：「漢水……自府城西北三十里白家灣抵城北，稍東而左，會唐、白諸河之水，亦名襄水。」

〔四〕楚雲端：襄陽古屬楚國，從長江下游遥望襄陽，地勢高峻，故稱雲端。

〔五〕歸帆：汲本、《國秀集》同。宋本、明活本、清本、《全唐詩》、《品彙》作「孤帆」，亦通。天際看：宋、明、清各本及《全唐詩》、《品彙》同。《國秀集》作「天外看」，以「際」爲是。

〔六〕迷津：津，渡口。迷津即迷失渡口。《論語·微子》：「長沮、桀溺耦而耕，孔子過之，使子路問津焉。長沮曰：『夫執輿者爲誰？』子路曰：『爲孔丘。』曰：『是魯孔丘與？』曰：『是也。』曰：『是知津矣。』問於桀溺，桀溺曰：『子爲誰？』曰：『爲仲由。』曰：『是魯孔丘之徒與？』對曰：『然。』曰：『滔滔者天下皆是也，而誰以易之？且而與其從辟人之士也，豈若從辟世之士哉？』耰而不輟。子路行以告。夫子憮然曰：『鳥獸不可以同羣，吾非斯人之徒與而誰與？天下有道，丘不與易也。』」這裏長沮桀溺並没有告訴子路問的渡口，只是對孔子的栖栖遑遑、四方奔走、追求用世的態度作了嘲諷，認爲不如隱居爲好。這首詩裏的「迷津」，不能單純理解爲迷路，實際也反映了浩然出仕與歸隱兩種生活道路的迷惘心情。

〔七〕平海：指長江下游寬廣的水面與海相平。看來這是浩然漫遊東南時所作。

王士禛《帶經堂詩話》卷十五：唐詩佳句，多本六朝，昔人拈出甚多。略摘一二爲昔人所未及者，如……孟襄陽「木落雁南度，北風江上寒」，本鮑明遠「木落江渡寒，雁還風送秋」。

南山下與老圃期種瓜〔一〕

樵牧南山近〔二〕，林閭北郭賒〔三〕。先人留素業〔四〕，老圃作鄰家。不種千株橘〔五〕，唯資五色瓜〔六〕。邵平能就我〔七〕，開徑翦蓬麻〔八〕。

〔一〕題目：汲本、清本、《全唐詩》同。明活本無「南山下」三字。據毛校記元本亦無此三字。宋本作「南山與卜老圃種瓜」，當有誤。汲本題目之下毛校記只言元本，未言宋本，可見毛晉所據宋本，亦作「南山下與老圃期種瓜」。南山：浩然故園附近之峴山。詳《歲暮歸南山》注〔一〕。

〔二〕樵牧：原作「樵木」，宋本、明活本、汲本、清本及《全唐詩》均作「樵牧」，據改。

〔三〕林閭：宋、明各本及《全唐詩》同。清本作「林間」，非。林閭，本指村莊的里門，但唐人往往用作郊區住宅之意，如張九齡《南山下舊居閑放》詩，即有「塊然屏塵事，幽獨坐林閭」之句。北郭賒：浩然家居襄陽之南，故稱襄陽爲北郭。賒，意爲遠，蓋與南山比較而言。

〔四〕素業：明、清各本及《全唐詩》同。宋本作「舊業」，意同。但毛晉無校記，可見毛氏所據宋本亦作「素業」。

〔五〕千株橘：《三國志·吴志·孫休傳》：「遣衡還郡，勿令自疑。」裴松之注：「《襄陽記》曰：（李）衡字叔平，本襄陽卒家子也，漢末入吴爲武昌庶民。……又加威遠將軍，授以棨戟。衡每欲治家，妻輒不聽，後密遣客十人於武陵龍陽氾洲上作宅，種甘橘千株。臨死，敕兒曰：『汝母惡我治家，故窮如是。然吾州里有千頭木奴，不責汝衣食，歲上一匹絹，亦可足用耳。』衡亡後二十餘日，兒以白母，母曰：『此當是種甘橘也，汝家失十户客來七八年，必汝父遣爲宅。汝父恒稱太史公言，江陵千樹橘，當封君家。吾答曰：且人患無德義，不患不富，若貴而能貧，方好耳，用此何爲！』吴末，衡甘橘成，歲得絹數千匹，家道殷足。晉咸康中，其宅址枯樹猶在。」

〔六〕資：明、清各本及《全唐詩》同。宋本作「田」。五色瓜：又稱東陵瓜。《史記·蕭相國世家》：

「召平者，故秦東陵侯。秦破爲布衣，貧，種瓜於長安城東。瓜美，故世俗謂之東陵瓜，從召平以爲名也。」駱賓王《夏日遊德州贈高四》：「一頃南山豆，五色東陵瓜。」

〔七〕邵平：《史記》作「召平」。見前注。

〔八〕翦：或作「剪」。明、清各本及《全唐詩》同。宋本作「有」。

劉辰翁：其淒淡自先人語此。

裴司士見訪〔一〕

府寮能枉駕〔二〕，家醖復新開〔三〕。落日池上酌〔四〕，清風松下來。廚人具雞黍〔五〕，稚子摘楊梅。誰道山公醉〔六〕，猶能騎馬迴。

〔一〕題目：明活本同。宋本、汲本、清本、《全唐詩》作「裴司士員司户見尋」。《英靈集》作「裴司户員司士見答」。《又玄集》作「喜裴士曾見尋」。《詩選》、《詩林》作「裴司功員司士見尋」。《品彙》作「裴司士見尋」。據毛校記元本亦作「裴司士見尋」。未詳孰是，暫依原題。

〔二〕寮：亦作「僚」，見《爾雅》郝懿行義疏。

〔三〕家醖：明、清各本及《全唐詩》、《英靈集》、《詩選》、《品彙》、《詩林》同。《又玄集》作「家釀」，意同。宋本作「喜醖」，非是。《說文》：「醖，釀也。」《玉篇》：「醖，釀酒也。」家醖，家中自釀之酒。

〔四〕落日：宋、明、清各本及唐、宋、明各選本同，惟《詩林》作「落月」，當係誤記。

〔五〕雞黍：豐盛的飯食。詳《過故人莊》注〔二〕。

〔六〕山公：宋本、汲本、《全唐詩》、《詩選》同。明活本、清本、《英靈集》、《又玄集》、《詩林》、《品彙》作「山翁」，意同。浩然詩用山簡典故者尚有《題榮二山池》、《張七及辛大見訪》等詩，俱作「山公」。根據作者習慣，當以「山公」爲恰。詳《題榮二山池》注〔七〕。

劉辰翁曰：大巧若拙，或謂楊梅假對，謬論。

嚴羽《滄浪詩話·詩體》：有借對，孟浩然「廚人具雞黍，稚子摘楊梅」，太白「水春雲母碓，風掃石楠花」，……是也。

俞弁《逸老堂詩話》卷上：《天廚禁臠》，洪覺範著，有琢句法中假借格。如「殘春紅藥在，終日子規啼」，以「紅」對「子」。如「住山今十載，明日又遷居」，以「十」對「遷」。朱子儋詩話謂其論詩近於穿鑿。余謂孟浩然有「庖人具雞黍，稚子摘楊梅」，以「雞」對「楊」。……皆是假借，以寓一時之興。唐人多有此格，何以穿鑿爲哉？

冒春榮《葚原詩説》卷一：有借字相對者，謂之假對。如「枸杞因吾有，雞栖奈爾何」，「廚人具雞黍，稚子摘楊梅」，一借「枸」爲「狗」，一借「楊」爲「羊」。

張謙宜《絸齋詩談》卷五：《裴司士見尋》：「廚人具雞黍，稚子摘楊梅」，「雞黍」、「楊梅」是假借對法。

王壽昌《小清華園詩談》卷下：詩之天然成韻者，如謝康樂之「遠巖映蘭薄，白日麗江皋」，……孟襄陽之「落日池上酌，清風松下來」，「微雲淡河漢，疏雨滴梧桐」……之類是也。

除夜〔一〕

迢遞三巴路〔二〕，羈危萬里身。亂山殘雪夜，孤燭異鄉人。漸與骨肉遠，轉於僮僕親〔三〕。那堪正漂泊〔四〕，來日歲華新。

〔一〕題目：清本同。明活本、汲本、《全唐詩》作「歲除夜有懷」。此詩宋本不載。毛校記云：「《衆妙集》刻崔塗，但『孤燭』刻『孤獨』。」按：《全唐詩》卷六七九載有此詩，亦作崔塗，題爲「巴山道中除夜書懷」。明謝榛《四溟詩話》引此亦作崔塗詩。故此詩當非孟作。再從詩的内容看，「迢遞三巴路，羈危萬里身」，孟浩然襄陽人，自襄陽至巴蜀，似不應言「萬里」；崔塗爲江南人，遊巴蜀言「萬里」，近是。

〔二〕三巴：常璩《華陽國志》一：「獻帝初平元年，征東中郎將安漢趙穎建議分巴爲二郡。穎欲得巴舊名，故白益州牧劉璋以墊江以上爲巴郡，江南龐羲爲太守，治安漢；以江州至臨江爲永寧郡；朐忍至魚復爲固陵郡，巴遂分矣。建安六年，……璋乃改永寧爲巴郡，以固陵爲巴東，徙義爲巴西太守，是爲三巴。」永寧當今重慶巴縣、忠縣一帶；固陵當今重慶雲陽、奉節一帶；巴西當今四川閬中一帶。參《湘中旅泊寄閻九司户防》注〔四〕。

〔三〕僮僕：汲本、清本、《全唐詩》同。謝榛《四溟詩話》引此句亦作「僮僕」。明活本作「奴僕」，恐非原文。

〔四〕堪：明代各本及《全唐詩》同。清本作「看」，非。

謝榛《四溟詩話》卷二：詩有簡而妙者，若……崔塗「漸與骨肉遠，轉於僮僕親」，不如王維「久客親僮僕」。

施補華《峴傭説詩》六二：《宿鄭州》詩「孤客親僮僕」，説極沈至。後人「漸與骨肉遠，轉於僮僕親」，衍作兩句，便覺味淺，歸愚尚書嘗言之。

傷峴山雲表觀主〔一〕

少小學書劍〔二〕，秦吴多歲年〔三〕。歸來一登眺，陵谷尚依然。豈意餐霞客〔四〕，溘隨朝露先〔五〕。因之問閭里〔六〕，把臂幾人全〔七〕？

〔一〕峴山：明、清各本及《全唐詩》、《英華》同。宋本脱一「山」字。峴山，在襄陽東南。詳《登鹿門山懷古》注〔三〕。雲表：宋、明、清各本及《全唐詩》同。《英華》誤作「雲袁」。雲表，道觀名。

觀主：原作「上人」。宋、明、清各本及《全唐詩》、《英華》俱作「觀主」，據改。○此詩蓋作於吴越歸來之後，約在開元二十年或二十一年。

〔二〕少小：明、清各本及《全唐詩》、《英華》同。宋本作「少予」，據《英華》周必大等校記云，「小」一作「子」。則「予」當爲「子」之誤。今從《英華》。書劍：書指讀書求仕，劍指仗劍從軍，泛指少年學習文武。詳《自洛之越》注〔二〕。

〔三〕秦吴句：秦指長安，吴指吴越。浩然除在故鄉襄陽外，雖然也到過湘桂等地，但長安應試和吴越之遊是他一生的主要經歷，故稱「多歲年」。

〔四〕餐霞客：餐食朝霞爲道家修煉術之一。《漢書·司馬相如傳大人賦》：「呼吸沆瀣兮餐朝霞。」顔師古注引應劭曰：「朝霞者，日始欲出赤黄氣也。」顔延之《五君詠·嵇中散》：「中散不偶世，本自餐霞人。」餐霞客猶餐霞人。

〔五〕溘隨：原作「忽隨」，明活本同。宋本、汲本、清本、《全唐詩》、《英華》俱作「溘隨」，「溘」與「忽」意雖相同，但因與死相連，以「溘」爲佳，今從宋本。溘：疾促，忽然。朝露：常用朝露以比喻存在時間的短促。《史記·商君傳》：「君之危若朝露，尚將欲延年益壽乎？」

〔六〕閭里：《周禮·天官·小宰》：「三曰聽閭里以版圖。」孔穎達疏：「在六鄉則二十五家爲閭，在六遂則二十五家爲里。」後世乃以閭里作爲鄉里之泛稱。

〔七〕把臂：以手握臂，意爲親切。《文選·劉峻〈廣絶交論〉》：「自昔把臂之英，金蘭之友。」本詩把臂指親密之人。

李夢陽曰：好，淒中有健。

賦得盈盈樓上女〔一〕

夫壻久别離〔二〕，青樓空望歸〔三〕。粧成卷簾坐，愁思懶縫衣。燕子家家入，楊花處處飛。空牀難獨守〔四〕，誰爲報金徽〔五〕。

〔一〕題目：明、清各本及《全唐詩》、《品彙》同。宋本「樓」作「懷」，誤。《古詩十九首》：「盈盈樓上女，皎皎當窗牖。」〇本詩蓋作於少年學習時期。

〔二〕夫壻：明、清各本及《全唐詩》、《品彙》同。宋本作「夫聟」。按：「聟」字最早見《方言》，云：「東齊間聟謂之倩。」《字彙》：「聟與壻同。」

〔三〕青樓：曹植《美女篇》：「青樓臨大路，高門結重關。」後世常稱美人所居曰青樓。

〔四〕空牀句：《古詩十九首》：「蕩子行不歸，空牀難獨守。」

〔五〕報：原作「解」，明活本、汲本、清本、《品彙》同。宋本、《全唐詩》作「報」。今從宋本。金徽：彈琴撫抑之處曰徽，飾以金玉，故曰金徽。詳《贈道士參寥》注〔四〕。這裏借指琴音。

春怨〔一〕

佳人能畫眉〔二〕，粧罷出簾帷〔三〕。照水空自愛，折花將遺誰。春情多豔逸〔四〕，春意倍相思。愁心極楊柳，一種亂如絲〔五〕。

〔一〕題目：明活本、汲本、清本、《才調集》同。宋本、《全唐詩》作「春意」。○本詩蓋作於少年時期。

〔二〕佳人：宋、明、清各本及《全唐詩》同。《才調集》作「閨人」。畫：宋、明各本及《全唐詩》、《才調集》同。清本誤作「晝」。畫眉，以黛描眉，爲古代婦女梳妝的重要風習。劉孝威《鄀縣遇見人織率爾寄婦》：「新妝莫點黛，余還自畫眉。」（《玉臺新詠》卷八）

〔三〕帷：宋、明、清各本及《全唐詩》同。《才調集》作「幃」，意通。

〔四〕豔逸：宋、明、清各本及《全唐詩》同。《才調集》作「逸豔」。

〔五〕種：明活本、清本、《全唐詩》、《才調集》同。宋本、汲本作「動」。

劉辰翁曰：矜麗婉約。

賀裳《載酒園詩話·豔詩》：孟襄陽素心士也。其《庭橘》詩「並生憐共蒂，相示感同心」，一何婉昵！至若「照水空自愛，折花將遺誰」，真有生香真色之妙，覺老杜「香霧雲鬟」、「清輝玉臂」，未免太宫樣粧矣。

閨情

一别隔炎涼〔一〕，君衣忘短長。裁縫無處等，以意忖情量〔二〕。畏瘦疑傷窄〔三〕，防寒更厚裝。半啼封裹了，知欲寄誰將。

〔一〕炎涼：用熱冷以代夏冬。○本詩蓋作於少年時期。

〔二〕忖：猜度。《説文》：「忖，度也。」《詩·小雅·巧言》：「他人有心，予忖度之。」忖情，根據情理猜度。

〔三〕疑：原作「宜」。明活本、汲本、《全唐詩》俱作「疑」。因對君衣忘了短長，裁剪是「忖情量」的，故以「疑」爲是。此詩宋本不載。

寒夜

閨夕綺窗閉〔一〕，佳人罷縫衣。理琴開寶匣，就枕臥重幃。夜久燈花落，薰籠香氣微〔二〕。錦衾重自暖，遮莫曉霜飛〔三〕。

〔一〕綺窗：華麗的窗户。《文選·左思〈蜀都賦〉》：「開高軒以臨山，列綺窗而瞰江。」〇本詩蓋作於少年時期。

〔二〕薰籠：薰衣之器，亦稱篝，亦稱牆居。《方言》：「篝，陳、楚、宋、魏之間謂之牆居。」郭璞注：「今薰籠也。」《説文》：「篝，答也，可薰衣。宋、楚謂竹篝，牆以居也。」蓋衣挂於壁，以篝置牆下而薰之，使衣有香氣。

〔三〕遮莫：唐時俗語，猶文言詞中的「儘教」。杜甫《書堂飲既夜復邀李尚書下馬月下賦絶句》：「久拚野鶴如雙鬢，遮莫鄰雞下五更。」汪師韓《詩學纂聞·時俗語入詩》：「唐人每以唐時語入詩，亦猶先儒注經有『文莫』、『相人耦』、『曉知』、『一孔』之類也。如『遮莫』，猶言『儘教』。」

劉辰翁曰：似詞。

李夢陽曰：亦不見好。

美人分香

艷色本傾城〔一〕，分香更有情。髻鬟垂欲解，眉黛拂能輕。舞學平陽態〔二〕，歌翻《子夜》聲〔三〕。春風狹斜道〔四〕，含笑待逢迎〔五〕。

〔一〕本：明、清各本及《全唐詩》、《品彙》同。宋本作「夲」。按：《説文》：「夲，進趨也。讀若滔。」

可見「夲」與「本」爲毫不相干的兩個字，歷代字書亦未承認其異體關係。傾城：《漢書·外戚傳·孝武李夫人》：「延年侍上起舞，歌曰：『北方有佳人，絶世而獨立，一顧傾人城，再顧傾人國。寧不知傾城與傾國，佳人難再得！』」後世因用傾城、傾國以形容女人之美。○本詩蓋作於少年時期。

〔二〕學：明、清各本及《全唐詩》、《品彙》同。宋本作「斈」。按：「斈」古籍不用，字書不收，蓋係俗字。平陽態：衛子夫原爲平陽主歌女，後得武帝之幸而爲皇后。參看《崔明府宅夜觀妓》注〔四〕。

〔三〕子夜聲：指《子夜歌》。詳《崔明府宅夜觀妓》注〔五〕。

〔四〕狹斜道：狹街小巷，後世常用作娼女歌妓的居處。詳《襄陽公宅飲》注〔五〕。

〔五〕含笑待逢迎：明、清各本及《全唐詩》、《品彙》同。宋本「含」作「舎」，「迎」作「迊」。「舎」、「迊」，歷代字書均未收，當爲抄寫者的隨意寫法。

七言律詩

登安陽城樓〔一〕

縣城南面漢江流，江嶂開成南雍州〔二〕。才子乘春來騁望〔三〕，羣公暇日坐銷憂。樓臺晚映青山郭，羅綺晴嬌緑水洲〔四〕。向夕波摇明月動，更疑神女弄珠遊〔五〕。

〔一〕安陽：故址在今陝西城固縣東。《清一統志·陝西·漢中府》：「安陽故城在城固縣東，漢置，屬漢中郡，後漢因之，魏晉時徙廢。按：《水經》云：『漢水自城固又東過安陽縣南。』則漢安陽本在今城固東界。自魏晉時分屬西城，又改名安康，乃漸徙而東。今漢陰境有故城，乃晉後之安康，非漢初之安陽也。」沈德潛《唐詩别裁》注云：「安陽在漢中府漢陰縣。」實爲誤注。本詩宋本不載。

〔二〕嶂：明、清各本及《品彙》同。《全唐詩》作「漲」。雍州：《書·禹貢》：「黑水西河惟雍州。」古雍州地包有今陝西、甘肅一帶地方。

〔三〕騁望：極目遠望。《楚辭·九歌·湘夫人》：「白薠兮騁望，與佳期兮夕張。」

〔四〕羅綺：指華貴的衣着，針對上句才子、羣公而言。《三國志·魏志·夏侯玄傳》：「今科制自公、列侯以下，位從大將軍以上，皆得服綾錦、羅綺、紈素、金銀飾鏤之物。自是以下，雜綵之服，通於賤人，雖上下等級，各示有差，然朝臣之制，已得侔至尊矣，玄黄之采，已得通於下矣。」

〔五〕神女：傳説中的漢水女神。《初學記》卷七引《韓詩》曰：「鄭交甫過漢臯，遇二女，妖服珮兩珠。交甫與之言曰：『願請子之珮。』二女解珮與交甫而懷之。去十步，探之則亡矣。迴顧二女亦不見。」《漢書·揚雄傳上》：「漢女水潛。」應劭曰：「漢女，鄭交甫所逢二女，弄大珠，大如荆鷄子。」張衡《南都賦》：「游女弄珠於漢臯之曲。」明月如水，波光閃動，恰似神女弄珠。

劉辰翁曰：老成素浄，但江嶂山水，晚夕珠綺，各不免疊意。

李夢陽曰：疊亦不妨。

除夜有懷〔一〕

五更鐘漏欲相催〔二〕，四氣推遷往復迴〔三〕。帳裏殘燈纔去焰〔四〕，爐中香氣盡成灰。漸看春逼芙蓉枕，頓覺寒消竹葉杯〔五〕。守歲家家應未臥〔六〕，相思那得夢魂來〔七〕。

〔一〕題目：原作「歲除夜有懷」。宋、明、清各本及《全唐詩》、《英華》俱無「歲」字，據刪。

〔二〕鐘漏：宋、明、清各本及《全唐詩》同。《英華》作「鐘鼓」。以「鐘漏」爲恰。鐘，指佛寺鐘聲；漏，古人用銅壺滴漏以計時，正與「五更」相應。徐陵《答李顒之書》：「殘光炯炯，慮在昏明，餘息綿綿，待盡鐘漏。」

〔三〕四氣：春、夏、秋、冬四時之氣。《禮記·樂記》：「動四氣之和，以著萬物之理。」孔穎達疏：「動四氣之和者，謂感動四時之氣序之和平，使陰陽順序也。」

〔四〕去焰：原作「有焰」，明活本、《英華》同。宋本、汲本、清本及《全唐詩》作「去焰」。今從宋本。

〔五〕竹葉：酒名。《文選·張協〈七命〉》：「乃有荆南烏程，豫北竹葉。」李善注：「《吴地理志》曰：『吴興烏程縣酒有名。』張華《輕薄篇》曰：『蒼梧竹葉清，宜城九醖酒。』」按：今日之名酒仍有名竹葉青者。

〔六〕未臥：宋、明、清各本及《全唐詩》同。《英華》作「不臥」。

〔七〕那：明、清各本及《全唐詩》、《英華》同。宋本作「郍」。按：《説文》：「那，西夷國，從邑冄聲。安定有朝那縣。（諾何切）」《玉篇》：「那，奴多切，安定有朝那縣。又何也，多也。」《説文》有「那」而無「那」，《玉篇》有「那」而無「那」，音、義俱同，而義又有所發展。宋本之「郍」，蓋「那」之誤。

賀裳《載酒園詩話又編·孟浩然》：《除夜詠懷》曰：「漸看春逼芙蓉枕，頓覺寒消竹葉杯。守歲家家應未臥，相思那得夢魂來。」雖悽惋入情，却竟是中晚唐態度矣。

登萬歲樓

萬歲樓頭望故鄉〔一〕，獨令鄉思更茫茫〔二〕。天寒雁度堪垂淚，月落烏啼欲斷腸〔三〕。曲引古堤臨凍浦，斜分遠岸近枯楊。今朝偶見同袍友〔四〕，却喜家書寄八行〔五〕。

〔一〕萬歲樓：樓在潤州（今江蘇鎮江市）。《元和郡縣志·江南道·潤州》：「晉王恭爲刺史，改創西南樓名萬歲樓，西北樓名芙蓉樓。」

〔二〕獨令：明、清各本及《全唐詩》、《品彙》同。惟《英華》作「獨憐」。

〔三〕月落：明活本、汲本、《英華》、《品彙》同。清本、《全唐詩》作「日落」，今從《英華》。烏啼：原作「猿啼」，明、清各本及《全唐詩》同。《英華》作「烏啼」，似更符合實際，今從《英華》。

〔四〕同袍：《詩·秦風·無衣》：「豈曰無衣，與子同袍。」毛傳：「上與百姓同欲，則百姓樂致其死。」意爲甘苦與共。

〔五〕八行：明、清各本及《全唐詩》、《品彙》同。《英華》作「一行」，非。按：八行以代書信，其源甚早，以「八行」爲是。《後漢書·竇章傳》：「與馬融、崔瑗同好，更相推薦。」李賢注：「《融集·與竇伯向書》曰：『孟陵奴來，賜書，見手跡，歡喜何量！見於面也。書雖兩紙，紙八行，行七字。』」

胡應麟《詩藪》内編卷五：王昌齡、孟浩然俱有《題萬歲樓》作，而皆拙弱可笑，則以二君非七言律手也。

春情

青樓曉日珠簾映〔一〕，紅粉春粧寶鏡催〔二〕。已厭交懽憐枕席，相將遊戲遶池臺〔三〕。坐時衣帶縈纖草，行即裙裾掃落梅。更道明朝不當作〔四〕，相期共鬭管絃來。

〔一〕青樓：泛指美人所居之樓。詳《賦得盈盈樓上女》注〔三〕。曉日：汲本、《全唐詩》同。明活本、清本作「曉色」。此詩宋本不載。珠簾：用綫穿珍珠以爲簾。劉歆《西京雜記》：「昭陽織珠爲簾，風至則鳴，如珩珮之聲。」謝脁《玉階怨》：「夕殿下珠簾，流螢飛復見。」可見珠簾最早本爲宫殿所用，後世則泛稱講究的簾子。

〔二〕紅粉：紅指胭脂，粉指白粉，均女子的化妝用品，用以指化妝，有時又用以代美女。《古詩十九首》：「娥娥紅粉妝，纖纖出素手。」

〔三〕相將：共同伴隨。王符《潛夫論・救邊》：「相將詣闕，諧辭禮謝。」

〔四〕不當作：唐時俗語。袁枚《隨園詩話》卷十三：「唐人詩中，往往用方言。孟浩然詩：『更道明朝不當作，相期共鬬管絃來。』『不當作』猶言先道個不該也。」汪師韓《詩學纂聞・時俗語入詩》：「唐人每以唐時語入詩，亦猶先儒注經有『文莫』、『相人耦』、『曉知』、『一孔』之類也。如……『不當作』，猶云先道個不該也。」

五言絶句

宿建德江〔一〕

移舟泊烟渚〔二〕，日暮客愁新。野曠天低樹〔三〕，江清月近人。

〔一〕題目：明活本、清本、《全唐詩》、《詩選》同。據毛校記元本亦同。宋本、汲本、《英華》作「建德江宿」。建德江：浙江在建德縣一段，稱建德江。唐建德縣即今梅城縣。《元和郡縣志·江南道·睦州》：「建德縣本漢富春地，吴黄武四年，分置建德縣，隋大業末改爲鎮，武德四年，改爲建德縣。」按：唐建德今改梅城，地當新安江與蘭江會流處。舊建德移至白沙，仍稱建德。○本詩作於遊越期間，溯浙江西上行抵建德時，約在開元十八年。

〔二〕烟渚：宋本、汲本、《全唐詩》、《品彙》同。明活本、清本、《詩選》作「滄渚」。據毛校記元本亦作「滄渚」。《英華》作「幽渚」。烟渚，晚烟籠照的小洲。《爾雅·釋水》：「小洲曰陼」郝懿行義疏：「陼當爲渚。《説文》引作『小洲曰渚』……按《廣雅》云：『渚，處也。』是渚亦可居處。故韋昭《齊語》注：『水中可居者曰渚。』」

〔三〕野曠句：《廣雅》：「曠，遠也。」無際的原野，一眼望去，天與地接，地與樹平，故曰天低樹。

胡應麟《詩藪》内編卷六：帛道猷「連峰數千里，修林帶平津。茅茨隱不見，雞鳴知有人」，可謂五言絶神品，而中錯他語；孟浩然「移舟泊烟渚，日暮客愁新。野曠天低樹，江清月近人」，可謂五言律神品，而不覩全篇，皆大可恨事。然帛詩删之即妙，孟詩續之則難。孟詩今作絶句，非體也。

張謙宜《絸齋詩談》卷五：《宿建德江》：「野曠天低樹，江清月近人。」「低」字、「近」字，宋人所謂詩眼，却無造痕，此唐詩之妙也。

潘德輿《養一齋詩話》卷一：《唐人萬首絶句》，其原本不爲不富，漁洋選之，每遺佳作。隨意簡出，如右丞「相送臨高臺」……襄陽「移舟泊煙渚」……皆天下之奇作，而悉屏而不登，何也？

施補華《峴傭説詩》一七八：五言絶句截五言律詩之半也。有截前四句者，如「移舟泊煙渚，日暮客愁新。野曠天低樹，江清月近人」是也；有截後四句者，如「功蓋三分國，名成八陣圖。江流石不轉，遺恨失吞吴」是也；有截中四句者，如「白日依山盡，黄河入海流。欲窮千里目，更上一層樓」是也；有截前後四句者，如「山中相送罷，日暮掩柴扉。春草年年緑，王孫歸不歸」是也。七絶亦然。

施閏章《蠖齋詩話·月詩》：浩然「沿月棹歌還」、「招月伴人還」、「沿月下湘流」、「江清月近人」，並妙於言月。

春曉〔一〕

春眠不覺曉，處處聞啼鳥。夜來風雨聲〔二〕，花落知多少〔三〕。

〔一〕題目：明、清各本及《全唐詩》、《英華》、《品彙》同。宋本作「春晚絶句」，今從《英華》。

〔二〕夜來句：宋、明、清各本及《全唐詩》、《品彙》同。《英華》作「欲知昨夜風」。

〔三〕花落句：宋、明、清各本及《全唐詩》、《英華》、《品彙》同。《英華》「知」下周必大校記云：「一作無。」

劉辰翁曰：風流閑美，正不在多。

送朱大入秦〔一〕

遊人五陵去〔二〕，寶劍直千金〔三〕。分手脱相贈〔四〕，平生一片心。

〔一〕題目：明、清各本及《全唐詩》、《品彙》同。宋本無「大」字。按：唐代對人稱謂，或直用名，或稱其官，或稱行第，無單用姓者。《孟集》尚有《峴山送朱大去非遊巴東》，陶翰有《送朱大出關》詩，據此則知朱大爲浩然友好。宋本誤奪一「大」字。

〔二〕五陵：宋、明各本及《品彙》同。清本、《全唐詩》作「武陵」，與題意不合，誤。五陵，西漢高帝的長陵、惠帝的安陵、景帝的陽陵、武帝的茂陵、昭帝的平陵，均在長安之北，所以班固《西都賦》説「北眺五陵」。漢代制度高官貴人如丞相、御史大夫等人都要徙居陵墓附近，所以後世常用以代高官貴人所居之處。本詩則借指長安。

〔三〕直：通值。曹植《名都篇》：「寶劍直千金，被服麗且鮮。」

〔四〕脱：《廣雅》：「脱，離也。」這裏指把寶劍從身上解下。相贈：古人對寶劍極爲珍視，用以贈人，則代表着深厚情意。《史記・吴太伯世家》：「季札之初使，北過徐君。徐君好季札劍，口弗敢言。季札心知之，爲使上國，未獻。還至徐，徐君已死，於是乃解其寶劍，繫之徐君冢樹而去。從者曰：『徐君已死，尚誰予乎？』季子曰：『不然。始吾心已許之，豈以死倍吾心哉！』」

送友人之京〔一〕

君登青雲去〔二〕，余望青山歸。雲山從此别〔三〕，淚濕薜蘿衣〔四〕。

〔一〕題目：宋本、汲本、《全唐詩》同。明活本、清本、《品彙》少一「人」字。

〔二〕青雲：天空之雲，因其高，古人常用以比喻飛黄騰達或科舉中式。《史記・范睢列傳》：「須賈頓首言死罪，曰：『賈不意君能自致於青雲之上，賈不敢復讀天下之書，不敢復與天下之事。』」

〔三〕雲山：沈佺期《臨高臺》：「回首思舊鄉，雲山亂心曲。」從此：明、清各本及《全唐詩》同。宋本作「欲此」，非是。

〔四〕薜蘿衣：薜指薜荔，蘿指女蘿。《楚辭・九歌・山鬼》：「若有人兮山之阿，被薜荔兮帶女蘿。」王逸注：「女蘿，兔絲也。言山鬼仿佛若人，見於山之阿，被薜荔之衣，以兔絲爲帶也。」後世常用薜荔衣稱隱士之衣。

劉辰翁曰：甚不多語，神情悄然，比之蘇州，特怨甚。

初下浙江舟中口號〔一〕

八月觀潮罷〔二〕，三江越海潯〔三〕。回瞻魏闕路〔四〕，空復子牟心〔五〕。

〔一〕題目：明活本、《全唐詩》同。清本作「下淛江」，浙江古名淛水，亦稱淛江。汲本作「下浙汀」，「汀」疑爲「江」之誤。本詩宋本不載。口號：猶「口占」，表示隨口吟成。詩題用此，蓋起於南北朝。梁簡文帝有《仰和衛尉新渝侯巡城口號》。○本詩作於錢塘觀潮之後，約在開元十八年秋。

〔二〕觀潮：汲本、《全唐詩》同。明活本、清本作「觀濤」，意同。《文選·枚乘〈七發〉》有「觀濤」一段。《孟集·與顏錢塘登樟亭望潮作》有「江上待潮觀」之句。

〔三〕三江：全國各地稱三江之地極多，此蓋指錢塘江口南岸之三江。此地在明初始正式建三江城，置三江所，唐時僅爲小地名。浩然在錢塘觀潮之後，經三江溯浙江西上。海潯：原作「海尋」。明活本、汲本、《全唐詩》作「海潯」，據改。

〔四〕魏闕：本爲宫門懸法之所，借指帝王所居。詳《自潯陽泛舟經明海作》注〔一〇〕。

〔五〕空復：原作「無復」，汲本同。明活本、清本、《全唐詩》作「空復」，與「魏闕心恒在，金門詔不忘」意合，正符合孟浩然的實際情况。子牟：《莊子·讓王》：「中山公子牟，謂瞻子曰：『身在江海之上，心居乎魏闕之下，奈何？』瞻子曰：『重生，重生則利輕。』中山公子牟曰：『雖知之未能自勝也。』」謝靈運《遊赤石進帆海》：「仲連輕齊組，子牟眷魏闕。」

醉後贈馬四〔一〕

四海重然諾〔二〕，吾嘗聞白眉〔三〕。秦城遊俠客〔四〕，相得半酣時〔五〕。

〔一〕馬四：宋本、汲本、《全唐詩》同。明活本、清本、《品彙》作「高四」。從「吾嘗聞白眉」句看來，當以「馬四」爲是。

〔二〕四海：《書·大禹謨》：「文命敷於四海。」古人認爲中國四面有海，故用以指中國或天下。然諾：猶許諾。《史記·張耳陳餘列傳》：「上賢貫高，爲人能立然諾。」

〔三〕嘗：原作「常」。宋本、明活本、《全唐詩》、《品彙》作「嘗」，是。聞：《品彙》作「間」，恐非是。白眉：《三國志·蜀志·馬良傳》：「馬良字季常，襄陽宜城人也。兄弟五人，並有才名，鄉里爲之諺曰：『馬氏五常，白眉最良。』良眉中有白毛，故以稱之。」後世因稱兄弟行中才華俊出者曰白眉。

〔四〕遊俠客：明、清各本及《全唐詩》、《品彙》同。宋本作「遊俠窟」。《文選·班固〈西都賦〉》：「鄉曲豪舉，遊俠之雄。」吕延濟注：「遊俠謂輕死重義之人。」《樂府詩集》卷六七《遊俠篇》解題云：「《漢書·遊俠傳》曰：『戰國時列國公子魏有信陵，趙有平原，齊有孟嘗，楚有春申，皆藉王公之勢，競爲遊俠以取重諸侯，顯名天下，故後世稱遊俠者，以四豪爲首焉。漢興有魯人朱家及劇孟、郭解之徒，馳騖於閭里，皆以俠聞。其後長安熾盛，街閭各有豪俠，時萬章在城西柳市，號曰城西萬章。酒市有趙君都、賈子光，皆長安名豪，報仇怨，養刺客者也。』《魏志》曰：『楊阿若後名豐，字伯陽，少遊俠，常以報仇解怨爲事。故時人爲之號曰：東市相斫楊阿若，西市相斫楊阿若。』後世遂有《遊俠曲》。」

〔五〕相得：原作「想得」，誤。宋本、汲本、《全唐詩》作「相得」，據改。明活本、清本、《品彙》作「相待」。

檀溪尋故人〔一〕

花伴成龍竹〔二〕，池分躍馬溪〔三〕。田園人不見，疑向洞中棲〔四〕。

〔一〕題目：「故」原作「古」，無「人」字，明活本同。宋本、汲本、《全唐詩》作「檀溪尋故人」，更合詩意，據改。檀溪：在襄陽縣西南。詳《冬至後過吴張二子檀溪别業》注〔一〕。

〔二〕花伴：原作「花半」，明活本同。宋本、汲本、《全唐詩》作「花伴」。今從宋本。成龍竹：《太平廣記》引《神仙傳》：「（壺）公乃嘆謝遣之曰：『子（按指費長房）不得仙道也，賜子爲地上主者，可得壽數百歲。』爲傳封符一卷付之，曰：『帶此可主諸鬼神，常稱使者，可以治病消災。』房憂不得到家，公以一竹杖與之曰：『但騎此得到家耳。』房騎竹杖辭去，忽如睡覺。已到家，家人謂是鬼，具述前事，乃發棺視之，惟一竹杖。方信之。房所騎竹杖，棄葛陂中，視之乃青龍耳。」

〔三〕躍馬溪：「躍」原作「濯」，汲本同。宋本、明活本、《全唐詩》俱作「躍馬溪」，據改。《太平寰宇記·山南東道·襄州》：「檀溪……先主乘的盧躍過之所也。」

〔四〕洞中棲：原作「武陵迷」，明活本同。宋本、汲本、《全唐詩》作「洞中棲」。今從宋本。

同張將薊門看燈〔一〕

異俗非鄉俗，新年改故年。薊門看火樹〔二〕，疑是燭龍然〔三〕。

〔一〕題目：明活本、清本同。《全唐詩》「看」作「觀」。《四庫全書總目提要·孟浩然集》：「《同張將薊門看燈》一首，亦非浩然遊迹之所及，則後人竄入者多矣。」此詩宋、元刻本俱不載，蓋明人補入者。且此詩風格與孟詩亦不甚相類，是值得懷疑的。譚優學先生《唐詩人行年考·孟浩然行止考實》據《舊唐書·張説傳》：「遷右羽林將軍兼檢校幽州都督，開元七年，檢校并州大都督府長史兼天兵軍大使。」疑此係孟浩然於開元七至十一年間客張説幕中「同」張詠之作。但玩詩意，非同張作而遥寄之。因張總戎臨邊，固浩然可稱他爲「張將」，或「將」後脱一「軍」字。這也可備一説。薊門：唐薊縣爲幽州州治，約在今北京市附近。

〔二〕火樹：形容燈火之輝煌，多用於元夜。《南齊書・禮志上》引傅玄《朝會賦》：「華燈若乎火樹，熾百枝之煌煌。」蘇味道《正月十五夜》：「火樹銀花合，星橋鐵鎖開。」

〔三〕燭龍：神話傳説有燭龍之神，閉眼爲夜，睜眼爲晝，能照明幽陰之處。《山海經・大荒北經》：「西北海之外，赤水之北，有章尾山，有神，人面蛇身而赤，直目正乘，其瞑乃晦，其視乃明，不食、不寢、不息，風雨是謁，是燭九陰，是謂燭龍。」

峴山亭寄晉陵張少府〔一〕

峴首風湍急〔二〕，雲帆若鳥飛〔三〕。憑軒試一問，張翰欲來歸〔四〕？

〔一〕題目：明活本同。宋本「峴」前多一「登」字，「峴」後少一「山」字。汲本、《全唐詩》「峴」前多一「登」字。各本題意基本相同。峴山亭：《清一統志・湖北・襄陽府》：「峴山亭在襄陽南峴山上。」晉陵張少府：疑爲張子容。看詩末尾二句有盼其還鄉之意，張子容爲浩然同鄉好友，盼其還鄉，亦人情之常。若然，則張子容曾爲晉陵尉。唐晉陵屬常州，即今江蘇武進。

〔二〕峴首：峴山一名峴首山，在襄陽東南。詳《登鹿門山懷古》注〔三〕。湍急：原作「端急」，明活本同，非。宋本、汲本、《全唐詩》作「湍急」，據改。湍急，本指水，詩中借指風。

〔三〕雲帆：即船帆。《後漢書・馬融傳》：「方餘皇，連舼舟，張雲帆，施蜺幬。」

〔四〕張翰句：張翰字季鷹，晉吴郡人，性至孝，縱任不拘，善屬文。齊王司馬冏召爲大司馬東曹掾。時政局混亂，張翰爲避禍計，托辭秋風起思念故鄉菰菜、蓴菜、鱸魚膾，辭官歸吴。本詩借指張子容，問其是否有辭官還鄉之意。

贈王九〔一〕

日暮田家遠，山中勿久淹〔二〕。歸人須早去，稚子望陶潛〔三〕。

〔一〕題目：「贈」前原有「口號」二字，明活本同。宋本、汲本、《全唐詩》俱作「贈王九」。今從宋本。王九：王迥行九，號白雲先生，爲浩然好友。詳《登江中孤嶼贈白雲先生王迥》注〔一〕。

〔二〕勿久淹：明、清各本及《全唐詩》同。宋本「勿」作「忽」，於詩意不合。

〔三〕稚子：明、清各本及《全唐詩》同。宋本作「樵子」。按：陶潛《歸去來辭》有「僮僕歡迎，稚子候門」之句，當以「稚子」爲是。陶潛：字淵明，爲晉代著名隱逸、田園詩人。

同儲十二洛陽道中作〔一〕

珠彈繁華子〔二〕，金羈遊俠人〔三〕。酒酣白日暮，走馬入紅塵。

〔一〕題目：《全唐詩》、《品彙》同。明活本、汲本、清本少一「作」字。宋本少「中作」二字。諸本題意基本相同。儲十二：即儲光羲。《唐才子傳》卷一：「光羲，兖州人。開元十四年嚴迪榜進士，有詔中書試文章。嘗爲監察御史，值安禄山陷長安，輒受僞署。賊平後自歸，貶死嶺南。工詩，格高調逸，趣遠情深，削盡常言。挾風雅之道，養浩然之氣，覽者猶聽韶濩音，先洗桑濮耳，庶幾乎賞音也。」○本詩疑作於壯年時期。

〔二〕繁華子：花盛開，喻盛年貌美之人。《文選·阮籍〈詠懷詩〉》：「昔日繁華子，安陵與龍陽。」

〔三〕遊俠人：與遊俠客意同。詳《醉後贈馬四》注〔四〕。

尋菊花潭主人不遇

行至菊花潭〔一〕，村西日已斜。主人登高去，雞犬空在家〔二〕。

〔一〕菊花潭：地名，未詳所在。

〔二〕主人二句：用《續齊諧記》所載傳説。費長房謂桓景曰，九月九日當有大災厄，登高可免此禍，桓景如言。及夕還家，雞犬一時暴死。詳《秋登萬山寄張五》注〔三〕。

張謙宜《絸齋詩談》卷五：《尋菊花潭主人不遇》：「行至菊花潭，村西日已斜。主人登高去，雞犬空在家。」若無好處，只是空淡入妙。

張郎中梅園作〔一〕

綺席鋪蘭杜〔二〕，珠盤忻芰荷〔三〕。故園留不住，應是戀絃歌〔四〕。

〔一〕題目：明、清各本同。宋本不載。《全唐詩》「作」作「中」。張郎中：即張子容，在奉先縣令之後，升任郎中。詳《同盧明府餞張郎中除義王府司馬海園作》注〔一〕。梅園：張子容休沐還鄉曾在舊居新建别墅，名海園，《孟集》中有《同盧明府餞張郎中除義王府司馬海園作》、《盧明府早秋宴張郎中海園即事》。海園亦可稱「海亭」，《孟集》中尚有《同盧明府早秋夜宴張郎中海亭》、《奉先張明府休沐還鄉海亭宴集》。從詩的内容看，當爲一地，疑「梅園」爲「海園」之誤。

〇此詩約作於開元二十三年，浩然晚年時期。

〔二〕蘭杜：蘭草與杜若，均香草之名。宋之問《寒食江州滿塘驛》：「吴洲春草蘭杜芳，感物思歸懷故鄉。」

〔三〕忻：汲本、清本同。明活本、《全唐詩》作「折」。

〔四〕絃歌：邑宰之代稱，語出《論語·陽貨》，詳《和張明府登鹿門山》注〔二〕。疑喻除義王府司馬將行事。

問舟子〔一〕

向夕問舟子〔二〕，前程復幾多〔三〕？ 灣頭正好泊〔四〕，淮裏足風波〔五〕。

〔一〕本詩蓋作於游越時期，開元十八年。

〔二〕向夕：猶傍晚。陶淵明《歲暮和張常侍》：「向夕長風起，寒雲没西山。」

〔三〕復：明活本、清本、《全唐詩》、《英華》同。宋本、汲本作「無」。據毛校記元本作「没」。此係問話口氣，以「復」爲妥。

〔四〕好：宋本、汲本、《英華》同。明活本、清本、《全唐詩》作「堪」。據毛校記元本亦作「堪」。

〔五〕淮：淮水。浩然自洛之越沿汴水至泗州入淮。足：止。《漢書・五行志下之上》：「足者，止也。」

楊子津望京口〔一〕

北固臨京口〔二〕，夷山近海濱〔三〕。 江風白浪起，愁殺渡頭人。

〔一〕楊子津：「楊」亦作「揚」，楊子津在長江北岸漕渠與長江會合處，自來爲重要渡口。詳《宿楊子津寄潤州長山劉隱士》注〔一〕。○浩然自洛之越行抵楊子津時作，約在開元十八年秋。

〔二〕北固：山名，在今江蘇鎮江市之北。《世説新語·言語》：「荀中郎在京口登北固望海。」劉孝標注引《南徐記》曰：「城（按指京口）西北有别嶺入江，三面臨水，高數十丈，號曰北固。」《元和郡縣志·江南道·潤州》：「北固山在縣（丹徒）北一里，下臨長江，其勢險固，因以爲名。蔡謨、謝安作鎮，並於山上作府庫，儲軍實。宋高祖云：作鎮作固，誠有其緒，然北望海口，實爲壯觀。以理而推，固宜爲顧。』江今闊十八里，春秋朔望有奔濤。魏文帝東征孫氏，臨江嘆曰：『固天所以限南北也。』」京口：明、清各本及《全唐詩》、《品彙》同。宋本、汲本作「魚口」，非。《元和郡縣志·江南道·潤州》：「本春秋吴之朱方邑，始皇改爲丹徒。漢初爲荆國劉賈所封，後漢獻帝建安十四年孫權自吴理丹徒，號曰京城，今州是也。十六年遷都建業，於此爲京口鎮。」

〔三〕夷山：焦山餘脈。《丹徒縣志》：「焦山在城東北大江中，……山之餘支東出爲二小峰曰松山、寥山，唐時稱松寥、夷山。李白有《望松寥山詩》、孟浩然『夷山近海濱』，指此。」近：明、清各本及《全唐詩》、《品彙》同。宋本、汲本作「對」。

北澗浮舟〔一〕

北澗流常滿〔二〕，浮舟觸處通。沿洄自有趣〔三〕，何必五湖中〔四〕！

〔一〕題目：原作「北澗泛舟」，《全唐詩》同。宋本、明活本、汲本「泛」作「浮」。今從宋本。

〔二〕北澗：浩然住所曰澗南園，其北有小溪曰北澗。常：原作「恒」，明活本、清本、《全唐詩》同。宋本、汲本作「常」。今從宋本。

〔三〕沿洄：《説文》：「沿，緣水而下也。」《爾雅·釋水》：「逆流而上曰泝洄。」亦可省稱洄。李白《淮陰書懷寄王宗城》：「沿洄且不定，飄忽悵徂征。」

〔四〕五湖：説法不一，有以太湖爲五湖者，有以太湖及其附近之四湖爲五湖者，有以太湖、洮滆、彭蠡、青草、洞庭爲五湖者。《吴越春秋》卷十載，越滅吴後，范蠡爲遠禍，「乃乘舟出三江，入五湖，人莫知其所適」。後世遂以扁舟五湖喻歸隱。

洛中訪袁拾遺不遇〔一〕

洛陽訪才子〔二〕，江嶺作流人〔三〕。聞説梅花早〔四〕，何如北地春〔五〕。

〔一〕洛中：明、清各本同。《品彙》作「洛陽」。此詩宋本不載。袁拾遺：拾遺，官名，專司供奉諷諫之事。袁拾遺，其人不詳。○此詩蓋作於壯年時期。

〔二〕洛陽句：潘岳《西征賦》：「賈生洛陽之才子。」這裏以袁拾遺暗比賈誼。

〔三〕江嶺：指江南道與嶺南道交界處的大庾嶺。流人：因罪流放之人。

〔四〕梅花早：大庾嶺上，古時多梅，且由於氣候温暖，梅花早開。《清一統志·江西·南安府》：「大庾嶺在大庾縣南，與廣東南雄州分界，一名臺嶺，一名梅嶺。……《舊志》：初，嶺路峻阻，開元四年，張九齡開鑿新徑，兩壁峭立，中途坦夷，上多植梅，因又名梅嶺。」

〔五〕北地：明活本、《全唐詩》同。汲本、清本、《品彙》作「此地」。

劉辰翁曰：便不着字，亦自深怨。

送張郎中遷京〔一〕

碧溪常共賞〔二〕，朱邸忽遷榮〔三〕。預有相思意，聞君琴上聲。

〔一〕張郎中：即張子容。詳《同盧明府餞張郎中除義王府司馬海園作》注〔一〕。本詩宋本、明活本俱不載。○本詩約作於開元二十四年，浩然晚年時期。

〔二〕碧溪句：常：汲本、《全唐詩》同。清本作「嘗」。浩然有《同張明府碧溪贈答》詩，本句指此。

〔三〕朱邸句：朱邸，漢制諸侯王以朱紅漆門，故諸侯王府第稱爲朱邸。這裏指張子容除義王府司馬事。

戲題〔一〕

客醉眠未起〔二〕，主人呼解醒〔三〕。已言雞黍熟〔四〕，復道甕頭清〔五〕。

〔一〕題目：原作「戲贈主人」，明活本同。據毛校記元本作「戲主人」。宋本、汲本、《全唐詩》作「戲題」。今從宋本。

〔二〕眠：明、清各本同。宋本作「眼」，當係刊刻之誤。

〔三〕醒：酒後不適，亦稱酒病。詳《晚春》注〔三〕。

〔四〕熟：宋本、汲本、清本、《全唐詩》同。明活本作「孰」，同。《韻會》：「熟本作孰，後人加火，而孰但爲誰孰字矣。」

〔五〕復道句：明活本、清本、《全唐詩》同。宋本作「復説甕頭聲」。汲本作「復道甕頭春」。「道」、「説」二字意同，但「説」字音不協而調不響，故毛晉亦未取宋刻而仍用「道」字。「清」、「聲」同屬清韻，而「春」字則屬諄韻，「聲」字韻協而意難通，「春」字則意通而韻不協，當以「清」爲是。

張謙宜《絸齋詩談》卷五：《戲贈主人》：「客醉眠未起，主人呼解醒。已言雞黍熟，復道甕頭清。」「甕頭清」本俗語，唐人用之，不礙高雅。

七言絶句

過融上人蘭若〔一〕

山頭禪室挂僧衣，窗外無人溪鳥飛〔二〕。黄昏半在下山路，却聽松聲戀翠微〔三〕。

〔一〕題目：宋、明、清各本及《全唐詩》同。《英靈集》無「融」字。融上人：爲襄州景空寺住持，詳《過景空寺故融公蘭若》注〔一〕。蘭若：僧人居處，也泛指佛寺。詳《遊景空寺蘭若》注〔一〕。

〔二〕溪鳥：宋本、明活本同。汲本、清本、《全唐詩》作「水鳥」。《英靈集》作「越鳥」。

〔三〕松聲：原作「泉聲」，明活本、清本、《全唐詩》同。宋本、汲本、《英靈集》作「松聲」。今從宋本。戀：宋、明、清各本同。《英靈集》作「聯」，非。翠微：本指青翠的山色，因亦指青山。庾信《和宇文内史春日遊山》：「遊客值春輝，金鞍上翠微。」

涼州詞二首〔一〕

渾成紫檀金屑文〔二〕，作得琵琶聲入雲。胡地迢迢三萬里，那堪馬上送明君〔三〕。

異方之樂令人悲，羌笛胡笳不用吹〔四〕。坐看今夜關山月，思殺邊城遊俠兒〔五〕。

〔一〕涼州詞：樂曲名，又名涼州歌或涼州曲。《樂府詩集》卷七九引《樂苑》：「涼州，宮調曲。開元中西涼府都督郭知運進。」又引《樂府雜録》云：「梁州曲本在正宮調，中有大遍、小遍。至貞元初，康崑崙翻入琵琶玉宸宮調，初進曲在玉宸殿，故有此名。合諸樂即黄鐘宮調也。」

〔二〕紫檀：木名。色紅紫，木質堅硬，用以製各種器物，頗爲珍貴，這裏指用紫檀製成琵琶。金屑文：花文敷以金屑，極言琵琶講究。

〔三〕明君：即王昭君。《文選·石崇〈王明君詞〉》：「王明君者，本是王昭君，以觸文帝諱改焉。匈奴盛，請婚於漢，元帝以後宮良家子昭君配焉。昔公主嫁烏孫，令琵琶馬上作樂，以慰其道路之思。其送明君，亦必爾也。」

〔四〕羌笛：「羌」亦作「羗」。羌笛，管樂器，蓋原出於羌，故名羌笛。《風俗通義·聲音·笛》：「謹按：《樂記》：『武帝時丘仲之所作也。笛者滌也，所以蕩滌邪穢，納之於雅正也。』長二尺四寸，七孔。其後又有羌笛。馬融《笛賦》曰：『近世雙笛從羌起，羌人伐竹未及已。龍鳴水中不見已，截竹吹之音相似。……』」胡笳：管樂器，原出於我國北方少數民族地區，故稱胡笳。《文獻通考》卷一三八樂一一：「胡笳似觱篥而無孔，後世鹵簿用之，晉有大箛、小箛，蓋其遺製也。」這種樂器或謂李伯陽入西戎時所造，或謂張騫入西域時所得，《文獻通考》並非之。今所傳者，木管三孔，末翹而哆，長二尺四寸。《清會典》載蒙古之樂有此器。

〔五〕遊俠兒：本指見義勇爲之人，這裏指戍邊戰士。參看《醉後贈馬四》注〔四〕。

葛立方《韻語陽秋》卷十五：《文選》載石季倫《明君詞》云：「昔公主嫁烏孫，令琵琶馬上作樂，以慰其道路之思。明君亦然。」則馬上彈琵琶，非昭君自彈也。故孟浩然《涼州詞》云：「故（按：應作胡）地迢迢三萬里，那堪馬上送明君。」而東坡《古纏頭曲》乃云：「翠鬟女子年十七，指法已似呼韓婦。」梅聖俞《明妃曲》亦云：「月下琵琶旋製聲，手彈心苦誰知得！」則皆以爲昭君自彈琵琶，豈別有所據邪？

《王直方詩話》：山谷嘗謂余云：「作詩使《史》、《漢》間全語爲有氣骨。」後因讀浩然詩見「以吾一日長」、「異方之樂令人悲」及「吾亦從此逝」，方悟山谷之言。（《苕溪漁隱叢話前集》卷十五引）

越中送張少府歸秦中〔一〕

試登秦嶺望秦川〔二〕，遥憶青門春可憐〔三〕。仲月送君從此去〔四〕，瓜時須及邵平田〔五〕。

〔一〕題目：宋本、汲本、《全唐詩》作「送新安張少府歸秦中」。明活本、清本、《品彙》作「送張少府歸秦」。據毛校記元本亦作「送張少府歸秦」。各本俱不同。按：浩然友好中，張姓而又曾爲縣尉者，只張子容一人。《孟集》中有關張少府的詩有《除夜樂城逢張少府作》、《歲除夜會樂城張少府宅》、《峴山亭寄晉陵張少府》等三首，均爲張子容，本詩「張少府」亦疑爲張子容，此其一。浩然在越中曾會晤時爲樂城縣尉的張子容，二人分手之後，張子容赴秦中，後爲奉先縣令；浩然却返歸故鄉，這便是「自君理畿甸，余亦經江淮。萬里音書斷，數年雲雨乖」（見《奉先張明府休沐還鄉海亭宴集》）幾句的來由。特别是「舊國余歸楚，新年子北征。挂帆愁海路，分手戀朋情」（見《永嘉别張子容》）數句，更清楚地描繪了他們在越中會晤與離别的情況。二人分别時，張仍爲縣尉，故稱少府，俟後升任奉先縣令，則改稱明府。本詩恰是在越中送别張少府，故疑這個張少府即爲張子容，此其二。據此，暫從原題。〇此詩約作於開元二十年游越期間。

〔二〕秦嶺：指越州秦望山。詳《遊雲門寺寄越府包户曹徐起居》注〔八〕。

〔三〕青門：明、清各本及《全唐詩》、《品彙》同。宋本作「清明」，非。青門，古長安城門名。《三輔黄圖》一「都城十二門」：「長安城東出南頭第一門曰霸城門，民見門色青，名曰青城門，或曰青門。門外舊出佳瓜，廣陵人邵平爲秦東陵侯，秦破，爲布衣，種瓜青門外，瓜美，故時人謂之東陵瓜。」春可憐：「春」原作「更」，汲本同。宋本、明活本、清本、《全唐詩》、《品彙》作「春可憐」。今從宋本。

〔四〕仲月：宋本、汲本、清本、《全唐詩》、《品彙》同。明活本作「仲春」。

〔五〕瓜時：宋本、汲本、清本、《全唐詩》同。明活本、《品彙》作「他時」。據毛校記元本亦作「他時」。

濟江問舟人〔一〕

潮落江平未有風〔二〕，扁舟共濟與君同〔三〕。時時引領望天末〔四〕，何處青山是越中？

〔一〕題目：原作「濟江問同舟人」，明活本同。宋本、汲本、《英華》無「同」字，據刪。清本、《品彙》作「濟江問舟子」，與宋本意同。《全唐詩》作「渡浙江問舟中人」。《國秀集》作「渡浙江」。《全唐詩》題下校記云：「一作崔國輔詩。」按：《全唐詩》崔國輔集並無此詩。且崔國輔據《唐才子傳》爲山陰人，越州州治爲會稽，唐代復置山陰縣，縣治亦設會稽，據此則越州爲其本鄉，自應相當熟悉，不應有「時時引領望天末，何處青山是越中」的問語。浩然襄陽人，遠道來此，地域生疏，語氣正合。疑此詩非崔作。○此詩約作於開元十八年末游越期間。

〔二〕潮落：浙江入海處，潮水洶涌奔騰，蔚爲奇觀。浩然行抵杭州時，曾有《與顔錢塘登樟亭望潮作》、《與杭州薛司户登樟亭驛》諸詩，俱觀潮之作。而渡浙江赴越州時，却風平浪静，故有此語。

〔三〕扁舟：原作「輕舟」，汲本、《品彙》同。宋本、明活本、《全唐詩》、《英華》作「扁舟」。清本作「輕舠」。據毛校記元本亦作「輕舠」。《國秀集》作「歸舟」，似與詩意不合。今從宋本。

〔四〕引領：引，延伸；領，頸項。人遠望時往往引領。《左傳・成公十三年》：「我君景公引領西望曰：『庶撫我乎？』」

送杜十四〔一〕

荆吴相接水爲鄉〔二〕，君去春江正渺茫〔三〕。日暮征帆泊何處〔四〕，天涯一望斷人腸。

〔一〕題目：宋本、汲本、《英華》同。明活本、清本、《全唐詩》、《才調集》、《品彙》「四」下多「之江南」三字。杜十四：《全唐詩》題下校記云：「一題作送杜晃進士之東吴。」則杜十四當即杜晃。

〔二〕荆：周代楚國，初建於荆山一帶，故別稱荆，後人往往稱長江中游湖北一帶曰荆、楚。吴：周代吴國在今江蘇南部，後世往往稱長江下游蘇南、浙北一帶曰吴。相接：明、清各本及《全唐詩》、《才調集》、《英華》、《品彙》同。宋本作「日接」，非。水爲鄉：明、清各本及《全唐詩》、《才調集》、《品彙》同。宋本作「水鳥鄉」，非。《英華》作「水連鄉」。「連」下周必大等校記云：「《絶句詩選》作『爲』。」却未言「集作某」，可見周氏所見宋本亦作「連」。汲本「爲」下無校記，可見毛氏所見宋本亦作「爲」。

〔三〕春江：宋、明、清各本及《全唐詩》、《才調集》、《英華》、《品彙》同。《英華》「江」下校記云：「一作江村」，未知何本。渺茫：除汲本外，其他各本及各選本俱作「淼茫」，蓋雙聲聯綿詞的不同寫法。

〔四〕泊何處：宋本、汲本、《全唐詩》、《才調集》、《英華》同。明活本、清本、《品彙》作「何處泊」。

賀裳《載酒園詩話·又編·孟浩然》：「孟詩有極平熟之句當戒者，如『天涯一望斷人腸』，『當杯已入手，歌妓莫停聲』，淺人讀之，則爲以水濟水。」

補遺

長樂宮〔一〕

秦城舊來稱窈窕，漢家更衣應不少。紅粉邀君在何處？青樓苦夜長難曉。長樂宮中鐘暗來，可憐歌舞慣相催。歡娱此事今寂寞，唯有年年陵樹哀。

〔一〕録自芮挺章《國秀集》。

渡楊子江〔一〕

桂檝中流望，京江兩畔明。林開楊子驛，山出潤州城。海盡邊陰静，江寒朔吹生。更聞楓葉下，淅瀝度秋聲。

〔一〕録自芮挺章《國秀集》。

送張舍人往江東〔一〕

張翰江東去，正在秋風時。天晴一雁遠，海闊孤帆遲。白日行欲暮，滄波杳難期。吴洲如見月，千里幸相思。

〔一〕録自韋莊《又玄集》。又見於《李太白全集》，題作《送張舍人之江東》。未詳孰是。

題梧州陳司馬山齋〔一〕

南國無霜霰，連年對物華。青林暗换葉，紅蕊亦開花。春去無山鳥，秋來見海槎。流芳雖可悦，會自泣長沙。

〔一〕録自《文苑英華》卷三一七。又《全唐詩》卷一六〇孟集收此詩。《全唐詩》卷五二宋之問集亦收此詩，題曰《經梧州》。此詩疑非孟作。

初秋〔一〕

不覺初秋夜漸長，清風習習重凄涼。炎炎暑退茅齋明活字本誤作齊静，階下叢莎有露光。

〔一〕録自明活字本《孟浩然集》卷三。

玉霄峰〔一〕

上盡峥嶸萬仞巔，四山圍繞洞中天。秋風吹月瓊臺曉，試問人間過幾年。

〔一〕原出《天台山全志》。轉引自丁錫賢《孟浩然游天台山考》，載《黄巖史志》第三輯，一九八九年一月出版。

清明即事〔一〕

帝里重清明，人心自愁思。車聲上路合，柳色東城翠。花落草齊生，鶯飛蝶雙戲。空堂坐相憶，酌茗聊代醉。

〔一〕録自《全唐詩》卷一五九孟浩然集。

詠青〔一〕

霧闢天光遠，春迴日道臨。草濃河畔色，槐結路旁陰。欲映君王史，先標胄子襟；經明如可拾，自有致雲心。

〔一〕原出伯二五六七號卷子。轉引自王重民《補全唐詩》。

尋裴處士〔一〕

涉水更登陸，所向皆清貞。寒草不藏徑，靈峰知有人。悠哉鍊金客，獨與煙霞親。曾是欲輕舉，誰言空隱淪。遠心寄白月，原注：一作日。華髮迴青春。對此欽勝事，胡爲勞我身。

〔一〕原出《永樂大典》卷一三四五〇。轉引自孫望《全唐詩補逸》卷五〇。

獨宿峴山憶長安故人〔一〕

月回無隱物，況復大江秋。江城與沙城，人語風颼飀。峴亭當此時，故人不同游。故人在長安，亦可將夢求。

〔一〕原出吴道邇纂修（萬曆）《襄陽府志》卷四五《五言古詩》。轉引自劉文剛《孟浩然佚詩新輯》，載《四川大學學報》（哲學社會科學版），一九八七年第四期。

句〔一〕

微雲淡河漢，疏雨滴梧桐。

〔一〕録自《孟浩然詩集》王士源序。

句〔一〕

逐逐懷良馭，蕭蕭顧樂鳴。

〔一〕原出省試《騏驥長鳴詩》，見《丹陽集》。轉引自《全唐詩》卷一六〇孟浩然集。

附録

歷代評論

王士源《孟浩然集序》 學不爲儒，務掇菁藻；文不按古，匠心獨妙。五言詩天下稱其盡美矣。閒遊秘省，秋月新霽，諸英華賦詩作會。浩然句曰：「微雲淡河漢，疎雨滴梧桐。」舉坐嗟其清絶，咸閣筆不復爲繼。

陶翰《送孟大（按：當爲六）入蜀序》 襄陽孟浩然，精朗奇素，幼高爲文。天寶（按：當爲開元）年，始游西秦。京師詞人，皆嘆其曠絶也。觀其匠思幽妙，振言孤傑，信詩伯矣。不然者，何以有聲於江楚間？（《文苑英華》卷七二〇）

李白《贈孟浩然》 吾愛孟夫子，風流天下聞。紅顔棄軒冕，白首卧松雲。醉月頻中聖，迷花不事君。高山安可仰，徒此揖清芬。（《李太白全集》卷九）

杜甫《遣興五首》之五 吾憐孟浩然，短褐即長夜。賦詩何必多，往往凌鮑謝。清江空舊魚，春雨餘甘蔗。每望東南雲，令人幾悲吒。（《錢注杜詩》卷三）

杜甫《解悶十二首》之六 復憶襄陽孟浩然，清詩句句盡堪傳。即今耆舊無新語，漫釣沙

頭縮頸鯿。（《錢注杜詩》卷十五）

皮日休《郢州孟亭記》 明皇世，章句之風，大得建安體，論者推李翰林、杜工部爲之尤，介其間能不愧者，唯吾鄉之孟先生也。先生之作，遇景入詠，不拘奇抉異，令齷齪束人口者，涵涵然有干霄之興，若公輸氏當巧而不巧者也。北齊美蕭慤「芙蓉露下落，楊柳月中疎」，先生則有「微雲淡河漢，疎雨滴梧桐」。樂府美王融「日霽沙嶼明，風動甘泉濁」，先生則有「氣蒸雲夢澤，波動岳陽城」。謝朓之詩句，精者有「露濕寒塘草，月映清淮流」，先生則有「荷風送香氣，竹露滴清響」。此與古人争勝於毫釐也。（《皮子文藪》卷七）

殷璠《河嶽英靈集》卷中 余嘗謂禰衡不遇，趙壹無禄，其過在人也。及觀襄陽孟浩然，罄（何義門校本作「聲」）折謙退，才名日高，天下籍臺（應作「甚」），竟淪落明代，終於布衣，悲夫！浩然詩文彩茸茸，經緯綿密，半遵雅調，全削凡體。至如「衆山遥對酒，孤嶼共題詩」，無論興象，兼復故實。又「氣蒸雲夢澤，波動岳陽城」，亦爲高唱。（按：何義門校本於「高唱」之後尚有：「《建德江宿》云，移舟泊煙渚，日暮客愁新。野曠天低樹，江清月近人。」）

胡震亨《唐音癸籤》卷五引《吟譜》 孟浩然詩祖建安，宗淵明，沖澹中有壯逸之氣。

嚴羽《滄浪詩話·詩辨》 大抵禪道惟在妙悟，詩道亦在妙悟。且孟襄陽學力下韓退之遠甚，而其詩獨出退之之上者，一味妙悟而已。

嚴羽《滄浪詩話·詩評》 孟浩然之詩，諷詠之久，有金石宫商之聲。

陳師道《後山詩話》 子瞻謂孟浩然之詩，韻高而才短，如造内法酒手，而無材料耳。

許顗《彦周詩話》 孟浩然、王摩詰詩，自李、杜以下，當爲第一。老杜詩云「不見高人王右丞」，又云「吾憐孟浩然」，皆公論也。

劉辰翁《孟浩然集》跋 生成語難得，浩然詩高處，不刻畫，祇似乘興，蘇州遠在其後，而澹復過之。

又 韋應物居官，自媿閔閔，有卹人之心。其詩如深山採藥，飲泉坐石，日宴忘歸。孟浩然如訪梅問柳，徧入幽寺。二人趣意相似，然入處不同。韋詩潤者如石；孟詩如雪，雖澹無彩色，不免有輕盈之意。

胡仔《苕溪漁隱叢話後集》卷九 山谷題浩然畫像詩，平生出處事跡，悉能道盡，乃詩中傳也。其詩云：「先生少也隱鹿門，爽氣洗盡塵埃昏。賦詩真可淩鮑謝，短褐豈愧公卿尊。故人私邀伴禁直，誦詩不顧龍鱗逆。風雲感會雖有時，顧此定知毋枉尺。襄江渺渺泛清流，梅殘臘月年年愁。先生一往今幾秋，後來誰復釣槎頭。」

又 苕溪漁隱曰：詩句以一字爲工，自然穎異不凡，如靈丹一粒，點石成金也。浩然云：「微雲澹河漢，疎雨滴梧桐。」上句之工在一澹字，下句之工在一滴字，若非此二字，亦烏得而爲佳句哉！

高棅《唐詩品彙》總序　開元天寶間，則有李翰林之飄逸，杜工部之沈鬱，孟襄陽之清雅，王右丞之精緻，儲光羲之真率，王昌齡之聲俊，高適、岑參之悲壯，李頎、常建之超凡，此盛唐之盛者也。

《唐詩品彙》五言律詩敘目　唐盛律句之妙者，李翰林氣象雄逸，孟襄陽興致清遠，王右丞詞意雅秀，岑嘉州造語奇峻，高常侍骨格渾厚，皆開元天寶以來名家。

《唐詩品彙》五言排律敘目　開元後作者之盛，聲律之備，獨王右丞、李翰林爲多，得非王李爲獨得，而孟襄陽、高渤海輩實相與並鳴。

胡震亨《唐音癸籤》卷五引徐獻忠曰　襄陽氣象清遠，心悰孤寂，故其出語灑落，洗脱凡近，讀之渾然省净，真彩自復内映。雖藻思不及李翰林，秀調不及王右丞，而閒澹疏豁，翛翛自得之趣，亦有獨長。

胡應麟《詩藪·内編》卷四　五言律體，極盛於唐。要其大端，亦有二格：陳、杜、沈、宋，典麗精工；王、孟、儲、韋，清空閒遠，此其大概也。

又　曲江之清遠，浩然之簡淡，蘇州之閒婉，閬仙之幽奇，雖初、盛、中、晚，調迥不同，然皆五言獨造。至七言，俱疲苶不振矣。

又 李季蘭「遠水浮仙棹」二語，幽閒和適，孟浩然莫能過。

又 子昂「野戍荒煙斷，深山古木平」、「城分蒼野外，樹斷白雲隈」等句，平淡簡遠，王、孟二家之祖。

又 孟詩淡而不幽，時雜流麗；閒而匪遠，頗覺輕揚。可取者一味自然。常建「清晨入古寺」、「松際露微月」，幽矣；王維「清川帶長薄」、「中歲頗好道」，遠矣。

又 嘉州格調整嚴，音節宏亮，而集中排律甚稀。襄陽時得大篇，清空雅淡，逸趣翩翩。然自是孟一家，學之必無精彩。

《詩藪·内編》卷五 唐古詩，如子昂之超，浩然之淡，如常建、儲光羲之幽，如韋應物之曠，即卓然名家；近體尤勝。至七言律，遂無復佳者，由其材不逮也。

又 初唐王、楊、盧、駱，盛唐王、孟、高、岑，雖品格差肩，亦微有上下。

《詩藪·内編》卷六 唐五言絶，太白、右丞爲最，崔國輔、孟浩然、儲光羲、王昌齡、裴迪、崔顥次之。中唐則劉長卿、韋應物、錢起、韓翃、皇甫冉、司空曙、李端、李益、張仲素、令狐楚、劉禹錫、柳宗元。

《詩藪·外編》卷四 詩最可貴者清。然有格清，有調清，有思清，有才清。才清者，王、孟、儲、韋之類是也。

又　靖節清而遠，康樂清而麗，曲江清而澹，浩然清而曠。

又　王、楊、盧、駱以詞勝，沈、宋、陳、杜以格勝，高、岑、王、孟以韻勝。詞勝而後有格，格勝而後有韻，自然之理也。

又　唐初王、楊、盧、駱、李百藥、虞世南、陳子昂、宋之問、蘇頲、二張輩，俱詩文並鳴，不以一長見也。開元李、杜勃興，詩道大盛，孟浩然、沈千運等，遂獨以詩稱，而文不概見。王維、賈至，其文間有存者，亦詩之附庸耳。元和韓、柳崛起，文體復古，李習之、皇甫湜輩，遂獨以文顯，而詩不概見。李觀、歐陽，其詩間有存者，亦文之駢拇耳。

又　薛君采云：「王右丞、孟浩然、韋蘇州詩，讀之有蕭散之趣，在唐人可謂絶倫。太白五言律多類浩然，子美雖有氣骨，不足貴也。」此論不爲無謂。才質近者，循之亦足名家，然是二乘人説法，於廣大神通，未能透入。

楊慎《升庵詩話》卷八　定陶孫器之評詩曰：「魏武帝如幽燕老將，氣韻沉雄。曹子建如三河少年，風流自賞。鮑明遠如飢鷹獨出，奇矯無前。謝康樂如東海揚帆，風日流麗。陶彭澤如絳雲在霄，舒卷自如。王右丞如秋水芙蓉，倚風自笑。韋蘇州如園客獨繭，暗合音徽。孟浩然如洞庭始波，木葉微落。……」

《升庵詩話》卷十一　（葉）晦叔云：「七言律大抵多引韻起，若以側句入，尤峻健。如老杜『幽棲地僻』是也，然猶是對偶。若以散句起，又佳，如『苦憶荆州醉司馬』是也。」洪容齋《送晦叔》詩：「此地相從驚歲晚，登臨況是客歸時。却將襟抱向誰可，正爾艱難惟子知。情到中年工作惡，别於生世易爲悲。梅花盡醉沾江上，黯淡西風凍雨垂。」正用此體。予謂絶句如劉長卿「天書遠召滄浪客」一詩，尤奇。七言律，自初唐至開元，名家如太白、浩然、韋、儲集中，不過數首，惟少陵獨多至二百首。其雄壯鏗鏘，過於一時，而古意亦少衰矣。譬之後世舉業，時文盛而古文衰廢，自然之理。

王世貞《藝苑卮言》卷四　摩詰才勝孟襄陽，由工入微，不犯痕跡，所以爲佳。間有失點檢者，如五言律中「青門」、「白社」、「青菰」「白鳥」一首互用；七言律中「暮雲空磧時驅馬」、「玉靶角弓珠勒馬」，兩「馬」字覆壓；「獨坐悲雙鬢」，又云「白髮終難變」。他詩往往有之，雖不妨白璧，能無少損連城？觀者須略玄黄，取其神檢。孟造思極苦，既成乃得超然之致。皮生擷其佳句，真足配古人。第其句不能出五字外，篇不能出四十字外，此其所短也。

謝榛《四溟詩話》卷二　李空同評孟浩然《送朱二》詩曰：「不是長篇手段。」浩然五言古詩近體，清新高妙，不下李杜；但七言長篇，語平氣緩，若曲澗流泉而無風捲江河之勢，空同之評是矣。

又　律詩雖宜顔色，兩聯貴乎一濃一淡。若兩聯濃，前後四句淡，則可；若前後四句濃，中間兩聯淡則不可。亦有八句皆濃者，唐四傑有之；八句皆淡者，孟浩然、韋應物有之。非筆力純粹，必有偏枯之病。

《四溟詩話》卷三　予客京時，李于鱗、王元美、徐子與、梁公實、宗子相諸君，招予結社賦詩。一日，因談初唐盛唐十二家詩集，並李杜二家，孰可專爲楷範？或云沈、宋，或云李、杜，或云王、孟。予默然久之，曰：「歷觀十四家所作，咸可爲法。當選其諸集中之最佳者，録成一帙，熟讀之以奪神氣，歌詠之以求聲調，玩味之以裒精華。得此三要，則造乎渾淪，不必塑謫仙而畫少陵也。夫萬物一我也，千古一心也，易駁而爲純，去濁而歸清，使李杜諸公復起，孰以予爲可教也。」諸君笑而然之。

《四溟詩話》卷四　孔文谷曰：「王摩詰、孟浩然、韋應物，典雅沖穆，入妙通玄，觀寳玉於東序，聽廣樂於鈞天，三家其選也。」

顧起綸《國雅品》　殊不知律者，以古雅沈鬱爲難，而七言尤不易。往有誦先輩七言律句，各減去二字，亦成章，舉座大笑，故在句句字字不可斷爲工。又以句句字字直屬爲病，在氣貫節續，如脉絡然。所謂圓如貫珠者，即衲子數珠，若減截一二子，便不成串矣。雖盛唐諸公，惟王維、李頎二三家臻妙，太白、浩然便不諳矣。

李東陽《麓堂詩話》　唐詩李杜之外，王摩詰、孟浩然足稱大家。王詩豐縟而不華靡，孟却專心古澹，而悠遠深厚，自無寒儉枯瘠之病。由此言之，則孟爲尤勝。儲光羲有孟之古而深遠不及，岑參有王之縟而又以華靡掩之。故杜子美稱「吾憐孟浩然」，稱「高人王右丞」，而不及儲、岑，有以也夫。

又《李太白集》七言律止二三首，《孟浩然集》止二首，《孟東野集》無一首，皆足以名天下傳後世，奚必以律爲哉？

陸時雍《詩鏡總論》 孟浩然材雖淺窘，然語氣清亮，誦之有泉流石上，風來松下之音。常建音韻已卑，恐非律之所貴。凡骨峭者音清，骨勁者音越，骨弱者音庳，骨微者音細，骨粗者音豪，骨秀者音冽，聲音出於風格間矣。

王世懋《藝圃擷餘》 詩有必不能廢者，雖衆體未備，而獨擅一家之長。如孟浩然洮洮易盡，止以五言雋永，千載並稱王孟。

朱承爵《存餘堂詩話》 詩非苦吟不工，信乎？古人如孟浩然眉毛盡落，裴祐袖手衣袖至穿，王維走入醋瓮，皆苦吟之驗也。

葉燮《原詩·内篇上》二 蓋自有天地以來，古今世運氣數，遞變遷以相禪。古云：「天道十年而一變。」此理也，亦勢也，無事無物不然；寧獨詩之一道膠固而不變乎？……小變於沈、宋、雲、龍之間，而大變於開元、天寶高、岑、王、孟、李。此數人者，雖各有所因，而實一一能爲創。

葉燮《原詩·外篇下》九　盛唐大家，稱高、岑、王、孟。高、岑相似，而高爲稍優，孟則大不如王矣。……王維五律最出色，七古最無味。孟浩然諸體，似乎澹遠，然無縹渺幽深思致；如畫家寫意，墨色都無。蘇軾謂「浩然韻高而才短，如造内法酒手而無材料」，誠爲知言。後人胸無才思，易於衝口而出，孟開其端也。

王士禛《漁洋詩話·卷上》五二　汪純翁問余：「王、孟齊名，何以孟不及王？」答曰：「孟詩味之，未能免俗耳。」

郎廷槐《師友詩傳録》五　郎廷槐問：「李滄溟先生嘗稱唐人無古詩，蓋言唐人之五古，與漢、魏、六朝自別也。唐人七言古詩，誠掩前絶後，奇妙難蹤；若五古似不能相頡頏。滄溟之言，果爲定論歟？」蕭亭答：「五言之興，源於漢，注於魏，汪洋乎兩晉，混濁乎梁陳，風斯下矣。唐興而文運丕振，虞、魏諸公已離舊習，王、楊四子因加美麗，陳子昂古風雅正，李巨川文章宿老，沈、宋之新聲，蘇、張之手筆，此初唐之傑也。開元、天寶間，則有李翰林之飄逸，杜工部之沈鬱，孟襄陽之清雅，王右丞之精緻，儲光羲之真率，王昌齡之聲俊，高適、岑參之悲壯，李頎、常建之超凡。大曆、貞元則有韋蘇州之雅澹，劉隨州之閒曠，錢、郎之清贍，皇甫之沖秀。下及元和，雖晚唐之變，猶有柳愚溪之超然復古，韓昌黎之博大其詞。皆名家擅場，馳騁當世，詩人冠冕，海内文宗。安得謂唐無古詩？」

劉大勤《師友詩傳續録》一五　（劉大勤）問：「王孟假天籟爲宫商，寄至味於平淡，格調諧暢，意興自然，真有無跡可尋之妙，二家亦有互異處否？」（王士禛阮亭）答：「譬之釋氏，王氏佛語，孟氏菩薩語。孟詩有寒儉之態，不及王氏天然而工。惟五古不可優劣。」

《師友詩傳續録》二八　（劉大勤）問：「孟襄陽詩，昔人稱其格韻雙絶。敢問格與韻之别。」王士禛阮亭答：「格謂品格，韻謂風神。」

王士禛《帶經堂詩話・品藻類》　古人山水之作，莫如康樂、宣城，盛唐王、孟、李、杜及王昌齡、劉眘虚、常建、盧象、陶翰、韋應物諸公，搜抉靈奥，可謂至矣。然總不如曹操「水何澹澹，山島竦峙」二語，此老殆不易及。

又　汪純翁（琬）嘗問予：「王、孟齊名，何以孟不及王？」予曰：「正以襄陽未能脱俗耳。」汪深然之。且曰：「他人從來見不到此。」

《帶經堂詩話・要旨類》　予題華子潛《巖居稿》曰：「向嘗與學子論詩云：工於五言，不必工於七言；工於古體，不必工於近體。觀鴻山及唐《孟襄陽集》可悟。今人自古樂府、《古詩十九首》已下，無不擬者，乃妄人也。」

施閏章《蠖齋詩話・詩用故典》　古人詩入三昧，更無從堆垛學問，正如眼中着不得金屑。

坡公謂浩然詩韻高才短，嫌其少料。評孟良是，然坡詩正患多料耳。坡胸中萬卷書，下筆無半點塵，爲詩何獨不然？

《蠖齋詩話·孟詩》　襄陽五言律、絶句，清空自在，淡然有餘；衍作五言排律，轉覺易盡，大遜右丞。蓋長篇中需警策語耐看，不得專以氣體取勝也。故必推老杜擅場。

李空同看孟詩，不甚許可，每嫌調雜。似謂「《選》體」與「唐調」雜也？余謂襄陽不近「《選》體」；唐人佳句，亦有偶帶「《選》體」者，李杜諸公詩，何嘗不兼有漢、魏、六朝語乎？空同自分其五言古作「《選》古」、「唐古」二種，正其所見不廣處。《國風》、《雅》、《頌》，就其一體中，不相類者頗多也。

宋犖《漫堂説詩》七　律詩盛於唐，而五言律爲尤盛。神龍以後，陳（子昂）、杜（審言）、沈、宋開其先，李、杜、高、岑、王、孟諸家繼起，卓然名家；子美變化尤高，在牝牡驪黄之外。

查爲仁《蓮坡詩話》一四三　（王）西樵題孟襄陽詩曰：「魚鳥雲沙見楚天，清詩句句果堪傳。一從時世驚高唱，誰識襄陽孟浩然？」其瓣香微旨所寄可知。

沈德潛《説詩晬語》卷上七八　陶詩胸次浩然，其中有一段淵深樸茂不可到處。唐人祖述者，王右丞有其清腴，孟山人有其閒遠，儲太祝有其樸實，韋左司有其沖和，柳儀曹有其峻潔，皆學焉而得其性之所近。

《説詩晬語》卷上一〇一　五言律，陰鏗、何遜、庾信、徐陵已開其體；唐初人研揣聲音，穩順體勢，其製乃備。神龍之世，陳、杜、沈、宋渾金璞玉，不須追琢，自然名貴。開寶以來，李太白之明麗，王摩詰、孟浩然之自得，分道揚鑣，並推極盛。杜子美獨闢畦徑，寓縱横排奡於整密中，故應包涵一切。終唐之世，變態雖多，無有越諸家之範圍者矣。以此求之，有餘師焉。

吴騫《拜經樓詩話》卷一　明侯官曾弗人先生（異撰）所著《紡授堂集》詩，立意求新，未免稍流於詭。其《與趙十五論詩書》云：「弟嘗謂古詩難於律詩，五言律難於七言律。杜詩七律，罕不奇妙者，至五言，平率高古，遂已參半。惟王、孟五律妙於七言，殆有天授。……且作詩者從古體入手，雖律詩亦有空曠之妙，王、孟之五言，杜之七言，皆以古詩爲律詩者也。少陵五律，王、孟七律，則以律詩爲律詩矣。……」弗人之論，多中時病，蓋亦未嘗無心得者。

黄子雲《野鴻詩的》六　孔子兼堯、舜、禹、湯、文、武、周公而成聖者也。杜陵兼《風》、《騷》、漢、魏、六朝而成詩聖者也。外此若沈、宋、高、岑、王、孟、元、白、韋、柳、温、李、太白、次山、昌黎、昌谷輩，猶聖門之四科，要皆具體而微。

《野鴻詩的》一一　大抵近代能自好者，五律則冠冕王、孟，五古則皮毛《文選》；然不過遊覽宴賞數韻而已，若夫大章大法，竊恐有待。至於樂府歌行，七言律絶，其所師承，則我不知。

施補華《峴傭説詩》二八　陶公詩一往真氣，自胸中流出，字字雅淡，字字沈痛。蓋繫心君國，不異《離騷》，特變其面目耳。……語云：「聽曲識其真。」讀詩亦須識其真處。後來王、孟、韋、柳，皆得陶公之雅淡，然其沈痛處，率不能至也。境遇使然，故曰：「是以論其世也。」

《峴傭説詩》五一　入蜀諸詩，作遊覽詩者，必須倣傚。蓋平遠山水，可以王、孟派寫之；奇峭山水，須用鑱刻之筆。

《峴傭説詩》五八　摩詰五言古，雅淡之中别饒華氣，故其人清貴；蓋山澤間儀態，非山澤間性情也。若孟公真山澤間癯矣。

《峴傭説詩》六三　孟浩然、王昌齡、常建，五言清逸，風格均與摩詰相近，而篇幅較窘。學問爲之，才力爲之也。

秦朝釪《消寒詩話》三三　昔王阮亭與汪苕文論詩，汪問王摩詰、孟襄陽同一時，何以人稱王、孟，豈有低昂耶？阮亭曰：「孟詩細味之，似不免俗。」比論亦微矣。

毛先舒《詩辯坻》卷三　襄陽歌行，便已下右丞一格，無論高、岑、崔、李也。蓋全用姿勝，不復見氣，但未及雋語，爲能立足耳。

又　王、孟五言絶，筆韻超遠，不減李拾遺。但李近瀏亮，王近清疎，特差異耳。孟他體較王格小減，五言絶句，氣更似勝之。

賀貽孫《詩筏》 儲、王、孟、劉、柳、韋五言古詩，淡雋處皆從《十九首》中出，然其不及《十九首》，政在於此。蓋有淡有雋，則有跡可尋，彼《十九首》何處尋跡？

又 唐人近陶者，如儲、王、孟、韋、柳諸人，其雅懿之度，樸茂之色，閒遠之神，澹宕之氣，雋永之味，各有一二，足以名家，獨其一段真率處，終不及陶。

又 論者謂五言詩平遠一派，自蘇、李、《十九首》後，當推陶彭澤爲傳燈之祖，而以儲光羲、王維、劉眘虛、孟浩然、韋應物、柳宗元諸家爲法嗣。但吾觀彭澤詩自有妙悟，非得法於蘇、李、《十九首》也。其詩似《十九首》者，政以其氣韻相近耳。

又 詩中之潔，獨推摩詰。即如孟襄陽之淡，柳柳州之峻，韋蘇州之警，劉文房之雋，皆得潔中一種，而非其全。蓋摩詰之潔，本之天然，雖作麗語，愈見其潔。

又 詩中有畫，不獨摩詰也。浩然情景悠然，尤能寫生，其便娟之姿，逸宕之氣，似欲超王而上，然終不能出王範圍内者，王厚於孟故也。吾嘗譬之：王如一輪秋月，碧天似洗；而孟則江月一色，蕩漾空明。雖同此月，而孟所得者，特其光與影耳。

賀裳《載酒園詩話又編・孟浩然》 詩忌鬧，孟獨静；詩忌板，孟最圓。然律詩有一篇如一句者，又有上句即有下句者，往往稍涉于輕，乃知有所避乃有所犯。

又 詩格之遷，孟襄陽實其始降。（黄白山評：「盛唐諸名家詩，有偏至而非通才者，如孟浩然、王昌齡皆不善七言律。王之『江上巍巍萬歲樓』一首，其格更卑。詩道之升降，當就大勢論，豈可以一人一時相詬病耶！」）

又　孟詩佳處只一「真」字，初讀無奇，尋繹則齒頰間有餘味。若温飛卿所作歌謡，常有乍看心駭目眩，思得其旨，反索然者。此子陽修飾邊幅，不及文叔之自然耳。

田雯《古歡堂集雜著》卷二　王維、孟浩然清淑散朗，窈窕悠閒，取神於陶、謝之間，而安頓在行墨之外，資制相侔，神理各足。儲光羲似少遜之。元結别有風調。

又　襄陽佳處，亦整亦暇，結構别有生趣。輞川、太白，殆能兼之。

吴喬《圍爐詩話》卷二　王右丞五古，盡善盡美矣，《觀别者》篇可入《三百》。孟浩然五古，可敵右丞。

又　孟浩然詩宛然高士，然是一家之作。

龐塏《詩義固説》下　至唐變爲近體，沈、宋、王、孟、高、岑諸公，昌明博大，自是盛世之音，未免文勝於質，故當以子美爲宗子也。

方世舉《蘭叢詩話》　徐文長有云：「高、岑、王、孟，固布帛菽粟；韓愈、孟郊、盧仝、李賀却是龍肝鳳髓，能舍之耶？」此言當王、李盛行之時，真如清夜聞晨鐘矣。

張謙宜《絸齋詩談》卷三　元次山高古渾穆，有三代之遺風；韋蘇州沖融樸茂，得陳子昂之精神。此二子者，並駕互參，非太白、浩然拘於清態逸韻所能頡頏也。

牟顧相《小澥草堂雜論詩》 孟襄陽詩如過雨石泉，清見魚影。

又 唐人學陶者，儲光羲、王昌齡、王維、孟浩然、韋應物、柳宗元。然昌齡氣傲，宗元氣慘，浩然清詞麗句，有小謝之意。

喬億《劍谿説詩》卷上 王、孟齊名，李西涯謂王不及孟，竟陵及新城先生謂孟不及王。愚謂以疎古論孟爲勝，以澄汰論王爲勝，二家未易軒輊。

又 右丞詩精工，襄陽詩有亂頭粗服處，故説者多謂勝王。不知此乃跡耳，境地高下不在此。

又 東坡言：「孟浩然之詩，韻高而才短，如造内法酒手而無材料爾。」顧老杜詩曰：「復憶襄陽孟浩然，清詩句句盡堪傳。」又曰：「賦詩何必多，往往凌鮑謝。」孟詩在子美意中，居何等也？

又 古人詩境不同，譬諸山川，杜詩如河嶽，李詩如海上十洲，孟（襄陽）詩如匡盧，王（右丞）詩如會稽諸山，……此類不可悉數，惟覽者自得之耳。

《劍谿説詩》卷下 陳、杜、沈、宋、二張（燕公、曲江）、王、孟、高、岑、李、杜及劉、韋、錢、郎諸家五律，雖氣有厚薄，骨有重輕，併入高品，後來惟張文昌稍步趨大曆。

《劍谿說詩又編》 王、孟，金石之音也。錢、劉，絲竹之音也。韋如古雅琴，其音澹泊。高、岑則革木之音。兼之者，其惟李、杜乎？

翁方綱《石洲詩話》卷一 讀孟公詩，且毋論懷抱，毋論格調，只其清空幽冷，如月中聞磬，石上聽泉，舉唐初以來諸人筆虛筆實，一洗而空之，真一快也。

管世銘《讀雪山房唐詩序例·五古凡例》 以禪喻詩，昔人所詆。然詩境究貴在悟，五言尤然。王維、孟浩然逸才妙悟，笙磬同音。並時劉昚虛、常建、李頎、王昌齡、丘爲、綦毋潛、儲光羲之徒，遥相應和，共一宗風，正始之音，於兹爲盛。

又 五言肇興至唐，將及千載，故其境象尤博。即以有唐一代論之：陳、張爲先聲，王、孟爲正響。……其他一吟一詠，各自成家，不可枚舉。於戲，其極天下之大觀乎！

《讀雪山房唐詩序例·五律凡例》 孟浩然、劉昚虛、常建三君子，臭味同源，並清廟之遺音，《廣陵》之絕調也。襄陽名篇較廣，遂與摩詰齊名。劉、常二君，零圭斷璧，倍爲可貴。

又 孟襄陽佇興而就，摩詰、太白亦多得于自然，嘉州間出奇峭，究非倚以全力。

《讀雪山房唐詩序例·論文雜言》 王、孟詩品清超，終是唐調，惟韋蘇州純乎陶、謝氣息。

闕名《静居緒言》 惡乎人之以輕浮淺率之辭謂本王、孟，其亦瞽之持鏡以爲覆瓿器而已，烏知物色王、孟！夫詩有徐、庾，有王、孟。王、孟之詩不必謂宗法柴桑，要皆自能伐毛洗髓，固質存真，故其趣潔，其味旨，而難以工力計較。今人朝購類書，夕已狂叫吾文淩孝穆，抗蘭成矣，毋怪其以輕浮淺率視王、孟也。此種病根，如能將王、孟詩復讀深思之，亦不待三年之艾而可療。

又 人以王、孟、韋、柳而連稱之者，以其詩皆不事琱繪也。然其間位置自别，風趣不同。

潘德輿《養一齋詩話》卷一 鍾伯敬云：「孟襄陽詩易爲淺薄者藏拙。」此語令人悚然。其實淺薄者，萬萬不能爲孟襄陽詩也。爲人所欺，仍觀者之淺薄耳。東坡謂襄陽詩「韻高而才短」，非東坡不敢開此口。然東坡詩病，亦只一句，蓋才高而韻短，與襄陽恰相反也。

又 王、孟、儲、韋、柳五家相似。予嘗抄陶詩，而以五家五言古詩附之，類聚之義也。然五家亦自有高下，蓋王實體兼衆妙，孟、韋七古歌行，似未留意耳。若孟、韋並衡，斷難軒輊。儲詩樸而未厚，柳詩淡而未腴，當出孟、韋下。

陸鎣《問花樓詩話》卷一 三唐作者，無論李、杜，如王、孟之沖澹，高、岑之勁拔，韓、孟之奇奧，元、白之曉暢，皆足上薄漢、魏，下掩宋、元，故曰詩至唐而極盛。

朱庭珍《筱園詩話》卷一 紀文達公曰：「王、孟詩大段相近，而微不同。王清而遠，體格高渾。孟清而切，體格俊逸。王能厚，而孟則未免淺俗，所以不及王也。漁洋於孟頗致不滿，世人訝之，由但見選本諸作，未合觀二集耳。學王不成，流爲空腔；學孟不成，流爲淺語。學者須從雄厚切實處入手，斯得之矣。」……此論極確，見解絶高，而以根柢爲重，與予意合，故暢衍其説而全録之。

劉熙載《藝概》卷二　錢仲文、郎君胄大率衍王、孟之緒，但王、孟之渾成，却非錢、郎所及。

薛雪《一瓢詩話》五八　前輩論詩，往往有作踐古人處。如以「高達夫、岑嘉州五七律相似，遂爲後人應酬活套」。……又謂：「孟浩然似乎澹遠，無縹渺幽深思致。東坡謂：『浩然韻高而才短，如造内法酒手而無才料』，誠爲知言。後人胸無才思，易於衝口而出，孟開其端也。」此是過信眉山之説，作踐襄陽語也。假如「氣蒸雲夢澤，波撼岳陽城」，亦衝口而出者所能道哉？

沈德潛《唐詩别裁》　孟詩勝人處，每無意求工，而清超越俗，正復出人意表。

又　清淺語，誦之自有泉流石上，風來松下之音。

又　開寶以來李太白之穠麗，王摩詰、孟浩然之自得，分道揚鑣，並推極盛。（凡例）

又　過江以後，淵明詩胸次浩然，天真絶俗，當於言語意象外求之。唐人祖述者，王右丞得其清腴，孟山人得其閒逸，儲太祝得其真樸，韋蘇州得其沖和，柳柳州得其峻潔，氣體風神，脩然埃壒之外。（凡例）

傳記

舊唐書孟浩然傳

孟浩然，隱鹿門山，以詩自適。年四十，來遊京師，應進士不第，還襄陽。張九齡鎮荆州，署爲從事，與之唱和，不達而卒。

新唐書孟浩然傳

孟浩然字浩然，襄州襄陽人。少好節義，喜振人患難，隱鹿門山。年四十，乃遊京師。嘗于太學賦詩，一座嗟伏，無敢抗。張九齡、王維雅稱道之。維私邀入内署，俄而玄宗至，浩然匿床下，維以實對，帝喜曰：「朕聞其人而未見也，何懼而匿？」詔浩然出。帝問其詩，浩然再拜，自誦所爲，至「不才明主棄」之句，帝曰：「卿不求仕，而朕未嘗棄卿，奈何誣我？」因放還。採訪使韓朝宗約浩然偕至京師，欲薦諸朝。會故人至，劇飲歡甚，或曰：「君與韓公有期。」浩然叱曰：「業已飲，遑恤他！」卒不赴。朝宗怒，辭行，浩然不悔也。張九齡爲荆州，辟置于府，府罷。開元末，病疽背卒。

後樊澤爲節度使，時浩然墓庳壞，符載以箋叩澤曰：「故處士孟浩然，文質傑美，殞落歲久，門裔陵遲，丘隴頹没，永懷若人，行路慨然。前公欲更築大墓，闔州搢紳，聞風竦動。而今外迫軍旅，内勞賓客，牽耗歲時，或有未遑。誠令好事者乘而有之，負公夙志矣。」澤乃更爲刻碑鳳林山南，封寵其墓。

初，王維過郢州，畫浩然像於刺史亭，因曰浩然亭。咸通中，刺史鄭諴謂賢者名不可斥，更署曰孟亭。

開元、天寶間，同知名者王昌齡、崔灝，皆位不顯。

唐才子傳孟浩然傳

浩然，襄陽人。少好節義，詩工五言。隱鹿門山，即漢龐公棲隱處也。四十遊京師，諸名士間嘗集秘省聯句。浩然曰：「微雲淡河漢，疏雨滴梧桐。」衆欽服。張九齡、王維極稱道之。維待詔金鑾，一旦私邀入，商較風雅，俄報玄宗臨幸，浩然錯愕，伏匿床下，維不敢隱，因奏聞，帝喜曰：「朕素聞其人，而未見也。」詔出，再拜，帝問曰：「卿將詩來耶？」對曰：「偶不齎。」即命吟近作，誦至「不才明主棄，多病故人疎」之句，帝慨然曰：「卿不求仕，朕何嘗棄卿，奈何誣我？」因命放還南山。後張九齡署爲從事。開元末，王昌齡遊襄陽，時新病起，相見甚歡，浪情宴謔，食鮮勤疾而終。

古稱禰衡不遇，趙壹無禄。觀浩然罄折謙退，才名日高，竟淪明代，終身白衣，良可悲夫！其詩文采丰茸，經緯綿密，半遵雅調，全削凡近。所著三卷，今傳。王維畫浩然像於郢州，爲浩然亭。咸通中，鄭誠謂賢者名不可斥，更名曰「孟亭」，今存焉。

序

孟浩然集序〔一〕

唐宜城王士源

孟浩然字浩然，襄陽人也。骨貌淑清，風神散朗，救患釋紛，以立義表；灌蔬藝竹，以全高尚。交游之中，通脱傾蓋，機警無匿，學不爲儒，務掇菁藻；文不按古，匠心獨妙。五言詩天下稱其盡美矣。閒遊秘省，秋月新霽，諸英華賦詩作會，浩然句曰：「微雲淡河漢，疎雨滴梧桐。」舉坐嗟其清絶，咸閣筆不復爲繼。丞相范陽張九齡、侍御史京兆王維、尚書侍郎河東裴朏、范陽盧僎、大理評事河東裴揔、華陰太守鄭倩之〔二〕、守河南獨孤策〔三〕，率與浩然爲忘形之交。山南採訪使本郡守昌黎韓朝宗，謂浩然閒代清律，寘諸周行，必詠穆如之頌，因入秦，與偕行，先揚于朝，與期，約日引謁。及期〔四〕，浩然會寮友，文酒講好甚適。或曰：「子與韓公預諾而怠之，無乃不可乎！」浩然叱曰：「僕已飲矣〔五〕，身行樂耳，遑恤其佗！」遂畢席不赴。由是間罷，既而浩然亦不之悔也，其好樂忘名如此！

士源佗時嘗筆讚之，曰：「導漾挺靈，寔生楚英，浩然清發，亦其自名！」開元二十八年，王昌齡遊襄陽，時浩然疾疹發背，且愈，相得歡甚，浪情宴謔，食鮮疾動，終於冶城南園〔六〕，年五十有二，子曰儀甫〔七〕。

浩然文不爲仕，佇興而作，故或遲；行不爲飾，動以求真，故似誕；遊不爲利，期以放性，故常貧。名不繼於選部〔八〕，聚不盈於擔石，雖屢空不給，而自若也。

士源幼好名山，行年十八，首事陵山，踐止恒嶽，咨求通玄丈人。又過蘇門，問道隱者元知運〔九〕。太行採藥，經王屋小有洞。太白習隱訣，終南修《亢倉子》九篇。天寶四載徂夏，詔書徵謁京邑，與冢臣八座討論，山林之士麕至，始知浩然物故，嗟哉！未禄於代，史不必書，安可哲蹤妙韻從此而絶？故詳問文者，隨述所論美行嘉聞，十不紀一。浩然凡所屬綴，就輙毁弃，無復編録，常自歎爲文不逮意也。流落既多，篇章散逸，鄉里購採，不有其半。敷求四方，往往而獲，既無他事爲之傳次，遂使海内衣冠搢紳，經襄陽思覩其文，蓋有不備見而去，惜哉！

今集其詩二百一十八首，分爲四卷〔一〇〕，詩或缺逸未成，而製思清美，及他人酬贈，咸録次而不弃耳。

〔一〕本文明活字本、汲古閣本與底本基本相同，惟宋本、藻翰齋本與之出入較多，但大都無關宏旨，僅擇其與浩然作品、行止有關者，加以校勘，餘從略。

〔二〕「華陰太守鄭倩之」，宋本作「華茫太守滎陽鄭倩之」。

〔三〕「守河南獨孤策」，宋本、藻翰齋本作「太守河東獨孤冊」。

〔四〕「及」，宋本、藻翰齋本作「後」。

〔五〕「浩然會寮友」至「僕已飲」，宋本爲「□□□□□□□」七字闕文，藻翰齋本則作「浩然叱曰業已傾」七字。

〔六〕「食鮮」，宋本、藻翰齋本同。清碧琳瑯館重刊本作「食鱔」，恐非是。「治城」，底本作「治城」，誤。藻翰齋本作「治城」，是。宋本無此二字，亦甚合理。

〔七〕宋本作「年五十，有子儀甫」。

〔八〕「名不繼於選部」，宋本作「名劣繫於選部」，藻翰齋本作「名不繫於選部」。「選部」，清碧琳瑯館重刊本作「選郡」，誤。

〔九〕「又過蘇門，問道隱者元知運」，宋本、藻翰齋本無「又」字，「元」作「左」。

〔一〇〕「分爲四卷」，宋本作「別爲士類，分上中下卷」。藻翰齋本作「別爲十類，分上中下」。陳振孫《直齋書録解題》云：「《孟浩然集》三卷，唐進士孟浩然撰，宜城王士源序之。凡詩二百一十八首，分爲七類，太常韋滔爲之重序。」看來唐本原爲三卷，「四卷」蓋爲明人所分。至於類別，宋蜀刻本之「士類」，蓋爲「七類」之誤，而藻翰齋本之「十類」或亦「七類」之誤歟？

重序

宜城王士源者，藻思清遠，深鑒文理，常遊山水，不在人間。著《亢倉子》數篇，傳之於代。余久在集賢，常與諸學士命此子，不可得見。天寶中，忽獲《浩然文集》，乃士源爲之序傳，詞理卓絶，吟諷忘疲，書寫不一，紙墨薄弱。昔虞坂之上，逸駕與駑駘俱疲；吴竈之中，孤桐與樵蘇共爨，遇伯樂與伯喈，遂騰聲於千古。此詩若不遇王君，乃十數張故紙耳。然則王君之清鑒，豈減孫、蔡而已哉。余今繕寫，增其條目，復貴士源之清才〔一〕，敢重述於卷首〔二〕。謹將此本，送上秘府〔三〕，庶久而不泯，傳芳無窮。天寶九載正月初三日，特進行太常卿禮儀使集賢院修撰上柱國沛國郡開國公韋滔敘。

〔一〕「貴」，宋本、藻翰齋本無。

〔二〕「重」，宋本、藻翰齋本作「自」。

〔三〕「秘」上，宋本有二字闕文。